W0281300

COLLECTION « BEST-SELLERS »

DU MÊME AUTEUR

L'Arme à l'œil, Laffont, 1980.
Triangle, Laffont, 1980.
Le Code Rebecca, Laffont, 1981.
L'Homme de Saint-Pétersbourg, Laffont, 1982.
Comme un vol d'aigles, Stock, 1983.
Les Lions du Panshir, Stock, 1987.
Les Piliers de la terre, Stock, 1989.
La Nuit de tous les dangers, Stock, 1992.
La Marque de Windfield, Laffont, 1994.
Le Pays de la liberté, Laffont, 1996.
Le Troisième Jumeau, Laffont 1997.
Apocalypse sur commande, Laffont, 1999.
Code zéro, Laffont, 2001.
Le Réseau Corneille, Laffont, 2002.

KEN FOLLETT

LE VOL DU FRELON

roman

traduit de l'anglais par Jean Rosenthal

ROBERT LAFFONT

Titre original : HORNET FLIGHT
© Ken Follett, 2002
Traduction française : Éditions Robert Laffont, S.A., Paris, 2003

ISBN 2-221-09618-5
(édition originale ISBN : 0-525-94689-6 Dutton/Penguin Putnam Inc., New York)

Prologue

Un homme avec une jambe de bois claudiquait dans un couloir d'hôpital.

Vigoureux et athlétique malgré sa petite taille, la trentaine, vêtu d'un costume gris anthracite et de chaussures noires à bout rapporté, il avançait d'un pas vif, mais le tip-tap, tip-tap un peu irrégulier de sa démarche trahissait son infirmité. Son visage crispé laissait deviner une profonde émotion.

Arrivé au bout du couloir, il s'arrêta devant le bureau de l'infirmière.

— Le capitaine Hoare ? demanda-t-il.

L'infirmière, une jolie brune à l'accent chantant du comté de Cork, leva les yeux de son registre.

— Vous devez être un parent, j'imagine, dit-elle en souriant.

Son charme resta sans effet.

— Son frère, répliqua le visiteur. Quel lit ?

— Le dernier sur la gauche.

Il pivota sur ses talons et suivit l'allée jusqu'au bout de la salle. Tournant le dos à la pièce, une silhouette en robe de chambre marron assise sur une chaise regardait par la fenêtre, une cigarette à la main.

— Bart ? fit le visiteur d'un ton hésitant.

L'homme se leva et se retourna. Un bandage lui entourait la tête et il avait le bras gauche en écharpe, mais il souriait. Il était plus jeune et plus grand que le visiteur.

— Bonjour, Digby.

Digby prit son frère dans ses bras et le serra très fort.

— Je te croyais mort, murmura-t-il sans plus pouvoir contrôler ses larmes.

— Je pilotais un Whitley..., racontait Bart.

L'Armstrong Whiworth Whitley était un lourd bombardier à longue queue qui, en l'air, semblait toujours piquer du nez. Au printemps 1941, le Bomber Command en possédait une centaine sur une flotte totale d'environ sept cents appareils.

— Un Messerschmitt a ouvert le feu et nous a touchés en plusieurs points, reprit Bart. Puis il a filé sans nous achever, probablement à court de carburant. Je me suis dit que c'était mon jour de chance. Malheureusement, le Messerschmitt avait dû endommager les deux moteurs car nous avons commencé à perdre de l'altitude. Nous avons alors largué tout ce qui n'était pas fixé à l'appareil pour diminuer notre poids, mais ça n'a pas suffi et j'ai tout de suite réalisé que nous allions devoir nous poser sur la mer du Nord.

Digby s'assit sur le bord du lit d'hôpital, les yeux secs maintenant. Il fixait le visage de son frère dont le regard emporté par les souvenirs se perdait dans le vague.

— J'ai ordonné à l'équipage de larguer la trappe arrière et de se mettre en position de saut, le dos contre la cloison. (Dans un Whitley ils sont cinq, se rappela Digby.) Quand nous avons atteint l'altitude zéro, j'ai tiré à fond sur le manche en mettant pleins gaz, mais l'appareil a refusé de se redresser et nous avons heurté l'eau avec une violence inouïe. J'ai été assommé par le choc.

Ils étaient demi-frères : après la mort de sa femme, le père de Digby avait épousé une veuve, déjà mère d'un garçon de cinq ans. Tout de suite, Digby, son aîné de huit ans, avait veillé sur son petit frère, le protégeant des brimades et l'aidant à faire ses devoirs. Passionnés d'aéroplanes, ils rêvaient tous deux de devenir pilotes. Seul Bart avait réalisé leur rêve ; Digby, ayant perdu sa jambe droite dans un accident de moto, avait fait des études d'ingénieur pour se consacrer à la conception aéronautique.

— Quand j'ai repris connaissance, j'ai senti de la fumée : l'avion flottait et l'aile tribord était en feu. Il faisait nuit noire ;

cependant à la lueur des flammes j'ai pu ramper le long du fuselage et trouver l'enveloppe du canot pneumatique. Je l'ai poussé par la trappe et j'ai sauté. Seigneur, que l'eau était froide !

Il parlait d'une voix basse et calme, mais tirait cependant frénétiquement sur sa cigarette, aspirant la fumée à pleins poumons pour la laisser échapper en un long jet entre ses lèvres crispées.

— Mon gilet de sauvetage m'a propulsé à la surface comme un bouchon. À cause de la houle, assez forte, je n'arrêtais pas de monter et de descendre comme la culotte d'une putain. Heureusement, le sac du canot pneumatique se trouvait juste sous mon nez, j'ai tiré le cordon et il s'est gonflé tout seul ; mais impossible d'y grimper, mes forces ne me permettaient pas de me hisser hors de l'eau. Je ne comprenais pas, je ne me rendais pas compte que j'avais une épaule démise, un poignet cassé, trois côtes fêlées et tout le tremblement. Je suis donc resté là à me cramponner, mort de froid.

Et dire, se rappela Digby, qu'il y eut une époque où je pensais que Bart était le veinard de la famille...

— J'ai fini par repérer Jones et Croft. Ils s'étaient agrippés à la queue de l'appareil jusqu'à ce qu'il sombre. Ni l'un ni l'autre ne savaient nager : c'est leur gilet de sauvetage qui les a sauvés ; ils ont réussi à monter dans le canot et m'ont hissé à bord. (Il alluma une nouvelle cigarette.) Je ne sais pas ce qui est arrivé à Pickering. Je présume, hélas, qu'il est au fond de l'eau.

Puis Bart resta silencieux. Digby s'aperçut qu'il manquait encore un membre de l'équipage.

— Et le cinquième ? s'enquit-il au bout d'un moment.

— John Rowley, le bombardier, était vivant, nous l'avons entendu appeler. Moi, j'étais trop sonné, mais Jones et Croft ont essayé de ramer en direction de sa voix. (Il secoua la tête d'un geste désespéré.) Tu ne peux pas imaginer à quel point c'était difficile : les creux devaient bien faire plus d'un mètre, les flammes commençaient à s'éteindre si bien qu'on n'y voyait pas grand-chose et le vent hurlait à vous déchirer les oreilles. Jones appelait – et sa voix porte –, Rowley répondait, le canot escaladait alors la crête d'une vague et dévalait de l'autre côté en tournant sur lui-même. Puis Rowley criait de nouveau, mais sa voix paraissait venir d'une direction totalement différente. Je ne sais pas combien de temps ça a duré. Rowley persévérait ; cependant sa voix devenait de plus en plus faible à mesure que le froid le paralysait. (Le visage de Bart se contracta.) Ses appels devenaient pathétiques, il s'adressait à Dieu, à sa mère, tu vois le genre. Au bout d'un moment, il s'est tu.

Digby s'aperçut qu'il retenait son souffle, comme si le bruit de sa respiration était déplacé dans une telle évocation.

— Un destroyer chasseur de sous-marins nous a retrouvés peu après le lever du jour. Ils ont mis un canot à la mer et nous ont repêchés. (Bart regarda par la fenêtre, indifférent au paysage verdoyant du Hertfordshire ; une autre scène se déroulait devant lui, bien loin d'ici.) Nous avons eu une sacrée chance, conclut-il.

Ils restèrent un moment silencieux, puis Bart reprit :

— Le raid a réussi ? Personne ne veut me dire combien de pilotes sont rentrés.

— Un désastre, répondit Digby.

— Et mon escadrille ?

— Le sergent Jenkins et son équipage sont rentrés indemnes, fit Digby en tirant de sa poche une feuille de papier. Tout comme le sous-lieutenant... Arasaratnam. D'où vient-il ?

— De Ceylan.

— L'appareil du sergent Riley a été touché mais a pu regagner la base.

— La fameuse veine des Irlandais, dit Bart. Et les autres ?

Digby se contenta de secouer la tête.

— Mais ils étaient six avions de mon escadrille dans ce raid ! protesta Bart.

— Je sais. En plus du tien, deux autres ont été abattus. Apparemment, pas de survivant.

— Ainsi Creighton-Smith est mort. Et Billy Shaw. Et... oh, mon Dieu, fit-il en détournant la tête.

— Je suis navré.

Bart passa du désespoir à la colère.

— Il ne suffit pas d'être navré, lança-t-il. On nous envoie là-bas pour mourir.

— Je sais.

— Bon sang, Digby, tu appartiens à ce foutu gouvernement.

— C’est vrai, je travaille pour le Premier ministre.

Churchill aimait ouvrir le gouvernement aux gens de l’industrie privée et le brillant concepteur aéronautique qu’était Digby figurait parmi ses proches collaborateurs.

— Alors, c’est également ta faute. Tu ne devrais pas perdre ton temps en visites aux malades. Fous-moi le camp d’ici et agis.

— J’agis, répondit Digby avec calme. On m’a donné la mission de découvrir pourquoi, sur ce raid entre autres, nous avons perdu cinquante pour cent de nos avions.

— Une trahison au sommet, j’imagine. À moins qu’un abruti de général d’aviation ne se vante dans son club du raid prévu pour le lendemain et qu’un barman nazi ne prenne des notes derrière ses pompes à bière.

— C’est une possibilité.

— Pardonne-moi, Diggers, soupira Bart en retrouvant un surnom qu’on lui donnait dans leur enfance. Ça n’est pas ta faute, simplement je perds patience.

— Sérieusement, comprends-tu pourquoi il y a tant d’appareils abattus ? Tu as participé à plus d’une douzaine de missions. As-tu une idée ?

Bart prit un air songeur.

— Quand je parle d’espions, ce ne sont pas des paroles en l’air : au moment où nous nous pointons au-dessus de l’Allemagne, ils nous attendent. Ils savent que nous arrivons.

— Qu’est-ce qui te fait dire cela ?

— Leurs chasseurs ont déjà pris l’air. En effet, tu sais combien il est difficile pour les forces défensives de calculer le moment précis où faire décoller l’escadrille pour que les pilotes aient le temps de couvrir la distance entre leur terrain d’aviation et le secteur où ils croient que nous nous trouvons, de grimper au-dessus de notre plafond et, enfin, de nous repérer à la lueur de la lune. Ces manœuvres sont tellement longues que nous devrions avoir le temps de larguer nos bombes et de filer avant qu’ils ne nous rattrapent. Mais ça ne se passe pas comme ça.

Digby hocha la tête. L’expérience de Bart coïncidait avec celle des autres pilotes interrogés. Il allait le lui dire quand Bart accueillit en souriant par-dessus l’épaule de son frère un homme en uniforme de commandant. Aussi jeune que Bart, il avait certainement bénéficié lui aussi de l'avancement qui accompagnait automatiquement l'expérience du combat : capitaine après douze sorties, chef d'escadrille au bout de quinze.

— Bonjour, Charles, dit Bart.

— On s'est fait du mauvais sang pour toi, Bartlett. Comment vas-tu ?

L'accent antillais du nouveau venu s'accompagnait de la diction un peu traînante d'un ancien élève d'Oxford.

— D'après ce qu'on dit, je vais peut-être m'en tirer.

Du bout du doigt, Charles effleura le dos de la main de Bart qui sortait de son écharpe. Un geste bizarrement affectueux, songea Digby.

— Ça me fait rudement plaisir, répondit Charles.

— Charles, je te présente mon frère Digby. Digby, voici Charles Ford. Nous étions ensemble à Trinity avant de nous engager dans l'aviation.

— C'était la seule façon d'éviter les examens, plaisanta Charles en serrant la main de Digby.

— Comment les Africains te traitent-ils ?

En souriant, Charles expliqua à Digby :

— Il y a sur notre base une escadrille de Rhodésiens constituée de pilotes de première classe, mais qui ont du mal à obéir à un officier de couleur tel que moi. Nous les appelons les Africains, ce qui semble les agacer un peu. Je ne comprends pas pourquoi !

— En tout cas, remarqua Digby, ça n'a pas l'air de vous abattre.

— Je suis convaincu qu'avec de la patience et une meilleure éducation, nous arriverons à civiliser ces gens, si primitifs qu'ils puissent paraître actuellement.

Charles détourna les yeux, mais le soupçon de colère dissimulé derrière la bonne humeur n'échappa pas à Digby.

— J'étais justement en train de demander à Bart pourquoi, selon lui, nous perdons autant de bombardiers, reprit Digby. Quel est votre avis ?

— Je n'ai pas participé à ce raid, répondit Charles, et j'ai eu de la chance de le manquer, paraît-il. D'autres opérations récentes ont assez mal tourné comme si, serais-je tenté d'avancer, la Luftwaffe nous suivait à travers les nuages. Pourraient-ils avoir à bord un système qui leur permettrait de nous repérer même sans nous voir ?

— Chaque appareil ennemi abattu est minutieusement examiné, démentit Digby en secouant la tête ; nous n'avons jamais rien trouvé qui ressemble à ce dont vous parlez. De notre côté, nous travaillons dur pour mettre au point ce genre de matériel et je suis certain que l'ennemi en fait autant. Or nous sommes loin d'avoir réussi et je suis pratiquement sûr qu'ils ont du retard sur nous. Je ne crois pas que ce soit ça.

— Ma foi, c'est pourtant l'impression que ça donne.

— Je persiste à croire qu'il y a des espions, déclara Bart.

— Intéressant, dit Digby en se levant. Il faut que je retourne à Whitehall. Merci de m'avoir donné votre avis. Ça aide de discuter avec ceux qui sont en première ligne. (Il échangea une poignée de main avec Charles et serra l'épaule valide de Bart.) Reste tranquille et rétablis-toi vite.

— Ils disent que je pourrai revoler dans quelques semaines.

— Je ne peux pas dire que ça me fasse plaisir.

— Puis-je vous poser une question ? demanda Charles à Digby sur le point de sortir.

— Bien sûr.

— Dans le cas de ce raid, remplacer les appareils perdus doit nous coûter plus cher que cela ne coûte à l'ennemi de réparer les dégâts causés par nos bombes.

— Certainement.

— Alors..., demanda Charles en écartant les bras comme s'il avait du mal à comprendre, pourquoi le faisons-nous ? À quoi riment les bombardements ?

— Oui, renchérit Bart. J'aimerais bien le savoir.

— Que pouvons-nous faire d'autre ? se défendit Digby. Les nazis contrôlent l'Europe : l'Autriche, la Tchécoslovaquie, la Hollande, la Belgique, la France, le Danemark, la Norvège. L'Italie est leur alliée, l'Espagne est sympathisante, la Suède est neutre et ils ont un pacte avec l'Union soviétique. Nous n'avons pas de forces militaires sur le continent. Nous n'avons aucun autre moyen de riposter.

— Donc, lâcha Charles en hochant la tête, nous sommes tout ce dont vous disposez.

— Exactement. Si les bombardements cessent, il n'y aura plus de guerre, et du coup Hitler l'aura emporté.

Le Premier ministre regardait *Le Faucon maltais*. On avait récemment construit dans les anciennes cuisines de l'Amirauté une salle de cinéma privée avec une cinquantaine de sièges capitonnés et un rideau de velours rouge ; mais on ne l'utilisait généralement que pour visionner des raids de bombardements et pour vérifier les courts métrages de propagande avant de les diffuser.

Tard le soir, une fois mémos dictés, câbles envoyés, rapports annotés et procès-verbaux paraphés, quand il était trop soucieux, furieux ou tendu pour dormir, Churchill s'asseyait dans un des profonds fauteuils du premier rang, un verre de cognac à la main, pour s'abandonner aux derniers enchantements arrivés de Hollywood.

Digby arriva au moment où Humphrey Bogart expliquait à Mary Astor qu'un homme dont l'associé se fait tuer se doit de réagir. Une épaisse fumée de cigare flottait dans l'air. Churchill désigna un fauteuil à Digby qui s'installa pour profiter des dernières minutes du film. Tandis que le début du générique apparaissait en surimpression devant la statuette d'un faucon noir, Digby expliqua à son patron que la Luftwaffe semblait prévenue de l'arrivée des appareils du Bomber Command.

L'exposé terminé, Churchill garda quelques instants les yeux fixés sur l'écran, comme s'il attendait de découvrir qui jouait le rôle de Bryan. Si un délicieux sourire et un pétillement au fond de ses yeux bleus le rendaient parfois charmant, il semblait ce soir-là plongé dans de sombres pensées.

— Qu'en pense la RAF ? finit-il par demander.

— Que la faute en revient à une mauvaise formation en vol. En théorie, si les bombardiers volaient en formation serrée, leur artillerie couvrirait le ciel tout entier si bien que tout chasseur ennemi qui se montrerait serait immédiatement descendu.

— Et que répondez-vous à cela ?

— Foutaise. Le vol en formation n'a jamais marché. Un facteur nouveau s'est introduit dans l'équation.

— Je suis bien d'accord. Mais lequel ?

— Mon frère pense que la responsabilité incombe à des espions.

— Tous ceux que nous avons arrêtés étaient des amateurs – raison pour laquelle, naturellement, ils se sont fait prendre. Les autres, ceux qui sont compétents, ont échappé aux mailles du filet.

— Il se pourrait que les Allemands aient fait une découverte technique.

— Le Secret Intelligence Service prétend que l'ennemi est très en retard sur nous pour la mise au point du radar.

— Vous vous fiez à son jugement ?

— Pas du tout.

Les lumières du plafond s'allumèrent révélant un Churchill en tenue de soirée et tiré à quatre épingles comme d'habitude, mais la fatigue se lisait sur son visage. Il tira de son gousset une mince feuille de papier pliée en quatre.

— Voici un indice, dit-il en tendant la feuille à Digby.

Celui-ci examina ce qui semblait être le déchiffrage en allemand et en anglais d'un message radio de la Luftwaffe, affirmant que la nouvelle stratégie des combats de nuit – *Dunkle Nachtjagd* – de la Luftwaffe avait remporté un triomphe grâce aux excellents renseignements fournis par Freya. Digby lut le message en anglais, puis de nouveau en allemand. Le mot « Freya » n'existait dans aucune des deux langues.

— Qu'est-ce que cela veut dire ? demanda-t-il.

— C'est ce que je veux que vous découvriez. (Churchill se leva et enfila son veston.) Accompagnez-moi jusqu'à mon bureau, cria-t-il en direction du fond de la salle. Merci !

De la cabine de projection, une voix répondit :

— À votre service, monsieur.

Comme ils traversaient l'immeuble, deux hommes leur emboîtèrent le pas : l'inspecteur Thompson de Scotland Yard et le garde du corps de Churchill. Ils débouchèrent sur le terrain d'exercice, croisèrent une équipe en train de manœuvrer un ballon de barrage et franchirent un passage ménagé dans la clôture de barbelés pour sortir dans la rue. Londres était plongée dans le black-out, mais un croissant de lune donnait assez de lumière pour leur permettre de trouver leur chemin.

Ils longèrent côte à côte le champ de manœuvres des Horse Guards jusqu'au numéro 1, Storey's Gate. Une bombe avait endommagé l'arrière du numéro 10, Downing Street, la résidence traditionnelle du Premier ministre, aussi Churchill habitait-il l'annexe voisine au-dessus des bureaux du cabinet de guerre. L'entrée était protégée par un mur à l'épreuve des bombes. Le canon d'une mitrailleuse pointait par une meurtrière.

— Bonsoir, monsieur, fit Digby.

— Ça ne peut plus durer, déclara Churchill. À ce rythme-là, le Bomber Command sera liquidé d'ici à Noël. Il faut que je sache qui est ou ce qu'est Freya.

— Je vais trouver.

— Le plus vite possible.

— Oui, monsieur.

— Bonne nuit, dit le Premier ministre en entrant dans l'immeuble.

Première partie

1.

Le dernier jour de mai 1941, un étrange véhicule apparut dans les rues de Morlunde, sur la côte ouest du Danemark.

Il s'agissait d'une motocyclette Nimbus de fabrication danoise, équipée d'un side-car. C'était déjà en soi un spectacle insolite car il n'y avait d'essence pour personne à l'exception des médecins et de la police et, évidemment, des troupes allemandes occupant le pays. Mais cette Nimbus avait été modifiée : une machine à vapeur récupérée sur une vedette fluviale mise à la casse remplaçait le moteur à essence de quatre cylindres. Débarrassé de son siège, le side-car pouvait ainsi accueillir une chaudière, un foyer et une cheminée. Guère puissant, ce moteur de remplacement propulsait la moto à la vitesse maximale de trente-cinq kilomètres à l'heure. Au lieu de l'habituel rugissement d'un pot d'échappement de motocyclette, on n'entendait que le doux sifflement de la vapeur. Cet étrange silence et cette allure modeste conféraient au véhicule une apparence majestueuse.

Sur la selle se trouvait Harald Olufsen, un grand jeune homme de dix-huit ans avec la peau claire et les cheveux blonds plaqués derrière un front haut de vrai Viking, en blazer de collège. Durant une année entière, il avait économisé pour acheter la Nimbus qui lui avait coûté six cents couronnes ; le lendemain de son acquisition, les Allemands avaient imposé le rationnement de l'essence !

Cela avait rendu Harald furieux. De quel droit faisaient-ils cela ? Mais on avait banni de son éducation les doléances au profit de l'action. Il avait donc passé l'année suivante à modifier sa machine, travaillant pendant ses congés scolaires et grappillant une heure par-ci, par-là sur ses révisions pour entrer à l'université. Il avait consacré cette première matinée des vacances de Pentecôte à apprendre par cœur des équations de physique et l'après-midi à fixer à la roue arrière un pignon provenant d'une tondeuse à gazon rouillée. Et maintenant, grâce à son engin en parfait état de marche, il se rendait dans un bar où il espérait écouter du jazz et rencontrer, peut-être, des filles.

Il adorait le jazz. Après la physique, c'était ce qu'il trouvait de plus intéressant. Les Américains étaient, bien entendu, les meilleurs, mais leurs imitateurs danois méritaient qu'on les écoute. Il était tout à fait possible d'entendre du bon jazz à Morlunde, certainement parce que des marins des quatre coins du monde faisaient escale dans ce port.

Mais quand Harald s'arrêta devant le Club Hot, au cœur du quartier des docks, il trouva la porte close et les volets fermés.

Voilà qui l'intrigua, car à huit heures du soir un samedi, la soirée aurait dû battre son plein dans cet établissement parmi les plus fréquentés de la ville.

Il contemplait le bâtiment silencieux quand un passant s'arrêta pour examiner son véhicule.

— Qu'est-ce que c'est que cet engin ?

— Une Nimbus avec une machine à vapeur. Vous connaissez ce club ?

— Je suis le propriétaire. Qu'est-ce que ça utilise comme carburant ?

— Tout ce qui brûle. Je mets de la tourbe, fit-il en désignant le tas de briques à l'arrière du side-car.

— *De la tourbe ?* fit l'homme en riant.

— Pourquoi tout est-il bouclé ?

— Les nazis ont fermé la boîte.

— Pourquoi ? demanda Harald consterné.

— Parce que j'ai employé des musiciens noirs.

Harald n'avait jamais vu en chair et en os un musicien de couleur, mais il savait pour avoir écouté quelques-uns de leurs disques qu'ils étaient les meilleurs.

— Les nazis sont des porcs ignorants, lança-t-il, furieux de voir sa soirée gâchée.

Le patron du club inspecta la rue pour s'assurer que personne n'avait entendu. La puissance occupante régnait sur le Danemark d'une main légère, mais tout de même, peu de gens se risquaient à insulter ouvertement les nazis. Heureusement, il n'y avait personne en vue.

— Et ça marche ?

— Bien sûr que oui.

— Qui vous l'a transformée ?

— Je l'ai fait moi-même.

De l'amusement, l'homme passait à l'admiration.

— C'est fichtrement astucieux.

— Merci, fit Harald en ouvrant le clapet qui faisait entrer la vapeur dans la machine. Je suis désolé pour votre club.

— J'espère qu'on me laissera rouvrir dans quelques semaines, mais il faudra que je promette d'employer des musiciens blancs.

— Du jazz sans Noirs ? lança Harald, en secouant la tête d'un air dégoûté. Autant interdire les cuisiniers français dans les restaurants.

Il lâcha la pédale de frein et la moto s'éloigna avec lenteur.

Harald hésita à gagner le centre de la ville pour retrouver des connaissances dans les cafés et les bars qui entouraient la grande place, mais la fermeture du club de jazz le décevait tellement qu'il décida que ce serait déprimant d'aller traîner par là. Il se dirigea vers le port.

Son père était pasteur du temple de Sande, une petite île à trois kilomètres de la côte. Le bac qui assurait la navette était à quai et il embarqua aussitôt. Le ferry était plein de gens que pour la plupart il connaissait. Il y avait une joyeuse bande de pêcheurs qui revenait d'un match de football après avoir copieusement arrosé le résultat, deux bourgeoises chapeautées et gantées conduisant un cabriolet attelé d'un poney où s'entassaient leurs courses et une famille de cinq personnes de retour d'une visite à des parents en ville. Un couple élégant qu'il ne reconnut pas allait sans doute dîner à l'hôtel de l'île dont le restaurant était fort coté. La motocyclette attirait tous les regards et il dut une nouvelle fois expliquer son mécanisme à vapeur.

À la dernière minute, une limousine Ford de fabrication allemande embarqua. Harald connaissait la voiture : elle appartenait à Axel Flemming, propriétaire de l'hôtel de l'île, dont la famille n'aimait pas celle de Harald. Chaque patriarche – Axel Flemming d'un côté et le pasteur Olufsen de l'autre – estimait en effet être le chef naturel de la communauté insulaire. Leur rivalité avait contaminé les autres membres de chaque clan. Harald se demanda comment Flemming avait réussi à se procurer de l'essence pour sa voiture. Sans doute, se dit-il, tout est-il possible pour les riches.

La mer était agitée et des nuages sombres envahissaient le ciel à l'ouest. Une tempête s'annonçait, mais les pêcheurs assurèrent que chacun aurait le temps de rentrer chez soi. Harald prit le journal qu'on lui avait donné en ville. *Réalité* était une publication illégale, imprimée au mépris des forces d'occupation et distribuée gratuitement. La police danoise n'avait pas cherché à l'interdire et les Allemands semblaient la considérer comme parfaitement méprisable. À Copenhague, les gens la lisaient ouvertement dans les trains et les tramways. Ici, les gens étaient plus discrets, et Harald replia le journal pour en dissimuler le titre tout en lisant un article sur la pénurie de beurre. Le Danemark en produisait chaque année des millions de livres, mais on en envoyait maintenant la quasi-totalité en Allemagne et les Danois avaient du mal à en trouver. C'était le genre de sujet qu'on n'évoquait jamais dans la presse autorisée soumise à la censure.

La plate silhouette familière de l'île approchait. Elle s'étendait sur vingt kilomètres de long et sur un peu plus de quinze cents mètres de large. Un village occupait chaque extrémité. Celui du sud, le plus ancien, rassemblait les chaumières des pêcheurs, le temple et son presbytère, ainsi qu'une école de navigation depuis longtemps désaffectée, réquisitionnée par les Allemands et transformée en base militaire. L'hôtel et les maisons plus cossues étaient regroupés dans la partie nord. Entre les deux, des dunes et des broussailles, quelques arbres, pas le moindre accident de terrain, mais tournée vers le large, une superbe plage d'une quinzaine de kilomètres.

Harald sentit quelques gouttes de pluie juste au moment où le ferry accosta l'extrémité nord de l'île. Le taxi de l'hôtel tiré par un cheval attendait le couple élégant. Les pêcheurs furent accueillis par la femme de l'un d'eux qui conduisait une carriole attelée. Harald décida de traverser l'île pour profiter du sable dur de la plage : on l'avait déjà utilisé pour des essais de voitures de course.

Il était à mi-parcours quand il se trouva à court de vapeur, réalisant subitement que la capacité du réservoir d'essence – promu réserve d'eau – n'était pas du tout assez importante et qu'il aurait dû installer dans le side-car un bidon de vingt litres. En attendant, il avait besoin d'eau pour rentrer chez lui.

L'unique maison en vue appartenait malheureusement aux Flemming. Ceux-ci étaient malgré tout capables d'oublier leur animosité envers les Olufsen, en particulier le dimanche au temple. Les Flemming y occupaient le premier rang et Axel officiait en tant que diacre. Malgré ces trêves dominicales, Harald rechignait à l'idée de demander secours à l'un de ces hostiles Flemming. Il envisagea de parcourir quatre cents mètres supplémentaires jusqu'à une autre maison, mais, se trouvant ridicule, il s'engagea dans la longue allée en soupirant.

Au lieu de frapper à la grande porte, il contourna la maison jusqu'aux écuries et trouva avec plaisir un domestique qui garait la Ford.

— Bonjour, Gunnar, dit Harald. Est-ce que je peux avoir de l'eau ?

— Servez-vous, répondit celui-ci aimablement. Il y a un robinet dans la cour.

Harald remplit un seau, alla jusqu'à la route et versa l'eau dans le réservoir. Il espérait terminer sa manœuvre sans rencontrer personne de la famille. Mais lorsqu'il rangea le seau dans la cour, il tomba sur Peter Flemming.

Grand, arrogant, la trentaine dans un costume de tweed beige bien coupé, Peter était le fils d'Axel. Avant la querelle qui avait opposé les deux familles, il était dans les meilleurs termes avec Arne, le frère de Harald. Durant leur jeunesse, ils s'étaient taillé tous deux une réputation de bourreau des cœurs, Arne par son charme malicieux et Peter grâce à ses airs raffinés et désinvoltes. Peter habitait maintenant Copenhague. Il est venu passer le week-end, se dit Harald.

Peter lisait *Réalité.*

— Qu'est-ce que tu fais ici ? demanda-t-il en apercevant Harald.

— Bonjour, Peter, je suis venu prendre un peu d'eau.

— J'imagine que c'est à toi, ce torchon ?

Harald tâta aussitôt sa poche – geste qui n'échappa pas à Peter – et découvrit avec consternation que le journal avait dû tomber quand il s'était penché pour prendre le seau.

— Manifestement oui, reprit-il sans même attendre la réponse. Te rends-tu compte que tu pourrais te retrouver en prison rien que pour l'avoir en ta possession ?

Il ne s'agissait pas là d'une vaine menace : Peter était inspecteur de police.

— Tout le monde le lit en ville, riposta Harald.

Il le défiait, mais à vrai dire il avait un peu peur : Peter était assez salaud pour l'arrêter.

— Nous ne sommes pas à Copenhague ici, déclara gravement Peter.

Harald savait que Peter sauterait sur l'occasion de déshonorer un Olufsen. Pourtant, il hésitait et Harald croyait savoir pourquoi.

— Tu n'auras pas l'air très malin quand tu auras arrêté un collégien à Sande pour un délit commis ouvertement par la moitié de la population. Surtout qu'il est de notoriété publique que tu en veux à mon père.

De toute évidence, Peter était partagé entre le désir d'humilier Harald et la crainte qu'on se moque de lui.

— Personne n'a le droit d'enfreindre la loi, déclara-t-il.

— Quelle loi... la nôtre ou celle des Allemands ?

— La loi, c'est la loi.

Harald retrouva confiance : Peter se tenait trop sur ses gardes pour avoir l'intention de procéder à une arrestation.

— Tu ne dis cela que parce que ton père gagne énormément d'argent avec les nazis qui prennent du bon temps dans son hôtel.

Ce trait frappa au but : l'hôtel jouissait en effet d'une grande popularité auprès des officiers allemands qui avaient plus d'argent à dépenser que les Danois. Peter rougit de colère.

— Pendant que ton père prononce des sermons incendiaires, répliqua-t-il. (C'était vrai : le pasteur avait prêché contre les nazis sur le thème de « Jésus était un Juif ».) Se rend-il compte, poursuivit Peter, des ennuis qu'il causera s'il agite la population ?

— J'en suis certain. Le fondateur de la religion chrétienne était lui-même une sorte d'agitateur.

— Ne me parle pas de religion. Moi, je dois maintenir l'ordre ici-bas, sur terre.

— Au diable l'ordre, on nous a envahis ! s'exclama Harald, déçu par sa soirée manquée. De quel droit les nazis nous dictent-ils ce que nous devons faire ? Il faudrait chasser cette racaille de notre pays !

— Tu ne dois pas haïr les Allemands, ce sont nos amis, déclara Peter comme il aurait récité un saint commandement, ce qui exaspéra Harald.

— Je ne hais pas les Allemands, pauvre idiot, j'ai des cousins allemands. Ils ont plus souffert des nazis que nous.

La sœur du pasteur avait épousé un jeune et brillant dentiste de Hambourg qui, dans les années vingt, venait à Sande en vacances. C'était avec leur fille, Monika, que Harald avait échangé son premier baiser. L'oncle Joachim était juif et, bien qu'il fût baptisé et membre du conseil paroissial, les nazis avaient décrété qu'il ne pourrait plus soigner désormais que ses coreligionnaires, ce qui lui avait fait perdre une bonne partie de sa clientèle. Voilà un an, soupçonné d'avoir caché de l'or, il avait été arrêté et envoyé dans une prison spéciale appelée *Konzentrazionslager*, dans la petite ville bavaroise de Dachau.

— Les gens s'attirent eux-mêmes leurs ennuis, affirma Peter d'un ton sentencieux. Ainsi ton père n'aurait jamais dû autoriser sa sœur à épouser un Juif, conclut-il en jetant le journal par terre et en s'éloignant.

Trop déconcerté pour rétorquer quoi que ce soit, Harald se pencha et ramassa le journal puis, retrouvant ses esprits, il lança à Peter qui s'en allait :

— Tu commences à parler toi-même comme un nazi.

Sans l'écouter, Peter s'engouffra par l'entrée de la cuisine et claqua la porte.

Cette discussion avait exaspéré Harald car il avait conscience de ne pas avoir eu le dessus alors que Peter avait dépassé les bornes.

Revenu auprès de sa moto, il constata que la pluie avait éteint la veilleuse sous la chaudière. Il roula en boule son exemplaire de *Réalité* à défaut de petit bois et tenta d'y mettre le feu avec les allumettes qu'il avait dans sa poche. Mais il lui manquait un soufflet. Au bout de vingt minutes d'efforts infructueux, il renonça et, remontant le col de son blazer, entreprit de rentrer chez lui à pied.

Il poussa la moto sur les huit cents mètres qui le séparaient de l'hôtel et laissa sa machine dans le petit parking. Puis il partit par la plage. Trois semaines avant le solstice d'été, il fait nuit vers vingt-trois heures en Scandinavie ; mais ce soir-là des nuages assombrissaient le ciel et la pluie qui tombait à verse diminuait encore la visibilité. Harald suivit le bord des dunes en se guidant d'après la consistance du sable sous ses pas et au bruit de la mer dans son oreille droite. Ses vêtements ne tardèrent pas à être tellement trempés qu'il aurait pu rentrer à la nage sans se mouiller davantage.

Malgré sa robustesse et son endurance de lévrier, il était épuisé, glacé et pitoyable lorsqu'il arriva deux heures plus tard devant la clôture de la nouvelle base allemande. Il lui faudrait marcher encore trois kilomètres pour la contourner avant d'atteindre sa maison, à quelques centaines de mètres de là.

À marée basse, il aurait continué par la plage dont l'accès pourtant était officiellement interdit (mais avec un temps pareil, les sentinelles n'auraient pas pu le voir). Seulement la mer était haute et la clôture baignait dans l'eau. Il songea un moment à faire à la nage le reste du trajet, mais il rejeta aussitôt cette idée : comme tout marin, Harald se méfiait de la mer et, de toute façon, nager par une nuit pareille, épuisé comme il l'était, serait dangereux.

Restait la possibilité d'escalader la clôture.

La pluie s'était un peu calmée et un croissant de lune apparaissait furtivement entre les nuages, jetant par intermittence une lumière incertaine sur le paysage détrempé. Harald put apercevoir le grillage : près de deux mètres avec deux rangées de barbelés tout en haut ; c'était un obstacle assez redoutable mais pas suffisant pour arrêter quelqu'un de déterminé et en bonne forme physique. À cinquante mètres de là, la clôture passait à travers un bosquet d'arbres rabougris et de buissons qui la cachait au regard ; le meilleur endroit pour la franchir.

Il savait ce qu'il trouverait de l'autre côté, car il avait travaillé comme terrassier sur le chantier l'été dernier. Il ignorait à l'époque que cela deviendrait une base militaire. Les entrepreneurs, une firme de Copenhague, avaient expliqué qu'il s'agissait d'un nouveau poste de gardes-côtes, ainsi n'eurent-ils aucun mal à recruter de la main-d'œuvre, en revanche s'ils avaient dit la vérité... Harald, par exemple, n'aurait pas sciemment travaillé pour les nazis. Et puis, une fois les bâtiments terminés et la clôture posée, on avait renvoyé tous les Danois et fait venir des Allemands pour mettre en place l'équipement. Mais Harald connaissait la disposition des lieux. On avait retapé l'école de navigation désaffectée et on l'avait flanquée de deux nouveaux bâtiments. Toutes les constructions étaient en retrait par rapport à la plage et il pourrait donc traverser la base sans s'en approcher. En outre, une bonne partie du terrain à cet endroit était couverte de buissons derrière lesquels il pourrait se dissimuler. Il n'aurait qu'à guetter le passage des patrouilles.

Il escalada la clôture à l'endroit choisi, enjamba tant bien que mal les barbelés et sauta de l'autre côté pour atterrir sans dommage sur les dunes détrempées. Regardant autour de lui, il scruta les ténèbres et n'aperçut que le contour vague des arbres. Il ne distinguait pas les bâtiments mais il entendait au loin de la musique et des éclats de rire. On était samedi soir : peut-être les soldats buvaient-ils quelques bières pendant que leurs officiers dînaient à l'hôtel d'Axel Flemming.

Il traversa la base en diagonale aussi vite qu'il l'osa dans la lumière changeante de la lune, s'éloignant le moins possible des buissons et s'orientant au bruit des vagues sur sa droite et aux accents de la musique sur sa gauche. Il passa devant une construction élevée, une tour munie d'un projecteur qui, en cas d'urgence, pouvait illuminer tout le secteur.

Des bruits soudains sur sa gauche le firent sursauter. Il s'accroupit, le cœur battant à tout rompre. Il jeta un coup d'œil en direction des bâtiments. Une porte ouverte laissa filtrer de la lumière. Un soldat sortit et franchit l'enceinte en courant; puis une autre porte s'ouvrit dans un autre corps de bâtiment et le soldat s'y engouffra.

Les battements de cœur de Harald se calmèrent.

Il traversa un bosquet de conifères et descendit dans un creux. Il aperçut au fond de la déclivité une sorte de construction qui se dressait dans l'obscurité. Il ne pouvait pas la distinguer nettement, mais il ne se rappelait aucun édifice à cet emplacement. Il s'approcha d'un mur de ciment incurvé qui lui arrivait à peu près à la tête. Au-dessus, quelque chose bougeait et émettait un bourdonnement sourd comme le bruit d'un moteur électrique.

Les Allemands avaient dû ériger cela après avoir renvoyé la main-d'œuvre locale. Il se demanda pourquoi il n'avait jamais vu cette construction de l'extérieur puis il se rendit compte que les arbres et le petit creux du terrain devaient la cacher d'à peu près partout sauf peut-être de la plage – dont l'accès était interdit au niveau de la base.

Pour bien voir les détails il leva la tête, mais la pluie lui gifla le visage et piqua ses yeux. Trop curieux pour passer son chemin, il insista. L'éclat fugace de la lune lui permit d'apercevoir au-dessus du mur circulaire une grille métallique plus grande qu'un matelas, de près de quatre mètres de côté. L'engin pivotait comme un manège, effectuant un tour en quelques secondes.

Harald était fasciné. Il n'avait encore jamais vu une machine de ce genre et l'ingénieur qu'il y avait en lui resta bouche bée. Que faisait cet engin ? Pourquoi tournait-il ? Le bruit ne lui révélait pas grand-chose : c'était simplement celui du moteur qui faisait pivoter l'ensemble. Il était certain qu'il ne s'agissait pas d'une pièce d'artillerie, pas conventionnelle en tout cas, car démunie de canon. Cet appareil relevait, selon lui, du domaine de la radio.

Non loin de lui, quelqu'un toussa. Instinctivement, Harald sauta pour passer ses bras par-dessus le haut du mur ; puis il hissa son corps et resta allongé une seconde sur l'étroit rebord. Se sentant dangereusement visible, il se laissa tomber à l'intérieur. Il craignait que ses pieds ne rencontrent une partie mobile de l'engin, mais il était presque certain qu'il y aurait une coursive autour du mécanisme pour permettre aux ingénieurs d'en assurer l'entretien. En effet, après un bref moment de tension, il rencontra un sol cimenté. Le bourdonnement s'amplifiait et cela sentait l'huile de moteur. Il perçut sur sa langue le goût particulier de l'électricité statique.

Qui avait toussé ? Sans doute une sentinelle qui passait. Les pas de l'homme avaient dû être étouffés par le vent et la pluie tout comme, heureusement, le bruit fait par Harald escaladant le mur. Mais la sentinelle l'avait-elle vu ?

Il se plaqua contre la concavité du mur, haletant, attendant le rayon d'une torche électrique qui le trahirait. Il se demanda ce qui se passerait s'il était pris. Ici, à la campagne, les Allemands se montraient plutôt aimables : ils ne se pavanaient pas comme des conquérants mais semblaient plutôt gênés d'être là. Ils le remettraient sans doute à la police danoise. Il ne savait pas très bien quelle attitude adopteraient les policiers. Si Peter Flemming faisait partie du contingent local, il veillerait à ce que Harald pâtisse au maximum de son expédition. Heureusement, il était basé à Copenhague. Mais encore plus que tout châtiment officiel, Harald redoutait la colère de son père. Il entendait déjà les interrogations sarcastiques du pasteur : « Tu as escaladé la clôture ? Pour pénétrer dans cette enceinte militaire secrète ? De nuit ? Pour prendre un raccourci ? Parce qu'il pleuvait ? »

Mais aucun faisceau lumineux ne se braqua sur Harald. Il fixait la masse sombre de la machine qui se dressait devant lui et crut apercevoir de gros câbles sortir du bord inférieur de la grille et disparaître dans l'obscurité de l'autre côté de la fosse. Pour envoyer ou recevoir des messages radio, se dit-il.

Au bout de quelques longues minutes, il eut la certitude que la sentinelle avait poursuivi sa ronde. Il remonta sur le faîte du mur en essayant de distinguer quelque chose à travers la pluie : de chaque côté de l'engin, deux formes sombres plus petites étaient visibles, mais comme elles ne bougeaient pas il en conclut qu'elles faisaient partie de l'appareil. Pas trace de sentinelle. Il se laissa glisser à l'extérieur et repartit vers les dunes.

Au moment où la lune passait derrière un nuage épais, il heurta un mur de bois. Secoué et effrayé, il étouffa un juron ; il réalisa tout de suite qu'il s'agissait d'un vieux hangar à bateaux utilisé jadis par l'école de navigation. Le bâtiment était en ruine et les Allemands ne l'avaient pas réparé – apparemment ils n'en avaient pas l'usage. Il resta un moment immobile, l'oreille aux aguets, mais il n'entendait que son cœur battre. Il reprit sa marche.

Il retrouva sans autres incidents la clôture, l'escalada et se dirigea vers sa maison. Le temple se trouvait sur son chemin ; il le repéra grâce à la longue rangée de petites fenêtres carrées encore éclairées donnant sur la mer. Qui donc pouvait se trouver à l'intérieur à une heure pareille un samedi soir ?

Le temple était un édifice long et plat. Dans les grandes occasions, il accueillait les quatre cents habitants qui constituaient la population de l'île, mais pas plus. Des rangées de sièges faisaient face à un lutrin en bois. Pas d'autel. Rien aux murs à part quelques textes encadrés.

L'attitude des Danois à l'égard de la religion n'avait rien de dogmatique et la plupart des habitants pratiquaient le luthéranisme évangélique. Toutefois, les pêcheurs de Sande s'étaient convertis un siècle plus tôt à une doctrine plus rigoureuse. Depuis une trentaine d'années, le père de Harald entretenait la flamme de leur foi, donnant dans sa vie l'exemple d'un puritanisme intransigeant et affrontant personnellement les contrevenants avec l'irrésistible piété de ses yeux bleus. Malgré cet exemple d'une conviction aussi ardente, son fils n'était pas croyant. À chacun de ses séjours chez lui, Harald assistait au service pour ne pas blesser les sentiments de son père ; pourtant, au fond de son cœur, il n'était pas d'accord. Il n'avait pas encore pris de décision en général, mais il savait qu'il ne croyait pas à un dieu aux règles mesquines et au châtiment vengeur.

Il se rapprocha et entendit de la musique. En regardant par la fenêtre, il vit son frère Arne jouer un air de jazz au piano, avec un toucher délicat. Harald sourit, ravi. Arne était venu à la maison pour les vacances. Amusant et raffiné, il allait mettre un peu d'animation pendant ce long week-end au presbytère.

Harald s'approcha et franchit le portail. Sans se retourner, Arne enchaîna aussitôt sur un hymne pompeux. Harald sourit de nouveau. Arne, entendant la porte s'ouvrir, avait cru que c'était leur père qui arrivait. Le pasteur désapprouvait le jazz et ne permettrait sûrement pas qu'on en joue dans son temple.

— Ce n'est que moi, annonça Harald.

Arne tourna la tête. Il arborait son uniforme kaki de l'armée. De dix ans l'aîné de Harald, il était pilote instructeur dans les troupes aéroportées, basées à l'école de pilotage proche de Copenhague. Les Allemands avaient mis un terme à toute activité militaire des Danois et les avions étaient le plus souvent cloués au sol, mais les instructeurs étaient autorisés à donner des leçons sur des planeurs.

— En t'apercevant du coin de l'œil, j'ai vraiment cru que c'était le paternel, fit Arne en toisant Harald d'un regard affectueux. Tu lui ressembles de plus en plus.

— Est-ce que ça veut dire que je vais devenir chauve ?

— Probablement.

— Et toi ?

— Je ne pense pas. Je tiens de mère.

C'était vrai. Arne avait les épais cheveux bruns et les yeux noisette de leur mère. Harald était blond comme leur père et avait hérité aussi du pénétrant regard de ses yeux bleus avec lequel le pasteur intimidait ses ouailles. Harald, comme son père, était redoutablement grand et Arne, avec son mètre soixante-dix-huit, semblait petit.

— Il faut que je te joue quelque chose, dit Harald. (Arne libéra le tabouret et Harald s'assit au piano.) J'ai retenu ça d'un disque que quelqu'un a apporté à l'école. Tu connais Mads Kirke ?

— C'est un cousin de mon collègue Poul.

— Exact. Il a découvert ce pianiste américain du nom de Clarence Pine Top Smith. (Harald eut un instant d'hésitation.) Que fait le paternel en ce moment ?

— Il écrit le sermon pour demain.

— Bon.

Du presbytère, à cinquante mètres de là, on ne pouvait pas entendre le piano et il était peu probable que le pasteur s'interrompe dans ses travaux pour faire un petit tour jusqu'au temple, surtout par ce temps. Harald attaqua *Pine Top's Boogie-Woogie* et la salle résonna des harmonies sensuelles de l'Amérique sudiste. Sa mère avait beau dire qu'il avait la main un peu lourde, c'était un pianiste enthousiaste. Incapable de jouer assis, il se leva, écartant d'un coup de pied le tabouret qu'il renversa, et se mit à jouer debout, sa carcasse interminable penchée sur le clavier. Ainsi, il faisait davantage de fautes, mais apparemment il s'en moquait dès l'instant où il gardait le rythme. Il plaqua le dernier accord et dit en anglais : *That's what I'm talkin' about!* exactement comme Pine Top sur l'enregistrement.

— Pas mal ! dit Arne en riant.

— Si tu écoutais l'original...

— Viens sur le perron. J'ai envie de fumer.

— Le paternel ne va pas aimer ça, fit remarquer Harald.

— J'ai vingt-huit ans, rétorqua Arne. Je suis trop vieux pour que mon père me dise ce que je dois faire.

— Je suis bien d'accord... mais lui ?

— Il te fait peur ?

— Bien sûr. Tout comme à notre mère et à pratiquement tous ceux que je connais sur cette île – toi compris.

— D'accord, reconnut Arne en souriant, peut-être un tout petit peu.

Ils se tinrent devant la porte du temple, abrités de la pluie par un petit auvent. Sur l'autre côté d'un carré de terrain sablonneux se dressait la silhouette sombre du presbytère. De la lumière brillait par la fenêtre en losange percée dans la porte de la cuisine. Arne sortit ses cigarettes.

— As-tu reçu des nouvelles d'Hermia ? lui demanda Harald.

Arne était fiancé à une jeune Anglaise qu'il n'avait pas vue depuis plus d'un an, depuis que les Allemands occupaient le Danemark.

— J'ai essayé de lui écrire, répondit Arne en secouant la tête. J'ai trouvé l'adresse du consulat britannique à Göteborg. (Les Danois étaient autorisés à envoyer des lettres en Suède, pays neutre.) J'ai expédié ma lettre à cette adresse sans mentionner le consulat sur l'enveloppe. Je pensais avoir été très malin, mais les censeurs ne se laissent pas si facilement rouler. Mon supérieur m'a fait rapporter la lettre en me menaçant de la cour martiale si jamais je recommençais un coup pareil.

Harald aimait bien Hermia. Certaines des petites amies d'Arne avaient été, il faut bien le dire, des blondes un peu sottes, mais Hermia avait de la cervelle et du cran. Au premier abord, elle impressionnait par son air sombre et dramatique, et sa façon de parler très directe ; mais elle avait gagné le cœur de Harald en le traitant comme un homme et non comme le petit frère de quelqu'un. Et puis, en costume de bain, elle était superbe.

— Tu veux toujours l'épouser ?

— Bon Dieu, oui... si elle est encore en vie. Elle a peut-être été tuée par une bombe à Londres.

— Ça doit être dur de ne pas savoir.

Arne hocha la tête, puis demanda :

— Et toi ? Rien dc ton côté ?

— Les filles de mon âge ne s'intéressent pas aux collégiens, fit Harald en haussant les épaules.

Il avait dit cela d'un ton léger, mais il dissimulait un réel ressentiment. Il avait essuyé deux ou trois refus blessants.

— J'imagine qu'elles veulent sortir avec un gars susceptible de faire quelques frais pour elle.

— Exactement. Quant aux filles plus jeunes, j'en ai rencontré une à Pâques... Birgit Claussen.

— Claussen ? La famille de Morlunde qui est dans les constructions navales ?

— Oui. Elle est jolie, mais elle n'a que quinze ans et sa conversation est vraiment assommante.

— C'est aussi bien. La famille est catholique. Le paternel n'approuverait pas.

— Je sais, dit Harald en fronçant les sourcils. Mais il est bizarre. À Pâques, il a prêché la tolérance.

— Il est aussi tolérant que Vlad l'empaleur, déclara Arne en jetant par terre le mégot de sa cigarette. Allons parler au vieux tyran.

— Avant d'entrer...

— Quoi donc ?

— Comment ça va dans l'armée ?

— C'est sinistre. Nous ne pouvons pas défendre notre pays et la plupart du temps on ne me permet pas de voler.

— Combien de temps ça peut durer ?

— Qui sait ? Peut-être éternellement. Les nazis ont tout raflé. Il ne reste plus d'adversaire que les Anglais, et leur sort ne tient qu'à un fil.

Harald baissa la voix bien qu'il n'y eût personne pour écouter.

— Il doit pourtant y avoir quelqu'un à Copenhague pour lancer un mouvement de résistance...

— À supposer qu'il y en ait un, répondit Arne en haussant les épaules, et que je sois au courant, je ne pourrais pas t'en parler, n'est-ce pas ?

Là-dessus, sans laisser à Harald le temps d'en dire davantage, Arne fonça sous la pluie vers la lumière qui brillait dans la cuisine.

2.

Hermia Mount considérait tristement son déjeuner – deux saucisses carbonisées, une généreuse cuillerée de purée de pommes de terre trop liquide et un peu de chou trop cuit – en songeant avec nostalgie à un bar sur le front de mer de Copenhague qui proposait, lui, trois sortes de harengs accompagnés de salade, de cornichons, de pain chaud et de bière.

Elle avait été élevée au Danemark ; l'essentiel de la carrière de son père, diplomate britannique, s'était en effet déroulée dans les pays scandinaves. Hermia avait travaillé à l'ambassade britannique de Copenhague, d'abord comme secrétaire, puis comme assistante d'un attaché naval, du MI6 en fait, le service de renseignement. Quand son père mourut, sa mère choisit de retourner à Londres, alors qu'Hermia décidait de rester à Copenhague, en partie à cause de son poste mais surtout parce qu'elle était fiancée à un pilote danois, Arne Olufsen.

Là-dessus, le 9 avril 1940, Hitler envahit le Danemark. Après quatre jours d'angoisse, Hermia et un groupe de fonctionnaires britanniques quittèrent le pays dans un train diplomatique spécial qui les conduisit, à travers l'Allemagne, jusqu'à la frontière hollandaise d'où ils traversèrent les Pays-Bas neutres et gagnèrent Londres.

Maintenant, à trente ans, Hermia était analyste du renseignement et chargée de la section Danemark du MI6. Avec la quasi-totalité du service, on l'avait évacuée du quartier général de Londres, au 54, Broadway, près du palais de Buckingham, pour gagner Bletchley Park, grande maison de campagne à la lisière d'un village à quatre-vingts kilomètres au nord de la capitale.

Un bâtiment préfabriqué monté précipitamment dans le parc faisait office de cantine. Hermia était contente d'avoir échappé au Blitz, mais regrettait qu'un improbable miracle n'ait pas évacué par la même occasion l'un ou l'autre de ces charmants petits restaurants italiens ou français, où elle aurait trouvé quelque chose de comestible. Elle porta un peu de purée à sa bouche et se força à avaler.

Pour se distraire du goût de la nourriture, elle déplia le *Daily Express* du jour. Les Britanniques venaient de perdre la Crète ; l'*Express* s'efforçait de faire bonne contenance en prétendant que les combats avaient coûté dix-huit mille hommes à Hitler, mais les nazis comptaient un triomphe de plus dans une liste déjà longue, voilà la déprimante vérité.

Levant les yeux, elle remarqua un homme de petite taille, d'à peu près son âge, qui, une tasse de thé à la main, s'avançait vers elle d'un pas vif bien que claudiquant de façon sensible.

— Puis-je me joindre à vous ? suggéra-t-il. (Il n'attendit pas la réponse et s'assit en face d'elle.) Je m'appelle Digby Hoare. Je sais qui vous êtes.

— Je vous en prie, répondit-elle haussant un sourcil.

La note d'ironie qui perçait dans sa voix le laissa apparemment de marbre.

— Merci, se contenta-t-il de dire.

Elle l'avait aperçu une ou deux fois dans les parages. Sa claudication ne semblait diminuer en rien son énergie. Avec ses cheveux bruns indisciplinés, il n'avait pas un physique de vedette de cinéma, mais de beaux yeux bleus et ses traits un peu anguleux faisaient penser à Humphrey Bogart.

— À quel service appartenez-vous ? lui demanda-t-elle.

— À vrai dire, je travaille à Londres.

Elle remarqua que cela ne répondait pas à sa question. Elle écarta son assiette.

— La cuisine ne vous plaît pas ? dit-il.

— Et à vous ?

— Je vais vous avouer une chose. J'ai interrogé des pilotes qui après avoir été abattus au-dessus de la France ont réussi à rentrer en Angleterre. Nous nous imaginons connaître l'austérité, mais en réalité nous ignorons totalement le sens de ce mot. Les Frenchies, eux, meurent de faim, aussi tout me semble bon depuis que j'ai entendu ces récits.

— L'austérité n'implique pas systématiquement une cuisine abominable, rétorqua-t-elle sèchement.

— On ne s'était pas trompé, lança-t-il en souriant, vous n'avez pas la langue dans votre poche.

— Que vous a-t-on appris d'autre ?

— Que vous êtes bilingue anglais et danois – ce qui, je présume, explique pourquoi vous dirigez le bureau danois.

— Non. La raison en est la guerre : autrefois, aucune femme au sein du MI6 ne s'élevait jamais au-dessus du niveau d'assistante secrétaire. Dépourvues d'esprit analytique, nous sommes mieux programmées pour tenir un intérieur et élever des enfants. Mais depuis que la guerre a éclaté, notre cerveau a subi de remarquables modifications et nous sommes devenues capables de travaux qui précédemment relevaient des compétences d'un esprit masculin.

Il accueillit son ton sarcastique avec bonne humeur.

— Je l'ai remarqué aussi, dit-il, et cela ne cesse de m'émerveiller.

— Pourquoi vous êtes-vous renseigné sur moi ?

— Pour deux raisons. D'abord parce que vous êtes la plus jolie femme que j'aie jamais vue.

Cette remarque ne s'accompagnait d'aucun sourire ironique. Il avait réussi à la surprendre et elle ne trouva aucune réplique spirituelle. (Les hommes ne lui disaient pas souvent qu'elle était jolie. Belle femme, peut-être ; impressionnante parfois ; imposante, souvent. Elle avait un long visage ovale d'une régularité parfaite mais des cheveux d'un brun sévère, des paupières un peu tombantes et un nez trop grand pour être charmant.)

— Quelle est l'autre raison ?

Il jeta un coup d'œil de côté. Deux femmes plus âgées partageaient leur table et, même si elles bavardaient entre elles, elles écoutaient sans doute d'une oreille leur conversation.

— Je vais vous le dire dans une minute, déclara-t-il. Aimeriez-vous aller faire la bringue ?

— Quoi ?

Une nouvelle fois il l'avait surprise.

— Voudriez-vous sortir avec moi ?

— Certainement pas.

Un moment il parut déconcerté, puis retrouva son sourire pour lui répondre :

— Ne me dorez pas la pilule, dites-le-moi carrément.

Elle ne put s'empêcher de sourire.

— Nous pourrions aller au cinéma, insista-t-il. Ou au pub de L'Épaule de mouton à Old Bletchley. Ou les deux.

Elle secoua la tête.

— Non, merci, dit-elle d'un ton ferme.

— Oh... fit-il, dépité.

Elle ne voulait pas qu'il pense qu'elle l'éconduisait à cause de son infirmité, aussi s'empressa-t-elle de mettre les choses au point.

— Je suis fiancée, expliqua-t-elle en lui montrant l'anneau qu'elle portait à la main gauche.

— Je n'avais pas remarqué.

— Les hommes ne remarquent jamais.

— Qui est l'heureux gaillard ?

— Un pilote de l'armée danoise.

— Qui est encore là-bas, je présume.

— Pour autant que je sache. Je n'ai aucune nouvelle de lui depuis un an.

Les deux femmes quittèrent la table et l'attitude de Digby changea du tout au tout. L'air grave, il murmura :

— Regardez ceci, je vous en prie.

Il tira de sa poche une feuille de papier pelure et la lui tendit. Elle avait déjà vu ce genre de papier ; comme elle s'y attendait, il s'agissait du décryptage d'un message radio ennemi.

— Je présume que je n'ai pas besoin de vous dire à quel point c'est secret, précisa Digby.

— Pas besoin en effet.

— Je crois que vous parlez l'allemand aussi bien que le danois.

— Au Danemark, tous les écoliers apprennent l'allemand, l'anglais et le latin, acquiesça-t-elle. (Elle examina un moment le message.) Des renseignements à propos de Freya ?

— C'est ce qui nous intrigue. Ce n'est pas un mot allemand. J'ai pensé que ça pourrait vouloir dire quelque chose dans une langue scandinave.

— En effet, dit-elle. Freya est une déesse nordique. En fait, c'est la Vénus des Vikings, la déesse de l'Amour.

— Ah ! fit Digby d'un ton songeur. C'est déjà quelque chose, mais ça ne nous avance pas beaucoup.

— De quoi s'agit-il ?

— Nous perdons trop de bombardiers.

Hermia fronça les sourcils.

— J'ai lu un article dans le journal sur le dernier grand raid – on parlait d'une remarquable réussite.

Digby se contenta de la regarder.

— Oh, je vois, s'exclama-t-elle, vous ne dites pas la vérité aux journaux.

Il garda le silence.

— Si je comprends bien, l'image que je me fais de la campagne de bombardements n'est que pure propagande. La vérité est que nous subissons un désastre total. (Elle fut consternée de voir qu'il ne la contredisait toujours pas.) Au nom du ciel, combien d'appareils avons-nous perdus ?

— Cinquante pour cent.

— Bonté divine. (Hermia détourna la tête. Certains de ces pilotes ont des fiancées, songea-t-elle.) Mais si ça continue...

— Exactement.

Son regard revint au message.

— Est-ce que Freya est un espion ?

— C'est mon travail de le découvrir.

— Que puis-je faire ?

— Dites-moi tout ce que vous savez sur la déesse.

Hermia fouilla dans ses souvenirs qui dataient de l'époque lointaine où, à l'école, elle avait découvert les mythes nordiques.

— Freya possède un collier en or, très précieux, qui lui a été donné par quatre nains. Il est surveillé par le gardien des dieux... qui s'appelle Heimdal, je crois.

— Un gardien. Ça se tient.

— Freya pourrait être une espionne ayant accès à des renseignements confidentiels sur les raids aériens.

— Ou une machine qui décèle les appareils qui approchent avant qu'ils soient en vue.

— J'ai entendu dire que nous disposons de ce genre de machines mais j'ignore tout de leur fonctionnement.

— Trois méthodes possibles : infrarouges, lidar et radar. Les détecteurs à infrarouges captent les rayons émis par la chaleur d'un moteur d'avion ou peut-être par ses gaz d'échappement. Le lidar *(LIght Detection And Ranging)* est un système utilisant les impulsions optiques envoyées par l'appareil de détection et reflétées par l'avion. Le radar, c'est la même chose mais avec des impulsions radio.

— Je viens de me rappeler un autre détail : Heimdal est capable de voir, de jour comme de nuit, jusqu'à cent cinquante kilomètres.

— Alors ça ressemble davantage à une machine.

— C'est ce que je pensais.

Digby termina sa tasse de thé et se leva.

— S'il vous vient d'autres idées, vous me préviendrez ?

— Bien sûr. Où est-ce que je vous trouve ?

— Au n° 10, Downing Street.

— Oh ! fit-elle impressionnée.

— Au revoir.

— Au revoir, dit-elle en le regardant s'éloigner.

Elle resta assise là quelques instants et repensa à cette conversation intéressante à bien des égards : Digby Hoare occupait un poste extrêmement important ; le Premier ministre en personne s'inquiétait du nombre de bombardiers perdus. Ce nom de code, Freya, était-il une simple coïncidence ou au contraire avait-il un rapport avec la Scandinavie ?

Son invitation lui faisait plaisir ; même si sortir avec un autre homme ne l'intéressait pas, elle trouvait agréable sa proposition.

Au bout d'un moment, la vue de son déjeuner presque intact commença à la déprimer. Elle déposa son plateau sur la desserte et gratta son assiette au-dessus de la poubelle. Puis elle alla aux toilettes.

Elle venait d'entrer dans sa cabine, quand arriva un groupe de jeunes femmes qui bavardaient avec animation. Elle s'apprêtait à sortir quand l'une d'elles lança :

— Ce Digby Hoare, il ne perd pas de temps. En voilà un qui ne traîne pas.

Hermia s'immobilisa, la main sur le bouton de porte.

— Je l'ai vu s'attaquer à Mlle Mount, dit une voix plus âgée. Il doit aimer les gros nichons.

Les autres pouffèrent. Dans son coin, Hermia se rembrunit en entendant cette allusion à ses formes plantureuses.

— Je crois qu'elle l'a envoyé promener, reprit la première.

— Et ça t'étonne ? Je ne me sens pas capable de m'enticher d'un homme avec une jambe de bois.

Une troisième intervint avec un accent écossais.

— Je me demande s'il l'enlève pour tirer un coup, glapit-elle et elles éclatèrent toutes de rire.

Hermia en avait entendu assez. Elle ouvrit la porte, fit un grand pas en avant et lança :

— Si je l'apprends, je vous le ferai savoir.

Les trois filles restèrent muettes de saisissement et Hermia s'éloigna sans leur laisser le temps de se reprendre.

Elle sortit du baraquement. La vaste pelouse verdoyante avec ses cèdres et son bassin à cygnes avait été massacrée par des constructions préfabriquées édifiées en hâte pour loger les centaines de membres du personnel évacués de Londres. Elle traversa le parc jusqu'à la maison, une demeure victorienne en brique rouge à la façade surchargée.

Elle franchit la vaste véranda pour gagner son bureau dans les anciens logements des domestiques, un minuscule réduit en L qui avait sans doute servi de débarras. L'unique petite fenêtre, placée trop haut, ne donnait pas assez de jour, aussi travaillait-elle toute la journée à la lumière électrique. Un téléphone était posé sur son bureau et une machine à écrire sur une petite table à côté. Son prédécesseur avait eu une secrétaire, mais puisqu'elle était une femme, on comptait sur elle pour se charger elle-même des travaux de dactylo. Sur son bureau, elle trouva un paquet en provenance de Copenhague.

Après que Hitler eut envahi la Pologne, elle avait jeté les bases d'un petit réseau d'espionnage au Danemark. À la tête, un ami de son fiancé, Poul Kirke. Celui-ci avait rassemblé des jeunes gens qui, persuadés que leur petit pays allait passer sous la coupe de son grand voisin, pensaient que la seule façon de lutter pour la liberté était de coopérer avec les Anglais. Poul avait déclaré que ces hommes – les Veilleurs de nuit – ne s'occuperaient ni de sabotages ni d'assassinats, mais seulement de transmettre des informations militaires au Renseignement britannique. Cet exploit de Hermia – unique pour une femme – lui avait valu sa promotion à la tête du bureau danois.

Le paquet contenait quelques preuves de sa prévoyance, une liasse de rapports déjà décryptés pour elle par le service du chiffre sur le dispositif militaire allemand au Danemark : bases militaires sur l'île centrale de Fyn ; trafic maritime dans le Kattegat, la mer séparant le Danemark de la Suède ; et le nom des officiers allemands en poste à Copenhague.

Le paquet contenait aussi un exemplaire du journal clandestin *Réalité*, pour l'instant seul signe d'une résistance des Danois aux nazis. Elle y jeta un coup d'œil et lut notamment un article indigné qui affirmait qu'il y avait pénurie de beurre parce qu'on envoyait toute la production en Allemagne.

Le colis était sorti en contrebande du Danemark grâce à un intermédiaire résidant en Suède qui l'avait transmis à l'agent du MI6 à la légation britannique de Stockholm. Une note de l'intermédiaire l'accompagnait annonçant qu'il avait également fait parvenir un exemplaire de *Réalité* au bureau de l'agence Reuters à Stockholm. Hermia désapprouvait cette initiative. Même si faire connaître les conditions de l'occupation semblait une bonne idée, elle n'aimait pas que des agents mêlent l'espionnage à une autre activité. Les actions de résistance risquaient d'attirer l'attention des autorités sur un agent qui sans cela aurait pu travailler pendant des années sans se faire remarquer.

L'évocation des Veilleurs de nuit lui rappela douloureusement le souvenir de son fiancé. Arne ne faisait pas partie du groupe. Son tempérament ne s'y prêtait pas. Elle l'aimait pour son insouciante joie de vivre. Avec lui, elle se détendait, surtout au lit. Mais un garçon aussi désinvolte et qui ne s'occupait pas des détails de la vie ordinaire n'était pas fait pour le travail d'agent secret. Quand elle regardait la vérité en face, elle s'avouait qu'elle n'était pas sûre qu'il en eût le courage. Sur les pistes de ski, il était certes un vrai casse-cou – le seul skieur de la station norvégienne où ils s'étaient rencontrés à surpasser Hermia – mais elle se demandait comment il affronterait les terreurs plus subtiles des opérations clandestines.

Elle avait songé à lui envoyer un message par l'intermédiaire des Veilleurs de nuit. Poul Kirke travaillait à l'école de pilotage et, si Arne s'y trouvait encore, ils devaient se voir tous les jours. Que le fait d'utiliser le réseau pour un message personnel ne fût guère professionnel ne l'aurait pas arrêtée. Que le service du chiffre qui aurait dû coder ses messages s'en aperçoive ne l'en aurait pas davantage empêchée. Seul le danger qu'elle ferait courir à Arne la retenait : des messages secrets pouvaient tomber entre des mains ennemies, or les chiffres utilisés par le MI6, codes peu compliqués basés sur des poèmes, des vestiges du temps de paix, pouvaient facilement être déchiffrés. Si le nom d'Arne figurait dans un message adressé à des espions danois par le Renseignement britannique, il en perdrait probablement la vie. En cherchant à s'informer sur son sort, Hermia risquerait de signer son arrêt de mort. Elle restait donc assise dans son placard à se ronger d'angoisse.

Elle composa un message à l'adresse de l'intermédiaire suédois pour lui ordonner de ne pas s'occuper de propagande et de s'en tenir à sa mission de courrier. Puis elle tapa un rapport faisant suivre à son chef toutes les informations militaires qu'elle venait de recevoir et des copies pour les autres services.

À seize heures, elle quitta son bureau ; elle y reviendrait dans la soirée finir son travail ; mais pour l'instant elle avait rendez-vous avec sa mère pour le thé.

Margaret Mount vivait dans une petite maison de Chelsea. Quand un cancer avait emporté son mari – à moins de cinquante ans –, elle s'était installée avec une amie de collège célibataire, Elizabeth. Elles s'appelaient par leur diminutif d'adolescente, Mags et Bets. Ce jour-là, elles avaient pris le train pour Bletchley afin de visiter le logement de Hermia.

Hermia traversa rapidement le village jusqu'à la rue où elle louait une chambre. Mags et Bets bavardaient dans le salon avec sa propriétaire, Mme Bevan. La mère de Hermia portait son uniforme d'ambulancière, pantalon et casquette, et Bets, jolie femme d'une cinquantaine d'années, une robe à fleurs à manches courtes. Hermia serra sa mère dans ses bras et planta un baiser sur la joue de Bets. Bets et elle n'avaient jamais été très proches : Hermia la soupçonnait parfois d'être jalouse de son intimité avec sa mère.

Hermia les fit monter au premier. Bets considéra d'un œil méprisant la petite chambre sinistre avec son lit d'une personne, mais la mère de Hermia déclara gaiement :

— Ma foi, ce n'est pas mal pour un temps de guerre.

— Je n'y suis guère de toute façon, lui affirma Hermia sans vergogne.

À vrai dire, elle passait là de longues soirées solitaires à lire et à écouter la radio.

Elle alluma le réchaud à gaz pour préparer du thé et découpa un petit cake qu'elle avait acheté pour l'occasion.

— Je ne pense pas que tu aies reçu des nouvelles d'Arne ? demanda sa mère.

— Non. Je lui ai écrit par l'intermédiaire de la légation britannique à Stockholm qui a fait suivre la lettre mais je n'ai jamais eu de réponse, alors je ne sais pas s'il l'a reçue.

— Oh, mon Dieu.

— J'aurais aimé le rencontrer, dit Bets. Comment est-il ?

Je suis tombée amoureuse d'Arne comme on dévale une pente à ski, se dit Hermia : une petite poussée pour démarrer, une brusque accélération et puis, sans transition, on fonce tout schuss, impossible de s'arrêter. Mais comment expliquer cela !

— Il a le look d'une vedette de cinéma, les qualités d'un merveilleux athlète et le charme d'un Irlandais, mais il n'y a pas que cela, expliqua Hermia. C'est tout simplement tellement facile de partager sa vie. Quoi qu'il arrive, il se contente d'en rire. Parfois, je me mets en colère – mais jamais contre lui – et il me regarde avec un sourire en disant : « Je te jure, Hermia, je ne connais personne comme toi. » Mon Dieu, qu'il me manque, fit-elle en refoulant ses larmes.

— Ils sont nombreux à être tombés amoureux de toi, reprit sa mère sèchement, mais peu ont réussi à te supporter. (Comme sa fille, Mags ne mâchait pas ses mots.) Tu aurais dû lui clouer le pied au plancher quand tu en avais l'occasion.

Hermia changea de sujet et leur posa des questions sur le Blitz. Bets passait les raids aériens sous la table de la cuisine, tandis que Mags roulait sous les bombes au volant de son ambulance. La mère de Hermia était une femme formidable, parfois trop directe et manquant de tact pour une épouse de diplomate, mais la guerre avait fait ressortir sa force et son courage, de même que le service secret soudain à court d'hommes avait permis à Hermia de s'épanouir.

— La Luftwaffe ne peut pas continuer ça indéfiniment, déclara Mags. Leurs réserves en appareils et pilotes ne sont certainement pas inépuisables. Si nos bombardiers persistent à pilonner l'industrie allemande, cela finira bien par faire de l'effet.

— En attendant, intervint Bets, des Allemands innocents, femmes et enfants, souffrent tout comme nous.

— Je sais, dit Mags, mais c'est la guerre.

Hermia se rappela sa conversation avec Digby Hoare : la population, à l'instar de Mags et de Bets, s'imaginait que la campagne de bombardement britannique sapait les forces des nazis. Heureusement qu'on ne se doutait pas que la moitié des bombardiers se faisaient abattre. Si les gens connaissaient la vérité, ils seraient tentés de renoncer.

Mags se lança dans la longue histoire du sauvetage d'un chien dans un immeuble en flammes que Hermia écouta distraitement en pensant à Digby. À supposer que Freya soit une machine utilisée par les Allemands pour défendre leurs frontières, il se pourrait bien qu'elle se trouve au Danemark. Comment faire pour enquêter ? Selon Digby, un tel appareil émettrait des rayons, soit des impulsions optiques, soit des ondes radio. On devait pouvoir détecter ce genre d'émissions, tâche à confier, pourquoi pas, aux Veilleurs de nuit.

Cette idée l'intéressait de plus en plus. Mais avant de contacter les Veilleurs de nuit, il lui fallait obtenir davantage d'informations, et ce dès ce soir, aussitôt qu'elle aurait raccompagné Mags et Bets au train.

— Encore un peu de cake, mère, proposa-t-elle malgré son impatience de les voir s'en aller.

3.

Jansborg Skole avouait ses trois cents ans avec fierté.

À l'origine, l'école comprenait une église et un bâtiment où les garçons prenaient leurs repas, dormaient et suivaient leurs cours. C'était aujourd'hui un ensemble de constructions de briques rouges, anciennes et nouvelles. La bibliothèque, qui fut à une époque la plus belle du Danemark, était située dans un édifice séparé aussi vaste que l'église. L'école comptait aussi des laboratoires, des dortoirs modernes, une infirmerie et une salle de gymnastique aménagée dans une grange.

Harald Olufsen se rendait du réfectoire au gymnase. Il était midi et les garçons venaient de terminer le sandwich de porc froid aux cornichons (qui avait été le menu de tous les mercredis tout au long des sept années qu'il avait passées à l'école).

Il trouvait stupide cette fierté qu'on attachait à l'ancienneté de l'institution. Quand les professeurs parlaient avec révérence de l'histoire de l'école, cela lui rappelait les vieilles femmes de pêcheurs de Sande qui se plaisaient à dire : « J'ai plus de soixante-dix ans maintenant », avec un sourire timide, comme si c'était un exploit.

Au moment où il passait devant la maison du principal, la femme de celui-ci sortit en lui faisant un sourire.

— Bonjour, Mia, dit-il poliment.

On continuait d'appeler le principal *Heis* qui, en grec ancien, signifiait « un » et sa femme *Mia,* « une ». On n'enseignait plus le grec à l'école depuis cinq ans, mais les traditions avaient la vie dure.

— Des nouvelles, Harald ?

Il s'était fabriqué une radio qui lui permettait de capter la BBC.

— Les rebelles irakiens ont été vaincus, annonça-t-il. Les Anglais sont entrés à Bagdad.

— Une victoire britannique, commenta-t-elle. Ça nous change.

Mia, femme sans beauté, au visage banal encadré de cheveux bruns sans éclat, et portant toujours des vêtements informes, était l'une des deux seules représentantes de l'autre sexe de l'école. Les garçons ne cessaient de l'imaginer nue. Harald se demandait s'il cesserait jamais d'être obsédé par le sexe. Théoriquement, il était convaincu que de coucher soir après soir avec sa femme pendant des années devenait une routine dont le plaisir était absent, pourtant il n'arrivait tout bonnement pas à le concevoir.

Le cours suivant aurait dû être consacré à deux heures de maths, mais aujourd'hui il y avait un visiteur : Svend Agger, un ancien élève qui représentait maintenant sa ville natale au Rigsdag, le Parlement. L'école tout entière devait l'entendre prendre la parole au gymnase, la seule salle assez grande pour abriter les cent vingt élèves. Harald aurait préféré faire des maths.

Il n'arrivait pas à se souvenir du moment où il s'était intéressé à ce qu'on lui enseignait. Petit garçon, il considérait que les cours quels qu'ils soient l'arrachaient – ce qui l'exaspérait – à des occupations autrement importantes comme la construction de barrages sur des ruisseaux ou de maisons dans les arbres. Vers quatorze ans, insensiblement, il avait commencé à trouver l'étude de la physique et de la chimie plus excitante que les jeux dans les bois, surtout à partir du moment où il avait découvert que c'était un savant suédois, Niels Bohr, qui avait élaboré la théorie des quanta : en interprétant la table périodique des éléments, celui-ci expliquait les réactions chimiques par la structure atomique des éléments impliqués. Cette explication fondamentale et profondément satisfaisante de la structure de l'univers fut, pour Harald, une révélation ; il vénérait Bohr autant que d'autres garçons adoraient Kaj Hansen, « le petit Kaj », le héros du football, avant-centre de l'équipe connue sous le nom de B93 Kobenhavn. Harald avait posé sa candidature pour étudier la physique à l'université de Copenhague où Bohr dirigeait l'Institut de physique théorique.

Les études coûtaient cher. Par bonheur, le grand-père de Harald, ayant vu son propre fils embrasser une profession qui ne l'enrichirait jamais, avait pris ses précautions pour ses petits-fils. Son héritage avait permis à Arne et à Harald d'entrer à Jansborg Skole et financerait aussi les études de Harald à l'université.

Il pénétra dans le gymnase où les plus jeunes élèves avaient disposé les bancs en rangées régulières. Harald s'assit au fond auprès de Josef Duchwitz. Parce qu'il était très petit et qu'il portait, de plus, un nom de famille qui évoquait celui de Donald Duck, Josef avait été surnommé Anaticula, mot latin signifiant « caneton », puis Tik. Malgré leurs milieux très différents – Tik appartenait à une riche famille juive –, ils étaient amis intimes depuis le début de leurs études.

Quelques instants plus tard, Mads Kirke vint s'asseoir auprès de Harald. Ils étaient tous deux de la même année. Mads venait d'une brillante famille de militaires : son grand-père était général et son défunt père avait été ministre de la Défense dans les années trente. Son cousin Poul était le condisciple d'Arne à l'école d'aviation.

Tous trois, étudiants en science, ne se quittaient presque jamais et formaient un trio dont la disparité physique prêtait à rire : Harald grand et blond, Tik petit et brun, Mads criblé de taches de rousseur. Un professeur d'anglais, un plaisantin, les avait un jour appelés les trois clowns ; le surnom leur était resté.

Heis, le principal, fit son entrée avec le visiteur ; les élèves se levèrent poliment. Heis était grand et maigre, avec des lunettes perchées sur l'arête d'un nez crochu. Il avait passé dix ans dans l'armée, mais on comprenait pourquoi il l'avait quittée pour l'enseignement. Avec ses manières douces, il avait toujours l'air de s'excuser de détenir l'autorité. Il était aimé plutôt que craint. Les élèves lui obéissaient parce qu'ils ne voulaient pas le blesser.

Quand tout le monde se fut rassis, Heis présenta le député, un homme de petite taille, si peu impressionnant qu'on aurait cru que c'était lui le professeur et Heis l'hôte distingué. Agger se mit à parler de l'occupation allemande.

Harald se rappela le jour où tout avait commencé, quatorze mois auparavant. Le rugissement d'avions passant au-dessus de l'école avait réveillé les trois clowns au milieu de la nuit ; ils étaient montés sur le toit du dortoir, avaient observé une douzaine d'appareils puis, rien d'autre ne s'étant produit, ils étaient retournés se coucher.

Le matin, il était en train de se brosser les dents quand un professeur s'était précipité dans le couloir en annonçant : « Les Allemands sont arrivés ! » C'était après le petit déjeuner, à huit heures, lors du rassemblement quotidien dans le gymnase pour l'hymne du matin et les annonces du jour, que le principal leur avait officiellement communiqué la nouvelle.

— Allez dans les dortoirs et détruisez tout indice d'opposition aux nazis ou de sympathie pour l'Angleterre, avait-il ordonné.

Harald avait ôté son affiche favorite, une photographie du biplan, le Tiger Moth, aux ailes ornées de la cocarde de la RAF.

Plus tard ce jour-là – un mardi – on avait chargé les plus âgés de remplir des sacs de sable et de les porter jusqu'à l'église pour protéger les inestimables sculptures et les tombeaux. Derrière l'autel se trouvait la sépulture du fondateur de l'école ; son effigie de pierre, vêtue d'une armure médiévale avec une braguette aux dimensions flatteuses, reposait sur la dalle. Harald avait beaucoup amusé ses camarades en posant un sac de sable la tête en bas sur la protubérance. Heis n'avait pas apprécié la plaisanterie : en guise de punition, Harald avait passé l'après-midi à transporter les tableaux dans la crypte pour les mettre en sûreté.

Toutes ces précautions se révélèrent sans objet : l'école était dans un village éloigné de Copenhague et il s'écoula un an avant qu'on y vît des Allemands. Jamais le moindre bombardement ou la moindre fusillade.

En vingt-quatre heures, le Danemark avait capitulé. « La suite des événements a démontré la sagesse de cette décision », déclara l'orateur avec une suffisance irritante qui provoqua chez les élèves qui s'agitaient nerveusement sur leur siège des murmures de mécontentement.

— Notre roi est toujours sur son trône, poursuivit Agger.

Harald et Mads grommelaient, agacés. Christian X avait beau sortir à cheval presque tous les jours dans les rues de

Copenhague pour se montrer à la population, cela ne signifiait pas grand-chose.

— Dans l'ensemble, continua l'orateur, la présence allemande n'a pas pesé trop lourd. Le Danemark a prouvé que, si les exigences de la guerre lui ont fait perdre une partie de son indépendance, cette situation ne débouche pas nécessairement sur des épreuves et des conflits. Jeunes gens, vous devez en tirer la leçon qu'il est parfois plus honorable de se soumettre et d'obéir que de se lancer dans une rébellion inconsidérée, conclut-il en s'asseyant.

Heis applaudit poliment, imité mollement par les élèves. Si le principal avait été un juge plus perspicace de l'humeur du public, il aurait arrêté là la séance. Au lieu de cela, il demanda en souriant :

— Alors, les enfants, avez-vous des questions pour notre invité ?

Mads bondit aussitôt sur l'occasion et lança :

— Monsieur, la Norvège a été envahie le même jour que le Danemark, mais son peuple s'est battu pendant deux mois. Cela ne fait-il pas de nous des lâches ?

Il s'était exprimé avec une parfaite courtoisie, seulement la question était provocante et avait reçu des murmures approbateurs de la part des collégiens.

— Une opinion bien naïve, lâcha Agger d'un ton définitif qui irrita Harald.

— Avec ses montagnes et ses fjords, intervint Heis faisant étalage de ses connaissances militaires, la Norvège est difficile à conquérir. Le Danemark, pays plat avec un bon réseau routier, est impossible à défendre face à une grande armée motorisée.

— Engager le combat, renchérit Agger, aurait causé une effusion de sang inutile puisqu'elle n'aurait rien changé au résultat.

— Sauf que, déclara grossièrement Mads, nous aurions pu marcher la tête haute au lieu de connaître la honte.

Ces propos sortent directement de la bouche des militaires de sa famille, songea Harald.

— Comme l'a écrit Shakespeare, rétorqua Agger tout rouge, l'essentiel du courage tient dans la discrétion.

— En fait, monsieur, observa Mads, c'est une réplique de Falstaff, l'archétype de la lâcheté dans la littérature mondiale.

Les élèves applaudirent en riant.

— Allons, allons, Kirke, gronda légèrement Heis, je connais vos sentiments sur ce point, mais il est inutile d'être discourtois. (Son regard parcourut l'assemblée et s'arrêta sur un élève plus jeune.) Oui, Borr.

— Monsieur, ne croyez-vous pas que la philosophie de Herr Hitler au sujet de l'orgueil national et de la pureté raciale pourrait avoir des effets bénéfiques si on l'adoptait ici, au Danemark ?

Voldemar Borr était le fils d'un éminent nazi danois.

— Certains éléments, peut-être, acquiesça Agger. Mais l'Allemagne et le Danemark sont des pays différents.

Il tourne vraiment autour du pot, ragea Harald intérieurement. Qu'il trouve le courage de condamner la persécution raciale.

— Est-ce qu'un élève, suggéra Heis d'un ton plaintif, aimerait demander à M. Agger en quoi consiste son action quotidienne en tant que membre du Rigsdag ?

Tik se leva. Le ton suffisant d'Agger l'avait agacé lui aussi.

— Vous n'avez pas l'impression d'être une marionnette ? Après tout, ce sont les Allemands qui nous gouvernent vraiment. Vous simulez seulement.

— Notre pays, riposta Agger, continue à être gouverné par notre Parlement danois.

— Oui, marmonna Tik, pour que vous puissiez garder votre job.

Ses voisins l'entendirent et se mirent à rire.

— Les partis politiques demeurent actifs, même les communistes, reprit Agger, ainsi que notre police et nos forces armées.

— Mais, protesta Tik, dès l'instant où le Rigsdag prendra une décision que les Allemands désapprouveront, il sera dissous, la police et l'armée seront désarmées. C'est une farce à laquelle vous participez.

Heis commençait à avoir l'air gêné.

— Je vous en prie, Duchwitz, bredouilla-t-il, surveillez-vous.

— Ne vous inquiétez pas, Heis, dit Agger, j'aime les discussions animées. Si Duchwitz trouve notre Parlement inutile, qu'il compare notre situation à celle qui existe en France. Grâce à notre politique de coopération avec les Allemands, la vie est infiniment moins pénible pour le peuple danois.

Harald en avait assez entendu. Il se leva et prit la parole sans attendre la permission de Heis.

— Et si les nazis viennent chercher Duchwitz ? demanda-t-il. Conseillerez-vous toujours une coopération amicale ?

— Et pourquoi viendraient-ils chercher Duchwitz ?

— Pour la raison pour laquelle ils sont venus chercher mon oncle à Hambourg – parce qu'il est juif.

Quelques-uns des élèves tournèrent vers lui un regard intéressé. Ils ne s'étaient sans doute pas rendu compte que Tik était juif. La famille Duchwitz ne pratiquait guère et Tik assistait comme tout le monde aux services dans l'ancienne église de briques rouges.

Pour la première fois, Agger parut irrité.

— Les forces d'occupation ont fait montre de tolérance envers les Juifs danois.

— Jusqu'à maintenant, fit Harald. Mais si elles changent d'avis ? Imaginez qu'elles décident que Tik est tout aussi juif que mon oncle Joachim ? Que nous conseillerez-vous alors ? Faudra-t-il les laisser faire quand ils viendront l'arrêter ? Ou bien devrions-nous dès maintenant organiser un mouvement de résistance pour nous préparer à cette éventualité ?

— La meilleure solution est de vous assurer de ne jamais être confronté à une telle décision en soutenant la politique de coopération avec la puissance occupante.

Cette réponse évasive exaspéra Harald.

— Mais si ça ne marche pas ? insista-t-il. Pourquoi refusez-vous de répondre à cette question ? Que ferons-nous quand les nazis viendront arrêter nos amis ?

— Olufsen, intervint Heis, vous posez ce qu'on appelle une question hypothétique. Les hommes qui participent à la vie publique préfèrent ne pas aller au-devant des problèmes.

— La question est de savoir jusqu'où ira sa politique de coopération, lança Harald avec feu. Et on n'aura pas le temps d'en débattre quand ils viendront frapper à votre porte au milieu de la nuit, Heis.

Un instant, Heis parut sur le point de réprimander Harald pour son manque de politesse, mais, au bout du compte, il se contenta de répondre :

— Vous avez soulevé un point intéressant, et M. Agger y a apporté une réponse pertinente, déclara-t-il. Mais, tout d'abord, remercions notre invité d'avoir prélevé du temps dans sa vie si occupée pour venir nous rendre visite.

Il leva les mains pour donner le signal des applaudissements.

Mais Harald l'arrêta.

— Qu'il réponde à la question ! s'écria-t-il. Devons-nous résister, ou laisser les nazis faire tout ce qu'ils veulent ? Bon sang, quelle leçon pourrait être plus importante que celle-ci ?

Le silence se fit dans la salle. Dans les limites raisonnables, on tolérait des discussions avec les professeurs, mais Harald avait passé les bornes.

— Vous feriez mieux de nous laisser, dit Heis. Sortez et je vous verrai plus tard.

Cette réaction rendit Harald furieux. Bouillant de frustration, il se leva et se dirigea vers la porte. Il aurait dû sortir sans rien ajouter – il en avait conscience –, mais il n'arrivait pas à s'y résoudre. Du seuil, il se retourna et braqua sur Heis un doigt accusateur.

— Quand il s'agira de la Gestapo, vous ne pourrez pas lui dire de sortir d'ici ! lança-t-il.

Puis il s'en alla en claquant la porte.

4.

Le réveil de Peter Flemming sonna à cinq heures et demie ; il arrêta la sonnerie, alluma la lumière et s'assit dans le lit. Allongée sur le dos, les yeux grands ouverts, Inge contemplait le plafond d'un regard vague. Il la regarda un moment puis se leva.

Il passa dans leur petite cuisine et alluma la radio : un journaliste danois lisait un communiqué plein d'émotion dans lequel les Allemands déploraient la mort de l'amiral Lutjens, qui avait coulé dix jours plus tôt avec le *Bismarck*. Peter posa sur le gaz une petite casserole de flocons d'avoine puis disposa des assiettes sur un plateau. Il beurra une tranche de pain de seigle et prépara de l'ersatz de café.

Il réalisa subitement pourquoi il éprouvait un tel optimisme : son enquête en cours avait fait, la veille, un bond en avant.

Il était inspecteur à l'unité de sécurité, service de la brigade criminelle de Copenhague qui avait pour mission de surveiller leaders syndicaux, communistes, étrangers et autres agitateurs éventuels, dirigé par le commissaire Frederik Juel. Intelligent – il avait fait ses études à la célèbre Jansborg Skole – mais, paresseux, il se conformait volontiers au proverbe latin *Quieta non movere*, « Ne réveillez pas le chat qui dort ». Parmi ses ancêtres figurait un héros de l'histoire navale danoise, mais ce n'est pas pour autant que la lignée faisait preuve de sens guerrier.

Au cours des quatorze derniers mois, la tâche de son unité s'était accrue : il fallait désormais dépister les opposants à l'autorité allemande.

Jusqu'à maintenant, seule l'apparition de journaux clandestins comme *Réalité* – celui que le jeune Olufsen avait laissé tomber – révélait l'existence d'une résistance. Juel estimait les publications illégales inoffensives, bénéfiques même comme soupape de sûreté, et refusait d'en poursuivre les responsables. Cette attitude rendait Peter furieux : c'est de la folie, pensait-il, que de laisser en liberté des criminels qui en profiteront pour continuer à braver la loi.

La politique laxiste de Juel déplaisait aux Allemands, qui n'étaient cependant pas encore allés jusqu'à la confrontation. Le général Walter Braun, militaire de carrière ayant perdu un poumon dans la campagne de France, assurait la liaison entre Juel et les autorités d'occupation, avec pour objectif de maintenir à tout prix le calme au Danemark. À moins d'y être contraint, il n'userait donc pas de son autorité auprès de Juel.

Récemment, Peter avait appris qu'on faisait passer en Suède des exemplaires de *Réalité*. Jusqu'à maintenant, il avait dû se conformer au non-interventionnisme de son chef. Mais le fait que des journaux parvenaient à sortir du pays aurait dû ébranler le je-m'en-foutisme de Juel. La veille au soir, un inspecteur suédois, ami personnel de Peter, lui avait téléphoné pour lui faire part de ses conclusions : à son avis, le journal transitait par le Berlin-Stockholm de la Lufthansa qui faisait escale à Copenhague. Cette nouvelle expliquait l'excitation de Peter à son réveil : son triomphe se dessinait.

Quand les flocons d'avoine furent prêts, il ajouta du lait et du sucre, puis apporta le plateau dans la chambre. Il aida Inge à s'asseoir. Il goûta le porridge pour s'assurer qu'il n'était pas trop chaud, puis se mit à la nourrir à la cuillère.

Un an auparavant – quand on ne rationnait pas encore l'essence – Peter et Inge roulaient en direction de la plage quand un jeune homme au volant d'une voiture de sport les avait emboutis. Peter s'était rapidement rétabli d'une double fracture des jambes, mais Inge, souffrant d'un traumatisme crânien, ne serait plus jamais la même.

Le chauffard, Finn Jonk, fils d'un professeur d'université bien connu, avait été éjecté de sa voiture et s'était retrouvé indemne dans un buisson.

Il roulait sans permis – on le lui avait retiré à la suite d'un précédent accident – et en état d'ébriété. La famille Jonk avait fait appel à un grand avocat qui avait réussi à retarder d'un an le procès, si bien que Finn n'avait toujours pas été châtié pour avoir gâché la vie d'Inge. Cette tragédie mettait bien en évidence l'impunité dont jouissaient, dans la société moderne, certains crimes. (Les nazis, quoi qu'on en pense, punissaient sévèrement les criminels.)

Quand Inge eut terminé son petit déjeuner, Peter l'emmena aux toilettes puis la baigna. Il appréciait sa propreté et son hygiène scrupuleuses, tout particulièrement en ce qui concernait le sexe – elle se lavait toujours avec soin après avoir fait l'amour. Ce n'était pas le cas de toutes les femmes, ainsi de cette chanteuse de cabaret, rencontrée lors d'un raid aérien et avec laquelle il avait eu une brève aventure, qui ne voulait pas qu'il se lave après leurs rapports, prétextant que ce n'était pas romantique.

Inge ne manifesta aucune réaction lorsqu'il la baigna, et lui – l'habitude – ne montra pas davantage d'émotion, même en touchant les endroits les plus intimes de son corps. Il sécha sa peau douce avec une grande serviette, puis il l'habilla. Lui enfiler ses bas était le plus difficile : il commençait par les rouler jusqu'aux orteils pour, ensuite, les dérouler soigneusement sur le pied, puis le long du mollet autour de son genou puis de la cuisse et enfin les attacher à son porte-jarretelles. Les premiers temps, il ne pouvait éviter de faire filer une maille, mais en homme opiniâtre et capable d'une grande patience pour atteindre le but fixé, il était maintenant devenu un expert.

Il l'habilla d'une petite robe de cotonnade jaune ; il compléta par une montre en or et un bracelet, non pas qu'elle fût capable de lire l'heure, mais parce qu'elle semblait, parfois, prête à sourire en voyant des bijoux étinceler à ses poignets.

Il lui brossa les cheveux, et tous deux regardèrent son reflet dans le miroir. Cette jolie blonde au teint pâle avait, avant l'accident, un sourire aguicheur et battait des cils d'un air timide. Aujourd'hui, son visage n'exprimait plus rien.

À la Pentecôte, ils s'étaient rendus à Sande, chez le père de Peter. Axel avait tenté de le persuader de mettre Inge dans une clinique privée. Il en assumerait les frais car Peter n'en avait pas les moyens. Pour que Peter soit libre, disait-il ; en vérité il était désespéré qu'aucun petit-fils ne porte son nom. Mais Peter estimait que c'était son devoir de s'occuper de sa femme. Or, à ses yeux, le devoir passait avant tout ; s'il y manquait, il aurait honte de lui-même.

Il emmena Inge dans le salon et l'installa près de la fenêtre, la radio jouant de la musique en sourdine. Puis il retourna dans la salle de bains.

Le miroir lui renvoya l'image d'un visage aux traits réguliers, ceux d'une vedette de cinéma, disait Inge. Depuis l'accident, quelques poils gris parsemaient sa barbe rousse et quelques rides de lassitude cernaient ses yeux d'un brun un peu orangé. Malgré cela il conservait un port de tête altier et une bouche ferme.

Après s'être rasé, il noua sa cravate et fixa son étui à revolver contenant le pistolet réglementaire, un Walter 7,65, la version moins encombrante du « PPK » à sept balles que les inspecteurs portaient dissimulé sous leur veste. Puis il s'arrêta dans la cuisine pour manger trois tranches de pain sec (il gardait pour Inge les maigres rations de beurre).

L'infirmière était censée arriver à huit heures. À partir de cet instant et jusqu'à huit heures cinq, l'humeur de Peter se modifia. Il se mit à arpenter la petite entrée de l'appartement, il alluma une cigarette puis l'écrasa d'un geste impatient. Il regardait sans cesse sa montre.

Entre huit heures cinq et huit heures dix, la colère le gagna. Comme s'il n'avait pas assez à faire ! Il assumait non seulement une épouse incapable de se débrouiller, mais aussi les lourdes responsabilités d'un inspecteur de police. L'infirmière n'avait pas le droit de le laisser tomber.

— Comment osez-vous être en retard ? cria-t-il en ouvrant toute grande la porte.

Il était huit heures et quart.

Il s'adressait à une fille de dix-neuf ans bien en chair, vêtue d'un uniforme soigneusement repassé, les cheveux ramenés sous son bonnet d'infirmière, son visage rond légèrement maquillé.

— Je suis désolée, s'excusa-t-elle, surprise par la fureur de Peter.

Il s'écarta pour la laisser entrer. Son envie de la frapper était telle qu'elle la devina et s'empressa de passer devant lui.

Il la suivit dans le salon.

— Vous avez quand même eu le temps de vous coiffer et de vous maquiller, lança-t-il d'un ton hargneux.

— Je vous répète que je suis désolée.

— Réalisez-vous à quel point mon travail est astreignant ? Vous, à part vous balader avec des garçons dans les jardins de Tivoli... Vous n'êtes même pas fichue de respecter la ponctualité !

Elle jeta un coup d'œil nerveux au pistolet dans son étui, comme si elle craignait qu'il ne lui tire dessus.

— Le bus était en retard, expliqua-t-elle d'une voix tremblante.

— Vous n'aviez qu'à en prendre un plus tôt, espèce de flemmarde !

— Oh ! fit-elle au bord des larmes.

Peter se détourna, luttant contre une folle envie de la gifler. Mais si elle le laissait tomber, il se trouverait encore plus dans le pétrin. Il enfila sa veste et se dirigea vers la porte.

— Ne vous avisez plus jamais d'être en retard ! cria-t-il avant de sortir.

Une fois dehors, il sauta dans un tramway qui allait dans le centre. S'efforçant au calme, il alluma une cigarette et en tira quelques rapides bouffées. Encore sous l'emprise de la colère, il descendit devant le Politigaarden, le quartier général de la police. La vue du bâtiment au modernisme audacieux l'apaisa cependant : ses formes trapues donnaient en effet une rassurante impression de force, ses pierres d'une blancheur aveuglante évoquaient la pureté et ses rangées de fenêtres identiques symbolisaient l'ordonnance et le côté prévisible de la justice. Il s'engouffra dans un couloir obscur qui le mena au centre de l'immeuble occupé par une vaste cour circulaire entourée d'une double rangée de piliers formant une allée couverte, à la manière des cloîtres. Peter devait la traverser pour entrer dans son service.

Il fut accueilli par le sergent Tilde Jespersen, une des rares femmes appartenant à la police de Copenhague. Jeune veuve d'un agent de police, elle était aussi solide et astucieuse que n'importe lequel de ses collègues. Peter lui confiait souvent des missions de surveillance, rôle dans lequel une femme risquait moins d'éveiller l'attention. Assez jolie, les yeux bleus, les cheveux blonds et bouclés, ses formes lui faisaient une silhouette que les femmes qualifiaient de trop grosse mais que les hommes trouvaient parfaite.

— Des encombrements ? s'enquit-elle, compatissante.

— Non. L'infirmière d'Inge est arrivée avec un quart d'heure de retard. Une petite écervelée !

— Oh, mon Dieu !

— Rien d'extraordinaire ?

— Hélas ! si. Le général Braun est avec Juel. Ils veulent vous voir dès votre arrivée.

Pas de chance : une visite de Braun précisément le jour où Peter arrive en retard.

— Foutue infirmière, marmonna-t-il en se dirigeant vers le bureau de Juel.

Le port bien droit et les yeux bleus au regard perçant de Juel auraient fort bien convenu à son ancêtre amiral. Par politesse vis-à-vis de Braun, il s'exprimait en allemand. Tous les Danois ayant un peu d'instruction se débrouillaient en allemand aussi bien qu'en anglais.

— Où étiez-vous passé, Flemming ? lança-t-il à Peter. Nous vous attendons.

— Je vous présente mes excuses, répondit Peter dans la même langue.

Il ne donna aucune raison pour son retard : des justifications auraient manqué de dignité.

Le général Braun, la quarantaine, avait sans doute été jadis un bel homme, mais l'explosion, en lui coûtant un poumon, lui avait aussi arraché une partie de la mâchoire et déformé le côté droit du visage. Peut-être était-ce pour en détourner l'attention qu'il portait toujours un uniforme immaculé, avec bottes hautes et étui de pistolet à la ceinture.

Dans ses propos – il murmurait plus qu'il ne parlait – il se montrait courtois et pondéré.

— Voudriez-vous jeter un coup d'œil à cela, inspecteur Flemming, dit-il en désignant le bureau de Juel.

Dessus, il avait étalé plusieurs journaux dépliés de façon à mettre en évidence le même article, à savoir un reportage sur la pénurie de beurre au Danemark dont on attribuait la responsabilité aux Allemands qui raflaient tout. Il s'agissait du *Toronto Globe and Mail*, du *Washington Post* et du *Los Angeles Times* ; à côté, mal imprimé et minable auprès de ces publications respectables, le journal clandestin danois *Réalité*. C'était pourtant lui qui avait inspiré les autres : un réel triomphe de la propagande.

— Nous connaissons, précisa Juel, la plupart de ceux qui commettent ces canards. (Il affirmait cela avec une assurance nonchalante qui exaspéra Peter : il se prend pour son célèbre ancêtre, ma parole, pour le vainqueur de la marine suédoise à Koge Bay.) Bien entendu, nous pourrions les arrêter tous, mais je préfère les laisser tranquilles et les avoir à l'œil. Et puis, nous saurons qui appréhender si jamais il leur vient à l'idée de faire sauter un pont, par exemple !

Quelle stupidité, pensa Peter, c'est immédiatement qu'il faut les arrêter, avant qu'ils ne fassent sauter des ponts ! Mais il avait déjà eu cette discussion avec Juel, aussi serra-t-il les dents sans rien dire.

— Nous aurions pu tolérer leurs activités, reprit Braun, tant qu'elles se limitaient au Danemark. Mais cette histoire s'est répandue dans le monde entier ! À Berlin, les gens sont furieux. Nous devons absolument éviter une répression, empêcher que cette foutue Gestapo n'arpente la ville avec ses grosses bottes en cherchant noise à tout le monde et en remplissant les prisons. Dieu sait jusqu'où elle est capable d'aller.

Cette tirade réjouit Peter : les nouvelles avaient eu l'effet qu'il escomptait.

— Je travaille déjà dessus, déclara-t-il. Ces journaux américains ont repris une dépêche Reuters que nous avons repérée à Stockholm. Je suis certain que *Réalité* passe en contrebande en Suède.

— Bon travail ! apprécia Braun.

Peter lança à la dérobée un coup d'œil à Juel : il avait l'air furieux et il y avait de quoi. Des incidents comme celui-là confirmaient la supériorité des capacités de Peter sur celles de son chef. Deux ans plus tôt, Peter avait posé sa candidature à la tête de l'unité de sécurité, mais c'est Juel qui avait été nommé. Bien que plus jeune, Peter avait mené davantage d'enquêtes. Cela pesait pourtant moins lourd que l'appartenance de Juel à cette élite de frimeurs sortis des mêmes collèges qui se gardaient les meilleures places et écartaient les gens doués dès lors qu'ils ne faisaient pas partie de leur groupe. Peter en était persuadé.

— Mais comment pourrait-on passer ce journal en contrebande ? s'étonna Juel. Tous les colis sont inspectés par les censeurs.

Peter hésita : il aurait préféré obtenir confirmation de ce qu'il soupçonnait avant de le révéler au cas où ses informations, qui lui venaient de Suède, seraient fausses. Mais, devant lui, Braun piaffait et rongeait son frein ; ce n'était pas le moment de tergiverser.

— J'ai reçu un renseignement hier soir de l'un de mes amis, inspecteur à Stockholm : il s'est renseigné discrètement au bureau de l'agence et, à son avis, le journal arrive par le Berlin-Stockholm de la Lufthansa qui fait escale ici...

— Alors, intervint Braun, excité, si nous fouillons ici, à Copenhague, tous les passagers qui embarquent sur ce vol, nous devrions trouver la dernière édition.

— Oui.

— Y en a-t-il un aujourd'hui ?

Peter hésita de nouveau : cela l'ennuyait de ne pas avoir, comme à son habitude, vérifié l'information avant de se lancer ; néanmoins l'attitude agressive de Braun, contrastant agréablement avec la nonchalance et la prudence de Juel, eut raison de sa réticence. D'ailleurs, impossible de résister à l'ardeur de Braun.

— Oui, dans quelques heures, répondit-il, dissimulant son appréhension.

— Alors allons-y !

Peter redoutait qu'une trop grande précipitation ne vienne tout gâcher, aussi s'adressa-t-il à Braun.

— Mon général, puis-je faire une suggestion ?

— Bien entendu.

— Il nous faut agir avec discrétion pour que notre coupable ne se méfie pas. Constituons une équipe d'inspecteurs et d'officiers allemands qui restera ici, au quartier général, jusqu'à la dernière minute. J'irai seul à l'aérodrome de Kastrup pour prendre discrètement des dispositions. Nous n'interviendrons qu'une fois les passagers du vol convoqués, et le plein de l'appareil fait ; de la salle d'embarquement, personne ne pourra plus s'esquiver sans se faire remarquer, et alors nous pourrons foncer.

Braun eut un sourire entendu.

— Vous craignez que l'arrivée d'un tas d'Allemands là-bas ne donne l'alerte ?

— Pas du tout, mon général, répondit Peter imperturbable. (Il n'était pas recommandé de faire chorus avec des occupants se moquant d'eux-mêmes.) Votre présence et celle de vos hommes est indispensable pour le cas où des citoyens allemands seraient interpellés.

Sa plaisanterie ne produisant pas l'effet escompté, Braun, visiblement agacé, se dirigea vers la porte et lâcha :

— En effet. Appelez-moi quand votre équipe sera prête à partir.

Peter était soulagé, il avait au moins repris le contrôle de la situation ; il espérait seulement que l'enthousiasme de Braun ne l'avait pas contraint à agir trop tôt.

— Bien joué. Beau travail d'avoir repéré la filière des journaux, reconnut Juel d'un ton condescendant. Mais ça aurait été plus délicat de m'en parler avant de le dire à Braun.

— Je vous prie de m'excuser, monsieur, dit Peter.

En fait ce n'aurait pas été possible : Juel était déjà rentré chez lui quand l'inspecteur suédois l'avait appelé hier soir, mais Peter n'invoqua pas cette excuse.

— Bon, récapitula Juel, rassemblez une escouade et envoyez-la-moi pour le briefing, ensuite allez à l'aérodrome et téléphonez-moi quand les passagers seront prêts à embarquer.

Peter quitta le bureau de Juel et retourna voir Tilde à la salle de permanence. Elle portait une veste, un corsage et une jupe dans un camaïeu de bleu clair comme dans un tableau impressionniste.

— Comment ça s'est passé ? demanda-t-elle.

— J'étais en retard, mais je me suis rattrapé.

— Bon.

— On monte une opération à l'aérodrome ce matin, lui annonça-t-il. (Il avait déjà choisi les policiers qui l'accompagneraient.) Je vais prendre Bent Conrad, Peter Dresler et Knut Ellegard. (Le sergent Conrad était fanatiquement proallemand, alors que les inspecteurs Dresler et Ellegard – plutôt tièdes sur les plans politique et patriotique mais consciencieux – suivaient les instructions et faisaient du bon travail.) Et j'aimerais que vous veniez aussi au cas où il y aurait des suspects de sexe féminin à fouiller.

— Entendu.

— Juel va tous vous briefer. Je pars en avant pour Kastrup. (Peter s'apprêtait à sortir quand il se retourna.) Comment va le petit Stig ?

Tilde avait un fils de six ans, dont sa mère s'occupait pendant ses heures de travail.

— Il va bien, répondit-elle en souriant. Il fait beaucoup de progrès en lecture.

— Alors il deviendra chef de la police.

— Je ne veux pas qu'il soit policier, riposta-t-elle, son visage s'assombrissant.

Le mari de Tilde avait été abattu au cours d'une fusillade avec des contrebandiers.

— Je comprends.

— Voudriez-vous, insista-t-elle, sur la défensive, que votre fils fasse ce métier ?

— Je n'ai pas d'enfant, dit-il en haussant les épaules, et je ne risque pas d'en avoir.

— On ne sait jamais ce que l'avenir réserve, objecta-t-elle en lui lançant un regard énigmatique.

— Exact. Je vous appellerai.

Il tourna les talons, n'ayant pas envie de poursuivre ce genre de discussion alors que la journée s'annonçait chargée.

— D'accord.

Peter prit une des Buick noires du service, banalisées et récemment équipées d'un poste émetteur-récepteur. Quittant la ville, il franchit le pont qui menait à l'île d'Amager où se trouvait l'aérodrome de Kastrup. Le soleil brillait généreusement et, de la route, il apercevait des gens sur la plage.

Un costume finement rayé de blanc et une cravate discrète le faisaient passer pour un homme d'affaires ou un avocat. Il ne possédait pas de serviette, aussi, pour donner le change, s'était-il muni d'un dossier qu'il avait bourré de papiers ramassés dans une corbeille.

Plus il approchait de l'aérodrome, plus il se sentait anxieux : avec un ou deux jours supplémentaires, il aurait pu vérifier si chacun des vols servait à des transports illégaux. Si ce n'était pas le cas, il courait le risque non seulement de ne rien trouver aujourd'hui mais aussi de donner l'alerte au groupe subversif, qui mettrait alors au point un itinéraire différent, et tout serait à recommencer.

L'aérodrome – quelques petits bâtiments alignés le long d'un côté de l'unique piste et étroitement surveillés par des troupes allemandes – continuait à accueillir les vols civils des compagnies danoise DDL et suédoise ABA, ainsi que de la Lufthansa.

Peter se gara devant le bureau du contrôleur de l'aérodrome. Il déclina sa qualité d'inspecteur de la sécurité aérienne du gouvernement à la secrétaire qui le fit aussitôt entrer. Peter exhiba sa carte au contrôleur, Christian Varde, petit homme avec un sourire de représentant de commerce.

— Nous allons procéder aujourd'hui à un contrôle spécial de sécurité sur le vol de la Lufthansa à destination de Stockholm, opération autorisée par le général Braun qui ne va pas tarder à arriver. Notre tâche est de tout préparer.

La peur se lut sur le visage du contrôleur qui tendit la main vers le téléphone posé sur son bureau. Peter l'arrêta d'un geste.

— Non. N'avertissez personne. Avez-vous une liste des passagers qui doivent embarquer sur ce vol ?

— Ma secrétaire en a une.

— Demandez-lui de l'apporter.

Varde appela sa secrétaire qui arriva avec une feuille de papier qu'il donna aussitôt à Peter.

— Le vol de Berlin est-il prévu ? demanda Peter.

— Oui, fit Varde en consultant sa montre. Il devrait atterrir dans quarante-cinq minutes.

Peter disposait de peu de temps. Aussi pour simplifier sa tâche demanda-t-il à Varde d'appeler le pilote et de lui signaler qu'aujourd'hui aucun passager ou membre de l'équipage ne serait autorisé à descendre de l'avion à Kastrup. (Cela diminuerait d'autant le nombre des contrôles.) Ensuite Peter étudia la liste apportée par la secrétaire et qui comportait quatre noms : deux Danois, une Danoise et un Allemand.

— Où se trouvent-ils ?

— En train d'enregistrer leurs valises.

— Prenez les bagages mais ne les chargez pas dans l'appareil avant que mes hommes ne les aient inspectés.

— Parfait.

— Les passagers également seront fouillés avant l'embarquement. Charge-t-on autre chose à cette escale, indépendamment des voyageurs et de leurs bagages ?

— Du café et des sandwichs pour le vol, un sac de courrier et, naturellement, le carburant.

— Repas, boissons et sac postal seront examinés. Un de mes hommes surveillera le ravitaillement en kérosène.

— Très bien.

— Allez maintenant envoyer le message au pilote. Quand tous les passagers seront enregistrés, venez me trouver dans le hall des départs mais, je vous en prie, sans donner l'impression qu'il se passe quelque chose.

Varde sortit et Peter se dirigea vers la zone de départ en se creusant la cervelle pour s'assurer qu'il avait bien pensé à tout. Posté dans le hall, il examina discrètement les voyageurs, en se demandant lesquels se retrouveraient dans quelques heures en prison et non à bord d'un avion. Ce matin-là, le panneau d'affichage indiquait des départs pour Berlin, Hambourg, Oslo, la ville suédoise de Malmö et la station balnéaire danoise de Bornholm, si bien qu'il était impossible de dire qui s'envolerait vers Stockholm.

Il n'y avait que deux femmes dans la salle : une jeune mère avec deux enfants, et une femme plus âgée, aux cheveux blancs et à la toilette élégante, qui attira immédiatement l'attention de Peter : trop parfaite pour être insoupçonnable.

Trois passagers portaient l'uniforme allemand, un seul avec les galons de colonel ; il s'agissait donc du colonel von Schwarzkopf de la liste. Mais il était hautement improbable qu'un officier allemand passât en contrebande des journaux clandestins danois.

Tous les autres hommes, comme Peter, portaient costume et cravate ; leur chapeau était posé sur leurs genoux.

S'efforçant de prendre l'air ennuyé mais patient de qui attend un vol, il observa attentivement tous les voyageurs à l'affût du moindre signe indiquant que l'un d'eux avait flairé le contrôle de sécurité imminent. Certains paraissaient nerveux – la peur de prendre l'avion tout simplement. Peter vérifiait surtout que personne ne cherchait à se débarrasser d'un colis ou à dissimuler des papiers.

Varde réapparut. Arborant un sourire radieux comme s'il était ravi de revoir Peter, il annonça :

— Nos quatre passagers sont enregistrés.

— Bien. (Il était temps de commencer.) Prétextez un geste d'hospitalité de la part de la Lufthansa et emmenez-les dans votre bureau. Je vous suivrai.

Varde acquiesça et se dirigea vers le comptoir de la Lufthansa ; il demanda aux passagers pour Stockholm de s'avancer pendant que Peter appelait Tilde d'un téléphone public pour lui annoncer que tout était prêt. Puis il emboîta le pas au petit cortège mené par Varde.

Une fois rassemblés dans le bureau de Varde, Peter leur révéla son identité, et montra son insigne de policier au colonel allemand.

— J'agis sous les ordres du général Braun, dit-il pour prévenir toute protestation. Il arrive d'une minute à l'autre et il vous expliquera tout.

Le colonel avait l'air contrarié, mais s'assit sans commentaire, imité par les trois autres passagers. Peter s'adossa au mur et les observa, épiant tout éventuel comportement suspect. Chacun avait un bagage à main : la vieille dame un grand sac, l'officier un porte-documents, les hommes d'affaires une serviette. N'importe lequel aurait pu transporter des exemplaires d'un journal clandestin.

— Que désirez-vous, proposa Varde avec entrain. Du thé ou du café ?

Peter regarda sa montre : ponctuel, l'avion – un trimoteur Junkers Ju-52 – en provenance de Berlin amorçait sa manœuvre d'atterrissage. Quel affreux engin, se dit-il, avec sa carlingue en tôle ondulée ! (En outre le troisième moteur, posé sur le nez de l'appareil, évoquait le groin d'un porc.) Mais l'avion effectua son approche à une vitesse remarquablement lente et majestueuse pour un avion aussi lourd. Il se posa et roula jusqu'au terminal. La porte s'ouvrit et un membre de l'équipage jeta à terre les cales qui bloquaient les roues de l'avion en stationnement.

Braun et Juel venaient d'arriver, flanqués des quatre inspecteurs choisis par Peter et qui se mirent aussitôt, sous son regard attentif, à vider le contenu des bagages à main. Si l'espion fait passer ainsi le journal clandestin, se dit-il, il pourra prétendre l'avoir pris pour le lire dans l'avion. Ce qui, d'ailleurs, ne l'avancerait pas à grand-chose.

Mais les sacs ne recelaient rien d'extraordinaire.

Tilde emmena la vieille dame dans une autre pièce pour la fouiller tandis que les trois suspects masculins ôtaient leur veston. Braun palpa le colonel et le sergent Conrad fouilla les Danois. Sans rien trouver.

Peter était déçu, mais il lui restait les bagages enregistrés.

On autorisa les passagers à retourner dans le hall, alors qu'on alignait leurs bagages sur l'aire de stationnement devant le terminal : deux valises en crocodile appartenant indubitablement à la vieille dame, le sac marin du colonel sans doute, une serviette de cuir fauve et un porte-documents en carton bouilli.

Peter était convaincu qu'il allait trouver dans l'un d'eux un exemplaire de *Réalité*.

Bent Conrad prit les clés remises par les passagers.

— Je parie que c'est la vieille, murmura-t-il à Peter. Elle a l'air d'une Juive.

— Contentez-vous d'ouvrir les bagages, ordonna Peter.

Conrad obéit et Peter entreprit la fouille tandis que Juel et Braun regardaient par-dessus son épaule et qu'une foule de gens les observait par la baie vitrée du hall de départ. Il imaginait déjà le moment où il exhiberait triomphalement le journal et le brandirait sous les yeux de l'assistance.

Les valises en crocodile étaient bourrées de vêtements coûteux et démodés qu'il laissa tomber sur le sol. Le sac marin contenait une trousse de toilette, du linge de rechange et une chemise d'uniforme impeccablement repassée ; la serviette en cuir, des documents et quelques affaires. Peter examina tout cela avec soin mais ne trouva ni journaux ni objet suspect.

Il avait gardé pour la fin le porte-documents en carton, estimant que le moins prospère des quatre passagers faisait l'espion le plus probable.

La petite valise était à moitié vide, et son contenu, une chemise blanche et une cravate noire, étayait la version de l'homme qui déclarait se rendre à un enterrement. (Il transportait aussi une bible noire très usée.) Mais pas le moindre journal.

Le désespoir assaillit Peter : ses craintes étaient tout à fait fondées. Ce n'était pas le bon jour pour une opération pareille. Il était furieux de s'être laissé pousser à agir prématurément. Mais il se maîtrisa : il n'en avait pas encore terminé.

Tirant de sa poche un canif, il entailla la soie blanche de la luxueuse valise ; conscient de l'exclamation de surprise poussée par Juel devant la brusque violence de son geste, il passa néanmoins la main sous la doublure déchirée : à son grand dépit, rien n'était caché là.

Il en fit autant avec la serviette de cuir de l'homme d'affaires, pour obtenir le même résultat. Le porte-documents du second homme d'affaires, trop modeste pour être doublé, ne présentait aucune possibilité de cachette.

Le visage rougi par la déception et la gêne, il défit la couture de la base en cuir du sac du colonel et glissa la main à l'intérieur. Rien.

Il leva les yeux. Braun, Juel et les inspecteurs le regardaient, fascinés et comme sur leurs gardes : il réalisa que son attitude pouvait le faire passer pour fou.

Et alors...

— Flemming, observa Juel d'un ton suave, on vous aura certainement mal renseigné.

Ça te ferait rudement plaisir, songea Peter avec rancœur, mais je n'en ai pas encore terminé.

Il aperçut Varde qui l'observait depuis le hall des départs et lui fit signe. Avec un sourire un peu crispé, le contrôleur contemplait les bagages saccagés de ses clients.

— Où est le sac postal ? demanda Peter.

— Au bureau des bagages.

— Eh bien, qu'est-ce que vous attendez ? Apportez-le ici, espèce d'idiot !

Varde s'éloigna. D'un geste écœuré, Peter désigna les bagages et lança à ses inspecteurs :

— Débarrassez-moi de ces saloperies.

Dresler et Ellegard refirent tant bien que mal les valises et un porteur vint les chercher pour les embarquer dans le Junkers.

— Attendez, s'écria Peter, tandis que l'homme commençait à ramasser les valises. Fouillez-le, sergent.

Conrad fouilla le porteur : en vain.

Varde apporta le sac postal et Peter vida le courrier sur le sol. Toutes les lettres avaient été tamponnées par la censure. Seules deux enveloppes étaient assez grandes pour contenir un journal, une blanche et une beige. Il décacheta la blanche, qui contenait six exemplaires d'un document juridique, une sorte de contrat. Dans l'enveloppe beige il s'agissait du catalogue d'une verrerie de Copenhague. Peter jura tout haut.

On amena devant Peter le chariot des repas – son dernier espoir. Il renversa chaque cafetière sur le sol. (Juel marmonnait que c'était tout à fait inutile, mais Peter n'en avait cure.) Puis il s'attaqua aux sandwiches, les piquant un par un, avec une fourchette, pour finalement tout mettre sens dessus dessous. Mais il n'y avait rien, absolument rien.

Il se rendit compte qu'il allait être totalement humilié et cela ne fit qu'ajouter à son exaspération.

— Commencez le ravitaillement de kérosène, dit-il. Je vais regarder.

Un camion-citerne se gara auprès de l'appareil. Les inspecteurs éteignirent leur cigarette et assistèrent au remplissage – en vain. Peter savait que c'était inutile, mais il s'obstinait, le visage fermé, car il ne savait plus que faire. Par les hublots rectangulaires du Junkers, les passagers l'observaient avec curiosité, se demandant sans doute pourquoi un général allemand et six civils présidaient au ravitaillement en carburant.

Une fois les réservoirs pleins, on vissa les bouchons.

Peter n'imaginait aucun moyen de retarder le décollage : il s'était trompé et il avait l'air d'un imbécile.

— Procédez à l'embarquement, autorisa-t-il en réprimant sa fureur.

Il retourna dans le hall des départs, au paroxysme de l'humiliation. Il aurait voulu étrangler quelqu'un. Il s'était complètement ridiculisé non seulement aux yeux du général Braun mais aussi devant le commissaire Juel : magnifique confirmation du choix par le bureau des affectations de Juel plutôt que de Peter à la tête de l'unité, et – pourquoi pas ? – superbe prétexte pour faire muter Peter à la circulation.

Il se joignit à Juel, Braun et aux inspecteurs pour assister au décollage, tandis que, dans les parages, Varde s'efforçait de faire comme si de rien n'était. Les quatre passagers, furieux, embarquèrent, les mécaniciens retirèrent les cales qu'on renvoya dans la carlingue, puis on referma la porte.

L'appareil quittait sa position quand Peter fut frappé d'une soudaine inspiration.

— Arrêtez l'avion, ordonna-t-il à Varde.

— Bonté divine, murmura Juel.

— Général, mes passagers..., gémit Varde, au bord des larmes.

— Arrêtez l'appareil ! répéta Peter.

Varde implorait Braun du regard ; il acquiesça malgré tout.

— Faites ce qu'il dit.

Varde décrocha un téléphone.

— Bon sang ! s'écria Juel. Flemming, j'espère que ça ne sera pas pour rien.

L'avion roula sur la piste, décrivit un cercle complet pour revenir à son point de départ pendant que Peter, escorté de ses inspecteurs, s'avançait sur le tarmac. Les hélices ralentirent, puis s'immobilisèrent tout à fait. La porte s'ouvrit et on lança des cales à des hommes en salopette pour bloquer les roues du train d'atterrissage.

— Passez-moi cette cale, ordonna Peter à l'un des mécaniciens.

Complètement dérouté, l'homme fit cependant ce qu'on lui demandait et tendit la cale à Peter. C'était un simple bloc de bois triangulaire d'une trentaine de centimètres de haut : taché d'huile, lourd et massif.

— L'autre !

Plongeant sous le fuselage, le mécano s'exécuta.

Quoique identique, la seconde cale paraissait plus légère. La retournant dans ses mains, Peter constata qu'une des faces coulissait. Il l'ouvrit, mettant au jour un paquet soigneusement enveloppé dans de la toile cirée, ce qui arracha à Peter un soupir d'intense satisfaction.

Le mécanicien tourna les talons et s'enfuit en courant.

— Arrêtez-le ! hurla Peter.

Malheureusement pour lui, l'homme avait choisi de s'échapper du côté de Tilde pour éviter l'équipe masculine ; or celle-ci pivota comme une danseuse pour le laisser passer, puis tendit une jambe et lui fit un croche-pied. Il partit en vol plané. Dresler sauta sur lui, puis le remit sur ses pieds pour mieux lui tordre les bras derrière le dos.

Peter fit un signe de tête à Ellegard.

— Arrêtez son collègue, il était certainement au courant.

L'attention de Peter revint au paquet. Il déroula la toile cirée. À l'intérieur se trouvaient deux exemplaires de *Réalité* qu'il tendit à Juel. Celui-ci regarda les journaux, puis se tourna vers Peter qui le fixait d'un œil plein d'espoir, attendant sans rien dire.

— Bien joué, Flemming, reconnut Juel à regret.

— J'ai juste fait mon travail, monsieur, fit Peter en souriant.

Mais Juel avait déjà tourné les talons.

— Passez les menottes aux deux mécanos, ordonna Peter à ses inspecteurs et emmenez-les au quartier général pour interrogatoire.

Le paquet recelait autre chose : une liasse de papiers agrafés ensemble, couverts de caractères dactylographiés par groupes de cinq lettres sans signification apparente. Peter les contempla un moment d'un air étonné jusqu'à ce que la lumière se fasse dans son esprit : il allait goûter un triomphe bien plus grand qu'il ne l'avait rêvé.

Il avait fait main basse sur un message codé.

Peter tendit sa trouvaille à Braun.

— Mon général, je crois que nous avons découvert un réseau d'espionnage, déclara-t-il.

Braun observa les feuillets et pâlit.

— Mon Dieu, vous avez raison.

— L'armée allemande dispose certainement d'un service spécialisé dans le déchiffrage des codes ennemis ?

— Je pense bien.

— Parfait, fit Peter.

5.

Une vieille voiture tirée par deux chevaux vint prendre Harald Olufsen et Tik Duchwitz à la petite gare de Kirstenslot, le village natal de Tik. Il expliqua qu'elle pourrissait au fond d'une grange depuis des années et qu'elle n'avait repris du service que depuis que les Allemands avaient rationné l'essence. On l'avait rajeunie d'une couche de peinture, mais le cocher et les chevaux, empruntés à une ferme, auraient sans doute été plus à l'aise avec une charrue.

Harald ne savait pas très bien pourquoi Tik l'avait invité pour le week-end. Bien qu'amis très proches au collège pendant sept ans, les trois clowns n'étaient jamais allés en visite les uns chez les autres. Peut-être Harald devait-il cette invitation à sa harangue contre les nazis. Peut-être les parents de Tik étaient-ils curieux de rencontrer un fils de pasteur que préoccupaient les persécutions antisémites.

Ils traversèrent un petit village, avec une église et une taverne, puis quittèrent la route pour passer entre deux lourds lions de pierre. Environ huit cents mètres plus loin, ils arrivaient en vue d'un château de conte de fées avec remparts et tourelles.

Ce petit pays qu'était le Danemark comptait des centaines de châteaux et n'avait pas toujours capitulé devant ses belliqueux voisins. Harald trouvait dans ces faits – probable résurgence de l'esprit viking – un peu de réconfort.

Certains de ces édifices figuraient au catalogue des monuments historiques – devenus des musées, on pouvait les visiter.

Beaucoup n'étaient guère plus que des manoirs campagnards occupés par des familles d'agriculteurs prospères. Entre les deux, quelques résidences insolites appartenaient aux gens les plus riches du pays. Kirstenslot – la maison portait le même nom que le village – en faisait partie.

Harald était intimidé. Il savait que la famille Duchwitz avait de l'argent – le père et l'oncle de Tik étaient banquiers – mais il ne s'attendait pas à cela. Il se demanda avec angoisse s'il saurait se conduire comme il convenait. Rien dans la vie du presbytère ne l'avait préparé à un endroit de ce genre.

On était en fin d'après-midi le samedi quand la voiture les déposa devant une entrée digne d'une cathédrale. Portant sa petite valise, Harald pénétra dans un hall de marbre encombré de meubles anciens, de vases décorés, de petites statues et de fresques immenses. Chez Harald, on observait à la lettre le second commandement, qui interdisait toute représentation de ce qui est en haut dans le ciel et en bas sur la terre : il n'y avait donc pas de tableau au presbytère (même si Harald savait qu'Arne et lui, bébés, avaient été secrètement photographiés : il avait retrouvé les clichés cachés dans le tiroir à bas de sa mère). Tous ces trésors artistiques qui s'étalaient au domicile des Duchwitz le mettaient un peu mal à l'aise.

Tik l'entraîna par un majestueux escalier jusqu'à une chambre à coucher.

— C'est ma chambre, annonça-t-il.

Ici ni vieux maîtres ni vases chinois, seulement ce que collectionnent d'ordinaire les garçons de dix-huit ans : un ballon de football, une photo de Marlene Dietrich à la moue sensuelle, une clarinette et une affiche encadrée représentant un cabriolet Lancia Aprilla dessiné par Pininfarina.

Harald prit un cadre où, trois ou quatre ans plus tôt, Tik était photographié en compagnie d'une fille à peu près du même âge.

— Ta petite amie ?

— Ma sœur jumelle, Karen.

— Oh ! (Harald s'en souvenait vaguement, mais le cliché montrait une fille plus grande que Tik et aux cheveux plus clairs.) De toute évidence, vous n'êtes pas des vrais jumeaux, elle est trop jolie !

— Idiot, les vrais jumeaux sont du même sexe.
— Où va-t-elle en classe ?
— Au Ballet royal danois.
— Je ne savais pas qu'il y avait une école.
— Pour faire partie du corps de ballet, il faut suivre les cours – certaines filles commencent dès cinq ans. Elles reçoivent l'enseignement général habituel, plus les cours de danse.
— Elle aime ça ?
— Elle dit que c'est dur. (Tout en parlant, il conduisait son ami jusqu'à une salle de bains puis à une seconde chambre plus petite.) Si ça te va, c'est là que tu t'installeras. Nous partagerons la salle de bains.
— Formidable, apprécia Harald en posant sa valise sur le lit.
— Tu pourrais en avoir une plus belle, mais à des kilomètres.
— C'est parfait.
— Viens dire bonjour à ma mère.
Ils suivirent le long couloir qui desservait le premier étage. Tik frappa à une porte, l'entrebâilla et s'enquit :
— Mère, recevrez-vous des visiteurs masculins ?
— Entre, Josef, répondit une voix.
Sur les pas de Tik, Harald entra dans le boudoir de Mme Duchwitz, une pièce agréable où des photographies dans des cadres occupaient la surface de tous les meubles. La mère de Tik lui ressemblait, toute petite mais un peu boulotte alors qu'il était mince, et avec les mêmes yeux bruns. Elle devait avoir une quarantaine d'années, pourtant ses cheveux noirs étaient déjà parsemés de mèches grises.
Tik lui présenta Harald qui lui serra la main en s'inclinant légèrement. Mme Duchwitz les fit asseoir et leur posa quelques questions sur le collège. Elle se montra d'une grande amabilité, pas du tout intimidante, et Harald sentit se dissiper ses appréhensions à propos du week-end.
— Maintenant, allez vous préparer pour le dîner, leur dit-elle au bout d'un moment.
Une fois tous deux revenus dans la chambre de Tik, Harald demanda avec inquiétude :
— Tu as une tenue spéciale pour le dîner ?

— Ton blazer et une cravate, ce sera parfait.

De toute façon Harald ne disposait que de la tenue du collège, blazer, pantalon, manteau et casquette, auxquels s'ajoutait la tenue de sport. Cela représentait une grosse dépense pour la famille Olufsen, d'autant plus qu'il fallait la renouveler tous les ans – Harald prenait quatre ou cinq centimètres chaque année. C'était là toute sa garde-robe, à l'exception des chandails pour l'hiver et des shorts pour l'été.

— Et toi, demanda-t-il à Tik, qu'est-ce que tu vas mettre ?

— Une veste noire et un pantalon de flanelle grise.

Harald se félicita d'avoir apporté une chemise blanche de rechange.

— Veux-tu prendre un bain d'abord ? proposa Tik.

— Avec plaisir.

Harald trouvait bizarre l'idée de prendre un bain avant le dîner. Après tout, se dit-il, découvrons les habitudes des riches. Il se lava les cheveux dans la baignoire, tandis que Tik se rasait.

— Au collège, tu ne te rases pas deux fois par jour, remarqua Harald.

— Mère est très tatillonne. Elle me dit que j'ai l'air d'un mineur si je ne me rase pas le soir : ma barbe est très sombre.

Harald enfila sa chemise propre et son pantalon de collège puis revint dans sa chambre pour peigner ses cheveux humides devant le miroir de la coiffeuse ; une jeune fille entra alors sans frapper.

— Bonjour, dit-elle. Harald ?

C'était la fille de la photo, mais le cliché en noir et blanc ne rendait pas justice à la blancheur de sa peau, au vert de ses yeux ni au rouge cuivré de ses cheveux bouclés. Grande et vêtue d'une robe longue vert foncé, elle glissa plus qu'elle ne marcha à travers la pièce, jusqu'à une lourde chaise qu'elle saisit par le dossier et fit pivoter avec la force tranquille d'une athlète, pour s'y asseoir.

— Alors ? Vous êtes bien Harald ? répéta-t-elle en croisant ses jambes interminables.

— Oui, en effet, réussit-il à dire tout en réalisant qu'il était pieds nus. Et vous, la sœur de Tik ?

— Tik ?

— C'est comme ça qu'on appelle Josef au collège.

— Moi, je m'appelle Karen et je n'ai pas de surnom. J'ai entendu parler de votre sortie à l'école ; vous avez tout à fait raison. Je déteste les nazis... pour qui se prennent-ils ?

Tik sortit de la salle de bains drapé dans une serviette.

— Tu ne respectes donc pas l'intimité d'un gentleman ?

— Pas du tout, répliqua-t-elle. J'ai envie d'un cocktail et on n'en sert pas s'il n'y a pas au moins un homme dans la pièce. Je suis persuadée que ce sont les domestiques qui édictent les règles eux-mêmes, tu sais.

— Retourne-toi une minute, prévint Tik qui, à la grande surprise de Harald, laissa tomber la serviette.

Nullement troublée par la nudité de son frère, Karen ne prit même pas la peine de détourner la tête.

— Alors, comment vas-tu, petit nain aux yeux noirs ? demanda-t-elle gaiement au moment où Tik passait un caleçon blanc propre.

— Très bien, mais ça ira mieux quand les examens seront finis.

— Que feras-tu si tu échoues ?

— Il y a gros à parier que j'irai travailler à la banque, et que père m'obligera à commencer au bas de l'échelle, à remplir les encriers pour les commis.

— Ne vous inquiétez pas, Karen, dit Harald. Il réussira ses examens.

— J'imagine, répondit-elle, que vous êtes bon élève, comme Josef ?

— Bien meilleur, en fait, déclara Tik.

En toute honnêteté, Harald ne pouvait pas le nier. Un peu gêné, il demanda :

— Comment est-ce, à l'école de ballet ?

— À mi-chemin entre l'armée et la prison.

Fasciné, Harald la contemplait en se demandant s'il devait la considérer comme un garçon ou comme une déesse. Elle plaisantait puérilement avec son frère mais sans rien perdre de son extraordinaire grâce. Simplement assise, agitant un bras, désignant quelque chose ou posant son menton sur sa main, elle semblait danser tant chacun de ses mouvements était harmonieux. Son corps n'était jamais figé. Harald, ébloui, suivait les changements d'expression de son visage. Elle avait les lèvres pleines et un grand sourire un peu asymétrique. Tout son visage, d'ailleurs, était un peu irrégulier : malgré un nez pas tout à fait droit et un menton légèrement proéminent, l'ensemble était superbe. Pour tout dire, il n'avait encore jamais rencontré de plus belle fille.

— Tu ferais mieux de mettre des chaussures, conseilla Tik à Harald.

Celui-ci se retira dans sa chambre et termina de s'habiller ; il se trouva très collégien dans son blazer auprès de Tik, fort élégant en veste noire, chemise blanche et cravate sombre.

Karen les précéda jusque dans une longue pièce du rez-de-chaussée à l'ameublement un peu hétéroclite : de gros canapés, un piano à queue et un vieux chien sur un tapis devant la cheminée conféraient à l'ensemble une ambiance détendue qui contrastait avec l'atmosphère compassée du hall, même si, ici aussi, les murs étaient couverts de tableaux.

Une jeune femme en robe noire et tablier blanc demanda à Harald ce qu'il aimerait boire.

— La même chose que Josef, répondit-il.

Au presbytère, on ne servait pas d'alcool, et au collège, il fallait être en dernière année pour avoir droit à un verre de bière le vendredi soir. Harald n'avait jamais bu de cocktail et ne savait pas très bien ce que c'était.

Pour se donner une contenance, il se pencha pour caresser le chien, un setter irlandais efflanqué à la fourrure rousse parsemée de gris. L'animal ouvrit un œil et agita brièvement la queue pour répondre courtoisement aux attentions de Harald.

— Il s'appelle Thor, annonça Karen.

— Le dieu du Tonnerre, dit Harald avec un sourire.

— C'est stupide, j'en conviens. C'est Josef qui l'a baptisé ainsi.

— Tu voulais l'appeler Bouton d'or ! protesta Tik.

— Je n'avais que huit ans à l'époque.

— Moi aussi. D'ailleurs, ce nom ne lui va pas si mal : quand il pète, on dirait le tonnerre.

Sur ces entrefaites, le père de Tik entra. La ressemblance entre le maître et le chien était telle que Harald faillit éclater de rire : il était grand et maigre, portait une élégante veste de velours avec un nœud papillon noir et ses cheveux roux et bouclés viraient au gris. Harald se leva et ils échangèrent une poignée de main.

M. Duchwitz s'adressa à lui avec la même politesse un peu nonchalante que celle manifestée par le chien.

— Je suis enchanté de vous rencontrer, dit-il d'une voix traînante. Josef n'arrête pas de parler de vous.

— Comme ça, maintenant, dit Tik, tu connais toute la famille.

— Que s'est-il passé au collège après votre déclaration ? demanda M. Duchwitz.

— Bizarrement, répondit Harald, je n'ai pas été puni. Autrefois, on m'aurait fait couper la pelouse avec des ciseaux à ongles rien que pour avoir qualifié de « foutaise » une stupidité énoncée par un professeur. J'ai été beaucoup plus grossier avec M. Agger. Mais Heis, le principal, s'est contenté de m'expliquer calmement combien mon argument aurait été plus efficace si j'avais gardé mon sang-froid.

— Il vous a lui-même donné l'exemple en ne se mettant pas en colère contre vous, observa M. Duchwitz avec un sourire.

Harald se rendit compte que c'était tout à fait vrai.

— À mon avis, déclara Karen, Heis a eu tort : un esclandre réveille les gens et les force à écouter.

Harald regretta de ne pas avoir eu la présence d'esprit d'opposer cet argument à Heis. Cette Karen était aussi intelligente que belle. Mais il souhaitait poser une question à M. Duchwitz et il attendait avec impatience l'occasion de le faire.

— Monsieur, ne redoutez-vous pas les nazis, quand on sait combien les Juifs sont maltraités en Allemagne et en Pologne ?

— Si, je m'inquiète. Mais le Danemark n'est pas l'Allemagne et les Allemands ont l'air de nous considérer d'abord comme des Danois et ensuite comme des Juifs.

— Jusqu'à maintenant, en tout cas, intervint Tik.

— C'est vrai. D'un autre côté, quelles solutions s'offrent à nous ? Bien sûr, je pourrais faire un voyage d'affaires en Suède et, là-bas, demander un visa pour les États-Unis. Mais faire sortir toute la famille serait plus difficile. Et songez à ce que nous laisserions derrière nous : une entreprise fondée par mon arrière-grand-père, cette maison où les enfants sont nés, une collection de tableaux qu'il m'a fallu toute une vie pour rassembler. Plus j'y réfléchis, plus il me semble que le mieux est de rester tranquille en espérant que tout se passera bien.

— D'ailleurs, lança Karen d'un ton désinvolte, ce n'est pas comme si nous étions de simples boutiquiers. Je déteste les nazis, mais que voulez-vous qu'ils tentent contre la famille qui possède la plus grosse banque du pays ?

Harald trouva cette remarque stupide.

— Les nazis font exactement ce qu'ils veulent, dit-il un peu sèchement. Il devient vital de le savoir, maintenant.

— Oh, vous croyez ? fit Karen d'un ton glacé.

Il comprit qu'il l'avait vexée.

Il s'apprêtait à expliquer comment on avait persécuté l'oncle Joachim mais Mme Duchwitz les rejoignit à ce moment-là et la discussion s'orienta vers la nouvelle production du Ballet royal danois, *Les Sylphides*.

— C'est une musique que j'adore, dit Harald.

Il l'avait entendue à la radio et était capable d'en jouer des passages au piano.

— Avez-vous vu le ballet ? demanda Mme Duchwitz.

— Non. (Il avait envie de donner l'impression que c'était, malheureusement, l'un des rares spectacles de ballet qu'il eût manqués. Puis il se rendit compte à quel point ce serait risqué de faire semblant devant cette famille si mondaine.) À dire vrai, je ne suis jamais allé au théâtre, avoua-t-il.

— Est-ce possible ? s'exclama Karen d'un air dédaigneux.

— Alors, il faudra que Karen vous emmène, proposa Mme Duchwitz après avoir lancé un regard de reproche à sa fille.

— Mère, protesta Karen, je suis terriblement occupée : je double l'un des rôles principaux !

Harald se sentit vexé de son refus ; elle le punissait sans doute pour l'avoir rabrouée à propos des nazis.

Il vida son verre. Il avait apprécié la saveur douce-amère du cocktail. Il éprouvait une sensation de bien-être qui l'avait peut-être rendu trop insouciant. Il regrettait d'avoir offensé Karen ; maintenant qu'elle lui battait froid, il réalisait à quel point il la trouvait sympathique.

— Madame est servie, annonça la soubrette qui avait apporté les cocktails.

Elle avait ouvert une double porte qui donnait accès à la salle à manger. Ils y pénétrèrent et s'assirent à un bout d'une longue table. On lui proposa du vin, mais Harald refusa.

Soupe de légumes, morue en sauce blanche, côtes d'agneau grillées, la nourriture était abondante malgré le rationnement. Mme Duchwitz expliqua que la propriété en fournissait la majeure partie.

Karen ne s'adressa pas une seule fois à Harald de tout le repas, mais délibérément au reste de la table. Il lui posa une question à laquelle elle répondit en regardant les autres. Harald était consterné : il ne lui avait pas fallu plus de deux heures pour se faire mal voir de la créature la plus ensorcelante qu'il eût jamais rencontrée.

Le dîner terminé, ils regagnèrent le salon où l'on servit du vrai café. Harald se demandait où Mme Duchwitz se l'était procuré, le café étant aussi rare que la poudre d'or et très difficile à faire pousser dans un jardin danois.

Karen sortit sur la terrasse pour allumer une cigarette parce que, expliqua Tik, leurs parents, un peu vieux jeu, n'aimaient pas voir les femmes fumer. Une jeune fille aussi moderne impressionnait décidément Harald.

M. Duchwitz attendit le retour de Karen, puis s'assit au piano et se mit à tourner les pages d'une partition posée sur le pupitre. Mme Duchwitz se mit debout derrière lui.

— Beethoven ? suggéra-t-il et elle acquiesça.

Il plaqua quelques notes et elle commença à chanter un morceau en allemand. À la fin, admiratif, Harald applaudit.

— Chantez-en une autre, mère, pria Tik.

— D'accord. Mais alors tu joueras toi aussi.

Après un autre passage exécuté par les parents, Tik interpréta à la clarinette une berceuse de Mozart. M. Duchwitz proposa ensuite à son auditoire du Chopin, une valse des *Sylphides*, précisément. Karen ôta alors ses chaussures pour leur montrer une des danses qu'elle répétait.

Tous les regards alors se tournèrent vers Harald.

Il comprit qu'il était censé faire quelque chose. À part beugler des airs folkloriques danois, il ne savait pas chanter, il devrait donc jouer.

— Je ne suis pas très fort en musique classique, annonça-t-il.

— Allons donc, protesta Tik. Tu m'as dit que tu jouais du piano dans le temple de ton père.

Harald s'assit au clavier. Il ne pouvait décemment pas infliger des hymnes luthériens à une famille juive cultivée. Il hésita puis attaqua *Pine Top's Boogie-Woogie.* Cela commençait par une mélodie perlée jouée de la main droite. Puis la gauche attaquait dans les graves un motif au rythme insistant sur lequel la main droite plaquait les accords dissonants de blues. Au bout de quelques instants, son embarras se dissipa et il commença à sentir la musique. Il jouait de plus en plus énergiquement et marquait en anglais les accords aigus : « *Everybody, boogie-woogie!* » à la manière de Pine Top. Le motif atteignit son point culminant et il conclut : « *That's what I'm talking about!* »

Un silence glacial s'abattit sur le salon. M. Duchwitz avait l'air ennuyé d'un homme qui vient d'avaler accidentellement une bouchée d'un plat gâté. Même Tik semblait gêné. Quant à Mme Duchwitz, elle déclara :

— Ma foi, je ne crois pas qu'on ait jamais rien entendu de pareil dans cette pièce.

Harald avait commis un impair envers les Duchwitz qui, comme ses parents, désapprouvaient le jazz. Ces gens-là étaient cultivés certes, ce qui n'impliquait pas qu'ils avaient l'esprit large.

— Oh, mon Dieu, s'excusa-t-il, je n'aurais pas dû choisir ce genre de musique.

— Vraiment pas, confirma M. Duchwitz.

De derrière le canapé, Karen accrocha le regard de Harald ; là où il attendait un sourire méprisant, il eut la surprise d'un clin d'œil appuyé.

Cela en valait la peine.

Le dimanche matin, il s'éveilla en pensant à Karen. Pourtant elle ne vint pas, comme il l'espérait, bavarder dans la chambre des garçons ainsi que la veille, pas plus qu'elle ne se présenta au petit déjeuner. À la question détachée de Harald, Tik répondit avec indifférence qu'elle s'exerçait sans doute.

Harald et Tik consacrèrent les deux heures qui suivirent à réviser leur examen ; ils s'attendaient tous deux à être reçus sans mal, mais ils ne voulaient prendre aucun risque car leur admission à l'université en dépendait. À onze heures, ils allèrent faire un tour dans la propriété.

Presque au bout de la longue allée, en partie dissimulées aux regards par un bouquet d'arbres, se trouvaient les ruines d'un monastère.

— Il a été saisi par le roi après la Réforme et utilisé comme habitation pendant cent ans, expliqua Tik. Puis on a bâti Kirstenslot et ce vieux bâtiment a été abandonné.

Ils explorèrent le cloître où les moines s'étaient promenés. Les cellules servaient maintenant d'entrepôt pour le matériel de jardin.

— Ça fait des décennies que personne ne s'est occupé de tout ce bazar, dit Tik en repoussant du talon de sa chaussure une roue de fer rouillée. (Il poussa une porte donnant sur une grande salle bien éclairée. Les vitres avaient disparu, mais l'endroit était propre et sec.) C'était le dortoir, précisa Tik. Les saisonniers de la ferme l'utilisent encore en été.

Ils pénétrèrent dans l'église désaffectée, devenue un débarras. Il y flottait une odeur de renfermé. Un chat noir et blanc tout maigre les dévisagea comme pour leur demander de quel droit ils s'aventuraient là, puis il s'échappa par une fenêtre béante.

Harald souleva une bâche qui révéla une Rolls-Royce étincelante montée sur cales.

— C'est à ton père ? interrogea-t-il.

— Oui... Elle est garée là en attendant qu'on retrouve de l'essence en vente libre.

Il y avait un établi au bois éraillé avec un étau et un assortiment d'outils qu'on utilisait sans doute pour l'entretien de la voiture quand elle roulait. Dans le coin, un lavabo avec un seul robinet. Contre le mur s'entassaient des caisses jadis pleines de savons et d'oranges. Harald découvrit à l'intérieur de l'une d'elles une collection de petites voitures en métal peint : un chauffeur était peint sur les vitres, de profil sur celles de côté, de face sur le pare-brise. Il se rappela l'époque où ce genre de jouets lui paraissait infiniment désirable. Il reposa la voiture avec soin.

Dans le coin, tout au fond, un avion qui n'avait plus d'ailes, un monomoteur.

— Qu'est-ce que c'est ? demanda Harald, vivement intéressé.

— Un Hornet Moth, fabriqué par De Havilland, le constructeur britannique. Mon père l'a acheté il y a cinq ans, mais il n'a jamais appris à piloter. Il l'appelait le Frelon.

— Tu es déjà monté dedans ?

— Oh, oui, nous avons fait de grandes balades quand il était neuf.

Harald palpa la grande hélice de près de deux mètres de long dont les courbes, d'une précision mathématique, en faisaient, à ses yeux, une œuvre d'art. L'avion penchait légèrement d'un côté parce que le train d'atterrissage était endommagé et un pneu à plat.

Il tâta le fuselage et découvrit avec surprise qu'il était fabriqué dans une sorte de tissu, tendu sur un châssis avec par endroits de petites déchirures et des faux plis. Il était peint en bleu clair, la cabine noire bordée de blanc, mais la peinture sans doute gaie jadis était maintenant terne, poussiéreuse et maculée d'huile. L'appareil possédait bel et bien des ailes, il le voyait maintenant – des ailes de biplan peintes en argent – mais, montées sur des charnières, on les avait fait pivoter vers l'arrière.

Par le hublot latéral, il observa l'intérieur de la cabine qui ressemblait beaucoup à l'avant d'une voiture : deux sièges côte à côte et un tableau de bord en bois verni avec un assortiment de cadrans. Le capitonnage d'un des sièges avait cédé et le rembourrage sortait par l'ouverture : des souris nichaient sûrement là.

Il monta à bord sans se soucier des petits trottinements qu'il entendait. Il s'assit sur le siège intact. Les commandes paraissaient simples. Au milieu, un manche à balai en Y manœuvrable aussi bien d'une place que de l'autre. Il le prit et posa les pieds sur les pédales : piloter cet engin serait bien plus excitant, se dit-il, que de conduire ma motocyclette. Il s'imaginait planant au-dessus du château comme un oiseau géant, avec le grondement du moteur dans ses oreilles.

— Tu ne l'as jamais piloté toi-même ? demanda-t-il à Tik.

— Non. Mais Karen a pris des leçons.

— Vraiment ?

— Elle s'en sortait très bien, mais elle était trop jeune pour passer son brevet.

Harald essaya les commandes. Il actionna tour à tour deux manettes marquées « On/Off », mais rien ne se produisit. Il y avait beaucoup de jeu dans le manche et dans les pédales, comme s'ils n'étaient rattachés à rien.

— On a retiré certains des câbles l'année dernière : on en avait besoin pour réparer une des machines agricoles, expliqua Tik. On s'en va ?

Harald aurait volontiers continué à tripoter les instruments mais, conscient de l'impatience de son ami, il descendit.

Ils sortirent par l'arrière du monastère et suivirent un chemin charretier à travers bois jusqu'à une grande ferme qui dépendait de Kirstenslot.

— On la loue à la famille Nielsen depuis bien avant ma naissance, expliqua Tik. Ils élèvent des porcs pour faire du bacon et des vaches laitières qui remportent des tas de prix, et ils cultivent plusieurs dizaines d'hectares de céréales.

Ils contournèrent un vaste champ de blé, traversèrent un pâturage plein de vaches noir et blanc et sentirent de loin l'odeur des cochons. Sur le chemin de terre menant à la ferme, un jeune homme en salopette examinait le moteur d'un tracteur attelé d'une remorque. Tik lui serra la main.

— Bonjour, Frederik, qu'est-ce qui ne va pas ? s'enquit-il.

— Le moteur m'a lâché au milieu de la route. J'emmenais M. Nielsen et toute la famille dans la remorque. (Harald constata qu'effectivement on avait installé deux bancs sur le plateau de la remorque.) Les adultes ont continué à pied jusqu'à l'église et on a ramené les gosses à la maison.

— Mon ami Harald que voici est un génie de la mécanique.

— S'il veut jeter un coup d'œil, je ne demande pas mieux.

Le tracteur était un modèle récent avec un moteur Diesel et des pneus au lieu de roues métalliques. Harald se pencha pour inspecter l'intérieur.

— Qu'est-ce qui se passe quand vous le faites tourner ?

— Je vais vous montrer. (Frederik tira une manette : le démarreur gémit, mais le moteur refusa de partir.) Je crois qu'il a besoin d'une nouvelle pompe à essence, grogna Frederik en secouant la tête d'un air désespéré. On n'arrive plus à trouver de pièces pour nos machines.

Harald fit une grimace sceptique : il sentait l'odeur du carburant, donc la pompe fonctionnait ; le fioul n'arrivait cependant pas jusqu'au cylindre.

— Essayez encore une fois le démarreur, s'il vous plaît.

Frederik tira la manette, et Harald vit le distributeur de fioul bouger. Il regarda de plus près et s'aperçut qu'il y avait une fuite au niveau de la soupape d'échappement. Il plongea la main et secoua le boulon. La soupape tout entière se détacha du filtre.

— Voilà le problème, dit-il. Le pas de vis de ce boulon s'est usé pour je ne sais quelle raison et laisse fuir le fioul. Avez-vous un bout de fil métallique ?

Frederik fouilla dans les poches de son pantalon.

— Seulement ce petit bout de corde.

— Ça fera l'affaire. (Harald remit la soupape en place et l'attacha au filtre pour l'empêcher de bouger.) Essayez maintenant.

Frederik tira la manette et le moteur démarra.

— Ça, alors, s'exclama-t-il, vous l'avez réparé !

— Quand vous en aurez l'occasion, remplacez la corde par du fil métallique et vous n'aurez plus besoin d'une pièce détachée.

— Si seulement vous restiez ici une semaine ou deux... il y a des machines en panne dans tous les coins de la ferme !

— Désolé... il faut que je retourne au collège.

— Eh bien, bonne chance, lança Frederik en remontant sur son tracteur, et merci beaucoup : j'arriverai à temps pour ramener les Nielsen chez eux.

Il s'éloigna.

Harald et Tik revinrent en flânant vers le château.

— C'était impressionnant, apprécia Tik.

Harald haussa les épaules ; il avait toujours su réparer les machines.

— Le vieux Nielsen adore tout ce qu'on peut inventer en matière de semeuses, de moissonneuses, de trayeuses même, expliqua Tik.

— Il trouve du fioul pour les faire marcher ?

— C'est possible s'il s'agit de production agricole. Le problème, c'est le manque total de pièces détachées.

Harald regarda sa montre : il attendait le déjeuner avec impatience ; car il avait hâte de voir Karen pour lui poser des questions sur ses leçons de pilotage.

Arrivés au village, ils s'arrêtèrent à la taverne. Tik commanda deux verres de bière et ils s'assirent dehors pour profiter du soleil. De l'autre côté de la rue, des gens sortaient de la petite église de briques rouges. Frederik passa sur son tracteur et les salua de la main ; la remorque transportait cinq personnes. Voilà certainement Nielsen, le fermier, se dit Harald en voyant un grand gaillard aux cheveux blancs et au visage buriné par les intempéries.

Un homme en uniforme noir de policier sortit à son tour, accompagné par une petite femme menue comme une souris et deux jeunes enfants. Apercevant Tik, il lui lança un regard nettement hostile.

— Pourquoi ils ne vont pas à l'église, papa ? s'enquit d'une voix forte la fillette de six ou sept ans.

— Parce que ce sont des Juifs, répondit l'homme. Ils ne croient pas en notre Seigneur.

Harald interrogea Tik du regard.

— Le policier du village, Per Hansen, expliqua Tik à voix basse, doublé du représentant local du Parti ouvrier national-socialiste danois.

Harald hocha la tête. Les nazis danois ne constituaient pas un grand parti, avec leurs trois sièges au Rigsdag remportés lors des dernières élections générales, deux ans auparavant ; mais l'occupation avait éveillé leurs espoirs et, comme on pouvait s'y attendre, les Allemands avaient fait pression sur le gouvernement danois pour que soit confié un poste ministériel au leader nazi, Fritz Clausen. Toutefois, le roi Christian avait tenu bon : il s'était opposé à cette nomination et les Allemands s'étaient vus contraints de faire marche arrière. Les membres du parti comme Hansen étaient déçus, mais attendaient que le souverain change d'avis, certains que leur heure viendrait. Harald craignait qu'ils n'eussent raison.

— C'est l'heure du déjeuner, déclara Tik en vidant son verre. Rentrons.

En arrivant, Harald se trouva nez à nez avec Poul Kirke, cousin de leur camarade de classe Mads et ami de son propre frère, Arne. Poul, en short, se tenait à côté d'une bicyclette appuyée contre le majestueux portique de briques. Harald l'avait rencontré à plusieurs reprises et il s'arrêta pour lui parler pendant que Tik entrait dans le château.

— Tu travailles ici ? s'informa Poul.

— Non, simplement en visite : les cours ne sont pas encore terminés.

— Je sais que la ferme engage des étudiants pour les moissons. Que comptes-tu faire cet été ?

— Je ne sais pas trop. L'année dernière, j'ai travaillé comme ouvrier sur un chantier de construction de Sande. (Il fit la grimace.) Figure-toi que c'était une base allemande, ils ne nous l'avaient pas dit.

— Oh ! Quel genre de base ? demanda Poul, visiblement intéressé.

— Une sorte de station de radio, je crois. Ils ont congédié tous les Danois avant d'installer leurs équipements. Cet été j'irai probablement sur les bateaux de pêche et je commencerai les cours préliminaires à l'université. J'espère étudier la physique avec Niels Bohr.

— Ce serait chouette. Mads parle toujours de toi comme d'un génie.

Harald allait demander à Poul ce qu'il faisait ici à Kirstenslot quand la réponse lui apparut avec évidence. Karen déboucha au coin de la maison en poussant une bicyclette.

Elle était ravissante, et son short kaki mettait en valeur ses longues jambes.

— Bonjour, Harald, dit-elle.

Elle se dirigea vers Poul et posa sur ses lèvres, ce que Harald nota avec envie, un baiser, si bref fût-il.

Harald était consterné : cette heure qu'il avait partagée avec elle à la table du déjeuner lui passait sous le nez. Karen partait faire une promenade à bicyclette avec Poul – de toute évidence son petit ami, même s'il avait dix ans de plus qu'elle. Harald remarquait pour la première fois que Poul était très beau garçon, avec des traits réguliers et un sourire de vedette de cinéma qui révélait des dents parfaites.

Poul prit les mains de Karen et la toisa de la tête aux pieds.

— Tu es vraiment ravissante, apprécia-t-il. J'aimerais bien avoir une photo de toi comme ça.

— Merci, fit-elle avec un gracieux sourire.

— Prête à partir ?

— Tout à fait.

Ils enfourchèrent leur vélo.

Le cœur serré, Harald les vit s'éloigner côte à côte dans le soleil de l'allée.

— Bonne promenade ! cria-t-il.

Karen agita le bras sans se retourner.

6.

Cela ne lui était encore jamais arrivé. Hermia Mount, intelligente et consciencieuse, considérée par ses employeurs comme une perle malgré sa langue acérée, attendait que son chef actuel, Herbert Woodie, trouve le courage de lui annoncer qu'il la congédiait.

On avait arrêté à l'aérodrome de Kastrup deux Danois travaillant pour le MI6. À ce moment même, à n'en pas douter, on les interrogeait. Rude coup pour le réseau des Veilleurs de nuit. Woodie, agent du MI6 en temps de paix et bureaucrate de longue date, avait besoin de s'en prendre à quelqu'un ; Hermia était toute désignée – elle pouvait le comprendre.

Depuis dix ans qu'elle travaillait pour l'administration britannique, elle en connaissait les méthodes. Woodie, contraint de reconnaître la responsabilité de son service dans cet échec, la ferait retomber sur l'un de ses subalternes. De plus, faire équipe avec une femme le mettait si mal à l'aise qu'il serait heureux de la remplacer par un homme.

Hermia se trouva dans un premier temps disposée à s'offrir en victime. Même si elle ne les avait jamais rencontrés – c'était Poul Kirke qui les avait recrutés –, elle se sentait responsable du sort des deux mécaniciens puisqu'elle avait créé le réseau. Elle était aussi bouleversée que s'ils étaient déjà morts et elle n'avait pas envie de continuer.

Après tout, songea-t-elle, en quoi ai-je contribué à l'effort de guerre ? Je recueille des renseignements, la belle affaire, aucun n'a jamais été utilisé. Des hommes risquent leur vie pour m'envoyer des photos du port de Copenhague ; pour aboutir à quoi ? C'est stupide.

Elle avait conscience pourtant de l'importance de son travail de fourmi. Un peu plus tard, un avion de reconnaissance photographierait les navires dans cette même rade ; les états-majors chercheraient alors à savoir si ce qu'ils avaient sous les yeux correspondait aux préparatifs d'une force de débarquement. C'est là que les photos de Hermia joueraient un rôle crucial.

En outre, avec la visite de Digby Hoare, son travail avait acquis un caractère d'urgence immédiate. Si les Allemands gagnaient la guerre, ce serait grâce à leur système de détection aérienne. Plus elle y pensait, plus il lui paraissait vraisemblable de situer la clé du problème au Danemark dont la côte occidentale offrait l'emplacement idéal pour détecter les bombardiers à l'approche du territoire allemand.

Personne au MI6 ne connaissait le Danemark mieux qu'elle. Elle entretenait avec Poul Kirke des relations personnelles grâce auxquelles il lui faisait confiance ; son remplacement aurait des conséquences catastrophiques, elle devait conserver son poste et, pour cela, se montrer plus maligne que son chef.

— C'est une mauvaise nouvelle, déclara Woodie, sentencieux, à Hermia debout devant son bureau.

L'entretien avait lieu dans la vieille maison de Bletchley Park, dans une chambre qui avant la guerre avait dû être celle d'une dame, à en juger par le papier à fleurs et les appliques murales à abat-jour de soie. Aujourd'hui, des classeurs métalliques avaient remplacé les penderies pleines de robes, et une table à cartes métallique la coiffeuse aux pieds fuselés et au triple miroir. La femme élégante drapée dans un déshabillé de soie sans prix avait laissé place à un homme de petite taille, tout pénétré de son importance, en costume gris et lunettes.

Hermia afficha le plus grand calme.

— Évidemment, reconnut-elle, qui dit interrogatoire dit danger. Toutefois... (Elle pensa à ces deux hommes courageux qu'on interrogeait et qu'on torturait ; sa voix un instant s'étrangla.) Toutefois, dans ce cas, j'estime que le risque est faible.

— Nous aurons besoin de faire une enquête, grogna-t-il, sceptique.

Elle sentit son cœur se serrer, car une enquête impliquait un enquêteur extérieur au département, qui chercherait un bouc émissaire et le trouverait en elle, bien sûr. Elle amorça la ligne de défense qu'elle avait préparée.

— Ces mécaniciens au sol de l'aérodrome n'ont aucun secret à livrer. Un des Veilleurs de nuit les a contactés seulement pour faire sortir en fraude des papiers du Danemark ; ils se sont contentés de les dissimuler dans une cale de roue creuse.

Certes ils risquaient de révéler des détails apparemment anodins sur la façon dont on les avait recrutés et dirigés, détails dont un habile chasseur d'espions se servirait pour dépister d'autres agents.

— Qui leur a passé les journaux ?

— Matthies Hertz, un lieutenant de l'armée, qui s'est caché. Les mécaniciens ne connaissent personne d'autre.

— Donc, grâce à nos mesures de sécurité très strictes, nous avons limité le dommage causé à l'organisation.

Hermia devina dans la réplique celle qu'il débiterait à ses supérieurs et elle s'obligea à le flatter.

— Exactement, monsieur, c'est une bonne façon de présenter les choses.

— Pour commencer, comment la police danoise a-t-elle pu remonter jusqu'à vos gens ?

Hermia avait prévu la question et avait soigneusement préparé sa réponse.

— Je pense que le problème est du côté suédois.

— Ah, fit Woodie dont le visage s'éclaira. Asseyez-vous, mademoiselle Mount.

Grâce à sa neutralité, la Suède n'était soumise à aucun contrôle. Il ne demanderait pas mieux que de renvoyer la responsabilité sur un autre service.

— Merci, répondit Hermia, encouragée par cette attitude. (Woodie réagissait comme elle l'avait espéré. Elle croisa les jambes et reprit...) Je crois que l'intermédiaire suédois a transmis des exemplaires de journaux illégaux au bureau Reuters à Stockholm ; c'est cela qui a sans doute alerté les Allemands. Vous avez inculqué à vos agents le principe de s'en tenir à la collecte de renseignements et d'éviter toute activité annexe, telle la propagande.

Encore une flatterie : elle n'avait jamais entendu Woodie tenir ce genre de propos, bien que cela fût une règle de base de l'espionnage.

Il acquiesça donc d'un air sagace.

— En effet.

— J'ai rappelé ce règlement aux Suédois dès que j'ai appris ce qui se passait, mais je crois malheureusement que le mal était déjà fait.

Woodie réfléchissait : il aurait voulu pouvoir affirmer qu'on n'avait pas tenu compte de ses avis. Il n'appréciait pas tellement qu'on obéisse à ses suggestions car, quand tout se passait bien, on ne lui en imputait jamais le mérite. Il aimait en revanche quand on ignorait ses conseils et que les choses tournaient mal ; il pouvait alors dire : « Je vous l'avais bien dit. »

— Voulez-vous que je vous prépare un mémo qui, proposa Hermia, rappellerait votre principe et ferait état de mon message à la légation suédoise ?

— Excellente idée.

Woodie était aux anges : ainsi il n'accuserait personne et il se contenterait de citer un sous-fifre qui, incidemment, lui attribuerait le mérite d'avoir donné l'alarme.

— Nous devons trouver un nouveau moyen de faire sortir les renseignements du Danemark. Nous ne pouvons pas utiliser la radio pour ce genre de documents ; la transmission prendrait trop de temps.

— C'est un problème, déplora-t-il, affolé de se trouver à court d'idées.

— Heureusement, nous avons mis sur pied une option de secours avec la liaison Danemark-Suède par le ferry entre Elseneur et Helsingborg.

— Magnifique, s'exclama Woodie soulagé.

— Mon mémo devrait préciser que vous m'avez autorisée à prendre cette mesure.

— Parfait.

— Et..., demanda-t-elle d'un ton hésitant, et l'enquête ?

— Je ne suis pas sûr, au fond, qu'elle soit nécessaire. Votre mémo devrait répondre à toutes les questions.

Elle contint son soulagement ; en définitive, elle ne serait pas congédiée.

Elle savait qu'après cette réussite elle aurait dû s'arrêter. Mais restait encore un problème à régler absolument avec lui.

— Nous pourrions améliorer encore notre sécurité en...

— Vraiment ?

L'expression de Woodie montrait bien que s'il existait une telle procédure, il y aurait déjà songé.

— En utilisant des codes plus sophistiqués.

— Que leur reprochez-vous ? Voilà des années que les agents du MI6 se servent d'un poème et d'un livre.

— Je crains que les Allemands n'aient trouvé un moyen de les décoder.

— Je ne pense pas, ma chère, fit Woodie avec un sourire entendu.

Hermia décida de prendre le risque de le contredire.

— Permettez-moi de faire une démonstration. (Elle la commença sans attendre sa réponse.) Regardez ce message codé, fit-elle en griffonnant rapidement sur son bloc : *gsff cffs jo uif dbouffo*. La lettre la plus fréquente est le *f*.

— Manifestement.

— En anglais la lettre le plus communément utilisée est le *e*, le premier réflexe d'un déchiffreur de code serait de supposer que *f* représente *e*, ce qui donne ceci : *gsEE cEEs jo uiE dbouEEo*.

— Ça pourrait dire n'importe quoi, observa Woodie.

— Pas tout à fait. Combien y a-t-il de mots de quatre lettres se terminant par deux *e* ?

— Ma foi, je n'en ai aucune idée.

— Peu : *flee, free, glee, thee* et *tree*. Maintenant, regardez le second groupe.

— Miss Mount, je n'ai vraiment pas le temps...

— Juste quelques secondes encore, monsieur. Il y a beaucoup de mots de quatre lettres avec un double *e* au milieu. Quelle pourrait être la première lettre ? Certainement pas un *a* mais un *b*, oui. Pensez alors aux mots commençant par *bee* et qu'on pourrait logiquement trouver après. *Flee been* ne signifie rien, *free bees*, abeilles libres, paraît bizarre, mais *tree bees*, abeilles de l'arbre, pourrait se justifier...

— *Free beer*, bière gratis ! s'exclama triomphalement Woodie en l'interrompant.

— Essayons cela. Le groupe suivant comprend des mots de deux lettres et ils ne sont pas nombreux : *an, at, in, if, it, on, of, or* et *up* sont les plus courants. Le quatrième groupe comprend un mot de trois lettres se terminant par *e* : il peut y en avoir beaucoup, mais le plus commun est *the*.

Malgré lui, Woodie commençait à se prendre au jeu.

— *Free beer in the*... c'est-à-dire bière gratis, dans quelque chose.

— Ou à quelque chose. Et ce quelque chose est un mot de sept lettres avec un double *e*, il se termine donc par *eed, eef, eek, eel, eem, een, eep*...

— *Free beer in the canteen!* s'écria Woodie. Bière gratis à la cantine!

— Voilà, ponctua Hermia. (Sans rien dire elle laissa Woodie digérer quelques instants les conséquences de ce petit exercice avant de conclure :) Vous venez de constater avec quelle facilité on déchiffre nos codes, monsieur. (Elle consulta sa montre.) Ça vous a pris trois minutes.

— Un très bon jeu de société, mademoiselle Mount, grommela-t-il, mais les experts du MI6 en connaissent plus long sur ce genre de choses que vous, croyez-moi.

Ça ne marche pas, se dit-elle avec consternation. Il ne se laissera pas convaincre aujourd'hui ; je ferai une nouvelle tentative plus tard.

— Très bien, monsieur, céda-t-elle.

— Concentrez-vous sur vos propres responsabilités. Que préparent actuellement vos Veilleurs de nuit?

— Je vais leur demander de rechercher tout indice signalant l'existence, chez les Allemands, d'un système de détection des avions à longue distance.

— Bonté divine, ne faites pas cela!

— Pourquoi donc?

— Si l'ennemi apprend que nous nous posons cette question, il devinera que nous détenons la solution de notre côté!

— Mais, monsieur... Et si l'ennemi l'avait, lui?

— Il ne l'a pas, soyez-en assurée.

— Votre visiteur venu de Downing Street la semaine dernière semblait d'un autre avis.

— À titre strictement confidentiel, mademoiselle Mount, une commission du MI6 s'est très récemment penchée sur la question du radar et en est arrivée à la conclusion que dix-huit mois seraient nécessaires à l'ennemi pour mettre au point un système de ce genre.

Ainsi, se dit Hermia, ça s'appelle un radar.

— Voilà qui est rassurant, déclara-t-elle sans vergogne. Je présume, monsieur, que vous faisiez partie de la commission ?

— À vrai dire, acquiesça Woodie, je la présidais.

— Merci de m'avoir rassurée. J'attaque ce mémo.

— Excellent.

Hermia sortit, le visage crispé à force de sourire et de se ranger perpétuellement à l'avis de Woodie. Mais elle avait sauvé sa place et elle s'autorisa quelques secondes d'autosatisfaction pendant qu'elle regagnait son bureau. En revanche, elle avait échoué avec les codes, mais découvert que le système de détection avait déjà été baptisé : le radar. Malheureusement, inutile d'espérer que Woodie la laisserait rechercher un équipement de ce genre au Danemark.

Elle désirait de tout cœur agir concrètement. Elle trépignait, impatiente et frustrée, devant cette routine. Quand connaîtrait-elle la satisfaction de résultats tangibles ? Des résultats qui justifieraient même le sort des deux malheureux mécaniciens de Kastrup...

Bien sûr, elle pouvait se passer de la permission de Woodie pour enquêter sur les radars ennemis ; elle était prête à courir le risque qu'il l'apprenne. Seulement elle ne savait ni ce qu'elle devait demander de rechercher à ses Veilleurs de nuit ni où. Elle avait besoin de renseignements complémentaires avant de donner des directives à Poul Kirke ; elle ne les attendait pas de Woodie qui, heureusement, ne constituait pas son seul espoir.

S'asseyant à son bureau, elle décrocha le téléphone.

— Voudriez-vous me passer le 10, Dowing Street ?

Elle retrouva Digby Hoare sur Trafalgar Square. Debout au pied de la colonne de Nelson, elle le regarda sortir de Whitehall et traverser la rue. Elle sourit en reconnaissant la claudication déjà familière. Ils se serrèrent la main puis se dirigèrent vers Soho.

La soirée était douce et le West End très animé. Les gens se hâtaient vers les théâtres, les cinémas, les bars ou les restaurants. La scène était joyeuse, n'eussent été les dégâts causés par les bombardements, ruines noircies se dressant çà et là comme une dent gâtée vient gâcher un sourire.

Elle pensait qu'ils iraient prendre un verre dans un pub, mais Digby l'emmena dans un petit restaurant français. Les tables autour de la leur n'étant pas occupées, ils pouvaient discuter sans risque.

Digby portait le même costume gris foncé mais, ce soir-là, sur une chemise d'un bleu clair qui faisait ressortir celui de ses yeux. Hermia quant à elle se félicita d'avoir accroché sur sa poitrine sa broche favorite, une panthère aux yeux d'émeraude.

Elle avait hâte d'en venir au fait, car ayant refusé de sortir avec lui, elle ne voulait pas que Digby s'imagine qu'elle avait changé d'avis. Aussi avaient-ils à peine commandé qu'elle déclara :

— Je veux utiliser mes agents au Danemark pour découvrir si les Allemands possèdent un radar.

Il la regarda en plissant les yeux.

— La question est plus compliquée que cela : ils en ont un en effet – nous aussi d'ailleurs –, seulement le leur est terriblement plus efficace que le nôtre.

— Oh, déplora-t-elle décontenancée. Woodie me disait... peu importe.

— Nous voulons absolument comprendre pourquoi leur système est aussi performant. Ou leur invention est meilleure que la nôtre ou ils l'utilisent de façon plus efficace... ou bien les deux à la fois.

— Bon, fit-elle en réajustant rapidement ses idées à la lumière de ces nouvelles informations. Quoi qu'il en soit, certains de ces appareils se trouvent très probablement au Danemark.

— Emplacement logique – et le nom de code « Freya » évoque la Scandinavie.

— Alors que doivent chercher mes gens ?

— C'est difficile, répondit-il en fronçant les sourcils. Nous ne savons pas à quoi ressemble leur matériel... c'est bien là le problème, non ?

— Je présume que ces radars émettent des ondes radio.

— Oui, naturellement.

— Et, selon toute probabilité, des signaux qui portent loin – sinon ils ne donneraient pas l'alerte assez tôt.

— En effet, à moins de quatre-vingts kilomètres – peut-être davantage – cela ne servirait à rien.

— Pourrions-nous les capter ?

Il haussa les sourcils d'un air surpris.

— Oui, avec un récepteur radio. Brillante idée... comment se fait-il que personne n'y ait pensé ?

— Est-il possible de distinguer ces signaux des autres transmissions – émissions normales ou informations ?

— Vous entendriez, fit-il en acquiesçant, une série d'impulsions, sans doute très rapides, disons à une fréquence de mille par seconde, qui se traduiraient à l'oreille par une note musicale. Ce qui éliminerait la BBC ; quant aux points/traits du trafic militaire, ils sont complètement différents.

— Vous êtes ingénieur ; seriez-vous capable de monter un récepteur radio capable de capter ce genre de signaux ?

Il prit un air songeur.

— Portable, je suppose ?

— Qui tiendrait dans une valise.

— Et fonctionnant sur piles pour être utilisable n'importe où.

— Oui.

— Je pense que c'est faisable. Nos savants de Welwyn fabriquent des trucs de ce genre à longueur de journée : montres de gousset explosives, briques équipées d'émetteurs radio... Ils bricoleraient probablement quelque chose.

La serveuse apporta sa salade de tomates à Hermia, parsemée d'un hachis de petits oignons et décorée d'un brin de menthe. Pourquoi ne vient-il donc pas à l'esprit de nos cuisiniers britanniques de remplacer leurs sempiternels sardines en boîte et choux bouillis par des plats aussi simples et délicieux que celui-là ?

— Qu'est-ce qui vous a motivée pour mettre sur pied les Veilleurs de nuit ? lui demanda Digby.

Elle ne savait pas très bien ce qu'il entendait par là.

— Ça m'a paru une bonne idée.

— Tout de même, permettez-moi de vous faire remarquer que ce n'est pas une préoccupation qu'on prête ordinairement aux jeunes femmes.

Elle réfléchit, se rappela sa discussion avec un autre patron bureaucrate et se demanda pourquoi elle avait persisté.

— Je ne supporte pas les nazis ; ils sont absolument repoussants.

— Le fascisme impute, à tort, ses problèmes à d'autres peuples.

— Je sais, mais il n'y a pas que ça. Leurs uniformes, leurs défilés au pas de l'oie, leurs attitudes et leur façon d'aboyer d'abominables discours, tout ça me rend malade.

— D'où vous vient cette expérience ? Il n'y a guère de nazis au Danemark.

— J'ai passé un an à Berlin dans les années trente. Je les ai vus marcher, saluer, cracher sur les gens, fracasser les vitrines des boutiquiers juifs. Je me souviens m'être dit : il faut arrêter ces gens-là avant qu'ils ne saccagent le monde entier. Je le pense toujours, j'en suis plus sûre que jamais.

— Moi aussi, approuva-t-il en souriant.

Hermia prit ensuite une fricassée de poissons et fut, une fois de plus, frappée par ce qu'un chef français pouvait tirer, malgré le rationnement, d'ingrédients aussi ordinaires que tranches d'anguille, bigorneaux – très appréciés des Londoniens – et filets de cabillaud. Elle savoura ce plat frais et bien assaisonné.

De temps en temps, elle surprenait dans le regard de Digby un mélange d'adoration et de désir, qui l'inquiétait, car source d'ennuis et de chagrins. Cependant, se savoir autant désirée n'était pas désagréable, même si c'était un peu gênant. Elle sentit le sang lui monter aux joues et elle posa la main sur sa gorge pour dissimuler sa rougeur.

Elle se força à penser à Arne et à cette première rencontre au bar d'un hôtel de montagne en Norvège, où elle avait tout de suite su que c'était lui qui comblerait le vide de sa vie. « Je comprends maintenant pourquoi je n'ai jamais eu de rapports satisfaisants avec un homme, avait-elle écrit à sa mère. Parce que je n'avais pas encore rencontré Arne. » Quand il lui avait fait sa demande, elle lui avait déclaré : « Si j'avais su qu'il existait des hommes comme toi, j'en aurais épousé un voilà des années. »

Elle acquiesçait à tout ce qu'il proposait. Elle qui tenait à sa liberté au point de ne pouvoir partager un appartement, perdait toute volonté face à Arne. Chaque fois qu'il lui demandait de sortir avec lui, elle acceptait ; quand il l'embrassait, elle répondait à ses baisers ; quand il lui caressait les seins sous son chandail de ski, elle se contentait de soupirer de plaisir ; et quand, à minuit, il frappait à la porte de sa chambre d'hôtel, elle disait : « Que je suis contente que tu sois là ! »

L'évocation de ces souvenirs l'aida à retrouver son calme face à Digby. Elle ramena la conversation sur la guerre. Un corps expéditionnaire comprenant des troupes britanniques, des forces du Commonwealth et de la France libre avait débarqué en Syrie. Mais Hermia et Digby avaient du mal à s'intéresser au dénouement de cette escarmouche lointaine ; seul le conflit en Europe, et sa guerre de bombardiers, comptait vraiment.

Il faisait nuit quand ils quittèrent le restaurant ; ils prirent vers le sud, vers Pimlico où habitait Mags, la mère de Hermia chez qui elle devrait passer la nuit. Ils traversaient St James's Park lorsque la lune passa derrière un nuage ; Digby se tournant vers elle en profita pour l'embrasser.

Elle ne put s'empêcher d'admirer l'aisance de ses gestes. Elle n'avait pas eu le temps de se détourner qu'il avait posé ses lèvres sur les siennes. D'une main ferme, il l'attira contre lui et pressa son torse contre ses seins. Au lieu de se sentir indignée, elle constata avec consternation qu'elle réagissait, retrouvant tout d'un coup le bonheur d'avoir contre elle le corps musclé et la peau brûlante d'un homme et, dans un élan de désir, elle écarta les lèvres.

Ils s'embrassèrent avidement, puis il posa la main sur sa poitrine, ce qui rompit le charme : elle était trop vieille et trop respectable pour se laisser peloter dans un parc. Elle se dégagea.

L'idée l'effleura de l'emmener chez elle. Imaginant la désapprobation peinée de Mags et de Bets, elle se mit à rire.

— Qu'y a-t-il ? demanda-t-il.

Il avait l'air vexé, pensant probablement qu'elle se moquait de son infirmité.

— Ma mère est veuve, s'empressa-t-elle d'expliquer, et vit avec une vieille fille d'un certain âge. J'imaginais simplement leur réaction si je ramenais un homme à la maison pour la nuit.

Son visage s'éclaira.

— J'aime bien votre façon de penser, dit-il en essayant de l'embrasser encore.

Elle était tentée, mais elle évoqua Arne et repoussa Digby d'une main énergique.

— Fini, déclara-t-elle avec fermeté. Raccompagnez-moi.

Ils quittèrent le parc. Une fois l'euphorie dissipée, elle se demanda comment, malgré son amour pour Arne, elle pouvait prendre plaisir à embrasser Digby. Mais au moment où ils passaient devant Big Ben et l'abbaye de Westminster, le hululement des sirènes chassa toutes ces considérations de son esprit.

— Vous voulez qu'on trouve un abri ? proposa Digby.

Nombreux étaient les Londoniens à avoir choisi de ne plus s'abriter durant les raids aériens. Lassés des nuits sans sommeil, certains avaient décidé que mieux valait prendre le risque, pendant que d'autres, devenus fatalistes, prétendaient que, de toute façon, les jeux étaient faits et que si une bombe vous était destinée, on n'y pouvait rien. Hermia n'en était pas encore à ce stade ; pourtant, elle ne voulait pas avoir à repousser les avances de Digby tout le temps que durerait l'alerte.

— Nous ne sommes qu'à quelques minutes, répondit-elle en jouant nerveusement avec sa bague de fiançailles. Ça vous ennuie si on continue ?

— Je serai peut-être forcé de passer la nuit chez votre mère, après tout.

— Au moins, j'aurai un chaperon.

Ils gagnèrent rapidement Pimlico. Les projecteurs balayaient les nuages pendant que le grondement sourd et sinistre de lourds appareils enflait. Quelque part, une batterie antiaérienne se mit à tirer et des obus éclatèrent dans le ciel comme un feu d'artifice. Hermia se demanda si sa mère conduisait cette nuit son ambulance.

Horrifiée, elle vit des bombes tomber à proximité, alors que d'habitude elles visaient l'East End industriel. Dans la rue voisine, semblait-il, une maison s'effondra dans un fracas assourdissant ; une minute plus tard, une voiture de pompiers passa en trombe. Hermia hâta le pas.

— Quel calme, apprécia Digby... vous n'avez pas peur ?

— Bien sûr que j'ai peur, répliqua-t-elle avec impatience. Simplement je ne m'affole pas.

Au carrefour suivant, elle découvrit l'immeuble en flammes ; les pompiers déroulaient déjà les tuyaux à incendie.

— C'est encore loin ? demanda Digby.

— La rue d'après, fit Hermia hors d'haleine.

À l'angle de la rue suivante, un autre camion de pompiers stationnait près de la maison de Mags.

— Oh, mon Dieu ! s'écria Hermia en se mettant à courir. (Le cœur battant, elle repéra tout en fonçant une ambulance sur le trottoir et une maison touchée.) Oh, non, je vous en prie, dit-elle tout haut.

Plus elle se rapprochait, moins elle reconnaissait la maison de sa mère, et pourtant elle distinguait clairement que celle d'à côté était en feu. Il lui fallut un bon moment pour comprendre enfin que le trou béant dans une terrasse et l'amas de décombres étaient tout ce qu'il en restait ; elle avait disparu. Elle poussa un gémissement.

— C'est la maison ? interrogea Digby qui l'avait rejointe.

Incapable de parler, Hermia hocha la tête.

D'un ton autoritaire, Digby interpella un pompier.

— Vous ! fit-il. Pas trace des occupants de ce bâtiment ?

— Si, monsieur, répondit le pompier. Une personne a été soufflée par l'explosion.

Il désigna une petite cour épargnée de l'autre côté de la rue : un corps gisait sur une civière, le visage recouvert. Digby glissa son bras sous celui de Hermia pour l'aider à traverser. Elle s'agenouilla pendant que Digby découvrait le visage de la victime.

— C'est Bets, annonça Hermia, navrée d'éprouver un coupable sentiment de soulagement.

Digby regardait autour de lui.

— Qui est cette personne assise là-bas sur le mur ?

Levant les yeux, Hermia sentit son cœur se serrer en reconnaissant la silhouette accablée de sa mère dans son uniforme d'ambulancière et sous son casque.

— Mère ? dit-elle en la prenant par les épaules.

— Bets est morte, lui annonça Mags, le visage ruisselant de larmes.

— Oh, maman, je suis désolée.

— Elle m'aimait tant, sanglota sa mère.

— Je sais.

— Crois-tu ? Es-tu sûre ? Toute sa vie, elle m'a attendue. Tu te rends compte ? Toute sa vie.

— Je suis vraiment désolée, murmura-t-elle en serrant très fort sa mère contre elle.

Il y avait eu environ deux cents bateaux danois en mer en cette matinée du 9 avril 1940 choisie par Hitler pour envahir le Danemark. Toute la journée, la BBC avait invité – en danois – les marins à rejoindre des ports alliés plutôt que de rentrer dans un pays conquis. Cinq mille hommes à peu près répondirent à cet appel. La plupart cherchèrent refuge sur la côte est de l'Angleterre, hissèrent l'Union Jack et continuèrent à naviguer sous pavillon britannique. Si bien que, quelques mois plus tard, plusieurs petites communautés de Danois s'y étaient installées.

Hermia décida de se rendre à nouveau dans le village de pêcheurs de Stokeby où, à deux reprises déjà, elle avait discuté avec les Danois qui y vivaient. Elle allégua cette fois à l'attention de son chef, Herbert Woodie, l'obligation de contrôler les plans quelque peu dépassés des principaux ports danois pour y apporter les améliorations nécessaires.

Il la crut.

À Digby Hoare, elle raconta une histoire bien différente.

Celui-ci s'était rendu à Bletchley le surlendemain du bombardement avec un récepteur radio et un radiogoniomètre soigneusement emballés dans une valise de cuir fatiguée. Tandis qu'il lui expliquait le fonctionnement de ce matériel, elle songeait avec remords à ce baiser qui lui avait tant plu, en se demandant avec gêne si elle pourrait regarder Arne droit dans les yeux.

Dans un premier temps, elle avait pensé faire passer en contrebande aux Veilleurs de nuit le récepteur radio, mais elle avait depuis lors trouvé une solution plus simple : les signaux du radar pouvaient sans doute être captés en mer tout aussi facilement que sur terre. Elle expliqua à Digby – qui donna son accord – qu'elle allait remettre la valise au capitaine d'un bateau de pêche et lui apprendre à s'en servir, ce qui aurait fort bien pu marcher. En vérité, elle répugnait à confier à quelqu'un d'autre une mission aussi importante ; aussi avait-elle décidé d'y aller elle-même.

En mer du Nord, entre Angleterre et Danemark, se trouvait un large banc de sable, le Dogger Bank où, par endroits, les fonds ne dépassaient pas quinze mètres et où la pêche était bonne ; les bateaux, anglais ou danois, y pêchaient au chalut. Théoriquement, les bâtiments basés au Danemark n'avaient pas le droit de s'aventurer aussi loin de leur côte, mais, l'Allemagne ayant besoin de harengs, cette interdiction n'était qu'irrégulièrement appliquée et constamment bravée. Depuis quelque temps, Hermia avait dans l'idée que des messages – ou même des gens, pourquoi pas – se rendaient d'un pays à l'autre en passant d'un bateau de pêche danois à un chalutier britannique ou inversement. Depuis, une idée bien meilleure encore avait germé dans son esprit : la pointe du Dogger Bank ne se trouvait qu'à une centaine de miles de la côte danoise. Si ses hypothèses se révélaient exactes, les signaux de la machine Freya seraient décelables depuis les lieux de pêche.

Elle prit un train le vendredi après-midi, habillée pour un voyage en mer : pantalon, bottes et gros chandail, les cheveux ramassés sous une casquette d'homme à carreaux. Tout en regardant défiler les marécages de l'est de l'Angleterre, elle se demandait si son plan marcherait. Trouverait-elle un bateau disposé à l'embarquer ? Capterait-elle les signaux qu'elle attendait ? Ou au contraire toute cette affaire ne serait-elle qu'un coup d'épée dans l'eau ?

Puis ses pensées revinrent à sa mère. La veille, à l'enterrement de Bets, Mags s'était ressaisie : l'accablement avait fait place à la tristesse, et aujourd'hui elle partait pour la Cornouailles retrouver sa sœur, Bella, la tante d'Hermia. Pourtant, le soir du bombardement, son âme s'était mise à nu.

Hermia savait les deux femmes amies dévouées depuis toujours, mais découvrant que cela était allé manifestement plus loin, elle se posait des questions, à son corps défendant. Sans s'attarder sur l'idée embarrassante des rapports réels entre Mags et Bets, Hermia était choquée de découvrir la capacité de sa mère à dissimuler pendant des années à Hermia et aussi sans doute à son mari cet attachement passionné entretenu tout au long de sa vie.

Elle arriva à Stokeby à vingt heures par une douce soirée d'été et, de la gare, se rendit directement au Shipwright's Arms, un pub sur le quai. En quelques minutes elle apprit que Sten Munch, un capitaine danois qu'elle avait déjà rencontré, lèverait l'ancre au petit matin sur son navire, le *Morganmand*, autrement dit le *Lève-tôt.* Sten, comme un Anglais pur sang, taillait la haie de son jardin. Il l'invita à entrer. Veuf, il vivait avec son fils, Lars, à bord avec lui le 9 avril 1940. Lars depuis lors avait épousé une fille du pays, Carol. Quand Hermia entra, celle-ci donnait le sein à un nourrisson de quelques jours à peine. Lars prépara du thé. Par politesse pour Carol, ils parlaient tous anglais.

Hermia expliqua qu'elle avait besoin de s'approcher aussi près que possible de la côte danoise pour tenter de capter une émission radio allemande – elle ne précisa pas de quel genre et Sten ne lui posa aucune question.

— Bien sûr ! s'écria-t-il aussitôt. N'importe quoi pour aider à battre les nazis ! Mais mon bateau ne fait pas vraiment l'affaire.

— Pourquoi donc ?

— Il est tout petit – seulement onze mètres cinquante. De plus, nous serons absents au moins trois jours.

Hermia, s'attendant à cela, avait préparé une parade à l'attention de Woodie : elle s'absentait pour aider sa mère à s'installer ailleurs et elle ne serait de retour que dans le courant de la semaine prochaine.

— Ça ne fait rien, dit-elle à Sten. J'ai le temps.

— Mon bateau n'a que trois couchettes – nous nous relayons pour dormir – et il n'est pas conçu pour les dames. Vous devriez partir sur un navire plus grand.

— Y en a-t-il un qui lève l'ancre demain matin ?

Sten regarda Lars qui répondit :

— Non. Les trois qui sont partis hier ne reviendront pas avant la semaine prochaine, et Peter Gorning qui devrait être de retour demain ne repartira qu'aux environs de mercredi.

— Trop tard, fit-elle en secouant la tête.

Carol leva les yeux.

— Ils dorment tout habillés, vous savez. C'est pour ça qu'ils empestent quand ils rentrent à la maison. C'est pire encore que l'odeur du poisson.

Hermia apprécia tout de suite son approche réaliste des choses.

— Ça ira très bien, la rassura-t-elle. Je suis tout à fait capable de dormir tout habillée dans un lit encore tiède de son précédent occupant. Je n'en mourrai pas.

— Je ne demande qu'à vous aider, prétendit Sten, mais la mer, ça n'est pas pour les femmes. Vous êtes faites pour les jolies choses de la vie.

— Mettre des enfants au monde, par exemple ? ricana Carol.

Hermia sourit, heureuse d'avoir en Carol une alliée.

— Parfaitement. Nous sommes capables de supporter l'inconfort.

Carol hocha vigoureusement la tête.

— Pense un peu à ce que Charlie endure dans le désert. (Elle expliqua à Hermia.) Mon frère Charlie a été mobilisé et il se trouve quelque part en Afrique du Nord.

Sten était coincé : il ne voulait pas emmener Hermia, mais il ne pouvait pas le dire sans perdre son étiquette de brave et de patriote.

— On part à trois heures du matin.

— Je serai là.

— Restez ici alors, proposa Carol. Nous avons une chambre d'amis. (Elle regarda son beau-père.) Si tu es d'accord, Pa.

— Bien sûr ! assura-t-il, à court d'excuses.

— Merci. C'est très gentil de votre part.

Tout le monde alla se coucher de bonne heure, mais Hermia, au lieu de se déshabiller, resta assise dans sa chambre, lumière allumée, sûre que si elle ne se réveillait pas Sten partirait sans elle. Les Munch n'étaient pas de grands lecteurs ; elle dut se contenter de l'unique livre qu'elle put trouver, la Bible en danois. Cette lecture la garda éveillée. À deux heures, elle passa dans la salle de bains pour faire un brin de toilette puis descendit sur la pointe des pieds mettre la bouilloire sur le feu. À deux heures et demie, Sten arriva. Voyant Hermia dans la cuisine, il parut surpris et déçu mais accepta quand même avec reconnaissance le grand bol de thé qu'elle lui tendit.

Juste avant trois heures, Hermia, Sten et Lars descendirent jusqu'au quai où les attendaient deux autres Danois. Le *Morganmand*, en bois, un seul mât et un moteur Diesel, était de dimensions vraiment modestes, pas plus long qu'un bus londonien. Sur le pont, un petit abri et une série d'écoutilles au-dessus de la cale. De la timonerie, un escalier descendait aux cabines. À l'arrière, de lourds espars et le treuil pour remonter les chaluts.

Le jour se levait quand la petite embarcation se faufila à travers le champ de mines qui défendait l'entrée du port. Il faisait beau, mais ils rencontrèrent une houle d'un mètre cinquante à deux mètres dès qu'ils eurent gagné le large. Heureusement, Hermia ne souffrait jamais du mal de mer.

Durant la journée, elle chercha à se rendre utile ; n'ayant aucune expérience de marin, elle nettoya la cuisine. Les hommes préparèrent eux-mêmes leur repas, mais elle lava leurs assiettes et la poêle dans laquelle ils faisaient à peu près tout cuire. Elle veilla à parler aux deux hommes d'équipage en danois, pour lier avec eux des liens d'amitié respectueuse. Quand elle n'eut plus rien d'autre à faire, elle s'assit sur le pont et profita du soleil.

Vers midi, ils atteignirent l'Outer Silver Pit, à l'extrémité sud-est du Dogger Bank, et commencèrent la pêche au chalut. Le bateau réduisit sa vitesse et mit le cap au nord-est. Au début, les filets remontaient presque vides ; ce n'est que vers la fin de l'après-midi que le poisson commença à affluer.

À la tombée de la nuit, Hermia descendit s'allonger sur une couchette. Elle pensait qu'elle ne dormirait pas, mais trente-six heures de veille et la fatigue eurent raison de sa tension. Elle sombra dans le sommeil en quelques minutes.

Au milieu de la nuit, elle fut réveillée, brièvement, par le grondement sourd de bombardiers qui les survolaient. Elle se demanda vaguement s'il s'agissait de la RAF faisant route vers l'Allemagne ou de la Luftwaffe allant dans l'autre sens, puis elle se rendormit.

Lorsqu'elle reprit ses esprits, Lars la secouait.

— Nous approchons au plus près du Danemark, annonça-t-il. Nous sommes à environ cent vingt miles au large de Morlunde.

Hermia monta sur le pont avec le récepteur dans sa valise. Il faisait déjà grand jour. Les hommes remontaient un filet plein de poissons affolés, surtout des harengs et des maquereaux, qu'ils déversaient dans la cale. Écœurée par ce spectacle, Hermia détourna les yeux.

Elle brancha la pile sur la radio et constata avec soulagement que les aiguilles oscillaient sur les cadrans. Elle fixa l'antenne au mât grâce à une longueur de fil de fer que Digby avait eu la prévoyance de lui fournir. Elle laissa l'appareil chauffer puis coiffa les écouteurs.

Tandis que le bateau poursuivait sa route cap nord-est, Hermia parcourut les fréquences radio. Outre les émissions de la BBC en anglais, elle capta des programmes en français, hollandais, allemand et danois, sans parler des innombrables transmissions en morse, signaux militaires émanant des deux camps sans doute. À la première remontée des fréquences, elle n'entendit rien qui aurait pu être un signal radar.

Elle renouvela l'exercice plus lentement – elle avait le temps – en s'assurant qu'elle ne laissait rien passer. Mais sans succès une fois de plus.

Elle persévéra.

Au bout de deux heures, elle remarqua que les hommes ne pêchaient plus et qu'ils l'observaient. Elle croisa le regard de Lars qui demandait :

— Toujours rien ?

Elle ôta les écouteurs.

— Je ne capte pas le signal que j'attendais, expliqua-t-elle en danois.

— On a ramassé du poisson toute la nuit, répondit Sten dans la même langue. La pêche a été bonne : notre cale est pleine. On est prêts à rentrer.

— Pourriez-vous remonter vers le nord un moment ? Il faut absolument que je capte ce signal... c'est vraiment important.

Sten hésitait, mais son fils déclara :

— On peut se le permettre, ça a été une bonne nuit.

— Et si un avion d'observation allemand nous survole ? reprit Sten.

— Vous pourriez jeter les chaluts et faire semblant de pêcher.

— Il n'y a rien par là.

— Les pilotes allemands n'en savent rien.

Un des hommes d'équipage lança :

— Si c'est pour libérer le Danemark...

Son compagnon acquiesça vigoureusement.

Une fois de plus le fait que Sten ne voulait pas passer pour un dégonflé aux yeux des autres sauva Hermia.

— Très bien, ordonna-t-il. Cap au nord.

— Restez à une centaine de miles de la côte, demanda Hermia en remettant les écouteurs.

Elle continua à balayer les fréquences, mais le temps passait et son optimisme diminuait. L'emplacement le plus probable pour une station radar, c'était à l'extrémité sud de la côte danoise, près de la frontière avec l'Allemagne. Elle avait pensé qu'elle capterait le signal très vite. Mais, à mesure que le bateau faisait route vers le nord, elle sentait ses espoirs s'évanouir.

Comme elle ne voulait pas s'éloigner du récepteur, les pêcheurs lui apportèrent du thé de temps en temps et, à l'heure du dîner, un bol de ragoût en conserve. Tout en écoutant, elle regardait vers l'est : le Danemark n'était pas visible mais elle savait Arne là, quelque part, et elle aimait l'idée de s'être rapprochée de lui.

À la tombée de la nuit, Sten vint s'agenouiller auprès d'elle sur le pont pour discuter. Elle ôta les écouteurs.

— Nous sommes au large de la pointe nord du Jutland, annonça-t-il. Il va falloir faire demi-tour.

— Est-ce qu'on pourrait s'approcher encore un peu plus ? demanda-t-elle, désespérée. Peut-être que cent miles au large, c'est trop loin pour capter le signal.

— Il faut qu'on rentre.

— Et si en repartant vers le sud on suivait la côte, disons cinquante miles ?

— C'est trop dangereux.

— Le jour est presque tombé. Il n'y a pas d'avions d'observation la nuit.

— Je n'aime pas ça.

— Je vous en prie. C'est très important.

Elle jeta un coup d'œil suppliant à Lars qui, non loin de là, écoutait leur conversation. Il était plus audacieux que son père, peut-être parce que, épousant une Britannique, il situait son avenir en Angleterre. Comme elle l'espérait, Lars se laissa convaincre.

— Soixante-quinze miles au large, ça vous irait ?

— Ce serait formidable.

— De toute façon, dit Lars en regardant son père, il faut faire route au sud. Ça ne nous fera que quelques heures de voyage en plus.

— Nous ferons courir des risques à l'équipage ! protesta Sten.

— Pense au frère de Carol en Afrique, répondit Lars sans s'énerver. C'est lui qui prend des risques. Cette fois, nous avons l'occasion de faire quelque chose pour l'aider.

— Bon, prends la barre, céda Sten d'un ton maussade. Je vais dormir.

Il s'engouffra dans l'abri et dévala l'escalier.

— Merci, déclara Hermia en souriant à Lars.

— C'est nous qui devrions vous remercier.

Lars fit faire demi-tour au bateau et Hermia continua à balayer les fréquences. La nuit tomba. Ils naviguaient sans lumière, mais le ciel clair et la lune presque pleine rendaient le bateau bien voyant au goût de Hermia. Par bonheur, ils ne virent ni avion ni navire. À intervalles réguliers, Lars contrôlait leur position au sextant.

Subitement, des images du raid aérien que Digby et elle avaient subi quelques jours auparavant passèrent devant ses yeux. C'était la première fois qu'elle était surprise dehors lors d'un bombardement. Elle était parvenue à garder son calme, mais la scène lui avait paru terrifiante : le grondement des avions, les projecteurs et la DCA, le fracas des bombes et la lueur infernale des incendies. Et pourtant, elle était en train de tout mettre en œuvre pour que la RAF inflige les mêmes horreurs à des familles allemandes. L'humanité sombrait dans la folie et c'était bien la seule solution pour empêcher les nazis de devenir les maîtres du monde.

En cette brève nuit du cœur de l'été, l'aube pointa de bonne heure sur une mer étonnamment calme. La brume matinale qui montait de la surface en réduisant la visibilité donnait à Hermia un sentiment de relative sécurité. Cependant le bateau continuait sa route vers le sud, et l'inquiétude la gagna : elle devait bientôt capter le signal – à moins que Digby et elle ne se soient fourvoyés et que Herbert Woodie ait eu raison.

Sten arriva sur le pont avec un bol de thé dans une main et un sandwich au bacon dans l'autre.

— Alors ? Vous avez trouvé ce que vous vouliez ?

— Ça viendra plus probablement du sud du Danemark, dit-elle.

— Ou de nulle part.

— Je commence à croire que vous avez raison, fit-elle en hochant la tête d'un air accablé. (C'est à cet instant précis qu'elle crut entendre quelque chose.) Attendez ! (Elle balaya les fréquences élevées jusqu'à ce qu'elle distingue une note musicale. Elle fit tourner le bouton en descendant, cherchant le bon emplacement. Elle capta de nombreux parasites, puis la note réapparut – un son qui ne pouvait provenir que d'un appareil, à une octave environ au-dessus du *do* du milieu du clavier.) Je crois que c'est ça ! s'exclama-t-elle joyeusement.

Elle nota la longueur d'onde – 2,4 mètres – sur un petit carnet que Digby avait glissé dans la valise.

Il lui fallait maintenant déterminer d'où venait le signal. Le récepteur comprenait un cadran gradué de 1 à 360 avec une aiguille qui pointait vers la source du signal. Digby avait bien insisté : l'aiguille devait s'aligner très exactement sur l'axe du navire. On pourrait alors déterminer la provenance du signal à partir du cap suivi par le bateau et de l'aiguille du cadran.

— Lars ! appela-t-elle. Quel est notre cap ?

— Est, sud-est, dit-il.

— Non, exactement.

— Eh bien...

Le temps était beau et la mer calme, néanmoins, le bateau ne cessant de bouger, le compas ne s'immobilisait jamais.

— Le plus exactement possible, insista-t-elle.

— 120 degrés.

L'aiguille sur son cadran indiquait 340. Si on y ajoutait 120, cela donnait une direction tournant autour de 100. Hermia nota le chiffre.

— Et quelle est notre position ?

— Attendez une minute. Au dernier relevé d'après les étoiles, nous franchissions le cinquante-sixième parallèle.

Il regarda le livre de bord, consulta sa montre et lui annonça leur latitude et leur longitude. Hermia nota les nombres, sachant que ce n'était qu'une estimation.

— Vous êtes satisfaite maintenant ? demanda Sten. On peut rentrer ?

— Il me faut un autre relevé pour pouvoir localiser par triangulation la source de l'émission.

Il s'éloigna en grognant, écœuré, tandis que Lars adressait un clin d'œil à la jeune femme.

Tandis qu'il continuait à faire route au sud, elle garda le récepteur réglé sur la note du signal. L'aiguille du radiogoniomètre bougeait de façon imperceptible. Au bout d'une demi-heure, elle redemanda le cap à Lars.

— Toujours 120.

L'aiguille sur son cadran indiquait maintenant 335. La direction du signal était donc de 95. Elle lui demanda d'estimer une nouvelle fois leur position et la nota sur son carnet.

— On rentre ? demanda-t-il.

— Oui. Et merci.

Il manœuvra la barre.

Pour triompher tout à fait, Hermia voulait découvrir d'où venait le signal. Elle entra dans la cabine et trouva une carte à grande échelle. Avec l'aide de Lars, elle marqua les deux positions qu'elle avait notées et tira des droites indiquant le relevé du signal à partir de chaque position, en faisant la correction nécessaire pour le nord géographique. Elles se croisaient au large de la côte, tout près de l'île de Sande.

— Mon Dieu ! s'exclama Hermia. C'est de là que vient mon fiancé.

— Sande ? Je connais : j'y suis allé, il y a quelques années, voir les essais de voitures de course.

Elle jubilait. Elle avait deviné juste et sa méthode avait donné des résultats. Le signal qu'elle attendait provenait de l'emplacement le plus logique. Il fallait maintenant qu'elle envoie Poul Kirke ou quelqu'un de son équipe à Sande pour inspecter les lieux. Sitôt qu'elle serait de retour à Bletchley, elle enverrait un message codé.

Quelques minutes plus tard, elle procéda à un autre relevé. Le signal maintenant avait faibli ; cependant les intersections des trois cercles tracés sur la carte formaient un triangle à l'intérieur duquel, en gros, se trouvait l'île de Sande. Malgré la grossièreté des calculs, la conclusion semblait claire. Le signal radio venait de l'île.

Elle avait hâte de l'annoncer à Digby.

7.

Harald, quant à lui, n'avait jamais vu plus belle machine que le Tiger Moth. Ses deux niveaux d'ailes, ses petites roues reposant sur l'herbe avec légèreté, sa longue queue effilée le faisaient ressembler à un papillon prêt à prendre son envol. Le petit avion frémissait dans la douce brise de cette belle journée, comme impatient de s'envoler. Un unique moteur fixé dans le nez de l'appareil actionnait la grande hélice peinte en crème ; enfin, les deux cockpits découverts étaient positionnés l'un derrière l'autre.

Il s'agissait d'un cousin du Frelon délabré qu'il avait vu dans le monastère en ruine de Kirstenslot. Leurs mécaniques étaient semblables à cela près que le Frelon offrait deux places côte à côte dans une cabine fermée. Le Frelon, de guingois sur son train d'atterrissage cassé, avec son tissu déchiré et maculé d'huile et son capitonnage défoncé, faisait piètre figure ; au contraire, le Tiger Moth, communément appelé le Tigre, était pimpant, la peinture de son fuselage était neuve, et le soleil faisait briller son pare-brise. Sa queue reposait sur le sol et son nez pointait vers le haut, comme s'il humait l'air.

— Tu remarqueras que les ailes sont plates en dessous et incurvées au-dessus, expliqua Arne Olufsen, le frère de Harald. Quand l'avion avance, l'air qui passe au-dessus de l'aile est contraint de se déplacer plus vite que celui qui passe en dessous, précisa-t-il avec ce sourire charmeur qui faisait qu'on lui pardonnait tout. Pour des raisons que je n'ai jamais élucidées, cela soulève l'avion.

— Parce que ça crée une différence de pression, expliqua Harald.

— Sans doute, commenta on ne peut plus brièvement Arne.

Les élèves en dernière année à Jansborg Skole passaient la journée à l'école d'aviation militaire de Vodal. Arne et son camaradc Poul Kirke les guidaient dans un exercice de recrutement organisé par l'armée ; celle-ci en effet peinait à persuader de brillants jeunes gens de s'engager dans un corps condamné à l'inactivité. Heis, ancien militaire, tenait à ce que chaque année Jansborg envoie un ou deux élèves à l'armée. Les garçons voyaient plutôt en cette visite une interruption bienvenue en période de préparation aux examens.

— Les volets articulés des ailes inférieures s'appellent des ailerons, décrivait Arne. Ils sont reliés par des câbles au levier de commande qu'on appelle parfois le manche à balai. Quand on tire le manche vers la gauche, l'aileron gauche se soulève et le droit s'abaisse ; l'appareil s'incline et tourne à gauche. On appelle cela virer sur l'aile.

Harald écoutait fasciné, mais monter dans l'avion pour voler le tentait infiniment plus.

— Vous observerez que la moitié arrière est également articulée, reprit Arne. Il s'agit du gouvernail de profondeur qui dirige l'avion vers le haut ou vers le bas. Si on tire sur le manche, le gouvernail se redresse en poussant le volet vers le bas, si bien que l'appareil monte.

Harald remarqua que la partie verticale de la queue comportait elle aussi un volet.

— C'est pourquoi ? demanda-t-il.

— C'est l'empennage, contrôlé par deux pédales situées sur le plancher du cockpit, et qui fonctionne de la même façon que le gouvernail d'un bateau.

— Pourquoi a-t-on besoin d'un gouvernail, intervint Mads, puisqu'on utilise les ailerons pour changer de direction ?

— Bonne remarque ! apprécia Arne. Cela montre que tu écoutes bien. Mais tu ne devines pas ? Pourquoi a-t-on besoin d'un gouvernail en même temps que des ailerons pour diriger l'avion ?

Harald avait deviné.

— On ne peut pas se servir des ailerons quand on est sur la piste.

— Parce que... ?

— Les ailes heurteraient le sol.

— Exact. On se sert des commandes de direction quand on roule car les ailerons sont inutilisables. On utilise aussi le gouvernail en vol pour contrôler une oscillation latérale indésirable de l'avion, ce qu'on appelle un mouvement de lacet.

Les quinze élèves avaient visité la base aérienne, assisté à une conférence sur les perspectives qui leur étaient offertes, la solde et l'entraînement et ils avaient déjeuné avec un groupe de jeunes élèves pilotes. Ils attendaient maintenant avec impatience la leçon de pilotage individuelle promise à chacun comme le clou de la journée. Cinq Tigre étaient alignés sur l'herbe. Depuis le début de l'occupation, les appareils militaires danois étaient officiellement interdits de vol, mais il y avait des exceptions. L'école de pilotage était autorisée à donner des leçons à bord de planeurs et une permission spéciale avait été accordée pour les exercices de la journée à bord des Tigre. Mais, au cas où quelqu'un aurait eu l'idée de rallier la Suède aux commandes d'un appareil, deux Messerschmitt Me-109, garés en bout de piste, se tenaient prêts à donner la chasse et à abattre quiconque essaierait de s'échapper.

Après Arne, ce fut Poul Kirke qui prit la parole.

— Vous allez maintenant, un par un, regarder l'intérieur du cockpit, annonça-t-il. Tenez-vous sur le bord peint en noir de l'aile inférieure et ne marchez surtout pas ailleurs, sinon votre pied passera à travers la toile.

Tik Duchwitz s'avança le premier.

— Sur le côté gauche, expliqua Poul, vous voyez une manette des gaz chromée qui contrôle la vitesse du moteur, et plus bas un contrôleur d'assiette qui commande le ressort du gouvernail de profondeur. S'il est bien réglé, et une fois atteint le régime de croisière, l'avion conservera son altitude quand on lâchera le manche à balai.

Harald passa le dernier. Malgré la rancœur que lui inspirait l'arrogance avec laquelle Poul avait fait descendre Karen Duchwitz de sa bicyclette, il suivait avec fascination toutes ses explications.

— Alors, Harald, qu'est-ce que tu en dis ? lui demanda Poul.

— Ça ne m'a pas l'air sorcier, fit Harald en haussant les épaules.

— Alors, tu vas passer le premier, lança Poul avec un grand sourire.

Les autres élèves se mirent à rire, mais Harald était ravi.

— Allons nous équiper, ordonna Poul.

Ils regagnèrent le hangar et passèrent leur tenue de vol : des combinaisons se boutonnant devant, des casques et des lunettes. Au grand agacement de Harald, Poul tint à l'aider.

— La dernière fois qu'on s'est rencontrés, c'était à Kirstenslot, dit Poul en ajustant les lunettes de Harald.

Harald hocha brièvement la tête, ne tenant pas à ce qu'on lui rappelle ce souvenir. Il s'interrogeait pourtant sur la nature exacte des relations de Poul avec Karen : se contentent-ils de sortir ensemble ou bien y a-t-il autre chose entre eux ? L'embrasse-t-elle avec passion ? Se laisse-t-elle caresser ? Parlent-ils de se marier ? Couchent-ils ensemble ? Il ne réussissait pas à endiguer ce flot de questions, bien qu'il ne voulût pas y penser.

Une fois prêts, les cinq premiers élèves retournèrent sur le terrain chacun escorté d'un pilote. Harald aurait aimé monter avec son frère, mais Poul le choisit une nouvelle fois, comme s'il avait envie de mieux le connaître.

Un aviateur vêtu d'une combinaison tachée d'huile faisait le plein de l'appareil, un pied posé sur une marche aménagée dans le fuselage. Le réservoir se trouvait au milieu de l'aile supérieure, exactement au-dessus de la place avant : un emplacement inquiétant, se dit Harald. Parviendrait-il en pilotant à oublier les litres de carburant inflammable juste au-dessus de sa tête ?

— D'abord, dit Poul en se penchant à l'intérieur du cockpit, on procède à la check-list prévol. On vérifie que l'interrupteur de la magnéto est coupé et les gaz fermés. (Il regarda les roues.) Cales en place. (Il donna un coup de pied dans les pneus et actionna les volets.) Tu disais que tu avais travaillé sur la nouvelle base allemande de Sande ? dit-il en passant.

— Oui.

— Quel genre de travail ?

— Oh, des travaux de terrassement : creuser des trous, mélanger du ciment, porter des briques.

Poul se dirigea vers l'arrière de l'avion et vérifia le mouvement des gouvernails de profondeur et de direction.

— Tu t'étais fait une idée de la destination de ces bâtiments ?

— Non, pas sur le moment, parce que, une fois le gros œuvre terminé, on a renvoyé les ouvriers danois pour les remplacer par des Allemands. Mais je suis pratiquement sûr que c'est une sorte de station de radio.

— C'est ce que tu as déjà dit la dernière fois. Comment le sais-tu ?

— J'ai vu l'équipement.

Poul le regarda brusquement et Harald comprit qu'il ne lui posait pas des questions tout à fait innocentes.

— Ça se voit de l'extérieur ?

— Non. Il y a une clôture et des gardes. En outre, le matériel radio est caché par des arbres, sauf du côté qui fait face à la mer ; mais l'accès de cette partie de la plage est interdit.

— Alors comment l'as-tu vu ?

— J'étais pressé de rentrer, et j'ai pris un raccourci en traversant la base.

Poul, accroupi derrière l'empennage, vérifiait la béquille.

— Qu'est-ce que tu as vu ? reprit-il.

— Une grande antenne, la plus grosse que j'aie jamais vue, quatre mètres carrés peut-être, montée sur une base pivotante.

Le mécanicien qui avait rempli le réservoir vint interrompre leur conversation.

— Prêt quand vous voulez, monsieur.

— Prêt à voler ? demanda Poul à Harald.

— Devant ou derrière ?

— L'élève s'assied toujours à l'arrière.

Harald monta dans l'avion. Il lui fallut se tenir debout sur le baquet pour réussir à se glisser vers le bas. Le cockpit est si exigu que je me demande comment font les pilotes un peu forts, se dit-il. À la réflexion, on ne croise jamais de gros pilotes.

Comme le nez pointait vers le haut quand l'avion était sur l'herbe, il ne voyait rien devant lui que le ciel bleu. Il dut se pencher sur le côté pour apercevoir le sol.

Il posa les pieds sur le palonnier et la main droite sur le manche à balai ; il l'essaya en l'agitant d'un côté et de l'autre et vit alors les volets se lever et s'abaisser. De la main gauche, il actionna la manette des gaz et le correcteur d'assiette.

Sur le fuselage, juste à l'extérieur de son cockpit, il aperçut deux petits boutons noirs : les contacts de la magnéto, supposa-t-il.

Poul se pencha pour ajuster le harnais de Harald.

— Ces appareils ont été conçus pour l'instruction : c'est pourquoi ils sont munis de doubles commandes, précisa-t-il. Pendant que je pilote, pose doucement les mains sur les manettes pour ressentir comment je les actionne. Je te dirai quand prendre le relais.

— Comment nous parlerons-nous ?

Poul désigna un tube de caoutchouc en Y ressemblant à un stéthoscope.

— Ça fonctionne comme les tuyaux acoustiques sur les navires.

Il montra à Harald comment fixer les écouteurs de son casque de pilote. La base du Y était reliée à un tube d'aluminium qui se prolongeait certainement jusqu'au cockpit avant. On utilisait un autre tube avec une embouchure pour parler.

Poul grimpa à la place avant. Un instant plus tard, Harald entendit sa voix dans le tube acoustique.

— Tu me reçois ?

— Cinq sur cinq.

Le mécanicien se posta du côté gauche de l'appareil et entama un dialogue à tue-tête :

— Prêt à démarrer, monsieur ?

— Prêt à démarrer.

— Carburant ouvert, commandes coupées, gaz fermés ?

— Essence ouverte, contact fermé, gaz coupés.

Harald s'attendait alors à ce que le mécanicien fasse tourner l'hélice, mais il s'approcha du côté droit de l'avion, ouvrit le capot du fuselage et se mit à bricoler le moteur : sans doute, se dit Harald, pour amorcer la pompe. Puis il referma le capot et revint près du nez de l'avion.

— Le carburateur aspire, monsieur, dit-il.

Là-dessus, il tendit le bras et fit tourner l'hélice vers le bas. Il répéta ce geste à trois reprises et Harald devina qu'ainsi il faisait arriver l'essence dans les cylindres.

Puis il se pencha vers l'aile inférieure et actionna les deux petits contacts au niveau de Harald.

— Commande des gaz prête ?

La manette des gaz avança d'un centimètre sous la main de Harald.

— Commande des gaz prête, répondit Poul.

— Contact.

Poul tendit la main et poussa en avant les manettes.

Une nouvelle fois, le mécanicien lança l'hélice, mais en se reculant précipitamment juste après. Le moteur démarra et l'hélice commença à tourner. On entendit un rugissement et le petit avion se mit à trembler. Harald réalisa brusquement la légèreté et la fragilité de l'appareil, se souvenant avec horreur qu'il n'était pas fait de métal, mais de bois et de toile. Les vibrations ne rappelaient ni celles d'une voiture ni même celles d'une motocyclette, qui comparativement paraissaient solides et consistantes. On avait plutôt l'impression d'escalader un jeune arbre et de sentir le vent agiter ses frêles branches.

— Il faut laisser chauffer le moteur. Ça prend quelques minutes, expliquait Poul dans le tuyau acoustique.

Harald réfléchit aux questions que lui avait posées Poul à propos de la base de Sande. Ce n'était pas simple curiosité, il en était convaincu. Poul poursuivait un but : il cherchait à connaître l'importance stratégique de la base. Pourquoi ? Poul faisait-il partie d'un mouvement clandestin ? Y avait-il une autre explication ?

Le bruit du moteur se fit plus aigu ; Poul tendit la main et vérifia une nouvelle fois l'interrupteur de la magnéto, sans doute encore un contrôle sécurité, songea Harald. Puis le rugissement diminua, le moteur tournait au ralenti et Poul fit enfin signe au mécanicien de retirer les cales. Harald sentit une secousse et l'avion avança.

La barre à ses pieds s'agita : Poul utilisait les pédales du palonnier pour diriger l'appareil sur l'herbe. Ils roulèrent jusqu'à la piste jalonnée de petits drapeaux, tournèrent face au vent puis s'arrêtèrent.

— Encorc quelques contrôles avant de décoller, annonça Poul.

Harald réalisa pour la première fois que ce qu'il s'apprêtait à faire présentait un danger. Arne volait certes sans incident depuis des années, mais d'autres pilotes s'étaient écrasés, certains avaient péri. Les gens meurent aussi dans des voitures, sur dcs motos et à bord de bateaux – mais, Dieu sait pourquoi, ça ne fait pas le même effet. Il s'efforça de ne plus penser aux dangers : pas question de s'affoler et se couvrir de honte devant sa classe.

Soudain la manette des gaz sous sa main avança doucement, le rugissement du moteur se fit plus fort et le Tigre s'élança sur la piste. Au bout de quelques secondes seulement, le manche à balai s'éloigna des genoux de Harald et il se sentit basculer légèrement vers l'avant tandis que la queue se soulevait derrière lui. Le petit appareil prit de la vitesse, vibrant et tremblant sur l'herbe. Harald était tout excité. Puis le manche recula sous sa main, l'appareil parut bondir : ils avaient décollé !

C'était grisant. Ils prenaient régulièrement de l'altitude. À droite, Harald apercevait un petit village ; il est vrai qu'un pays aussi peuplé que le Danemark offrait, vu du ciel, peu d'endroits inhabités.

Poul vira sur la droite. Entraîné sur le côté, Harald lutta contre l'affolante impression qu'il allait tomber du cockpit.

Pour se calmer, il regarda les instruments. Le compte-tours indiquait deux mille tours minute et le compteur de vitesse annonçait cent kilomètres à l'heure. Ils étaient déjà à une altitude de mille pieds. L'aiguille de l'indicateur de virage et de glissade pointait droit vers le haut.

L'appareil se redressa et se mit à voler en palier. La manette des gaz recula, le rugissement du moteur se calma et l'aiguille du compte-tours retomba à mille neuf cents.

— Tu tiens le manche ?

— Oui.

— Regarde la ligne d'horizon : elle doit traverser ma tête.

— Elle entre par une oreille et ressort par l'autre.

— Quand je lâcherai les commandes, je veux que tu gardes simplement les ailes à niveau et l'horizon au même endroit par rapport à mes oreilles.

— OK, répondit Harald un peu nerveux.

— Je te laisse les commandes.

Harald sentit l'appareil prendre vie entre ses mains : le moindre mouvement de sa part affectait le vol. La ligne d'horizon s'abaissa jusqu'aux épaules de Poul, montrant que le nez de l'avion s'était soulevé. Harald comprit que la crainte à peine consciente de piquer vers le sol le faisait tirer sur le manche. Il donna une poussée infime vers l'avant et eut la satisfaction de voir la ligne d'horizon remonter lentement jusqu'aux oreilles de Poul.

L'avion fit une embardée de côté et amorça un virage sur l'aile. Harald eut l'impression qu'il avait perdu le contrôle et qu'ils allaient s'écraser.

— Qu'est-ce que c'était ?

— Juste une rafale de vent. Fais la correction, mais doucement.

Luttant contre l'affolement, Harald actionna le manche dans la direction opposée au virage. L'avion fit une embardée dans l'autre direction, mais du moins il le contrôlait et, d'un autre petit mouvement, il effectua une nouvelle correction. Il constata alors qu'il remontait et il pointa le nez vers le bas. Il mesura combien est intense la concentration nécessaire pour réagir au plus léger mouvement de l'appareil et maintenir un cap régulier, la moindre erreur risquant de l'envoyer s'écraser au sol.

Mais Poul lui parla et cette interruption agaça Harald.

— Très bien, dit Poul, tu piges vraiment bien.

Harald avait l'impression qu'un entraînement d'une ou deux années suffirait.

— Maintenant, dit Poul, appuie légèrement sur le palonnier avec les deux pieds.

Cela faisait un moment que Harald ne pensait plus à ses pieds.

— Très bien, fit-il assez sèchement.

— Regarde l'indicateur de vol.

Harald avait envie de dire : bonté divine, comment veux-tu que je réussisse à faire ça tout en pilotant l'avion ? Il se força à lâcher l'horizon une seconde pour jeter un coup d'œil au tableau de bord. L'aiguille était toujours pointée sur midi. En ramenant le regard sur l'horizon, il constata qu'il avait encore relevé le nez de l'appareil. Il effectua la correction.

— Je vais retirer mes pieds du palonnier, tu constateras alors qu'avec la turbulence, le nez va se mettre en lacet à gauche et à droite. Si tu n'es pas sûr, vérifie l'indicateur. Quand l'avion se met en lacet à gauche, l'aiguille tourne vers la droite pour te dire de corriger en appuyant du pied droit.

— Très bien.

Harald ne sentait aucun mouvement de côté mais, quelques instants plus tard, quand il parvint à jeter un coup d'œil furtif sur le cadran, il s'aperçut qu'il partait en lacet à gauche. Il appuya sur le palonnier du pied droit. L'aiguille ne bougeait pas. Il pressa plus fort. Lentement l'indicateur revint à la position centrale. En levant les yeux, il trouva qu'il plongeait légèrement. Il tira sur le manche. Nouveau coup d'œil à l'indicateur de vol. L'aiguille ne bougeait pas.

Tout cela lui aurait paru enfantin s'il n'avait pas évolué à quinze cents pieds dans les airs.

— Maintenant, dit Poul, essayons un virage.

— Oh, merde, fit Harald.

— D'abord, regarde à gauche pour voir s'il n'y a rien sur ta route.

Harald jeta un coup d'œil et aperçut au loin un autre appareil, sans doute avec un de ses camarades à bord effectuant le même genre d'exercice. Voilà qui le rassura.

— Rien dans les parages, annonça-t-il.

— Tire doucement le manche sur la gauche.

Harald s'exécuta et l'appareil obéit de nouveau. Il éprouva une terrifiante impression de chute mais aussi la sensation excitante de bel et bien diriger la trajectoire du Tiger Moth.

— Dans un virage, expliqua Poul, le nez a tendance à plonger. (Harald s'aperçut que c'était bien le cas et il tira sur le manche.) Surveille l'indicateur de vol, reprit Poul. Tu fais l'équivalent d'une glissade.

Un coup d'œil au cadran : l'aiguille s'était déplacée vers la droite. Du pied droit il appuya sur le palonnier. Une fois de plus, les commandes réagirent avec lenteur.

L'avion avait viré de quatre-vingt-dix degrés et Harald avait hâte de le redresser pour retrouver un certain sentiment de sécurité, mais Poul devait lire dans ses pensées – à moins que ce ne soit le lot de tous les élèves arrivés à ce stade – car il lui dit :

— Continue à virer, ça marche très bien.

Harald trouvait, quant à lui, l'angle du virage dangereusement abrupt, mais il continua, gardant le nez vers le haut et consultant à intervalles très brefs l'indicateur de vol. Du coin de l'œil il remarqua un car qui passait sur la route en bas, comme si de rien n'était, comme si le chauffeur ne risquait pas de voir un élève de Jansborg se fracasser sur son toit.

Il avait effectué environ trois quarts de cercle quand Poul lui dit enfin :

— Redresse-toi.

Soulagé, Harald tira le manche sur la droite et l'appareil se redressa.

— Surveille l'indicateur de vol.

L'aiguille s'était déplacée vers la gauche. Harald appuya du pied gauche sur le palonnier.

— Tu vois le terrain ?

Au début, Harald ne voyait rien d'autre qu'un groupe désordonné de champs parsemés de bâtiments. Il n'avait absolument aucune idée de ce à quoi pouvait bien ressembler la base aérienne vue d'en haut.

Poul vint à son aide.

— Les bâtiments blancs alignés le long d'un champ bien vert. Regarde à gauche de l'hélice.

— Je le vois.

— Dirige-toi de ce côté en gardant le terrain à la gauche du nez.

Harald jusque-là n'avait pas tenu compte du trajet qu'ils suivaient, ayant déjà bien du mal avec la stabilité de l'avion. À tout ce qu'il venait d'apprendre, il lui fallait maintenant ajouter le retour ; en somme, il y avait toujours une chose en trop à laquelle il fallait penser.

— Tu remontes, expliqua Poul. Réduis les gaz d'un chouïa et ramène-nous à mille pieds tout en approchant des bâtiments.

Harald consulta l'altimètre : deux mille pieds ; à la dernière lecture, il était à quinze cents. Il réduisit les gaz et poussa le manche en avant.

— Pique un tout petit peu plus du nez, lui recommanda Poul.

L'avion va plonger à la verticale, c'est sûr, se dit Harald, en se contraignant pourtant à pousser le manche un peu plus.

— Bien, encouragea Poul.

Une fois retrouvé le niveau des mille pieds, ils avaient la base au-dessous d'eux.

— Vire à gauche au bout de ce lac et amène-nous dans l'alignement de la piste, ordonna Poul.

Harald reprit son vol en palier et jeta un coup d'œil à l'indicateur de vol.

Au moment où il survolait l'extrémité du lac, il poussa le manche vers la gauche. Cette fois, la sensation de tomber dans le vide était moins terrible.

— Regarde l'indicateur.

Il avait oublié. Après une correction du pied, il rétablit la stabilité de l'avion.

— Réduis un peu les gaz.

Harald obéit et le bruit du moteur baissa brutalement.

— Trop fort.

Harald remit un peu de gaz.

— Pique du nez.

Harald poussa le manche en avant.

— C'est ça. Mais tâche de garder le cap sur la piste.

Harald s'était écarté et se dirigeait vers les hangars. Il esquissa un léger virage en corrigeant avec le palonnier, puis s'aligna de nouveau sur la piste. Mais trop haut.

— Maintenant, dit Poul, je vais le reprendre.

Harald s'était imaginé qu'il le laisserait peut-être atterrir en lui donnant ses instructions, mais manifestement Poul estimait la maîtrise de son élève encore insuffisante. Harald était déçu.

Poul coupa les gaz. La plainte du moteur s'arrêta brusquement, donnant à Harald l'inquiétante sensation que rien n'empêcherait l'appareil de tomber comme une pierre, mais l'avion plana en douceur vers la piste. À quelques secondes de l'atterrissage, Poul tira légèrement sur le manche. L'appareil parut flotter à quelques centimètres au-dessus du sol. Harald sentait le palonnier bouger sans cesse et il comprit que Poul utilisait le gouvernail de profondeur maintenant qu'ils étaient trop près de la piste pour abaisser un volet. Enfin, il sentit un léger choc au moment où les roues et la béquille touchèrent terre.

Poul quitta la piste et roula vers leur poste de stationnement. Harald, dans ses rêves les plus fous, était resté en dessous de la vérité. Il nageait en plein bonheur et, en même temps, il était épuisé de s'être concentré à ce point. Ça n'a pas duré longtemps, se dit-il en jetant un coup d'œil à sa montre, pour constater avec stupéfaction qu'ils avaient volé quarante-cinq minutes – qui lui avaient paru cinq.

Poul arrêta le moteur et descendit. Harald fit glisser ses lunettes sur son front, ôta son casque, tâtonna un peu avec les bretelles de son harnais et s'extirpa enfin de son siège. Il s'avança sur le bord renforcé de l'aile et sauta à terre.

— Tu t'en es très bien sorti, le félicita Poul. Tu es assez doué, en fait... tout à fait comme ton frère.

— Je regrette de ne pas avoir pu piloter jusqu'à la piste.

— Aucun des autres n'aura même été autorisé à essayer. Allons nous changer.

Lorsque Harald se fut débarrassé de sa combinaison, Poul l'invita à le suivre dans son bureau. Harald l'accompagna donc jusqu'à la porte de l' « Instructeur en chef » et pénétra dans une petite pièce équipée d'un classeur, d'un bureau et de deux chaises.

— Ça t'ennuierait de me faire un croquis de l'équipement radio que tu m'as décrit tout à l'heure ?

Le ton avait beau être nonchalant, la tension de Poul n'avait pas échappé à Harald qui s'était d'ailleurs demandé s'il lui en reparlerait.

— Bien sûr que non.

— C'est très important. Je ne veux pas entrer dans les détails.

— Pas de problème.

— Assieds-toi au bureau. Prends ce qu'il te faut et refais-le jusqu'à ce que tu en sois satisfait.

— D'accord.

— Combien de temps à ton avis te faudra-t-il ?

— Un quart d'heure peut-être. Il faisait si sombre que je ne peux pas dessiner les détails. Mais j'ai un souvenir assez précis de l'ensemble.

— Je te laisse. Je ne veux pas que tu te sentes stressé.

Poul sortit et Harald se mit à rassembler ses souvenirs de cette nuit de samedi sous une pluie battante. Il se rappela une enceinte de béton d'environ deux mètres de haut, une antenne ressemblant à un sommier métallique, une base pivotante à l'intérieur de l'enceinte et des câbles partant de l'arrière jusqu'à un conduit.

Il commença par reproduire le mur et l'enceinte au-dessus, et il esquissa rapidement les deux structures analogues dont il se souvenait vaguement. Puis il dessina l'appareil sans le mur pour bien montrer la base et les câbles. Sans être un artiste, il était capable de restituer une idée assez précise d'une machine, sans doute parce qu'il aimait cela.

Quand il eut terminé, il retourna la feuille de papier et traça un plan de l'île de Sande indiquant la position de la base et le secteur interdit de la plage.

Poul revint au bout d'un quart d'heure et examina attentivement les dessins.

— Excellent... Merci, dit-il.

— Je t'en prie.

Il désigna les structures annexes qu'avait esquissées Harald.

— Qu'est-ce que c'est ?

— Je ne sais pas. Je n'ai pas regardé attentivement. Mais il m'a semblé que je devais les ajouter.

— Tout à fait. Encore une question : cette grille de fils métalliques, une antenne sans doute, elle est plate ou incurvée ?

Harald se creusa la cervelle sans résultat.

— Je ne suis pas sûr, se désola-t-il.

— Ça ne fait rien.

Poul ouvrit le classeur métallique. Chaque dossier portait un nom, sans doute celui d'un élève, ancien ou actuel, de l'école. Il prit le dossier avec l'inscription « Andersen, H.C. ». Il n'avait rien d'extraordinaire, mais c'était pourtant celui du plus célèbre des écrivains danois ; Harald se dit que Hans Christian Andersen pourrait bien cacher quelque chose. D'ailleurs, Poul y rangea les dessins et remit le classeur à sa place.

— Allons retrouver les autres. (Il se dirigea vers la porte. Une main sur la poignée, il s'arrêta pour dire :) Théoriquement, reproduire des installations militaires allemandes est un crime. Le mieux serait de n'en parler à personne – pas même à Arne.

Cette remarque consterna Harald : son frère non seulement n'était pas dans le coup, mais en plus même pas jugé digne d'en être par son meilleur ami.

— D'accord, acquiesça Harald... à une condition.

— Une condition ? demanda Poul, surpris. Laquelle ?

— Que tu me répondes franchement.

— Bon, fit-il en haussant les épaules, je vais essayer.

— Il y a un mouvement de résistance, n'est-ce pas ?

— Oui, reconnut Poul d'un air grave. (Et, après un silence, il ajouta :) Et maintenant tu en fais partie.

8.

Tilde Jespersen utilisait un parfum fleuri très léger qui, flottant au-dessus de leur table, vint chatouiller les narines de Peter Flemming ; il ne réussit pourtant pas à l'identifier, comme un souvenir qui vous échappe. Il imaginait ces effluves montant de sa peau tiède quand il la déshabillerait.

— À quoi pensez-vous ? demanda-t-elle.

Il fut tenté de le lui dire. Elle jouerait les prudes, mais serait secrètement ravie. Il percevait à coup sûr le moment où une femme est prête à entendre ce genre de discours et il savait le dire à la perfection : légèrement, avec un petit sourire d'autodérision sous lequel perce un accent de sincérité.

Là-dessus, la pensée de sa femme le retint, car il prenait la fidélité conjugale très au sérieux, même si certains pensaient qu'il avait une bonne excuse pour la transgresser. Il se fixait des principes plus nobles.

Il se contenta donc de dire :

— Je pensais au croche-pied magistral que vous avez décoché au mécanicien pour l'empêcher de s'enfuir. Quelle présence d'esprit !

— Je n'y ai même pas réfléchi : je me suis contentée de tendre le pied.

— Excellent réflexe. Je ne suis pas favorable à l'entrée des femmes dans la police – à dire vrai, je persiste à me poser des questions – mais je dois reconnaître que vous êtes un flic de première classe.

— J'ai moi-même un doute, renchérit-elle en haussant les épaules. Les femmes feraient peut-être mieux de rester à la maison pour s'occuper de leurs enfants. Mais après la mort d'Oskar... (Oskar, son mari et l'ami de Peter, avait été inspecteur de police à Copenhague.) ... il a fallu que je travaille et, avec un père inspecteur des douanes, un frère dans la police militaire et l'autre agent de police à Aarhus, le domaine du maintien de l'ordre m'était familier.

— Ce qui est remarquable chez vous, Tilde, c'est que vous ne jouez pas les femmes désemparées pour inciter les hommes à faire votre travail.

— Je ne demande jamais d'aide, répondit-elle en accueillant sèchement ce qu'il avait voulu être un compliment.

— C'est probablement une bonne politique.

Elle lui lança un regard indéchiffrable. S'interrogeant sur ce brusque refroidissement de l'ambiance, il se demanda si elle n'hésiterait pas à demander assistance justement pour ne pas être cataloguée aussitôt parmi des femmes qu'elle méprisait au plus haut point. Il sentait combien cela pourrait lui déplaire. À bien y réfléchir, est-ce que ce ne sont pas plutôt les hommes qui demandent tout le temps de l'aide à leurs collègues ?

— Et vous, s'enquit-elle, pourquoi être policier ? Votre père dirige une affaire prospère, vous n'avez pas envie de la reprendre un jour ?

— Je travaillais à l'hôtel pendant les vacances scolaires, fit-il en secouant la tête d'un air désabusé, et ça m'a suffi. Les clients, leurs exigences et leurs doléances – ce bœuf est trop cuit, mon matelas est défoncé, voilà vingt minutes que j'attends un café – m'horripilaient. Je ne les supporte pas.

Le serveur arriva. Peter résista à la tentation de prendre des harengs et des oignons sur son *smorrebrod* ; au cas où il aurait l'occasion de s'approcher suffisamment de Tilde pour qu'elle sente son haleine, il se rabattit sur du fromage blanc et des concombres. Ils tendirent au garçon leur carte de rationnement.

— Des progrès dans l'affaire de l'espion ? s'informa-t-elle.

— Pas vraiment. Les deux hommes arrêtés à l'aérodrome n'ont rien révélé. On les a envoyés à Hambourg pour ce que la Gestapo appelle « un interrogatoire en profondeur » et ils ont donné le nom de leur contact : Matthies Hertz, un officier de l'armée qui, bien sûr, a disparu.

— Alors, c'est une impasse.

— Oui. (L'expression le ramena à une autre impasse dans laquelle il s'était engagé.) Vous connaissez des Juifs ?

— Un ou deux, répondit-elle, surprise, mais aucun dans la police. Pourquoi ?

— Je suis en train de faire une liste.

— Une liste de Juifs ?

— Oui.

— Où ça, à Copenhague ?

— Au Danemark.

— Pourquoi ?

— Toujours la même chose. Mon travail exige que j'aie à l'œil les fauteurs de troubles.

— Et les Juifs sont des fauteurs de troubles ?

— De l'avis des Allemands, oui.

— On peut comprendre pourquoi *eux* auraient des problèmes avec les Juifs... Mais nous ?

Son objection – à laquelle il ne s'attendait pas – le déconcerta.

— Autant se préparer. Nous avons établi des listes de syndicalistes, de communistes, de ressortissants étrangers et de membres du Parti danois.

— Et vous trouvez que c'est la même chose ?

— Ce sont des informations. Vous comprenez, c'est facile d'identifier les immigrants juifs arrivés ici ces cinquante dernières années grâce à leur curieux accoutrement, à leur accent et à leur adresse : ils habitent presque tous le même quartier de Copenhague. Mais les Juifs danois depuis des siècles qui, eux, parlent comme tout le monde, qui pour la plupart mangent du porc et travaillent le samedi matin, nous pourrions avoir plus de mal si jamais il devenait nécessaire de les trouver. C'est pourquoi je dresse une liste.

— Comment ? Vous n'allez quand même pas demander à chacun s'il connaît des Juifs.

— C'est un problème en effet. J'ai mis deux jeunes inspecteurs sur l'annuaire du téléphone et une ou deux autres listes pour qu'ils notent les noms à consonance juive.

— Ce n'est guère fiable : les Isaksen par exemple – et il y en a des tas – ne sont pas tous juifs.

— Et que faites-vous de tous les Juifs qui portent un nom comme Jan Christiansen ? Non, ce qu'il faut vraiment faire, c'est une descente à la synagogue ; là je trouverai une liste des fidèles.

— Pourquoi ne le faites-vous pas ? lui demanda-t-elle, malgré sa désapprobation évidente.

— Juel ne le permettra pas.

— À mon avis, il a raison.

— Ah oui ? Pourquoi ?

— Enfin, Peter, vous ne comprenez donc pas ? Vous n'avez aucune idée de ce à quoi pourrait servir votre liste à l'avenir ?

— C'est pourtant évident ! s'écria-t-il avec agacement. Si des groupes juifs commencent à organiser la résistance aux Allemands, nous saurons où chercher les suspects.

— Et si les Allemands décident un beau jour de rassembler tous les Juifs pour les envoyer dans leurs camps de concentration en Allemagne ? Ils se serviront de votre liste !

— Mais pour quelle raison enverraient-ils les Juifs dans des camps ?

— Parce que les nazis abhorrent les Juifs. Mais nous, nous ne sommes pas des nazis, nous sommes des policiers et nous arrêtons les gens parce qu'ils ont commis un crime, pas parce que nous les détestons.

— Je le sais, cria Peter furieux. (Il était abasourdi : Tilde ne savait-elle pas qu'il était mû par le désir de faire observer la loi et non de la transgresser.) Le risque d'un mauvais usage des informations n'est pas nul.

— Dans ces conditions, ne serait-il pas préférable de ne pas l'établir, cette foutue liste ?

Comment pouvait-elle être aussi stupide ? Il était furieux : elle, son alliée dans la guerre contre les délinquants, ne le suivait pas !

— Non ! hurla-t-il. (Il fit un effort pour parler plus bas.) Si c'était ce que nous pensions, nous n'aurions pas de service de sécurité du tout.

— Écoutez, Peter, reprit-elle en secouant la tête, les nazis ont réalisé des tas de bonnes choses, nous le savons tous les deux. Au fond, ils œuvrent dans le même sens que la police : ils ont étouffé la subversion, maintenu l'ordre, réduit le chômage, etc. Mais, en ce qui concerne les Juifs, ils sont fous.

— Peut-être, mais maintenant ils édictent les lois.

— Enfin, regardez les Juifs danois : ce sont des gens respectueux des lois, travailleurs, ils envoient leurs enfants à l'école... C'est ridicule de les recenser comme n'importe quels comploteurs communistes.

Il se carra dans son siège pour lancer d'un ton accusateur :

— Alors vous refuseriez de travailler avec moi sur ce projet ?

À son tour elle se vexa.

— Comment pouvez-vous dire cela ? Je suis une professionnelle de la police et vous êtes mon chef. Je ferai ce que vous direz. Vous devriez le savoir.

— Vous le pensez vraiment ?

— Écoutez, si vous décidiez d'établir une liste exhaustive des sorcières du Danemark, je vous aiderais à la dresser, mais je vous dirais que, selon moi, les sorcières ne sont pas des criminelles et qu'elles n'exercent aucune activité subversive.

Leur commande arriva à ce moment-là. Ils commencèrent à manger dans un silence embarrassé.

— Comment ça va chez vous ? finit par demander Tilde.

Peter revit tout d'un coup ce jeune couple heureux, élégant et en pleine santé – Inge et lui, quelques jours avant l'accident –, se rendant à l'église un dimanche matin. Alors qu'il y avait tant de racaille, tant de voyous, pourquoi est-ce la vie de sa femme qui avait été gâchée par ce jeune homme ivre au volant de sa voiture de sport ?

— Inge est toujours pareille.

— Pas d'amélioration ?

— Impossible avec de telles lésions cérébrales ; il n'y aura jamais d'amélioration.

— Ce doit être dur pour vous.

— Mon père est généreux, heureusement pour moi. Sinon je ne pourrais pas me permettre une infirmière avec mon salaire de policier, et Inge devrait aller dans une maison de santé.

Une fois de plus, Tilde lui lança un regard difficile à déchiffrer, comme si, à ses yeux, l'asile était précisément la solution.

— Et le conducteur de la voiture de sport ?

— Finn Jonk. Son procès a commencé hier ; le verdict devrait être rendu demain ou après-demain.

— Enfin ! À votre avis, que va-t-il se passer ?

— Il plaide coupable. Je présume qu'il va passer cinq ou dix ans en prison.

— Ça me semble bien peu.

— Détruire la vie de quelqu'un, ça vaut combien ?

Après le déjeuner, ils revinrent à pied au Politigaarden ; Tilde avait passé son bras sous celui de Peter dans un geste affectueux signifiant que, malgré leur désaccord, elle l'aimait bien.

— Je suis navré que vous désapprouviez ma liste de Juifs, déclara-t-il en arrivant au pied de l'immeuble ultramoderne de la direction de la police.

Elle s'arrêta et se tourna vers lui.

— Vous n'êtes pas un mauvais homme, Peter, fit-elle. (Elle semble au bord des larmes, constata-t-il, surpris.) Votre grande force réside dans votre sens du devoir. Mais accomplir son devoir n'est pas loi unique.

— Je ne comprends pas du tout ce que vous dites.

— Je sais, fit-elle en tournant les talons pour s'engouffrer seule dans le bâtiment.

Tout en se dirigeant vers son bureau, il essaya d'envisager la question selon son point de vue à elle : en jetant en prison des Juifs respectueux de l'ordre public, les nazis commettent un crime que sa liste facilite. Mais on peut en dire autant d'un pistolet ou même d'une voiture : qu'un objet quelconque permette de perpétrer un crime ne fait pas un délit de sa possession.

Il traversait la cour centrale quand son chef, Frederik Juel, le héla.

— Venez avec moi chez le général Braun ; il nous a convoqués.

Juel lui ouvrit le chemin. Son port militaire donnait une impression d'autorité et d'efficacité dont Peter savait qu'elle ne reposait sur rien.

Les Allemands avaient réquisitionné un immeuble non loin du Politigaarden, le Dagmarhus, ceint de barbelés et protégé par des canons et des batteries antiaériennes sur son toit en terrasse.

Walter Braun occupait une pièce d'angle meublée avec un bureau ancien et un canapé de cuir. Au mur, un portrait du Führer de dimensions modestes et, sur la table, la photographie encadrée de deux jeunes collégiens en uniforme. En gardant son pistolet même ici, se dit Peter, il semble rappeler qu'un cadre confortable n'empêche pas de traiter des affaires sérieuses.

Braun avait l'air content de lui.

— Nos services ont déchiffré le message que vous avez trouvé dans la cale, dit-il de son habituelle voix étouffée.

Peter jubilait.

— Très impressionnant, murmura Juel.

— Apparemment, ça n'a pas été difficile, reprit Braun. Les Anglais utilisent des codes simples, souvent basés sur un poème ou un passage en prose connu. Dès l'instant où notre spécialiste du chiffre a décodé quelques mots, un professeur d'anglais peut terminer. C'est la première fois que je reconnais une utilité à la connaissance de la littérature anglaise !

Il rit de sa propre plaisanterie.

— Quel était le contenu du message ? interrogea Peter non sans impatience.

Braun ouvrit un dossier sur son bureau.

— Il a été émis par un groupe baptisé les Veilleurs de nuit. (Ils parlaient allemand, mais il utilisa le mot danois *Natvaegterne.*) Cela a-t-il une quelconque signification pour vous ?

Peter fut pris au dépourvu.

— Naturellement, je vais consulter les dossiers, mais je suis pratiquement sûr que nous ne sommes encore jamais tombés sur ce nom. (Il fronça les sourcils d'un air songeur.) Les véritables veilleurs de nuit relèvent en général de la police ou de l'armée, n'est-ce pas ?

— Je ne pense pas, protesta Juel, que des policiers danois...

— Je n'ai pas dit qu'ils étaient danois, réfuta Peter, l'interrompant. Les espions pourraient être des traîtres allemands, déclara-t-il en haussant les épaules, ou aspirer à un statut militaire. (Il regarda Braun.) Quel est le contenu du message, mon général ?

— Des détails sur notre dispositif militaire au Danemark. Regardez. (Il fit glisser sur le bureau une liasse de documents.)

Emplacements de batteries de DCA à Copenhague et dans les environs, navires allemands à quai le mois dernier, régiments en garnison à Aarhus, Odense et Morlunde.

— Les renseignements sont-ils exacts ?

— Pas complètement, hésita Braun. Proches de la vérité mais pas tout à fait exacts.

— Alors, déclara Peter en hochant la tête, les espions ne sont probablement pas des Allemands informés de l'intérieur car, ayant accès aux dossiers, ils seraient en mesure d'obtenir des détails corrects. Il s'agit plus vraisemblablement de Danois bons observateurs qui avancent des estimations probables.

— Bonne déduction, acquiesça Braun. Mais pouvez-vous les retrouver ?

— J'espère bien.

Toute l'attention de Braun se concentrait maintenant sur Peter, comme si Juel n'existait pas ou qu'il n'était qu'un sous-fifre.

— Pensez-vous que ce sont eux qui publient ces journaux clandestins ?

Peter était ravi de constater que Braun le considérait comme un expert, mais agacé que Juel reste tout de même le chef. Il espérait bien que Braun avait remarqué l'ironie de cette situation.

— Nous connaissons les gens de la presse clandestine, déclara-t-il en secouant la tête et nous les avons à l'œil. S'ils avaient procédé à des observations méticuleuses de dispositifs militaires allemands, nous l'aurions remarqué. Non... À mon avis, nous avons affaire à une nouvelle organisation.

— Alors, comment allez-vous les attraper ?

— Il existe un groupe de subversifs éventuels sur lequel nous n'avons jamais vraiment enquêté : les Juifs.

Peter entendit Juel pousser un petit soupir.

— Vous feriez mieux de vous pencher sur le problème, conseilla Braun.

— Il n'est pas facile, dans ce pays, de savoir qui ils sont.

— Alors allez à la synagogue.

— Bonne idée, affirma Peter. Ils tiennent probablement une sorte d'annuaire de leur communauté. Ce serait un début.

Juel foudroya Peter du regard, mais garda le silence.

— Mes supérieurs à Berlin, reprit Braun, ont été impressionnés par la loyauté et l'efficacité dont la police danoise a fait preuve en interceptant ce message destiné au renseignement britannique. Néanmoins, ils tenaient à envoyer ici une équipe d'enquêteurs de la Gestapo. Je les en ai dissuadés en leur promettant que vous mèneriez des recherches énergiques sur ce réseau d'espions afin de livrer des traîtres à la justice. (Ce long discours paraît l'avoir essoufflé ; il est vrai qu'il lui manque un poumon, nota Peter.) Dans votre intérêt, et pour le bien de tous au Danemark, vous feriez mieux de réussir, reprit-il quand il eut retrouvé son souffle, s'adressant alternativement à Peter et à Juel.

L'entretien était terminé. Juel et Peter se levèrent.

— Nous ferons tout notre possible, affirma Juel d'une voix un peu étranglée.

À peine sorti de l'immeuble, Juel braqua sur Peter un regard furieux.

— Vous savez pertinemment que ça n'a rien à voir avec la synagogue, bon sang.

— Je n'en sais rien du tout.

— Vous voulez simplement lécher les bottes des nazis, petit saligaud.

— Pourquoi ne pas leur donner un coup de main ? Ils représentent la loi aujourd'hui.

— Dites plutôt que c'est pour donner un coup de pouce à votre carrière.

— Pourquoi pas ? riposta Peter, piqué au vif. Si l'élite de Copenhague nourrit des préjugés à l'égard des provinciaux, les Allemands, eux, seront peut-être plus équitables.

— C'est ce que vous croyez ? fit Juel incrédule.

— En tout cas, ils n'accordent pas leur estime uniquement à ceux qui sortent de Jansborg Skole.

— C'est donc ça ! Vous êtes persuadé que ce poste vous est passé sous le nez à cause de votre éducation ? Pauvre imbécile, mais c'est à cause de votre abominable caractère ! Vous n'avez aucun sens des proportions ! Vous éradiqueriez le crime en arrêtant tous les gens qui ont l'air suspect ! lança-t-il d'un ton écœuré. Tant que j'aurai voix au chapitre, je vous garantis que vous n'aurez jamais d'avancement. Maintenant, disparaissez, lâcha-t-il en s'éloignant.

Peter enrageait. Pour qui se prend-il, ce Juel ? Un ancêtre célèbre ne le place pas au-dessus des autres. C'est un policier, tout comme moi ; rien ne l'autorise à me parler ainsi.

Bah ! Peter avait obtenu gain de cause. Peu importe l'avis de Juel : il tenait son autorisation de faire une descente à la synagogue. Juel lui en voudrait à jamais. Mais cela n'était pas bien grave : Braun détenait le pouvoir, pas Juel. Mieux valait être le chouchou de Braun et mal vu de Juel que le contraire.

De retour au bureau, Peter s'empressa de reconstituer l'équipe de l'opération de Kastrup : Conrad, Dresler et Ellegard.

— Si vous n'y voyez pas d'inconvénient, dit-il à Tilde Jespersen.

— Pourquoi y verrais-je un inconvénient ? répliqua-t-elle.

— Après notre conversation...

— Je vous en prie ! Je suis une professionnelle. Je vous l'ai dit.

— Très bien.

Ils se rendirent jusqu'à la rue Krystalgade. La synagogue de briques jaunes se dressait en épi au bord de la route comme pour affronter un monde hostile. Peter posta Ellegard à l'entrée pour empêcher toute possibilité de fuite.

Un homme d'un certain âge coiffé d'une calotte sortit de la maison de retraite juive située tout à côté.

— Je peux vous aider ? demanda-t-il poliment.

— Nous sommes officiers de police, expliqua Peter. Qui êtes-vous ?

Une terreur si intense se peignit sur le visage de l'homme que Peter en éprouva presque de la pitié pour lui.

— Gorm Rasmussen, j'assure la permanence de jour à la maison de retraite, dit-il d'une voix tremblante.

— Vous avez les clés de la synagogue ?

— Oui.

— Faites-nous entrer.

L'essentiel du bâtiment était occupé par la grande salle, une pièce somptueusement décorée de colonnes égyptiennes dorées soutenant des tribunes au-dessus des nefs latérales.

— Pleins de fric, ces Juifs, murmura Conrad.

— Montrez-moi la liste de vos membres ! ordonna Peter à Rasmussen.

— Des membres ? Que voulez-vous dire ?

— Vous devez bien connaître le nom et l'adresse des membres de votre communauté.

— Non... Tous les Juifs sont les bienvenus.

L'instinct de Peter lui souffla que l'homme disait la vérité, mais il voulait quand même perquisitionner.

— Y a-t-il des bureaux ici ?

— Non, seulement les petits salons où le rabbin et les autres responsables se changent et un vestiaire où nos coreligionnaires accrochent leur manteau.

Peter, d'un signe de tête, demanda à Dresler et Conrad d'aller voir pendant qu'il se dirigeait vers la chaire ; il gravit les quelques marches qui menaient à une plate-forme protégée par un dais. Un rideau masquait une niche.

— Tiens, qu'est-ce que c'est ?

— Les manuscrits de la Torah, précisa Rasmussen en désignant six gros rouleaux de parchemin enveloppés dans du velours avec un soin tout particulier : la cachette parfaite pour des documents secrets.

— Déroulez-les et étalez-les par terre, ordonna-t-il. Je veux m'assurer qu'ils ne dissimulent rien.

— Tout de suite.

En attendant que Rasmussen s'exécute, Peter s'éloigna de quelques pas avec Tilde et lui demanda tout en gardant sur le directeur un œil méfiant :

— Ça va ?

— Je vous l'ai dit.

— Si nous trouvons quelque chose, reconnaîtrez-vous que j'avais raison ?

— Sinon, fit-elle en souriant, reconnaîtrez-vous que vous aviez tort ?

Il hocha la tête, content de voir qu'elle ne lui en voulait pas.

Rasmussen déploya les manuscrits couverts de caractères hébreux. Peter n'y vit rien de suspect. Après tout, songea-t-il, ils n'ont probablement pas de registre ou, plus exactement, ils en avaient un, mais ils l'ont détruit par précaution quand les Allemands ont envahi le pays. Peter était frustré : le mal qu'il s'était donné pour mettre sur pied cette opération n'était pas payant du tout. Et en plus son chef le détestait. Ce serait très contrariant si cela ne débouchait sur rien.

Dresler et Conrad revinrent, le premier avait les mains vides, mais le second avec un exemplaire du journal *Réalité*.

— C'est interdit, dit Peter en le montrant à Rasmussen.

— Je suis désolé, pleurnicha celui-ci. On l'a glissé dans la boîte aux lettres.

Les éditeurs du journal ne faisaient l'objet d'aucune recherche et les lecteurs ne couraient aucun danger – mais Rasmussen l'ignorait et Peter en profita.

— Vous devez bien écrire parfois à vos fidèles, s'enquit-il.

— Oh, bien sûr, à des membres éminents de la communauté juive. Mais nous n'avons pas de liste, nous savons qui ils sont, ajouta-t-il avec un pâle sourire. Vous aussi, j'imagine.

Il avait raison, car Peter connaissait le nom d'une bonne douzaine de Juifs influents : deux ou trois banquiers, un juge, quelques professeurs d'université, certaines personnalités politiques, un peintre. Ce n'était pas après eux qu'il en avait ; trop connus pour espionner les navires, pour rester plantés sur un quai sans se faire remarquer.

— Et les gens ordinaires, vous devez bien leur demander des dons, les tenir au courant des événements que vous organisez, fêtes, pique-niques, concerts ?

— Non, nous nous contentons de placarder un avis au centre communautaire.

— Ah, fit Peter avec un sourire satisfait. Le centre communautaire. Et où se trouve-t-il ?

— Près de Christiansborg, à Ny Kongensgade.

— Dresler, ordonna Peter, surveillez-moi ce type pendant un quart d'heure et assurez-vous qu'il n'alerte personne.

Ils se rendirent en voiture à quinze cents mètres de là, rue Ny Kongensgade où un grand bâtiment du dix-huitième siècle avec une cour intérieure et un escalier élégant quoique défraîchi accueillait le centre communautaire juif. La cafétéria était fermée et personne ne fréquentait la salle de ping-pong au sous-sol. L'air dédaigneux, un jeune homme vêtu avec élégance et arborant une montre à gousset tenait la permanence. Il déclara ne détenir aucun annuaire, ce qui ne dissuada pas les inspecteurs de perquisitionner quand même les lieux.

Le jeune homme, Ingemar Gammel, intriguait Peter. Contrairement à Rasmussen, Gammel n'avait pas peur. Peter croyait Rasmussen innocent malgré sa frayeur et Gammel coupable en dépit de son aplomb.

Assis à sa table, Gammel regardait froidement la mise à sac de son bureau. Pourquoi ce jeune et riche bourgeois tenait-il ici un rôle de secrétaire ? Ce genre de tâche revenait d'ordinaire à des jeunes filles qu'on sous-payait ou à des dames de la bonne société dont les enfants avaient quitté le nid.

— Je crois que c'est ce que nous cherchons, déclara Conrad en tendant à Peter un classeur noir. Une liste de trous à rats.

Peter feuilleta le registre qui, page après page, recelait noms et adresses par centaines.

— Dans le mille, annonça-t-il. Bien joué. (Mais son instinct lui soufflait de poursuivre.) Continuez à fouiller, vous tous, au cas où il y aurait autre chose.

Il tourna les pages, cherchant quelque chose d'insolite ou de familier... Il restait sur sa faim ; rien n'accrocha son regard.

Gammel avait pendu sa jaquette à une patère derrière la porte. Peter éprouva de la jalousie en déchiffrant l'étiquette du tailleur : il achetait ses vêtements dans les meilleurs magasins de Copenhague, mais n'avait pas les moyens de se payer un costume taillé par Anderson & Sheppard de Savile Row, à Londres – en 1938. Outre une pochette dépassant de la poche de poitrine, une pince à billets bien garnie dans la poche gauche, il trouva, dans la poche droite, un aller-retour pour Aarhus, avec un petit trou percé par la poinçonneuse d'un contrôleur.

— Pourquoi êtes-vous allé à Aarhus ?

— Pour voir des amis.

Dans le message déchiffré était cité le nom d'un régiment allemand en garnison à Aarhus, se rappela Peter. Toutefois, Aarhus, deuxième grande ville du Danemark, accueillait chaque jour des centaines de visiteurs venant de la capitale.

Peter trouva enfin, dans la poche intérieure du veston, un petit agenda qu'il ouvrit.

— Votre travail vous plaît ? demanda Gammel d'un ton méprisant.

Peter leva les yeux en souriant. C'est vrai qu'il aimait provoquer l'exaspération chez les hommes que leur situation plaçait au-dessus du commun des mortels. Mais il se contenta de répondre :

— Comme un plombier, je vois pas mal de merdes.

Et son regard revint ostensiblement à l'agenda de Gammel.

L'écriture était élégante – comme le costume – avec des majuscules bien dessinées et des boucles pleines. Tout paraissait normal : des rendez-vous pour déjeuner, des soirées au théâtre, l'anniversaire de sa mère, la note : « téléphoner à Jorgen à propos de Wilder ».

— Qui est Jorgen ? demanda Peter.

— Mon cousin, Jorgen Lumpe. Nous échangeons des livres.

— Et Wilder ?

— Thornton Wilder.

— Et c'est... ?

— L'écrivain américain. *Le Pont de San Luis Rey*. Vous avez dû le lire, dit-il avec un soupçon de raillerie dans sa voix.

La culture des policiers n'inclut pas la lecture des romans étrangers. Peter, sans relever, passa aux dernières pages de l'agenda où l'on inscrit d'habitude des noms, des adresses et parfois des numéros de téléphone. Il jeta un coup d'œil à Gammel et crut percevoir une légère rougeur sur ses joues rasées de près. Voilà qui était prometteur. Il examina attentivement la liste d'adresses et choisit un nom au hasard.

— Hilde Bjergager... qui est-ce ?

— Une amie, répondit calmement Gammel.

— Bertil Bruun ? tenta Peter.

— Partenaire de tennis, fit Gammel toujours impassible.

— Fred Eskildsen.

— Mon banquier.

Les autres inspecteurs, leur fouille terminée, gardaient le silence, sentant la tension qui régnait dans la pièce.

— Poul Kirke ?

— Un vieil ami.

— Preben Klausen.

— Un marchand de tableaux.

Pour la première fois, Gammel manifestait un rien d'émotion, du soulagement plutôt que de la culpabilité. Pourquoi ?

Croyait-il s'être tiré d'un mauvais pas ? Que signifiait le nom du marchand de tableaux Klausen ? Et si c'était le nom précédent qui avait de l'importance ? Gammel avait-il paru soulagé parce que Peter était passé à Klausen ?

— Poul Kirke est un vieil ami ?

— Nous étions à l'université ensemble.

Gammel avait répondu d'une voix ferme, mais un soupçon de crainte avait voilé son regard. Peter jeta un coup d'œil à Tilde qui, d'un petit hochement de tête, lui confirma ce quelque chose dans la réaction de Gammel.

Peter reprit l'agenda. Aucune adresse n'était mentionnée pour Kirke, mais à côté du numéro de téléphone, un N majuscule était tracé en caractères étonnamment petits.

— Qu'est-ce que ça veut dire... la lettre N ? interrogea Peter.

— Naestved. C'est son numéro à Naestved.

— Quel est son autre numéro ?

— Il n'en a pas d'autre.

— Alors pourquoi cette annotation ?

— À dire vrai, je ne me souviens pas, répondit Gammel avec un peu d'agacement.

Ça aurait pu être vrai, mais d'un autre côté N était l'initiale de *Natvaegterne*, Veilleurs de nuit.

— Que fait-il dans la vie ?

— Il est pilote.

— Pour quelle compagnie ?

— Il est dans l'armée.

— Ah ! (Peter avait pensé à des soldats pour les Veilleurs de nuit à cause de leur nom et parce qu'ils savaient observer les détails militaires.) Sur quelle base ?

— Vodal.

— Je croyais vous avoir entendu dire qu'il était à Naestved.

— C'est à côté.

— C'est à trente kilomètres !

— Eh bien, c'est pour m'en souvenir.

Peter hocha la tête, songeur, et dit à Conrad :

— Arrêtez-moi ce sale menteur.

La perquisition effectuée dans l'appartement d'Ingemar Gammel fut décevante. Peter ne trouva rien d'intéressant : ni code, ni littérature subversive, ni arme. Il en conclut que Gammel jouait un rôle mineur dans le réseau d'espionnage, celui de faire des observations et de les transmettre à un contact – homme clé qui rassemblerait les messages et les transmettrait en Angleterre. Mais qui jouait le rôle principal ? Peter espérait qu'il s'agissait de Poul Kirke.

Avant de faire les quatre-vingts kilomètres jusqu'à l'école d'aviation de Vodal où Poul Kirke était affecté, Peter passa une heure chez lui avec sa femme Inge. Tout en lui donnant à manger des petits quartiers de pomme tartinés de miel, il se prit à rêver de la vie aux côtés de Tilde Jespersen. Il l'imaginait se préparant pour sortir le soir : elle se laverait les cheveux et les frictionnerait vigoureusement avec une serviette, assise en sous-vêtements à sa coiffeuse elle se ferait les ongles, et nouerait autour de son cou un foulard de soie. Il réalisa subitement qu'il rêvait de vivre avec une femme autonome.

Il faut que je mette un terme à ces divagations, se dit-il. Je suis marié. Que mon épouse soit malade n'excuse pas l'adultère. Tilde est une collègue et une amie et elle ne doit rien être de plus.

Nerveux et mécontent, il alluma la radio et écouta les informations tout en attendant l'arrivée de l'infirmière du soir. Les Britanniques avaient lancé une nouvelle attaque en Afrique du Nord ; ils avaient franchi la frontière égyptienne et envahi la Libye avec une division blindée pour tenter de délivrer Tobrouk assiégée. Cela semblait une opération de taille, même si la radio danoise censurée prédisait que l'artillerie allemande antichar était sur le point de décimer les forces britanniques.

Le téléphone sonna et Peter traversa la pièce pour aller répondre.

— Ici Allan Forslund, brigade de la circulation. (Forslund était le policier qui s'occupait de l'affaire Finn Jonk, le chauffard ivre qui avait embouti la voiture de Peter.) Le procès vient de se terminer.

— Et alors ?

— Jonk a écopé de six mois.

— Six mois ?

— Je suis désolé...

Peter sentit sa vision se brouiller. Il crut qu'il allait tomber et il s'appuya au mur pour ne pas perdre l'équilibre.

— Pour avoir anéanti la vie de ma femme et gâché la mienne ? Six mois ?

— Le juge a prétendu qu'il avait déjà souffert le martyre et qu'il devrait vivre avec ce remords jusqu'à la fin de ses jours.

— C'est de la connerie !

— Je sais.

— Je croyais que l'accusation devait demander une peine sévère.

— Nous l'avons fait. Mais l'avocat de Jonk s'est montré très persuasif : ce garçon a cessé de boire, il circule à bicyclette, il fait des études d'architecture...

— N'importe qui peut raconter ça.

— Je sais.

— Je n'accepte pas cela ! Je refuse de l'accepter !

— Il n'y a rien à faire...

– Tu parles !

— Peter, pas de décision précipitée.

— Bien sûr que non, fit Peter en essayant de se calmer

— Tu es seul ?

— Je retourne travailler dans quelques minutes.

— Dès l'instant que tu as quelqu'un à qui parler...

— Mais oui. Merci d'avoir appelé, Allan.

— Je suis vraiment désolé de n'avoir pas fait mieux.

— Ce n'est pas ta faute. Un avocat malin et un juge stupide. On a déjà vu ça.

Peter raccrocha. Il s'était forcé à paraître calme, mais il bouillait intérieurement. Si Jonk avait été en liberté, il aurait pu le rechercher et le tuer – mais ce salopard était à l'abri en prison, ne serait-ce que pour quelques mois. Il songea à retrouver l'avocat, à l'arrêter sous un prétexte quelconque et à lui flanquer une rossée, mais il savait qu'il ne le ferait pas. L'avocat n'avait enfreint aucune loi.

Il regarda Inge. Assise là où il l'avait laissée, elle l'observait de son air inexpressif, attendant qu'il continue à la nourrir. Un peu de pomme mastiquée avait coulé sur le corsage de sa robe. Malgré son état, elle mangeait en général proprement. Avant l'accident, elle était même extraordinairement tatillonne. Ce jus de pomme sur son menton et ces taches sur ses vêtements lui donnèrent brusquement envie de pleurer.

Ce fut la sonnette qui le sauva. Il se ressaisit et alla ouvrir à l'infirmière ; elle était arrivée en même temps que Bent Conrad, venu le prendre pour l'emmener à Vodal. Il enfila sa veste et laissa l'infirmière nettoyer Inge.

Ils firent le trajet dans deux Buick noires de la police. Craignant que l'armée ne lui fasse des difficultés, Peter avait demandé au général Braun de lui affecter un officier allemand pour user de son autorité en cas de nécessité. Ceci expliquait la présence dans la voiture de tête d'un certain major Schwarz, de l'état-major de Braun.

Durant l'heure et demie qui suivit, Schwarz fuma un gros cigare qui emplit la voiture de fumée. Peter, pour éviter que la rage n'altère la présence d'esprit dont il aurait besoin à la base aérienne, essayait de ne pas penser à la peine ridiculement légère infligée à Finn Jonk. Il s'efforça de refréner la fureur qui persistait cependant, couvant sous un calme apparent. Cette fureur lui piquait les yeux autant que la fumée du cigare de Schwarz.

Les mesures de sécurité à Vodal, terrain d'aviation flanqué de quelques petits bâtiments, n'étaient pas bien sévères – pas le plus petit secret sur cette base d'entraînement – et à l'entrée, une unique sentinelle leur fit nonchalamment signe de passer sans même demander ce qu'ils venaient faire. Une demi-douzaine de Tigre étaient garés les uns à côté des autres, comme des oiseaux sur une clôture. Il y avait aussi des planeurs et deux Messerschmitt Me-109.

En descendant de voiture, Peter aperçut Arne Olufsen, le rival de son enfance à Sande, qui traversait le parking dans son élégant uniforme kaki. Le goût amer du ressentiment envahit la gorge de Peter.

Amis, les enfants puis adolescents Peter et Arne l'avaient été jusqu'à la querelle qui avait éclaté entre leurs familles voilà douze ans. Cela avait commencé par une accusation de fraude fiscale portée contre Axel Flemming, le père de Peter. Axel l'avait bien sûr jugée scandaleuse, car il s'était contenté de faire comme les autres en minimisant ses bénéfices et en gonflant ses frais généraux. Il avait pourtant été condamné à payer une lourde amende, sans parler de tous les arriérés d'impôts.

Il avait réussi à convaincre amis et voisins de ne voir dans l'affaire qu'un différend sur un détail comptable et non une malhonnêteté. Là-dessus, le pasteur Olufsen était intervenu.

Le règlement du temple stipulait que tout membre de la communauté se rendant coupable d'un crime devait être « mis à l'index » ou expulsé. (Le délinquant pouvait revenir le dimanche suivant s'il le souhaitait, mais il était banni pour la semaine.) Cette procédure ne concernait pas les petits délits comme les excès de vitesse et Axel avait soutenu que l'infraction qu'on lui reprochait entrait dans cette catégorie. Mais le pasteur Olufsen ne l'entendait pas ainsi.

Cette humiliation avait été bien plus pénible pour Axel que l'amende infligée par le tribunal. À la lecture de son nom pendant le service, il avait été obligé de quitter sa place pour aller s'asseoir au fond du temple d'où, mortification supplémentaire, il avait dû subir le sermon autour de l'Évangile, « Rendez à César ce qui appartient à César », choisi par le pasteur.

Chaque évocation de ce souvenir rendait Peter malade. Axel, fier de son statut d'homme d'affaires arrivé et de notable de la communauté, ne pouvait concevoir un châtiment pire que la perte du respect de ses voisins. Ça avait été une torture pour Peter que de voir son père réprimandé en public par un cul-bénit. guindé comme Olufsen. Son père avait certes mérité l'amende, mais pas cette humiliation au temple, et il s'était juré que, si jamais un Olufsen commettait la moindre infraction, il n'y aurait pas de pardon.

Arne impliqué dans cette affaire d'espionnage ? Une aussi douce revanche ! Ce serait trop beau.

Arne croisa son regard.

— Peter ! s'écria-t-il, surpris certes, mais absolument pas effrayé.

— C'est ici que tu travailles ? demanda Peter.

— Quand il y a du travail !

Arne était, comme à son habitude, jovial et détendu. S'il avait des raisons de se sentir coupable, il le dissimulait bien.

— C'est vrai, tu es pilote.

— C'est une base d'entraînement, mais nous avons peu d'élèves. Que fais-tu là ? (Arne jeta un coup d'œil au major en uniforme allemand qui se tenait derrière Peter.) Aurait-on observé une dangereuse dispersion de papiers gras ? Quelqu'un aurait-il été pris circulant de nuit sans lumière ?

— Simple enquête de routine, répondit-il sèchement sans accorder le moindre sourire aux plaisanteries d'Arne. Où pourrais-je trouver ton chef ?

— Au QG de la base, répondit Arne en désignant un des petits bâtiments. Tu n'auras qu'à demander le commandant Renthe.

Peter le quitta et entra dans le baraquement. Renthe, grand et maigre, arborait une petite moustache aussi raide que son apparence. Peter se présenta et annonça :

— Je suis ici pour interroger un de vos hommes, un certain capitaine Poul Kirke.

Le commandant, après avoir dévisagé le major Schwarz, s'informa :

— Quel est le problème ?

Peter faillit l'envoyer promener, mais il avait résolu d'être calme et il se contenta d'un mensonge poli.

— Trafic de biens volés.

— Quand un membre du personnel est soupçonné de crime, nous préférons enquêter nous-mêmes.

— C'est bien naturel. Toutefois..., ajouta-t-il en désignant Schwarz, nos amis allemands exigent que la police règle elle-même cette affaire, aussi vos préférences n'ont-elles aucune importance. Kirke est-il à la base en ce moment ?

— Justement, il pilote.

— Je croyais, fit Peter en haussant les sourcils, que vos appareils étaient interdits de vol.

— En règle générale, oui, mais il y a des exceptions. Nous attendons demain une visite d'un groupe de la Luftwaffe qui veut voler sur l'un de nos appareils d'entraînement. Nous avons donc été autorisés à faire aujourd'hui des essais pour nous assurer que les avions sont prêts à prendre l'air. Kirke devrait se poser dans quelques minutes.

— En attendant, je vais perquisitionner sa chambre. Où dort-il ?

Renthe hésita, puis répondit à contrecœur :

— Dortoir A, tout au bout de la piste.

— A-t-il un bureau, une armoire ou un endroit où il pourrait ranger des affaires ?

— Un petit bureau à trois portes plus loin dans ce couloir.

— Je vais commencer par là. Tilde, venez avec moi. Conrad, allez sur le terrain accueillir Kirke quand il reviendra... Je ne veux pas qu'il s'esquive. Dresler et Ellegard, fouillez le dortoir A. Commandant, merci de votre aide... (Peter surprit le regard du commandant sur le téléphone et ajouta :) Ne donnez aucun coup de fil dans les minutes qui viennent. Si vous vous avisiez de prévenir qui que ce soit de notre arrivée, cela constituerait une obstruction à la justice. Je serais obligé de vous jeter en prison, ce qui nuirait à la réputation de l'armée, n'est-ce pas ?

Renthe ne répondit rien.

Peter, Tilde et Schwarz suivirent le couloir jusqu'à la porte de l' « Instructeur en chef ». Un bureau et un classeur constituaient le mobilier de cette petite pièce sans fenêtre. Peter et Tilde commencèrent leur perquisition pendant que Schwarz allumait un nouveau cigare. Le meuble métallique contenait des dossiers d'élèves dont Peter et Tilde entreprirent patiemment la lecture. Il n'y avait pas d'aération dans la petite pièce et la fumée du cigare de Schwarz masquait le discret parfum de Tilde.

— Bizarre, laissa échapper Tilde.

Peter leva les yeux du relevé de notes d'un certain Keld Hansen, qui avait échoué à l'épreuve de navigation, pour examiner attentivement la feuille qu'elle lui tendit. Un appareil que Peter n'arriva pas à identifier y était soigneusement esquissé : une vaste antenne carrée posée sur un socle et entourée d'un mur. Un second dessin du même appareil sans le mur montrait davantage de détails du socle qui semblait capable de pivoter.

— Qu'est-ce que cela peut bien être selon vous ? demanda Tilde en regardant par-dessus son épaule.

Il était extrêmement conscient de sa proximité.

— Je n'ai jamais rien vu de pareil, mais je parierais que c'est secret. Rien d'autre dans le dossier ?

— Non, fit-elle en lui montrant le dossier avec l'inscription « Andersen, H.C. ».

— Hans Christian Andersen, grommela Peter... c'est déjà suspect en soi. (Il retourna la feuille. Au verso était dessinée la carte sommaire d'une île dont la forme étroite et allongée parut aussi familière à Peter que la carte du Danemark.) C'est Sande, là où vit mon père ! s'écria-t-il.

En regardant plus attentivement, il constata qu'on voyait sur la carte la nouvelle base allemande et le secteur de la plage dont l'accès était interdit.

— Touché, murmura-t-il.

— Nous avons arrêté un espion, c'est ça ? s'enquit Tilde, ses yeux bleus brillant d'excitation.

— Pas encore, répondit Peter. Mais ça ne va pas tarder.

Ils sortirent, suivis de Schwarz toujours silencieux. Bien que le soleil fût couché, on y voyait encore très bien dans le doux crépuscule de cette longue soirée d'été scandinave.

Ils s'avancèrent sur le terrain pour rejoindre Conrad sur le parking où les avions stationnaient avant d'être roulés, pour la nuit, dans un hangar. Deux mécaniciens poussaient l'un d'eux par les ailes et un troisième en soulevait la béquille.

Conrad désigna un appareil qui approchait, vent arrière, et dit :

— Je pense que c'est notre homme.

Le Tigre descendit, parfaite illustration d'un manuel de pilotage, et se mit face au vent pour l'atterrissage, sous les yeux de Peter, convaincu de la culpabilité de Poul Kirke : les preuves découvertes dans le classeur suffiraient à le faire pendre, mais, auparavant, Peter avait un tas de questions à lui poser. Rédigeait-il des rapports, comme Ingemar Gammel, ou avait-il lui-même fait le croquis du mystérieux appareil ? Tenait-il un rôle plus important, de coordinateur, rassemblant les renseignements et les transmettant en Angleterre par messages codés ? Si Kirke assurait le contact, qui était allé à Sande pour faire ce dessin ? Arne Olufsen ? C'était possible, mais Arne n'avait pas réagi devant l'irruption de Peter sur la base. De toute façon, il valait mieux placer Arne sous surveillance.

Tandis que l'appareil atterrissait en cahotant sur l'herbe, une des Buick de la police remonta la piste à toute allure pour s'arrêter dans un crissement de freins. Dresler sauta à terre en brandissant un objet jaune vif.

Peter lui lança un coup d'œil agacé : ce remue-ménage pourrait alerter Poul Kirke. Il prit subitement conscience qu'il avait baissé sa garde un moment : il n'avait pas réalisé en effet que le groupe posté au bord de la piste risquait d'attirer l'attention – lui-même en costume sombre, Schwarz en uniforme allemand, un cigare au bec, une femme et maintenant un homme visiblement pressé qui sautait d'une voiture. Un vrai comité d'accueil capable de déclencher une sonnette d'alarme dans l'esprit de Kirke.

Dresler s'approcha en montrant l'objet jaune, en fait un livre à la jaquette de couleur vive.

— C'est son code ! cria-t-il.

Cela corroborait son intuition : Kirke était l'homme clé. Peter regarda le petit avion qui avait quitté la piste un peu avant d'arriver à la hauteur de leur petit groupe et qui roulait maintenant vers son poste de stationnement.

— Planquez ça sous votre manteau, imbécile, cria-t-il à Dresler. S'il vous voit en train de le brandir, il comprendra que c'est lui qui nous intéresse !

Son regard revint au Tigre. Il apercevait la silhouette de Kirke dans le cockpit ouvert mais l'expression de son visage, à cause des lunettes, de l'écharpe et du casque, était indéchiffrable.

Impossible toutefois de se tromper sur ce qui se passa ensuite. Le pilote remit les gaz dans un brusque rugissement de moteur. L'appareil pivota pour se mettre face au vent tout en fonçant vers le petit groupe qui entourait Peter.

— Bon sang, il va filer ! rugit-il !

Prenant de la vitesse, l'appareil arrivait droit sur eux. Peter dégaina son pistolet. Il tenait à prendre Kirke vivant pour l'interroger, mais plutôt l'avoir mort que le laisser s'enfuir. Tenant son arme à deux mains, il la braqua sur l'appareil. Abattre un avion avec une arme de poing était pratiquement impossible, mais avec de la chance, peut-être réussirait-il à atteindre le pilote.

La queue du Tigre décolla du sol et le fuselage passa à l'horizontale, laissant bien en vue la tête et les épaules de Kirke. Peter visa soigneusement le casque et pressa la détente. L'avion quitta le sol et Peter tira, plus haut, les sept cartouches du chargeur du Walther PPK. Il fut amèrement déçu de constater qu'il avait tiré trop haut : de petits trous apparus sur le réservoir d'essence au-dessus de la tête du pilote jaillissaient des filets de carburant. L'avion poursuivit sa trajectoire.

Les autres se plaquèrent au sol.

La vue de l'hélice tournoyante fonçant sur lui à cent kilomètres à l'heure déclencha en Peter une rage suicidaire. Pour lui, Poul Kirke incarnait tous les criminels qui, depuis la nuit des temps, narguaient la justice, y compris Finn Jonk, le chauffard qui avait blessé Inge. Quitte à y laisser sa vie, Peter empêcherait la fuite de Kirke.

Du coin de l'œil, il aperçut le cigare du major Schwarz dont le mégot rougeoyant dans l'herbe lui donna soudain une idée. Tandis que le biplan se précipitait dans sa direction, il se pencha, ramassa le cigare qui se consumait encore et le lança sur le pilote, avant de se jeter à terre au moment précis où l'aile inférieure passait à quelques centimètres de sa tête.

Le Tigre prenait de l'altitude ; ni les balles ni le cigare n'avaient donc produit le moindre effet. Peter avait échoué.

Kirke allait s'en tirer car la Luftwaffe aurait besoin de quelques minutes pour lancer à sa poursuite les deux Messerschmitt, et le Tigre en profiterait pour disparaître. Son réservoir d'essence était endommagé, mais si les perforations ne concernaient pas la partie inférieure, il resterait assez de carburant pour franchir le bras de mer qui le séparait de la Suède à moins de trente kilomètres de là. Et la nuit tombait.

Kirke a une chance de s'en tirer, conclut amèrement Peter.

Là-dessus vint le « whoosh » caractéristique d'un embrasement : une grande flamme s'éleva du cockpit. Le feu s'étendit avec une affreuse rapidité sur tout ce qu'on apercevait de la tête et des épaules du pilote dont les vêtements devaient être inondés d'essence. Puis les flammes gagnèrent le fuselage dont la toile se consuma en un clin d'œil.

Pendant quelques secondes, l'avion continua à prendre de l'altitude même si la tête du pilote n'était plus qu'un moignon calciné. Puis le corps de Kirke s'affala, apparemment, sur le manche à balai, précipitant le Tigre à la rencontre du sol. Il se planta comme une flèche. Le fuselage se replia en accordéon.

Un silence horrifié s'abattit sur eux. Les flammes continuaient à lécher les ailes et la queue de l'appareil, arrachant le tissu, s'attaquant aux longerons d'aile en bois puis révélant les tubulures métalliques du fuselage comme le squelette d'un martyr au bûcher.

— Mon Dieu, murmura Tilde, quelle horreur... le malheureux, fit-elle en tremblant.

— Oui, dit Peter en la prenant par les épaules. Et le pire, c'est qu'il ne répondra jamais à nos questions.

Deuxième partie

9.

Le panneau à l'extérieur du bâtiment annonçait : « Institut danois de chant et de danse folkloriques », mais il s'agissait seulement de donner le change aux autorités. Une fois les marches descendues et franchi le double rideau qui arrêtait la lumière, on se trouvait dans un sous-sol aveugle qui abritait un club de jazz.

Salle exiguë et mal éclairée, sol cimenté jonché de mégots et tout poisseux de bière, tables bancales et chaises en bois. L'assistance – matelots et dockers côtoyant des jeunes gens bien habillés et une poignée de soldats allemands – se tenait en majorité debout.

Sur l'estrade minuscule, une jeune femme assise au piano roucoulait des ballades dans un micro : du jazz peut-être, mais pas celui dont raffolait Harald. Il attendait Memphis Johnny Madison, un homme de couleur qui avait vécu le plus clair de sa vie à Copenhague sans jamais mettre les pieds à Memphis.

Il était deux heures du matin. Au début de la soirée, après l'extinction des feux au collège, les trois clowns – Harald, Mads et Tik – s'étaient rhabillés pour s'éclipser avec précaution et prendre le dernier train pour la ville. C'était risqué mais Memphis Johnny valait la peine d'encourir de graves ennuis.

L'aquavit que Harald faisait passer avec des gorgées de bière pression le rendait encore plus euphorique. Il repensait à sa conversation avec Poul Kirke, et au fait un peu effrayant qu'il appartenait maintenant à la Résistance. Ne pouvant partager, même avec Mads et Tik, qu'il avait transmis des informations militaires secrètes à un espion, il osait à peine y penser.

Lorsque Poul lui avait confirmé l'existence d'une organisation clandestine, Harald avait affirmé qu'il était prêt à faire n'importe quoi en son pouvoir pour les aider. Poul lui avait promis de l'utiliser comme un de ses informateurs, c'est-à-dire qu'il recueillerait des renseignements sur les forces d'occupation pour les faire passer à Poul qui les transmettrait ensuite en Angleterre. Très fier de lui, il attendait sa première mission. Il avait peur aussi, mais il s'efforçait d'éviter de penser à ce qui se passerait s'il était pris.

Il continuait à en vouloir à Poul de sortir avec Karen Duchwitz. Chaque fois qu'il y pensait, le goût amer de la jalousie lui brûlait l'estomac. Mais, pour la Résistance, il réprima ce sentiment.

Il regrettait que Karen ne fût pas ici maintenant : elle apprécierait la musique.

Juste au moment où il se disait que l'endroit manquait de compagnie féminine, il remarqua qu'une femme aux cheveux bruns et bouclés, vêtue d'une robe rouge, s'asseyait au bar. Il ne la distinguait pas très bien – l'atmosphère enfumée, ou peut-être sa vue trouble – mais elle paraissait seule.

— Hé, regardez, fit-il aux autres.

— Pas mal, si on aime les vieilles, lui assena Mads.

— Pourquoi, quel âge a-t-elle ?

— Au moins trente ans.

— Ça n'est pas vraiment vieux, observa Harald en haussant les épaules. Peut-être qu'elle aimerait parler à quelqu'un.

Tik qui n'était pas aussi ivre que les deux autres affirma :

— Elle te parlera.

Harald ne comprenait pas très bien pourquoi Tik souriait comme un idiot, mais sans plus s'occuper de lui, il se leva et se dirigea vers le bar. En approchant, il constata que la femme était plutôt potelée et très maquillée.

— Bonjour, beau collégien, railla-t-elle, mais son sourire était amical.

— J'ai remarqué que vous étiez seule.

— Pour l'instant.

— ... et je me disais que vous voudriez peut-être bavarder.

— Ce n'est pas vraiment pour ça que je suis ici.

— Ah... Vous préférez écouter la musique. Je suis un fan de jazz depuis des années. Que pensez-vous de la chanteuse ? Bien sûr elle n'est pas américaine, mais...

— J'ai horreur de la musique.

— Alors pourquoi ? commença Harald, déconcerté.

— Je travaille.

Elle avait l'air de croire que cela expliquait tout, mais lui ne comprenait pas, comme si, malgré son sourire, ils ne parlaient pas de la même chose.

— Vous travaillez, répéta-t-il.

— Eh oui. Qu'est-ce que tu croyais ?

Il se sentait d'humeur à lui parler gentiment.

— Je trouve que vous avez l'air d'une princesse.

Elle se mit à rire.

— Comment vous appelez-vous ? lui demanda-t-il.

— Betsy.

Drôle de nom pour une Danoise qui travaille, un pseudonyme certainement, se disait-il lorsqu'un homme se planta auprès de lui. Son allure était déconcertante : pas rasé, les dents gâtées et un œil à demi fermé par un gros cocard, il portait un smoking taché et une chemise sans col. Bien qu'il fût petit et décharné, il était intimidant.

— Allons, mon garçon, décide-toi.

— C'est Luther, expliqua Betsy à Harald. Lou, laisse ce garçon tranquille, il ne fait rien de mal.

— Il éloigne les autres clients.

Ne comprenant rien à ce qui se passait, Harald décida qu'il était certainement plus ivre qu'il ne l'avait imaginé.

— Alors, dit Luther, tu la sautes ou pas ?

— Je ne la connais même pas ! protesta Harald, stupéfait.

Betsy éclata de rire.

— C'est dix couronnes, tu peux me les verser à moi, insista Luther.

Comprenant soudain, Harald se tourna vers la fille et lui demanda tout étonné :

— Vous êtes une prostituée ?

— Ça va, dit-elle agacée, ne crie pas.

Luther saisit Harald par sa chemise et l'attira vers lui. Sa poigne, énergique, fit trébucher Harald.

— Je vous connais, vous, gens de la haute, cracha Luther. Tu trouves ça drôle ?

Harald sentit la mauvaise haleine de l'homme.

— Ne vous énervez pas, dit-il. Je voulais juste lui parler.

Un barman, torchon autour du cou, se pencha par-dessus le comptoir :

— Pas d'histoires, je te prie, Lou, dit-il. Ce garçon ne pense pas à mal.

— Ah oui ? Je crois qu'il se moque de moi.

Harald commençait à se demander avec inquiétude si Luther avait un couteau, quand le directeur de la boîte prit le micro pour annoncer Memphis Johnny Madison : des applaudissements éclatèrent.

Luther repoussa Harald.

— Ôte-toi de ma vue, dit-il, avant que je t'ouvre la gorge.

Harald rejoignit les autres. Il savait qu'on l'avait humilié, mais il était trop ivre pour s'en soucier.

— J'ai commis une erreur d'étiquette, annonça-t-il.

Là-dessus Memphis Johnny s'avança sur l'estrade et Harald oublia aussitôt Luther.

Johnny s'assit au piano et se pencha sur le micro. Dans un danois parfait sans la moindre trace d'accent, il déclara :

— Merci. J'aimerais commencer par une composition du plus grand artiste de boogie-woogie, Clarence Pine Top Smith.

Les applaudissements redoublèrent et Harald cria en anglais :

— Vas-y, Johnny.

Il y eut une certaine agitation près de la porte, mais Harald n'y prit pas garde. Johnny joua quatre mesures d'introduction puis s'arrêta brusquement pour lancer dans le micro :

— Heil Hitler, bébé.

Un officier allemand s'avançait sur la scène.

Harald regarda autour de lui, abasourdi. Un détachement de la police militaire venait de faire son entrée dans la boîte de nuit : ils s'en prenaient habituellement aux soldats allemands mais pas aux civils danois.

L'officier arracha le micro des mains de Johnny et dit en danois :

— Il est interdit aux artistes de race inférieure de se produire. En conséquence, cet établissement est fermé.

— Non ! lança Harald consterné. Vous ne pouvez pas faire ça, péquenauds nazis !

Par bonheur, sa voix se perdit dans le brouhaha des protestations.

— Allons-nous-en avant que tu ne commettes d'autres erreurs d'étiquette, conseilla Tik en prenant Harald par le bras.

— Allez ! vociféra-t-il. Laissez jouer Johnny !

L'officier passa les menottes à Johnny et le fit sortir. Harald était accablé : les nazis avaient annulé la première occasion qui s'offrait à lui d'entendre un vrai pianiste de boogie.

— Ils n'ont pas le droit ! clama-t-il.

— Bien sûr que non, l'apaisa Tik en l'entraînant vers la porte.

Les trois jeunes gens se retrouvèrent dans la rue ; la courte nuit scandinave se terminait déjà, l'aube se levait ; l'eau du port brillait dans la pénombre. Des navires endormis flottaient immobiles au bout de leurs amarres. Une fraîche brise salée soufflait de la mer. Harald aspira à pleins poumons et se sentit un instant étourdi.

— Allons à la gare et attendons-y le premier train pour rentrer, proposa Tik.

Ils comptaient regagner leur lit et faire semblant de dormir avant le réveil du collège. Ils se dirigèrent vers le centre. À un carrefour important, les Allemands avaient érigé des postes de garde en ciment entourés d'un muret d'un peu plus d'un mètre de haut et au centre duquel un soldat pouvait se tenir debout. La nuit, ils étaient inoccupés. Harald, qui enrageait de la fermeture du club, supportait encore moins que d'habitude ces horribles symboles de la domination nazie. Au passage, il décocha contre le poste un coup de pied bien inutile.

— Il paraît, déclara Mads, que les sentinelles y portent des culottes tyroliennes puisque leurs jambes ne sont pas visibles.

Harald et Tik éclatèrent de rire.

Quelques instants plus tard, ils passèrent devant une boutique récemment restaurée ; Harald remarqua parmi les restes du chantier des pots de peinture, ce qui lui donna une idée. Il se pencha pour en attraper un.

— Qu'est-ce que tu fiches ? demanda Tik.

Il restait un fond de peinture noire encore liquide. Harald choisit parmi les bouts de bois épars une lamelle de deux ou trois centimètres de large qui ferait office de pinceau.

Ignorant les questions intriguées de Tik et de Mads, il revint jusqu'au poste de garde devant lequel il s'agenouilla avec son matériel de fortune. Tik le mit en garde, lui sembla-t-il, mais il ne s'en soucia pas. Avec grand soin, il écrivit à la peinture noire sur le muret de béton :

CE NAZI
A
LE DERRIÈRE
À L'AIR

Il recula pour admirer son œuvre. Écrits en gros caractères, les mots se lisaient de loin et feraient sourire un peu plus tard dans la matinée les milliers de Copenhaguois se rendant à leur travail.

— Qu'est-ce que vous en dites ?

N'obtenant aucun commentaire, il regarda autour de lui : Tik et Mads avaient disparu, remplacés par deux policiers danois en uniforme.

— Très amusant, dit l'un d'eux. Je vous arrête.

Harald passa le reste de la nuit au Politigaarden, au violon des pochards, entre un vieil homme qui avait uriné dans son pantalon et un garçon de son âge qui avait vomi sur le sol. Il était trop dégoûté pour s'endormir. Au fur et à mesure que les heures passaient, il sentait monter en lui une violente migraine et une soif dévorante.

Mais la gueule de bois et la crasse le préoccupaient bien moins que l'idée d'être interrogé au sujet de la Résistance. Il ne savait pas quel degré de douleur il serait capable de supporter si la Gestapo le torturait, et il finirait peut-être par trahir Poul Kirke, tout cela, à cause d'une plaisanterie stupide ! Ce comportement infantile lui faisait honte.

À huit heures du matin, un policier en tenue apporta un plateau avec trois bols d'ersatz de thé et quelques tranches de pain noir maigrement tartiné d'un substitut de beurre. Sans toucher au pain – il n'était pas capable de manger dans un endroit qui ressemblait à des toilettes –, Harald but avidement le thé.

Peu de temps après, on l'emmena dans une salle d'interrogatoire. Il attendit quelques minutes, puis un sergent arriva, portant un dossier et une feuille de papier dactylographiée.

— Debout ! aboya l'homme.

Harald se leva d'un bond. Installé à la table, le sergent lut le rapport.

— Élève de Jansborg, hein ?

— Oui, monsieur.

— Tu devrais être plus malin, mon garçon.

— Oui, monsieur.

— Où t'es-tu procuré l'alcool ?

— Dans une boîte de jazz.

Le sergent leva les yeux.

— À l'Institut danois ?

— Oui.

— Alors tu y étais quand les Boches l'ont fermé.

— Oui.

Harald fut déconcerté de l'entendre parler de « Boches » ; son uniforme – sans parler de la correction – l'obligeait à dire « Allemands ».

— Tu t'enivres souvent ?

— Non, monsieur. C'est la première fois.

— Donc tu as vu le poste de garde, puis tu es tombé sur un pot de peinture...

— Je suis désolé...

— Bah, lâcha le policier en souriant soudain, ne le sois pas trop. Moi, j'ai trouvé ça plutôt rigolo. Le derrière à l'air ! fit-il en riant.

Harald n'y comprenait plus rien. L'homme, qui avait paru hostile, appréciait maintenant la plaisanterie.

— Que va-t-il m'arriver ? demanda Harald.

— Rien du tout. Nous, on est la police. Pas la patrouille anti-plaisantins.

Le sergent déchira le rapport en deux et laissa tomber les morceaux dans la corbeille à papier. Harald ne croyait pas à sa chance. Allait-on vraiment le laisser partir ?

— Qu'est-ce... qu'est-ce que je dois faire ?

— Rentrer à Jansborg.

— Oh, merci !

Harald se demanda s'il réussirait à se glisser à l'intérieur du collège à une heure aussi tardive sans se faire remarquer. Il aurait un peu de temps dans le train pour inventer une histoire, et peut-être que personne ne découvrirait son escapade.

Le sergent se leva.

— Un conseil : évite l'alcool.

— Oh oui, assura Harald avec ferveur.

S'il se tirait de là, il ne boirait plus jamais.

Le sergent ouvrit la porte et Harald éprouva un terrible choc : Peter Flemming se trouvait sur le seuil.

Ils se dévisagèrent longuement.

— Puis-je vous aider, inspecteur ? demanda le sergent.

Sans lui répondre, Peter s'adressa à Harald.

— Tiens, tiens, dit-il du ton satisfait d'un homme qui a enfin raison. Quand j'ai lu ce nom sur la liste des arrestations de la soirée, je me suis demandé si cet Harald Olufsen, ivre et auteur de graffitis, pouvait être Harald Olufsen, le fils du pasteur de Sande... Alléluia, il s'agit bien d'une seule et même personne.

Harald était consterné. Juste au moment où il commençait à espérer garder le secret sur ce détestable incident, la vérité venait d'être découverte par celui, précisément, qui détestait sa famille tout entière.

Peter se tourna vers le sergent et lui dit d'un ton sans réplique :

— Très bien, je me charge de cette affaire.

— Mais, monsieur, protesta le sergent, le commissaire a décidé qu'il n'y aurait pas d'accusation.

— Nous verrons.

Harald en aurait pleuré. Alors qu'il était sur le point de se tirer de là. Quelle injustice !

Le sergent hésita, apparemment prêt à discuter, mais Peter répéta d'un ton sans réplique :

— Ce sera tout.

— Très bien, monsieur.

Et il sortit.

Peter dévisagea Harald sans rien dire jusqu'au moment où celui-ci demanda :

— Qu'allez-vous faire ?

— Te ramener au collège, répondit Peter en souriant.

La Buick de la police pénétra dans le parc de Jansborg Skole ; au volant un policier en tenue, Peter à côté de lui et, dans le fond comme un prisonnier, Harald.

Le soleil brillait sur les vieux bâtiments de briques rouges et sur les pelouses, ravivant la pointe de regret que ressentait Harald pour la vie simple et sans heurt qu'il menait ici depuis sept ans. Quoi qu'il en soit, il ne resterait plus très longtemps dans cet endroit d'une rassurante familiarité.

Ce spectacle éveillait chez Peter Flemming des sentiments très différents.

— C'est ici qu'on élève nos futurs dirigeants, marmonna-t-il d'un ton acide au chauffeur.

— Oui, monsieur, acquiesça le chauffeur qui n'en avait cure.

C'était l'heure de la collation matinale et les garçons dévoraient leur sandwich dehors, si bien que la plupart d'entre eux virent la voiture remonter la grande allée et Harald en sortir.

Au vu de l'insigne de Peter, ils furent immédiatement introduits par la secrétaire du collège dans le bureau de Heis. Harald ne savait que penser : Peter, apparemment, n'allait pas le livrer à la Gestapo – ce qu'il redoutait plus que tout au monde – car il le considérait comme un collégien malicieux plutôt que comme un membre de la Résistance danoise. Pour une fois, il remerciait le ciel d'être traité en enfant et non en homme. Qu'avait donc décidé Peter ?

À leur entrée, Heis déplia sa carcasse efflanquée et, vaguement soucieux, les considéra à travers ses lunettes juchées sur son nez crochu. Il parlait d'un ton aimable, mais un léger tremblement trahissait sa nervosité.

— Olufsen ? Que se passe-t-il ?

Peter ne laissa pas à Harald le temps de répondre. Braquant son pouce dans la direction du principal, il lui lança d'un ton grinçant :

— C'est un de vos élèves ?

Heis tressauta comme si on l'avait frappé.

— Oui, Olufsen est pensionnaire ici.

— Il a été arrêté la nuit dernière pour avoir barbouillé de peinture une installation allemande.

Harald comprit que l'humiliation de Heis comblait d'aise Peter et qu'il était bien décidé à en tirer le maximum.

— Je suis absolument navré d'apprendre cela, fit Heis, mortifié.

— En outre, il était ivre.

— Oh, mon Dieu.

— La police doit décider des suites à donner à cette affaire.

— Je me demande si...

— Franchement, nous préférerions ne pas poursuivre un collégien pour un enfantillage.

— Ma foi, je suis heureux d'entendre cela...

— D'un autre côté, cet acte ne saurait rester impuni.

— Assurément.

— Indépendamment de tout le reste, nos amis allemands voudront savoir qu'on a traité le coupable avec fermeté.

— Bien entendu, bien entendu.

Harald plaignait Heis, mais regrettait quand même qu'il se contentât d'acquiescer peureusement à tout ce que disait cette brute de Peter.

— L'issue de cette affaire dépend de vous, reprit Peter.

— Oh ? Dans quelle mesure ?

— Si nous le relâchons, le renverrez-vous du collège ?

Harald comprit aussitôt : Peter cherchait à ce que tout le monde soit au courant du crime commis par Harald, la seule chose qui l'intéressait était d'embarrasser la famille Olufsen.

L'arrestation d'un pensionnaire de Jansborg ferait les gros titres. Seule la honte infligée aux parents de Harald dépasserait celle que subirait Heis. Son père exploserait et sa mère serait au bord du suicide.

Mais – Harald le perçut très nettement – l'animosité de Peter envers la famille Olufsen avait émoussé son instinct de policier. Sa joie d'avoir surpris un Olufsen en état d'ivresse lui avait fait négliger un crime plus grave ; il n'avait même pas envisagé que l'aversion de Harald pour les nazis pût l'entraîner au-delà du barbouillage de slogans hostiles et faire de lui un espion. La méchanceté de Peter avait sauvé la peau de Harald.

Heis manifesta alors le premier signe d'opposition.

— Le renvoi me semble un peu sévère...

— Pas autant que des poursuites et une éventuelle peine de prison.

— Non, en effet.

Harald ne chercha pas à intervenir dans la discussion car il ne voyait aucune issue qui lui permettrait de garder le secret sur l'incident. Il se consolait en pensant qu'il avait échappé à la Gestapo. Tout autre châtiment paraîtrait mineur.

— L'année scolaire est presque terminée, observa Heis. Le renvoyer maintenant ne lui ferait pas manquer beaucoup de cours.

— Ça ne lui évitera guère de travail, alors ?

— Un détail, étant donné qu'il part en vacances dans deux semaines.

— Mais cela satisfera les Allemands.

— Vous croyez ? Évidemment, c'est important.

— Si vous pouvez me certifier qu'il sera renvoyé, je peux le libérer. Sinon je suis tenu de le ramener au Politigaarden.

Heis lança à Harald un regard coupable.

— Le collège n'a pas vraiment le choix, n'est-ce pas ?

— En effet, monsieur.

— Alors, très bien, consentit Heis en regardant Peter. Je vais le renvoyer.

Peter eut un sourire satisfait.

— Cette solution raisonnable me satisfait pleinement, dit-il en se levant. Tâchez, jeune Harald, claironna-t-il avec suffisance, d'éviter les ennuis à l'avenir.

Harald détourna la tête.

Peter serra la main de Heis.

— Eh bien, merci, inspecteur, dit le principal.

— Ravi de vous rendre service, dit Peter en sortant.

Les muscles de Harald purent enfin se détendre : il s'était tiré de ce mauvais pas. Évidemment, ça barderait à la maison, mais son comportement stupide n'avait compromis ni Poul Kirke ni la Résistance, c'était le plus important.

— Une chose terrible est arrivée, Olufsen, annonça Heis.

— Je sais que j'ai mal agi...

— Non, il ne s'agit pas de cela. Vous connaissez le cousin de Mads Kirke, je crois.

— Poul ? Oui. (Harald se crispa de nouveau. Quoi donc maintenant ? Heis aurait-il, Dieu sait comment, découvert les liens de Harald avec la Résistance ?) Qu'y a-t-il à propos de Poul ?

— Il a eu un accident d'avion.

— Mon Dieu ! J'ai volé avec lui il y a quelques jours.

— C'est arrivé hier soir à l'écolc de pilotage, reprit Heis d'un ton hésitant.

— Quoi donc... ?

— Je regrette de devoir vous annoncer que Poul Kirke est mort.

10.

— Mort ? fit Herbert Woodie d'une voix étranglée. Comment peut-il être mort ?

— Il se serait écrasé avec son Tigre, répondit Hermia, furieuse et désemparée.

— Le crétin, dit brutalement Woodie. Ça compromet tout.

Hermia le dévisagea, écœurée. Elle l'aurait volontiers giflé.

Ils se trouvaient dans le bureau de Woodie à Bletchley Park, avec Digby Hoare. Hermia avait envoyé un message à Poul Kirke le chargeant de se procurer la description par un témoin oculaire de l'installation de radars de l'île de Sande.

— La réponse nous a été adressée par Jens Toksvig, un des assistants de Poul, dit-elle en s'efforçant d'adopter un ton calme et détaché. Par la délégation britannique de Stockholm, comme d'habitude, mais il n'était pas chiffré : Jens ne connaît donc pas le code. On a prétendu qu'il s'agissait d'un accident, mais en fait Poul tentait d'échapper à la police qui a tiré sur l'avion.

— Le malheureux, murmura Digby.

— Le message est arrivé ce matin, précisa Hermia. Je m'apprêtais à vous demander de me recevoir, monsieur Woodie, quand vous m'avez convoquée.

La vérité est qu'elle pleurait – ce qui ne lui arrivait pas souvent –, bouleversée par la mort de Poul, si jeune, si beau, si plein d'énergie. Elle se savait responsable puisqu'elle lui avait demandé d'espionner pour l'Angleterre ; sa courageuse acceptation l'avait conduit au don de sa vie. Elle pensa à ses parents, à son cousin Mads, et elle avait pleuré pour eux aussi. Maintenant c'était la hâte de terminer le travail qu'il avait commencé qui primait pour éviter que ceux qui l'avaient tué ne finissent par l'emporter.

— Je suis vraiment désolé, déclara Digby en passant un bras compatissant autour des épaules de Hermia. On sait que les hommes meurent en masse, mais quand il s'agit de quelqu'un qu'on connaît, ça fait particulièrement mal.

Elle hocha la tête. Elle le remerciait pour ces mots même simples et évidents. C'était vraiment quelqu'un de bien. Elle sentit un élan d'affection pour lui que, se rappelant son fiancé, elle se reprocha aussitôt. Elle aurait voulu revoir Arne. Lui parler, le toucher renforceraient son amour et la mettraient à l'abri de l'attrait qu'elle éprouvait pour Digby.

— Mais alors, demanda Woodie, où en sommes-nous ?

Hermia rassembla rapidement ses pensées.

— D'après Jens, les Veilleurs de nuit ont décidé de garder profil bas, du moins pour quelque temps, pour voir jusqu'où la police pousse son enquête. Alors, pour répondre précisément à votre question, nous voilà sans aucune source de renseignements au Danemark.

— Nous avons l'air malin, râla Woodie.

— Peu importe, riposta sèchement Digby. Les nazis ont découvert une arme susceptible de leur faire gagner la guerre. Nous pensions avoir des années d'avance avec le radar, et nous apprenons aujourd'hui que non seulement ils en détiennent un aussi mais en plus qu'il est meilleur que le nôtre. Je me fous éperdument de l'air que nous avons. La seule question est de savoir comment en découvrir davantage.

Woodie parut scandalisé, mais garda le silence.

— Et nos autres sources de renseignements ? demanda Hermia.

— Naturellement nous les essayons toutes. Et nous avons relevé un nouvel indice : le mot *Himmelbett* est apparu dans des messages décodés de la Luftwaffe.

— *Himmelbett ?* répéta Woodie. « Lit céleste » ? Qu'est-ce que ça signifie ?

— Cela désigne chez eux un lit à colonnes, lui répondit Hermia.

— C'est idiot, lança Woodie d'un ton bourru comme si c'était sa faute à elle.

— Et le contexte ? demanda-t-elle à Digby.

— Rien, vraiment. Leur radar opérerait dans un *Himmelbett.* Nous n'arrivons pas à comprendre.

— Il faut que j'aille au Danemark moi-même, annonça-t-elle en même temps qu'elle prenait sa décision.

— Ne soyez pas ridicule, grommela Woodie.

— Nous n'avons pas d'agent dans le pays, il faut donc infiltrer quelqu'un, reprit-elle. Je connais le terrain mieux que quiconque du MI6, c'est d'ailleurs pourquoi je suis à la tête du bureau danois. Et je parle la langue comme un autochtone. C'est à moi d'y aller.

— Nous n'envoyons pas de femmes dans de telles missions, protesta-t-il.

— Mais si, déclara Digby en se tournant vers Hermia. Vous partirez ce soir pour Stockholm. Je vous accompagne.

— Pourquoi avez-vous dit cela ? demanda Hermia à Digby le lendemain, tout en traversant le salon doré du Stadhuset, le célèbre hôtel de ville de Stockholm.

— Je savais, répondit Digby en s'arrêtant pour étudier une mosaïque murale, que le Premier ministre voudrait que je surveille de très près une mission aussi importante.

— Je comprends.

— Excellente occasion en outre de vous avoir pour moi tout seul.

— Vous savez pourtant que je contacterai mon fiancé, la seule personne à qui je puisse faire confiance pour nous aider.

— Bien sûr.

— Par conséquent, je le verrai sans doute dès que possible.

— Parfait ! Impossible pour moi de rivaliser avec un homme coincé dans un pays à des centaines de kilomètres, invisible et condamné à un silence héroïque, auquel vous vous cramponnez par d'invisibles liens de fidélité et de remords. Je préfère cent fois un rival de chair et de sang avec des défauts d'homme, quelqu'un qui peut être de mauvais poil, qui a des pellicules sur son col et qui se gratte là où ça le démange.

— Ce n'est pas un concours, s'exclama-t-elle exaspérée. J'aime Arne. Je vais l'épouser.

— Mais vous n'êtes pas encore mariée.

Hermia secoua la tête comme pour s'arracher à cette conversation déplacée. Jusque-là elle avait apprécié l'intérêt romanesque que lui portait Digby – même si elle en éprouvait quelques remords –, mais maintenant cela la dérangeait. Elle avait un rendez-vous ici. Elle et Digby devaient jouer les touristes ayant du temps à tuer.

Ils quittèrent le salon doré et descendirent le large escalier de marbre jusqu'à la cour pavée. Ils franchirent une arcade de colonnes de granit rose et se trouvèrent dans un jardin dominant les eaux grises du lac Malaren. Hermia se retourna pour contempler la tour de cent mètres qui s'élevait au-dessus du bâtiment de briques rouges : un homme les suivait.

Vêtu d'un costume gris et de chaussures fatiguées, désœuvré, il ne faisait guère d'efforts pour dissimuler sa présence. Quand Digby et Hermia avaient quitté la légation britannique dans une Volvo à charbon de bois conduite par un chauffeur, ils avaient été suivis par deux hommes dans une Mercedes noire 230. Puis l'homme en costume gris était descendu de l'une d'elles pour leur emboîter le pas à l'intérieur du Stadhuset.

À en croire l'attaché de l'air britannique, un groupe d'agents allemands exerçaient une surveillance constante sur tous les citoyens britanniques se trouvant en Suède. On pouvait les semer, mais ce n'était pas conseillé, échapper à une filature étant considéré comme une preuve de culpabilité. Des hommes qui avaient ainsi trompé la surveillance des Allemands avaient été arrêtés, accusés d'espionnage et on avait fait pression sur les autorités suédoises pour qu'elles les expulsent.

Hermia devait donc se débarrasser de l'homme qui la suivait sans que celui-ci s'en aperçoive.

Suivant un plan convenu, Hermia et Digby déambulèrent dans le jardin et tournèrent à l'angle du bâtiment pour admirer le cénotaphe de Birger Jarl, le fondateur de la ville. Le sarcophage doré reposait dans une tombe protégée par un auvent posé sur quatre piliers de pierre.

— Comme un *Himmelbett*, fit remarquer Hermia.

Derrière le cénotaphe, cachée aux regards, se tenait une Suédoise : même taille, corpulence comparable à celle de Hermia et mêmes cheveux bruns.

Hermia lança un regard interrogateur à la femme qui fit un signe de tête affirmatif, déclenchant en elle un instant de frayeur : jusqu'alors elle n'avait rien commis d'illégal et sa visite en Suède était aussi innocente qu'elle le paraissait. Mais à compter de cet instant, pour la première fois de sa vie, elle quittait la légalité.

— Vite, dit la femme en anglais.

Hermia ôta son léger imperméable d'été et son béret rouge que l'autre femme enfila aussitôt. Hermia tira de sa poche une écharpe marron qu'elle noua autour de sa tête, couvrant ainsi ses cheveux bien reconnaissables et dissimulant en partie son visage.

La Suédoise prit le bras de Digby, et tous deux s'éloignèrent du monument, ils retournèrent dans le jardin en se mêlant à la foule des promeneurs.

Hermia attendit quelques instants, en faisant semblant d'étudier les volutes de la grille de fer forgé qui protégeait le monument : elle craignait que l'homme, méfiant, ne vienne vérifier. Elle quitta sa place derrière le cénotaphe, s'attendant presque à le voir aux aguets, mais il n'y avait personne. Tirant un peu plus le foulard sur son visage, elle s'enfonça à son tour dans le jardin.

Elle aperçut Digby et sa complice se dirigeant vers l'autre sortie ; l'homme suivait. Le stratagème fonctionnait.

Hermia prit la même direction, sur les talons de celui-ci. Comme convenu, Digby et la femme montèrent dans la Volvo qui les attendait sur la place et s'éloignèrent, suivis par la Mercedes. Ils allaient le ramener jusqu'à la légation et il pourrait confirmer que les deux visiteurs en provenance de l'Angleterre ne se comportaient pas autrement que des touristes.

Quant à Hermia, elle avait le champ libre.

Elle traversa le pont de Stadhusbron pour se diriger vers la place Gustav Adolf, au centre de la ville ; elle marchait d'un pas vif, car elle avait hâte de s'acquitter de sa mission.

Au cours des dernières vingt-quatre heures, tout s'était passé avec une stupéfiante rapidité. On ne lui avait donné que quelques minutes pour jeter des vêtements dans une valise ; une voiture rapide les avait ensuite emmenés, Digby et elle, jusqu'à Dundee, en Écosse, où ils étaient descendus dans un hôtel peu après minuit. À l'aube, on les avait conduits à Leuchars, un aérodrome sur la côte du Fife, d'où un équipage de la RAF en uniforme civil de la British Overseas Airways Corporation les avait amenés à Stockholm, après un voyage de trois heures. Ils avaient déjeuné à la légation britannique, puis appliqué le plan qu'ils avaient conçu dans la voiture entre Bletchley et Dundee.

Grâce à la neutralité du pays, on pouvait de Suède téléphoner ou écrire au Danemark : Hermia allait tenter de joindre son fiancé, Arne. Du côté danois, la censure fonctionnait aussi bien pour les appels que pour le courrier ; aussi devrait-elle s'astreindre à la plus grande prudence en échafaudant une supercherie qui paraîtrait innocente à une oreille indiscrète et amènerait Arne dans la Résistance.

En 1939, quand elle avait fondé les Veilleurs de nuit, elle l'en avait délibérément exclu. Non pas à cause de ses convictions. Il était aussi antinazi qu'elle, même si c'était de façon moins passionnée : il ne voyait en ces gens-là que des clowns vêtus d'uniformes ridicules et opposés à toute manifestation de gaieté. Non, le problème résidait dans son insouciance : trop ouvert et d'un abord trop sympathique pour le travail clandestin. En outre elle répugnait à le mettre en danger. De toute façon même Poul pensait, comme elle, qu'Arne ne faisait pas l'affaire. Mais aujourd'hui elle était acculée – Arne était probablement toujours aussi insouciant – et n'avait personne d'autre.

D'ailleurs, le sentiment du danger avait évolué depuis le début de la guerre et des milliers de jeunes gens avaient déjà donné leur vie. Arne, officier, était censé prendre des risques pour sa patrie.

Elle avait quand même froid dans le dos à l'idée de ce qu'elle allait lui demander.

Elle s'engagea dans la Vasagatan, une rue animée où se trouvaient plusieurs hôtels, la gare centrale et le principal bureau de poste. En Suède, le téléphone et le courrier dépendent de services distincts et on ne téléphone pas d'un bureau de poste mais de téléphones publics situés à part. Hermia se dirigeait vers celui de la gare.

Elle aurait pu téléphoner de la légation britannique, mais cela n'aurait pas manqué d'éveiller les soupçons. Au bureau de téléphone, on n'accorderait pas d'attention particulière à une femme parlant un suédois hésitant teinté d'accent danois qui demanderait à téléphoner chez elle.

Digby et elle savaient que chaque standard téléphonique du Danemark employait au moins une jeune Allemande en uniforme pour écouter les conversations. Ne pouvant le faire pour toutes les communications, la surveillance était probablement concentrée sur les appels internationaux et ceux destinés à des bases militaires. Ils avaient conclu que la conversation de Hermia avec Arne serait sur écoute et qu'elle devrait procéder par allusions et sous-entendus. C'était possible pour Arne et elle qui avaient connu la complicité des amants. Elle devrait donc pouvoir se faire comprendre sans être explicite.

La gare, tel un château français, comportait un vaste hall d'entrée avec un plafond à caissons et de grands lustres. Elle trouva le bureau de téléphone et prit place dans la file d'attente.

Quand son tour arriva, elle expliqua à l'employée qu'elle voulait faire un appel avec préavis à Arne Olufsen et elle donna le numéro de l'école de pilotage. Pleine d'appréhension, elle attendit avec impatience que la standardiste obtienne Arne en ligne. Elle ne savait même pas s'il était à Vodal ce jour-là. Il pouvait être en vol, ou bien absent pour l'après-midi ou en permission. Il avait peut-être été affecté à une autre base, à moins qu'il n'ait démissionné de l'armée...

Mais, où qu'il soit, elle le trouverait. Elle interrogerait son supérieur, elle appellerait ses parents à Sande et certains de ses amis à Copenhague dont elle avait les numéros. Elle disposait de l'après-midi entier et d'assez d'argent pour passer plusieurs coups de téléphone.

Entendre sa voix après plus d'une année... Elle était anxieuse, mais excitée en même temps. La mission avait beau être primordiale, elle se demandait avec inquiétude ce qu'Arne ressentait pour elle. Peut-être qu'il ne l'aimait plus comme jadis. Et s'il se montrait froid envers elle ? Cela lui briserait le cœur. Il aurait pu rencontrer quelqu'un d'autre ; après tout, elle avait bien flirté un peu avec Digby. Ce genre d'écart n'était-il pas encore plus facile pour un homme ?

Elle se revoyait avec lui dévalant les pistes inondées de soleil, haletant au même rythme, transpirant dans l'air glacé, riant de la pure joie d'être vivants. Retrouverait-elle jamais des moments pareils ?

On lui désigna une cabine.

Elle décrocha le combiné et dit :

— Allô ?

— Qui est à l'appareil ? demanda Arne.

Elle avait oublié sa voix, cette voix basse et chaude capable d'éclater en rires d'un instant à l'autre. Il parlait un danois raffiné avec une diction précise acquise dans l'armée et un soupçon d'accent du Jutland, vestige de son enfance.

Elle avait préparé sa première phrase, qui utiliserait les surnoms qu'ils se donnaient entre eux dans l'espoir qu'Arne devinerait la nécessité d'être discret dans ses propos.

Mais, pendant un moment, elle fut incapable de parler.

— Allô ? répéta-t-il. Il y a quelqu'un ?

Elle avala sa salive et retrouva sa voix.

— Bonjour, Brosse à dents, c'est ton Chaton noir.

« Brosse à dents » pour la sensation que lui donnait sa moustache quand il l'embrassait, son surnom à elle venant de la couleur de ses cheveux.

Ce fut à son tour de rester sans voix. Il y eut un silence.

— Comment vas-tu ? demanda Hermia.

— Ça va, dit-il enfin. Mon Dieu, c'est vraiment toi ?

— Oui.

— Tu vas bien ?

— Oui. (Ce bavardage lui parut soudain insupportable, et elle attaqua aussitôt.) Tu m'aimes toujours ?

Il ne répondit pas tout de suite. Ses sentiments ont changé. Il ne veut pas le dire carrément. Il va tergiverser, dire qu'après tout ce temps ils ont besoin de reconsidérer leur relation, mais elle saurait...

— Je t'aime, déclara-t-il.

— C'est vrai ?

— Plus que jamais. Tu m'as terriblement manqué.

Elle ferma les yeux. Étourdie, elle s'appuya contre la paroi.

— Je suis si heureux que tu sois encore en vie, reprit-il. Si heureux de te parler.

— Je t'aime aussi.

— Que se passe-t-il ? Comment vas-tu ? D'où appelles-tu ?

Elle se ressaisit.

— Je ne suis pas loin.

Frappé de ses manières circonspectes, il répondit sur le même ton.

— Bon, je comprends.

Elle avait préparé la suite.

— Tu te souviens du château ?

Il y avait beaucoup de châteaux au Danemark, mais l'un d'eux avait pour eux une signification particulière.

— Tu veux dire les ruines ? Comment pourrais-je oublier ?

— Pourrais-tu me retrouver là-bas ?

— Comment feras-tu ? Peu importe. Tu parles sérieusement ?

— Oui. C'est loin pour toi.

— J'irais bien plus loin pour te voir. Je m'interroge juste sur la manière de m'y rendre. Je vais demander une permission, mais s'il y a un problème, je m'en passerai.

— Ne fais pas cela... (Elle ne voulait pas que la police militaire le recherche.) Quand est ton prochain jour de permission ?

— Samedi.

La standardiste intervint pour leur annoncer qu'il restait dix secondes.

— Je serai là-bas samedi, dit précipitamment Hermia... J'espère. Si tu n'y arrives pas, je reviendrai chaque jour aussi longtemps que je pourrai.

— Je ferai pareil.

— Sois prudent. Je t'aime.

— Je t'aime...

On coupa la communication.

Hermia conservait le combiné pressé contre son oreille, comme s'il s'agissait d'Arne. La standardiste lui demanda alors si elle souhaitait passer un autre appel : elle refusa et raccrocha.

Elle alla régler la communication au guichet puis sortit, grisée de bonheur, indifférente aux gens qui se précipitaient dans toutes les directions autour d'elle. Il l'aimait toujours. Dans deux jours, elle le verrait. Quelqu'un la bouscula ; elle se dirigea alors vers un café et s'effondra sur une chaise. Deux jours !

Hammershus, le château en ruine auquel ils avaient fait une allusion énigmatique, était une attraction touristique de la station balnéaire de Bornholm, sur la Baltique. En 1939, ils y avaient passé une semaine, se prétendant mari et femme, et par une tiède soirée d'été, ils avaient fait l'amour au milieu des ruines. Arne pouvait prendre soit le ferry jusqu'à Copenhague, un voyage de sept ou huit heures, soit l'avion de Kastrup, ce qui prenait environ une heure. L'île se situait à un peu plus de cent cinquante kilomètres du Danemark continental, mais à seulement trente kilomètres de la côte sud de la Suède. Hermia devrait trouver un bateau de pêche qui accepte de lui faire faire illégalement cette courte traversée.

Elle ne pensait pourtant qu'au danger qu'elle faisait courir à Arne, pas à elle. Il rencontrerait clandestinement un agent des services secrets britanniques qui lui demanderait de devenir un espion.

S'il était pris, le châtiment serait la mort.

11.

Harald rentra chez lui deux jours après son arrestation.

Heis l'avait autorisé à dépasser le délai pour se présenter au dernier de ses examens. Il aurait donc sa licence, mais n'assisterait pas à la cérémonie de remise des diplômes, qui aurait lieu une semaine plus tard. Peu importe, il avait sauvé sa place à l'université : il étudierait la physique sous la direction de Niels Bohr – s'il vivait jusque-là.

Mads Kirke lui avait confié que la mort de Poul n'était pas due à un véritable accident. L'armée refusait de révéler les détails, prétextant l'enquête en cours ; d'autres pilotes cependant avaient dit à la famille que la police se trouvait sur la base à ce moment-là et qu'on avait tiré des coups de feu. Harald était certain que Poul avait été tué parce qu'il travaillait pour la Résistance ; malheureusement il n'avait pas le droit d'en parler.

Tout au long de l'ennuyeux voyage de retour chez lui, il redouta l'accueil de son père bien plus que la police. Le trajet d'est en ouest à travers le Danemark, de Jansborg à Sande, dont il connaissait la moindre petite gare, le quai du ferry qui puait le poisson et l'interminable paysage verdoyant, dura la journée entière à cause de multiples retards des trains ; mais Harald n'aurait vu aucun inconvénient à ce qu'il dure plus longtemps.

Il passa son temps à anticiper la colère de son père, composant des discours indignés dans lesquels il se justifiait, mais qui ne le convainquaient pas lui-même. Il essaya toutes sortes d'excuses plus ou moins serviles mais sans parvenir à trouver une formule qui fût sincère sans être avilissante. Et pourquoi ne pas suggérer à ses parents de remercier le ciel : leur fils était vivant alors qu'il aurait pu connaître le même sort que Poul Kirke. Mais utiliser ainsi une mort héroïque lui parut indigne.

Arrivé à Sande, il s'attarda encore en choisissant le trajet par la plage. La marée était basse et l'on apercevait à peine la mer à quinze cents mètres de là, une étroite bande de bleu sombre parsemée de petites taches d'écume, prise en sandwich entre le bleu étincelant du ciel et le sable couleur chamois. C'était le soir et le soleil touchait l'horizon. Quelques vacanciers arpentaient les dunes et un groupe de garçons de douze ou treize ans jouaient au football. Vision joyeuse, n'eussent été les bunkers de béton gris tout neufs se dressant tous les quinze cents mètres environ le long de la ligne de marée haute, hérissés d'artillerie et occupés par des soldats casqués.

À la hauteur de la nouvelle base militaire, il quitta la plage pour emprunter la longue déviation qui la contournait, trop heureux de ce retard supplémentaire. Il se demanda si Poul était parvenu à envoyer aux Anglais son croquis de l'équipement radio. Sinon, la police avait dû le découvrir et s'interroger sur son auteur. Heureusement, rien ne rattachait ce croquis à Harald. Malgré tout, il y avait de quoi avoir peur. La police ignorait encore qu'il était un criminel mais elle connaissait son crime.

Il arriva enfin devant sa maison. Le presbytère, ainsi que le temple, était bâti dans le style local, avec des briques peintes en rouge qui descendaient assez bas au-dessus des fenêtres, comme un chapeau tiré sur les yeux pour se protéger de la pluie. Le fronton de la porte d'entrée s'ornait des bandes obliques noire, blanche et verte, traditionnelles.

Harald contourna la maison pour regarder dans la cuisine à travers les losanges de la fenêtre. Sa mère était seule. Il l'examina un moment en se demandant quelle jeune fille elle était à son âge. Aussi loin que remontaient ses souvenirs, elle lui avait toujours paru fatiguée ; mais elle avait dû être jolie autrefois.

À en croire la légende familiale, Bruno, le père de Harald, avait gardé jusqu'à trente-sept ans la réputation d'un célibataire endurci, qui se consacrait entièrement à sa petite congrégation. Là-dessus, il avait rencontré Lisbeth, de dix ans sa cadette, et il en était tombé amoureux. Si éperdument que, pour avoir l'air romantique, il avait porté au temple une cravate de couleur et que le consistoire l'avait réprimandé pour cette tenue inconvenante.

Harald observa sa mère penchée sur l'évier pour nettoyer une casserole, et essaya d'imaginer que ses cheveux gris et ternes avaient été jadis d'un noir de jais et que les yeux noisette avaient pétillé d'humour ; que les rides du visage avaient disparu et que ce corps fatigué avait débordé d'énergie. Elle a dû être terriblement sexy, songea Harald, pour avoir détourné les pieuses pensées de père vers les désirs de la chair. Difficile à concevoir.

Il entra, posa sa valise et vint embrasser sa mère.

— Ton père est sorti, dit-elle.

— Où est-il allé ?

— Ove Borking est malade.

Ove était un vieux pêcheur, membre fidèle de la congrégation. Harald était soulagé. Tout ajournement de la confrontation avec son père représentait un sursis.

— Mère, je suis désolé de t'avoir fait de la peine, dit-il, bouleversé par ses yeux pleins de larmes.

— Ton père est mortifié, déclara-t-elle. Axel Flemming a convoqué d'urgence une réunion du consistoire pour discuter de cette affaire.

Harald ne s'étonna pas ; il s'attendait à ce que les Flemming tirent le meilleur parti de l'incident.

— Mais pourquoi as-tu fait cela ? demanda sa mère d'un ton plaintif.

Il n'avait rien à répondre.

Elle lui prépara un sandwich au jambon pour son souper.

— Pas de nouvelles d'oncle Joachim ? interrogea-t-il.

— Rien. Aucune réponse à nos lettres.

Les problèmes de Harald semblaient minimes comparés à ceux de sa cousine Monika, sans le sou et persécutée, ignorant le sort de son père. La visite annuelle des cousins Goldstein avait représenté tout au long de l'enfance de Harald l'événement de l'année. Deux semaines durant, on oubliait l'atmosphère monacale du presbytère qui s'emplissait de gens et de bruit. Le pasteur portait à sa sœur et à la famille de celle-ci une indulgente affection qu'il ne témoignait à personne d'autre, et certainement pas à ses propres enfants : il les regardait avec un sourire bienveillant commettre des péchés – acheter une glace le dimanche, par exemple, aurait valu à ses fils une sévère punition. Pour Harald, les accents de la langue allemande rimaient avec rires, plaisanteries et amusements. Les Goldstein retrouveraient-ils jamais semblables occasions ?

Il alluma la radio pour écouter les nouvelles de la guerre. Elles étaient mauvaises : les Britanniques avaient abandonné leur offensive en Afrique du Nord, essuyant un échec catastrophique : ils avaient perdu la moitié de leurs chars, soit paralysés dans le désert par des pannes mécaniques, soit détruits par les soldats remarquablement entraînés de l'artillerie antichar allemande. L'emprise de l'Axe sur l'Afrique du Nord restait inébranlable. La radio danoise et la BBC donnaient grosso modo la même version.

À minuit, un vol de bombardiers passa, faisant route vers l'est : ils étaient donc anglais. Ces avions constituaient l'ultime recours des Britanniques.

— Ton père risque d'en avoir pour toute la nuit, lui dit sa mère. Tu ferais mieux d'aller te coucher.

Il resta éveillé un long moment, se demandant pourquoi il avait peur. Il avait passé l'âge des corrections ; la colère de son père était certes redoutable, mais jusqu'où pouvaient aller ses réprimandes ? Harald ne se laissait pas facilement intimider. Au contraire, il avait tendance à se cabrer devant l'autorité et à la défier par pur esprit de rébellion.

La courte nuit se terminait et un rectangle d'aube grise se dessina au bord du rideau de sa fenêtre comme dans un cadre. Il sombra dans le sommeil en concluant qu'il redoutait, au fond, non pas d'être lui-même blessé mais de faire souffrir son père.

Une heure plus tard, il fut brutalement tiré de son sommeil : claquement de porte, lumière, le pasteur se tenait auprès du lit, les mains sur les hanches, le menton en avant.

— Comment as-tu osé te conduire ainsi ? cria-t-il.

Harald se redressa sur son séant, battant des paupières devant son père, immense, chauve, vêtu de noir et qui fixait sur son fils le regard de ses yeux bleus qui terrifiait ses fidèles.

— À quoi pensais-tu ? tonna son père. Qu'est-ce qui t'a pris ?

Harald, ne voulant pas rester dans son lit tremblant comme un enfant, rejeta ses couvertures et se leva. Comme le temps était doux, il avait dormi en caleçon.

— Couvre-toi, dit son père. Tu es pratiquement nu.

L'absurdité de cette remarque piqua Harald au vif.

— Si mon caleçon te choque, n'entre pas dans ma chambre sans frapper.

— Sans frapper ? Tu es en train de me dire de frapper dans ma propre maison ?

Harald reconnut une impression familière : son père avait réponse à tout.

— Très bien, maugréa-t-il.

— Mais qu'est-ce qui t'a pris ? Comment as-tu pu te déshonorer ainsi et couvrir de honte ta famille, ton collège et ton temple ?

Harald enfila son pantalon et se tourna vers son père.

— Eh bien ? reprit le pasteur furibond. Vas-tu me répondre ?

— Pardon, je croyais que tu posais des questions de pure forme, ironisa Harald, surpris lui-même par son ton calme et sarcastique.

Son père était furieux.

— N'essaye pas d'invoquer ton éducation pour éluder mes interrogations... Moi aussi, j'ai fréquenté Jansborg.

— Je n'élude rien du tout. Je me demande simplement s'il existe une chance, si infime soit-elle, que tu écoutes ce que j'ai à dire.

Le pasteur leva une main comme pour le frapper. Ce serait un soulagement, se dit Harald en voyant son père hésiter. Que le fils accepte le coup passivement ou qu'il riposte, la violence aurait apporté une sorte de solution.

Mais son père n'était pas disposé à lui faciliter la tâche. Il laissa retomber sa main en déclarant :

— Eh bien, j'écoute. Qu'as-tu donc à dire pour ta défense ?

Harald rassembla ses pensées. Dans le train, il avait répété de nombreuses versions de ce discours dont certaines étaient fort éloquentes, mais il avait maintenant oublié toutes ses fioritures rhétoriques.

— Je regrette d'avoir peinturluré le poste de garde, parce que c'était un geste qui ne rimait à rien, un défi puéril.

— C'est le moins qu'on puisse dire !

Il envisagea un moment de parler à son père de ses rapports avec la Résistance, mais il renonça très vite, préférant éviter de se ridiculiser davantage. D'ailleurs, maintenant que Poul était mort, la Résistance n'existait peut-être plus.

Il se concentra alors sur l'aspect personnel de sa défense.

— Je suis désolé d'avoir déshonoré le collège, parce que Heis est un brave homme. Je suis désolé de m'être enivré, parce que je me suis senti le lendemain matin dans un état épouvantable. Et surtout, je suis désolé d'avoir fait de la peine à ma mère.

— Et à ton père ?

Harald secoua la tête.

— Tu es dans tous tes états parce que Axel Flemming est au courant de cette histoire et qu'il va te mettre le nez dedans. Tu as subi une blessure d'amour-propre, mais je ne crois pas que tu te sois un tant soit peu inquiété à mon sujet.

— L'amour-propre ? rugit son père. Que vient faire l'amour-propre là-dedans ? Je me suis échiné pour que mes fils deviennent des hommes sérieux, convenables, craignant Dieu – et tu m'as laissé tomber.

— Écoute, riposta Harald, exaspéré, ça n'est pas un tel déshonneur. Il arrive à la plupart des hommes de s'enivrer...

— Pas à mes fils !

— ... au moins une fois dans leur vie.

— Mais on t'a arrêté.

— C'était de la malchance.

— C'était de l'inconduite...

— Je n'ai pas été accusé..., le sergent a même ri de ce que j'avais fait en précisant : « Nous ne sommes pas la patrouille anti-plaisantins. » Et je n'ai été renvoyé de l'école que parce que Peter Flemming a menacé Heis.

— Ne t'avise pas de minimiser cette affaire. Aucun des nôtres n'est jamais allé en prison. (Le visage du pasteur changea brusquement. Pour la première fois, il exprimait la tristesse plutôt que la colère.) Et même si personne d'autre au monde que moi n'était au courant, ce serait scandaleux et tragique.

Harald comprit que son père était sincère, ce qui le déconcerta. Bien sûr, le vieil homme était blessé dans son amour-propre, mais il craignait vraiment pour le bien-être spirituel de son fils. Harald regrettait de s'être montré aussi sarcastique.

Mais son père ne lui laissa pas l'occasion de se comporter de manière plus conciliante.

— Reste la question de savoir ce qu'il faut faire de toi.

Harald ne savait pas très bien ce qu'il entendait par là.

— J'ai juste manqué quelques jours de collège, dit-il. Je peux suivre par correspondance le cours préparatoire à l'université.

— Pas du tout, dit son père. Tu ne t'en tireras pas comme ça.

— Que veux-tu dire ? Qu'est-ce que tu comptes faire ? interrogea Harald avec un affreux pressentiment.

— Tu n'iras pas à l'université.

— Qu'est-ce que tu racontes ? Bien sûr que si, fit Harald soudain terrorisé.

— Je ne t'enverrai pas à Copenhague te polluer l'âme avec des liqueurs fortes et de la musique de jazz. Tu viens de me donner la preuve que tu n'étais pas assez mûr pour la ville. Tu resteras ici où je pourrai surveiller ton développement spirituel.

— Mais tu ne peux pas téléphoner à l'université pour dire : « Ne prenez pas ce garçon. » Ils m'ont réservé une place.

— Mais ils ne t'ont pas réservé d'argent.

Harald encaissa le coup.

— Mon grand-père a laissé ce qu'il faut pour mes études.

— Mais il m'a confié le soin de l'administrer. Et je ne te le donnerai pas, ainsi tu ne le dépenseras pas dans des boîtes de nuit.

— Ce n'est pas ton argent... Tu n'as pas le droit !

— Bien sûr que si. Je suis ton père.

Harald était abasourdi. Il n'aurait jamais imaginé cela. C'était la seule punition qui pouvait vraiment lui faire mal. Confondu, il balbutia :

— Mais tu as toujours mis en avant l'importance de l'éducation.

— L'éducation n'est pas la piété.

— Tout de même...

Son père comprit qu'il était vraiment secoué et son attitude s'adoucit quelque peu.

— Il y a une heure, Ove Borking est mort. Il n'avait aucune éducation à proprement parler : c'est à peine s'il pouvait écrire son nom. Il a passé sa vie à travailler sur les bateaux des autres et n'a jamais gagné de quoi acheter un tapis à sa femme. Mais il a élevé trois enfants qui sont de bons croyants et chaque semaine il a fait don au temple d'un dixième de ses maigres gages. Voilà ce que Dieu considère comme une belle vie.

Harald connaissait Ove et l'aimait bien ; sa mort le navrait.

— C'était un homme simple.

— Il n'y a rien de mal dans la simplicité.

— Pourtant, si tous les hommes étaient comme Ove, nous pêcherions encore dans des pirogues.

— Peut-être. Mais tu vas apprendre à être son émule avant de rien faire d'autre.

— Qu'est-ce que cela veut dire ?

— Habille-toi. Mets ta tenue de collégien et une chemise propre. Tu vas travailler, lança-t-il en sortant de la chambre.

Harald fixait la porte close. Et maintenant ?

Hébété, il se lava et se rasa. Que lui arrivait-il ?

Évidemment, il pourrait aller à l'université sans l'aide de son père. Il travaillerait pour subvenir à ses besoins, mais ne pourrait se permettre les leçons particulières considérées par la plupart comme essentielles. Dans ces circonstances, réussirait-il à aller au-delà de l'obtention de ses examens, à réaliser son rêve de devenir un grand physicien, le successeur de Niels Bohr ? Comment y parviendrait-il s'il n'avait pas de quoi acheter des livres ?

Il lui fallait du temps pour réfléchir. En attendant, il devait se plier au projet de son père.

Il descendit et avala machinalement le porridge que sa mère lui avait préparé.

Son père avait sellé Major, un hongre irlandais au dos large assez fort pour les porter tous les deux. Le pasteur monta et Harald s'assit en croupe.

Ils parcoururent l'île dans toute sa longueur, ce qui prit à Major plus d'une heure. Arrivés sur le quai, ils firent boire leur monture à l'abreuvoir et attendirent le ferry. Le pasteur n'avait toujours pas expliqué à Harald où ils allaient.

Le navire accosta et le passeur, voyant le pasteur, porta la main à sa casquette.

— Ce matin de bonne heure, Ove Borking a été rappelé au ciel, lui apprit-il.

— Je m'y attendais, dit le marin.

— C'était un brave homme.

— Paix à son âme.

— Amen.

Aussitôt débarqués sur le continent, ils gravirent la colline jusqu'à la place de la ville. Bien que les magasins ne fussent pas encore ouverts, le pasteur frappa à la porte de la mercerie. Le propriétaire, un certain Otto Sejr, diacre du temple de Sande, qui semblait les attendre, les fit entrer.

Harald inspecta les lieux. Dans les vitrines étaient exposées des pelotes de laine de couleur et sur les rayons des pièces de flanelle, de cotonnade et quelques soies. En dessous, chacun des tiroirs était soigneusement étiqueté : « Ruban blanc », « Ruban fantaisie », « Élastiques », « Boutons chemise », « Boutons corne », « Épingles », « Aiguilles à tricoter ».

L'odeur poussiéreuse de naphtaline et de lavande semblable à celle de la penderie d'une vieille dame raviva soudain un souvenir d'enfance : petit garçon, il attendait sa mère qui achetait du tissu noir pour les chemises d'ecclésiastique de son père.

La boutique paraissait maintenant à l'abandon, sans doute à cause de l'austérité du temps de guerre. Les étagères supérieures étaient vides et Harald ne retrouvait pas l'étonnante palette de couleurs des laines à tricoter dont il avait gardé le souvenir.

Mais que faisait-il ici aujourd'hui ? Son père eut tôt fait de répondre à sa question.

— Frère Sejr a eu la bonté d'accepter de te donner du travail, expliqua-t-il. Tu vas l'aider au magasin : tu serviras les clients et feras tout ton possible pour te rendre utile.

Il contempla son père et resta sans voix.

— Mme Sejr est en mauvaise santé et ne peut plus travailler. Leur fille vient de se marier, elle est allée vivre à Odense. Il a donc besoin d'un assistant, reprit le pasteur comme si c'était l'explication qu'il devait donner.

Harald connaissait depuis toujours ce petit homme chauve, à la courte moustache, pompeux, désagréable et sournois qui, de surcroît, agitait dans sa direction un doigt boudiné pour lui signifier :

— Travaille dur, sois attentif et scrupuleux ; tu apprendras ainsi un bon métier, jeune Harald.

Harald était abasourdi. Pendant deux journées interminables, il avait cherché à imaginer la réaction de son père ; pourtant tout ce qu'il avait échafaudé se situait à cent lieues en dessous de cette condamnation à perpétuité.

Son père échangea une poignée de main avec Sejr en le remerciant puis dit à Harald en partant :

— Tu déjeuneras ici avec la famille et tu rentreras directement à la maison, une fois ton travail terminé. Je te verrai ce soir.

Il s'attarda un moment comme s'il attendait une réponse mais, Harald se taisant, il se décida à sortir.

— Très bien, dit Sejr. Cela te laisse juste le temps avant l'ouverture de prendre un balai dans le placard et d'enlever la poussière en commençant par le fond et en la poussant ensuite par la porte.

Harald se mit au travail, en le voyant balayer d'une seule main, Sejr lança :

— À deux mains, mon garçon !

Harald obéit.

À neuf heures, Sejr accrocha la pancarte « Ouvert » à la porte.

— Quand je voudrai que tu t'occupes d'un client, je dirai : « Avance » et tu t'avanceras, expliqua-t-il. Tu diras : « Bonjour, en quoi puis-je vous être utile ? » Mais observe d'abord la façon dont je m'y prends avec un ou deux clients.

Harald regarda Sejr vendre six aiguilles fichées sur un carton à une vieille femme qui comptait ses pièces avec autant de soin que si elle avait manipulé des couronnes d'or. Puis vint une femme élégamment habillée d'une quarantaine d'années qui acheta deux mètres de galon noir. Ce fut alors au tour de Harald de servir. Le visage de la troisième cliente, une femme aux lèvres minces, lui parut familier. Elle demanda une bobine de fil blanc.

— Sur ta gauche, le tiroir d'en haut, lança Sejr.

Harald trouva le fil. Le prix était marqué au crayon sur la bobine. Il prit l'argent et rendit la monnaie.

— Alors, Harald Olufsen, lança la femme, il paraît que tu t'es vautré dans les délices de Babylone.

Harald rougit. Il n'avait pas l'intention de plaider sa cause devant toutes les commères de la ville au courant de son méfait. Il ne répondit donc rien.

— Rassurez-vous, madame Jensen, susurra Sejr, le jeune Harald sera soumis ici à une meilleure influence.

— Cela lui fera du bien, j'en suis certaine.

Harald se rendit compte que tous deux savouraient pleinement son humiliation.

— Ce sera tout ? demanda-t-il.

— Oui, merci, dit Mme Jensen, sans esquisser pourtant le moindre geste pour s'en aller. Alors, tu n'iras pas à l'université ?

— Monsieur Sejr, où sont les toilettes ? demanda Harald en tournant les talons.

— Au fond, au premier.

Dans son dos, il entendit Sejr qui disait sur un ton d'excuse :

— Naturellement, il est gêné.

— Il y a de quoi, renchérit la femme.

Harald monta dans l'appartement situé au-dessus du magasin. Mme Sejr, en robe de chambre rose matelassée, lavait les tasses du petit déjeuner.

— Je n'ai que quelques harengs pour le déjeuner, dit-elle. J'espère que tu ne manges pas beaucoup.

Il s'attarda un moment dans la salle de bains, suffisamment pour que, à son grand soulagement, Mme Jensen ait abandonné la partie.

— Il est naturel que les gens se montrent curieux ; tu devras rester poli en toutes circonstances.

— Ma vie ne regarde en rien Mme Jensen, rétorqua Harald, furieux.

— Mais c'est une cliente et la cliente a toujours raison.

La matinée se déroula à une lenteur insupportable. Sejr vérifia l'inventaire, passa des commandes, fit ses comptes et répondit à des coups de téléphone. Harald, quant à lui, censé attendre debout le prochain client qui franchirait le seuil, eut largement le temps de réfléchir. Son destin était-il vraiment tracé? Voué sa vie durant à la mercerie? Totalement impensable.

Au milieu de la matinée, quand Mme Sejr leur apporta une tasse de thé, il savait déjà qu'il ne passerait pas le reste de l'été dans cet endroit et, à l'heure du déjeuner, qu'il ne tiendrait même pas jusqu'à la fin de la journée.

Enfin Sejr accrocha la pancarte « Fermé ».

— Je vais faire un tour, le prévint Harald.

— Mais Mme Sejr nous a préparé à déjeuner.

— Elle m'a dit qu'elle n'avait pas assez de provisions, expliqua Harald en ouvrant la porte.

— Tu n'as qu'une heure, lui cria Sejr. Ne sois pas en retard!

Harald redescendit la colline et prit le ferry.

Il fit la traversée jusqu'à Sande et suivit la plage en direction du presbytère. Il éprouvait une sensation étrange en regardant les dunes, les kilomètres de sable humide et la mer infinie, comme le sentiment poignant de perdre quelque chose, même si ce paysage était pour lui aussi familier que le reflet de son visage dans le miroir. Il avait envie de pleurer et il comprit soudain pourquoi : il avait, presque à son insu, décidé de partir dès aujourd'hui.

Puis il s'expliqua sa décision : rien ne l'obligeait à prendre le travail qu'on lui avait choisi. Mais, après avoir bravé son père, il ne pouvait pas continuer à vivre à la maison. Il devait partir.

Tout en marchant sur le sable, il se rendit compte que l'idée de désobéir à son père ne l'effrayait plus, que cela n'avait rien de dramatique. De quand datait ce changement? De l'instant où le pasteur avait annoncé qu'il conserverait l'argent que son grand-père lui avait laissé. Cette trahison révoltante entachait leur relation. Désormais il ne pouvait plus faire confiance à son père pour veiller sur ses intérêts. Il devrait se débrouiller tout seul.

Quel dénouement décevant! Il venait de découvrir les carences de la Bible et à quel point il avait jadis été crédule.

Le cheval ne se trouvant pas au paddock, Harald conclut à l'absence de son père, retourné probablement chez les Borking prendre des dispositions pour l'enterrement d'Ove. Il entra par la porte de la cuisine où sa mère épluchait des pommes de terre. Elle parut effrayée de le voir. Il l'embrassa, mais ne donna aucune explication.

Il monta dans sa chambre et prépara sa valise comme s'il allait au collège. Sa mère le regardait du seuil de la chambre, s'essuyant machinalement les mains sur un torchon. À la vue de son visage triste et sillonné de rides, il s'empressa de détourner les yeux.

— Où penses-tu aller ? lui demanda-t-elle au bout d'un moment.

— Je ne sais pas.

Il songea à son frère. Passant dans le bureau de son père, il appela Arne à l'école de pilotage et lui expliqua ce qui s'était passé.

— Le paternel a poussé le bouchon trop loin, estima Arne. S'il t'avait trouvé un boulot dur, nettoyer le poisson à la conserverie par exemple, tu aurais tenu le coup rien que pour prouver que tu es un homme.

— Probablement.

— Mais une boutique... Notre père se conduit parfois comme un idiot. Où comptes-tu aller maintenant ?

Jusqu'à cet instant, Harald n'avait pris aucune décision, mais une soudaine inspiration lui vint.

— À Kirstenslot, dit-il. Chez Tik Duchwitz. Mais ne le dis pas à père. Je ne veux pas qu'il vienne me chercher.

— Le vieux Duchwitz le lui dira.

Bien raisonné, admit Harald. Le respectable père de Tik n'exprimera aucune sympathie à l'égard d'un fugitif amateur de boogie et barbouilleur de slogans. Mais le monastère en ruine servait de dortoir aux ouvriers saisonniers de la ferme.

— Je dormirai au vieux monastère, précisa-t-il. Le père de Tik ne s'apercevra même pas de ma présence.

— Comment te nourriras-tu ?

— Je trouverai peut-être un travail à la ferme. En été, ils emploient des étudiants.

— Tik est encore au collège, je présume.

— Mais sa sœur pourrait m'aider.

— Je la connais, elle est sortie deux ou trois fois avec Poul. Karen.

— Seulement deux ou trois fois ?

— Oui. Pourquoi... Elle t'intéresse ?

— Je ne suis pas son genre.

— Sans doute pas.

— Qu'est-il arrivé à Poul... exactement ?

— C'est à cause de Peter Flemming.

— Peter ?

Mads Kirke n'avait pas mentionné son nom.

— Il est venu dans une voiture pleine de flics chercher Poul qui a essayé de s'enfuir à bord de son Tigre. Peter lui a tiré dessus, l'avion s'est écrasé et a pris feu.

— Bonté divine ! Tu l'as vu ?

— Non, mais un de mes mécaniciens a assisté à la scène.

— Mads m'a raconté l'histoire, mais il ne savait pas tout. Alors, c'est Peter Flemming qui a tué Poul. Quelle horreur !

— N'en parle pas trop, ça pourrait t'attirer des ennuis. Ils essaient de faire passer ça pour un accident.

— D'accord.

Harald remarqua qu'Arne ne disait pas *pourquoi* la police était venue chercher Poul. Et Arne avait dû remarquer que Harald ne le lui avait pas demandé.

— Préviens-moi quand tu seras à Kirstenslot, et appelle-moi si tu as besoin de quoi que ce soit.

— Merci.

— Bonne chance, petit.

Le pasteur arriva à l'instant même où Harald lâchait le combiné.

— De quel droit téléphones-tu d'ici ?

— Mon salaire de la matinée réglera la communication, réclame-le à Sejr.

— Je ne veux pas d'argent, je veux savoir pourquoi tu n'es pas au magasin.

— Je ne suis pas fait pour travailler dans une mercerie.

— Tu ne sais pas pour quoi tu es fait.

— C'est possible, admit Harald en sortant.

Il alla jusqu'à l'atelier et alluma la chaudière de sa motocyclette. En attendant que la vapeur monte en pression, il entassa de la tourbe dans le side-car. Il ne savait pas combien il lui en faudrait pour aller jusqu'à Kirstenslot, aussi prit-il toutes les provisions. Puis il revint à la maison pour récupérer sa valise.

Son père l'entraîna dans la cuisine.

— Où as-tu l'intention d'aller ?

— Je préférerais ne pas le dire.

— Je t'interdis de partir.

— Tu ne peux vraiment plus rien m'interdire, père, répliqua tranquillement Harald. Puisque tu n'es plus disposé à m'entretenir et que tu sabotes sciemment mes études, j'estime malheureusement que tu as perdu le droit de me dire ce que je dois faire.

— Tu dois me dire où tu vas, insista le pasteur, décontenancé.

— Non.

— Et pourquoi ?

— Si tu ne sais pas où me trouver, tu ne pourras pas contrarier mes projets.

Le pasteur parut mortellement blessé et Harald en éprouva soudain du regret : il ne cherchait pas à se venger et le désarroi de son père ne lui procurait aucune satisfaction ; cependant il craignait, en laissant prise au moindre remords, que sa résolution ne s'évanouît et qu'il ne renonçât à son départ. Il détourna donc la tête et sortit.

Attachant sa valise à l'arrière de la moto, il poussa l'engin dehors. Sa mère traversa la cour en courant et lui fourra un paquet dans les mains.

— Des provisions, dit-elle, en larmes.

Il les déposa dans le side-car, sur la tourbe. Comme il enfourchait son engin, elle se jeta à son cou.

— Ton père t'aime, Harald. Tu comprends cela ?

— Oui, mère, je crois que oui.

Elle l'embrassa.

— Donne-moi de tes nouvelles. Téléphone ou envoie une carte postale.

— D'accord.

— Tu promets ?

— Promis.

Elle le lâcha et il démarra.

12.

Peter Flemming déshabillait sa femme devant le miroir ; passive et immobile, belle et pâle, une statue de chair tiède. Il lui ôta sa montre-bracelet et son collier, puis de ses grands doigts rendus experts par des heures de pratique, défit patiemment les agrafes de sa robe. Avec un froncement de sourcils désapprobateur, il remarqua une tache sur le côté comme si, après avoir touché quelque chose de poisseux, elle s'était essuyé la main sur sa hanche. En général, elle ne se salissait pas. Il fit passer la robe par-dessus sa tête en prenant soin de ne pas la décoiffer.

Inge demeurait ravissante, autant que la première fois où il l'avait vue dévêtue : elle souriait, et lui disait des mots tendres, ardente malgré un soupçon d'appréhension. Aujourd'hui, son visage était vide.

Il accrocha la robe dans la penderie puis lui retira son soutien-gorge. Il avala sa salive en s'efforçant de ne pas regarder ses seins, ronds et pleins, aux bouts très pâles, presque invisibles. Il la fit s'asseoir sur le tabouret de la coiffeuse, la déchaussa, dégrafa ses bas qu'il roula le long de ses jambes et lui ôta son porte-jarretelles. Puis il la fit se relever pour lui enlever sa culotte. En découvrant la toison blonde et bouclée entre ses cuisses, il sentit le désir monter en lui. Une réaction qui l'écœurait.

Il savait que, s'il en avait envie, il pouvait avoir des rapports avec elle. Elle s'allongerait, inerte, et le subirait avec une totale impassibilité, comme elle acceptait tout ce qui lui arrivait.

Pourtant il ne se décidait pas. Il avait essayé une fois, peu de temps après son retour de l'hôpital, pensant que cela ranimerait peut-être en elle une étincelle de conscience ; mais cette idée l'avait révolté et au bout de quelques secondes, il s'était arrêté. Maintenant, le désir revenait et il devait lutter pour le réprimer, même s'il savait qu'y céder ne lui apporterait aucun soulagement.

D'un geste rageur, il jeta les dessous dans la corbeille à linge. Elle ne bougea pas tandis qu'il ouvrait un tiroir pour y prendre une chemise de coton blanc brodée de petites fleurs, un cadeau de sa mère à Inge. La désirer elle, tellement innocente dans sa nudité, paraissait à Peter aussi coupable que de désirer une enfant. Il posa la chemise au-dessus de la tête d'Inge et lui introduisit les bras à l'intérieur tout en la faisant glisser le long de son dos. Il regarda le résultat dans la glace : le dessin des fleurs lui allait bien et la rendait encore plus jolie. Il crut voir ses lèvres frémir dans un léger sourire – son imagination sans doute.

Il l'emmena dans la salle de bains avant de la mettre au lit. Tandis qu'à son tour il se déshabillait, il s'observa dans le miroir. Une longue cicatrice lui traversait le ventre, souvenir d'un samedi soir où, jeune policier, il était intervenu dans une bagarre. Moins athlétique que dans sa jeunesse, il avait néanmoins conservé une belle forme physique. Combien de temps encore avant qu'une femme ne pose sur sa peau des mains avides ?

Il enfila son pyjama mais, comme il n'avait pas sommeil, il décida de retourner dans le salon pour fumer une cigarette. Inge était allongée, immobile, les yeux grands ouverts. Si elle bougeait, il l'entendrait. Il sentait en général quand elle avait besoin de quelque chose. Elle se redressait simplement et attendait, comme si elle n'arrivait pas à se rappeler ce qu'il fallait faire ensuite ; ce serait à lui de deviner ce qu'elle désirait : un verre d'eau, aller aux toilettes, un châle pour se couvrir les épaules ou quelque chose de plus compliqué. Parfois, elle se déplaçait dans l'appartement, apparemment sans but, mais pour s'arrêter bientôt, désemparée devant une fenêtre, une porte close ou au beau milieu d'une pièce.

Il prit soin de laisser ouvertes les deux portes entre la chambre et le salon. Il attrapa ses cigarettes puis, cédant à une envie soudaine, il saisit une bouteille d'aquavit à moitié vide pour s'en verser une rasade. En dégustant l'alcool à petites gorgées et en fumant, il récapitula la semaine passée.

Si elle avait bien débuté, elle s'était mal terminée. Il avait commencé par mettre hors d'état de nuire Ingemar Gammel et Poul Kirke, deux espions qui surclassaient nettement son gibier habituel de meneurs syndicaux intimidant les briseurs de grève ou de communistes envoyant des lettres codées à Moscou pour prévenir que le Jutland était mûr pour la révolution. Gammel et Kirke étaient de véritables espions ; en outre les croquis que Tilde Jespersen avait découverts dans le bureau du pilote constituaient d'importants renseignements militaires.

L'étoile de Peter semblait à son apogée, à tel point que certains de ses collègues commençaient même à lui battre froid, désapprouvant sa coopération enthousiaste avec l'occupant allemand. Peu lui importait. Le général Braun l'avait fait venir pour lui dire que, à son avis, c'était lui, Peter, qui devrait diriger le service de sécurité, sans préciser ce qu'il adviendrait de Frederik Juel. Il avait clairement laissé entendre que si Peter parvenait à boucler cette affaire, le poste était à lui.

La mort de Poul Kirke était regrettable car on n'apprendrait jamais qui étaient ses collaborateurs, d'où il recevait ses ordres ni comment il envoyait ses renseignements aux Anglais. Gammel, toujours en vie, avait été remis à la Gestapo pour un « interrogatoire poussé » dont il n'était sorti rien de plus, sans doute parce qu'il ne savait rien.

Peter avait poursuivi l'enquête avec son énergie et sa détermination habituelles. Il avait interrogé le supérieur de Poul, le dédaigneux commandant Renthe, posé des questions à ses parents, à ses amis et même à son cousin Mads, sans rien obtenir. Il avait chargé des inspecteurs de filer Karen Duchwitz, la petite amie de Poul, qui semblait bien jusque-là l'étudiante assidue de l'école de ballet qu'elle prétendait être. Peter avait également mis sous surveillance Arne Olufsen, le meilleur ami de Poul ; il représentait la piste la plus prometteuse car il aurait fort bien pu dessiner les croquis de la base militaire de Sande. Mais non, il avait vaqué toute la semaine à sa tâche. Aujourd'hui vendredi, il avait pris le train pour Copenhague, ce qui n'avait rien d'exceptionnel.

Après un brillant démarrage, l'affaire piétinait.

Seule satisfaction, l'humiliation de Harald. Pourtant il ne se livrait pas à l'espionnage, Peter en était certain ; en effet quand on risque sa vie comme espion, on ne s'amuse pas à badigeonner des slogans stupides.

Peter se demandait dans quelle direction pousser son enquête quand on frappa à la porte.

L'horloge posée sur la cheminée indiquait vingt-deux heures trente. Sans être très tardive, l'heure était quand même inhabituelle pour une visite imprévue et le visiteur ne serait sûrement pas surpris de le trouver en pyjama. Il s'avança dans le vestibule et ouvrit la porte : Tilde Jespersen était plantée sur le paillasson, un béret bleu pâle posé sur ses boucles blondes.

— Les choses ont progressé, annonça-t-elle, et je crois que nous devrions en discuter.

— Bien sûr. Entrez donc. Vous voudrez bien excuser ma tenue.

Elle jeta en souriant un coup d'œil aux motifs du pyjama.

— Des éléphants, dit-elle en s'avançant dans le salon. Je n'aurais pas deviné.

Gêné, il regretta de ne pas avoir passé une robe de chambre, même s'il faisait trop chaud pour cela.

— Où est Inge ? demanda Tilde en s'asseyant.

— Au lit. Voulez-vous un peu d'aquavit ?

— Merci, volontiers.

Il alla prendre un verre et les servit tous les deux.

Elle croisa les jambes – genoux ronds et mollets bien en chair –, très différentes de celles, longues et minces, d'Inge.

— Arne Olufsen, annonça-t-elle, a réservé une place sur le ferry de demain à destination de l'île de Bornholm.

Peter, qui s'apprêtait à porter le verre à ses lèvres, s'arrêta dans son geste.

— Bornholm, murmura-t-il.

Cette station balnéaire danoise si proche de la côte suédoise serait-elle le coup de chance qu'il attendait ? Tilde prit une cigarette et il lui donna du feu. Soufflant un nuage de fumée, elle reprit :

— Bien sûr, peut-être a-t-il tout simplement droit à quelques jours de permission.

— Tout à fait. Mais peut-être projette-t-il de s'enfuir en Suède.

— C'est ce que je pensais.

Peter avala une gorgée d'un air satisfait.

— Qui le file maintenant ?

— Dresler. Il m'a relevée il y a un quart d'heure. Je suis venue directement ici.

Peter s'obligea au scepticisme : la tentation était grande, au cours d'une enquête, de se laisser entraîner en prenant ses désirs pour des réalités.

— Pourquoi Olufsen aurait-il envie de quitter le pays ?

— Effrayé par le sort de Poul Kirke ?

— Il n'en avait pas l'air ; il a travaillé jusqu'à aujourd'hui apparemment sans souci.

— Et s'il venait juste de s'apercevoir que nous le surveillons ?

— Tôt ou tard, fit Peter en hochant la tête, ça leur arrive toujours.

— Oui, mais il pourrait se rendre à Bornholm pour espionner, sur ordre des Anglais...

— Qu'y a-t-il à Bornholm ? demanda Peter, toujours dubitatif.

— Et si c'était la question à laquelle ils veulent une réponse, suggéra Tilde en haussant les épaules. À moins qu'il ne s'agisse d'un rendez-vous. N'oubliez pas que s'il peut aller de Bornholm en Suède, le trajet dans l'autre sens est tout aussi facile.

— Bien vu.

Ses idées sont très claires et elle ne néglige aucune possibilité, songeait-il en notant l'intelligence de ses yeux d'un bleu limpide. Il regardait aussi, fasciné, le mouvement de ses lèvres. Elle ne semblait pas remarquer son examen attentif.

— La mort de Kirke a probablement rompu leur ligne normale de communication ; ils mettent en œuvre un plan de secours.

— Je ne suis pas convaincu... Il n'y a qu'un seul moyen de le savoir.

— Continuer à filer Olufsen ?

— Exactement. Dites à Dresler de prendre le ferry avec lui.

— Olufsen dispose d'une bicyclette, dois-je dire à Dresler d'en avoir une aussi ?

— Tout à fait. Et puis réservez-nous un billet d'avion pour Bornholm. Ainsi, nous arriverons les premiers.

— Très bien, conclut-elle en écrasant sa cigarette avant de se lever.

Peter ne souhaitait pas qu'elle parte. L'aquavit lui chauffait le ventre, il se sentait détendu et il appréciait cette occasion de bavarder avec une jolie femme. Mais aucune excuse valable pour la retenir ne lui venait à l'esprit.

Il la suivit dans le vestibule.

— Alors, dit-elle, je vous retrouve à l'aéroport.

— Oui. (Il posa la main sur le bouton de porte, mais ne le tourna pas.) Tilde...

Elle tourna vers lui un visage sans expression.

— Oui ?

— Merci. Bon travail.

Elle lui effleura la joue.

— Dormez bien, dit-elle sans esquisser le moindre mouvement pour partir.

Il la regarda. On voyait aux commissures de ses lèvres l'ombre d'un sourire – invite ou moquerie ? Il se pencha vers elle ; l'instant d'après il l'embrassait.

Elle lui rendit son baiser avec une ardeur passionnée qui le surprit : attirant sa tête contre la sienne, elle avait enfoncé la langue dans sa bouche. Alors il happa un sein moelleux avec une certaine brutalité : elle poussa un petit gémissement et plaqua ses hanches contre lui.

Du coin de l'œil, il perçut un mouvement : il interrompit son baiser et tourna la tête. Inge se tenait sur le seuil de la chambre, tel un fantôme, dans sa chemise de nuit. Le visage toujours aussi inexpressif, elle les regardait droit dans les yeux. Peter exhala une sorte de sanglot.

Tilde échappa à son étreinte ; il essaya en vain de lui parler. Elle ouvrit la porte de l'appartement et sortit. En un instant elle disparut.

La porte claqua derrière elle.

La compagnie danoise DDL assurait la liaison quotidienne Copenhague-Bornholm. Ayant décollé à neuf heures du matin, l'appareil se posa une heure plus tard sur l'aérodrome à moins de deux kilomètres de Ronne, principale ville de Bornholm. Peter et Tilde furent accueillis par le chef de la police locale qui leur prêta une voiture comme s'il leur confiait les joyaux de la couronne.

Ils roulèrent jusqu'à la ville, bourgade ensommeillée où l'on croisait plus de chevaux que d'automobiles. Les maisons à colombages étaient peintes dans des couleurs sombres : moutarde, ocre, vert et rouille. Sur la place centrale, deux soldats allemands fumaient en bavardant avec les passants. De là, une rue pavée descendait jusqu'au port où mouillait un torpilleur de la Kriegsmarine sous les yeux ébahis de quelques petits garçons. Peter repéra le bureau du ferry en face du bâtiment des douanes, la plus grande construction de la ville.

Peter et Tilde se familiarisèrent un moment avec les rues puis revinrent au port dans l'après-midi pour prendre le bateau. Ni l'un ni l'autre n'avait fait allusion au baiser de la veille, mais Peter ressentait intensément la présence de Tilde : le discret parfum fleuri, les yeux bleus au regard vif et cette bouche qui l'avait embrassé avec tant de fièvre. En même temps, il ne cessait de se rappeler Inge debout sur le seuil de la chambre, son pâle visage sans expression, reproche plus torturant que n'importe quelle accusation précise.

— J'espère que nous avons raison et qu'Arne est un espion, soupira Tilde au moment où le ferry entrait dans la rade.

— Vous n'avez pas perdu votre enthousiasme pour ce travail ?

— Qu'est-ce qui vous fait dire ça ? répliqua-t-elle.

— Notre discussion à propos des Juifs.

— Oh, ça, fit-elle avec un haussement d'épaules. Vous aviez raison, n'est-ce pas ? Vous l'avez prouvé, puisque cette descente à la synagogue – que vous vouliez – nous a menés à Gammel.

— Peut-être aussi que cette mort de Kirke... horrible...

— Mon mari aussi est mort, rétorqua-t-elle sèchement. Ça ne me gêne pas de voir mourir des criminels.

Elle était plus dure qu'il ne l'avait cru. Il dissimula un sourire ravi.

— Vous resterez donc dans la police.

— Je ne me vois pas d'autre avenir. Et si je devenais la première femme promue sergent ?

Peter en doutait, car il lui paraissait bien improbable que des hommes acceptent de recevoir des ordres d'une femme. Mais il n'en dit rien.

— Braun m'a pratiquement promis de l'avancement si je réussis à arrêter ce réseau d'espions.

— Quel avancement ? demanda Tilde.

— Directeur du service. À la place de Juel.

Et un homme qui, à trente ans, dirige le service de la sécurité peut fort bien finir à la tête de la police de Copenhague, se dit-il. Son cœur se mit à battre plus fort en songeant aux mesures énergiques qu'il imposerait avec l'appui des nazis.

Tilde le regarda en souriant puis, posant une main sur son bras, elle ajouta :

— Alors nous ferions mieux de les attraper tous.

Le ferry accosta et les passagers commencèrent à débarquer.

— Vous connaissez Arne depuis l'enfance, reprit Tilde en observant le débarquement. A-t-il l'étoffe d'un espion ?

— Je dirais que non, admit Peter, il est trop insouciant.

— Oh, fit Tilde, navrée.

— À vrai dire, sans sa fiancée anglaise, je l'aurais écarté de ma liste comme suspect.

— Ça collerait rudement bien, s'exclama-t-elle, son visage s'éclairant.

— Je ne sais pas s'ils sont toujours fiancés. Quand les Allemands sont arrivés, elle est retournée dare-dare en Angleterre. Mais c'est quand même une possibilité.

Une centaine de passagers descendirent, les uns à pied, quelques-uns en voiture, beaucoup avec des bicyclettes. L'île ne dépassant pas les trente kilomètres d'une extrémité à l'autre, le vélo était la façon la plus simple de se déplacer.

— Là, dit Tilde en tendant le bras.

Arne Olufsen débarquait en uniforme. Il poussait son vélo.

— Mais où est Dresler ?

— Quatre personnes derrière.

— Je le vois.

Peter chaussa ses lunettes de soleil, rabattit le bord de son chapeau et mit le moteur en marche. Arne prit à vélo la direction du centre de la ville et Dresler l'imita. Peter et Tilde suivirent lentement dans la voiture.

Arne choisit la sortie nord de la ville. Peter commençait à se sentir voyant. Les voitures étaient rares et il devait rouler lentement pour ne pas dépasser les vélos. Bientôt il dut se laisser distancer de crainte qu'on ne le remarque. Au bout de quelques minutes, il accéléra de nouveau jusqu'au moment où il aperçut Dresler et ralentit une nouvelle fois. Deux soldats allemands les dépassèrent avec un side-car; Peter regretta de ne pas avoir emprunté une moto plutôt qu'une voiture.

À quelques kilomètres de la ville, il ne restait plus qu'eux sur la route.

— Ça n'est pas possible, s'inquiéta Tilde. Il va sûrement nous repérer.

Peter acquiesça. Elle avait raison, mais il venait de penser à quelque chose.

— Oui et c'est à ce moment-là que sa réaction sera extrêmement révélatrice.

Elle lui lança un regard interrogateur, mais il ne donna aucune explication.

Il reprit de la vitesse. À la sortie d'un virage, il aperçut Dresler accroupi dans les fourrés qui bordaient la route et, à une centaine de mètres, Arne, assis sur un mur, qui fumait une cigarette. Peter n'eut pas le choix : il continua donc, sur un peu plus d'un kilomètre, puis recula dans un chemin de ferme.

— À votre avis, il nous surveillait ou il se reposait simplement ?

Peter haussa les épaules.

Quelques minutes plus tard, Arne passa à bicyclette, suivi de Dresler. Peter reprit la route.

Le jour tombait. Cinq kilomètres plus loin, à un carrefour, ils tombèrent sur Dresler, perplexe; il avait perdu la trace d'Arne. Dresler s'approcha de la portière de la voiture, l'air consterné.

— Je suis désolé, chef, il a poussé une pointe de vitesse et je l'ai perdu de vue. Je ne sais pas quelle direction il a prise.

— Bon sang, fit Tilde. Il avait dû prévoir le coup. Il connaît sûrement la route.

— Je suis désolé, répéta Dresler.

— Autant pour votre promotion, murmura Tilde... et pour la mienne.

— Pas de pessimisme, c'est plutôt une bonne nouvelle.

— Que voulez-vous dire ? s'étonna Tilde, interloquée.

— Quand un innocent se croit suivi, que fait-il ? Il s'arrête, se retourne et demande : « Qu'est-ce qui vous prend de me suivre comme ça ? » Seul un coupable sème délibérément les gens qui le surveillent. Ne comprenez-vous pas ? Cela signifie que nous avions raison : Arne Olufsen est un espion.

— Mais nous l'avons perdu.

— Oh, ne vous en faites pas. Nous le retrouverons.

Ils s'installèrent pour la nuit dans un hôtel du bord de mer. Peter, en sortant de la salle de bains située au bout du couloir, passa devant la chambre de Tilde. Il était minuit et il portait une robe de chambre sur son pyjama.

— Entrez, répondit-elle au coup frappé sur la porte.

Elle était assise dans le lit étroit, vêtue d'une chemise de nuit de soie bleu clair, et lisait un roman américain, *Autant en emporte le vent.*

— Vous ne saviez pas qui frappait, observa-t-il.

— Si.

Son regard d'inspecteur nota le rouge sur les lèvres, les cheveux brossés avec soin et le parfum flottant dans l'air comme si elle s'était préparée pour une sortie. Il lui posa un baiser sur les lèvres et elle lui caressa la nuque. Puis il se tourna vers la porte pour s'assurer qu'il l'avait fermée.

— Elle n'est pas là, dit Tilde.

— Qui donc ?

— Inge.

Il se remit à l'embrasser mais pour réaliser, au bout de quelques instants, qu'il n'était pas excité. Il s'assit alors au bord du lit.

— C'est la même chose pour moi, murmura-t-elle.

— Quoi donc ?

— Je n'arrête pas de penser à Oskar.

— Il est mort.

— Ce pourrait être le cas d'Inge... Je vous demande pardon, s'excusa-t-elle le sentant tressaillir. Mais c'est vrai. Je pense à mon mari, vous pensez à votre femme et ils s'en fichent l'un comme l'autre.

— Ce n'était pas comme ça hier soir, chez moi.

— Nous ne nous étions pas laissé le temps de réfléchir.

C'est ridicule, songea-t-il. Dans ma jeunesse, j'étais capable de séduire autant de femmes que je voulais et de les satisfaire. J'ai perdu la main ?

Il ôta sa robe de chambre et se coula dans le lit auprès d'elle. Elle était tiède et accueillante et, sous la chemise de nuit, son corps potelé était doux à caresser. Pourtant la passion de la nuit précédente ne se raviva pas ; ils se contentèrent de rester allongés côte à côte dans l'obscurité.

— Ça ne fait rien, dit-elle. Il faut laisser le passé derrière ; c'est difficile pour vous.

Il lui donna encore un bref baiser, puis se leva et retourna dans sa chambre.

13.

Harald ne se lamentait pas sur son sort car, désormais et malgré l'anéantissement de tous ses projets d'avenir, le soutenait l'idée fixe de renouer connaissance avec Karen Duchwitz. Il revoyait sa peau blanche, ses cheveux flamboyants, sa démarche de ballerine et rien ne lui paraissait alors plus important que de la revoir.

Le Danemark est certes un charmant petit pays mais, à trente kilomètres à l'heure, il peut prendre des allures de désert sans fin. Avec son moteur fonctionnant à la tourbe, la moto de Harald mit un jour et demi pour traverser le pays dans sa largeur jusqu'à Kirstenslot.

Diverses pannes ralentirent encore sa progression à travers le paysage monotone : une crevaison au bout de cinquante kilomètres, puis sur le pont reliant la péninsule du Jutland à l'île centrale de Fyn, une rupture de la chaîne. À l'origine, la transmission de la Nimbus se faisait par cardan, mais à cause de la difficulté pour le relier à un moteur à vapeur, Harald avait récupéré une chaîne et des pignons sur une vieille tondeuse ; il fut donc obligé de pousser sa moto sur trois kilomètres jusqu'à un garage où on lui poserait un nouveau maillon. Bien sûr, arrivé sur Fyn, il avait manqué le dernier ferry pour l'île principale de Zealand. Il gara sa machine, dévora les provisions que sa mère lui avait données – trois épaisses tranches de jambon et un morceau de gâteau – et passa une nuit frisquette à attendre sur le quai. En rallumant la chaudière le lendemain matin, il constata une fuite à la soupape de sûreté, qu'il réussit à colmater avec du chewing-gum et un bout de pansement adhésif.

Il arriva à Kirstenslot le samedi en fin d'après-midi. Il ne se rendit pas tout de suite au château malgré sa hâte de retrouver Karen, et il laissa derrière lui le monastère en ruine, l'entrée du parc, le village avec son église, sa taverne et sa gare de chemin de fer, pour gagner directement la ferme où il était allé avec Tik – certain d'y trouver du travail étant donné la saison et sa constitution.

Il gara sa moto le long du grand corps de ferme qui se dressait au fond d'une cour très bien entretenue. Deux fillettes l'observaient. Il pensa qu'il s'agissait de celles du fermier Nielsen, l'homme aux cheveux blancs qu'il avait vu sortir de l'église.

Celui-ci, en pantalon de velours maculé de boue et chemise sans col, fumait la pipe, appuyé à une clôture derrière la maison.

— Bonjour, monsieur Nielsen, le salua-t-il.

— Bonjour, jeune homme, répondit prudemment Nielsen. Qu'est-ce que je peux faire pour toi ?

— Je m'appelle Harald Olufsen. J'ai besoin de travailler et Joseph Duchwitz m'a dit que vous employiez de la main-d'œuvre de passage.

— Pas cette année, fiston.

Harald était consterné, il n'avait même pas envisagé la possibilité d'un refus.

— Je ne renâcle pas au travail...

— Je n'en doute pas, et tu as l'air assez costaud, mais je n'engage personne.

— Pourquoi donc ?

— Mon garçon, rétorqua Nielsen en haussant un sourcil, je pourrais te dire que ce ne sont pas tes affaires, mais j'ai été, moi aussi, un jeune homme effronté, alors je vais te répondre que les temps sont durs, que les Allemands achètent le plus clair de ce que je produis à un prix fixé par eux et qu'il n'y a pas d'argent pour payer de la main-d'œuvre occasionnelle.

— Je travaillerai pour ma nourriture, proposa Harald, désespéré.

Il ne pouvait pas retourner à Sande.

Nielsen le regarda longuement.

— Tu m'as l'air d'être dans le pétrin. Mais t'engager dans ces conditions-là m'attirerait des ennuis avec le syndicat.

La situation semblant désespérée, Harald chercha une autre solution. À Copenhague, il trouverait sans doute du travail mais à coup sûr pas de logement. Rien à faire non plus du côté de son frère qui vivait sur une base militaire où n'étaient même pas acceptés les invités de passage.

— Désolé, fiston, répéta Nielsen en tapant sa pipe contre le haut de la barrière. Viens donc, je vais te raccompagner jusqu'à la route, ajouta-t-il devant son désarroi.

Il me croit sans doute assez désespéré pour voler, se dit Harald, et ils contournèrent la maison jusqu'à la cour.

— Seigneur, qu'est-ce que c'est que ça ? s'exclama Nielsen en apercevant la moto dont la chaudière émettait de petites bouffées de vapeur.

— Ce n'est qu'une motocyclette ordinaire que j'ai bricolée pour qu'elle marche à la tourbe.

— Tu viens de loin là-dessus ?

— De Morlunde.

— Bonté divine ! On dirait que ça va sauter d'une minute à l'autre.

— Cela ne risque absolument rien, déclara-t-il, indigné et vexé. Je m'y connais en moteurs. D'ailleurs, j'ai dépanné un de vos tracteurs il y a quelques semaines. Il y avait une fuite dans l'alimentation en carburant.

Un instant, Harald se demanda si Nielsen n'allait pas se croire obligé de l'engager par gratitude, mais se reprocha aussitôt sa stupidité : comme si la reconnaissance était une monnaie avec laquelle on payait les salaires !

— Qu'est-ce que tu veux dire ? demanda Nielsen en fronçant les sourcils.

Harald jeta dans la chaudière une brique de tourbe.

— J'étais venu passer le week-end à Kirstenslot. Joseph et moi sommes tombés sur un de vos hommes, Frederik, qui essayait de faire démarrer un tracteur.

— Je me rappelle. Alors, c'était toi ?

— Oui, fit-il en enfourchant sa moto.

— Attends une minute. Dans ces conditions, il m'est peut-être possible de t'engager. (Harald n'en croyait pas ses oreilles.)

Un ouvrier non, mais un mécanicien, c'est autre chose. Tu t'y connais en toutes sortes d'engins ?

— Je suis capable de réparer n'importe quoi sur un moteur, affirma-t-il, l'heure n'étant pas à la modestie.

— Une demi-douzaine de mes machines sont immobilisées par manque de pièces détachées. Crois-tu que tu pourrais les faire tourner ?

— Bien sûr.

Nielsen contempla la motocyclette.

— Si tu réussis à faire marcher un engin pareil, tu dois bien pouvoir réparer ma semeuse.

— Pas de problème.

— Parfait, décréta le fermier, je te prends à l'essai.

— Merci, monsieur Nielsen !

— Demain, c'est dimanche, alors sois ici lundi matin à six heures. Nous autres fermiers, nous commençons de bonne heure.

— Je serai là.

— Ne sois pas en retard.

Harald ouvrit le régulateur pour laisser la vapeur entrer dans le cylindre et démarra sans laisser à Nielsen le temps de changer d'avis.

À peine fut-il hors de portée de voix qu'il poussa un cri de triomphe. Il avait un travail – beaucoup plus intéressant que de servir des clients dans une mercerie – et il l'avait trouvé tout seul. Il se sentait plein d'assurance. Il était livré à lui-même, mais il était jeune, vigoureux et intelligent. Il s'en tirerait.

Le jour tombait quand il retraversa le village. Il faillit bien ne pas voir un homme en uniforme de policier qui s'avançait sur la chaussée en lui faisant signe de s'arrêter. Il freina de toutes ses forces, malmenant la chaudière qui lança un nuage de vapeur par la soupape de sûreté. Il reconnut aussitôt le sergent de ville : Per Hansen, le nazi local.

— Qu'est-ce que c'est que cet engin ? demanda Hansen en désignant la moto.

— C'est une motocyclette Nimbus modifiée pour fonctionner à la vapeur, lui répondit Harald.

— Ça m'a l'air bien dangereux.

Harald supportait mal ce genre de fonctionnaire qui se mêlait toujours de tout, mais il s'obligea à répondre poliment.

— Je vous assure, monsieur l'agent, ça ne risque absolument rien. S'agit-il d'une enquête officielle ou voulez-vous simplement satisfaire votre curiosité ?

— Cesse de faire le mariolle, mon garçon. Je t'ai déjà vu, non ?

Harald se dit que ce n'était pas le moment d'attirer l'attention de la police : il avait déjà passé une nuit en prison cette semaine.

— Je m'appelle Harald Olufsen.

— Tu es un ami des Juifs du château.

— Qui sont mes amis ne vous regarde pas, s'emporta Harald, perdant son calme.

— Oh oh ! Vraiment ? dit Hansen avec l'air satisfait de qui est arrivé à ses fins. Je t'ai jaugé, jeune homme, proféra-t-il d'un ton mauvais. Maintenant, je t'aurai à l'œil.

Harald démarra, furieux d'avoir cédé ainsi à la colère. Il avait maintenant un ennemi en la personne du policier local, simplement à cause d'une remarque lancée en passant à propos des Juifs. Quand donc apprendrait-il à éviter les ennuis ?

À quatre cents mètres des grilles de Kirstenslot, il quitta la route pour s'engager sur un chemin de terre qui menait, à travers bois, jusqu'à l'arrière du monastère. On ne pouvait pas le voir de la maison et il était prêt à parier que personne ne travaillerait dans le jardin un samedi soir.

Il arrêta la moto devant l'entrée ouest de la chapelle désaffectée puis traversa le cloître pour pénétrer dans l'église par une porte latérale. Il ne distingua tout d'abord que des formes fantomatiques dans la faible lumière du soir que laissaient passer les hautes fenêtres. Comme ses yeux s'habituaient peu à peu à la pénombre, il reconnut la longue Rolls-Royce sous sa bâche, les caisses de vieux jouets et le biplan Frelon, aux ailes repliées. Personne certainement n'avait mis les pieds là depuis son passage.

Il ouvrit la porte principale, roula sa moto à l'intérieur et referma le battant. Une fois arrêté le moteur à vapeur, Harald se permit un instant de satisfaction : il avait traversé le pays sur sa machine improvisée, trouvé du travail et un abri. À moins d'une immense malchance, il était hors de portée de son père ; mais son frère saurait comment le contacter en cas de nécessité.

En outre, ses chances de rencontrer Karen Duchwitz étaient bonnes ; elle aimait fumer une cigarette sur la terrasse après le dîner et il décida de se mettre à sa recherche. Si M. Duchwitz le remarquait... – non, aujourd'hui il se sentait chanceux.

Dans un coin de l'église, auprès de l'atelier et de l'étagère à outils, il y avait un évier avec un robinet d'eau froide. Cela faisait deux jours que Harald ne s'était pas lavé, aussi ôta-t-il sa chemise pour se nettoyer du mieux possible sans savon. Il rinça la chemise, la mit à sécher à un clou et enfila celle de rechange qu'il avait prise dans son sac.

À vol d'oiseau, huit cents mètres séparaient la grille d'entrée du château mais, évitant ce chemin trop exposé, Harald fit un détour par le bois. Il passa devant les écuries, traversa le potager et, à l'abri d'un cèdre, examina l'arrière de la maison. Grâce aux portes-fenêtres qui donnaient sur la terrasse, il put situer le salon. À côté, se rappela-t-il, la salle à manger. On n'avait pas encore tiré les rideaux pour respecter le black-out car on n'avait pas allumé l'électricité, mais il aperçut le scintillement d'une bougie.

Comme Tik devait être au collège – les élèves de Jansborg n'avaient le droit de rentrer chez eux que tous les quinze jours –, il n'y aurait à table que Karen et ses parents, à moins qu'il n'y eût des invités. Il décida de vérifier.

Traversant la pelouse, il s'approcha à pas de loup de la maison. Un speaker de la BBC annonçait que les forces françaises de Vichy avaient abandonné Damas à un corps expéditionnaire composé de Britanniques, de forces du Commonwealth et de troupes de la France libre. Agréable changement que cette nouvelle venant de Syrie d'un succès britannique ; mais cette victoire, malheureusement, n'aurait certainement aucun retentissement sur le sort de sa cousine Monika à Hambourg. Un coup d'œil par la fenêtre de la salle à manger lui apprit que le dîner était terminé et qu'une domestique débarrassait.

— Qu'est-ce qui vous prend ? lança une voix derrière lui.

Il se retourna brusquement : nimbée par la lumière du soir, Karen avançait sur la terrasse dans sa direction. Son teint pâle avait des reflets lumineux. Sa robe de soie dans des nuances fondues de bleu-vert, longue, et son port de danseuse lui donnaient une allure aérienne. On aurait dit un fantôme.

— Chut ! fit-il.

Dans la pénombre, elle ne le reconnaissait pas.

— Chut ? répéta-t-elle d'un ton indigné et rien moins que fantomatique. Je tombe sur un intrus qui regarde chez moi par une fenêtre et il me dit « chut » ?

On entendit aboyer de l'intérieur.

Est-elle sincèrement scandalisée ou seulement amusée ? s'interrogea Harald.

— Je préfère que votre père ignore que je suis ici ! chuchota-t-il d'un ton pressant.

— C'est de la police que vous devriez vous inquiéter, pas de mon père.

Thor, le vieux setter irlandais, arriva en bondissant, prêt à s'attaquer à un cambrioleur mais, reconnaissant Harald, il lui lécha la main.

— Je suis Harald Olufsen ; je suis venu ici il y a trois semaines.

— Oh... l'amateur de boogie-woogie ! Qu'est-ce que vous faites à rôder sur la terrasse ? Vous êtes venu nous cambrioler ?

Harald, consterné, vit M. Duchwitz s'approcher de la porte-fenêtre pour regarder dehors.

— Karen ? s'enquit-il. Il y a quelqu'un ?

Harald retint son souffle. Karen tenait son sort entre ses mains : si elle le trahissait maintenant, elle pourrait tout gâcher.

— Ce n'est rien, papa... juste un ami, finit-elle par répondre.

M. Duchwitz examina Harald dans l'obscurité mais ne parut pas le reconnaître ; au bout d'un moment, il grommela quelque chose et rentra dans la maison.

— Merci, murmura Harald.

Karen s'assit sur un muret et alluma une cigarette.

— Je vous en prie. Dites-moi plutôt à quoi tout cela rime.

La robe était assortie à ses yeux verts, qui brillaient dans son visage comme s'ils étaient éclairés de l'intérieur. Il s'assit en face d'elle.

— Je me suis disputé avec mon père et j'ai quitté la maison.

— Pourquoi êtes-vous venu ici ?

L'une des raisons qui l'avait poussé, c'était Karen elle-même, mais il décida de n'en rien dire.

— J'ai trouvé du travail chez le fermier Nielsen : je répare ses tracteurs et ses machines.

— Vous avez de la ressource. Où habitez-vous ?

— Hum... Dans le vieux monastère.

— Et présomptueux, avec ça.

— Je sais.

— J'imagine que vous avez apporté des couvertures et des affaires.

— À vrai dire, non.

— La nuit, il peut faire frisquet.

— Je survivrai.

— Hum...

Elle fuma un moment sans rien dire, regardant la nuit installer un voile de brume sur le jardin. Harald la dévorait des yeux, fasciné par le jeu du crépuscule sur la bouche large, le nez légèrement aquilin et la masse des cheveux raides ; il jugeait l'ensemble d'une beauté ensorcelante. Il regarda ses lèvres pleines qui soufflaient la fumée. Elle finit par jeter sa cigarette dans un massif puis se leva.

— Eh bien, bonne chance, lança-t-elle en rentrant dans le salon dont elle ferma les portes-fenêtres derrière elle.

Voilà qui est abrupt, se dit Harald, dépité. Il aurait volontiers bavardé avec elle toute la nuit, mais cinq minutes lui avaient suffi, à elle. Il se rappela comment elle l'avait tour à tour accueilli avec chaleur puis repoussé lors du week-end. Peut-être s'agissait-il d'un jeu pour elle. À moins que cela ne soit le reflet des sentiments indécis qu'elle éprouvait à son égard – même instables, il était preneur.

Il regagna le monastère. L'air de la nuit fraîchissait déjà : Karen avait raison, il ferait frisquet. Le sol dallé de l'église suait le froid et l'humidité. Il regretta de ne pas avoir pensé à emporter une couverture.

Du regard, il chercha ce qui pourrait constituer un lit. La lueur des étoiles éclairait faiblement l'intérieur de l'édifice. À l'est, un mur incurvé protégeait jadis l'autel. Incorporée dans la paroi, une grande niche avec un auvent carrelé avait sans doute autrefois accueilli un objet de culte : une sainte relique, un calice orné de joyaux, un tableau de la Vierge. Aujourd'hui, cela lui paraissait être le meilleur lit du lieu et il s'y allongea.

Par une fenêtre aux carreaux disparus, il apercevait le faîte des arbres et les étoiles qui brillaient dans le ciel nocturne. Il pensa à Karen et l'imagina en train de lui caresser tendrement les cheveux, de lui effleurer la bouche de ses lèvres, de passer les bras autour de lui et de l'étreindre. Ce scénario différait de celui qu'il se jouait avec Birgit Claussen, la fille de Morlunde avec laquelle il était sorti à Pâques. Quand celle-ci apparaissait, ses fantasmes lui livraient une Birgit se dénudant, se roulant sur un lit ou lui arrachant sa chemise dans sa hâte de le serrer dans ses bras. Karen tenait un rôle plus subtil où l'amour l'emportait sur le désir, même si dans son regard se lisait toujours la promesse du sexe.

Comme il avait froid, il se leva pour essayer de dormir dans l'avion. Tâtonnant dans le noir, il trouva la poignée de la portière et l'ouvrit. Alors des trottinements lui rappelèrent que des souris avaient fait leur nid dans le capitonnage. Ces petites bêtes ne lui faisaient pas peur, mais dormir auprès d'elles n'était quand même pas très engageant.

Il songea alors à la Rolls-Royce ; la banquette arrière offrait plus de place que le Frelon. Retirer la bâche dans l'obscurité prendrait un peu de temps, mais cela en valait la peine. Il se demanda si les portières étaient fermées à clé.

Il cherchait à tâtons des attaches à défaire quand il perçut des pas légers. Il se figea sur place. Quelques instants plus tard, le faisceau d'une torche électrique passa derrière la fenêtre. Un garde patrouillait-il la nuit dans la propriété des Duchwitz ?

Il regarda par la porte qui donnait sur le cloître. La torche approchait. Le dos collé au mur, il retenait son souffle.

— Harald ?

— Karen, souffla-t-il, sursautant de joie.

— Où êtes-vous ?

— Dans l'église.

Le faisceau de sa lampe le découvrit et elle le braqua vers le haut pour éclairer la scène : elle portait quelque chose.

— Je vous ai apporté des couvertures.

Il eut un grand sourire, satisfait de la chaleur qu'elles lui procureraient, mais encore plus heureux que Karen s'intéressât à lui.

— Je pensais dormir dans la voiture.

— Vous êtes trop grand.

Dans les plis des couvertures, il trouva un paquet.

— Vous avez sûrement faim, expliqua-t-elle.

À la lueur de sa torche, il distingua la moitié d'un pain, un petit panier de fraises et un bout de saucisson. Il y avait aussi un thermos, d'où s'échappa, quand il le déboucha, une odeur de café frais.

Il se rendit compte qu'il mourait de faim. Il se jeta sur les provisions en essayant de ne pas se comporter en chacal affamé. Il entendit un miaulement et reconnut, dans le cercle de lumière, le matou noir et blanc, décharné, qu'il avait aperçu lors de sa première visite de l'église. Il laissa tomber un bout de saucisson que le chat flaira et retourna du bout de sa patte avant de se mettre à le grignoter délicatement.

— Comment s'appelle-t-il ? demanda-t-il à Karen.

— Je ne lui connais pas de nom. C'est un chat errant.

Sa nuque s'ornait d'une sorte de crête de poils hérissés.

— Boogie ? suggéra Harald.

— Joli nom.

— Seigneur, que c'était bon. Merci.

Il avait tout mangé.

— J'aurais dû vous en apporter davantage. Quand avez-vous mangé pour la dernière fois ?

— Hier.

— Comment êtes-vous venu ici ?

— À moto. (Il désigna l'endroit où il avait garé sa machine.) Mais elle n'est pas rapide parce qu'elle marche à la tourbe : j'ai mis deux jours pour venir de Sande.

— Vous êtes un garçon déterminé, Harald Olufsen.

— Vous trouvez ? fit-il, ne sachant trop si c'était un compliment.

— Oui. À vrai dire je n'ai jamais rencontré quelqu'un comme vous.

À la réflexion, il prit cela pour un compliment.

— Eh bien, pour vous dire la vérité, j'en pense autant à votre égard.

— Oh, allons donc ! Le monde regorge de jeunes filles riches et gâtées qui rêvent de devenir danseuses étoiles ; en revanche combien y a-t-il de farfelus capables de traverser le Danemark sur une motocyclette à tourbe ?

Ravi, il se mit à rire. Puis ils gardèrent le silence quelques instants.

— Je suis vraiment navré pour Poul, finit-il par dire. Ça a dû être un choc terrible pour vous.

— Épouvantable. J'ai pleuré toute la journée.

— Vous étiez très proches ?

— Nous sommes juste sortis ensemble trois fois. Je n'étais pas amoureuse de lui, mais tout de même, ça a été horrible.

Des larmes lui montèrent aux yeux, elle renifla et avala sa salive. Harald fut scandaleusement enchanté d'apprendre qu'elle n'avait pas été amoureuse de Poul.

— C'est vraiment triste, dit-il, se reprochant son hypocrisie.

— La mort de ma grand-mère m'avait brisé le cœur mais, je ne sais pourquoi, ce fut pire cette fois. Elle était vieille et malade, alors que Poul débordait d'énergie et de gaieté ; il était très beau et toujours en forme.

— Savez-vous comment c'est arrivé ? demanda Harald d'un ton hésitant.

— Non... l'armée a gardé là-dessus un silence ridicule, s'énerva-t-elle. On a simplement dit qu'il s'était écrasé avec son avion et que les détails de l'accident étaient top secret.

— Peut-être qu'on cherche à dissimuler quelque chose.

— Comme quoi ? demanda-t-elle aussitôt.

Harald se rendit compte qu'il ne pouvait pas dire ce qu'il pensait sans révéler ses liens avec la Résistance.

— Leur incompétence ? improvisa-t-il. Peut-être n'avait-on pas bien révisé l'appareil ?

— On n'invoque pas l'excuse d'un secret militaire dans ces cas-là.

— Bien sûr que si. Qui le saurait ?

— Je ne crois pas nos officiers capables d'un comportement aussi déshonorant, riposta-t-elle d'un ton pincé.

Harald comprit qu'il l'avait vexée, comme lors de leur première rencontre – et de la même façon, en se moquant de sa crédulité.

— Vous avez sans doute raison, s'empressa-t-il de dire.

Ce n'était pas vrai : il était certain qu'elle se trompait. Mais il n'avait pas envie de se disputer avec elle.

Karen se leva.

— Il faut que je rentre avant qu'on ferme la porte à clé, annonça-t-elle froidement.

— Merci pour les provisions et les couvertures... vous êtes un ange de miséricorde.

— Ça n'est pas mon rôle habituel, dit-elle, s'adoucissant un peu.

— Je vous verrai peut-être demain ?

— Peut-être. Bonne nuit.

— Bonne nuit.

Là-dessus, elle disparut.

14.

Hermia passa une mauvaise nuit. Elle rêva qu'elle s'adressait à un policier danois. La conversation était affable, mais elle se rendait compte au bout d'un moment que même si elle avait fait très attention à ne pas se trahir, tous deux parlaient anglais. L'homme poursuivait l'entretien comme si de rien n'était, pendant qu'elle tremblait en attendant qu'il l'arrête.

Elle se réveilla pour se retrouver dans une petite chambre de l'hôtel de Bornholm. Si la conversation n'avait été qu'un rêve – ce qu'elle découvrit avec soulagement –, elle fut bien obligée d'admettre qu'il n'y avait rien d'irréel dans le danger qui la menaçait : elle jouait la secrétaire en vacances en territoire occupé, avec de faux papiers ; si on la démasquait, elle serait pendue comme espionne.

De retour à Stockholm, Digby et elle avaient une nouvelle fois donné le change aux Allemands qui les suivaient. Après les avoir semés, ils avaient pris un train pour la côte sud. Dans le petit village de pêcheurs de Kalvsby, ils avaient trouvé un marin pêcheur disposé à lui faire franchir les quelque vingt milles du bras de mer qui les séparait de Bornholm. Elle avait fait ses adieux à Digby – qu'il serait impossible de faire passer pour un Danois – et elle s'était embarquée. Quant à lui, il retournait à Londres faire son rapport à Churchill et reprendrait aussitôt un avion pour l'attendre sur la jetée de Kalvsby à son retour – si elle revenait.

La veille, le marin l'avait déposée avec sa bicyclette sur une plage isolée en lui promettant de revenir la chercher au même endroit à l'aube du quatrième jour. Pour lui faire tenir sa promesse, Hermia lui avait fait miroiter un tarif doublé pour le voyage de retour.

Elle avait pédalé jusqu'à Hammershus, le château en ruine où elle avait donné rendez-vous à Arne ; elle l'avait attendu toute la journée, en vain.

Cela n'a rien de surprenant, se dit-elle. Arne a travaillé hier trop tard pour attraper le ferry du soir. Celui du samedi matin l'a bien conduit à Bornholm, mais pas assez tôt pour rallier Hammershus avant la nuit. Il a trouvé un endroit où dormir et sera au rendez-vous dès demain matin.

C'était ce qu'elle croyait en phase optimiste, mais elle ne réussissait pas à chasser l'idée qu'il avait pu être arrêté. Si elle se raisonnait en se répétant qu'il n'y avait aucune raison et qu'il n'avait commis encore aucun crime, elle échafaudait des scénarios fantaisistes dans lesquels il faisait des confidences à un ami qui le trahissait, quand il n'écrivait pas tout dans un journal ou ne se confessait à un prêtre.

En fin de journée, elle renonça à l'idée de voir Arne ce jour-là et se rendit à bicyclette jusqu'au village le plus proche où elle loua une des nombreuses chambres avec petit déjeuner que les insulaires proposaient aux estivants. Inquiète et affamée, elle s'effondra sur le lit et sombra dans des cauchemars en série.

Le lendemain, tout en s'habillant, elle évoqua les vacances qu'ils avaient passées sur cette île sous le nom de M. et Mme Olufsen. Jamais elle ne s'était sentie plus près de lui. Il adorait jouer et tenir des paris sur les faveurs qu'elle lui accorderait : « Si le bateau rouge entre le premier au port, il faudra que tu te promènes toute la journée de demain sans culotte et, si c'est le bateau bleu qui gagne, ce soir je t'autoriserai à être dessus. » Mon amour, songea-t-elle, je t'offre tout ce que tu veux à la seule condition que tu te montres aujourd'hui.

Elle décida de prendre son petit déjeuner avant de retourner à bicyclette à Hammershus. Elle risquait d'attendre encore toute la journée et elle ne voulait pas défaillir. Elle passa les tenues bon marché qu'elle avait achetées à Stockholm – une griffe anglaise pourrait la trahir – et elle descendit.

Elle éprouvait une certaine nervosité en entrant dans la salle à manger familiale. Cela faisait plus d'un an qu'elle ne parlait pas quotidiennement le danois. Si la veille elle avait échangé quelques mots avec les habitants, il lui faudrait maintenant soutenir une conversation.

Un homme d'un certain âge, déjà attablé, l'accueillit avec un aimable sourire.

— Bonjour. Je m'appelle Sven Fromer.

Hermia se força à se détendre.

— Agnes Ricks, annonça-t-elle en utilisant l'identité de ses faux papiers. Quelle belle journée.

Je n'ai rien à craindre, se dit-elle, je parle danois avec l'accent d'une citadine et, à moins que je ne le leur dise, les Danois ne devinent jamais que je suis anglaise. Elle se servit de porridge, versa dessus du lait froid et se mit à manger. Tendue comme elle l'était, elle avait du mal à avaler.

— À l'anglaise, remarqua Sven en souriant.

Elle le regarda, horrifiée. Comment l'avait-il démasquée si vite ?

— Que voulez-vous dire ?

— Votre façon de manger le porridge.

Entre deux bouchées de porridge, il buvait une gorgée de son verre de lait ; c'est ainsi que les Danois consomment leur porridge, elle le savait pertinemment. Maudissant sa négligence, elle essaya de s'en sortir en bluffant.

— Je le préfère comme ça, affirma-t-elle avec toute la désinvolture dont elle était capable. Le lait refroidit le porridge et on peut l'avaler plus vite.

— Une jeune femme pressée. D'où êtes-vous ?

— De Copenhague.

— Moi aussi.

Hermia n'avait aucune envie de se lancer dans des considérations sur leurs domiciles respectifs, sources trop faciles d'éventuelles nouvelles erreurs. La solution la plus sûre serait qu'elle pose elle-même les questions. Elle n'avait encore jamais rencontré un homme qui n'aimât pas parler de lui.

— Vous êtes en vacances ?

— Malheureusement non. Je suis géomètre, je travaille pour le gouvernement. Mais je vais profiter de ce que j'ai fini mon travail et que je n'ai pas besoin de rentrer chez moi avant demain pour me promener dans les environs ; je prendrai le ferry de nuit.

— Vous avez une voiture ?

— C'est obligatoire pour mon travail.

La logeuse leur apporta du bacon et du pain noir. Quand elle fut repartie, Sven proposa :

— Si vous êtes toute seule, je me ferai un plaisir de vous faire visiter les environs.

— Je suis fiancée, déclara Hermia d'un ton ferme.

— Votre fiancé a de la chance, déclara-t-il d'un ton mélancolique. Mais je serais quand même heureux de profiter de votre compagnie.

— Je vous en prie, ne m'en veuillez pas, mais j'ai envie d'être seule.

— Je comprends très bien. J'espère que ma proposition ne vous a pas choquée.

— Bien au contraire, fit-elle en lui décochant son plus charmant sourire, je suis flattée.

Il se versa une autre tasse d'ersatz de café et parut d'humeur à s'attarder à table. Hermia commença à se détendre : elle n'avait jusque-là éveillé aucun soupçon.

Un autre locataire arriva, un homme à peu près de l'âge de Hermia, arborant un costume impeccable. Il s'inclina devant eux, le buste un peu raide, et dit en danois avec un accent allemand :

— Bonjour. Je m'appelle Helmut Mueller.

Hermia sentit son cœur se mettre à battre plus fort.

— Bonjour, répondit-elle. Je m'appelle Agnes Ricks.

Mueller se tourna vers Sven, mais celui-ci se leva en ignorant délibérément le nouveau venu et sortit à grands pas.

Vexé, Mueller s'assit.

— Merci de votre courtoisie, dit-il à Hermia qui s'efforçait d'adopter un comportement normal.

— D'où êtes-vous, Herr Mueller ? s'enquit-elle en joignant les mains pour les empêcher de trembler.

— Je suis né à Lübeck.

Elle se demandait quel genre de banalités une Danoise bien disposée pouvait échanger avec un Allemand.

— Vous parlez bien notre langue.

— Quand j'étais enfant, ma famille venait souvent ici à Bornholm pour les vacances.

Hermia vit qu'il ne manifestait aucune méfiance, et elle s'enhardit à poser une question moins superficielle.

— Dites-moi, y a-t-il beaucoup de gens qui refusent de vous adresser la parole ?

— Je rencontre rarement le genre de grossièreté dont vient de faire preuve ce monsieur. Dans les circonstances actuelles, les Allemands et les Danois doivent vivre ensemble et la plupart des Danois sont polis. (Il lui lança un regard intrigué.) Mais vous avez dû vous en rendre compte – à moins que vous n'arriviez d'un autre pays.

Elle s'aperçut qu'elle avait encore commis un faux pas.

— Non, non, s'empressa-t-elle de dire pour masquer la vérité. Je vis à Copenhague où, comme vous dites, nous cohabitons du mieux que nous pouvons. Je me demandais simplement si la situation était différente ici, à Bornholm.

— Non, pas vraiment.

Elle comprit que toute conversation présentait des dangers. Elle se leva.

— Eh bien, je vous laisse profiter de votre petit déjeuner.

— Merci.

— Et passez une agréable journée dans notre pays.

— Vous aussi.

Elle quitta la salle à manger en se demandant si elle ne s'était pas montrée trop aimable. En faire trop risquait d'éveiller les soupçons tout autant que l'hostilité. Mais il n'avait manifesté aucune méfiance.

Au moment où elle enfourchait sa bicyclette, elle vit Sven charger ses bagages dans sa voiture, une Volvo PV444 à l'arrière aérodynamique, voiture suédoise courante au Danemark. La banquette arrière avait été retirée afin de faire de l'espace pour son matériel : des trépieds, un théodolite et divers instruments protégés par un étui en cuir ou par des couvertures.

— Veuillez excuser mon attitude, dit-il. Je ne voulais pas me montrer grossier envers vous.

— Ce n'est pas grave. (Elle voyait bien qu'il était encore furieux.) De toute évidence, vous éprouvez des sentiments affirmés.

— Je viens d'une famille de militaires ; cette capitulation hâtive, sans combat, m'est intolérable. Nous aurions dû nous battre, nous devrions le faire encore maintenant ! (Il eut un geste déçu, comme s'il jetait quelque chose par terre.) Je ne devrais pas dire des choses comme cela, je vous gêne.

— Vous n'avez aucune raison de vous excuser, fit-elle en lui touchant le bras.

— Merci.

Elle s'éloigna.

Churchill arpentait la pelouse de croquet des Chequers, la résidence campagnarde officielle du Premier ministre britannique. Digby était certain qu'il était en train de composer mentalement un discours ; il reconnaissait les signes. Aucun des invités du week-end, à savoir l'ambassadeur américain, John Winant, le secrétaire aux Affaires étrangères, Anthony Eden, et leurs épouses, ne s'était encore montré. Digby sentait qu'une crise couvait, mais personne ne lui avait encore donné la moindre explication. M. Colville, le secrétaire particulier de Churchill, lui désigna la mine renfrognée du Premier ministre. Digby s'en approcha.

— Ah, Hoare ! Hitler a envahi l'Union soviétique ! s'écria le Premier ministre.

— Bon Dieu ! s'écria Digby. (À cet instant, il aurait apprécié un siège.) Bon Dieu ! répéta-t-il. Quand est-ce arrivé ?

La veille encore, Hitler et Staline étaient alliés, leur amitié cimentée par le pacte germano-soviétique de 1939. Et aujourd'hui ils s'affrontaient.

— Ce matin, dit Churchill, lugubre. Le général Dill sort d'ici : il était venu me donner des précisions. (Sir John Dill, en tant que chef du grand état-major impérial, était le plus haut gradé de la hiérarchie militaire.) D'après les premières estimations du service de renseignement, l'armée d'invasion comptait trois millions d'hommes.

— Trois *millions* ?

— Ils ont attaqué sur un front de trois mille kilomètres : un groupe au nord marche sur Leningrad, un au centre lance une offensive vers Moscou et, au sud, des forces se dirigent vers l'Ukraine.

— Oh, mon Dieu, fit Digby encore sonné. Est-ce que c'est la fin, monsieur ?

— Cela se pourrait, répondit Churchill en tirant sur son cigare. La plupart des observateurs estiment que les Russes ne peuvent pas l'emporter : leur mobilisation sera lente, et les chars de Hitler, bien soutenus par la Luftwaffe, les anéantiront en quelques semaines.

Digby n'avait jamais vu son patron aussi découragé. De mauvaises nouvelles renforçaient, en temps normal, la combativité de Churchill qui, devant un échec, ripostait toujours en prenant l'offensive. Mais ce jour-là il semblait brisé.

— Y a-t-il un espoir ? demanda Digby.

— Oui. À condition que les Rouges tiennent jusqu'à la fin de l'été ; l'hiver russe, qui a vaincu Napoléon, pourrait bien encore balayer Hitler. Les trois ou quatre prochains mois seront décisifs.

— Qu'allez-vous faire ?

— Ce soir à neuf heures, je prononcerai un discours à la BBC.

— Et vous direz... ?

— Que nous devons fournir toute l'aide possible à la Russie et au peuple russe.

— Ce sera dur à faire passer venant d'un anticommuniste aussi ardent que vous.

— Mon cher Hoare, si Hitler envahissait l'enfer, je ferais au moins une allusion favorable au diable devant la Chambre des communes.

Digby sourit en se demandant si l'on retrouverait cette formule dans le discours de ce soir.

— Mais y a-t-il vraiment une aide que nous soyons capables d'apporter ?

— Staline m'a demandé d'accélérer la campagne de bombardements sur l'Allemagne, pour forcer Hitler à soustraire des avions pour la défense de la mère patrie. Cela affaiblirait l'armée d'invasion et donnerait une chance aux Russes.

— C'est ce que vous allez faire ?

— Je n'ai pas le choix. J'ai ordonné un raid de bombardements pour la prochaine pleine lune, qui sera la plus importante opération aérienne de la guerre jusqu'à maintenant, donc, du même coup, de toute l'histoire de l'humanité. Elle impliquera plus de cinq cents bombardiers. Plus de la moitié de nos forces.

Digby se demanda si son frère participerait au raid.

— S'ils subissent les pertes que nous avons connues...

— Nous serons paralysés. C'est pour cela que je vous ai fait venir. Avez-vous une réponse pour moi ?

— Hier, j'ai infiltré un agent au Danemark qui a pour mission d'obtenir des photographies de la station radio de Sande. Cela devrait répondre à la question.

— Je l'espère. Le raid est prévu dans seize jours. Quand espérez-vous avoir ces photos entre les mains ?

— D'ici à une semaine.

— Bon, déclara Churchill d'un ton qui signifiait que la conversation était terminée.

— Je vous remercie, monsieur le Premier ministre, fit Digby en tournant les talons.

— Je compte sur vous, répéta Churchill.

Hammershus était situé à l'extrémité nord de Bornholm. Le château se dressait sur une colline dominant le bras de mer qui séparait l'île de la Suède et l'avait jadis défendue de toute invasion de son voisin. Hermia poussa sa bicyclette sur les lacets qui escaladaient la pente rocheuse en se demandant si la journée serait aussi décevante que la veille. Le soleil brillait et sa course lui avaient donné chaud.

Des briques et des pierres qui avaient constitué le château, il ne restait aujourd'hui que quelques murailles dont les vestiges évoquaient tristement une vie familiale : de grandes cheminées noircies de suie exposées à tous les vents, des caves en pierre pour entreposer les pommes et la bière, des fragments d'escaliers qui ne menaient plus nulle part, d'étroites fenêtres par lesquelles des enfants pensifs avaient dû jadis contempler la mer.

Hermia était en avance et le site désert. À en juger par ce qui s'était passé la veille, elle y serait seule pour encore une heure au moins. Que se passera-t-il si Arne ne vient pas aujourd'hui ? se demanda-t-elle en poussant son vélo entre des voûtes en ruine et sur des sols dallés où l'herbe poussait.

À Copenhague, avant l'invasion, Arne et elle formaient un couple brillant, évoluant au centre d'une bande de jeunes officiers et de jolies filles, ayant des relations au gouvernement, virevoltant de soirée en pique-nique et en bal, pratiquant entre autres sports la voile et l'équitation et filant en voiture jusqu'à la plage. Maintenant que c'en était fini de ce temps-là, Arne la reconnaîtrait-il comme appartenant à son passé ? Au téléphone, il avait affirmé qu'il l'aimait encore – mais cela faisait plus d'un an qu'il ne l'avait pas vue. La trouverait-il toujours pareille ou, au contraire, changée ? Aimerait-il encore le parfum de ses cheveux et le goût de ses lèvres ? Elle commençait à se sentir nerveuse.

Elle avait passé toute la journée précédente à visiter les ruines de fond en comble ; elles ne présentaient plus aucun mystère pour elle. Elle s'approcha du bord de mer, posa son vélo contre un petit muret de pierres et contempla la plage tout en bas.

— Bonjour, Hermia, fit une voix familière.

Elle se retourna brusquement : Arne s'approchait d'elle en souriant, les bras tendus. Il l'avait attendue derrière une tour. Sentant aussitôt sa nervosité se dissiper, elle se précipita dans ses bras et le serra à l'étouffer.

— Qu'y a-t-il ? demanda-t-il. Pourquoi pleures-tu ?

Elle réalisa que sa poitrine était secouée de sanglots et que ses joues ruisselaient de larmes.

— Je suis heureuse, expliqua-t-elle.

Il couvrit de baisers ses joues humides, tandis qu'elle lui tenait le visage à deux mains, en vérifiant du bout des doigts que l'ossature du visage était bien réelle et qu'il ne s'agissait pas de l'une de ces multiples scènes de retrouvailles imaginaires dont elle avait si souvent rêvé. Blottie contre son cou, elle emplissait ses poumons de l'odeur qui émanait de lui, un mélange de savon de l'armée, de brillantine et d'essence pour avion. Dans ses rêves, manquait l'odeur.

L'émotion la submergeait mais, peu à peu, les baisers se firent plus avides, leurs caresses plus pressantes. Ses genoux se dérobèrent et elle s'effondra sur l'herbe en l'entraînant. Elle lui léchait le cou, lui tétait la lèvre, lui mordillait le lobe de l'oreille. Quand elle sentit son sexe se durcir, elle déboutonna à tâtons les boutons de son pantalon d'uniforme, pendant qu'il relevait sa robe pour glisser sa main sous la lingerie. Elle éprouva un instant de gêne à cause de sa moiteur, puis elle oublia tout dans le déferlement du plaisir. D'un geste impatient, elle jeta sa petite culotte dans l'herbe, puis elle attira son amant sur elle. L'idée la traversa qu'ils s'offraient en spectacle au premier touriste venu admirer les ruines, mais elle s'en moquait bien. Elle savait que plus tard, quand toute cette folie l'aurait abandonnée, elle frissonnerait d'horreur en songeant au risque qu'elle avait pris, mais elle était incapable de se retenir. Lorsqu'il la pénétra, elle poussa un petit halètement, puis se cramponna à lui, lui pressant le ventre contre le sien, le torse contre ses seins, le visage contre son cou, avide de sentir la moindre parcelle de son corps contre elle. Vint ensuite le noyau de plaisir intense qui naquit petit et brûlant comme une étoile lointaine pour grandir sans cesse jusqu'à s'emparer de plus en plus complètement de son corps, jusqu'à l'explosion finale.

Ils restèrent longtemps immobiles. Elle savourait le poids de son corps sur elle, ce poids qui l'étouffait un peu puis qui s'apaisa enfin. Là-dessus, une ombre passa, un nuage voilant le soleil mais qui rappela à Hermia que les ruines étaient ouvertes au public et qu'à tout moment quelqu'un pourrait survenir.

— Nous sommes toujours seuls ? murmura-t-elle.

Il souleva la tête et regarda autour de lui.

— Oui.

— Nous ferions mieux de nous relever avant l'arrivée des touristes.

— D'accord.

Comme il s'éloignait, elle le rattrapa.

— Encore un baiser.

Il l'embrassa avec douceur, puis se redressa.

Elle se rajusta rapidement puis se remit debout et épousseta les brins d'herbe qui parsemaient sa robe. Maintenant qu'elle était décente, elle n'éprouvait plus cette sensation de frénésie, seulement une douce lassitude qui envahissait tous les muscles de son corps, et qui ressemblait aux grasses matinées qu'elle s'autorisait parfois le dimanche matin.

Elle s'adossa contre le mur et Arne passa un bras autour de son cou. Aussi dur que cela fût, il lui fallait revenir à la guerre, à cette vie de ruses et de clandestinité.

— Je travaille pour le Renseignement britannique, déclara-t-elle, abrupte.

— C'est bien ce que je redoutais, murmura-t-il en hochant la tête.

— Pourquoi ?

— Parce que tu cours encore plus de dangers que si tu étais venue ici simplement pour me rencontrer.

Il pensait avant tout au risque qu'elle prenait, il l'aimait donc vraiment. Et elle, maintenant, s'apprêtait à lui créer des problèmes.

— Toi aussi à présent tu prends des risques, rien que pour être avec moi.

— Explique-toi.

Elle s'assit sur le muret et mit de l'ordre dans ses pensées. Elle avait renoncé à lui présenter une version censurée de l'histoire ne restituant que ce qu'il avait absolument besoin de savoir. Elle avait beau retourner tout cela dans sa tête, cela ne rimait à rien de s'en tenir à une demi-vérité : elle devait tout lui raconter. Après tout, elle allait lui demander de risquer sa vie et il avait besoin de savoir pourquoi.

Elle lui parla des Veilleurs de nuit, des arrestations à l'aérodrome de Kastrup, de la cadence terrifiante à laquelle on perdait les bombardiers, de l'installation du radar sur son île natale de Sande, de l'indice de l'*Himmelbett* et du rôle qu'avait joué Poul Kirke. À mesure qu'elle parlait, elle voyait changer son visage, son regard perdre son éclat joyeux et son perpétuel sourire éteint par l'anxiété. Elle se demandait s'il allait accepter la mission.

Mais un lâche n'aurait sûrement pas choisi de voler à bord de ces frêles machines de bois et de toile de l'armée de l'air. D'un autre côté, être pilote faisait partie de son personnage qui mettait souvent le plaisir au-dessus du travail. C'était une des raisons pour lesquelles elle l'aimait : elle était trop sérieuse et il la forçait à s'amuser. Quel était donc le véritable Arne ? L'hédoniste, l'aviateur ? Jusqu'à maintenant, on ne l'avait jamais mis à l'épreuve.

— Je suis venue te demander de faire ce dont Poul se serait chargé s'il avait vécu : aller à Sande, pénétrer sur la base et examiner l'installation radar.

Arne hocha gravement la tête.

— Il nous faut des photos, de bons clichés. (Elle se pencha sur sa bicyclette, ouvrit la sacoche et sortit un petit appareil de 35 mm, un Leica IIIa de fabrication allemande. Un Minox

Riga miniature aurait été plus facile à dissimuler, mais le Leica l'avait emporté pour la précision de son objectif.) C'est probablement la mission la plus importante qu'on te demandera jamais d'accomplir. Quand nous aurons compris leur système radar, nous pourrons concevoir les moyens de le mettre en échec et de sauver la vie de milliers d'aviateurs.

— Je comprends.

— Mais si on te prend, tu seras exécuté – fusillé ou pendu – pour espionnage, conclut-elle en lui tendant l'appareil.

Elle aurait presque préféré qu'il refuse la mission, car elle avait du mal à accepter l'idée du danger qu'il courait en acceptant. Mais s'il se dérobait, pourrait-elle jamais le respecter ?

Il ne prit pas tout de suite le Leica.

— Poul était le chef de tes Veilleurs de nuit ?

Elle fit oui de la tête.

— J'imagine que la plupart de nos amis en faisaient partie.

— Mieux vaut que tu ne saches pas...

— Pratiquement tous, sauf moi.

Elle acquiesça, redoutant ce qui allait suivre.

— Tu me crois lâche.

— Ça ne me paraissait pas ton truc...

— Parce que j'aime les fêtes, que je fais des blagues et que je flirte avec les filles, tu ne m'accordes pas le cran nécessaire à un travail clandestin. (Elle ne répondait rien, mais il insista.) Réponds-moi.

Elle hocha lamentablement la tête.

— Dans ce cas, il ne me reste plus qu'à te prouver ton erreur, fit-il en prenant le Leica.

Elle ne savait pas si elle devait être heureuse ou consternée.

— Merci, dit-elle en refoulant ses larmes. Tu feras attention, n'est-ce pas ?

— Oui. Mais il y a un problème. On m'a suivi jusqu'à Bornholm.

— Oh, la barbe. (Elle n'avait pas prévu cela.) Tu es sûr ?

— Certain. J'ai remarqué un couple qui traînait autour de la base, un homme et une jeune femme. Elle était dans le train pour Copenhague avec moi, et lui sur le ferry. Quand je suis arrivé ici, il m'a suivi à bicyclette ; il y avait également une voiture derrière. Je les ai semés à quelques kilomètres après Ronne.

— Ils doivent te soupçonner d'avoir travaillé avec Poul.
— Ironie du sort, ce n'était pas le cas.
— D'après toi, qui sont-ils ?
— Des policiers danois opérant sous les ordres des Allemands.
— Maintenant que tu les as largués, ils sont convaincus que tu es coupable. Ils doivent te chercher.
— Ils ne peuvent pas fouiller toutes les maisons de Bornholm.
— Non, mais ils surveilleront l'embarquement du ferry et l'aérodrome.
— Je n'avais pas pensé à cela. Alors comment vais-je revenir à Copenhague ?
Hermia se dit qu'il ne pensait pas encore en espion.
— Il faudra que tu montes clandestinement à bord du ferry.
— Et ensuite, où est-ce que j'irai ? Je ne peux pas retourner à l'école de pilotage, c'est le premier endroit où ils regarderont.
— Tu habiteras chez Jens Toksvig.
Le visage d'Arne s'assombrit.
— Lui aussi...
— Oui. Son adresse...
— Je sais où il habite, l'interrompit Arne. C'était mon ami avant d'être un Veilleur de nuit.
— Il sera peut-être nerveux à cause de ce qui est arrivé à Poul...
— Il ne me claquera pas sa porte au nez.
Hermia fit semblant de ne pas remarquer la colère d'Arne.
— Supposons que tu prennes le ferry de ce soir. Combien te faudra-t-il de temps pour aller à Sande ?
— D'abord, je parlerai à mon frère, Harald. Il a travaillé comme ouvrier sur le chantier quand on bâtissait la base : il pourra donc me faire un plan. Ensuite il faut compter une journée entière pour gagner le Jutland – les trains sont systématiquement en retard. J'y serai mardi soir, je me glisserai à l'intérieur de la base le mercredi et je regagnerai Copenhague le jeudi. Ensuite, comment est-ce que je te contacte ?
— Reviens ici vendredi prochain. Si la police surveille encore le ferry, il faudra que tu trouves un moyen de te dégui-

ser. Je te retrouverai ici même. Nous passerons en Suède avec le pêcheur qui m'a amenée. Après cela, on t'établira de faux papiers à la légation britannique et on te rapatriera en Angleterre par avion.

Il hocha la tête d'un air résolu.

— Si ça marche, reprit-elle, nous pourrions nous retrouver libres tous les deux dans une semaine.

— C'est trop espérer, me semble-t-il, dit-il en souriant.

Il m'aime donc, conclut-elle, même s'il se sent encore blessé d'avoir été tenu à l'écart des Veilleurs de nuit. Et pourtant, au tréfonds de son cœur, elle n'était pas sûre qu'il eût assez de cran pour ce genre de travail. Mais elle était bien décidée à s'en assurer.

Pendant qu'ils discutaient, les premiers touristes étaient arrivés et déambulaient maintenant au milieu des ruines, examinant l'intérieur des caves et palpant les vieilles pierres.

— Partons d'ici, proposa Hermia. Tu es venu à bicyclette ?

— Elle est derrière cette tour.

Arne alla chercher son vélo et ils quittèrent le château. Il se dissimulait derrière des lunettes noires et une casquette pour esquiver ses poursuivants sur la route ; mais ce déguisement ne résisterait pas à un examen soigneux sur le ferry.

Tout en descendant la colline en roue libre, Hermia songeait aux problèmes soulevés par l'évasion. Impossible de trouver un meilleur déguisement pour Arne. Ici elle ne disposait d'aucun accessoire : ni perruque, ni costume, ni aucun maquillage, seulement le minimum de rouge à lèvres et de poudre qu'elle utilisait elle-même. Il devait changer d'apparence et pour cela il lui faudrait l'aide d'un professionnel ; c'était trouvable à Copenhague mais pas à Bornholm.

Au pied de la colline, elle aperçut Sven Fromer, l'autre pensionnaire du bed and breakfast, qui descendait de sa Volvo. Elle ne voulait pas qu'il vît Arne et elle espérait passer sans qu'il la remarque, mais la chance n'était pas de son côté. Il croisa son regard, fit de grands gestes et se planta au bord du chemin. L'ignorer eût été très grossier : elle se sentit donc obligée de s'arrêter.

— Comme on se retrouve ! lança-t-il. Ce doit être votre fiancé.

Elle se dit qu'elle ne courait aucun risque avec Sven. Rien dans ce qu'elle faisait n'attirait la méfiance et, d'ailleurs, Sven était antiallemand.

— Je vous présente Oluf Arnesen, dit-elle, inversant le patronyme d'Arne. Oluf, voici Sven Fromer. Nous avons choisi la même pension de famille.

Les deux hommes se serrèrent la main.

— Cela fait longtemps que vous êtes ici ? demanda Arne, pour faire la conversation.

— Une semaine. Je pars ce soir.

— Sven, dit-elle, mue par une inspiration soudaine, vous m'avez dit ce matin qu'il faudrait se battre contre les Allemands.

— Je parle trop. Je devrais être plus prudent.

— Si je vous donnais une occasion d'aider les Anglais, accepteriez-vous de prendre un risque ?

— Vous ? souffla-t-il en la dévisageant. Mais comment... Vous voulez dire que vous êtes...

— Seriez-vous prêt à le faire ? insista-t-elle.

— Ce n'est pas un piège, non ?

— Il va falloir m'accorder votre confiance. Oui ou non ?

— Oui, dit-il. Que voulez-vous que je fasse ?

— Un homme pourrait-il se cacher à l'arrière de votre voiture ?

— Bien sûr, derrière mon matériel. Ce ne serait pas très confortable, mais il y a de la place.

— Accepteriez-vous de faire embarquer clandestinement quelqu'un à bord du ferry ce soir ?

Sven examina sa voiture et son regard revint sur Arne.

— Vous ?

Arne acquiesça.

— Fichtre, oui, répondit Sven en souriant.

15.

Pour son premier jour de travail, Harald connut plus de réussite qu'il n'avait osé l'espérer : le vieux Nielsen avait un petit atelier suffisamment bien équipé pour lui permettre de réparer à peu près n'importe quoi. Il avait branché la pompe à eau sur une charrue à vapeur, soudé une charnière sur une chenille de tracteur et localisé le court-circuit qui faisait chaque soir sauter les plombs à la ferme. Entre-temps, il avait partagé avec les ouvriers agricoles un solide repas à base de harengs et de pommes de terre.

Le soir, il avait passé deux heures à la taverne du village avec Karl, le plus jeune fils du fermier : mais il n'avait bu que deux verres de bière, se rappelant ses bêtises de la semaine précédente. On ne parlait que de l'invasion de l'Union soviétique par Hitler. Les nouvelles n'étaient pas bonnes. La Luftwaffe affirmait avoir détruit dix-huit cents appareils soviétiques au sol au cours de raids éclairs. À la taverne, tout le monde pensait que Moscou tomberait avant l'hiver – à part le communiste local qui, pourtant, semblait très soucieux.

Harald partit de bonne heure, Karen ayant laissé entendre qu'elle le verrait peut-être après dîner. En regagnant à pied le vieux monastère, il se sentait fatigué mais content de lui. Quelle ne fut pas sa stupéfaction de trouver son frère dans la chapelle en contemplation devant le petit avion abandonné.

— Un Hornet Moth, dit Arne. L'équipage volant d'un gentleman.

— C'est une épave, observa Harald.

— Pas vraiment. Le train d'atterrissage est seulement un peu faussé.

— Selon toi, comment est-ce advenu ?

— À l'atterrissage : l'arrière a tendance à pivoter de façon exagérée à cause de la position très en avant des roues. Comme les axes d'essieu ne sont pas conçus pour résister à une pression latérale, ils font une embardée violente et peuvent se gauchir.

Harald trouva l'apparence d'Arne épouvantable. Il avait troqué son uniforme contre de vieux vêtements, probablement empruntés, une veste de tweed déchirée et un pantalon de velours fané. Il s'était rasé la moustache et avait dissimulé ses cheveux bouclés sous une casquette graisseuse. Il tenait à la main un petit appareil photo de 35 mm. Il n'arborait pas son habituel sourire insouciant, mais une expression grave et tendue.

— Qu'est-ce qui t'est arrivé ? demanda Harald, inquiet.

— Je suis dans le pétrin. As-tu quelque chose à manger ?

— Absolument rien. Mais nous pouvons aller à la taverne...

— Je ne peux pas me montrer. Je suis recherché. (Arne esquissa un sourire amer qui se termina en grimace.) Tous les policiers du Danemark ont mon signalement et ma photo orne les murs de Copenhague. Un flic m'a poursuivi tout le long du Stroget et je m'en suis tiré de justesse.

— Tu es dans la Résistance ?

Arne hésita, haussa les épaules et finit par lâcher :

— Oui.

Harald, ébloui, s'assit sur le rebord qui lui servait de lit ; Arne s'installa à côté de lui, et le petit chat noir et blanc vint leur tenir compagnie.

— Tu travaillais pour eux quand je t'ai posé la question à la maison, il y a trois semaines ?

— Non, pas à ce moment-là. Ils m'avaient laissé de côté, ne m'estimant pas doué pour la clandestinité. Bon sang, ils avaient raison. Mais maintenant, ils sont tellement désespérés qu'ils m'ont enrôlé pour prendre des photos de je ne sais quelle installation sur la base militaire de Sande.

— J'en avais fait un croquis pour Poul, fit Harald en hochant la tête.

— Même toi, ironisa Arne, tu étais dans le coup avant moi. Eh bien !

— Poul m'avait dit de ne pas t'en parler.

— Tout le monde me prend pour un lâche.

— Je pourrais refaire mes croquis... mais ils étaient déjà de mémoire.

— Non, rétorqua Arne en secouant la tête. Ils ont besoin de photos. Je suis venu te demander s'il y a une façon de pénétrer à l'intérieur de la base.

Cette conversation entre « espions » aurait porté Harald au septième ciel s'il n'avait pas été si ennuyé par l'absence, chez Arne, d'un plan précis.

— À un endroit, la clôture est dissimulée par des arbres, oui... Mais comment iras-tu jusqu'à Sande si la police te recherche ?

— J'ai changé d'apparence.

— Pas tant que ça. Et les papiers ?

— J'ai seulement les miens... Comment veux-tu que je m'en procure d'autres ?

— Alors, si pour une raison quelconque la police t'interpelle, il ne leur faudra pas plus de dix secondes pour établir que tu es celui qu'elle recherche.

— Sans doute.

— C'est dingue, s'écria Harald.

— Il faut le faire. Cet équipement permet aux Allemands de détecter des bombardiers encore très éloignés... et à temps pour faire décoller leurs chasseurs.

— En utilisant des ondes radio, s'exclama Harald, tout excité.

— Les Anglais disposent bien d'un système similaire, mais celui des Allemands est tellement plus perfectionné que, au cours de chaque raid, ils abattent jusqu'à la moitié des appareils de la RAF. Il devient crucial de comprendre comment ils s'y prennent. Ça vaut la peine de risquer ma vie pour ça.

— Oui, mais à bon escient car si tu es pris, tu ne transmettras aucun renseignement aux Anglais.

— Il faut que j'essaye.

Harald prit une profonde inspiration.

— Et si j'y allais ?

— Je savais que tu dirais ça.

— Personne ne me recherche. Je connais le site : une nuit, en prenant un raccourci, j'ai déjà franchi la clôture. Et comme je m'y connais mieux que toi en radio, j'aurai une meilleure idée de ce qu'il faut photographier.

Harald estimait la logique de son raisonnement absolument irréfutable.

— Si tu es pris, tu seras fusillé comme espion.

— Ça vaut pour toi aussi... Seulement toi, tu es pratiquement certain de te faire prendre, alors que moi je m'en tirerai probablement.

— Si la police a découvert tes croquis lors de l'arrestation de Poul, les Allemands savent que quelqu'un s'intéresse à la base de Sande. Résultat, ils y auront renforcé la sécurité et escalader la clôture ne sera peut-être plus aussi facile aujourd'hui.

— Mes chances sont quand même meilleures que les tiennes.

— Je n'ai pas le droit de te faire courir un danger pareil. Imagine que tu te fasses prendre... Qu'est-ce que je dirais à mère ?

— Que je suis mort en combattant pour la liberté. J'ai autant de droits que toi de prendre le risque. Donne-moi ce foutu appareil.

Arne n'eut pas le temps de répondre : Karen marchant sans bruit avait brusquement surgi, ne laissant pas à Arne le temps de se cacher, même si instinctivement il l'avait tenté.

— Qui êtes-vous ? demanda carrément Karen. Oh ! bonjour, Arne. Vous avez rasé votre moustache... À cause de toutes ces affiches que j'ai vues à Copenhague aujourd'hui, j'imagine. Pourquoi vous recherche-t-on ? s'enquit-elle en s'asseyant sur le capot de la Rolls-Royce, croisant ses longues jambes comme un mannequin.

Arne hésita, puis répondit :

— Je ne peux pas vous le dire.

Karen tira ses propres conclusions avec une impressionnante rapidité.

— Mon Dieu, vous appartenez à la Résistance ! Poul aussi, n'est-ce pas ? C'est pour ça qu'il est mort ?

— Il n'a pas eu d'accident, reconnut Arne. Il essayait d'échapper à la police et on l'a abattu.

— Pauvre Poul. (Elle détourna un moment les yeux.) C'est vous qui avez pris le relais, mais avec la police à vos trousses, il faut que quelqu'un vous abrite... probablement Jens Toksvig. Après vous, c'était l'ami le plus proche de Poul.

Arne haussa les épaules et acquiesça.

— Mais vous ne pouvez pas vous déplacer sans risquer d'être arrêté, alors... (Elle regarda Harald et baissa la voix.) Vous aussi, Harald ?

Celui-ci fut surpris par son air soucieux, comme si elle avait peur pour lui. Cela lui plut infiniment.

— Alors ? Je suis dans le coup ? implora-t-il en se tournant vers Arne.

Arne céda et lui tendit l'appareil photo en soupirant.

Harald arriva à Morlunde le lendemain en fin de journée, à temps pour prendre le dernier ferry. Il laissa sa moto à vapeur sur le parking non loin du quai, estimant qu'un tel engin serait trop voyant à Sande. Il n'avait rien pour la couvrir et pas le moindre antivol, mais il était tout à fait improbable qu'un éventuel voleur fût capable de la faire démarrer.

Il attendit le départ sur le quai tandis que le soir tombait lentement et que les étoiles apparaissaient peu à peu comme les feux de navires lointains sur une mer sombre. Un habitant de l'île à moitié ivre passa en titubant ; il dévisagea grossièrement Harald en marmonnant : « Tiens, le jeune Olufsen », puis s'assit sur un cabestan pour tenter d'allumer sa pipe.

Le navire accosta et une poignée de passagers en descendirent. Harald fut surpris de constater qu'un policier danois et un soldat allemand étaient postés au bas de la passerelle. Quand l'ivrogne monta à bord, ils contrôlèrent sa carte d'identité. Le cœur de Harald s'emballa ; affolé, il hésitait, se demandant s'il devait embarquer. Avait-on simplement renforcé la sécurité après la découverte de ses croquis ainsi qu'Arne l'avait prévu ou recherchait-on Arne lui-même ? Connaissait-on son lien de parenté avec l'homme recherché ? Olufsen avait beau être un nom assez courant, ils s'étaient peut-être renseignés. Et en outre il circulait avec un appareil photo coûteux, de marque allemande certes, mais qui, malgré tout, risquait d'éveiller les soupçons.

Il s'efforça de retrouver son calme et envisagea les autres moyens de gagner l'île de Sande qui s'offraient à lui : il n'était pas sûr d'être capable de franchir à la nage les deux milles de haute mer, mais il pourrait emprunter ou voler un petit canot. Seulement, si on le voyait échouant son bateau sur une plage de Sande, on ne manquerait pas de le questionner. Peut-être valait-il mieux jouer les innocents.

Il s'approcha du ferry.

— Pour quelle raison, lui demanda le policier, vous rendez-vous à Sande ?

Harald réprima son indignation à l'idée qu'on ose lui poser pareille question.

— J'habite là-bas, dit-il. Avec mes parents.

— Je ne me souviens pas de vous avoir déjà vu, observa le policier en le dévisageant, et pourtant il y a quatre jours que je fais ce service.

— J'étais au collège.

— Mardi, c'est un drôle de jour pour rentrer à la maison.

— C'est la fin du trimestre.

Apparemment satisfait, le policier poussa un grognement. Il vérifia l'adresse sur la carte de Harald, la montra au soldat, et sur un signe de tête affirmatif de celui-ci laissa enfin Harald embarquer.

Il s'installa tout au fond du navire et resta à regarder la mer, en attendant que les battements de son cœur se calment. Il était soulagé d'avoir passé le contrôle mais furieux d'avoir dû se justifier devant un policier alors qu'il se déplaçait dans son propre pays. À la réflexion, c'était une réaction stupide, pourtant il ne pouvait s'empêcher d'être scandalisé.

À minuit, le navire quitta le quai.

C'était une nuit sans lune. À la lueur des étoiles, l'île bien plate de Sande n'était qu'une vague supplémentaire, sombre comme la houle qui dansait à l'horizon. Harald n'avait pas prévu de revenir aussi rapidement ; le vendredi précédent il n'était même pas certain de revoir jamais cet endroit. Et voilà maintenant qu'il y accostait en espion, muni d'un appareil photo et chargé de photographier une arme secrète des nazis. Il se souvenait vaguement de s'être dit combien ce serait palpitant de faire partie de la Résistance. En réalité, ça n'avait rien de drôle ; bien au contraire, ça le rendait littéralement malade de peur.

Il se sentit encore plus mal en débarquant sur le quai familier et en retrouvant de l'autre côté de la route le bureau de poste et l'épicerie qui n'avaient pas changé, aussi loin que remontaient ses souvenirs. Pendant dix-huit ans, il avait connu une vie paisible et sans risque. Maintenant, il ne se sentirait plus jamais en sécurité.

Il se dirigea vers la plage qu'il se mit à longer en direction du sud. À la lueur des étoiles, le sable humide avait des reflets d'argent. Un rire de fille fusa d'un des creux invisibles des dunes et il en éprouva un pincement de jalousie. Obtiendrait-il jamais le même de Karen ?

L'aube pointait lorsqu'il arriva en vue de la base. Il distinguait les poteaux de la clôture, les taches sombres que faisaient les arbres et les buissons sur les dunes à l'intérieur du site. Si tout cela est visible par moi, se dit-il, je suis également visible pour les gardes. Il se laissa tomber à genoux et se mit à ramper.

Une minute plus tard, il se félicita de sa prudence : de l'autre côté de la clôture, deux gardes patrouillaient avec un chien.

Le fait qu'ils soient deux et accompagnés d'un chien était nouveau.

Il se plaqua contre le sable. Les deux hommes ne paraissaient pas particulièrement sur leurs gardes, évoquant plutôt des promeneurs ; celui qui tenait la laisse parlait avec animation tandis que l'autre fumait. Comme ils approchaient, Harald put entendre sa voix qui dominait le bruit des vagues se brisant sur la plage. Comme tous les enfants danois, il avait appris l'allemand à l'école : le soldat se vantait d'avoir obtenu les faveurs d'une certaine Margareta.

Harald se tenait à une cinquantaine de mètres de la clôture. Les gardes approchaient et le chien huma l'air, flairant sans doute la présence de Harald mais sans pouvoir le situer. Il émit quelques aboiements sans conviction. Le garde qui le tenait en laisse, loin d'être aussi bien dressé, lui cria de la boucler ; il reprit son récit et expliqua comment il avait décidé Margareta à le rejoindre dans la cabane. Harald ne faisait pas un geste. Le chien se remit à aboyer et le faisceau d'une puissante torche électrique s'alluma, balaya les dunes sans s'arrêter sur Harald, le visage enfoui dans le sable.

— Alors, elle a dit d'accord, mais à condition que tu te retires à la dernière minute, racontait le garde.

Ils reprirent leur marche et le chien se calma. Harald resta immobile jusqu'à ce qu'ils soient hors de vue. Il se risqua alors à vérifier que la végétation dissimulait toujours la clôture – les arbres auraient pu avoir été abattus. Sur ce, rassuré, il rampa jusqu'à elle.

Il hésita. À ce stade, s'il faisait machine arrière, il n'aurait commis aucune infraction. Il reviendrait à Kirstenslot et s'adonnerait à ses nouvelles fonctions, consacrant ses soirées à la taverne et ses nuits à rêver de Karen. Après tout, il ne ferait qu'imiter les Danois qui, pour la plupart, ne s'estimaient concernés ni par la guerre ni par la politique ; mais la seule évocation de cette attitude le révolta. De plus, il s'imagina rendant compte de sa décision à Arne et à Karen, ou encore à oncle Joachim et à sa cousine Monika. Cette seule pensée lui faisait honte.

La clôture était toujours là : près de deux mètres de grillage couronnés de deux rangées de barbelés. Harald passa son sac sur son dos pour ne pas être gêné, puis escalada la clôture, enjamba avec précaution les barbelés et sauta de l'autre côté.

Maintenant, il avait franchi le pas : muni d'un appareil photo, il avait pénétré à l'intérieur d'une base militaire. Si on le prenait, on le tuerait.

Il avança rapidement en étouffant ses pas, se collant aux arbres et aux buissons et regardant sans cesse autour de lui. Il passa devant le mirador où se trouvait le projecteur et pensa en tremblant à sa vulnérabilité si quelqu'un décidait de braquer vers le sol les puissants faisceaux. L'oreille aux aguets, il guettait les pas d'une patrouille mais il n'entendait que le chuintement des vagues qui se brisaient sur la grève. Au bout de quelques minutes, il descendit un petit raidillon jusqu'à un bosquet de conifères qui lui assurait un abri raisonnable. Il revint un instant sur le fait que les soldats n'avaient pas abattu les arbres pour améliorer la sécurité, réalisant aussitôt qu'ils servaient surtout à dissimuler le fameux équipement radio aux regards indiscrets.

Quelques minutes plus tard, il atteignait son but. Maintenant qu'il savait ce qu'il cherchait, il distinguait nettement le mur circulaire et la grande grille rectangulaire dressée sur sa base creuse, l'antenne pivotant lentement comme un œil mécanique scrutant les ténèbres de l'horizon. De nouveau il entendit le bourdonnement étouffé du moteur électrique. De chaque côté de l'appareil, il distinguait les deux formes plus petites qui alors, grâce à la clarté des étoiles, se révélèrent être des versions miniatures de la grande antenne tournante.

Il y avait donc trois engins, mais pourquoi ? Fallait-il voir là l'explication de la remarquable supériorité du radar allemand ? En les regardant plus attentivement, il lui sembla que les petites antennes étaient de construction différente et qu'elles basculaient en même temps qu'elles pivotaient. Pourquoi ? Cela mériterait un nouvel examen à la lumière du jour. En tout cas, il fallait que les trois parties de l'appareil soient nettement visibles sur les photos.

La première fois, il avait sauté par-dessus le mur circulaire, terrifié par la toux d'un garde à proximité. Il était convaincu cependant qu'il existait un moyen d'accès plus facile. Les murs protégeaient l'équipement de tout dégât accidentel, mais les ingénieurs avaient certainement besoin de pénétrer à l'intérieur pour l'entretien de la machine. Il fit le tour, scrutant les briques dans la pénombre, et finit par tomber sur une porte en bois. Comme elle n'était pas fermée à clé, il la franchit et la referma sans bruit derrière lui.

Il se sentait un peu plus en sûreté. Personne ne pourrait le voir de l'extérieur. Sauf en cas d'urgence, les techniciens ne procédaient pas à cette heure de la nuit à des travaux d'entretien. Si quelqu'un arrivait, Harald réussirait peut-être à sauter par-dessus le mur avant d'être repéré.

Il observa la grande grille pivotante : elle capte les ondes radio qui se reflètent sur les avions, estima-t-il ; l'antenne, telle une lentille, concentre les signaux reçus, le câble qui émerge de la base transmet les informations aux bâtiments édifiés l'été dernier. Là, sans doute, des écrans de contrôle affichent les résultats et des opérateurs se tiennent prêts à alerter la Luftwaffe.

Dans la pénombre, entouré par le ronronnement et l'odeur d'ozone qui lui montait aux narines, il avait le sentiment d'être au cœur même de cette machine de guerre. Le combat que se livraient ici savants et ingénieurs des deux camps était peut-être aussi capital que le choc des chars et des mitrailleuses sur le champ de bataille. Et lui, maintenant, il y participait.

Il entendit le bruit d'un avion, certainement pas un bombardier puisqu'il n'y avait pas de lune, un chasseur allemand peut-être qui ralliait une base voisine ou bien un appareil de transport qui s'était égaré. Il se demanda si la grande antenne en avait décelé l'approche une heure auparavant, et si les plus petites étaient braquées dans sa direction. Il décida de sortir pour jeter un coup d'œil.

L'une des petites antennes était tournée face à la mer dans la direction d'où arrivait l'avion, l'autre vers la terre, mais inclinées toutes deux sous des angles différents. Comme le rugissement de l'appareil s'intensifiait, il remarqua que la première penchait davantage, comme pour le suivre. La seconde continuait à se déplacer, mais selon quel mécanisme, il n'arrivait pas à le comprendre.

L'avion traversa Sande et se dirigea vers les terres, la soucoupe continuant à le suivre bien après que le bruit du moteur eut disparu. Harald regagna sa cachette derrière le mur circulaire pour réfléchir à ce qu'il avait vu.

Le ciel virait du noir au gris. À cette époque de l'année, le jour se levait avant trois heures. Encore une heure et le soleil apparaîtrait : il sortit alors l'appareil photo de son étui – Arne lui avait montré comment s'en servir –, et mit à profit ce délai pour repérer les meilleurs angles de prise de vue, ceux qui révéleraient tous les détails.

Arne et lui étaient convenus qu'il prendrait les clichés vers cinq heures moins le quart : le soleil serait levé mais n'éclairerait pas encore directement l'installation. Ce n'était pas nécessaire étant donné la grande sensibilité de la pellicule.

Le temps passait et Harald songeait avec angoisse à la façon dont il allait s'échapper. Il avait pénétré dans la base à la faveur de l'obscurité, mais ne pouvait quand même pas attendre le lendemain soir pour repartir – l'appareil faisant certainement l'objet d'une inspection systématique au moins une fois par jour. Harald devrait donc filer aussitôt les photos prises, c'est-à-dire en plein jour. Son départ serait infiniment plus dangereux que son arrivée.

Il envisagea l'itinéraire qu'il allait suivre. Vers le sud – dans la direction du presbytère – il n'y avait que deux cents mètres jusqu'à la clôture, mais au beau milieu des dunes et sans aucun abri végétal. Dans l'autre sens, la végétation le protégerait sur une grande partie du chemin ; ce serait plus long mais plus sûr.

Il se demandait comment il se comporterait face à un peloton d'exécution. Garderait-il son calme et sa fierté en maîtrisant sa terreur ou bien craquerait-il pour se transformer en un idiot balbutiant, implorant la merci des Allemands et mouillant son pantalon ?

Il s'obligea à attendre calmement. La lumière augmentait et l'aiguille des minutes galopait sur le cadran de sa montre. Aucun bruit ne venait de l'extérieur. La journée d'un soldat commence de bonne heure, mais il tablait sur une activité quasi nulle jusqu'à six heures. Il serait alors déjà parti.

Le moment vint enfin de prendre les photos. Le ciel sans nuage distribuait une lumière parfaite mettant en relief le moindre rivet et chaque borne du mécanisme complexe qui se dressait devant lui. Ajustant avec soin son objectif, il photographia la base pivotante de l'appareil, les câbles et la grille de l'antenne. Avant de prendre certains clichés, il déplia un mètre en bois qu'il avait trouvé dans l'atelier du monastère, pour donner l'échelle : brillante idée dont il était fier.

Il lui fallait maintenant travailler à l'extérieur pour prendre des clichés des deux petites antennes. Ce n'était pas de gaieté de cœur qu'il abandonnait sa relative sécurité.

Il entrebâilla la porte. Tout était calme. Il devinait au bruit du ressac que la marée montait. La base tout entière baignait dans la lumière délavée d'un matin au bord de la mer. Aucun signe de vie à cette heure où les hommes dorment d'un sommeil profond et où même les chiens font des rêves.

Il photographia avec soin les deux petites antennes protégées seulement chacune par un muret. Réfléchissant à leur fonction, il comprit que l'une d'elles avait repéré un avion qui était à portée de vue. Il avait cru que l'intérêt de cet appareil résidait dans sa capacité à détecter les bombardiers avant qu'on les aperçoive, la seconde suivant peut-être un autre avion.

Tout en multipliant les clichés, il retournait cette énigme dans sa tête. Comment ces trois systèmes étaient-ils associés pour augmenter le taux de réussite des chasseurs de la Luftwaffe ? Est-ce que la grande antenne prévenait de l'approche d'un bombardier alors que la plus petite repérait l'appareil quand il traversait l'espace aérien allemand ? Quelle était alors l'utilité de la seconde petite antenne ?

Mais pourquoi n'y aurait-il pas un autre avion dans le ciel : le chasseur qui avait pris l'air pour attaquer le bombardier ? Cette seconde antenne permettrait alors à la Luftwaffe de suivre son propre appareil ? Cela semblait fou au premier abord, mais plus il prenait de champ pour avoir les trois antennes ensemble et dans leurs positions relatives, plus il réalisait que cela se tenait parfaitement. Un contrôleur de la Luftwaffe connaissant et la position du bombardier et celle du chasseur était parfaitement en mesure de diriger celui-ci par radio jusqu'à ce qu'il établisse le contact avec le bombardier.

La tactique de la Luftwaffe devenait claire : la grande antenne prévenait d'un raid imminent, de façon que les chasseurs décollent à temps. L'une des antennes secondaires repérait un bombardier à l'approche, tandis que l'autre, suivant un chasseur, indiquait avec précision à son pilote la position du gibier. Cela devenait ensuite aussi simple que de tirer des poissons dans un tonneau.

Cette image ramena Harald à sa propre situation : debout, en plein jour, au beau milieu d'une base militaire, et photographiant une installation ultra-secrète. L'affolement le gagna ; il s'efforça au calme pour prendre les derniers clichés prévus, ceux montrant les trois antennes sous des angles différents, mais en vain. J'ai pris au moins vingt clichés, cela doit suffire, se dit-il, complètement terrifié.

Il rangea l'appareil dans son étui et battit rapidement en retraite. Oubliant qu'il avait opté pour le trajet le plus long mais le plus sûr par le nord, il fonça vers le sud au milieu des dunes. La clôture était visible juste au-delà du vieux hangar à bateaux sur lequel il était tombé la dernière fois. Aujourd'hui, il le passerait du côté de la mer, ce qui le dissimulerait aux regards pour quelques pas.

Comme il s'en approchait, un chien se mit à aboyer.

Affolé, il regarda autour de lui, mais ne vit ni soldat ni chien. Il comprit alors que le bruit venait du hangar, et que les soldats devaient utiliser ce bâtiment délabré comme chenil. Un second chien vint d'ailleurs ajouter ses aboiements.

Harald se mit à courir.

Les chiens s'excitaient, ils paraissaient de plus en plus nombreux à aboyer et le vacarme devenait épouvantable. Harald atteignit le bâtiment puis courut vers la mer tout en s'efforçant de garder le hangar à bateaux entre lui et le principal corps de bâtiment. La peur lui donnait des ailes. D'une seconde à l'autre, il s'attendait à entendre le claquement d'un coup de feu.

Il arriva à la clôture sans savoir si on l'avait vu ou non. Il l'escalada comme un singe et bascula par-dessus les barbelés pour retomber lourdement de l'autre côté, barbotant dans l'eau peu profonde. Il se redressa et jeta un coup d'œil derrière le hangar à bateaux, vers les bâtiments principaux, en partie dissimulés par les arbres et les buissons ; aucun soldat en vue. Il tourna les talons et détala – dans l'eau sur une centaine de mètres pour déjouer le flair des chiens –, puis il fonça vers l'intérieur des terres. Il laissait dans le sable dur des empreintes de pas que la marée montante, il le savait, recouvrirait dans une minute ou deux. Il atteignit enfin les dunes où il ne laissa plus aucune trace.

Quelques minutes plus tard, il arriva au chemin de terre. D'un coup d'œil en arrière, il vérifia que personne ne le suivait, et arriva hors d'haleine au presbytère. La porte de la cuisine était ouverte. Ses parents se levaient toujours de bon matin.

Sa mère, en peignoir, préparait le thé. En le voyant, elle poussa un cri de surprise et laissa tomber la théière en faïence dont le bec se cassa. Harald ramassa les morceaux.

— Je suis désolé de t'avoir fait peur, dit-il.

— Harald !

Il l'embrassa et la serra contre lui.

— Mon père est à la maison ?

— Au temple. On n'a pas eu le temps de ranger hier soir alors il est allé remettre les chaises en ordre.

— Que s'est-il passé hier soir ?

Il n'y avait pas de service le lundi soir.

— Le conseil des diacres s'est réuni pour discuter ton cas. On lira ton nom dimanche prochain.

— La revanche des Flemming, murmura Harald en se disant combien c'était étrange d'avoir pu, en d'autres temps, accorder autant d'importance à ce genre d'événement.

Les gardes maintenant devaient être sur la piste de ce qui avait alerté les chiens et s'ils faisaient bien leur travail, il fallait s'attendre à ce qu'ils contrôlent les maisons voisines et recherchent un fugitif dans les cabanes et les granges.

— Mère, la pria-t-il, si les soldats viennent ici, voudras-tu leur dire que je n'ai pas quitté mon lit de la nuit ?

— Que s'est-il passé ? demanda-t-elle affolée.

— Je t'expliquerai plus tard. (Il vaudrait mieux qu'on me trouve encore au lit, se dit-il.) Raconte-leur que je ne suis pas réveillé... tu veux bien ?

— Entendu.

Il sortit de la cuisine et monta dans sa chambre. Il accrocha son sac au dossier de la chaise, non sans en avoir sorti l'appareil photo qu'il fourra dans un tiroir. Il pensa bien à le cacher, mais il n'avait plus le temps et dissimuler un appareil photo apportait une preuve de culpabilité. Il se déshabilla rapidement, passa son pyjama et se mit au lit.

Il entendit la voix de son père dans la cuisine. Il se releva et alla jusqu'en haut de l'escalier pour écouter.

— Qu'est-ce qu'il fait ici ? demanda le pasteur.

— Il se cache des soldats, répondit sa mère.

— Bonté divine, dans quoi ce garçon s'est-il encore fourré ?

— Je ne sais pas, mais...

Des coups violents frappés à la porte interrompirent sa mère.

— Bonjour. Nous recherchons quelqu'un, expliquait en allemand une voix jeune. Avez-vous vu un étranger au cours de ces dernières heures ?

— Non, absolument personne.

La nervosité qui faisait trembler la voix de sa mère était trop évidente pour que le soldat ne la remarque pas – mais il était certainement habitué à provoquer la peur chez les gens.

— Et vous, monsieur ?

— Non, déclara son père d'une voix ferme.

— Y a-t-il quelqu'un d'autre ici ?

— Mon fils, répondit la mère de Harald. Il dort encore.

— Il faut que je fouille la maison.

Le ton était poli, mais péremptoire, et impliquait qu'on n'avait nul besoin d'une autorisation.

— Je vais vous montrer, dit le pasteur.

Harald regagna son lit le cœur battant. Il entendit au rez-de-chaussée des bruits de bottes sur le carrelage, des portes s'ouvrant et se fermant. Puis les bottes grimpèrent les marches de l'escalier, entrèrent dans la chambre de ses parents, puis dans celle d'Arne et enfin dans la sienne.

Il fermait les yeux et s'efforçait de respirer lentement et régulièrement, feignant le sommeil.

— C'est votre fils ? interrogea tranquillement la voix de l'Allemand.

— Oui.

Un silence.

— Il a passé toute la nuit ici ?

Harald retint son souffle. Il n'avait jamais entendu son père prononcer un mensonge, même pieux.

Pourtant la réponse en fut bel et bien un :

— Oui. Toute la nuit.

Il resta abasourdi. Son père avait menti pour lui. Ce vieux tyran, raide, impitoyable et vertueux avait failli à ses principes. Il était humain après tout. Harald sentit des larmes derrière ses paupières closes.

Le bruit de bottes s'éloigna dans le couloir, descendit l'escalier ; le soldat prit congé. Harald se leva et alla jusqu'en haut des marches.

— Tu peux descendre maintenant, dit son père. Il est parti.

Il descendit sous le regard grave de son père.

— Merci d'avoir fait cela, père, dit Harald.

— J'ai commis un péché, déclara son père. (Un moment, Harald crut qu'il allait se mettre en colère. Puis le vieux visage s'adoucit.) Toutefois, je crois en un Dieu miséricordieux.

Harald mesura l'angoisse par laquelle son père avait dû passer au cours de ces dernières minutes, mais il ne savait pas comment le lui exprimer. La seule manifestation qui lui vint à l'esprit fut de lui serrer la main. Il lui tendit la sienne.

Son père la regarda, puis la serra avant d'attirer Harald contre lui et de passer son bras gauche autour des épaules de son fils. Il ferma les yeux, luttant pour maîtriser une émotion profonde. Quand il parla, ce n'était plus de la voix tonnante du prédicateur, mais dans un murmure angoissé.

— J'ai cru qu'ils allaient te tuer, dit-il. Mon fils chéri, j'ai cru qu'ils allaient te tuer.

16.

Arne Olufsen avait filé entre les doigts de Peter Flemming.

Tout en faisant cuire un œuf pour le petit déjeuner d'Inge, Peter ruminait sa défaite. Quand Arne avait semé ses poursuivants à Bornholm, Peter avait affirmé en riant qu'on ne tarderait pas à le rattraper, convaincu, à tort, qu'Arne n'était pas assez malin pour quitter l'île sans qu'on s'en aperçoive. Ce ne fut pourtant pas le cas. Il ignorait encore par quel subterfuge, mais Arne avait sans aucun doute regagné Copenhague car un policier en tenue l'avait repéré dans le centre-ville ; il s'était lancé à sa poursuite, mais Arne l'avait distancé, puis avait de nouveau disparu.

— De toute évidence, les activités d'espionnage continuent, fit remarquer avec un mépris glacial Frederik Juel, le chef de Peter. Olufsen pratique apparemment des manœuvres d'évitement.

Le général Braun n'avait pas mâché ses mots, lui non plus.

— La mort de Poul Kirke n'a manifestement pas mis hors de combat le réseau d'espionnage, déclara-t-il. (Plus question de nommer Peter à la tête du service.) Je vais faire venir la Gestapo.

Quelle injustice ! rageait Peter en lui-même. Dépister ces espions, dénicher le message codé dans la cale de l'avion, arrêter les mécaniciens, perquisitionner à la synagogue, emprisonner Ingemar Gammel, organiser un raid sur l'école de pilotage, abattre Poul Kirke et débusquer Arne Olufsen, tout ça ! Autant d'exploits qu'un jean-foutre comme Juel se permet de dénigrer sans bouger de son fauteuil pour empêcher qu'on reconnaisse ce qui m'est dû !

Mais il ne s'avouait pas encore vaincu.

— Je trouverai Arne Olufsen, avait-il déclaré la veille au soir au général Braun. (Juel avait commencé à protester, mais Peter l'avait interrompu.) Donnez-moi vingt-quatre heures. S'il n'est pas sous les verrous demain soir, faites venir la Gestapo.

Braun avait accepté.

Arne, n'ayant pas regagné son cantonnement ni trouvé refuge chez ses parents à Sande, devait donc se cacher chez un de ses camarades du réseau, qui d'ailleurs se planquaient tous. Une personne toutefois connaissait sans doute la plupart d'entre eux : Karen Duchwitz. Elle était la petite amie de Poul et son frère fréquentait le même collège que le cousin de ce dernier. Elle n'espionnait pas, Peter en était certain, mais n'ayant aucune raison de se méfier, elle pourrait conduire Peter jusqu'à Arne.

Les chances étaient minces, mais c'était tout ce qu'il avait.

Il écrasa l'œuf mollet avec du sel et un peu de beurre, puis porta le plateau dans la chambre. Il aida Inge à s'asseoir et lui donna une cuillerée d'œuf qu'elle ne sembla guère apprécier. Pourtant l'œuf, qu'il goûta, était très bon ; il lui donna une autre cuillerée. Elle recracha comme un bébé, se salissant le menton et tachant sa chemise de nuit.

Peter la regarda, désespéré. À plusieurs reprises ces deux dernières semaines – fait nouveau –, elle s'était salie.

Inge n'aurait jamais fait cela auparavant ; elle ne l'aurait pas toléré.

Il reprit le plateau, la laissa dans son lit et se dirigea vers le téléphone. Il composa le numéro de l'hôtel de Sande et demanda son père qui se mettait toujours au travail de bonne heure.

— Tu avais raison : il est temps de mettre Inge dans une clinique, annonça-t-il à son père dès qu'il l'eut au bout du fil.

Peter observait le Théâtre royal, un bâtiment du dix-neuvième siècle en pierres jaunes surmonté d'un dôme. La façade proposait colonnes, pilastres, chapiteaux, consoles, couronnes, écussons, lyres, masques, chérubins, sirènes et angelots, à foison. Sur le toit, des urnes, des torchères et des créatures à quatre pattes, pourvues d'ailes et de seins.

— C'est un peu chargé, commenta-t-il. Même pour un théâtre.

Tilde Jespersen éclata de rire.

Ils étaient assis dans la véranda de l'hôtel d'Angleterre d'où l'on avait une bonne vue sur le Kongens Nytorv, la plus grande place de Copenhague. À l'intérieur du théâtre, les élèves de l'école de ballet assistaient à la générale des *Sylphides*, le prochain spectacle à l'affiche. Peter et Tilde attendaient la sortie de Karen Duchwitz.

Tilde faisait semblant de lire le quotidien du jour. En première page, un gros titre annonçait : LÉNINGRAD EN FEU. Même les nazis, surpris par la réussite de la campagne de Russie, déclaraient que leur succès « dépassait l'imagination ».

Peter parlait pour dissiper la tension. Son plan jusque-là n'avait absolument rien donné. Karen, sous surveillance étroite, n'avait rien fait d'autre que d'aller à ses cours. Conscient de ce que son inquiétude, déprimante et stérile, risquait de lui faire commettre des erreurs, il se forçait à se détendre.

— Croyez-vous que les architectes plaquent de tels décors sur les façades des théâtres et des salles d'opéra pour décourager le commun des mortels d'y entrer ?

— Vous vous considérez comme le commun des mortels ?

— Évidemment. (L'entrée était flanquée de deux statues verdies par les intempéries, des personnages assis plus grands que nature.) Qui sont ces deux-là ?

— Holberg et Oehlenschläger.

Il reconnut les noms de deux grands auteurs dramatiques danois.

— Je n'aime pas beaucoup le drame : il y a trop de discours. Je préfère les films comiques : Buster Keaton ou Laurel et Hardy. Vous avez vu celui dans lequel ils sont en train de peindre une pièce et où quelqu'un arrive en portant une planche sur son épaule ? (Il se mit à rire à ce souvenir.) J'ai tellement ri que j'ai failli tomber par terre.

— Tiens, fit-elle en lui lançant un de ses regards énigmatiques, vous me surprenez. Je ne vous voyais pas en amateur de farce.

— Qu'est-ce qui me plaît, à votre avis ?

— Les westerns, des situations où l'on s'assure à coups de revolver que la justice triomphe.

— Vous avez raison, j'aime aussi ce genre de films. Et vous ? Appréciez-vous le théâtre ? Les gens de Copenhague, en théorie, approuvent la culture mais quant à mettre les pieds là-dedans...

— J'aime l'opéra... pas vous ?

— Oh... les airs, d'accord, mais les histoires sont stupides.

— Je n'avais pas analysé les choses ainsi, fit-elle en souriant, mais vous avez raison. Et le ballet ?

— Je n'en vois vraiment pas l'intérêt. Et les costumes sont bizarres. C'est vrai... regardez les collants des hommes, c'est gênant.

— Oh, Peter, dit-elle en riant, vous êtes si drôle, mais je vous aime bien quand même.

Il n'avait pas cherché à être amusant, mais il accepta le compliment avec joie. Il jeta un coup d'œil à la photographie qu'il tenait à la main : elle venait de la chambre de Poul Kirke et montrait celui-ci à bicyclette, Karen juchée sur le cadre. Tous deux en short. Karen avait des jambes superbes et interminables. L'image même du couple heureux, plein d'entrain et d'énergie. Un instant Peter déplora la mort de Poul, puis se réprimanda sévèrement : celui-ci avait choisi d'être un espion et de narguer la loi.

La photo lui permettrait d'identifier Karen plus facilement. Séduisante, le sourire généreux et une épaisse chevelure bouclée, l'antithèse en somme de Tilde avec ses petits traits bien dessinés sur un visage rond. Certains hommes taxent Tilde de frigidité – elle repousse tout simplement leurs avances – mais moi, songea Peter, je sais à quoi m'en tenir.

Ils n'avaient pas évoqué le fiasco de l'hôtel de Bornholm. Peter était trop embarrassé pour aborder ce sujet. Il n'avait pas l'intention de s'excuser, de s'infliger une humiliation supplémentaire. Mais un plan s'esquissait dans son esprit, une idée si spectaculaire qu'il préférait pour l'instant s'en tenir à l'ébauche.

— La voilà, annonça Tilde.

Peter regarda de l'autre côté de la place et aperçut un groupe de jeunes gens qui sortaient du théâtre. Il reconnut aussitôt Karen : chapeau de paille négligemment posé sur la tête et robe d'été jaune moutarde évasée dansant joliment autour des genoux. Le cliché en noir et blanc ne montrait pas sa peau blanche ni ses cheveux d'un roux flamboyant, pas plus qu'il ne rendait justice à son expression : elle descendait les marches d'un perron avec la même noblesse que si elle faisait son entrée sur scène.

Karen traversa la place et s'engagea dans la rue principale, le Stroget.

Peter et Tilde se levèrent.

— Avant de nous séparer..., commença Peter.

— Quoi donc ?

— Voulez-vous venir chez moi ce soir ?

— Il y a une raison spéciale ?

— Oui, mais je préférerais ne pas vous donner d'explication.

— Très bien.

— Merci.

Sans en dire davantage, il se précipita à la poursuite de Karen. Comme convenu, Tilde le suivit à distance.

Le problème du Stroget, rue étroite très passante et fréquemment embouteillée à cause de voitures mal garées, serait promptement réglé – Peter en était convaincu – si on doublait amendes et contraventions. Il gardait dans sa ligne de mire le chapeau de paille de Karen en priant le ciel qu'elle ne rentre pas tout simplement chez elle.

Au bout du Stroget se trouvait la place de l'Hôtel-de-Ville, où le groupe d'étudiants se dispersa, Karen continuant son chemin avec une seule des filles ; elles bavardaient avec animation, jolies et insouciantes. Peter se rapprocha quand elles passèrent devant Tivoli ; là elles s'arrêtèrent comme si elles allaient se séparer, mais toutefois sans interrompre leur conversation. Peter se demanda avec impatience ce que deux jeunes filles pouvaient avoir encore à se dire après avoir passé une journée entière ensemble.

L'amie de Karen se dirigea enfin vers la gare principale tandis que Karen partait dans la direction opposée. Peter sentit ses espoirs se préciser : aurait-elle rendez-vous avec un des membres du réseau d'espions ? Espoirs vite déçus : Karen gagna

Vesterport, une petite gare des faubourgs desservant son village natal de Kirstenslot.

Voilà qui ne faisait pas l'affaire de Peter. Il ne lui restait que quelques heures. De toute évidence, elle ne le conduirait pas ce soir jusqu'à un des membres du réseau. Il lui fallait donc précipiter les choses.

— Excusez-moi, dit-il en la rattrapant à l'entrée de la gare. Il faut que je vous parle.

Elle le regarda bien en face mais sans s'arrêter.

— De quoi s'agit-il ? demanda-t-elle d'un ton poli mais froid.

— Pourrions-nous discuter juste une minute ?

Elle franchit l'entrée et descendit les premières marches qui menaient au quai.

— C'est ce que nous faisons.

— Je prends un risque terrible, reprit-il en faisant semblant d'être nerveux, rien qu'en vous adressant la parole.

Cette fois, elle réagit : elle s'arrêta sur le quai et jeta autour d'elle un coup d'œil inquiet.

— Que se passe-t-il ?

Il remarqua qu'elle avait des yeux merveilleux : d'un vert d'une extraordinaire limpidité.

— Il s'agit d'Arne Olufsen.

Il vit de la crainte dans ses yeux, ce qui le combla d'aise : son instinct ne l'avait pas trompé. Elle savait quelque chose.

— Qu'est-ce qu'il a ? demanda-t-elle à mi-voix.

— Vous êtes une de ses amies ?

— Non. Je l'ai rencontré, parce que je sortais avec un de ses camarades. Mais je ne le connais pas vraiment. Pourquoi me demandez-vous cela ?

— Savez-vous où il se trouve ?

— Absolument pas.

Elle avait répondu d'un ton ferme et il se dit avec consternation qu'elle avait l'air de dire la vérité.

Mais il n'était pas prêt à renoncer.

— Pourriez-vous lui transmettre un message ?

Elle hésita et Peter sentit son cœur bondir d'espoir, car elle se demandait si elle devait mentir ou non.

— Peut-être, dit-elle au bout d'un moment. Je n'en suis pas sûre. Quel genre de message ?

— Je suis de la police.

Effrayée, elle fit un pas en arrière.

— Ne vous inquiétez pas, je suis dans votre camp. (Elle n'arrivait pas à déterminer si elle devait ou non le croire.) Je n'ai rien à voir avec la Sécurité, je m'occupe des accidents de la route. Mais notre bureau est à côté du leur et j'entends parfois ce qui se passe.

— Qu'avez-vous entendu ?

— Arne court de grands dangers. Le service de sécurité sait où il se cache.

— Mon Dieu !

Peter nota qu'elle ne s'informait pas au sujet du service de sécurité, ni au sujet du crime qu'Arne était censé avoir commis ; en outre, elle ne paraissait absolument pas surprise à l'idée qu'il se cache. Elle savait donc ce que manigançait Arne, conclut-il avec un sentiment de triomphe.

À partir de là, il pouvait l'arrêter et l'interroger. Mais il projetait un bien meilleur plan.

— On va l'arrêter ce soir, révéla-t-il d'un ton dramatique.

— Oh, non !

— Si vous savez comment le joindre, au nom du ciel, prévenez-le dans l'heure qui suit.

— Je ne crois pas...

— Je ne peux pas prendre le risque qu'on me voie avec vous. Il faut que je parte. Désolé. Faites de votre mieux.

Et, tournant les talons, il s'éloigna rapidement.

En haut des marches, il croisa Tilde qui étudiait un horaire de chemin de fer. Elle ne le regarda pas, mais il savait qu'elle l'avait vu et qu'elle prendrait maintenant Karen en filature.

De l'autre côté de la rue, un homme en tablier de cuir déchargeait des caisses de bière d'une voiture tirée par deux solides chevaux. Peter, passant derrière la charrette, ôta son feutre, le fourra à l'intérieur de sa veste et le remplaça par une casquette à visière. L'expérience lui avait enseigné que ce simple échange le transformait du tout au tout. On le reconnaîtrait sans doute pour peu qu'on l'examine attentivement mais, au premier coup d'œil, il ressemblerait à quelqu'un d'autre.

À demi dissimulé par la voiture, il surveilla l'entrée de la gare. Au bout de quelques instants, Karen en ressortit. Tilde à quelques pas derrière elle. Peter suivit Tilde.

Ils s'engagèrent dans la rue qui, coincée entre Tivoli et la gare, menait à la poste centrale, un imposant bâtiment classique de briques rouges et de pierres grises. Karen et Tilde y entrèrent l'une derrière l'autre.

Elle va téléphoner, se dit Peter, ravi. Il se précipita vers l'entrée réservée au personnel et, exhibant sa plaque de police sous le nez de la première personne qu'il rencontra, ordonna :

— Amenez-moi le responsable de service, vite.

— En quoi puis-je vous êtes utile ? s'informa un homme voûté au costume noir usé par les ans, apparu quelques instants plus tard.

— Une jeune femme vêtue d'une robe jaune vient d'entrer dans le hall principal, lui expliqua Peter. Je ne veux pas qu'elle me voie mais j'ai besoin de savoir ce qu'elle fait.

Le responsable semblait aux anges. C'est sans doute l'événement le plus excitant de toute sa carrière, songea Peter.

— Mon Dieu, s'exclama-t-il, suivez-moi.

Il s'engouffra dans un couloir, se dirigea vers un comptoir le long duquel s'alignaient des tabourets disposés devant de petites fenêtres. L'homme s'avança.

— Je crois que je la vois, annonça-t-il. Cheveux roux bouclés et un chapeau de paille.

— C'est elle.

— Je n'aurais jamais deviné que c'était une criminelle.

— Qu'est-ce qu'elle fait ?

— Elle consulte l'annuaire téléphonique. C'est étonnant qu'une personne aussi jolie...

— Si elle passe un appel, j'ai besoin de l'écouter.

L'homme hésita. Peter n'avait absolument pas le droit d'écouter une conversation privée sans mandat, mais il espérait que le responsable l'ignorait.

— C'est très important.

— Je ne sais pas si je peux...

— Ne vous inquiétez pas, j'en assumerai la responsabilité.

— Elle repose l'annuaire du téléphone.

Il était absolument hors de question que Karen puisse appeler Arne sans que Peter écoute. Au besoin, je dégaine mon pistolet contre cet abruti d'employé des postes, décida-t-il.

— Je dois insister.

— Nous avons des règlements...

— Il n'empêche...

— Ah ! s'exclama l'homme. Elle a reposé l'annuaire, mais elle ne se dirige pas vers le comptoir. (Son visage exprimait un vif soulagement.) Elle s'en va !

Poussant une exclamation de dépit, Peter se précipita vers la sortie.

Il entrebâilla la porte et jeta un coup d'œil dehors : Karen traversait la rue, Tilde sur ses pas, puis lui dans leurs traces.

Il était déçu, mais pas vaincu. Karen connaissait le nom de quelqu'un qui pourrait contacter Arne, nom qu'elle avait cherché dans l'annuaire. Pourquoi diable n'avait-elle pas téléphoné ? Peut-être craignait-elle – fort justement – que la conversation ne soit surprise par la police ou par un service de sécurité allemand exerçant une surveillance de routine.

Quoi qu'il en soit, si ce n'était pas le numéro de téléphone qu'elle cherchait, il s'agissait alors de l'adresse. Et maintenant, si la chance de Peter ne le lâchait pas, c'était là qu'elle se rendait.

Il laissa Karen prendre de la distance mais sans perdre Tilde de vue. Marcher derrière elle était un vrai bonheur d'autant plus qu'il avait un prétexte quasi officiel pour admirer ses rondeurs. Savait-elle qu'il la dévorait des yeux et n'exagérait-elle pas délibérément le balancement de ses hanches ? Il n'avait aucune idée de ce qui se passait dans l'esprit d'une femme...

Ils arrivèrent sur la petite île de Christiansborg et suivirent le front de mer, avec le port sur leur droite et les anciens édifices du gouvernement de l'île sur leur gauche. Une brise salée soufflant de la Baltique tempérait un peu la chaleur de l'après-midi. Le large chenal accueillait cargos, bateaux de pêche, ferries et navires de guerre danois ou allemands. Deux jeunes matelots tentèrent de draguer Tilde sans succès, car après quelques mots un peu vifs de sa part, ils abandonnèrent le terrain.

Pendant ce temps, Karen, dépassant le palais d'Amalienborg, tourna vers l'intérieur de l'île, et Peter, toujours sur les talons de Tilde, traversa la vaste place fermée par les quatre palais rococo, demeure de la famille royale. De là, tous se dirigèrent vers Nyboder, un quartier de petites maisons construites à l'origine pour abriter à bon marché des matelots.

Ils entrèrent dans la rue St Paul's Gade. Peter aperçut au loin Karen qui observait une rangée de maisons jaunes à toit rouge, cherchant apparemment un numéro précis. Il frémissait comme le chien en arrêt devant sa proie.

Karen ralentit et examina la rue comme pour s'assurer qu'elle n'était pas surveillée. Évidemment, c'était bien trop tard. En tout cas, elle ne parut pas remarquer Tilde, et Peter était trop loin pour qu'elle pût le reconnaître.

Elle frappa à une porte.

Au moment où Peter rejoignait Tilde, la porte s'ouvrit sur quelqu'un qu'ils ne réussirent pas à distinguer. Karen dit quelque chose, on la fit entrer et la porte se referma. Numéro 53, nota Peter.

— Croyez-vous, demanda Tilde, qu'Arne se trouve là ?

— Sinon lui, quelqu'un en tout cas qui sait où il est.

— Que pensez-vous faire ?

— Attendre. (Il inspecta la rue. Sur l'autre trottoir, une boutique faisait l'angle.) Par là.

Ils traversèrent et se plantèrent devant la vitrine. Peter alluma une cigarette.

— Il y a probablement un téléphone dans ce magasin, remarqua Tilde. Est-ce que nous ne devrions pas appeler le quartier général ? Autant y aller en force. Nous ne savons pas à combien ils sont là-dedans.

Peter envisagea d'appeler des renforts.

— Pas encore, dit-il. Nous ne savons pas exactement ce qui se passe. Attendons de voir comment les choses tournent.

Tilde acquiesça. Elle remplaça son béret bleu ciel par un banal foulard imprimé qu'elle noua autour de sa tête. Elle avait glissé sous l'écharpe les boucles de sa chevelure blonde, ce qui la changeait suffisamment pour que Karen, en ressortant, risque moins de la remarquer.

Tilde prit la cigarette entre les doigts de Peter, la porta à ses lèvres, aspira une bouffée et la lui rendit – geste d'une telle intimité qu'il eut presque l'impression qu'elle l'avait embrassé. Il sentit qu'il rougissait et concentra son attention sur le numéro 53.

— Attention, fit-il. (La porte venait de s'ouvrir sur Karen.) Merde, lâcha-t-il.

La porte s'était renfermée sur Karen qui s'éloigna, seule.

— Qu'est-ce qu'on fait maintenant ? demanda Tilde.

Peter réfléchit rapidement : si Arne se trouvait à l'intérieur de la petite maison jaune, il devrait appeler des renforts, débouler dans la maison et l'arrêter avec tous ses complices. Mais Arne pouvait très bien se cacher ailleurs et Karen être en route pour le rejoindre – auquel cas Peter devait la suivre.

Troisième possibilité : Karen avait échoué; elle renonçait et rentrait chez elle.

— Séparons-nous, décida-t-il. Vous, suivez Karen. Moi, j'appelle le quartier général pour faire une descente dans cette maison.

— D'accord, fit Tilde en se précipitant derrière Karen.

Peter entra dans la boutique, une épicerie où l'on vendait des légumes, du pain et des accessoires ménagers tels que savons et allumettes. Les boîtes de conserve s'alignaient sur les rayons et partout des tas de margotins et des sacs de patates encombraient le passage. L'endroit était un peu crasseux mais prospère. Il montra sa plaque de police à une femme aux cheveux grisonnants, drapée dans un tablier tout taché.

— Avez-vous un téléphone ?

— Il faudra payer la communication.

Il chercha de la monnaie dans sa poche.

— Où est-ce ? demanda-t-il avec impatience.

Elle tourna la tête vers un rideau au fond du magasin.

— Par là.

Il jeta quelques pièces sur le comptoir et passa dans un petit salon qui sentait le chat. Il décrocha le combiné et appela le Politigaarden; on lui passa Conrad.

— Je pense avoir trouvé la cachette d'Arne. Au numéro 53, St Paul's Gade. Prenez Dresler et Ellegard et rappliquez ici en voiture le plus vite possible.

— On arrive, dit Conrad.

Peter raccrocha et sortit en courant. Cela lui avait pris moins d'une minute; aussi, si quelqu'un avait quitté la maison pendant ce temps, devrait-on encore l'apercevoir dans la rue. Il regarda à droite et à gauche : un vieil homme en bras de chemise, arthritique, promenait un chien tout aussi arthritique, et tous deux se déplaçaient péniblement. Un petit cheval fringant tirait une remorque chargée d'un canapé avec des trous dans le capitonnage de cuir. Un groupe de garçons jouait au football avec une vieille balle de tennis tout usée. Pas trace d'Arne. Il traversa.

Il s'abandonna un instant à l'évocation du plaisir qu'il éprouverait en arrêtant le fils aîné de la famille Olufsen. Quelle revanche après l'humiliation infligée voilà tant d'années à Axel Flemming. Juste après l'expulsion du collège du cadet, l'arrestation d'Arne pour espionnage mettrait assurément un terme à l'hégémonie du pasteur Olufsen. Il ne pourrait plus prêcher la vertu avec deux fils ayant aussi mal tourné et serait obligé de donner sa démission.

Le père de Peter serait enchanté.

La porte du numéro 53 s'ouvrit. Arne sortit sur le trottoir et Peter, passant la main à l'intérieur de sa veste, tâta la crosse de son pistolet dans son étui.

Il jubilait. Arne s'était rasé la moustache et dissimulait ses cheveux noirs sous une casquette d'ouvrier, mais Peter, ayant grandi avec lui, le reconnut aussitôt.

Au bout d'un moment, la prudence vint pondérer le triomphe : un policier tentant de procéder seul à une arrestation courait souvent à l'échec car un suspect n'ayant à faire qu'à un seul représentant de l'ordre risquait sa chance. Peter, en outre, ne pouvait se réfugier derrière l'autorité de l'uniforme. En cas de bagarre, les passants n'ayant aucun moyen de savoir qui est qui pouvaient fort bien se tromper et intervenir en faveur du criminel.

Peter et Arne s'étaient déjà battus, voilà douze ans, à l'époque du différend qui opposait les deux familles. Peter avait l'avantage de la taille et Arne, qui pratiquait de nombreux sports, celui de la forme ; l'issue du combat avait donc été incertaine : après avoir échangé quelques horions, on les avait séparés. Aujourd'hui, Peter était armé. Arne aussi peut-être.

Arne claqua la porte de la maison et s'engagea dans la rue en s'avançant vers Peter. Il baissait les yeux et rasait les murs comme un fugitif. Peter, au bord du trottoir, surveillait furtivement le visage d'Arne.

Quand ils furent à moins de dix mètres l'un de l'autre, Arne lança un bref coup d'œil à Peter. Celui-ci soutint son regard. Il vit la stupéfaction se peindre sur son visage, après qu'il l'eut reconnu, ce fut le choc, la peur, l'affolement.

Arne s'arrêta, pétrifié.

— Tu es en état d'arrestation, déclara Peter.

Arne retrouva un peu de son sang-froid et, l'espace d'un instant, un sourire insouciant passa sur son visage.

— Pete le rouquin, dit-il en retrouvant un sobriquet de leur enfance.

Peter comprit qu'Arne allait filer. Il tira son pistolet.

— Allonge-toi par terre, le visage contre le sol, les mains derrière le dos.

Arne paraissait plus inquiet qu'effrayé. Peter comprit soudain qu'Arne ne redoutait pas son pistolet, mais autre chose.

— Tu vas me tirer dessus ? lança Arne d'un ton de défi.

— Si c'est nécessaire.

Il braqua sur lui son arme, mais, à la vérité, il tenait à prendre Arne vivant. La mort de Poul Kirke avait conduit l'enquête à une impasse. Ce qu'il voulait, c'était interroger Arne, pas le tuer.

Arne eut un sourire énigmatique puis tourna les talons et s'enfuit en courant.

Peter, le bras bien droit, visa, le long du canon, les jambes d'Arne ; mais impossible de tirer avec précision en utilisant un pistolet et il savait qu'il pourrait atteindre Arne n'importe où, ou pas du tout. Mais Arne s'éloignait et les chances qu'avait Peter de l'arrêter diminuaient à chaque fraction de seconde qui s'écoulait.

Peter pressa la détente.

Arne continuait à courir.

Peter fit feu à plusieurs reprises. Au quatrième coup de feu, Arne parut trébucher. Peter tira encore et Arne s'écroula, heurtant le sol avec le bruit sourd d'un poids mort, et roula sur le dos.

— Oh, Seigneur, non, pas encore, marmonna Peter.

Il se précipita, le pistolet toujours braqué sur Arne.

La silhouette sur le sol ne bougeait pas. Peter s'agenouilla auprès de lui.

Arne ouvrit les yeux, le visage pâli par la douleur.

— Pauvre crétin, tu aurais dû me tuer, lâcha-t-il.

Ce soir-là, Tilde se rendit chez Peter. Elle portait un chemisier neuf, rose avec des fleurs brodées sur les manches. Le rose lui va vraiment bien, se dit Peter. Il fait ressortir sa féminité. Le temps était doux et elle semblait ne rien porter sous son corsage.

Il la fit entrer dans le salon. Le soleil du soir baignait la pièce d'un éclat bizarre, laissant comme une auréole sur le contour des meubles et le cadre des tableaux accrochés au mur. Assise dans un fauteuil auprès de la cheminée, Inge fixait la pièce de ce regard sans expression qu'elle arborait toujours.

Peter attira Tilde à lui et l'embrassa. Surprise, elle resta un moment pétrifiée, puis lui rendit son baiser. Il lui caressa les épaules et les hanches.

Elle recula pour le regarder bien en face. Il lisait le désir dans ses yeux, mais elle était troublée.

— Est-ce bien ? demanda-t-elle en jetant un coup d'œil à Inge.

— Chut, chuchota-t-il en lui caressant les cheveux.

Il l'embrassa encore, avidement. Leurs gestes devenaient plus passionnés. Sans interrompre leur baiser, il déboutonna son corsage révélant la douceur de ses seins. Il caressa la peau tiède.

Le souffle court, elle s'écarta encore une fois. Elle haletait, sa poitrine palpitait.

— Et elle ? Et Inge ?

Peter regarda sa femme. Elle les contemplait tous les deux avec son regard vide, sans éprouver la moindre émotion, comme toujours.

— Il n'y a personne ici, déclara-t-il à Tilde. Absolument personne.

Elle le regarda au fond des yeux. Son visage exprimait une compassion où la curiosité se mêlait au désir.

— Bien, dit-elle. Bien.

Il pencha la tête vers ses seins nus.

Troisième partie

17.

Le crépuscule transformait le village pourtant paisible de Jansborg en un endroit particulièrement sinistre. Les villageois, sans doute pressés d'aller se coucher, avaient déserté les rues bordées de maisons noires et silencieuses. Harald avait l'impression de traverser le théâtre d'une catastrophe récente et d'être le seul à en ignorer la cause.

Il laissa sa moto devant la gare à côté d'un cabriolet Opel Olympia qui la fit paraître moins voyante ; celui-ci, en effet, fonctionnant au gaz, était doté sur l'arrière d'un châssis monumental destiné à abriter l'énorme réservoir de carburant. Rassuré par l'aspect plus discret de sa moto, Harald partit à pied en direction du collège.

Après avoir échappé aux gardes de l'île de Sande, il avait retrouvé son lit où il avait dormi d'un sommeil lourd jusqu'à midi. Sa mère l'avait réveillé avec un copieux déjeuner de porc froid et de patates ; elle avait ensuite glissé de l'argent dans sa poche en le suppliant de lui dire où il habitait. Cédant à l'insistance maternelle et touché par la tendresse inattendue de son père, il lui avait parlé de Kirstenslot – pas de la chapelle désaffectée –, lui laissant croire qu'il était l'invité de la grande maison. Puis il l'avait quittée pour retraverser le Danemark d'ouest en est. Et le lendemain soir, il approchait de son collège.

Il avait décidé de développer le film avant de le remettre à Arne qui se cachait à Copenhague chez Jens Toksvig, dans le quartier de Nyboder. Il tenait à s'assurer de la qualité de son travail et de la netteté des photos, les appareils – et les photographes – n'étant pas toujours très fiables. Il ne voulait pas qu'Arne risque sa vie pour un rouleau vierge. Le collège disposait d'une chambre noire et de tous les produits nécessaires au développement et le secrétaire du club de photo, qui n'était autre que Tik Duchwitz, en détenait la clé.

Évitant l'entrée principale, Harald traversa la ferme voisine pour s'introduire dans le collège par les écuries. Il était vingt-deux heures. Les plus jeunes élèves étaient déjà au lit, et les moyens en train de se déshabiller ; seuls les aînés s'affairaient encore dans leur chambre en cette veille de remise des diplômes, car ils devaient boucler leurs bagages.

Longeant les bâtiments familiers, Harald s'obligea à un comportement normal : au lieu de se glisser furtivement le long des murs et de traverser en courant les espaces découverts, il marcha d'un pas assuré, passant au premier regard pour un élève de dernière année regagnant sa chambre. Comme c'est difficile, se dit-il, de feindre cette identité qui, il y a dix jours, était encore vraiment la mienne.

Il ne rencontra personne sur le chemin de la Maison rouge, le bâtiment qui abritait les chambres de Tik et de Mads. Aucun moyen de se cacher en grimpant au dernier étage. S'il croisait quelqu'un, il serait aussitôt reconnu, mais la chance lui sourit : le couloir de l'étage était désert et, passant rapidement devant l'appartement du surveillant, M. Moller, il ouvrit sans bruit la porte de Tik et entra.

Assis sur le couvercle de sa valise, Tik s'efforçait de la fermer.

— Toi ! Bonté divine !

Harald vint s'asseoir près de lui pour l'aider à boucler les serrures.

— Tu as hâte de rentrer chez toi ?

— Tu parles, ricana Tik. On m'exile à Aarhus. J'y travaillerai tout l'été dans la succursale de la banque familiale pour me punir d'être allé dans cette boîte de jazz avec toi.

— Oh !

Harald avait compté sur sa compagnie, mais puisqu'il ne serait pas à Kirstenslot, inutile de préciser qu'il s'y était réfugié.

— Qu'est-ce que tu fais ici ? demanda Tik une fois la valise fermée et les courroies bouclées.

— J'ai besoin de ton aide.

— Qu'est-ce qu'il y a ? demanda Tik en souriant.

— Pour développer ça, expliqua Harald en tirant de sa poche le petit rouleau de pellicule 35 mm.

— Pourquoi ne le donnes-tu pas à un magasin ?

— Parce qu'on m'arrêterait.

Le sourire de Tik disparut, remplacé par une expression grave.

— Tu complotes contre les nazis ?

— Quelque chose comme ça.

— Tu es en danger ?

— Oui.

On frappa à la porte. En un éclair, Harald se laissa tomber sur le sol et se glissa sous le lit.

— Oui ? fit Tik.

Harald entendit la porte s'ouvrir, puis la voix de Moller disant :

— C'est l'extinction des feux, je vous prie, Duchwitz.

— Bien, monsieur.

— Bonne nuit.

— Bonne nuit, monsieur.

La porte se referma et Harald réapparut.

Ils écoutèrent les pas de Moller qui s'éloignait dans le couloir en souhaitant le bonsoir à chaque élève. Ils l'entendirent regagner son appartement et, enfin, refermer sa porte. À moins d'une urgence, on ne le reverrait plus avant le lendemain matin.

— J'espère que tu as toujours la clé de la chambre noire ? s'inquiéta Harald, en étouffant sa voix.

— Oui, mais il faut d'abord passer par le labo.

Le bâtiment des sciences était fermé à clé la nuit.

— On cassera un carreau sur l'arrière.

— Alors, on saura que quelqu'un s'est introduit à l'intérieur.

— Qu'est-ce que ça peut te fiche ? Tu pars demain !

— C'est vrai !

Ils ôtèrent leurs chaussures et se glissèrent à pas de loup jusqu'à la sortie.

À vingt-trois heures passées, il était interdit de circuler dans le parc, aussi évitèrent-ils d'être vus d'une fenêtre. Par chance, il n'y avait pas de lune. Ils quittèrent la Maison rouge, leurs pas étouffés par l'herbe. Comme ils atteignaient la chapelle, Harald se retourna et aperçut une lumière dans la chambre d'un aîné ; une silhouette passa devant la fenêtre et s'immobilisa, une fraction de seconde trop tôt pour que Harald et Tik aient eu le temps de disparaître derrière le mur.

— Je crains qu'on ne nous ait vus, chuchota Harald. Il y a une lumière allumée dans la Maison rouge.

— Les chambres des maîtres donnent toutes sur l'arrière, fit observer Tik. Si quelqu'un nous a vus, c'est un élève. Pas de quoi s'inquiéter.

Pourvu qu'il ait raison, pensa Harald.

Ils contournèrent la bibliothèque et abordèrent le bâtiment des sciences par l'arrière. Bien que de construction récente, il avait été conçu pour s'harmoniser avec les édifices plus anciens des alentours, ce qui expliquait les briques rouges et les croisées composées chacune de six carreaux.

Harald ôta une de ses chaussures et frappa sur une vitre avec son talon. Le verre résista.

— Il est plus fragile quand on joue au football, grogna-t-il.

Ayant glissé sa main dans sa chaussure, il donna un coup sec sur la vitre qui, cette fois, se brisa dans un fracas digne des trompettes du Jugement dernier. Mais le silence retomba comme si de rien n'était ; il n'y avait de toute façon personne à cette heure dans les bâtiments voisins – l'église, la bibliothèque ou le gymnase. Harald le comprit quand les battements de son cœur se furent calmés et qu'il eut recouvré un peu de sang-froid.

Il débarrassa le châssis des éclats de verre qui tombèrent sur une paillasse du laboratoire, passa le bras et ouvrit la fenêtre. Utilisant toujours sa chaussure pour ne pas se couper, il repoussa les éclats de vitre dans un coin. Puis il se glissa à l'intérieur.

Tik le suivit et ils refermèrent la fenêtre derrière eux.

Ils se trouvaient dans le laboratoire de chimie : d'âcres odeurs d'ammoniaque et d'acide leur piquaient les narines. Ils n'y voyaient presque rien mais, connaissant les lieux, ils parvinrent sans encombre jusqu'à la chambre noire. Une fois à l'intérieur, Tik ferma la porte à clé puis alluma l'électricité. (Harald se rappela qu'aucune lumière ne doit pénétrer dans une chambre noire ; donc aucune non plus ne peut s'en échapper.)

Tik retroussa ses manches et se mit au travail. Il fit couler de l'eau tiède dans un évier, farfouilla parmi les produits chimiques et vérifia la température de l'eau, ouvrant le robinet jusqu'au moment où il fut satisfait. Harald comprenait le principe, mais ne l'avait jamais mis en application ; il ne lui restait donc pas d'autre solution que de faire confiance à son camarade ; cela lui laissait le temps de ruminer.

Et s'il y avait eu une anicroche ! Tout était envisageable : l'obturateur n'avait pas bien fonctionné, la pellicule était voilée, l'image floue et les clichés inutilisables. Tout serait à recommencer : aurait-il assez de courage pour retourner à Sande, escalader cette clôture dans l'obscurité, se glisser jusqu'à l'installation, attendre le lever du soleil, prendre de nouveaux clichés puis une nouvelle fois s'enfuir en plein jour ? Il n'était pas du tout certain d'avoir la force de réitérer cette chaîne de petits exploits.

Quand tout fut prêt, Tik déclencha une minuterie et éteignit la lumière. Harald s'assit et attendit patiemment dans le noir tandis que Tik déroulait la pellicule exposée et commençait le processus de développement des photos – si photos il y avait. Il expliqua qu'il trempait d'abord la pellicule dans un bain de pyrogallol, lequel réagirait avec les sels d'argent pour former une image visible. Quand la minuterie retentit à nouveau, Tik rinça le film dans l'acide acétique pour arrêter la réaction, puis le baigna dans de l'hyposulfite pour fixer l'image.

— Ça devrait faire l'affaire, déclara-t-il enfin.

Harald retint son souffle pendant que Tik rallumait.

Complètement aveuglé, Harald dut attendre quelques instants pour être capable de scruter la longueur de pellicule grisâtre que Tik tenait entre ses mains – Harald avait risqué sa vie pour ça. Tik la brandit dans la lumière. Harald, tout d'abord, ne distingua rien et crut que tout était à recommencer. Puis il se souvint qu'il regardait un négatif où le noir paraissait blanc et inversement ; il commença alors à distinguer des formes, en premier lieu, une image inversée de la grande antenne rectangulaire qui l'avait tant intrigué, quatre semaines auparavant.

Il avait réussi !

Il examina et reconnut chaque prise : la base pivotante, l'enchevêtrement des câbles, la grille sous des angles différents, deux appareils plus petits avec leurs antennes inclinables et, enfin, le clou, l'ensemble des trois appareils qu'il avait photographié dans un état proche de l'affolement.

— Elles sont sorties ! s'écria-t-il, triomphant. Elles sont formidables !

— Qu'est-ce que c'est que ces photos ? interrogea Tik, très pâle et au bord de la panique.

— Un appareil que viennent d'inventer les Allemands : il détecte les avions à distance.

— Je regrette de t'avoir posé la question. Tu te rends compte du châtiment que nous risquons pour ce que nous avons fait ?

— C'est moi qui ai pris les photos.

— Et moi j'ai développé le rouleau. Bonté divine, on pourrait me pendre.

— Je t'avais expliqué de quoi il s'agissait.

— Je sais, mais je n'y avais pas vraiment réfléchi.

— Je suis désolé.

Tik roula la pellicule et la glissa dans son petit boîtier cylindrique.

— Tiens, prends ça, dit-il. Je vais me recoucher et tâcher d'oublier ce qui s'est passé.

Harald fourra l'étui dans sa poche de pantalon.

Soudain, des bruits retentirent. Tik poussa un gémissement. Harald s'immobilisa, l'oreille aux aguets : on parlait mais il ne distinguait pas les propos, certain seulement que les voix venaient de l'intérieur du bâtiment et non de l'extérieur. Puis il entendit distinctivement la voix de Heis qui disait :

— Je n'ai pas l'impression qu'il y ait quelqu'un ici.

— Je suis sûr qu'ils sont passés par ici, monsieur, intervint une autre voix, celle d'un élève.

— Tu reconnais... ? demanda Harald, soucieux.

— On dirait Woldemar Borr, chuchota Tik.

— Évidemment, grommela Harald.

Borr était le nazi du collège, celui probablement qui les avait aperçus de sa fenêtre. Quelle déveine, n'importe quel autre pensionnaire l'aurait bouclée.

Vint alors s'ajouter une troisième voix.

— Regardez, un carreau de cette fenêtre est cassé. (C'était M. Moller.) C'est par ici qu'ils ont dû passer... Mais j'ignore de qui il s'agit.

— Il y avait Harald Olufsen, j'en suis sûr, monsieur, affirma Borr, apparemment très content de lui.

— Sortons de cette chambre noire, dit Harald à Tik, et nous réussirons peut-être à éviter qu'ils découvrent que nous avons tiré des photos. (Il éteignit, tourna la clé dans la serrure et poussa la porte.) Oh, merde, lâcha-t-il.

Le couloir était éclairé a giorno et Heis planté juste devant lui.

Heis portait une chemise sans col : de toute évidence il s'apprêtait à se coucher.

— C'est donc vous, Olufsen, dit-il en le toisant.

— Oui, monsieur.

Borr et M. Moller apparurent derrière lui.

— Avez-vous oublié que vous ne faites plus partie des élèves de ce collège ? reprit Heis. Il est de mon devoir d'appeler la police et de vous faire arrêter pour cambriolage.

Harald eut un moment de panique : si la police trouvait la pellicule dans sa poche, il était fichu.

— Et Duchwitz est avec vous... J'aurais dû m'en douter, ajouta Heis en apercevant Tik derrière Harald. Mais que faites-vous donc ?

Harald devait absolument dissuader Heis d'avoir recours à la police – mais il ne voulait pas s'expliquer en présence de Borr.

— Monsieur, pourrais-je vous parler seul à seul ?

Heis hésita.

Si Heis refuse et qu'il prévient la police, je ne me livrerai pas, je m'enfuirai.

— Je vous en prie, monsieur, insista-t-il. Donnez-moi une chance de vous expliquer.

— Très bien, accepta Heis à contrecœur. Borr, retournez vous coucher. Et vous aussi Duchwitz. Monsieur Moller, veuillez les raccompagner vous-même jusqu'à leur chambre.

Une fois seuls, ils entrèrent dans le labo de chimie ; Heis s'assit sur un tabouret et prit sa pipe.

— Très bien, Olufsen. De quoi s'agit-il cette fois ?

Harald se demandait quoi dire : il n'arrivait pas à inventer un mensonge plausible, mais il craignait que la vérité ne parût encore plus incroyable que tout ce qu'il pourrait inventer. Pour finir, il prit simplement le petit cylindre dans sa poche et le tendit à Heis, qui en sortit la pellicule pour la brandir dans la lumière.

— Cela ressemble à une installation radio très récente, commenta-t-il. Militaire ?

— Oui, monsieur.

— Savez-vous à quoi cela sert ?

— À repérer les avions, grâce à des ondes radio, je crois.

— C'est donc ainsi qu'ils opèrent. La Luftwaffe se vante de descendre les bombardiers de la RAF aussi facilement que des mouches. Voilà l'explication.

— À mon avis, ils repèrent et le bombardier et le chasseur chargé de l'intercepter, si bien que le contrôleur peut guider le chasseur avec précision.

— Mon Dieu, s'exclama Heis en le regardant par-dessus ses lunettes. Vous vous rendez compte de l'importance que ça représente ?

— Je crois que oui.

— La seule façon pour les Anglais d'aider les Russes est d'obliger Hitler à ramener des appareils du front russe pour défendre l'Allemagne des raids aériens.

Heis, ancien officier, réfléchissait tout naturellement en militaire.

— Je ne suis pas sûr de comprendre où vous voulez en venir, dit Harald.

— Eh bien, cette stratégie ne donnera pas de résultats tant que les Allemands seront capables d'abattre facilement nos bombardiers. Mais si les Anglais découvrent comment ils y parviennent, ils pourront alors concevoir des contre-mesures. (Heis jeta un regard autour de lui.) Il doit bien y avoir un almanach quelque part.

Harald ne voyait pas pourquoi il avait besoin d'un almanach, mais il savait où en trouver un.

— Dans le bureau de physique.

— Allez le chercher. (Heis posa le film sur la paillasse du laboratoire et alluma sa pipe tandis que Harald passait dans la pièce suivante, trouvait l'almanach sur l'étagère et le rapportait. Heis en feuilleta les pages.) La prochaine pleine lune tombe le 8 juillet, je parierais qu'il y aura un grand raid de bombardements cette nuit-là. C'est dans douze jours. Ce film sera-t-il parvenu en Angleterre d'ici là ?

— Quelqu'un d'autre s'en charge.

— Je lui souhaite bonne chance. Olufsen, savez-vous quels dangers vous courez ?

— Oui.

— Pour les espions, c'est la mort.

— Je sais.

— Vous avez toujours fait preuve de cran, je vous l'accorde. (Il lui rendit la pellicule.) Avez-vous besoin de quoi que ce soit ? De provisions, d'argent, d'essence ?

— Non, merci.

— Je vais vous raccompagner, dit Heis en se levant.

Ils sortirent par la porte principale. L'air de la nuit rafraîchit le front en sueur de Harald. Ils descendirent côte à côte l'allée qui menait à la grille.

— Je ne sais pas ce que je vais raconter à Moller, dit Heis.

— Puis-je me permettre une suggestion ?

— Je vous en prie.

— Vous pourriez dire que nous développions des photos cochonnes.

— Excellente idée. Tout le monde le croira.

Ils arrivèrent à la grille et Heis serra la main de Harald.

— Au nom du ciel, mon garçon, soyez prudent, dit le proviseur.

— Je le serai.

— Bonne chance.

— Au revoir.

Harald s'éloigna en direction du village.

Arrivé au premier virage, il se retourna. Heis n'avait pas bougé et le regardait ; il répondit au salut de Harald, puis chacun reprit sa route.

Il rampa sous un buisson et y dormit jusqu'au lever du jour puis il récupéra sa motocyclette et partit pour Copenhague.

Son humeur, quand il aborda les faubourgs de la ville, était à l'image de cette matinée ensoleillée. Il l'avait échappé belle à plusieurs reprises mais, au bout du compte, il connaissait la joie de tenir sa promesse : il remettrait le film à Arne – celui-ci serait impressionné – et son travail s'arrêterait là; Arne prendrait le relais et ferait parvenir les photos en Angleterre.

Après avoir rencontré son frère, il reviendrait à Kirstenslot où il lui faudrait supplier le fermier Nielsen de le reprendre : il n'avait travaillé qu'une journée et avait disparu jusqu'à la fin de la semaine. Nielsen ne serait pas content, mais il avait tellement besoin des services de Harald qu'il le réengagerait certainement.

Revenir à Kirstenslot signifiait aussi revoir Karen, ce qu'il attendait avec impatience. Elle n'était pas amoureuse de lui et ne le serait jamais; pourtant elle l'aimait bien, semblait-il. Quant à lui, adresser la parole à Karen le comblait déjà et l'embrasser était impensable.

Il se dirigea vers le quartier de Nyboder, chez Jens Toksvig dont Arne lui avait donné l'adresse. St Paul's Gade était une petite rue bordée de maisonnettes avec terrasse mais sans jardin : les portes donnaient directement sur le trottoir. Harald gara sa moto devant le 53 et frappa.

Ce fut un policier en uniforme qui lui ouvrit.

Un instant, Harald resta pétrifié. Où est passé Arne? Il a dû être arrêté...

— Qu'est-ce que tu veux, mon garçon? demanda le policier avec impatience.

C'était un homme d'un certain âge avec une moustache grise et des galons de sergent sur la manche.

Harald eut une soudaine inspiration. Affichant un affolement qui n'était que trop réel, il balbutia :

— Où est le docteur, il faut qu'il vienne tout de suite. Elle est en train d'avoir le bébé!

Le policier sourit. Le futur père terrifié était un grand classique des personnages de comédie.

— Il n'y a pas de docteur ici, mon garçon.

— Mais si, il doit y en avoir un.

— Calme-toi, fiston. Il y a eu des bébés avant les docteurs. Quelle adresse t'a-t-on donnée?

— Docteur Thorsen, 53, Fischer's Gade, il doit être ici!

— C'est le bon numéro, mais pas la bonne rue. Ici c'est St Paul's Gade. Fischer's Gade, c'est à un pâté de maisons plus bas.

— Oh, mon Dieu, je me suis trompé de rue ! (Harald tourna les talons et enfourcha sa moto.) Merci !

Il ouvrit le régulateur de vapeur et démarra.

— Pas de quoi, dit le policier.

Harald alla jusqu'au bout de la rue et tourna au premier croisement.

Très astucieux, se dit-il, mais, bon sang, qu'est-ce que je fais maintenant ?

18.

Hermia attendit Arne et la précieuse pellicule toute la matinée du vendredi, dans les superbes ruines du château de Hammershus.

Ce film avait acquis, en cinq jours, une valeur bien plus grande encore ; entre-temps, le monde avait changé : les nazis, bien décidés à conquérir l'Union soviétique, avaient déjà pris la forteresse clé de Brest-Litovsk et causaient par ailleurs, grâce à leur incontestable suprématie aérienne, des ravages à l'armée Rouge.

En deux ou trois phrases très brèves, Digby lui avait rapporté sa conversation avec Churchill. Dans une tentative désespérée pour attirer les forces de la Luftwaffe loin du front russe et donner aux soldats soviétiques une chance de riposter, le Bomber Command déclencherait dans onze jours, avec tous les avions disponibles, le plus grand raid aérien de la guerre.

Digby en avait parlé à Bartlett. Son frère maintenant tout à fait rétabli avait repris du service actif et piloterait certainement un des bombardiers.

Ce qui méritait tout à fait le qualificatif de mission suicide affaiblirait terriblement le Bomber Command à moins de mettre au point, dans un très bref délai, une tactique permettant d'échapper aux radars allemands. Et pour cela, on dépendait d'Arne.

Hermia avait persuadé son pêcheur suédois de lui faire une nouvelle fois traverser le bras de mer – même s'il l'avait prévenue qu'il ne recommencerait pas car il trouvait dangereuses ces traversées répétées. À l'aube, portant son vélo, elle avait pataugé dans les flaques de la plage au pied de Hammershus, puis grimpé la pente abrupte qui menait au château et là, debout sur les remparts, telle une reine médiévale, elle regardait le soleil se lever sur un monde où s'affirmait de plus en plus l'emprise de ces nazis haineux, paradant et vociférant, qu'elle méprisait tant.

Elle changea d'emplacement à peu près toutes les demi-heures, passant d'un coin des ruines à un autre, se promenant dans les bois ou encore descendant sur la plage, simplement pour ne pas montrer aux touristes de façon trop flagrante qu'elle attendait quelqu'un. De cette tension épouvantable mêlée à un insondable ennui, elle retirait une étrange impression d'épuisement.

Elle essayait de se changer les idées en évoquant le doux souvenir de leur dernière rencontre. Avoir fait l'amour avec Arne là, sur l'herbe, en plein jour, la choquait bien un peu, mais à la réflexion elle ne regrettait rien et s'en souviendrait toute sa vie.

Elle pensait qu'il arriverait par le ferry de nuit. Du port de Ronne jusqu'au château de Hammershus, il y avait à peine vingt kilomètres qu'Arne franchirait à bicyclette en une heure, ou en trois s'il venait à pied. Mais à la fin de la matinée, il n'était pas là ; elle trouvait cela préoccupant, cependant, elle s'obligea à ne pas s'inquiéter : il aura encore manqué le bateau du soir et pris celui du matin. Il arrivera donc ce soir, se dit-elle.

La dernière fois, elle l'avait attendu sans rien faire jusqu'au lendemain matin. Maintenant, elle était trop impatiente : une fois acquise la certitude qu'il n'était pas parti la veille au soir, elle décida d'aller à bicyclette jusqu'à Ronne.

Quitter les petites routes désertes de campagne pour gagner les rues populeuses de la petite ville la rendait nerveuse. Elle avait beau se dire qu'elle y était plus en sûreté – on la remarquait davantage en pleine campagne que noyée dans la foule –, elle éprouvait exactement le contraire : elle lisait de la méfiance dans tous les regards, pas seulement dans ceux des policiers et des soldats, mais aussi dans ceux des boutiquiers campés sur le seuil de leur magasin, des charretiers conduisant leurs chevaux, des vieux qui fumaient sur les bancs ou des dockers qui buvaient du thé sur le quai. Elle se promena un moment en ville en essayant de ne pas attirer l'attention, puis entra dans une gargote du port pour manger un sandwich. Pendant l'accostage du ferry, elle se fondit dans un petit groupe qui attendait le débarquement des passagers ; elle scrutait chaque visage, possible déguisement derrière lequel elle cherchait Arne.

En quelques minutes tout le monde était descendu à terre et le mouvement s'inversa : d'autres voyageurs commencèrent à embarquer pour le trajet de retour ; Hermia comprit alors qu'Arne n'était pas à bord.

Que faire ? Son absence pouvait avoir des causes différentes allant du banal au tragique. Il avait perdu courage et renoncé à sa mission. (Ce soupçon lui faisait honte, mais, à ses yeux, Arne n'avait pas l'étoffe d'un héros.) Bien sûr, il pouvait être mort. Non, il avait plutôt été retenu pour une raison aussi stupide qu'un retard de train, et malheureusement il n'avait aucun moyen de la prévenir.

Mais, réalisa-t-elle soudain, elle pouvait le contacter ! Elle lui avait dit de se planquer chez Jens Toksvig ; par chance celui-ci avait le téléphone et Hermia connaissait son numéro.

Elle hésita un peu : si la ligne – on ne sait jamais – était surveillée, la police repérerait l'appel et apprendrait... apprendrait quoi donc ? Que quelque chose, peut-être, se passait à Bornholm. Ce serait ennuyeux mais pas dramatique. L'autre solution – trouver une chambre pour la nuit et attendre l'éventuelle arrivée d'Arne par le ferry suivant – exigeait une patience dont elle ne se sentait pas capable.

Elle retourna à l'hôtel et appela Toksvig.

En attendant que la standardiste lui passe la communication, elle regretta de ne pas avoir réfléchi plus longuement à ce qu'elle allait dire. Devrait-elle demander Arne ? Si la ligne était sur écoute, cela révélerait sa cachette. Non, elle aurait recours aux énigmes, comme elle l'avait fait de Stockholm. Ce serait sans doute Jens qui répondrait. Elle pensait qu'il reconnaîtrait sa voix. Sinon, elle dirait : *C'est votre amie de Bredgade, vous vous souvenez de moi* ? Bredgade, la rue du siège de l'ambassade britannique lorsqu'elle y travaillait. L'allusion serait suffisamment claire pour lui – même si elle risquait aussi d'alerter un policier.

Elle n'avait pas eu le temps de poursuivre ses réflexions qu'on décrocha et qu'une voix d'homme dit :

— Allô ?

À coup sûr, il ne s'agissait pas d'Arne. Jens peut-être, mais elle n'avait pas entendu sa voix depuis plus d'un an.

— Allô, fit-elle.

— Qui est à l'appareil ?

La voix faisait penser à un homme plus âgé ; Jens n'avait que vingt-neuf ans.

— Pourrais-je, je vous prie, parler à Jens Toksvig ?

— Qui le demande ?

Qui diable est au bout du fil ? Jens vit seul. À moins que son père ne se soit installé chez lui ; de toute façon, pas question de donner mon vrai nom, se dit-elle.

— Hilde.

— Hilde qui ?

— Il saura.

— Puis-je avoir votre nom de famille, je vous prie ?

Cela devenait inquiétant. Elle décida de tenter de l'envoyer promener.

— Écoutez, j'ignore qui vous êtes, mais je n'ai pas l'habitude de jouer aux devinettes quand je téléphone, alors, voulez-vous simplement me passer Jens ?

Cela ne marcha pas.

— Il me faut votre nom de famille.

Ce n'est pas quelqu'un qui plaisante, conclut-elle alors.

— Qui êtes-vous ?

— Sergent Egill de Copenhague, répondit-il enfin après un long silence.

— Jens a des ennuis ?

— Voulez-vous, je vous prie, me donner votre nom.

Hermia raccrocha.

Elle avait peur, la situation se présentait vraiment mal : Arne s'était réfugié chez Jens dont la maison se révélait maintenant surveillée par la police. Pourquoi ? Une unique raison : Arne avait été démasqué, puis arrêté, Jens aussi probablement. Hermia refoula ses larmes ; reverrait-elle jamais son amant ?

Elle sortit de l'hôtel et porta son regard du côté du soleil couchant, vers Copenhague, où Arne croupissait sans doute en prison, à seulement cent cinquante kilomètres d'elle.

Pas question de retrouver son pêcheur et de retourner en Suède les mains vides, autrement dit de laisser tomber Digby

Hoare, Winston Churchill et des milliers d'aviateurs britanniques.

Dans un mugissement désespéré, la sirène du ferry lança son dernier appel pour l'embarquement des passagers : Hermia enfourcha sa bicyclette et pédala de toutes ses forces vers le quai. Pourvue d'un jeu complet de faux papiers, elle pouvait franchir n'importe quel contrôle. Elle acheta un billet et se précipita à bord : elle se rendait à Copenhague et saurait ce qui était arrivé à Arne ; enfin elle récupérerait le film. Après cela, elle s'inquiéterait de trouver un moyen de quitter le Danemark et de passer la pellicule en Angleterre.

Dans un nouveau hurlement plaintif de sa sirène, le ferry quitta lentement le ponton.

19.

Le soleil se couchait quand Harald déboucha sur les quais de Copenhague. L'eau sale du port, d'un gris huileux dans la journée, s'irisait au crépuscule des reflets d'un ciel rouge et jaune que les vaguelettes brisaient en taches de couleur comme autant de coups de pinceau.

Il arrêta la moto à côté d'une file de camions Daimler-Benz sur lesquels on chargeait des madriers apportés par un cargo norvégien. En découvrant les deux soldats allemands qui surveillaient la cargaison, il ressentit subitement comme une vive brûlure à l'endroit où, à travers sa poche, le rouleau de pellicule touchait sa jambe. Il vérifia sa présence et se dit qu'il n'avait aucune raison de s'affoler : il n'était soupçonné d'aucun méfait et, auprès des soldats, la moto ne risquait rien. Il la laissa donc à proximité des camions.

La dernière fois qu'il était passé par ici, il était ivre et il dut faire un effort pour se rappeler l'emplacement exact de la boîte de jazz. Il suivit l'enfilade des entrepôts et des tavernes, bâtiments crasseux transformés eux aussi par l'éclairage romantique du couchant, et finit par repérer le panneau : Institut danois de chant et de danse folkloriques. Il descendit les marches qui menaient à la cave et poussa la porte.

Il était vingt-deux heures, donc très tôt pour une boîte de nuit, ce qui expliquait la salle à moitié vide et le piano silencieux. Harald s'approcha du bar en examinant les visages au passage ; il n'en reconnut malheureusement aucun.

Le barman, qui avait noué un chiffon autour de sa tête à la manière des gitans, fit un petit salut méfiant à ce jeune homme qui ne ressemblait guère à ses clients habituels.

— Avez-vous vu Betsy aujourd'hui ? demanda Harald.

Le serveur se détendit aussitôt, apparemment rassuré par cette quête d'une prostituée, plutôt classique dans son établissement.

— Elle est dans les parages.

— Je vais l'attendre, annonça Harald en s'asseyant sur un tabouret.

— Trude est là si vous voulez, suggéra l'employé en désignant une blonde qui sirotait le contenu d'un verre taché de rouge à lèvres.

— C'est Betsy que je veux.

— Ces choses-là, c'est très personnel, déclara le barman avec sagacité.

Harald réprima un sourire devant cette lapalissade qu'imaginer en effet de plus personnel que des rapports sexuels ?

— C'est bien vrai, renchérit-il.

Que de stupidités on peut échanger dans une taverne !

— Vous voulez boire un verre en l'attendant ?

— Une bière, je vous prie.

— Avec un coup de gnole ?

— Non, merci.

La simple mention de l'aquavit lui donnait encore la nausée.

Il but sa bière à petites gorgées tout en réfléchissant. Il avait ruminé toute la journée sa triste situation : la présence de la police dans la planque d'Arne signifiait certainement qu'il avait été découvert ; si, par on ne sait quel miracle, il avait échappé à l'arrestation, il ne lui restait plus pour se cacher que le monastère en ruine de Kirstenslot ; or Harald avait vérifié, Arne ne s'y trouvait pas.

Il était resté assis plusieurs heures sur les dalles de l'église, s'inquiétant au sujet de son frère et se demandant ce qu'il devait faire.

Pour mener à bien la mission commencée par Arne, il devait faire parvenir le film à Londres dans les onze jours. Arne avait dû prévoir un plan, mais Harald ne le connaissait pas et ne voyait aucun moyen de le découvrir. Il devait donc concevoir sa propre tactique.

Il envisagea de glisser les négatifs dans une enveloppe pour les poster, tout simplement, à l'adresse de la légation britannique de Stockholm, mais la censure, il en était convaincu, ouvrait tout le courrier adressé là.

Malheureusement, il ne connaissait personne en possession d'un laissez-passer officiel entre le Danemark et la Suède. Il pouvait confier l'enveloppe à un passager du ferry à Copenhague ou de la gare du train maritime d'Elseneur ; mais cela lui semblait presque aussi risqué que de l'envoyer par la poste.

D'une journée entière passée à se creuser la cervelle, il conclut qu'il devait y aller lui-même, et clandestinement.

En effet, maintenant que son frère était démasqué comme espion, il n'obtiendrait aucun permis ; il ne pouvait plus voyager au grand jour. Des bateaux danois assuraient quotidiennement la liaison avec la Suède : il fallait trouver un moyen d'embarquer sur l'un d'eux et s'esquiver sans se faire remarquer à l'arrivée. Impossible en se proposant pour travailler sur un navire : des papiers d'identité spéciaux étaient fournis aux marins. Mais, du côté des docks, les activités plus ou moins louches – contrebande, vol, prostitution, trafic de drogue – ne manquaient pas. Il ne lui restait plus qu'à prendre contact avec un trafiquant qui soit disposé à le faire passer clandestinement en Suède.

Comme il commençait à faire très frais sur les dalles du monastère, il était reparti à moto pour la boîte de jazz dans l'espoir d'y rencontrer l'unique malfaiteur de ses relations.

Il n'eut pas à attendre Betsy longtemps : il n'en était qu'à la moitié de sa bière lorsqu'elle descendit l'escalier du fond accompagné d'un client, teint pâle et malsain, tignasse hirsute et gros bouton sur la narine gauche, un matelot, supposa Harald, dont elle venait de s'occuper dans une chambre du premier étage ; il n'avait pas plus de dix-sept ans ; il traversa rapidement la salle et sortit furtivement.

Betsy s'approcha du bar, aperçut Harald et s'arrêta, surprise.

— Bonjour, collégien, lança-t-elle, affable.

— Bonjour, princesse.

Provocante, elle renversa la tête en arrière et secoua ses boucles brunes.

— On a changé d'avis ? On veut faire un essai ?

L'idée de prendre la succession du matelot lui répugnait, mais il répondit par une plaisanterie.

— Pas avant le mariage.

— Qu'est-ce que dirait ta mère ? répliqua-t-elle en riant.

Il contempla sa silhouette bien en chair.

— Que tu as besoin de te remplumer un peu.

— Flatteur, fit-elle en souriant. Toi, tu cherches quelque chose, n'est-ce pas ? Tu n'es pas venu pour cette bière lavasse.

— Eh bien, j'aurais besoin de dire un mot à ton copain Luther.

— Lou ? grogna-t-elle d'un air désapprobateur. Qu'est-ce que tu lui veux ?

— Il pourrait m'aider à résoudre un petit problème.

— Quoi donc ?

— Je n'ai probablement pas le droit...

— Ne sois pas idiot. Tu es dans le pétrin ?

— Pas exactement.

Elle se tourna vers la porte et lâcha :

— Oh, merde !

Harald suivit son regard : Luther entrait, arborant à même son maillot de corps un veston à la coupe sport, en soie et couvert de taches. Un homme d'une trentaine d'années, ivre au point d'avoir du mal à rester debout, l'accompagnait. Luther le guida jusqu'à Betsy.

— Tu l'as soulagé de combien ? demanda Betsy à Luther.

— Dix.

— Tu me racontes des craques, petit merdeux.

— Voilà ta part, fit Luther en lui tendant un billet de cinq couronnes.

Haussant les épaules, elle empocha l'argent et entraîna l'homme à l'étage.

— Lou, proposa Harald, accepteriez-vous de prendre un verre ?

— Aquavit. (Toujours aussi gracieux.) Alors, qu'est-ce que tu cherches ?

— Vous avez de nombreux contacts sur le port...

— Mon garçon, l'interrompit Luther, pas la peine de me passer de la pommade. Qu'est-ce que tu veux ? Un petit garçon avec un joli cul ? Des clopes pas chères ? De la came ?

Le barman versa de l'aquavit dans un petit verre que Luther vida d'un trait. Harald paya et attendit que le barman se fût éloigné. Baissant la voix, il dit :

— Je veux aller en Suède.

— Pourquoi ? s'enquit Luther en plissant les yeux.

— Quelle importance ?

— Ça pourrait en avoir.

— J'ai une petite amie à Stockholm. On veut se marier, improvisa Harald. Je trouverai du boulot dans l'atelier de son père ; il est dans la maroquinerie, portefeuilles, sacs...

— Demande aux autorités un permis pour aller à l'étranger.

— C'est ce que j'ai fait. On me l'a refusé.

— Pourquoi ?

— On ne me l'a pas dit.

Luther parut réfléchir puis, au bout d'une minute, déclara :

— Bon, ça va.

— Pouvez-vous me faire embarquer sur un bateau ?

— Tout est possible. Qu'est-ce que tu as comme fric ?

Harald se souvint de la méfiance de Betsy un instant plus tôt.

— Rien, dit-il. Mais je peux en trouver. Alors, vous pouvez m'arranger quelque chose ?

— Je connais un mec à qui je peux demander.

— Formidable ! Pour ce soir ?

— File-moi dix couronnes.

— Pour quoi faire ?

— Pour aller voir ce gars. Tu t'imagines que je suis un service public gratis comme la bibliothèque ?

— Je vous ai dit que je n'avais pas d'argent.

Luther eut un sourire qui découvrit ses dents pourries.

— Tu as payé ce verre avec un billet de vingt et on t'en a rendu dix. Donne-les-moi.

Harald était furieux de devoir céder à cette brute, mais il n'avait pas le choix. Il lui tendit le billet.

— Attends ici, dit Luther et il sortit.

Harald attendit en buvant sa bière à petites gorgées pour la faire durer. Il pensait à son frère : où est-il ? Dans une cellule du Politigaarden ? En plein interrogatoire ? Aux prises avec Peter Flemming ? Sans doute, puisque la lutte contre l'espionnage fait partie de ses attributions. Arne parlera-t-il ? Pas tout de suite, j'en suis convaincu ; il ne s'effondrera pas immédiatement, mais combien de temps aura-t-il la force de tenir ? (Harald flairait l'existence d'une facette de la personnalité d'Arne totalement méconnue.) Combien de temps supportera-t-il la torture avant de livrer son jeune frère ?

Il y eut un remue-ménage dans l'escalier du fond et le dernier client de Betsy, l'ivrogne, dégringola les marches, elle ne tarda pas à le suivre ; elle le releva et le conduisit dehors sans ménagement. Elle revint avec un nouveau client, un respectable quinquagénaire cette fois ; vêtu d'un costume gris un peu usé mais repassé avec soin, on l'imaginait bien terminant une carrière menée de bout en bout derrière le même guichet d'une agence bancaire.

— Où est Lou ? demanda Betsy en passant à côté de Harald.

— Il est allé voir quelqu'un pour moi.

Elle s'arrêta net et s'approcha du comptoir, plantant au beau milieu de la salle l'employé de banque très gêné.

— Ne te laisse pas embobiner par Lou, c'est un salaud.

— Je n'ai pas le choix.

— Alors, un conseil. Ne lui fais absolument pas confiance, déclara-t-elle en agitant un doigt comme une institutrice. Au nom du ciel, surveille tes arrières.

Puis elle monta avec l'homme au costume usé.

Le peu de considération que lui accordait Betsy agaça d'abord Harald. Puis il se reprocha sa stupidité, c'est elle qui avait raison : il évoluait hors de son milieu ; il n'avait jamais eu affaire à des gens comme Luther et il ignorait tout de la façon de s'en protéger.

Ne lui fais pas confiance, lui avait dit Betsy. Bah, il n'avait donné que dix couronnes à ce type et il ne voyait pas très bien comment Luther pourrait le rouler à ce stade même si par la suite il risquait de lui demander une somme plus importante et de le laisser tomber.

Surveille tes arrières. Attends-toi à te faire avoir. Harald n'imaginait pas comment Luther pourrait le rouler, mais il y avait certainement des précautions à prendre. C'est alors qu'il réalisa qu'il était piégé dans ce bar sans porte de service. Il ferait mieux de sortir pour guetter l'entrée de loin; ce comportement – qui n'était pas prévu – lui procurerait une certaine sécurité.

Il avala la dernière gorgée de sa bière et sortit en saluant le barman.

Dans le crépuscule, il suivit le quai jusqu'à un gros navire céréalier amarré par des haussières grosses comme le bras. Il s'assit sur la tête arrondie d'un cabestan d'acier de manière à surveiller la boîte dont il distinguait fort bien l'entrée. De là il estimait possible de reconnaître Luther sans que celui-ci ne le repère devant la masse sombre du navire. Ainsi Harald contrôlerait la situation : si, au retour de Luther, tout semblait normal, il retournerait au bar; au contraire s'il flairait une embrouille, il disparaîtrait. Il s'installa donc du mieux possible pour attendre.

Au bout de dix minutes, surgit une voiture de police.

Elle déboula à toute allure le long du quai, mais sans actionner sa sirène. Harald se leva, tenté, dans un premier réflexe, de s'enfuir en courant, mais il se rendit compte aussitôt que ce serait le meilleur moyen pour attirer l'attention sur lui : il s'obligea donc à se rasseoir et à rester tranquille.

La voiture stoppa brutalement devant la boîte de jazz.

Deux hommes en descendirent : l'un, le chauffeur, portait un uniforme de policier; Harald sursauta en reconnaissant, malgré la pénombre, celui vêtu d'un costume de couleur claire : Peter Flemming.

Les deux policiers entrèrent dans la boîte et Harald allait en profiter pour partir sans demander son reste quand un autre personnage – dont la démarche lui était désormais familière – apparut; Luther qui, s'adossant à un mur à quelques mètres de la boîte, jouait le badaud désœuvré attendant la suite des événements.

Il avait donc prévenu la police des projets de Harald et espérait bien se faire payer ce tuyau. Betsy avait raison; heureusement, Harald avait suivi son conseil.

Au bout de quelques minutes, les policiers sortirent de la boîte de nuit. Avisant Luther, Peter Flemming échangea quelques mots avec lui. Harald entendait leurs voix – car tous deux vociféraient – mais ne distinguait pas les paroles. Nul doute, Peter passait un savon à Luther car celui-ci ne cessait d'écarter les bras dans un geste désemparé. Puis les deux policiers finirent par reprendre leur voiture et Luther pénétra à l'intérieur.

Harald s'empressa de s'éloigner, secoué par cette nouvelle alerte. Il retrouva sa moto et partit dans les dernières lueurs du crépuscule pour les ruines du monastère de Kirstenslot où il passerait la nuit.

Mais que ferait-il ensuite ?

Le soir suivant, Harald raconta toute l'histoire à Karen.

Ils s'étaient réfugiés dans l'église désaffectée ; la lumière du jour baissait et donnait une allure fantomatique aux rideaux et aux draperies du mobilier. Karen s'était assise en tailleur, comme une enfant et, pour être plus à l'aise, avait remonté au-dessus de ses genoux la jupe de sa robe du soir. Harald lui allumait ses cigarettes, ce qui lui donnait le sentiment d'entrer un peu dans son intimité.

Il décrivit son escapade à la base de Sande, puis comment il avait fait semblant de dormir tandis que le soldat fouillait la maison de ses parents.

— Quel cran ! s'exclama-t-elle.

Il était content qu'elle manifeste son admiration et soulagé qu'elle ne puisse pas voir ses yeux humides lorsqu'il lui raconta le mensonge de son père pour le sauver.

Il expliqua comment Heis avait déduit qu'un grand raid aérien aurait lieu à la prochaine pleine lune et pourquoi le film devait parvenir à Londres d'ici là.

Quand il lui dit que c'était un sergent de police qui lui avait ouvert la porte de la maison de Jens Toksvig, elle l'interrompit.

— On m'a mise en garde, dit-elle.

— Comment ça ?

— À la gare, un étranger m'a abordée pour me dire que la police savait où se trouvait Arne. Policier au service de la circulation, il avait surpris une conversation et, sympathisant, voulait nous prévenir.

— Vous n'avez pas alerté Arne ?

— Bien sûr que si ! Je savais qu'il était chez Jens, alors j'ai cherché l'adresse dans l'annuaire et j'y suis allée. J'ai vu Arne et je lui ai raconté ce qui s'était passé.

Harald trouvait tout cela un peu bizarre.

— Comment Arne a-t-il réagi ?

— Il m'a dit de partir tout de suite en ajoutant qu'il s'en irait juste après moi – mais de toute évidence, il est parti trop tard.

— Et si cet avertissement était une ruse, réfléchissait Harald à voix haute.

— Que voulez-vous dire ? lança-t-elle.

— Que votre policier mentait peut-être, qu'il n'était pas du tout un sympathisant. Il vous aura filée jusque chez Jens et aura arrêté Arne tout de suite après votre départ.

— C'est ridicule... Les policiers n'agissent pas de cette façon !

Harald comprit qu'une fois de plus il se heurtait à la confiance que Karen plaçait dans l'intégrité et la bonne volonté de ceux qui l'entouraient. Ou bien elle était crédule ou bien c'était lui qui faisait preuve d'un cynisme exagéré. Il ne savait plus très bien. Elle lui faisait penser à son père et à sa conviction que les nazis ne feraient pas de mal aux Juifs danois. Il aimerait bien que ce soient eux qui aient raison.

— À quoi ressemblait-il ?

— Grand, bel homme, assez fort, cheveux roux, bien habillé.

— De tweed couleur porridge ?

— Exactement.

Et voilà !

— C'est Peter Flemming. (Harald n'en voulait pas à Karen : elle avait cru sauver Arne alors qu'elle avait été victime elle-même d'une ruse bien montée.) Peter est plus un espion qu'un policier.

— Je ne vous crois pas ! protesta-t-elle avec vigueur. Vous avez trop d'imagination.

Il n'avait pas envie de discuter avec elle. L'arrestation de son frère l'accablait ; il n'aurait jamais dû se lancer dans la clandestinité ; il n'en avait pas le tempérament. Harald se demanda avec tristesse s'il reverrait jamais Arne.

Mais d'autres vies sont en jeu, se raisonna Harald en se secouant.

— Arne ne fera donc pas parvenir ces clichés en Angleterre.

— Qu'allez-vous en faire ?

— Je ne sais pas ; les porter moi-même, mais je ne sais pas comment m'y prendre. (Il lui parla de la boîte de jazz, de Betsy et de Luther.) C'est peut-être aussi bien que je ne puisse pas passer en Suède. On m'arrêterait probablement puisque je n'ai pas les papiers exigés. (Dans le cadre de l'accord de neutralité du gouvernement suédois avec l'Allemagne hitlérienne, les Danois qui se rendaient illégalement en Suède devaient être arrêtés.) Ça m'est égal de prendre des risques, mais je veux de vraies chances de réussite.

— Il doit bien y avoir un moyen... Comment Arne comptait-il s'y prendre ?

— Je ne sais pas. Il ne m'en a pas parlé.

— C'était stupide.

— À la réflexion, peut-être, mais il pensait sans doute que moins il y aurait de personnes au courant plus on diminuerait les risques.

— Quelqu'un doit bien le savoir.

— Poul avait sûrement une filière pour communiquer avec les Anglais – mais elle était secrète et ça me paraît normal, d'ailleurs.

Ils restèrent un moment silencieux. Harald était déprimé. Avait-il risqué sa vie pour rien ?

— Avez-vous entendu les nouvelles ? lui demanda-t-il.

Sa radio lui manquait.

— La Finlande a déclaré la guerre à l'Union soviétique. Tout comme la Hongrie.

— Les charognards, persifla Harald d'un ton amer.

— C'est exaspérant d'assister impuissant à la mainmise de ces abominables nazis sur le monde entier. Je regrette terriblement de ne rien pouvoir faire.

Harald palpa le rouleau de pellicule dans sa poche de pantalon.

— Si je pouvais le transmettre à Londres avant dix jours, ça changerait beaucoup de choses.

Karen jeta un coup d'œil au Frelon de son père.
— Quel dommage que cet engin ne vole pas.
Harald examina le train d'atterrissage endommagé et les déchirures de la toile.
— Je saurais peut-être le réparer. Mais je n'ai pris qu'une leçon, je ne serais pas capable de le piloter.
Karen prit un air songeur.
— Bien sûr, dit-elle lentement. Mais moi, si.

20.

Arne Olufsen résista d'une façon surprenante à l'interrogatoire.

Peter Flemming s'était attaqué à lui le jour même de son arrestation et avait repris le lendemain, mais Arne se proclamait innocent et ne révéla aucun secret. Peter était déçu, car il était parti du principe que les joyeux lurons du genre d'Arne sont aussi faciles à briser qu'une coupe de champagne.

Il n'eut pas plus de chance avec Jens Toksvig.

Il songea alors à arrêter Karen Duchwitz, mais y renonça, persuadé qu'elle n'était qu'à la périphérie de l'affaire. D'ailleurs, elle lui était plus utile à circuler librement : ne l'avait-elle pas déjà conduit à deux espions ?

Tout se ramenait à Arne et faisait de lui le principal suspect : le meilleur ami de Poul Kirke, sa parfaite connaissance de l'île de Sande, sa fiancée anglaise, son escapade à Bornholm – tellement proche de la Suède – et il avait semé les policiers qui le filaient.

Grâce à l'arrestation d'Arne et de Jens, Peter avait retrouvé la faveur du général Braun. Mais celui-ci maintenant en voulait davantage : la composition et le fonctionnement du réseau d'espionnage, les moyens de communication avec l'Angleterre. Des six espions que Peter avait arrêtés, aucun n'avait parlé. Il fallait maintenant clore le dossier et pour cela que l'un d'eux craque et révèle tout.

Peter, obligé donc de briser Arne, prépara le troisième interrogatoire avec un soin tout particulier.

À quatre heures, le dimanche matin, il fit irruption dans la cellule d'Arne, secondé par deux policiers en uniforme. Ils réveillèrent Arne en braquant sur ses yeux le faisceau d'une torche électrique et en hurlant, le tirèrent de son lit puis le traînèrent le long du couloir jusqu'à la salle d'interrogatoire.

Peter s'assit sur l'unique chaise derrière une méchante table et alluma une cigarette. Arne, pâle dans son pyjama de prisonnier, semblait effrayé. Un pansement entourait sa jambe gauche ; il pouvait néanmoins se tenir debout car les deux balles de Peter avaient endommagé les muscles mais pas les os.

— Ton ami Poul Kirke était un espion, attaqua Peter.

— Je ne le savais pas, répondit Arne.

— Pourquoi es-tu allé à Bornholm ?

— Pour de petites vacances.

— Ah ! oui ! Et pourquoi un innocent vacancier fuirait-il la surveillance de la police ?

— Parce que cela pourrait l'agacer d'être suivi par une bande de flics fureteurs. (Arne faisait preuve de plus de cran que Peter ne s'y attendait, surtout à une heure aussi matinale et après un réveil brutal.) Mais figure-toi que je ne les avais pas remarqués. Si, comme tu dis, j'ai échappé à leur surveillance, je ne l'ai pas fait volontairement. Tes gens ont peut-être, tout simplement, mal fait leur travail.

— Allons donc. Tu as délibérément semé les policiers qui te filaient. Je le sais, je faisais partie de l'équipe de surveillance.

— Ça ne me surprend pas, Peter, répondit Arne en haussant les épaules. Déjà enfant, tu n'étais pas très malin. Nous étions à l'école ensemble, tu te souviens ? Amis, très amis, même.

— Jusqu'à ce qu'on t'expédie à Jansborg où tu as appris à ne pas respecter la loi.

— Pas du tout. Jusqu'à ce que nos familles se brouillent.

— À cause de la méchanceté de ton père.

— J'avais cru comprendre qu'il s'agissait plutôt des évasions fiscales de ton père.

Les choses ne tournaient pas comme Peter l'avait prévu. Il changea de tactique.

— Qui as-tu retrouvé à Bornholm ?

— Personne.

— Tu t'es promené plusieurs jours sans jamais parler à personne ?

— J'ai dragué une fille.

Arne n'en avait pas parlé dans ses précédents interrogatoires. Peter était certain que ce n'était pas vrai. Il allait peut-être réussir à piéger Arne.

— Comment s'appelait-elle ?

— Annika.

— Nom de famille ?

— Je ne le lui ai pas demandé.

— Quand tu es rentré à Copenhague, tu t'es planqué.

— Planqué ? Je suis descendu chez un ami.

— Jens Toksvig – un autre espion.

— Il ne me l'a pas dit. (Il ajouta d'un ton narquois.) Ces espions sont un peu cachottiers.

Peter était désappointé : Arne ne semblait pas aussi éprouvé par son séjour en cellule qu'il le pensait. Il ne démordrait pas de son histoire – qui était peu probable mais pas impossible. Peter commençait à craindre qu'Arne ne parle jamais. Mais il considéra tout cela comme une escarmouche préliminaire et il revint à la charge.

— Tu n'avais donc pas idée que la police te recherchait ?

— Pas la moindre.

— Pas même quand un policier t'a poursuivi dans le jardin de Tivoli ?

— Ce devait être quelqu'un d'autre. Je n'ai jamais été poursuivi par un policier.

— Et, bien entendu, reprit Peter d'un ton sarcastique, tu n'as vu aucun des milliers de portraits placardés dans toute la ville ?

— J'ai dû les manquer.

— Alors pourquoi as-tu changé ton physique ?

— J'ai changé mon physique ?

— Tu t'es rasé la moustache.

— Quelqu'un m'a dit que je ressemblais à Hitler.

— Qui donc ?

— La fille que j'ai rencontrée à Bornholm, Anne.

— Tu disais qu'elle s'appelait Annika.

— Je l'appelle Anne parce que c'est plus court.

Tilde Jespersen entra alors avec un plateau : une odeur de toast grillé fit venir l'eau à la bouche de Peter. Avec un effet identique sur Arne, sans doute. Tilde versa le thé.

— Vous en voulez ? proposa-t-elle à Arne en souriant.

Il acquiesça.

— Non, dit Peter.

Tilde haussa les épaules.

C'était un numéro préparé : Tilde mimait la compassion pour se rendre sympathique à Arne.

Tilde alla chercher une autre chaise et s'installa pour boire son thé, pendant que Peter grignotait son toast beurré, en prenant bien son temps. Arne ne pouvait que les regarder.

Quand Peter eut terminé, il reprit l'interrogatoire.

— Dans le bureau de Poul Kirke, j'ai trouvé l'esquisse d'une installation militaire de l'île de Sande.

— Voilà qui me surprend.

— S'il n'avait pas été tué, il aurait fait parvenir ces croquis aux Anglais.

— Il aurait peut-être eu une explication bien innocente à donner s'il n'avait pas été abattu par un abruti à la gâchette facile.

— C'est toi qui as fait ces croquis ?

— Certainement pas.

— Tu es de Sande. Ton père est pasteur là-bas.

— Tu es de Sande toi aussi. Ton père dirige un hôtel où des nazis en permission viennent se piquer le nez à l'aquavit.

Peter ne releva pas.

— Quand je t'ai rencontré à St Paul's Gade, tu t'es enfui en courant. Pourquoi ?

— Tu tenais un pistolet ! Sans cela, je t'aurais envoyé mon poing dans la gueule comme, il y a dix ans, derrière le bureau de poste.

— C'est moi qui t'ai envoyé par terre derrière le bureau de poste.

— Mais je me suis relevé. (Arne se tourna vers Tilde en souriant.) Voilà des années que la famille de Peter et la mienne sont à couteaux tirés. Voilà le vrai motif de mon arrestation.

— Il y a quatre nuits, reprit Peter comme s'il n'avait pas entendu, il y a eu une alerte à la base : quelque chose a fait aboyer les chiens, et les sentinelles ont vu une silhouette traverser les dunes en courant en direction du presbytère de ton père. (Tout en parlant, Peter observait le visage d'Arne : jusqu'à maintenant, il n'avait pas l'air surpris.) C'était toi ?

— Non.

Arne disait la vérité, Peter le sentait. Il poursuivit :

— On a perquisitionné au domicile de tes parents. (Peter vit une lueur effrayée passer dans le regard d'Arne : de toute évidence, c'était pour lui une nouvelle.) Les gardes cherchaient le fuyard ; ils ont trouvé un jeune homme endormi. Le pasteur a prétendu que c'était son fils. Toi ?

— Non, je n'ai pas mis les pieds à la maison depuis la Pentecôte.

Une nouvelle fois, Peter pensa qu'il disait la vérité.

— Avant-hier soir, ton frère Harald est retourné à Jansborg Skole.

— Dont il a été exclu à cause de ta malveillance.

— Il a été exclu parce qu'il a déshonoré le collège !

— En barbouillant une plaisanterie sur un mur ? (Arne se tourna vers Tilde.) Le commissaire principal avait décidé de relâcher mon frère sans retenir d'accusation – mais Peter s'est rendu au collège et a insisté pour qu'il soit renvoyé. Vous mesurez maintenant à quel point il déteste ma famille ?

— Il s'est introduit par effraction au labo de chimie, lança Peter, et il a utilisé la chambre noire pour développer un rouleau de pellicule.

Arne ouvrit de grands yeux : manifestement, il l'apprenait. Il était décontenancé. Enfin.

— Heureusement, un autre élève l'a découvert ; c'est son père, un bon citoyen qui croit à la loi et à l'ordre, qui m'a averti.

— Un nazi ?

— C'était ton rouleau de pellicule, Arne ?

— Mais non.

— Le surveillant parle de photos de femmes nues. Il prétend l'avoir confisqué et brûlé. Il ment, n'est-ce pas ?

— Je n'en ai aucune idée.

— Je crois qu'il s'agissait de photos de l'installation militaire de Sande.

— Tu crois ?

— C'est toi qui as pris ces clichés, n'est-ce pas ?

— Pas du tout.

Peter commençait enfin à embarrasser Arne et il poussa son avantage.

— Le lendemain matin, un jeune homme s'est présenté au domicile de Jens Toksvig. À celui qui lui a ouvert la porte – un sergent d'un certain âge, pas un crack de la police – il a prétendu qu'il s'était trompé d'adresse, qu'il cherchait un médecin et notre homme a été assez crédule pour gober ce mensonge. Il s'agissait de ton frère, n'est-ce pas ?

— Je suis absolument certain que non, répondit Arne, mais il avait l'air effrayé.

— Harald t'apportait le film développé.

— Non.

— Ce soir-là, de Bornholm, une femme répondant au nom de Hilde a téléphoné chez Jens Toksvig. C'est bien une Hilde que tu as draguée ?

— Non, Anne.

— Qui est Hilde ?

— Jamais entendu parler d'elle.

— Un faux nom peut-être sous lequel se cache ta fiancée, Hermia Mount ?

— Elle est en Angleterre.

— Là, tu te trompes. J'ai contacté les autorités suédoises d'immigration. (Ça avait été dur, mais Peter avait fini par les obliger à coopérer et à lui donner le renseignement qu'il voulait.) Hermia Mount est arrivée par avion à Stockholm il y a dix jours et n'est pas encore repartie.

Arne feignit l'étonnement, mais son numéro était peu convaincant.

— Je l'ignorais, dit-il d'un ton trop calme. Ça fait plus d'un an que je n'ai plus aucune nouvelle.

Découvrir qu'elle s'était rendue en Suède et peut-être même au Danemark aurait dû, s'il disait la vérité, l'abasourdir. Cette fois, il mentait. Peter reprit :

— Le même soir – c'est-à-dire avant-hier – un jeune homme surnommé le Collégien est entré dans une boîte de jazz du port, y a rencontré un petit malfrat, un certain Luther Gregor, et lui a demandé de l'aider à passer en Suède.

Arne, cette fois, réagit : l'appréhension se lisait sur son visage.

— C'était Harald, n'est-ce pas ? demanda Peter.

Arne ne répondit rien.

Peter se renversa sur sa chaise. Arne était maintenant méchamment secoué, mais l'ingénieux système de défense qu'il avait mis au point fonctionnait bien : il opposait une explication à chaque argument avancé par Peter. Pis encore, il était en train de tourner habilement à son avantage leur hostilité personnelle et de transformer son arrestation en acte de pure malveillance, ce que Frederik Juel était capable d'avaler. Peter s'inquiétait de plus en plus.

Tilde proposa alors du thé à Arne sans consulter Peter qui, selon le scénario convenu, laissa faire. Arne prit le bol d'une main tremblante et but avidement.

— Arne, dit Tilde d'un ton bienveillant, vous êtes dans le pétrin jusqu'au cou. Il ne s'agit plus seulement de vous. Vous avez compromis vos parents, votre fiancée et maintenant votre jeune frère. Harald a de gros problèmes. Si ça continue, il finira pendu comme espion – et ce sera votre faute.

Arne tenait son bol à deux mains, sans rien dire, l'air égaré. Il commence à faiblir, se dit Peter.

— Nous allons passer un accord avec vous, reprit Tilde. Dites-nous tout ce que vous savez et vous échapperez tous deux à la peine de mort. Je ne vous demande pas de me croire sur parole : le général Braun sera ici dans quelques minutes et il vous garantira la vie sauve. Mais auparavant il faut nous révéler où se trouve Harald.

Le doute et la crainte se succédaient sur le visage de Arne. Le silence se prolongea. Arne parut enfin arriver à une conclusion. Reposant le bol sur le plateau, il regarda Tilde puis Peter, avant de déclarer tranquillement :

— Allez au diable.

Furieux, Peter se releva d'un bon.

— C'est toi qui te retrouveras en enfer ! cria-t-il en renversant sa chaise d'un coup de pied. Tu ne comprends donc pas ce qui t'arrive ?

Tilde se leva et sortit discrètement.

— Si tu ne nous parles pas, on te remettra à la Gestapo, menaça Peter, rouge de colère. *Eux* ne t'offriront pas du thé en te posant poliment des questions. Ils t'arracheront les ongles et te brûleront la plante des pieds. Ils te brancheront des électrodes sur les lèvres et t'aspergeront d'eau glacée pour augmenter la violence des décharges. Ils te mettront tout nu et te frapperont à coups de marteau. Ils te fracasseront les chevilles et les rotules pour que tu ne puisses plus jamais marcher et puis ils continueront à te frapper en te gardant vivant, conscient, et hurlant. Tu les supplieras, tu les imploreras de te laisser mourir, mais pas question... pas avant que tu ne parles. Et tu parleras. Mets-toi bien ça dans la tête. À la fin, *tout le monde parle.*

Blême, Arne dit sans se démonter :

— Je sais.

Le sang-froid et la résignation perceptibles derrière la peur déconcertèrent Peter. Qu'est-ce que cela signifiait ?

Il était maintenant six heures et, comme convenu, le général Braun fit son entrée ; sanglé dans son uniforme impeccablement repassé et la main posée sur l'étui de son pistolet, il incarnait une inexorable efficacité et ce malgré l'état de ses poumons endommagés qui l'obligeaient pour ainsi dire à chuchoter.

— C'est l'homme qu'on doit envoyer en Allemagne ?

En dépit de sa blessure, Arne réagit rapidement.

Peter regardait dans la direction de Braun et ne vit que l'esquisse du geste d'Arne empoignant le plateau. La lourde théière de faïence vola en l'air et vint frapper Peter à la tempe, en inondant son visage de thé. Quand il eut essuyé le liquide qui lui coulait dans les yeux, ce fut pour voir Arne foncer, avec un peu de mal à cause de sa jambe blessée, sur Braun et le culbuter. Peter se releva d'un bond, mais pas assez vite. Profitant de la seconde où Braun cherchait à récupérer son souffle, Arne ouvrit l'étui et en arracha le pistolet.

Tenant l'arme à deux mains – un Luger 9 mm – il la braqua sur Peter.

Celui-ci s'immobilisa. Le chargeur contenait huit balles, mais était-il chargé ou Braun le portait-il seulement pour la galerie ?

Arne recula jusqu'au mur.

La porte était restée ouverte. Tilde entra en disant .

— Qu'est-ce que... ?

— Ne bougez pas ! aboya Arne.

Peter se demanda soudain si Arne savait vraiment bien manier les armes à feu. Les officiers d'aviation n'ont peut-être pas beaucoup l'occasion de s'exercer.

Comme pour répondre à cette question muette, Arne ôta le cran de sûreté sur le côté gauche de la crosse d'un mouvement délibéré qui n'échappa à personne.

Derrière Tilde, Peter aperçut les deux policiers en tenue qui avaient escorté Arne depuis sa cellule. Mais aucun n'était armé. C'était interdit dans la zone des cellules ; ce règlement, très strict, avait été imposé pour empêcher les prisonniers de faire exactement ce que venait de faire Arne. Mais Braun ne s'estimait pas soumis aux règlements et personne n'avait eu l'audace de lui demander de remettre son pistolet en arrivant à la prison.

Arne maintenant les tenait tous à sa merci.

— Tu ne t'en tireras pas, dit Peter. C'est le plus grand commissariat du Danemark. Pour l'instant tu as l'avantage, mais il y a des douzaines de policiers armés dehors, tu ne pourras pas passer.

— Je sais.

De nouveau cette inquiétante note de résignation.

— Vous seriez capable de tuer des policiers danois innocents ? demanda Tilde.

— Absolument pas.

Peter commençait à comprendre. Il se rappela les paroles d'Arne quand Peter avait tiré sur lui : Pauvre crétin, tu aurais dû me tuer. Voilà qui expliquait le fatalisme affiché par Arne depuis son arrestation : il avait peur de trahir ses amis, peut-être même son frère.

Peter soudain devina ce qui allait se passer.

Arne connaissait l'unique moyen d'éviter tout risque : la mort. Mais Peter voulait, lui, que la Gestapo torture Arne pour lui faire révéler ses secrets ; il ne pouvait pas le laisser mourir.

Malgré l'arme pointée droit sur lui, Peter se jeta sur Arne.

Celui-ci, au lieu de faire feu sur lui, retourna l'arme et en appuya le canon sous son menton contre la peau tendre. Il y eut une détonation.

Peter arracha le pistolet de la main d'Arne, mais trop tard. Une bouillie sanglante de morceaux de cervelle jaillit du haut du crâne d'Arne, projetant sur le mur derrière lui une grande traînée rouge. Peter s'écroula sur lui. Le visage maculé du sang d'Arne, Peter roula par terre, et se releva précipitamment.

Bizarrement, le visage d'Arne n'avait pas changé. Tous les dommages étaient localisés à l'arrière de la tête et le sourire ironique qu'il arborait en appuyant le pistolet contre sa gorge subsistait. Puis, il s'affala sur le côté, sa nuque défoncée laissant une trace rouge sur le mur. Son corps heurta le sol avec un bruit sourd. Il ne bougea plus.

Du revers de sa manche, Peter s'essuya le visage.

Le général Braun se redressa, reprenant son souffle.

Tilde se pencha pour ramasser le pistolet.

Tous regardaient le corps.

— Un homme courageux, déclara le général Braun.

21.

Quand Harald se réveilla, il sentit que quelque chose de merveilleux avait eu lieu, quelque chose dont il n'arrivait pas à se souvenir. Allongé sur la corniche dans l'abside de l'église, enroulé dans la couverture de Karen, le chat noir et blanc blotti contre sa poitrine, il attendait que la mémoire lui revienne. À l'exaltation se mêlait une préoccupation, mais l'excitation l'emportait sur le danger.

En un éclair il se rappela : Karen avait accepté de le piloter jusqu'en Angleterre sur le Frelon.

Il se redressa brusquement, bousculant le chat qui sauta à terre avec un miaulement indigné.

Le danger, c'était qu'ils soient pris, arrêtés et tués. Mais, malgré cette perspective, l'idée de passer des heures entières seul auprès de Karen le comblait de bonheur. Il ne comptait pas voir les événements prendre une tournure romanesque – elle n'était pas faite pour lui –, mais rien à faire, il ne parvenait pas à maîtriser ses sentiments, et même s'il ne devait jamais l'embrasser, il était grisé à l'idée de tout le temps qu'ils passeraient ensemble. Car outre le trajet – l'apothéose certes –, il y avait les heures de travail pour remettre l'avion en état.

Tout d'abord, parviendrait-il à réparer le Frelon ? La veille au soir, à la lueur de la seule lampe électrique, il n'avait pas pu l'examiner à fond. Maintenant, le soleil levant qui brillait à travers les hautes fenêtres de l'abside lui permettait de mieux estimer l'ampleur de la tâche.

Il fit un peu de toilette au robinet d'eau froide, enfila ses vêtements et entama son inspection.

Il remarqua pour commencer un long bout de corde attaché au train d'atterrissage qui l'intrigua un moment jusqu'à ce qu'il comprenne : il servait à déplacer l'appareil quand le moteur ne tournait pas et permettrait de tirer la machine à l'emplacement choisi, comme on tire un vulgaire chariot.

Karen arriva sur ces entrefaites.

Chaussée de sandales, elle portait un short qui mettait en valeur ses jambes longues et musclées. Ses cheveux bouclés qu'elle venait de laver gonflaient autour de sa tête dans un nuage cuivré, offrant à Harald la vision d'un ange. Quelle tragédie si elle trouvait la mort dans l'aventure qui les attendait !

Mais il est trop tôt pour parler de mourir, se dit-il. Je n'ai même pas encore commencé à réparer l'appareil. En plein jour, l'entreprise paraissait encore plus impressionnante.

Ce matin-là, Karen était aussi pessimiste que Harald. La veille, la perspective de l'aventure l'excitait mais, aujourd'hui, elle voyait les choses d'un œil plus sombre.

— J'ai réfléchi aux réparations qu'il faut faire là-dessus, commença-t-elle. Je ne suis pas sûre que ce soit faisable, surtout en dix jours – neuf maintenant.

Harald sentit monter en lui l'entêtement qui le prenait toujours quand on prétendait qu'il n'arriverait pas au bout d'une tâche.

— On verra, dit-il.

— Je vous ai déjà vu cet air-là, observa-t-elle.

— Quoi donc ?

— Cet air de dire que vous ne voulez rien entendre.

— Pas du tout, répliqua-t-il, agacé.

— Vous serrez les dents, insista-t-elle en riant, vous faites la moue et vous froncez les sourcils.

Il ne put retenir un sourire, ravi, à vrai dire, qu'elle eût remarqué son expression.

— Voilà qui est mieux, dit-elle.

Il se mit à examiner le Frelon d'un œil d'ingénieur. Il avait tout d'abord cru les ailes cassées, mais Arne avait expliqué qu'elles se repliaient pour prendre moins de place. Harald examina les charnières qui les rattachaient au fuselage.

— Je pourrai certainement refixer les ailes.

— C'est facile. Thomas, notre moniteur, le faisait chaque fois qu'il garait l'appareil. Ça ne prend que quelques minutes. (Elle tâta l'aile la plus proche.) Mais le tissu est dans un triste état.

Les ailes et le fuselage étaient en bois recouvert d'un tissu traité avec une sorte de vernis. Sur le dessus, Harald distinguait les points de couture là où la toile était fixée à l'armature par un fil épais. Le vernis était craquelé et fissuré, et le tissu déchiré par endroits.

— C'est superficiel, dit Harald. Ça a de l'importance ?

— Oui. Les déchirures du tissu pourraient gêner l'aérodynamisme des ailes.

— Alors il faudra mettre des pièces. Ce qui m'inquiète davantage, c'est le train d'atterrissage.

L'appareil avait eu un accident, sans doute un mauvais atterrissage comme l'avait raconté Arne. Harald s'agenouilla pour observer l'ensemble de plus près. Le robuste bout d'axe en acier avait, semblait-il, deux fourches qui s'emboîtaient dans un support en V. Celui-ci était en tubulure d'acier ovale et les deux branches du V s'étaient pliées et gauchies à leur point le plus faible, sans doute juste au-delà des extrémités de l'axe. On aurait dit que celles-ci étaient prêtes à se briser. Un troisième support, une sorte d'amortisseur probablement, paraissait intact. Néanmoins, l'ensemble ne supporterait pas un atterrissage.

— C'est moi qui ai fait ça, annonça Karen.

— Vous vous êtes crashée ?

— J'ai atterri avec un vent de travers qui m'a fait faire une embardée et le bout de l'aile a heurté le sol.

— Vous n'avez pas eu peur ? s'exclama-t-il, trouvant cela, pour sa part, terrifiant.

— Non, je me suis simplement sentie idiote, mais Tom a dit que ça arrivait souvent avec ce type d'appareil. Il a d'ailleurs avoué qu'il avait connu la même mésaventure une fois.

Harald hocha la tête. Cela correspondait à ce qu'avait dit Arne. Mais cette façon de parler de Thomas, le moniteur, le rendait jaloux.

— Pourquoi ne l'a-t-on jamais réparé ?

— Nous n'avons pas ici une installation convenable, dit-elle en désignant l'établi et le râtelier d'outils. Tom pouvait effectuer les réparations mineures et il connaissait bien le moteur, mais ce n'est pas un atelier de ferronnerie et il manque un poste de soudure. Là-dessus, papa a eu une petite crise cardiaque. Il va très bien maintenant, mais ne passera jamais son brevet de pilote ; alors cela ne l'a plus intéressé d'apprendre à piloter. Si bien qu'on n'a jamais fait le travail.

Comment effectuer les travaux de ferronnerie ? se demanda Harald. Il s'approcha de la queue et examina l'aile qui avait heurté le sol.

— Elle n'a pas l'air cassée, dit-il. L'extrémité est facilement réparable.

— Impossible de savoir, fit-elle, lugubre, si l'un des longerons en bois de l'intérieur n'a pas subi une surcharge. On ne peut pas en être sûr en regardant simplement de l'extérieur. Et si une aile flanche, l'avion s'écrasera.

Harald examina le stabilisateur. La moitié inférieure était montée sur charnière et se déplaçait de haut en bas : le gouvernail de profondeur, se rappela-t-il. Le gouvernail de direction allait de droite à gauche. En y regardant de plus près, il constata qu'on les manœuvrait avec des câbles métalliques qui émergeaient du fuselage. Mais on les avait coupés et retirés.

— Qu'est-il arrivé aux câbles ? demanda-t-il.

— Je me souviens qu'on les a pris pour réparer un autre appareil.

— Ça va poser un problème.

— Il ne manque que les trois derniers mètres, pas au-delà du tendeur derrière le panneau d'accès sous le fuselage. Le reste était trop difficile à enlever.

— Malgré tout, ça représente une douzaine de mètres et on ne peut pas acheter de câbles : on ne trouve nulle part de pièces détachées. C'est d'ailleurs sans doute pour cette raison qu'on les a pris. Pour les réutiliser. (Harald commençait à crouler sous les soucis, mais il se contraignit à garder un ton plein d'entrain.) Eh bien, voyons ce qui cloche encore.

Il s'approcha du nez de l'appareil. Il trouva deux poignées sur le flanc droit du fuselage, les fit pivoter et ouvrit le capot : il était façonné dans un métal léger qui ressemblait à du fer-blanc mais qui était sans doute de l'aluminium. Il inspecta le moteur.

— C'est un quatre cylindres en ligne, dit Karen.

— Oui, mais on dirait qu'il est monté à l'envers.

— Par rapport à un moteur de voiture, oui. Le vilebrequin est au-dessus. C'est pour élever le niveau de l'hélice afin qu'elle ne touche pas le sol.

Ses connaissances étonnaient Harald. Il n'avait encore jamais rencontré une fille sachant ce qu'était un vilebrequin.

— Comment était-il, ce Tom ? demanda-t-il en faisant de gros efforts pour ne pas prendre un ton soupçonneux.

— C'était un formidable professeur, patient et toujours prêt à nous encourager.

— Vous avez eu une aventure avec lui ?

— Je vous en prie ! J'avais quatorze ans !

— Je parie que vous aviez un béguin pour lui.

— Je suppose, fit-elle, vexée, que pour vous c'est la seule raison qui pousse une fille à s'y connaître en moteurs.

C'était en effet ce que pensait Harald, mais il répondit :

— Non, non, j'ai simplement remarqué que vous parliez de lui avec une certaine tendresse. Mais ça ne me regarde pas. C'est un moteur à refroidissement par air, je vois.

Il n'y avait pas de radiateur, mais les cylindres comportaient des ailettes de refroidissement.

— Je crois que c'est le cas de tous les moteurs d'avion, pour économiser du poids.

Il passa de l'autre côté et ouvrit le capot droit. Toutes les canalisations d'huile et de carburant semblaient solidement fixées et on ne voyait aucun dégât extérieur. Il dévissa le bouchon du réservoir d'huile et vérifia la jauge : il en restait encore un peu.

— Le moteur m'a l'air en bon état. Voyons s'il démarre.

— C'est plus facile à deux. Asseyez-vous à l'intérieur pendant que je fais tourner l'hélice.

— La batterie ne va pas être à plat après toutes ces années ?

— Il n'y a pas de batterie. L'électricité est produite par deux magnétos actionnées par le moteur lui-même. Montons dans la cabine et je vais vous montrer ce qu'il faut faire.

Karen ouvrit la porte et poussa un petit cri en tombant dans les bras de Harald. À ce premier contact de leurs corps, un frisson le parcourut. Elle parut à peine remarquer qu'ils se trouvaient dans les bras l'un de l'autre et il se sentit coupable de savourer cette étreinte fortuite. Il s'empressa de la remettre debout et se dégagea.

— Ça va ? demanda-t-il. Que vous est-il arrivé ?

— Des souris.

Il ouvrit de nouveau la porte. Deux souris sautèrent par l'entrebâillement et dégringolèrent le long de son pantalon jusqu'au sol. Karen poussa un petit cri dégoûté.

Il y avait des trous dans le capitonnage d'un des sièges : elles ont fait leur nid dans le rembourrage, se rappela Harald.

— Voilà un problème que nous allons régler rapidement, annonça-t-il.

Il fit avec ses lèvres un bruit de baiser et le chat noir et blanc apparut, espérant qu'on allait lui donner quelque chose à manger. Harald le ramassa et le posa dans la cabine.

L'animal parut soudain stimulé : il bondit d'un côté à l'autre du minuscule cockpit et Harald crut voir une queue de souris disparaître dans un trou sous le siège de gauche par où passait une tubulure de cuivre. Le chat bondit sur le siège puis sur la tablette à bagages à l'arrière, sans rien attraper. Il entreprit alors d'inspecter les trous du capitonnage : il y trouva un souriceau qu'il se mit à croquer avec une infinie délicatesse.

Sur la tablette à bagages, Harald aperçut deux petits livres qu'il ramassa aussitôt. C'étaient des manuels, l'un concernant le Frelon et l'autre le moteur Gipsy Major qui le propulsait. Il les montra à Karen.

— Mais, dit-elle, et les souris ? Ça me fait horreur.

— Le chat les a chassées. À l'avenir, je laisserai les portes de la cabine ouvertes pour qu'il puisse y accéder. Ça les dissuadera de revenir.

Harald ouvrit le manuel d'utilisation du Frelon.

— Qu'est-ce qu'il fait maintenant ?

— Le chat ? Oh, il mange les petites souris. Regardez ces schémas, c'est formidable !

— Harald ! cria-t-elle. C'est répugnant ! Arrêtez-le !

— Qu'est-ce qu'il y a ? demanda-t-il déconcerté.

— Mais c'est révoltant !

— C'est naturel.

— Je m'en fiche.

— Que proposez-vous donc ? fit Harald avec impatience. Il faut nous débarrasser du nid. Je pourrais attraper les souriceaux avec mes mains et les jeter dans les buissons, mais le chat les mangerait quand même, à moins que les oiseaux n'arrivent les premiers.

— C'est si cruel.

— Bon sang, ce sont des *souris*.

— Vous ne comprenez donc pas ? Vous ne voyez pas que cela me fait horreur !

— Mais si, je trouve simplement que c'est idiot...

— Oh, vous n'êtes qu'un stupide ingénieur qui ne pense qu'aux lois qui régissent l'univers et jamais à ce qu'éprouvent les gens.

Cette fois, ce fut son tour d'être blessé.

— Ce n'est pas vrai.

— Mais si, dit-elle en s'éloignant à grands pas.

— Qu'est ce que c'est que cette histoire ? s'exclama-t-il.

Croit-elle vraiment que je ne suis qu'un stupide ingénieur et que je ne m'intéresse jamais aux sentiments des gens ? C'est trop injuste !

Il grimpa sur une caisse pour regarder par une des hautes fenêtres. Karen remontait vivement l'allée en direction du château, puis elle parut changer d'avis et obliqua par les bois. Harald songea à la suivre mais décida de n'en rien faire.

Voilà que, dès le premier jour de leur grande collaboration, ils se disputaient. Quelle chance avaient-ils de voler un jour jusqu'en Angleterre ?

Il revint à l'avion. Pourquoi ne pas essayer de mettre le moteur en marche ? Si Karen se défile, je trouverai un autre pilote, se dit-il.

Les instructions figuraient dans le manuel.

Calez les roues et serrez bien le frein à main.

Faute de trouver les cales, il traîna sur le sol deux caisses pleines de bric-à-brac et les poussa contre les roues. Il repéra le levier de frein à main dans la portière gauche et vérifia qu'il était serré à fond. Le chat, assis sur le siège, se léchait les pattes, apparemment rassasié.

— La dame te trouve dégoûtant, lui annonça Harald.

Le chat prit un air dédaigneux et sauta hors de l'avion.

Ouvrez le robinet d'essence (manette dans la cabine).

Il ouvrit la porte et sc pencha à l'intérieur. Le cockpit était assez petit pour qu'il puisse atteindre les commandes sans avoir à grimper. La jauge d'essence était en partie dissimulée entre les deux dossiers. À côté, un bouton dans une encoche. Il le fit passer de Off à On.

Noyez le carburateur en actionnant le levier de part et d'autre des pompes du moteur. Déclenchez alors un jet d'essence par le gicleur en appuyant sur le pointeau du carburateur.

Le capot gauche était resté ouvert et il repéra aussitôt les deux pompes à essence, d'où pointait un petit levier. Le pointeau du carburateur était plus difficile à identifier, mais il finit par deviner que c'était une tirette montée sur ressort. Il tira l'anneau et actionna de bas en haut un des leviers. Il n'avait aucun moyen de savoir si ce qu'il faisait produisait le moindre effet. Le réservoir aurait aussi bien pu être à sec.

Son courage était parti en même temps que Karen. Pourquoi était-il si maladroit avec elle ? Il avait pourtant désespérément envie de se montrer sympathique et charmant, prêt à faire n'importe quoi pour lui plaire, mais il n'arrivait pas à comprendre ce qu'elle voulait. Pourquoi les filles ne ressemblent-elles pas à des moteurs ?

Poussez la manette des gaz dans la position « fermé » ou presque.

Il détestait les manuels et leur imprécision : faut-il fermer la manette des gaz ou l'entrouvrir ? Il la découvrit, un levier dans la cabine juste à l'avant de la porte gauche. En repensant à son vol à bord d'un Tigre deux semaines auparavant, il se rappela que Poul Kirke avait mis la manette à un peu plus d'un centimètre de la position Off. Ce devait être pareil pour le Frelon : une échelle graduée allait de « un » à « dix ». À tout hasard, Harald poussa la manette sur « un ».

Placez les commutateurs sur la position On.

Deux commutateurs sur le tableau de bord portaient les seules indications On et Off. Harald se dit qu'ils devaient commander les deux magnétos. Il les tourna donc sur On.

Faites tourner l'hélice.

Harald se planta devant le nez de l'appareil et empoigna une des pales, qu'il bougea vers le bas. C'était très dur et il eut besoin de toutes ses forces. Quand elle finit par tourner, il y eut un bref déclic, puis elle s'arrêta.

Il recommença. Cette fois, elle tourna plus facilement et il y eut un nouveau déclic.

La troisième fois, il poussa vigoureusement, plein d'espoir.

Toujours rien.

Il fit une nouvelle tentative. L'hélice tournait facilement, un déclic à chaque fois, puis plus rien.

— Il ne veut pas démarrer ? s'informa Karen en entrant.

Harald lui jeta un regard surpris. Il ne s'attendait pas à la revoir de la journée. Il était ravi, mais répondit d'un ton détaché :

— Il est trop tôt pour le dire... Je viens juste de commencer.

— Pardonnez-moi de m'être emportée comme ça, s'exclama-t-elle, contrite.

— Ça n'est rien, dit-il.

Il découvrait qu'elle était capable d'oublier sa fierté.

— C'était juste l'idée du chat mangeant les souriceaux. Je n'ai pas pu le supporter. Je sais que c'est idiot de penser à des souris quand des hommes comme Poul sacrifient leur vie.

C'était bien ce que pensait Harald, mais il s'abstint de le dire.

— De toute façon, le chat est parti maintenant.

— Ça ne m'étonne pas que le moteur refuse de démarrer, dit-elle en revenant à des problèmes pratiques – tout comme moi quand je suis gêné, songea Harald. Voilà au moins trois ans qu'il n'a pas tourné.

— Un problème de carburant peut-être ; après deux ou trois hivers passés ici, l'eau a dû se condenser dans le réservoir, et comme l'huile flotte, le carburant se retrouve sur le dessus. Essayons de vidanger l'eau, suggéra-t-il en se replongeant dans le manuel.

— Par mesure de précaution, je vais couper le contact, annonça Karen.

Harald découvrit l'existence sous le fuselage d'un panneau permettant d'accéder au bouchon de vidange du carburant. Armé d'un tournevis, il se tortilla sous l'appareil pour dévisser le panneau. Allongée auprès de lui, Karen lui tendit les boulons. Elle sentait bon : un mélange de peau tiède et de shampooing.

Une fois le panneau débloqué, il chercha à ouvrir la vidange avec la clé universelle que lui donna Karen, mais le bouchon était placé à un endroit malcommode, un peu à droite de l'orifice d'accès. C'était l'exemple type de défaut qui mettait Harald en colère ; quand *lui* serait ingénieur, il forcerait ces paresseux designers à faire enfin leur travail correctement. Une fois sa main passée dans l'ouverture, il dut travailler à l'aveuglette.

Il fit lentement tourner le bouchon, mais le jaillissement brusque du liquide réfrigérant surprit Harald. Les doigts engourdis, il laissa tomber le bouchon.

Consterné, il l'entendit rouler sous le fuselage. Le carburant se mit à ruisseler, obligeant Karen et Harald à se dégager précipitamment. Ils n'avaient plus rien d'autre à faire que d'attendre que le réservoir se soit vidé et que l'église empeste l'essence.

Harald maudit le capitaine De Havilland et les ingénieurs britanniques négligents qui avaient dessiné l'avion.

— Maintenant, nous n'avons plus de carburant.

— Nous siphonnerons celui de la Rolls-Royce.

— Ce n'est pas de l'essence d'avion.

— Le Frelon fonctionne à l'essence de voiture.

— Ah bon ? Je ne savais pas, fit Harald retrouvant quelque entrain. Parfait. Bon, remettons ce bouchon en place.

Celui-ci était bloqué sous une entretoise. C'est Karen qui, s'aidant du premier outil trouvé sur l'établi, parvint à le récupérer.

Il fallait maintenant pomper le carburant de la voiture. Harald trouva un entonnoir et un seau propre tandis que Karen coupait un morceau de tuyau d'arrosage avec de grosses pinces. Ils ouvrirent le capot de la Rolls, Karen dévissa le bouchon du réservoir d'essence et plongea le tuyau à l'intérieur.

— Vous voulez que je le fasse ? proposa Harald.

— Non, dit-elle. C'est mon tour.

Il comprit qu'elle voulait effacer l'incident des souris et prouver qu'elle était capable de se charger du sale boulot.

Karen prit entre ses lèvres l'extrémité du tuyau et aspira. Quand l'essence arriva dans sa bouche, elle dirigea alors le tuyau vers le seau en même temps qu'elle crachait en faisant des grimaces. Harald observait les expressions grotesques se succéder sur son visage. Nez retroussé et bouche tordue, elle était toujours aussi belle.

— Qu'est-ce que vous regardez ? lui demanda-t-elle.

Elle avait surpris son regard.

— Vous, évidemment : vous êtes si jolie quand vous crachez, expliqua-t-il en riant.

Il se rendit compte aussitôt qu'il avait révélé ses sentiments au-delà de ce qu'il aurait souhaité et attendit une réplique cinglante. Elle se contenta de rire à son tour.

Il avait simplement dit qu'elle était jolie – cela n'avait pas dû l'étonner –, mais d'un ton affectueux, ce que les filles remarquaient toujours, surtout quand on ne le voulait pas. Si cela l'avait contrariée, elle l'aurait montré d'un regard désapprobateur ou en secouant la tête d'un geste impatient. Bien au contraire, elle avait paru contente, même heureuse qu'il se montre affectueux.

Aurait-il franchi une étape ?

Plus rien ne coulait du tuyau ; ils avaient transvasé du réservoir de la voiture dans le seau quatre ou cinq litres d'essence, ce qui serait suffisant pour essayer le moteur, mais pour ce qui était de traverser la mer du Nord...

Harald porta le seau auprès du Frelon, ouvrit le panneau d'accès, retira le bouchon du réservoir et versa l'essence.

— Je ne sais pas du tout où trouver ce dont nous aurons besoin, remarqua Karen. Il n'est certainement pas question d'en acheter.

— Quelle quantité nous faut-il ?

— Le réservoir contient cent cinquante litres. Mais il y a un autre problème : l'autonomie du Frelon est d'environ mille kilomètres – dans des conditions idéales.

— À peu près la distance qui nous sépare de l'Angleterre.

— Si donc les conditions ne sont pas tout à fait parfaites, par exemple des vents contraires, ce qui n'a rien d'improbable...

— Nous tomberons en mer.

— Exactement.

— Chaque chose en son temps, nous n'avons pas encore fait démarrer le moteur, rappela Harald.

Karen savait comment s'y prendre.

— Je vais amorcer le carburateur, annonça-t-elle.

Harald ouvrit le robinet d'essence.

Karen actionna le pointeau jusqu'au moment où l'essence se mit à couler sur le sol.

— Contact, dit-elle.

Harald brancha les magnétos et s'assura que la manette des gaz était à peine ouverte. Karen empoigna l'hélice et la tira vers le bas. Une nouvelle fois, il y eut un bref déclic.

— Vous entendez ça ? demanda-t-elle.

— Oui.

— C'est le démarrage à inertie. C'est comme ça qu'on sait qu'il marche, grâce au déclic.

Elle poussa une seconde fois l'hélice, puis une troisième. Pour finir, elle fit une ultime tentative et recula précipitamment.

Le moteur émit une violente pétarade qui retentit dans toute l'église puis s'arrêta.

Harald poussa un hourra.

— Qu'est-ce qui vous fait tant plaisir ? demanda Karen.

— S'il a parlé c'est qu'il n'est pas en si piteux état !

— Mais il n'a pas démarré.

— Ça va venir, ça va venir. Essayez encore.

Elle poussa de nouveau l'hélice, avec le même résultat. Seul changement notable : les joues de Karen s'empourpraient sous l'effort d'une charmante façon.

Après la troisième tentative, Harald coupa le contact.

— L'essence arrive bien maintenant, expliqua-t-il. Il s'agit donc d'un problème d'allumage. Il nous faut des outils.

— Il y a une trousse.

Karen plongea le bras dans le cockpit et, soulevant un coussin, montra un gros coffre sous le siège. Elle en sortit un sac de toile fermé par des courroies de cuir.

Harald l'ouvrit et y choisit une clé munie d'une tête cylindrique montée sur une articulation pivotante conçue pour passer partout.

— Une clé à bougie universelle ! Le capitaine De Havilland a quand même inventé quelque chose de bien ! s'exclama-t-il.

Harald retira pour l'examiner l'une des quatre bougies sur la droite du moteur : il y avait de l'huile sur les têtes. Karen, avec un mouchoir bordé de dentelles tiré de la poche de son short, les essuya soigneusement et, grâce à un calibre venant de la trousse à outils, en vérifia l'écartement. Puis Harald remit la bougie en place et ils renouvelèrent l'opération avec les trois autres.

— Il y en a encore quatre à gauche, expliqua Karen.

Si le moteur n'avait que quatre cylindres, il comportait en revanche deux magnétos, chacune fonctionnant avec son jeu de bougies : par sécurité, se dit Harald. Elles furent plus difficiles à atteindre, car coincées derrière deux chicanes de refroidissement qu'il fallut d'abord déboulonner.

Une fois toutes les bougies démontées, Harald ôta le capuchon de bakélite qui protégeait les contacts et vérifia les têtes. Pour finir, il retira la calotte du distributeur de chaque magnéto et en essuya l'intérieur avec le mouchoir de Karen, devenu chiffon crasseux.

— Tout ce qu'il fallait faire est fait, annonça-t-il. Si ça ne démarre pas maintenant, nous aurons un sérieux problème.

Karen amorça une nouvelle fois le moteur puis fit à trois reprises tourner lentement l'hélice. Harald ouvrit la porte du cockpit et brancha les magnétos. Karen imprima une dernière poussée à l'hélice et recula.

Le moteur commença à tourner, crépita et hésita. Harald, debout près de la porte, la tête dans la cabine, poussa en avant la manette des gaz. Le moteur se mit à rugir.

Harald poussa un hourra triomphal. À peine s'il entendait sa propre voix dans ce vacarme. Le bruit du moteur se répercutait contre les murs de l'église dans un fracas assourdissant. Il vit la queue du chat noir et blanc disparaître par une fenêtre.

Karen s'approcha, ses cheveux soulevés par le souffle de l'hélice. Grisé, Harald la serra dans ses bras.

— On y est arrivés ! cria-t-il.

Elle l'étreignit à son tour, pour le plus grand plaisir de Harald, puis dit quelque chose. Il secoua la tête pour indiquer qu'il n'arrivait pas à l'entendre. Elle s'approcha délicieusement et lui parla à l'oreille. Il sentit ses lèvres lui effleurer la joue. Il ne pensait qu'à une chose : que ce serait facile de l'embrasser maintenant.

— Il faut l'arrêter, avant que quelqu'un n'entende ! cria-t-elle, rappelant brutalement à Harald qu'ils ne réparaient pas l'appareil pour jouer, mais pour exécuter une mission secrète et dangereuse.

Il passa la tête à l'intérieur du cockpit, repoussa la manette des gaz sur la position d'arrêt et coupa les magnétos. Le moteur stoppa.

Pour autant, l'intérieur de l'église ne replongea pas dans le silence. Une étrange rumeur venait de l'extérieur. Harald crut tout d'abord que ses oreilles résonnaient encore du vacarme du moteur, mais il comprit peu à peu que c'était autre chose. Il refusait cependant de croire ce qu'il entendait : la cadence de pas lourds approchant. Karen le regarda ; la stupeur et la crainte se lisaient sur son visage.

Ils se précipitèrent vers une fenêtre. Une trentaine de soldats en uniforme allemand s'avançaient dans l'allée.

Ils viennent m'arrêter ! Mais non, il ne s'agit pas d'une chasse à l'homme ; la plupart semblent désarmés.

Les soldats escortaient en fait un lourd chariot traîné par quatre chevaux fourbus et chargé de ce qui ressemblait à du matériel de camping. Ils passèrent devant le monastère en remontant l'allée.

— Qu'est-ce que ça veut dire ? fit-il.

— Il ne faut pas qu'ils entrent ici ! dit Karen.

Tous deux examinèrent l'intérieur de l'église. L'entrée principale, à l'ouest, était fermée par deux énormes battants de porte en bois. (Le Frelon avec ses ailes repliées avait dû entrer par là, comme la moto de Harald.) Il y avait un gros verrou à l'intérieur avec une énorme clé et une barre de bois reposant sur des crochets.

Il n'existait qu'une seule autre entrée, la petite porte latérale qui s'ouvrait sur le cloître. C'était le passage qu'Harald utilisait en général. Il y avait une serrure, mais pas de clé, pas de barre transversale.

— Clouons la petite porte. Nous ferons comme le chat : nous entrerons et sortirons par les fenêtres, suggéra Karen.

— Nous avons le marteau et des clous... Il nous faut juste un morceau de bois.

Dans cet endroit tellement encombré, il aurait dû être facile de trouver une planche solide, mais Harald constata déçu, que rien ne faisait l'affaire. Il finit par arracher du mur une des étagères au-dessus de l'établi. Il la posa en diagonale en travers de la porte et la cloua solidement au chambranle.

— Deux hommes pourraient l'abattre sans grand effort, reconnut-il. Mais personne ne tombera par hasard sur notre secret.

— Et si on regarde par les fenêtres ? dit Karen. Il suffit de trouver quelque chose sur quoi monter.

— Cachons l'hélice.

Harald ramassa la bâche qui avait protégé la Rolls-Royce et à eux deux, ils la drapèrent sur le nez du Frelon ; elle dissimulait aussi la cabine.

— Ça a quand même l'air d'un avion au nez couvert et aux ailes repliées, déclara Karen après avoir reculé pour vérifier.

— Pour vous, oui. Mais quelqu'un regardant par la fenêtre n'y verra qu'un débarras.

— Et si c'est un aviateur ?

— Ils n'étaient pas de la Luftwaffe, il me semble. Si ?

— Je ne sais pas. Je ferais mieux d'aller voir.

22.

Bien qu'ayant vécu plus longtemps au Danemark qu'en Angleterre, Hermia eut soudain l'impression d'être en pays étranger. Les artères de Copenhague, jadis familières, lui semblaient hostiles et elle ne s'y sentait pas à l'aise. Elle hâtait le pas comme une fugitive dans ces rues où elle s'était promenée enfant, tenant son père par la main, innocente et insouciante. Il n'y avait pas seulement les points de contrôle, les uniformes allemands et les Mercedes vert-de-gris : même la police danoise la faisait sursauter.

Elle avait des amis ici, mais elle ne voulait pas les contacter, craignant de les mettre en danger. Poul était mort, Jens avait sans doute été arrêté et elle ne savait pas ce qu'il était advenu d'Arne. Elle se sentait maudite.

Épuisée et courbatue après son voyage de nuit à bord du ferry, elle était dévorée d'inquiétude au sujet d'Arne. Hantée à l'idée que chaque heure qui passait la rapprochait de la pleine lune, elle s'imposait la plus extrême prudence.

La maison de Jens Toksvig, comme toutes celles de St Paul's Gade, était de plain-pied. Elle paraissait vide et, à l'exception du facteur, personne ne se présenta à la porte. La veille, lorsque Hermia avait téléphoné de Bornholm, il y avait là au moins un policier, mais on avait dû arrêter la surveillance.

Hermia observa aussi les maisons voisines. D'un côté, une baraque délabrée occupée par un jeune couple avec un enfant, sans doute trop absorbé par ses propres problèmes pour s'intéresser à ses voisins. Mais de l'autre côté, dans un pavillon fraîchement repeint et aux rideaux soigneusement repassés, vivait une femme plus âgée qui regardait fréquemment par la fenêtre.

Après trois heures de guet, Hermia frappa à la porte.

Une petite femme boulotte d'une soixantaine d'années, en tablier, lui ouvrit. Jetant un regard à la petite valise que portait Hermia, elle prévint :

— Je n'achète jamais rien sur le pas de la porte.

Elle eut un sourire un peu pincé comme si son refus lui conférait une certaine distinction.

— On m'a dit, fit Hermia en souriant elle aussi, que le 53 pourrait être à louer.

La voisine changea aussitôt d'attitude.

— Oh ? dit-elle d'un ton intéressé. Vous cherchez un endroit où loger ?

— Exactement. (La femme se montrait aussi curieuse que l'avait espéré Hermia. Pour l'appâter, Hermia ajouta.) Je vais me marier.

Le regard de la femme se porta machinalement sur la main gauche de Hermia qui exhiba sa bague de fiançailles.

— Très jolie. Eh bien, j'avoue que je serais bien soulagée si une famille respectable s'y installait, après tout ce qui s'est passé.

— Quoi donc ?

— C'était un nid d'espions communistes, murmura-t-elle.

— Non, vraiment ?

La femme croisa les bras sur son buste serré dans un corset.

— On les a arrêtés mercredi dernier, toute la bande.

Hermia sentit un frisson de peur la traverser, mais elle se força à entretenir la conversation.

— Bonté divine ! Ils étaient nombreux ?

— Je ne pourrais pas vous dire au juste. Il y avait le locataire, le jeune M. Toksvig, que je n'aurais pas pris pour un malfaiteur même s'il n'était pas toujours aussi respectueux envers ses aînés qu'il aurait dû, et l'aviateur qui venait de s'installer, un charmant jeune homme, bien que peu bavard ; mais aussi toutes sortes de gens qui faisaient des allées et venues, pour la plupart des militaires.

— Et on les a arrêtés mercredi ?

— Sur ce même trottoir où vous voyez l'épagneul de M. Schmidt lever sa patte contre le lampadaire. Il y a même eu des coups de feu.

Hermia eut un sursaut et porta la main à sa bouche.

— Oh, non !

La vieille femme hocha la tête, enchantée de la voir réagir à son récit, sans se douter le moins du monde qu'elle parlait de l'homme qu'aimait Hermia.

— Un policier en civil a tiré sur un des communistes. (Elle crut nécessaire de préciser :) Avec un pistolet.

Hermia redoutait si fort ce qu'elle risquait d'apprendre qu'elle avait du mal à s'exprimer. Elle se contraignit à demander :

— Sur qui a-t-on tiré ?

— Je ne l'ai pas vu moi-même, répondit la femme avec un infini regret. J'étais justement allée chez ma sœur à Fischer's Gade, car il fallait que je lui emprunte un patron dont j'avais besoin pour tricoter un cardigan. En tout cas, ce n'était pas M. Toksvig, ça je peux vous l'affirmer, parce que Mme Eriksen de sa boutique a tout vu et elle m'a dit que c'était un homme qu'elle ne connaissait pas.

— Est-ce qu'il a été tué ?

— Oh, non. Mme Eriksen pense qu'il a été blessé à la jambe. En tout cas, il a crié quand les ambulanciers l'ont déposé sur le brancard.

Hermia était certaine qu'il s'agissait d'Arne. Il lui semblait ressentir la blessure dans sa propre chair. Le souffle coupé, hébétée, il lui fallait fuir cette horrible vieille chouette qui racontait cette tragique histoire avec une telle délectation.

— Il faut que j'y aille, dit-elle. C'est épouvantable, conclut-elle en tournant les talons.

— En tout cas, à mon avis, la maison ne va pas tarder à être à louer, lui lança la vieille dame.

Hermia s'éloigna sans répondre.

Elle prit des rues les unes après les autres, au hasard, jusqu'au moment où elle s'arrêta dans un café pour remettre de l'ordre dans ses pensées. Une tasse bien chaude d'ersatz de thé l'aida à se remettre. Il fallait à tout prix se renseigner sur ce qui était arrivé à Arne et sur l'endroit où il se trouvait.

Elle prit une chambre dans un petit hôtel près du port. Il était sordide, mais une robuste serrure fermait sa porte. Vers minuit, une voix pâteuse lui demanda du couloir si un petit verre lui ferait plaisir ; elle se leva pour coincer la porte avec une chaise.

Hermia ne réussit pas à s'endormir, s'interrogeant sans fin sur l'identité du blessé de St Paul's Gade. S'il s'agissait d'Arne, sa blessure était-elle grave ? Sinon, avait-il été arrêté avec les autres ? Était-il encore en fuite ? Qui pourrait la renseigner ? La famille d'Arne ? Elle ne saurait probablement rien et s'affolerait d'entendre parler de fusillade. Elle connaissait un certain nombre de ses amis qui, malheureusement, étaient morts, en prison ou se cachaient.

Ce n'est qu'au petit matin qu'elle pensa au commandant d'Arne : lui saurait probablement si Arne avait été arrêté. Elle se leva à l'aube, courut jusqu'à la gare et prit un billet pour Vodal.

Tandis que le train se traînait vers le sud en faisant halte dans chaque village encore endormi, elle pensa à Digby qui, certainement, l'attendait impatiemment sur le quai de Kalvsby avec Arne et le rouleau de pellicule. Mais le pêcheur reviendrait seul pour annoncer à Digby que Hermia n'était pas au rendez-vous. Digby serait à son tour aussi angoissé sur son sort qu'elle l'était sur celui d'Arne.

Il régnait à l'école de pilotage une ambiance lugubre. Aucun avion sur le terrain et aucun dans le ciel. On révisait quelques machines et, dans un des hangars, on montrait à une poignée de stagiaires les entrailles d'un moteur. On lui indiqua le quartier général.

Elle dut donner son vrai nom car certains la connaissaient. Elle demanda à voir le commandant de la base en précisant :

— Dites-lui que je suis une amie d'Arne Olufsen.

Elle savait qu'elle prenait un risque. Elle avait déjà rencontré le commandant Renthe et gardait le souvenir d'un homme grand, maigre et portant une moustache. Elle ignorait tout de ses opinions politiques. S'il penchait en faveur des nazis, elle pourrait connaître quelques ennuis au cas où, par exemple, il informerait la police qu'une Anglaise lui posait des questions. Mais, comme beaucoup de gens, il éprouvait de l'affection pour

Arne et elle espérait qu'il ne la trahirait pas. Quoi qu'il en soit, elle était prête à courir le risque.

On la fit entrer aussitôt et Renthe la reconnut.

— Mon Dieu, dit-il, vous êtes la fiancée d'Arne. Je croyais que vous étiez rentrée en Angleterre.

Il s'empressa de refermer la porte derrière elle, ce qu'elle interpréta comme un signe favorable ; s'il voulait lui parler tranquillement, ce n'était certainement pas pour alerter la police, du moins pas tout de suite.

Elle décida de ne donner aucune explication sur les raisons de sa présence au Danemark. Il tirerait ses propres conclusions.

— J'essaie de contacter Arne, je crains qu'il n'ait des ennuis, expliqua-t-elle.

— C'est pire que ça, déclara Renthe. Vous feriez mieux de vous asseoir.

Hermia resta debout.

— Pourquoi ? cria-t-elle. Pourquoi m'asseoir ? Que s'est-il passé ?

— Il a été arrêté mercredi dernier.

— C'est tout ?

— Il a essuyé des coups de feu et a été blessé en tentant d'échapper à la police.

— C'était donc lui.

— Je vous demande pardon ?

— Une voisine m'a dit que l'un d'eux avait été blessé. Comment va-t-il ?

— Je vous en prie, ma chère enfant, asseyez-vous.

Hermia prit un fauteuil.

— C'est grave, n'est-ce pas ?

— Oui. (Renthe hésita. Puis d'une voix sourde, il annonça lentement :) Je suis terriblement désolé d'avoir à vous apprendre qu'Arne est mort.

Elle poussa un cri. Au fond de son cœur, elle s'en était doutée mais ne pouvait l'envisager. La réalité l'avait heurtée aussi violemment qu'un train.

— Non, dit-elle. Ce n'est pas vrai.

— Il est mort juste après son arrestation.

— Quoi ?

Au prix d'un effort, elle s'obligea à écouter.

— Il est mort au commissariat central.

Une affreuse possibilité lui traversa l'esprit.

— L'a-t-on torturé ?

— Je ne pense pas. Il semble que, pour éviter de parler sous la torture, il se soit suicidé.

— Oh, mon Dieu !

— À mon avis, il s'est sacrifié pour protéger ses amis.

Hermia apercevait Renthe à travers une sorte de brouillard ; les larmes ruisselaient sur son visage. Renthe lui tendit son mouchoir ; elle s'essuya les joues, mais sans parvenir à étancher ses larmes.

— Je viens de l'apprendre, reprit Renthe. J'ai dû téléphoner à ses parents pour le leur annoncer.

Hermia les connaissait bien. Ses rapports avec le sévère pasteur étaient rendus difficiles parce qu'il voulait dominer, alors que la soumission était tout à fait étrangère au caractère de Hermia. Il aimait ses fils, mais n'exprimait son amour qu'au travers des règles qu'il imposait. Le souvenir qu'elle gardait de la mère d'Arne était ses mains gercées à force de lessives, de cuisine et de ménage. Penser à eux détourna un instant Hermia de son chagrin et une vague de compassion monta en elle : ils devaient être anéantis.

— Ça a dû être terrible pour vous de leur annoncer une pareille nouvelle, dit-elle à Renthe.

— Je pense bien. Leur fils aîné.

Elle se rappela alors l'autre fils, Harald, aussi blond qu'Arne était brun, plus sérieux, un peu intellectuel, sans le charme nonchalant d'Arne, mais sympathique à sa façon. Arne avait dit qu'il expliquerait à Harald comment s'introduire dans la base de Sande. Que savait Harald au juste ? Était-il impliqué ?

Son esprit se tournait vers des problèmes pratiques, mais elle se sentait vidée. Elle continuerait à vivre, certes, mais rien ne serait plus jamais pareil.

— Que vous a dit la police ? demanda-t-elle à Renthe.

— Selon la thèse officielle, il est mort en donnant des renseignements. On ajoute : « Il semble que personne ne soit impliqué dans sa disparition », euphémisme signifiant qu'il s'est suicidé. Mais un ami qui travaille au Politigaarden m'a dit qu'Arne l'avait fait pour éviter d'être livré à la Gestapo.

— A-t-on trouvé quelque chose en sa possession ?
— Que voulez-vous dire ?
— Des photos, par exemple ?
— Mon ami ne m'en a pas parlé, répondit Renthe en se crispant, et il est dangereux pour vous comme pour moi d'envisager une telle possibilité. Mademoiselle Mount, j'avais beaucoup d'amitié pour Arne et en souvenir de lui j'aimerais faire tout mon possible pour vous ; mais, je vous en prie, n'oubliez pas qu'en tant qu'officier j'ai juré fidélité au roi qui m'a donné l'ordre de coopérer avec la puissance occupante. Quelles que soient mes opinions personnelles, je ne puis approuver l'espionnage – et si j'estimais que quelqu'un exerce ce genre d'activité, il serait de mon devoir de le signaler.

Hermia hocha la tête : l'avertissement était sans ambiguïté.

— Je vous remercie de votre franchise, commandant. (Elle se leva en s'essuyant le visage. Se souvenant que le mouchoir lui appartenait, elle ajouta :) Je le ferai laver et je vous le renverrai.

— Vous n'y pensez pas ! (Il fit le tour de son bureau et la prit par les épaules.) Je suis vraiment affreusement peiné. Je vous en prie, acceptez mes plus sincères condoléances.

— Merci, dit-elle, et elle sortit.

À peine eut-elle quitté le bâtiment qu'elle se remit à pleurer, transformant le mouchoir de Renthe en une véritable serpillière. Elle n'aurait pas cru qu'on pût receler tant de larmes. Se guidant tant bien que mal à travers un rideau de pleurs, elle regagna la gare.

Elle retrouva une sorte de calme en songeant à ce qu'elle allait faire désormais. La mission pour laquelle Poul et Arne avaient donné leur vie n'était pas terminée : il lui fallait les photos, et ce avant la pleine lune. Mais maintenant, un motif supplémentaire la poussait : la vengeance. Réussir cette mission châtierait cruellement ceux qui avaient forcé Arne à se donner la mort. Elle disposait à présent d'un nouvel atout : elle ne craignait plus pour sa propre sécurité, prête à assumer tous les risques. Elle marcherait la tête haute dans les rues de Copenhague et malheur à quiconque se dresserait sur son chemin.

Mais qu'allait-elle faire précisément ?

Harald détenait peut-être la solution ; il saurait sans doute si Arne était retourné à Sande avant d'être pris par la police et peut-être même s'il détenait les clichés au moment de son arrestation. Elle se faisait fort de le trouver.

Elle reprit un train pour Copenhague. Il roulait si lentement qu'elle arriva trop tard pour entreprendre un autre voyage. Elle alla se coucher dans son hôtel miteux en mettant soigneusement le verrou pour se protéger des ivrognes amoureux et, à force de sangloter, finit par s'endormir. Le lendemain matin, elle prit le premier train pour le petit village de banlieue de Jansborg.

Elle acheta un journal qui titrait : À MI-CHEMIN DE MOSCOU. Les nazis avaient avancé de façon stupéfiante. En une semaine, ils avaient pris Minsk et étaient en vue de Smolensk, à trois cents kilomètres à l'intérieur du territoire soviétique.

La pleine lune, c'était dans huit jours.

S'étant présentée au secrétaire du collège comme la fiancée d'Arne Olufsen, elle fut immédiatement introduite dans le bureau de Heis. L'homme qui avait présidé à l'éducation d'Arne et de Harald lui évoqua irrésistiblement une girafe chaussée de lunettes contemplant du haut de son long cou le monde qui évoluait au ras du sol.

— Ainsi, vous êtes la future femme d'Arne, commença-t-il d'un ton affable. Je suis enchanté de vous rencontrer.

Il semblait tout ignorer de la tragédie.

— Vous n'avez pas appris la nouvelle ? lança-t-elle sans plus de précaution.

— La nouvelle ? Je ne pense pas que j'aie...

— Arne est mort.

— Oh, mon Dieu ! gémit Heis en se laissant lourdement retomber sur son siège.

— Je croyais qu'on vous avait prévenu.

— Mais non. Quand est-ce arrivé ?

— Hier matin de bonne heure, au commissariat central de Copenhague. Il s'est suicidé pour éviter d'être interrogé par la Gestapo.

— Quelle horreur !

— Son frère ne le saurait pas encore ?

— Je n'en ai aucune idée, Harald n'est plus ici.

— Pourquoi donc ? fit-elle, surprise.

— Je crois, malheureusement, qu'il a été renvoyé.

— Mais c'était un brillant élève !

— Oui, mais il s'est mal conduit.

Hermia n'avait pas le temps de discuter des incartades d'un collégien.

— Où est-il maintenant ?

— Il est rentré chez ses parents, je présume. (Heis fronça les sourcils.) Pourquoi me demandez-vous cela ?

— J'aimerais lui parler.

— De quelque chose en particulier ? s'enquit Heis, intrigué.

Hermia hésita. La prudence lui dictait de ne rien révéler à Heis de sa mission, mais ses deux dernières questions laissaient entendre qu'il savait quelque chose.

— Arne, poursuivit-elle, détenait peut-être, lors de son arrestation, quelque chose qui m'appartient.

Heis posait des questions apparemment anodines, mais s'agrippait au plateau de son bureau au point d'en avoir les jointures toutes blanches.

— Puis-je vous demander quoi ?

Elle hésita encore, puis se risqua.

— Des photos.

— Ah !

— Ça évoque quelque chose pour vous ?

— Oui.

Hermia se demandait si Heis lui ferait confiance : il pouvait très bien imaginer qu'elle était un membre de la police se faisant passer pour la fiancée d'Arne.

— Arne est mort à cause de ces photos. Il essayait de me les faire parvenir.

Heis hocha la tête et parut se décider.

— Après son renvoi, Harald est revenu de nuit pour s'introduire par effraction dans la chambre noire du labo de chimie.

Hermia poussa un soupir de satisfaction : Harald avait développé la pellicule.

— Avez-vous vu les clichés ?

— Oui. J'ai raconté à tout le monde qu'il s'agissait de photos de jeunes personnes dans des poses osées. En réalité, ce sont des clichés d'une installation militaire.

Hermia était ravie : jusque-là, la mission avait réussi. Ne restait plus qu'à mettre la main sur le rouleau de pellicule. Si Harald avait eu le temps de le remettre à Arne, la police l'avait en sa possession et Arne s'était sacrifié pour rien.

— Quand Harald a-t-il fait cela ?

— Jeudi dernier.

— Arne a été arrêté mercredi.

— Harald a donc toujours vos clichés.

— Oui. (Hermia reprit courage. Arne n'était pas mort en vain. Quelque part, ce rouleau de pellicule d'une telle importance était toujours en circulation. Elle se leva.) Merci de votre aide.

— Vous allez à Sande ?

— Oui. Pour trouver Harald.

— Bonne chance, dit Heis.

23.

L'armée allemande comptait un million de chevaux ; aussi la plupart de ses divisions comprenaient-elles une compagnie vétérinaire chargée de soigner les animaux malades et blessés, de trouver du fourrage et de rattraper les fugitifs. C'était l'une d'elles qui cantonnait à Kirstenslot.

Harald n'aurait pu imaginer pire coup de malchance : les officiers au château, les hommes dans les ruines du monastère et les chevaux malades dans les anciens cloîtres jouxtant l'église où il se terrait.

L'armée avait accepté de ne pas utiliser l'église proprement dite, Karen ayant supplié son père de négocier cette mesure sous le prétexte que tous les trésors de son enfance y étaient entreposés. M. Duchwitz avait fait remarquer au chef de corps, le capitaine Kleiss, que le bric-à-brac entassé dans la chapelle ne laissait guère d'espace utilisable. Après avoir jeté un coup d'œil par une fenêtre – en l'absence de Harald alerté par Karen –, Kleiss avait accepté que les lieux restent fermés. En échange, il avait demandé, et obtenu, trois chambres supplémentaires dans le château en guise de bureaux.

Les Allemands, polis, aimables, et curieux, compliquaient la tâche de Harald : réparer le Frelon n'était déjà pas une mince affaire, il devait maintenant réaliser cette prouesse technique au nez et à la barbe des soldats.

Il dévissa les écrous qui maintenaient en place la suspension triangulaire de l'axe faussé, comptant démonter la section endommagée puis la faire passer discrètement devant les soldats à l'atelier du fermier Nielsen. Si ce dernier acceptait, il réparerait la pièce là-bas. En attendant, le troisième pied intact, avec l'amortisseur, suffisait à soutenir le poids de l'appareil tant qu'il restait immobile.

Les freins, celui de la roue en particulier, étaient sans doute endommagés, mais Harald ne s'en soucierait pas : on les utilisait surtout pour rouler sur le terrain et Karen assurait qu'on pouvait s'en passer.

Tout en travaillant, Harald ne cessait de jeter des coups d'œil inquiets vers les fenêtres : il craignait à tout moment de voir s'y encadrer le gros nez et le menton en galoche du capitaine Kleiss, qui lui donnaient un air agressif. Mais personne ne vint et, au bout de quelques minutes, Harald eut entre les mains la traverse en V.

Il monta sur une caisse pour scruter les alentours : à l'est, l'église était en partie abritée par un châtaignier couvert de feuilles. Harald, ne voyant personne dans les parages, poussa la traverse par la fenêtre et la laissa tomber dans l'herbe, puis il sauta à son tour.

Un peu plus loin, sur la grande pelouse qui s'étendait devant le château, quatre grandes tentes, des véhicules, des jeeps, des charrettes, un camion-citerne. Il y avait bien quelques soldats qui passaient d'une tente à l'autre mais, en ce début d'après-midi, la plupart vaquaient à leurs missions – conduire des chevaux à la gare ou les en ramener, négocier l'achat de foin avec des fermiers, faire soigner les chevaux malades à Copenhague ou ailleurs.

Il ramassa la traverse et s'enfonça à grands pas dans le bois. Il tournait le coin de l'église quand il tomba sur le capitaine Kleiss.

Celui-ci, un grand gaillard à l'air belliqueux, campé sur ses jambes écartées, s'adressait, bras croisés, à un sergent; ensemble, ils se retournèrent pour voir qui venait.

La peur noua l'estomac de Harald. Déjà ? Il n'eut qu'une envie – furieuse –, tourner les talons, mais fuir le compromettrait. Il hésita puis poursuivit sa marche, conscient de paraître coupable et de transporter une partie du train d'atterrissage d'un avion. Pris en flagrant délit, il ne lui restait plus qu'à bluffer. Il s'efforça de tenir la traverse de façon aussi désinvolte que s'il s'était agi d'une raquette de tennis ou d'un livre.

Kleiss l'interpella en allemand.

— Qui êtes-vous ?

Il avala sa salive en s'efforçant de garder son calme.

— Harald Olufsen.

— Et qu'est-ce que vous avez là ?

— Ça ? (Harald, étourdi par les battements de son cœur, cherchait désespérément à inventer un mensonge plausible.) C'est... hum (il se sentit rougir lorsqu'une inspiration le sauva :) une pièce de faucheuse.

Il réalisa soudain qu'un garçon de ferme danois sans éducation ne devait pas parler un allemand aussi châtié et il se demanda avec angoisse si Kleiss serait assez malin pour remarquer cette anomalie.

— Qu'est-ce qu'elle a, cette machine ? demanda Kleiss.

— Euh, elle est passée sur une grosse pierre et ça a gauchi l'armature.

Kleiss lui prit la traverse des mains. Sa spécialité, c'est les chevaux et, après tout, il n'a aucune raison de savoir reconnaître une pièce quelconque d'un avion, se dit Harald en retenant son souffle.

— Bon, passez, dit Kleiss rendant son verdict.

Harald s'enfonça dans les bois.

Quand il fut hors de vue, il s'adossa à un arbre, submergé par une violente nausée. Petit à petit, il parvint à se maîtriser et à se ressaisir : il connaîtrait d'autres moments de ce genre, il fallait qu'il s'y habitue.

Il reprit sa marche. Il faisait chaud mais, comme souvent hélas en été au Danemark, la proximité de la mer apportait des nuages. Plus il approchait de la ferme, plus il redoutait la réaction du vieux Nielsen à son départ après une seule journée de travail.

Le fermier observait d'un air mauvais un tracteur qui laissait échapper un panache de vapeur.

Nielsen lui lança un regard hostile.

— Qu'est-ce que tu veux, fugueur ?

Voilà qui commençait mal.

— Pardonnez-moi d'être parti sans explication, répondit Harald. On m'a rappelé d'urgence chez mes parents et je n'ai pas eu le temps de vous en avertir.

Sans demander plus de précisions, Nielsen reprit :

— Je n'ai pas les moyens de payer des ouvriers sur lesquels je ne peux pas compter.

Cela donna quelque espoir à Harald : si ce vieux radin ne se soucie que de son argent, qu'il le garde !

— Je ne vous demande pas de me payer.

— Qu'est-ce que tu veux ? grogna Nielsen, déjà un peu moins hargneux.

Harald hésita, car il ne voulait pas en dire trop.

— Un service.

— De quel genre ?

Harald lui montra la traverse.

— J'aimerais utiliser votre atelier pour réparer une pièce de ma moto.

— Bon sang, s'écria Nielsen en le regardant, tu ne manques pas de culot, mon garçon.

Je sais, songea Harald.

— C'est vraiment important, insista-t-il. Au lieu de me payer ma journée de travail.

— Peut-être bien. (Nielsen hésita, répugnant manifestement à lui rendre service, mais son avarice l'emporta.) Bon, d'accord. (Harald dissimula sa joie.) Si tu me répares ce foutu tracteur d'abord.

Harald jura sous cape : perdre une heure sur le tracteur de Nielsen quand il avait si peu de temps pour le Frelon !

— Très bien, répondit-il.

Ce n'était, après tout, qu'un radiateur qui chauffait.

Nielsen s'éloigna, cherchant une autre raison de grommeler.

Le tracteur cessa bientôt de cracher et Harald put regarder le moteur : une durite avait lâché à la jonction avec une canalisation, provoquant une fuite d'eau dans le système de refroidissement. Pas question évidemment de la remplacer mais, par chance, elle avait un peu de jeu ce qui permit à Harald de couper l'extrémité endommagée et de remettre la durite en place. Il alla chercher un seau d'eau chaude à la cuisine de la ferme et refit le plein du radiateur – il ne faut jamais verser de l'eau froide dans un moteur qui a chauffé. Il mit ensuite le tracteur en marche pour s'assurer que la fixation tenait. Tout allait bien et il entra enfin dans l'atelier.

Il avait besoin d'une mince plaque d'acier pour renforcer la partie rompue de l'axe. Il savait déjà où la trouver : il débarrassa la plus haute de quatre étagères métalliques des objets qui s'y trouvaient et les répartit sur les trois autres. Utilisant les cisailles de Nielsen, il découpa les bords recourbés de l'étagère et y tailla quatre bandes qu'il utiliserait comme éclisses.

Il bloqua l'une d'elles dans un étau et, à coups de marteau, la recourba de façon qu'elle s'adapte sur la tubulure ovale de la traverse ; il en fit autant avec les trois autres ; puis il les souda par-dessus les bosselures de la traverse.

Il recula pour admirer son œuvre.

— Pas joli, mais efficace, se félicita-t-il tout haut.

En retraversant les bois en direction du château, il entendait les rumeurs du campement : des hommes qui s'interpellaient, des moteurs qui s'emballaient, des chevaux qui hennissaient. On était en début de soirée et les soldats avaient dû rentrer de leurs missions journalières. Réussirait-il à regagner l'église sans se faire remarquer ?

Il s'approcha par-derrière : adossé au mur, un jeune soldat fumait une cigarette.

— Bonjour, je m'appelle Leo.

Harald n'avait pu faire autrement que le saluer de la tête.

— Et moi, Harald, répondit-il en essayant de sourire. Enchanté de faire votre connaissance.

— Voulez-vous une cigarette ?

— Merci, une autre fois, je suis pressé.

Harald fit le tour de l'église. Juché sur la bûche qu'il avait roulée sous une des fenêtres – pensant qu'elle lui serait utile un jour ou l'autre –, il inspecta l'intérieur de l'église. Il hissa la suspension et la laissa tomber à l'intérieur. Il l'entendit rebondir sur le dallage, puis il se faufila à son tour.

— Bonjour ! lança une voix.

Son cœur s'arrêta, puis il aperçut Karen. Près de la queue de l'appareil et en partie dissimulée par la carlingue, elle s'affairait sur l'aile à l'extrémité endommagée. Harald ramassa la pièce pour la lui montrer.

— Je croyais que c'était vide ici ! s'exclama-t-on en allemand.

Harald se retourna d'un bond : Leo, le jeune soldat, regardait par la fenêtre. Horrifié, Harald le dévisagea, maudissant sa malchance.

— Ça sert de débarras, expliqua-t-il.

Leo se glissa par la fenêtre et sauta sur le sol. Harald jeta un rapide coup d'œil vers la queue de l'appareil : Karen avait disparu. Leo regardait autour de lui avec plus de curiosité que de méfiance. Une bâche recouvrait le Frelon de l'hélice à la cabine et les ailes étaient repliées, mais le fuselage était visible et l'on apercevait l'empennage dans le fond de l'église. Leo était-il observateur ?

Par chance, il semblait s'intéresser davantage à la Rolls-Royce.

— Belle voiture, dit-il. C'est à vous ?

— Malheureusement non, répondit Harald. La moto seulement. (Il brandit la suspension du Frelon.) C'est pour mon side-car. J'essaye de le réparer.

— Ah ! fit Leo, sans manifester le moindre doute. J'aimerais bien vous donner un coup de main, mais je ne connais rien en mécanique. Ma spécialité, ce sont les chevaux.

— Bien sûr.

Ils avaient à peu près le même âge et Harald trouvait plutôt sympathique ce jeune homme si loin de chez lui. Mais il aurait quand même préféré le voir s'en aller.

— C'est l'heure de la soupe, annonça Leo pour expliquer le coup de sifflet strident qui venait de retentir.

Dieu soit loué, se dit Harald.

— J'ai été ravi de bavarder avec vous, Harald. J'espère bien vous revoir.

— Moi aussi.

Leo grimpa sur la caisse et s'extirpa par la fenêtre.

— Seigneur, gémit Harald.

— Sale moment, renchérit Karen émergeant de derrière la queue du Frelon, encore toute secouée.

— Il n'était pas méfiant, il avait juste envie de bavarder.

— Dieu nous garde des Allemands trop aimables, dit-elle avec un sourire.

— Amen.

Il adorait la voir sourire : on aurait dit un lever de soleil. Il la regarda aussi longtemps qu'il l'osa. Puis il se tourna vers l'aile sur laquelle, vêtue d'un vieux pantalon de velours qu'elle avait dû porter pour jardiner et d'une chemise d'homme aux manches retroussées, elle travaillait : elle recousait les déchirures.

— Je colle des pièces de toile sur les parties endommagées, expliqua-t-elle. Quand la colle sera sèche, je les peindrai pour les rendre étanches.

— Où avez-vous trouvé le tissu, la colle et la peinture ?

— Au théâtre. J'ai battu des cils devant un décorateur.

— Bravo. (De toute évidence, aucun homme ne lui refusait ce qu'elle voulait. Il se sentait jaloux du décorateur.) Que faites-vous au théâtre toute la journée, d'ailleurs ? demanda-t-il.

— Je répète pour doubler la danseuse étoile des *Sylphides*.

— Vous monterez sur scène ?

— Sûrement pas. Il y a deux troupes : il faudrait donc que les deux danseuses tombent malades.

— Dommage, j'aimerais tant vous voir.

— Si l'impossible arrive, je vous aurai un billet. (Elle revint à l'aile endommagée.) Il faut vérifier qu'il n'y a pas de cassure à l'intérieur.

— Donc examiner les longerons de bois sous la toile, c'est bien ça ?

— Exactement.

— Eh bien, maintenant que nous avons de quoi réparer les déchirures, si nous découpions une fenêtre pour inspecter l'intérieur ?

— D'accord..., dit-elle d'un ton incertain.

Un couteau ne trancherait pas facilement le tissu déjà traité, mais il avait trouvé sur l'étagère un burin bien aiguisé.

— Où dois-je découper ?

— Près des traverses.

Il appuya le burin contre la surface de l'aile. Une fois la première entaille faite, la lame découpa assez facilement la toile. Harald pratiqua une incision en forme de L et replia un pan pour ménager une ouverture assez grande.

Karen braqua une torche électrique dans l'orifice puis se pencha pour examiner l'intérieur. Après une inspection minutieuse, elle retira sa tête et passa le bras. Elle empoigna quelque chose qu'elle secoua avec vigueur.

— Nous avons de la chance, déclara-t-elle, il n'y a de jeu nulle part.

Elle recula pour laisser la place à Harald qui se pencha à son tour, empoigna un longeron qu'il manipula dans tous les sens. L'aile tout entière bougea, sans révéler aucun point faible.

— Nous progressons, dit-elle, ravie. Si j'arrive à terminer le travail sur la toile demain, et vous à remettre en place la traverse du train, le fuselage sera en état, à l'exception des câbles qui manquent. Nous avons encore huit jours devant nous.

— Pas vraiment, observa Harald. Pour que nos renseignements servent à quelque chose, il faudrait atteindre l'Angleterre au moins vingt-quatre heures avant le raid, ce qui nous ramène à sept jours. Pour arriver le septième jour, nous devrons partir la veille au soir et voler de nuit. Nous disposons donc au maximum de six jours.

— Moralité, il faut que je termine la toile ce soir. (Elle jeta un coup d'œil à sa montre.) Il vaut mieux que je sois présente au dîner, mais je reviendrai le plus tôt possible.

Elle rangea la colle et se lava les mains à l'évier en utilisant le savon qu'elle avait apporté pour Harald. Il l'observait, toujours navré de la voir s'éloigner. Il aurait voulu passer la journée auprès d'elle et ce, jour après jour ; c'était probablement ce sentiment-là qui poussait les gens à se marier. Avait-il envie d'épouser Karen ? Quelle question stupide ! Bien sûr que oui, il n'avait aucun doute là-dessus ; certain aussi que jamais l'ennui ne s'installerait entre eux. Impossible qu'il se lasse de Karen.

Elle s'essuya les mains avec un chiffon.

— Qu'est-ce qui vous rend si songeur ?

— Je me demande ce que l'avenir nous réserve, dit-il se sentant rougir.

Elle le regarda droit dans les yeux et il eut un moment l'impression qu'elle pouvait lire ses pensées ; puis elle détourna le regard.

— La traversée au-dessus de la mer du Nord, murmura-t-elle, est longue, mille kilomètres sans possibilité d'atterrissage. Alors autant être vraiment sûr que cette vieille bécane est capable d'y arriver.

Elle se dirigea vers la fenêtre et grimpa sur la caisse.

— Ne regardez pas... Ce n'est pas une position très digne pour une dame.

— Je ne regarderai pas, je le jure, dit-il en riant.

Elle se glissa par l'ouverture. Oubliant sa promesse, il observa son derrière tandis qu'elle se faufilait.

Son attention revint au Frelon : remettre en place la traverse renforcée du train d'atterrissage ne devrait pas prendre beaucoup de temps. Il retrouva sur l'établi les écrous et les boulons là où il les avait laissés ; il s'agenouilla près de la roue, mit la traverse en place et entreprit de visser les boulons qui la maintenaient au fuselage et au train.

Il finissait tout juste quand Karen revint, bien plus tôt que prévu. Il sourit, ravi de la voir revenir si rapidement, avant de remarquer qu'elle avait l'air bouleversé.

— Que s'est-il passé ? demanda-t-il.

— Votre mère a téléphoné.

— Bon sang ! fit Harald, furieux. Je n'aurais jamais dû dire où j'allais. Qui lui a répondu ?

— Mon père. Mais il lui a assuré que vous n'étiez pas là et elle semble l'avoir cru.

— Dieu soit loué. (Il se félicitait de ne pas avoir parlé à sa mère de l'église désaffectée.) Que voulait-elle, d'ailleurs ?

— Annoncer de mauvaises nouvelles.

— Lesquelles ?

— À propos d'Arne.

Harald s'aperçut avec un sursaut coupable que, ces derniers jours, il avait à peine pensé à son frère qui se languissait en prison.

— Que s'est-il passé ?

— Arne est... Il est mort.

D'abord, Harald ne réalisa pas.

— Mort ? répéta-t-il comme s'il ignorait la signification de ce mot. Comment est-ce possible ?

— La police dit qu'il s'est suicidé.

— Suicidé ? (Tout d'un coup, le monde s'effondra autour de lui, les murs de l'église s'écroulèrent et une violente tempête emporta les arbres du parc et le château de Kirstenslot.) Mais pourquoi ?

— Pour éviter d'être interrogé par la Gestapo. C'est ce que le supérieur d'Arne a dit à votre mère.

— Pour éviter... (Harald comprit aussitôt.) Il craignait de ne pas supporter la torture.

— C'est ce qu'il semble, acquiesça Karen.

— S'il avait parlé, il m'aurait trahi.

Elle restait silencieuse, sans l'approuver ni le contredire.

— Il s'est tué pour me protéger. (Harald éprouva soudain le besoin d'entendre Karen confirmer ce qu'il disait. Il la prit par les épaules.) J'ai raison, n'est-ce pas ? C'est sûrement ça ! Il l'a fait pour moi ! Mais dites quelque chose, bon Dieu !

— Je crois que vous avez raison, finit-elle par murmurer.

En un instant, Harald passa de la colère à la douleur. Le chagrin déferlait sur lui et il ne se contrôlait plus. Des larmes lui montaient aux yeux et son corps était secoué de sanglots.

— Oh, mon Dieu, pleura-t-il en portant les mains à son visage ruisselant de larmes. Oh, mon Dieu, c'est terrible.

Karen le prit dans ses bras et, doucement, attira sa tête contre elle. Elle sentait les larmes couler sur ses cheveux et le long de sa gorge. Elle lui caressa le cou et posa un baiser sur son visage humide.

— Pauvre Arne, gémit Harald, d'une voix étranglée. Pauvre Arne.

— Je suis désolée, murmura Karen. Harald chéri, je suis vraiment désolée.

24.

Le Politigaarden, qui abritait le quartier général de la police de Copenhague, avait été construit autour d'une vaste cour circulaire inondée de lumière. Elle était limitée par des arcades dont la double colonnade classique se répétait dans une similitude parfaite. Pour Peter Flemming, ce plan démontrait que l'ordre et la régularité permettaient à la lumière de la vérité de briller sur les faiblesses humaines. Il se demandait souvent si cela répondait à une intention de l'architecte ou bien s'il avait seulement pensé à l'apport esthétique d'une cour dans son projet.

Adossés à une colonne, Tilde Jespersen et lui fumaient une cigarette. Tilde avait les bras nus et il devinait la douceur de sa peau. Un fin duvet blond recouvrait ses avant-bras.

— La Gestapo en a terminé avec Jens Toksvig, lui annonça-t-il.

— Et alors ?

— Rien, bien qu'il ait dit tout ce qu'il savait. (Exaspéré, il secoua les épaules comme pour chasser cette sensation de frustration.) Il appartenait aux Veilleurs de nuit, transmettait des renseignements à Poul Kirke et avait accepté d'abriter Arne Olufsen. Il a précisé que ce projet avait été monté par la fiancée d'Arne, Hermia Mount, qui travaille pour le MI6 en Angleterre.

— Intéressant... Mais ça ne nous mène nulle part.

— Exactement. Malheureusement pour nous, Jens ne sait pas qui s'est introduit sur la base de Sande et il n'est pas au courant de l'existence du film que Harald a développé.

Tilde tira une bouffée et Peter regarda sa bouche. On aurait dit qu'elle donnait un baiser à la cigarette. Elle aspira, puis rejeta la fumée par les narines.

— Arne s'est tué pour protéger quelqu'un, reprit-elle. Pour protéger la personne qui détient la pellicule.

— Soit Harald l'a encore, soit il l'a passée à quelqu'un d'autre. Dans un cas comme dans l'autre, il faut que nous lui parlions.

— Où est-il ?

— Au presbytère de Sande, je présume. C'est sa seule adresse. (Il regarda sa montre.) Je prends un train dans une heure.

— Pourquoi ne pas téléphoner ?

— Je ne veux pas lui donner l'occasion de filer.

— Qu'allez-vous dire aux parents ? s'inquiéta Tilde. Ils vont peut-être vous reprocher ce qui est arrivé à Arne.

— Ils ne savent pas que j'étais là quand Arne s'est suicidé. Ils ne savent même pas que c'est moi qui l'ai arrêté.

— Sans doute que non, fit-elle, hésitante.

— D'ailleurs, je me fous éperdument de ce qu'ils pensent, poursuivit Peter, agacé. Le général Braun a sauté au plafond quand je lui ai appris que des espions avaient peut-être en leur possession des photos de la base de Sande. Dieu sait ce que les Allemands cachent là-bas, mais ça m'a l'air fichtrement secret. Et c'est moi qu'il rend responsable. Si ces clichés quittent le Danemark, je préfère ne pas imaginer le sort qu'il me réservera.

— Mais c'est vous qui avez démasqué le réseau d'espionnage !

— Et je le regrette presque. (Il laissa tomber son mégot et l'écrasa de sa semelle.) J'aimerais bien que vous m'accompagniez à Sande.

Elle tourna vers lui ses yeux d'un bleu limpide.

— Bien sûr, si vous avez besoin de moi.

— J'aimerais aussi vous faire rencontrer mes parents.

— Où est-ce que je descendrai ?

— Je connais un petit hôtel à Morlunde, calme et propre, qui, je crois, vous conviendrait.

Son père évidemment était propriétaire d'un hôtel, mais il n'était pas question que Tilde y séjournât, parce que Sande tout entière saurait à chaque instant de la journée ce qu'elle faisait.

Peter et Tilde n'avaient pas reparlé de ce qui s'était passé chez lui ; pourtant cela faisait déjà six jours. Il ne savait d'ailleurs trop quoi dire, si ce n'est qu'il s'était senti poussé à faire l'amour avec Tilde devant Inge, sans soulever de protestation chez Tilde, entraînée par une passion égale à la sienne et comprenant apparemment son désir. Ce n'est qu'ensuite qu'elle avait paru troublée ; il l'avait raccompagnée chez elle et ils s'étaient quittés sur un bref baiser.

Ils n'avaient pas recommencé, cette fois suffisant à donner la preuve de leurs sentiments. Le lendemain soir, il était allé chez Tilde, mais son fils ne dormait pas, ou demandait à boire en se plaignant d'avoir fait un cauchemar, tant et si bien que Peter était parti de bonne heure. Le voyage à Sande lui paraissait maintenant l'occasion idéale de l'avoir pour lui tout seul.

Cependant elle hésitait, et lui posa une autre question d'ordre pratique :

— Et Inge ?

— Je demanderai à l'agence d'infirmières d'assurer une garde de vingt-quatre heures sur vingt-quatre comme je l'ai fait quand nous sommes allés à Bornholm.

— Je vois.

Elle regarda la cour d'un air songeur et il en profita pour examiner son profil : le petit nez, la bouche aux lèvres pulpeuses, le menton énergique. Il se rappela le frisson de plaisir qu'il avait connu en la possédant. Elle n'avait sûrement pas pu oublier cela.

— Vous ne voulez pas que nous passions une nuit ensemble ?

— Bien sûr que si, reconnut-elle en souriant. Je ferais mieux d'aller faire ma valise.

Le lendemain matin, Peter s'éveilla à l'hôtel d'Oesterport à Morlunde. Cet établissement respectable appartenait à Erland Berten – qui n'était pas le mari de la femme se faisant appeler Mme Berten : l'épouse d'Erland, qui vivait à Copenhague, lui refusait le divorce. Personne à Morlunde n'était au courant à l'exception de Peter Flemming qui avait découvert la situation, par hasard, en enquêtant sur le meurtre d'un certain Jacob Berten, sans aucun lien de parenté avec Erland. Peter avait laissé entendre à celui-ci qu'il connaissait la véritable Mme Berten. Il n'en avait parlé à personne, sachant que le secret mettait Erland à sa merci : il pouvait désormais compter sur la discrétion de l'hôtelier qui ne soufflerait mot de ce qui se passerait entre Peter et Tilde à l'hôtel Oesterport.

Toutefois, au bout du compte, Peter et Tilde n'avaient pas dormi ensemble. Leur train avait pris du retard et n'était arrivé que bien après le départ du dernier ferry pour Sande. Fatigués et de mauvaise humeur après ce voyage épuisant, ils avaient chacun pris une chambre pour dormir deux ou trois heures. Ils s'apprêtaient maintenant à prendre le premier ferry du matin.

Il s'habilla rapidement puis alla frapper à la porte de Tilde. Elle était en train de vérifier l'équilibre d'un chapeau de paille en se regardant dans la glace au-dessus de la cheminée. Il posa un baiser léger sur sa joue, ne voulant pas gâcher son maquillage.

Ils descendirent jusqu'au port où un policier local et un soldat allemand vérifièrent leurs papiers d'identité au moment de l'embarquement. Ce contrôle, nouveau – mesure de sécurité supplémentaire certainement prise par les Allemands en raison de l'intérêt que les espions portaient à Sande –, pourrait rendre service à Peter aussi. Il exhiba sa plaque de policier et leur demanda de noter les noms de tous ceux qui se rendraient dans l'île lors des prochains jours ; il serait intéressant de savoir qui assisterait à l'enterrement d'Arne.

De l'autre côté du chenal, la carriole de l'hôtel les attendait. Peter demanda au cocher de les conduire au presbytère.

Le soleil pointait au-dessus de l'horizon, faisant miroiter les carreaux des maisons basses. Il avait plu pendant la nuit et des gouttes d'eau étincelaient sur la végétation drue des dunes. Une légère brise ridait la surface de la mer. L'île semblait s'être mise sur son trente et un pour accueillir Tilde.

— C'est beau, reconnut-elle.

Il était content que l'endroit lui plût et lui montra au passage les points intéressants de l'île : l'hôtel, la maison de son père – la plus grande du village – et la base militaire à laquelle s'intéressait le réseau d'espionnage.

En approchant du presbytère, Peter remarqua que la porte de la petite chapelle était ouverte, laissant entendre les accords d'un piano.

— Harald ? dit-il. (Il se rendit compte de l'excitation qui perçait dans sa voix. Ce serait si facile ? Il toussota et prit un ton plus grave, plus détaché.) Allons voir, voulez-vous ?

— À quelle heure dois-je revenir, monsieur Flemming ? demanda le cocher.

— Attendez-nous, je vous prie, ordonna Peter.

— Mais j'ai d'autres clients...

— Je vous dis d'attendre !

L'homme marmonna quelque chose entre ses dents.

— Si vous n'êtes pas ici quand je sortirai, martela Peter, vous êtes congédié.

Le cocher se renfrogna, mais resta coi.

Peter et Tilde entrèrent dans le temple. Tout au fond, une haute silhouette, assise à un piano, tournait le dos à la porte, mais Peter reconnut, à sa grande déception, les larges épaules et le crâne dégarni de Bruno Olufsen, le père de Harald. (C'était le fils qu'il brûlait d'arrêter, mais attention à ne pas se laisser emporter par l'envie.)

Le pasteur jouait, lentement, un hymne en mineur. Peter jeta un coup d'œil à Tilde qui paraissait attristée.

— Ne vous laissez pas avoir, murmura-t-il. Ce vieux tyran est dur comme de l'acier.

Une fois le verset terminé, Olufsen en entama un autre – que Peter n'était pas disposé à écouter jusqu'au bout.

— Monsieur le pasteur ! cria-t-il d'une voix forte.

Le révérend ne s'interrompit pas avant d'avoir terminé la phrase musicale et laissé les accents de la mélodie planer un moment dans l'air.

— Jeune Peter, dit-il d'un ton neutre après s'être enfin retourné.

Peter fut désarçonné un instant en découvrant des signes de vieillesse qu'il ne connaissait pas au pasteur ; des rides soucieuses sillonnaient son visage et ses yeux bleus avaient perdu leur éclat glacial.

— Je cherche Harald, annonça Peter.

— Je n'avais pas imaginé une visite de condoléances, riposta froidement le pasteur.

— Il est ici ?

— C'est une enquête officielle ?

— Pourquoi demandez-vous cela ? Harald aurait-il commis quelque méfait ?

— Certainement pas.

— Je suis heureux de l'apprendre.

— Est-il dans la maison ?

— Non. Il n'est pas sur l'île. J'ignore où il s'est rendu.

Peter regarda Tilde. C'était décevant, mais, d'un autre côté, cela prouvait la culpabilité de Harald qui, sinon, n'avait pas à disparaître.

— Où croyez-vous qu'il puisse être ?

— Allez-vous-en.

Toujours aussi arrogant ! Mais cette fois le pasteur ne s'en tirera pas comme ça, songea Peter avec satisfaction.

— Votre fils aîné s'est suicidé parce qu'on l'a surpris en flagrant délit d'espionnage, lança-t-il d'un ton cinglant.

Le pasteur tressaillit comme si Peter l'avait frappé, et Tilde sursauta. (Sa brutalité l'avait choquée, mais il poursuivit quand même.)

— Votre fils cadet est peut-être coupable de crimes similaires. Vous êtes mal placé pour prendre de grands airs avec la police.

La fierté habituelle lisible sur le visage du pasteur avait cédé la place à une vulnérabilité douloureuse.

— Je vous répète que j'ignore où se trouve Harald. Avez-vous d'autres questions ?

— Que cachez-vous ?

— Vous êtes une de mes ouailles, soupira le pasteur, et si vous venez chercher auprès de moi une aide spirituelle, je ne vous la refuserai pas. Mais je n'ai aucune autre raison de vous adresser la parole. Vous êtes arrogant, cruel et aussi méprisable que peut l'être une créature du Bon Dieu. Ôtez-vous de ma vue.

— Vous ne pouvez pas jeter les gens hors du temple : il ne vous appartient pas.

— Si vous voulez prier, vous êtes le bienvenu. Sinon, allez-vous-en.

Peter hésita. Il ne voulait pas être jeté dehors mais il se savait vaincu. Aussi finit-il par prendre Tilde par le bras pour l'entraîner dehors.

— Je vous l'avais dit ; c'est un homme dur, dit-il.

Tilde semblait ébranlée.

— Je crois qu'il souffre.

— Je n'en doute pas. Mais disait-il la vérité ?

— De toute évidence Harald se cache – ce qui équivaut presque à dire qu'il détient le film.

— Alors, il faut le trouver. (Peter réfléchit à la conversation qu'il venait d'avoir avec le pasteur.) Je me demande si son père ignore vraiment où il est.

— L'avez-vous jamais pris en flagrant délit de mensonge ?

— Non... Mais il pourrait faire une exception pour protéger son fils.

D'un geste Tilde écarta cette objection.

— De toute façon, nous ne tirerons rien de lui.

— Je suis d'accord. Mais nous sommes sur la bonne piste, c'est l'essentiel. Essayons la mère, elle au moins est un être de chair et de sang.

Ils se dirigèrent vers la maison. Peter guida Tilde vers l'arrière du bâtiment. Il frappa à la porte de la cuisine et entra sans attendre de réponse, comme on en avait l'habitude sur l'île.

Lisbeth Olufsen était assise à la table de la cuisine, sans rien faire. Jamais de toute sa vie Peter ne l'avait vue inactive, elle était sans cesse occupée à la cuisine ou au ménage. Même au temple, elle s'affairait sans cesse, alignant les chaises, rangeant les livres de cantiques, ou alimentant la chaudière à tourbe qui, en hiver, réchauffait la grande salle. Pour l'instant elle regardait ses mains dont la peau était par endroits craquelée et gercée comme celle d'un pêcheur.

— Madame Olufsen ?

Elle se tourna vers lui. Les yeux rouges, les traits tirés, il lui fallut un petit moment pour le reconnaître.

— Bonjour, Peter, dit-elle d'une voix sans expression.

Il décida de l'aborder plus doucement.

— Je suis désolé pour Arne.

Elle hocha vaguement la tête.

— Je vous présente mon amie Tilde. Nous travaillons ensemble.

— Enchantée.

Il s'assit à la table et fit signe à Tilde d'en faire autant. Peut-être une simple question d'ordre pratique tirerait-elle Mme Olufsen de sa torpeur.

— Quand a lieu l'enterrement ?

Elle dut réfléchir pour répondre :

— Demain.

Voilà qui était mieux.

— J'ai parlé au pasteur, reprit Peter. Nous l'avons vu au temple.

— Il a le cœur brisé, mais il ne le montre pas.

— Je comprends. Harald doit être bouleversé lui aussi.

Elle lui lança un coup d'œil puis son regard revint aussitôt à ses mains. Ça avait été extrêmement bref, mais Peter avait quand même eu le temps d'y lire la crainte et la dissimulation.

— Nous n'avons pas parlé à Harald, murmura-t-elle.

— Pourquoi donc ?

— Nous ne savons pas où il est.

Peter était incapable de dire si elle mentait, mais fermement convaincu qu'elle cherchait à le tromper. Que le pasteur et sa femme – qui se prétendaient moralement supérieurs aux autres – dissimulent délibérément la vérité à la police le mit hors de lui et il haussa le ton.

— Vous feriez bien de coopérer avec nous !

Tilde posa une main sur son bras, comme pour le retenir, et le regarda d'un air interrogateur. De la tête, il lui fit comprendre qu'elle pouvait y aller.

— Madame Olufsen, commença-t-elle, j'ai le regret de vous informer que Harald s'est très probablement livré aux mêmes activités illicites qu'Arne. (Mme Olufsen s'alarma.) Plus il continuera, poursuivit Tilde, plus sa situation s'aggravera. Et quand ils le rattraperont...

Désemparée, la vieille femme secoua la tête, mais ne dit rien.

— Aidez-nous à le trouver, c'est le meilleur service à lui rendre.

— Je ne sais pas où il est, répéta-t-elle, de moins en moins convaincante.

Peter, la sentant faiblir, se leva, prit appui sur la table de cuisine et pencha la tête vers elle.

— J'ai vu Arne mourir, lança-t-il d'un ton grinçant. (Mme Olufsen ouvrit des yeux horrifiés.) J'ai vu votre fils appuyer son pistolet contre sa gorge et presser la détente, insista-t-il.

— Peter, non..., s'interposa Tilde.

— J'ai vu son sang et sa cervelle éclabousser le mur derrière lui, continua-t-il sans l'écouter.

Mme Olufsen poussa un cri d'horreur et de douleur. Elle était sur le point de craquer ; satisfait, il insista.

— Votre fils aîné était un espion et un criminel et il a connu une fin violente. Celui qui a vécu par l'épée périra par l'épée, voilà ce que dit la Bible. Voulez-vous qu'il arrive la même chose à votre autre fils ?

— Non, murmura-t-elle, non.

— Alors, dites-moi où il est !

À cet instant, la porte de la cuisine s'ouvrit toute grande et le pasteur surgit dans la pièce.

— Espèce d'ordure, s'écria-t-il.

Peter se redressa, surpris mais sans rien perdre de sa morgue.

— J'ai le droit de questionner...

— Sortez de ma maison.

— Peter, dit Tilde, allons-nous-en.

— Je tiens quand même à savoir...

— Tout de suite ! tonna le pasteur. Sortez tout de suite ! fit-il en contournant la table.

Peter recula, sachant qu'il ne devait pas se laisser intimider, car il agissait de façon légale, en policier, et il avait parfaitement le droit de poser des questions. Mais, même s'il sentait son pistolet sous son blouson, l'impressionnante stature du pasteur lui en imposait et il continua à reculer jusqu'à la porte.

Tilde l'ouvrit et sortit.

— Je n'en ai pas fini avec vous deux, lança mollement Peter tout en battant en retraite.

Le pasteur lui claqua la porte au nez.

— Sales hypocrites, râla Peter, tous autant qu'ils sont.

La carriole les attendait.

— Chez mon père, ordonna-t-il.

En chemin, il s'efforça de chasser le souvenir de cette scène humiliante pour se concentrer sur les étapes suivantes.

— Harald a bien trouvé refuge quelque part.

— Assurément.

Tilde s'exprimait sèchement et il sentit qu'elle désapprouvait la scène dont elle venait d'être témoin.

— Il n'est ni au collège ni chez lui, et il n'a aucune famille à part quelques cousins à Hambourg.

— Nous pourrions faire circuler une photo de lui.

— Nous aurons du mal à en trouver. Le pasteur interdit les images et considère les photos comme un signe de vanité. Il n'y en avait pas dans la cuisine, n'est-ce pas ?

— Et une photo de collège ?

— Ça n'est pas dans la tradition de Jansborg. Le seul portrait d'Arne que nous ayons pu trouver était celui de son dossier militaire.

— Alors que faisons-nous maintenant ?

— Je pense qu'il est descendu chez des amis... Pas vous ?

— C'est possible.

Elle refusait de le regarder, elle lui en voulait. Eh bien, tant pis !

— Voici ce que vous allez faire, lança-t-il comme un ordre. Appelez Conrad au Politigaarden : qu'il se rende à Jansborg et se procure une liste de tous les garçons de la classe de Harald. Ensuite envoyez quelqu'un chez chacun d'eux pour poser quelques questions, fureter un peu.

— Il doit y en avoir à travers tout le Danemark, et les voir tous prendra au moins un mois. De combien de temps disposons-nous ?

— Très peu. Je ne sais pas quand Harald trouvera un moyen de faire parvenir les clichés à Londres, mais c'est un rusé petit salopard. Faites appel à la police locale quand ce sera nécessaire.

— Très bien.

— S'il n'est pas chez des amis, il doit se planquer chez un autre membre du réseau d'espionnage. Nous allons rester pour voir qui vient à l'enterrement et nous interrogerons tous ceux qui auront suivi le cortège. Il y en a au moins un qui connaît la planque de Harald.

La carriole ralentit en approchant de l'entrée de la maison d'Axel Flemming.

— Ça vous ennuie, dit Tilde, si je rentre à l'hôtel ?

Ses parents les attendaient pour le déjeuner, mais Peter sentait bien que Tilde n'était pas d'humeur.

— Très bien. (Il frappa sur l'épaule du cocher.) Allez au quai du ferry.

Ils roulèrent un moment en silence.

— Qu'allez-vous faire à l'hôtel ? s'informa enfin Peter.

— Je crois en fait que je vais rentrer à Copenhague.

— Bon sang, qu'est-ce qui vous prend ? s'écria-t-il, furieux.

— Ce qui vient de se passer ne m'a pas plu.

— Il fallait le faire !

— Je n'en suis pas certaine.

— Notre devoir nous commande de faire dire aux gens ce qu'ils savent.

— Il n'y a pas que le devoir dans la vie.

La même réflexion que lors de leur discussion à propos des Juifs !

— Vous jouez sur les mots. Par définition, le devoir c'est ce que nous avons à faire et, à cause de ceux qui tolèrent les exceptions, le monde court à sa perte.

Le ferry était à quai. Tilde descendit.

— C'est la vie, Peter, voilà tout.

— C'est pour ça qu'il y a des crimes ! Vous ne préféreriez pas vivre dans un monde où chacun ferait son devoir ? Où des gens bien élevés dans des uniformes pimpants accompliraient leur tâche sans relâchement, sans retard, sans demi-mesure ? Si tous les crimes étaient punis et qu'on n'admette aucune excuse, la police aurait bien moins à faire !

— C'est vraiment ce que vous voulez ?

— Oui... Et si jamais je deviens chef de la police et que les nazis continuent d'exercer leur contrôle, c'est ainsi que ça se passera ! Quel mal y a-t-il à cela ?

Elle hocha la tête sans répondre à sa question.

— Adieu, Peter.

Comme elle s'éloignait, il lui cria :

— Eh bien ? Quel mal y a-t-il à cela ?

Mais elle embarqua sur le ferry sans se retourner.

Quatrième partie

25.

Harald avait appris que la police le recherchait, grâce à sa mère qui, une nouvelle fois, avait téléphoné à Kirstenslot, certes pour préciser à Karen la date et l'heure de l'enterrement d'Arne, mais sans manquer de glisser dans la conversation que la police cherchait l'adresse de Harald.

— N'en ayant pas la moindre idée, je n'ai pas pu le leur dire, avait-elle conclu.

C'était un avertissement; Harald admirait sa mère d'avoir eu le courage de le lancer et l'astuce de deviner que Karen le lui transmettrait probablement.

Cette mise en garde ne l'empêcherait pourtant pas d'aller à l'école de pilotage.

Karen avait dérobé quelques vieux vêtements de son père pour permettre à Harald de quitter son blouson de collège, trop reconnaissable. Il enfila donc une veste de sport américaine dans un tissu très léger, coiffa une casquette de toile et chaussa des lunettes de soleil. Bien que n'évoquant pas du tout un espion en fuite, le play-boy milliardaire qui monta dans le train à Kirstenslot éprouvait quand même une certaine nervosité : il se sentait coincé dans ce wagon dont il ne pourrait s'enfuir si un policier l'accostait.

Entre la gare de banlieue de Vesterport et la gare centrale de Copenhague il ne rencontra aucun policier en uniforme. Quelques minutes plus tard, un autre train l'emmenait à Vodal.

Pendant le trajet, il pensa à son frère que personne n'avait cru fait pour la Résistance. Or ce jeune homme – sympathique certes, mais un peu futile et pas très courageux – cachait, en réalité, un héros. Cette injustice fit monter les larmes de Harald derrière ses lunettes de soleil.

Le commandant Renthe, qui dirigeait l'école de pilotage, lui rappela son vieux proviseur, Heis. Tous deux étaient grands et maigres avec un long nez. Cette ressemblance lui rendait le mensonge difficile.

— Je suis venu, euh, prendre les affaires de mon frère, bredouilla-t-il. Ses affaires personnelles. Si c'est possible.

— Bien sûr, dit Renthe, sans paraître remarquer son embarras. Hendrik Janz, un des collègues d'Arne, a tout rangé : il n'y a qu'une valise et un grand sac.

— Merci.

Les affaires d'Arne ne constituaient qu'une excuse pour venir à Vodal. En réalité, il cherchait une quinzaine de mètres de câble d'acier pour remplacer ceux des commandes du Frelon qui manquaient. Et où les trouver, sinon là où il y a des avions ?

Sur place, la tâche lui sembla plus périlleuse que lorsqu'il se contentait de l'envisager de loin. Il sentit monter en lui un petit frisson d'affolement. Sans le câble, impossible pour le Frelon de voler. Il repensa alors au sacrifice de son frère et s'obligea au calme. S'énerver n'était pas la solution.

— J'allais renvoyer les bagages à vos parents, ajouta Renthe.

— Je vais m'en charger, fit Harald, en se demandant s'il pouvait se confier au commandant.

— À moins que je ne les remette à sa fiancée.

— Hermia ? fit Harald, surpris. En Angleterre ?

— En Angleterre ? Je l'ai vue ici il y a trois jours.

— Que faisait-elle ? interrogea Harald, stupéfait.

— J'ai cru qu'elle avait pris la citoyenneté danoise et qu'elle habitait ici. Sinon, sa présence au Danemark aurait été illégale et j'aurais été obligé de signaler sa visite à la police. Mais, de toute évidence, elle ne serait pas venue à la base si ça avait été le cas. Elle saurait, n'est-ce pas, qu'en tant qu'officier je suis dans l'obligation de signaler quoi que ce soit d'illégal à la police. (Il regarda Harald droit dans les yeux et ajouta :) Vous comprenez ce que je veux dire ?

— Je crois. (Harald se rendit compte qu'on lui adressait un message : Renthe soupçonnait Hermia, et lui avec, de participer aux activités d'espionnage d'Arne et il prévenait Harald de ne pas lui en parler. Sympathisant, il ne voulait cependant enfreindre aucun règlement. Harald se leva.) Vous m'avez expliqué les choses très clairement... Je vous remercie.

— Je vais demander à quelqu'un de vous montrer la chambre d'Arne.

— Pas la peine... je connais le chemin.

Il y était allé lors de sa leçon de pilotage.

— Mes plus sincères condoléances, fit Renthe en lui serrant la main.

— Je vous remercie.

Harald quitta les bureaux et suivit l'allée reliant les différents bâtiments de la base. Il marchait à pas lents en regardant attentivement l'intérieur des hangars où l'activité semblait très réduite : que faire en effet dans une base aérienne quand les appareils sont interdits de vol ?

Il se sentait frustré : des kilomètres de ce précieux câble dormaient quelque part, inutiles. Il n'avait qu'à mettre la main dessus. Mais comment ?

Il aperçut alors dans un hangar un Tigre entièrement démonté : on avait détaché les ailes, le fuselage reposait sur des tréteaux et le moteur sur un socle. Retrouvant quelque espoir, il franchit l'énorme porte. Assis sur un bidon d'huile, un mécano en combinaison buvait du thé.

— Étonnant, lui dit Harald. Je n'en ai jamais vu un, en pièces détachées, comme ça.

— C'est indispensable, répondit l'homme. Les pièces s'usent ; en cas de défaillance en plein vol, c'est la chute. Sur un avion, tout doit être parfait.

Cette pensée fit réfléchir Harald. Il comptait traverser la mer du Nord à bord d'un appareil qu'aucun mécanicien n'avait inspecté depuis des années.

— Alors, vous remplacez tout ?

— Tout ce qui bouge, oui.

Plein d'optimisme, Harald se dit que cet homme pourrait peut-être lui donner ce qu'il lui fallait.

— Vous devez avoir pas mal de pièces de rechange.

— Exact.

— Il y a quoi, une trentaine de mètres de câbles de commande sur chaque appareil ?

— Pour un Tigre, cinquante-cinq mètres de câbles.

C'est ce qu'il me faut, se dit Harald avec une excitation croissante. Mais une fois de plus il hésita à demander, craignant de se trahir auprès de quelqu'un qui ne partagerait pas ses idées. Il regarda autour de lui, ayant vaguement imaginé que les pièces d'avion traîneraient un peu partout et qu'il suffirait de les ramasser.

— Où entreposez-vous tout cela ?

— Dans des magasins, naturellement. C'est l'armée. Chaque chose à sa place.

Harald étouffa un grognement agacé. Si seulement il avait pu apercevoir une longueur de fil et la ramasser en passant... mais il ne fallait pas compter sur des solutions de facilité.

— Où est le magasin ?

— Le prochain bâtiment. (Le mécano fronça les sourcils.) Pourquoi toutes ces questions ?

— Simple curiosité. (Mieux vaut ne pas insister, se dit-il en esquissant un geste d'adieu avant de tourner les talons.) Enchanté de vous avoir rencontré.

Il s'approcha du bâtiment suivant et entra. Assis derrière un comptoir, un sergent fumait en lisant un journal ; en première page une photo illustrait la reddition de soldats russes sous la manchette : STALINE PREND LA DIRECTION DU MINISTÈRE DE LA DÉFENSE SOVIÉTIQUE.

Harald examina les rayonnages métalliques qui s'alignaient de l'autre côté du comptoir. Tel un enfant dans une confiserie, il béait d'admiration devant les trésors entassés là – depuis la plus petite rondelle jusqu'à des moteurs complets. Et, miracle, un peu plus loin, des kilomètres de câbles de toutes sortes, soigneusement enroulés sur des cylindres de bois comme des bobines de fil. Harald était aux anges, il avait déniché la câblerie ; ne restait plus qu'à agir.

— Oui ? interrogea le sergent qui s'était enfin décidé à lever les yeux de son journal.

Cet homme se laissera-t-il acheter ? Une nouvelle fois, Harald hésita. Karen lui avait donné beaucoup d'argent dans ce but. Mais il ne savait pas comment formuler une offre. Une brutale proposition choquerait même un magasinier corrompu. Il regrettait de ne pas avoir mieux réfléchi à la façon de l'aborder. Mais il fallait le faire.

— Puis-je vous poser une question ? commença-t-il. Ces pièces détachées... serait-il possible pour quelqu'un, je veux dire pour un civil, d'en acheter, ou bien...

— Non, répondit tout net le sergent.

— Même si le prix n'est pas une considération primordiale.

— Absolument pas.

— Si je vous ai vexé..., avança-t-il ne sachant trop quoi dire.

— Laissez tomber.

Il n'avait pas appelé la police – c'était déjà ça – et Harald tourna les talons non sans remarquer que la porte, en bois plein, fermait grâce à trois serrures : ce ne serait pas facile de pénétrer dans cet entrepôt. Peut-être d'autres civils avant lui avaient-ils découvert que les magasins militaires regorgeaient de matériel quasi introuvable.

Accablé, il poursuivit son chemin jusqu'à la chambre où l'attendaient au pied du lit deux bagages soigneusement préparés. À part cela, la pièce était nue.

Le pathétique de cette vie qui tenait dans deux sacs lui fit de nouveau monter les larmes aux yeux. Mais l'important, se dit-il, c'est ce qu'un homme laisse dans l'esprit d'autrui, et Arne vivrait toujours dans son souvenir à lui : il lui avait appris à siffler, savait faire rire leur mère comme une collégienne et avait besoin d'un miroir pour se peigner. Lors de leur dernière rencontre, assis sur les dalles de l'église désaffectée de Kirstenslot, il avait paru fatigué mais déterminé à remplir la mission qu'il redoutait pourtant. C'est en terminant la tâche qu'Arne avait entreprise qu'Harald honorerait convenablement la mémoire de son frère.

— Vous êtes parent d'Arne Olufsen ? demanda le caporal qui venait de se présenter sur le seuil de la porte.

— Je suis son frère. Je m'appelle Harald.

— Benedikt Vessel, appelez-moi Ben. (C'était un homme d'une trentaine d'années au sourire généreux, révélant des dents jaunies par le tabac.) J'espérais bien tomber sur quelqu'un de la famille. (Il fouilla dans sa poche et en tira des billets.) Je dois quarante couronnes à Arne.

— Pourquoi donc ?

— Oh, n'en dites rien, répondit le caporal, confus, je prends des paris sur les courses de chevaux et Arne a joué un gagnant.

Harald prit l'argent, ne sachant que faire d'autre.

— Merci.

— Ça va comme ça ?

— Bien sûr, répondit Harald qui n'avait pas vraiment compris la question.

— Bon, fit Ben sans insister.

— Je les remettrai à ma mère, précisa Harald.

Il avait quand même un petit doute : il s'agissait peut-être de plus de quarante couronnes.

— Mes condoléances, mon garçon. C'était un type sympa, votre frère.

Avec ses façons et son « N'en dites rien », le caporal semblait prendre ses aises avec le règlement. Soldat de carrière probablement, étant donné son âge, mais grade assez modeste. Préférait-il consacrer son énergie à des activités peu recommandables comme la vente de livres pornographiques ou de cigarettes volées ? Mais alors, la solution au problème de Harald...

— Ben, je peux vous demander quelque chose ?

— N'importe quoi, fit Ben en tirant de sa poche une blague à tabac pour se rouler une cigarette.

— Si, pour des raisons personnelles, quelqu'un cherche à se procurer quinze mètres de câbles de commande pour un Tigre, connaissez-vous un moyen d'y parvenir ?

Ben le regarda en plissant les yeux.

— Non.

— Et avec deux cents couronnes ?

Ben alluma sa cigarette.

— Ça a quelque chose à voir avec l'arrestation d'Arne, n'est-ce pas ?

— Oui.

— Non, mon garçon, fit Ben en secouant la tête. Ça ne peut pas se faire, désolé.

— Tant pis, dit Harald d'un ton léger, même s'il était amèrement déçu. Où est-ce que je peux trouver Hendrik Janz ?

— Deux portes plus loin. S'il n'est pas dans sa chambre, essayez la cantine.

Hendrik, assis à un petit bureau, était en train d'étudier un ouvrage de météorologie. Comprendre le temps et savoir prédire une tempête faisaient partie des connaissances indispensables à la sécurité des pilotes.

— Je suis Harald Olufsen.

— C'est vraiment moche pour Arne, compatit Hendrik en lui serrant la main.

— Merci d'avoir rangé ses affaires.

— J'ai été content de pouvoir faire quelque chose.

Hendrik approuvait-il ce qu'avait fait Arne ? Harald avait besoin d'un indice avant de prendre des risques.

— Arne a agi pour ce qu'il croyait être le bien de son pays.

— Je ne sais rien de tout cela, rétorqua Hendrik, méfiant. Pour moi, c'était un collègue auquel on pouvait se fier et un bon ami.

Harald était consterné. Hendrik ne l'aiderait pas à voler le câble.

— Merci encore, dit-il. Au revoir.

Il revint dans la chambre d'Arne pour prendre les bagages. Comment allait-il s'en sortir ? Il ne pouvait pas repartir sans le câble, pourtant il avait tout essayé.

Ailleurs, alors. Mais où ? Cela devenait urgent ; la lune serait pleine dans six jours ; il ne lui restait donc plus que quatre jours pour réparer l'avion.

Il sortit du bâtiment et se dirigea vers la porte, chargé de la valise et du sac. Je rentre à Kirstenslot – mais pour faire quoi ? Sans le câble, le Frelon est inutilisable, se répéta-t-il pour la énième fois. Et, en plus, comment avouer mon échec à Karen ?

— Harald ! entendit-il au moment où il passait devant le magasin.

Ben, à demi dissimulé derrière un camion garé à côté de l'entrepôt, lui faisait signe.

— Tenez, ajouta celui-ci en lui tendant un épais rouleau de câble d'acier. Quinze mètres et un chouïa de plus.

— Merci ! s'exclama Harald, aux anges.

— Prenez-le, bon sang, c'est lourd !

Harald saisit le câble et s'apprêtait à repartir.

— Non, non ! s'écria Ben. Vous n'allez pas passer devant la sentinelle en tenant ça à la main, bonté divine ! Fourrez-le dans un sac.

Harald ouvrit la valise d'Arne : elle était pleine à craquer.

— Donnez-moi cet uniforme, le pressa Ben. Vite ! Je m'en débarrasserai, ne vous inquiétez pas. Et maintenant, filez.

Harald referma la valise sur ce cadeau inespéré et fouilla dans sa poche.

— Je vous avais promis deux cents couronnes...

— Gardez l'argent. Et bonne chance, mon garçon.

— Merci !

— Maintenant, disparaissez ! Je ne veux plus jamais vous revoir.

— Bon, fit Harald, en s'éloignant rapidement.

Le lendemain matin, Harald se tenait devant le château ; il était trois heures et demie et l'aube grisaillait. Au bout de son bras, un bidon d'huile de vingt litres, vide et soigneusement rincé. Le plein du Frelon s'élevait à cent quarante-huit litres, soit à peu près neuf bidons. Comme il n'existait aucun moyen légal de se procurer du carburant, Harald se proposait d'en voler aux Allemands.

Il avait tout le reste ; encore quelques heures de travail, et le Frelon serait prêt à décoller. Mais son réservoir était vide.

La porte de la cuisine s'ouvrit sans bruit sur Karen accompagnée de Thor, le vieux setter roux dont la ressemblance avec M. Duchwitz faisait sourire Harald. Elle s'arrêta sur le seuil et promena autour d'elle un regard aussi méfiant que celui d'un chat lorsqu'il y a des étrangers dans la maison. Ni le gros chandail vert qui dissimulait sa silhouette ni le vieux pantalon de velours marron tout juste bon, selon Harald, au jardinage, ne parvenaient à l'enlaidir. Cette beauté sans pareille m'a appelé chéri, se dit-il, conservant pieusement ce souvenir, elle m'a appelé chéri.

— Bonjour ! lança-t-elle en lui décochant un sourire qui l'éblouit.

— Chut ! murmura-t-il en posant un doigt sur ses lèvres pour lui conseiller de parler plus bas.

Comme tout avait été mis au point la veille au soir – assis sur le carrelage de l'église désaffectée et dévorant un gâteau au chocolat prélevé sur les provisions de Kirstenslot –, il était préférable de garder le silence.

Harald ouvrant la marche à travers les bois, ils parcoururent à couvert la moitié de la longueur du parc. Arrivés à la hauteur du campement, ils inspectèrent prudemment les lieux :

une unique sentinelle – Harald constata avec soulagement l'exactitude de ses prévisions – montait la garde en bâillant devant la tente du réfectoire ; à cette heure-là, les autres dormaient.

La compagnie vétérinaire était alimentée en carburant par un petit camion-citerne stationné à une centaine de mètres des tentes – cette mesure de précaution faciliterait la tâche de Harald – et actionné par une pompe à main ; il n'y avait pas de dispositif de verrouillage.

Le camion était garé au bord de l'allée pour permettre aux véhicules de rouler sur une surface goudronnée. Pour plus de commodité, le tuyau se déroulait du côté du chauffeur : ainsi la masse du camion dissimulait quiconque le maniait.

Tout se présentait donc comme prévu, mais Harald hésitait : il faut être complètement cinglé pour voler du pétrole au nez et à la barbe des soldats mais impossible – et dangereux – de tergiverser plus longtemps. La peur paralyse, le seul antidote : l'action. Sans plus réfléchir, il sortit de sa cachette, laissant derrière lui Karen et le chien, et traversa rapidement la pelouse humide de rosée.

Il décrocha le bec du tuyau de son support et l'inséra dans le bidon, puis il tendit la main vers le levier de la pompe. Il l'abaissa, déclenchant un gargouillement dans les profondeurs de la citerne et le ruissellement de l'essence giclant sur la paroi métallique. C'était extrêmement bruyant mais peut-être pas assez pour que, à cent mètres de là, la sentinelle l'entende.

Il jeta un regard inquiet à Karen qui, à l'affût dans les taillis, se tenait prête à l'alerter.

Une fois le bidon empli – ce fut rapide – et fermé, il le souleva. C'était lourd. Il remit soigneusement à sa place le bec du tuyau et rapporta son butin à Karen avec un sourire triomphant. Il avait volé vingt litres d'essence sans encombre. Le plan marchait !

Il se dirigea alors toujours à travers bois jusqu'à l'église dont il avait déjà entrouvert la porte de façon à pouvoir entrer et sortir sans bruit – hisser sa prise par la haute fenêtre aurait été trop compliqué. Soulagé, il posa le bidon par terre, ouvrit le panneau d'accès et dévissa le bouchon du réservoir d'essence du Frelon, non sans mal à cause de ses doigts engourdis par le transport. Il transvasa le contenu, revissa les deux bouchons pour éviter les vapeurs d'essence et sortit.

Il effectuait son deuxième remplissage quand la sentinelle décida d'effectuer une patrouille.

Harald ne voyait pas le soldat, mais le sifflement de Karen l'alerta. Il releva la tête : elle émergeait du bois, Thor sur ses talons. Il lâcha la pompe et se laissa tomber à genoux pour regarder sous la citerne vers la pelouse. Il aperçut alors les bottes du soldat qui approchait.

Ils avaient prévu ce problème et s'y étaient préparés. Toujours agenouillé, Harald vit Karen traverser la pelouse ; elle rattrapa la sentinelle à une cinquantaine de mètres du camion-citerne. Tandis que le chien flairait courtoisement la braguette du soldat, Karen sortit un paquet de cigarettes ; maintenant, soit il acceptait d'en griller une avec cette jolie fille, soit, à cheval sur le règlement, il la prierait de promener son chien plus loin pendant qu'il continuerait sa patrouille. Harald retenait son souffle : la sentinelle accepta.

Harald n'entendait pas leurs propos, mais savait ce que lui racontait Karen : elle n'arrivait pas à dormir, elle se sentait esseulée et elle avait besoin de quelqu'un à qui parler. « Il se méfiera, non ? » avait objecté Karen en discutant ce plan la veille au soir. Harald lui avait assuré que, au contraire, leur victime serait ravie de flirter un peu, et ne se poserait pas de questions. Harald n'était pas aussi sûr de lui qu'il le prétendait ; heureusement la sentinelle se comporta comme prévu.

Karen montra une souche à quelques pas de là et y entraîna le soldat. Elle s'assit de façon qu'il soit obligé, s'il voulait en faire autant, de tourner le dos à la citerne. Et maintenant, elle se plaignait des garçons du pays, ils étaient si assommants qu'elle était contente de parler à des hommes qui avaient voyagé, les trouvant plus mûrs. Elle désigna la surface de la souche auprès d'elle pour l'encourager ; il se laissa faire.

Harald se remit à pomper, emplit le bidon et repartit en hâte vers le bois. Déjà quarante litres !

Lorsqu'il revint, Karen et la sentinelle n'avaient pas bougé. Tout en actionnant la pompe, il calcula le temps nécessaire à son entreprise : environ une minute pour le remplissage, deux jusqu'à l'église, encore une pour déverser l'essence dans le réservoir puis deux encore pour le trajet de retour, soit six minutes par aller-retour, cinquante-quatre minutes pour neuf bidons. Imaginant qu'il se fatiguerait un peu vers la fin, il arrondit à une heure.

Le soldat pourrait-il bavarder aussi longtemps ? Il n'avait rien à faire de précis ; ses compagnons se levaient à cinq heures et demie – dans plus d'une heure – et prenaient leur service à six heures. À condition que les Britanniques ne débarquent pas au Danemark dans l'heure qui suivrait, la sentinelle n'avait aucune raison d'interrompre sa conversation avec une jolie fille. Mais c'était un soldat, soumis à la discipline militaire, et peut-être estimerait-il que son devoir était de patrouiller.

Harald ne pouvait qu'espérer et se dépêcher.

Il porta jusqu'à l'église le troisième bidon rempli. Soixante litres, se dit-il pour s'encourager : plus de trois cents kilomètres – un tiers du trajet jusqu'à l'Angleterre.

Il reprit ses allées et venues. D'après le manuel du Frelon DH87B, un réservoir plein devait permettre de parcourir mille dix kilomètres, à condition qu'il n'y ait pas de vent. Il avait estimé, d'après un atlas, la distance jusqu'à la côte anglaise à environ neuf cent soixante kilomètres. La marge de sécurité était très insuffisante : des vents contraires les enverraient par le fond ; il décida donc de charger dans la cabine un bidon supplémentaire – qui augmenterait de cent dix kilomètres l'autonomie de l'appareil – tablant sur une solution miracle pour ajouter du carburant dans le réservoir en plein vol.

Il pompait de la main droite et portait sa charge de la main gauche, si bien que, au quatrième bidon, il ne sentait plus ses deux bras. Au cinquième trajet, la sentinelle se leva comme si elle s'apprêtait à repartir. Karen cependant entretenait la conversation : l'homme dit quelque chose qui la fit rire et elle lui donna une grande claque sur l'épaule – geste un peu provocant qui ne lui ressemblait pas du tout mais qui provoqua quand même chez Harald un pincement de jalousie. Jamais elle ne lui tapait sur l'épaule comme ça.

Il est vrai qu'elle l'avait appelé Harald chéri.

Il vida le cinquième puis le sixième bidon : il se trouvait donc aux deux tiers du trajet jusqu'à la côte anglaise.

Chaque fois qu'il avait peur, il pensait à son frère ; il n'avait pas assimilé la mort d'Arne, le consultant sans cesse au sujet de ce qu'il était en train de faire, du bien-fondé de son plan, et imaginant même ses réactions. Arne au fond continuait à faire partie de la vie de Harald, qui ne croyait pas au fondamentalisme résolument irrationnel de son père. Le paradis, l'enfer, simples superstitions. Mais force lui était d'admettre que, d'une certaine façon, les morts vivaient encore dans l'esprit de ceux qui les avaient aimés, et que c'était une sorte de vie après la mort. Chaque fois que Harald sentait chanceler sa résolution, il se rappelait qu'Arne avait tout donné pour cette mission et il ressentait un élan de loyauté qui lui procurait du courage – même si ce frère envers qui il se sentait toujours loyal n'était plus.

Il approchait de la porte de l'église lorsqu'un soldat en caleçon sortit du cloître. Harald resta pétrifié, le récipient dans sa main aussi accusateur qu'un pistolet qui fumerait encore. À demi endormi, le soldat se dirigea vers un buisson et se mit à uriner tout en bâillant. Harald reconnut Leo avec qui il avait parlé trois jours plus tôt.

Leo croisa son regard, sursauta et prit un air coupable.

— Pardon, murmura-t-il.

Il était probablement interdit de pisser dans les buissons puisqu'on avait creusé des latrines derrière le monastère, mais ce long trajet avait rebuté le paresseux Leo. Harald essaya un sourire rassurant.

— Ne vous inquiétez pas, chevrota-t-il en allemand.

Leo n'avait pas l'air de s'apercevoir de l'inquiétude de Harald. Se rajustant, il demanda en fronçant les sourcils :

— Qu'est-ce qu'il y a là-dedans ?

— De l'eau, pour ma moto.

— Oh, fit Leo en bâillant. (Puis il désigna de son pouce le buisson.) Nous ne sommes pas censés...

— Laissez tomber.

Leo hocha la tête et repartit en trébuchant.

Harald entra dans l'église. Il s'arrêta un moment, fermant les yeux pour dissiper sa tension, puis il versa le carburant dans le réservoir.

Il approchait pour la huitième fois du camion-citerne quand il constata que la chance tournait : sur un petit salut amical de Karen, les nouveaux amis se séparèrent, la jeune fille retournant vers le bois et l'homme à sa tâche qui, heureusement l'appelait loin du camion, vers le réfectoire. Harald s'estima en mesure de poursuivre et remplit le bidon.

Il le portait dans le bois quand Karen le rattrapa.

— Il faut qu'il allume le fourneau de la cantine.

Harald acquiesça et hâta le pas. Il versa le contenu du huitième bidon dans le réservoir de l'avion et repartit pour son neuvième voyage. Aucune trace de la sentinelle et Karen, le pouce levé, lui faisait signe qu'il pouvait y aller. Neuvième remplissage et neuvième retour vers l'église. Ses calculs étaient justes, le réservoir était pratiquement plein. Ne manquait plus que le bidon supplémentaire. Harald repartit donc pour la dernière fois.

Karen l'arrêta à la lisière du bois et lui désigna la sentinelle : debout auprès du camion-citerne, le soldat examinait les abords du parc d'un air surpris. (Harald avait, dans sa hâte, oublié de raccrocher le bec à son support et le tuyau d'essence pendait.) Il finit par remettre le bec à sa place mais resta planté là un moment; pensif, il prit un paquet de cigarettes, en glissa une entre ses lèvres et ouvrit une boîte d'allumettes; il s'éloigna du camion avant de la craquer.

— Vous n'avez pas encore assez d'essence? chuchota Karen.

— Il m'en faut encore un bidon.

Le soldat déambulait en fumant, tournant le dos au camion et Harald décida de tenter sa chance. Il traversa rapidement la pelouse, malheureusement pas tout à fait dissimulé aux regards du soldat. Il se mit néanmoins à pomper, sachant que l'homme le verrait si d'aventure il se retournait. Il remplit le bidon, remit le bec en place, reboucha le jerricane et s'éloigna.

Il était presque arrivé au bois quand il entendit un cri.

Faisant comme s'il n'entendait rien, il continua sans se retourner ni se presser.

La sentinelle cria une nouvelle fois et Harald entendit le martèlement précipité des bottes.

Il s'enfonça sous les arbres et Karen surgit.

— Disparaissez! chuchota-t-elle. Je vais l'éloigner.

Harald rampa sous un buisson, traînant le bidon avec lui. Thor l'avait suivi, croyant que c'était un jeu, mais Harald lui donna une claque sur le museau et le chien battit en retraite, vexé.

— Où est-il? interrogea la sentinelle.

— Vous parlez de Christian?

— Qui est-ce?

— Un des jardiniers. La colère vous va bien, Ludie.

— Peu importe, que fait-il ?

— Il traîne à travers la propriété un gros bidon de produit contre les moisissures des arbres, quand il en repère un qui est atteint, il le traite aussitôt.

Joliment inventé, se dit Harald, même si elle ne se rappelle pas comment on dit fongicide en allemand.

— Si tôt le matin ? demanda Ludie, visiblement sceptique.

— Il paraît que le traitement est plus efficace quand il fait encore frais.

— Je l'ai vu s'éloigner du camion d'essence.

— D'essence ? Qu'est-ce que Christian en ferait ? Il n'a même pas de voiture. J'imagine qu'il prenait un raccourci pour traverser la pelouse.

— Hum, fit Ludie pas encore convaincu. Je n'ai remarqué aucun arbre malade.

— Tenez, regardez. (Harald les entendit faire quelques pas.) Vous voyez cette excroissance sur le tronc, comme une grosse verrue ? Si Christian ne la traite pas, elle tuera l'arbre.

— Peut-être bien. En tout cas, veuillez dire à vos domestiques de ne pas s'approcher du camp.

— Je n'y manquerai pas, et je vous fais toutes mes excuses. Je suis certaine que Christian n'avait aucune mauvaise intention.

— Très bien.

— Au revoir, Ludie. Je vous verrai peut-être demain matin.

— Je serai là.

— Adieu.

— La voie est libre, annonça Karen quelques instants plus tard.

— Vous avez été superbe ! la félicita-t-il en émergeant des broussailles.

— Je commence à mentir tellement bien que ça m'inquiète !

Au moment où ils allaient quitter l'abri des bois, ils eurent une autre surprise : Per Hansen, le policier du village et nazi local, était posté devant l'église.

Il poussa un juron. Que diable faisait-il là ? Et à une heure pareille ?

Hansen, jambes écartées et bras croisés, observait le camp. Harald retint Karen juste à temps, mais trop tard pour arrêter

Thor qui avait perçu l'hostilité de sa maîtresse. Il déboula du bois, fonça sur Hansen, mais s'arrêta prudemment à une certaine distance et se mit à aboyer. Hansen, effrayé et furieux, fit un geste pour prendre le pistolet qui pendait à sa ceinture.

— Je vais m'occuper de lui, murmura Karen. (Sans attendre de réponse, elle s'avança et siffla le chien.) Thor, ici !

Harald posa son bidon par terre et s'accroupit à côté pour observer la scène à travers le feuillage.

— Vous devriez surveiller ce chien.

— Pourquoi ? Il habite ici.

— Il est agressif.

— Il aboie quand il voit des inconnus. C'est son métier.

— S'il attaque un membre de la police, il risque d'être abattu.

— Ne soyez pas ridicule, répliqua Karen. Et puis d'abord qu'est-ce que vous fichez à fureter dans mon jardin au petit matin ? ajouta-t-elle avec toute l'arrogance que confèrent fortune et position sociale.

— Jeune personne, je suis en mission, alors, faites attention à ce que vous dites.

— En mission ? interrogea-t-elle, sceptique. (Elle feint l'incrédulité, devina Harald, pour obtenir de lui davantage de renseignements.) En mission pour quoi faire ?

— Je recherche un nommé Harald Olufsen.

— Oh, merde, murmura Harald qui ne s'attendait pas à cela.

Pour Karen, ce fut un choc mais elle parvint à se ressaisir.

— Jamais entendu parler de lui, affirma-t-elle.

— C'est un ami de collège de votre frère ; la police le recherche.

— Vous savez, on ne peut pas s'attendre à ce que je connaisse tous les camarades de mon frère.

— Il est venu au château.

— Oh, de quoi a-t-il l'air ?

— Sexe masculin, dix-huit ans, un mètre quatre vingt-deux, cheveux blonds et yeux bleus, portant probablement un blazer de collège bleu marine.

Hansen récitait certainement des détails appris par cœur sur un rapport de police.

— Hum, terriblement séduisant, mis à part le blazer, mais, dommage, je ne me souviens pas de lui. (Arrogante encore, mais tendue et inquiète.)

— Il est venu ici au moins deux fois, précisa Hansen. Je l'ai vu moi-même.

— J'ai dû le manquer. Quel crime a-t-il commis, il a oublié de rendre un livre emprunté à la bibliothèque ?

— Je ne... Je ne peux pas le dire... C'est une enquête de routine.

Il ne sait pas de quel crime on m'accuse, se dit Harald. Il a sans doute été dépêché par un autre policier – Peter Flemming, à tous les coups.

— Eh bien, poursuivait Karen, mon frère est parti pour Aarhus et il n'y a personne ici pour l'instant – à part une centaine de soldats, évidemment.

— La dernière fois que j'ai vu Olufsen, il se déplaçait sur une motocyclette monstrueuse, paraissant extrêmement dangereuse.

— Oh, c'est *lui*, s'exclama Karen en faisant semblant de se le rappeler grâce à ce détail. Il a été renvoyé du collège et papa ne le laisse plus mettre les pieds à la maison.

— Ah non ? Eh bien, je vais quand même en dire un mot à votre père.

— Il dort encore.

— J'attendrai.

— Comme vous voudrez. Thor, viens !

Karen s'éloigna et Hansen remonta l'allée.

Harald attendit. Karen s'approcha de l'église puis s'y faufila après avoir vérifié que Hansen ne la surveillait pas. Celui-ci se dirigeait vers le château. Pourvu qu'il ne s'arrête pas pour discuter avec Ludie et découvrir qu'un grand jeune homme blond, au comportement suspect, déambule près du camion-citerne. Par chance, Hansen dépassa le camp pour disparaître derrière le château et passer sans doute par la cuisine.

Harald courut jusqu'à l'église et se glissa à l'intérieur. Il déposa enfin sur le sol dallé le dernier bidon d'essence. Karen referma la lourde porte, tourna la clé dans la serrure et remit la barre en place. Puis elle se tourna vers Harald.

— Vous devez être épuisé.

Effectivement. Ses bras le faisaient souffrir et ses nombreux allers et retours au pas de course se soldaient par de douloureuses crampes dans les mollets. En outre, les vapeurs d'essence lui donnaient la nausée, mais il était follement heureux.

— Vous avez été formidable ! s'exclama-t-il. Flirter avec Ludie comme s'il était le plus beau parti du Danemark !

— Il mesure cinq bons centimètres de moins que moi !

— Quant à Hansen, vous l'avez complètement bluffé !

— Ça, ce n'est pas glorieux ; c'est vraiment très facile.

Harald reprit le bidon et le cala dans la cabine du Frelon, sur l'étagère à bagages derrière les sièges. Il referma la porte et se retourna pour descendre : Karen se tenait devant lui, le visage illuminé d'un large sourire.

— On y est arrivés, dit-elle.

— Mon Dieu, c'est vrai.

Elle l'entoura alors de ses bras et le regarda comme si elle attendait quelque chose. Qu'il l'embrasse ? Il s'apprêtait à lui poser la question, puis choisit d'être plus résolu. Il ferma les yeux et se pencha en avant : les lèvres de Karen étaient douces et tièdes. Il serait volontiers resté là, immobile, rien qu'à savourer le contact de ses lèvres, mais elle avait d'autres idées : elle commença à couvrir de baisers sa lèvre supérieure, puis sa lèvre inférieure, puis son menton, avant de revenir à ses lèvres ; sa bouche parcourait gaiement son visage, l'explorait. Jamais encore il n'avait été embrassé comme ça. Il ouvrit les yeux et fut étonné de voir qu'elle le regardait d'un air amusé.

— À quoi penses-tu ? demanda-t-elle.

— Je te plais vraiment ?

— Bien sûr que oui, idiot.

— Tu me plais aussi.

— Tant mieux.

— À vrai dire, je t'aime, reprit-il en hésitant.

— Je sais, dit-elle et elle se remit à l'embrasser.

26.

À Morlunde, par cette lumineuse matinée, Hermia Mount courait un bien plus grand danger qu'à Copenhague : dans cette petite ville, on la connaissait.

Pour leurs fiançailles – il y avait deux ans – Arne l'avait en effet emmenée chez ses parents à Sande. Elle avait assisté au culte, puis à un match de football ; elle avait accompagné Arne dans son bar favori et était allée faire des courses avec sa mère. Évoquer cette époque heureuse lui brisait le cœur, mais l'obligeait à tenir compte du fait que la fiancée anglaise du petit Olufsen risquait sérieusement d'être reconnue et d'alimenter les conversations. D'ici à ce que la police entende parler d'elle...

Malgré son chapeau et ses lunettes de soleil, elle se sentait dangereusement voyante. Pourtant elle devait prendre le risque.

Elle avait passé la soirée précédente dans le centre, espérant tomber sur Harald. Connaissant sa passion pour le jazz, elle s'était d'abord cassé le nez au Club Hot – fermé –, de même dans chacun des bars ou cafés où se rassemblaient les jeunes : une soirée perdue. Aussi avait-elle décidé de se rendre chez lui le lendemain matin.

Elle avait songé à lui téléphoner mais, à la réflexion, avait préféré s'abstenir car elle risquait en donnant son vrai nom de se trahir elle-même, et en empruntant une fausse identité d'effrayer Harald et de l'inciter à s'enfuir. Non, elle devait aller le voir directement.

La démarche devenait encore plus périlleuse car, sur la petite île de Sande, tout le monde se connaissait. Elle espérait que les insulaires la prendraient pour une vacancière et ne lui accorderaient pas trop d'attention. Sinon, comment faire? La pleine lune était dans cinq jours.

Elle se dirigea vers le port, sa petite valise à la main, et embarqua sur le ferry. Elle montra au soldat allemand et au policier danois qui se tenaient en haut de l'échelle de coupée ses papiers au nom d'Agnes Ricks; ils avaient beau avoir déjà passé trois inspections sans encombre, elle éprouva quand même un frisson d'appréhension en les exhibant.

Le policier examina sa carte d'identité.

— Vous êtes bien loin de chez vous, mademoiselle Ricks.

Elle avait une réponse toute prête.

— Je suis ici pour l'enterrement d'un parent.

Bonne excuse pour justifier un long voyage. Elle ne connaissait pas la date exacte du service funèbre, mais il n'y avait rien d'extraordinaire à ce qu'un membre de la famille arrive avec un jour ou deux d'avance, surtout avec les incertitudes des déplacements en temps de guerre.

— Sans doute pour le jeune Olufsen.

— Oui, fit-elle, les larmes lui montant aux yeux. Je ne suis qu'une cousine, mais ma mère était très proche de Lisbeth Olufsen.

Le policier devina le chagrin derrière les lunettes noires et il compatit :

— Mes condoléances. (Il lui rendit les papiers.) Vous avez largement le temps.

— Vraiment? (C'est donc aujourd'hui?) Je n'étais pas sûre, je n'ai pas réussi à téléphoner pour vérifier.

— Je crois que le service est à quinze heures.

— Merci.

Hermia s'avança et s'accouda à la rambarde. Le ferry sortit lentement du port et, regardant de l'autre côté de l'eau l'île plate qui s'étendait devant elle, elle se rappela sa première visite et sa réaction en découvrant la demeure froide et dépouillée où Arne avait grandi avec ses austères parents. Comment Arne avait-il réussi, provenant d'un environnement aussi sévère, à faire preuve d'autant de fantaisie?

Elle-même un peu stricte – de l'avis de ses collègues –, elle avait exercé dans la vie d'Arne une influence comparable à celle de sa mère : elle lui avait enseigné la ponctualité et la sobriété. De son côté, il lui avait appris à se détendre et à s'amuser. Sentencieuse, elle lui avait affirmé un jour « Il y a toujours un moment et un lieu pour la spontanéité » et il en avait ri toute la journée.

Elle était retournée une nouvelle fois à Sande pour les fêtes de Noël – un carême plutôt, car pour les Olufsen, Noël était une cérémonie religieuse, pas une bacchanale. Elle avait pourtant apprécié ces vacances pour leur quiétude : elle avait fait des mots croisés avec Arne, appris à mieux connaître Harald, dégusté la cuisine sans prétention de Mme Olufsen et s'était promenée en manteau de fourrure, main dans la main avec son amant, sur la plage glacée.

Elle n'avait pas imaginé un seul instant que sa visite suivante serait pour enterrer Arne.

Elle n'assisterait pas à la cérémonie. On la reconnaîtrait et un inspecteur de police scruterait probablement tous les visages. Après tout, si Hermia avait pu concevoir que quelqu'un d'autre se chargeait de la mission confiée à Arne, faire la même déduction était à la portée de la police.

En fait, réfléchissait-elle, je vais être retardée quelques heures : je ne pourrai me rendre dans la maison qu'après la cérémonie ; avant la cuisine sera pleine de voisines en train de préparer des plats, et le temple de paroissiens ou d'employés des pompes funèbres disposant les fleurs ou s'inquiétant de qui tiendrait les cordons du poêle. Presque aussi inconcevable que d'assister à l'enterrement. Mais ensuite, une fois avalés thé et *smorrebrod*, tout le monde s'en irait, laissant les proches à leur chagrin. Prudence donc.

Je récupère, continuait-elle à échafauder, la pellicule de Harald ce soir ; demain matin je saute dans le premier train pour Copenhague, et dans la soirée, je monte à bord du bateau pour Bornholm ; je regagne la Suède après-demain et suis à Londres douze heures plus tard, soit deux jours avant la pleine lune. Cela vaut la peine que j'y consacre quelques heures.

Elle débarqua sur le quai de Sande et se dirigea vers l'hôtel. Ne pouvant pas entrer dans l'immeuble de crainte de rencontrer quelqu'un qui se souviendrait d'elle, elle alla donc se promener sur la plage. Ce n'était pas vraiment un temps à prendre des bains de soleil – il y avait pas mal de nuages et une brise fraîche soufflait de la mer – mais on avait quand même sorti sur le sable les vieilles cabines de bain à chevrons et quelques baigneurs s'ébrouaient dans les vagues ou pique-niquaient sur la plage. Hermia parvint à trouver un creux abrité dans les dunes pour se fondre dans la foule des touristes.

Elle attendit là. La marée montait et un cheval de l'hôtel tirait plus haut les cabines de bain. Elle avait passé tant de temps ces deux dernières semaines à rester là à attendre...

Elle avait revu une troisième fois les parents d'Arne, lors du voyage qu'ils faisaient tous les dix ans à Copenhague. Arne les avait tous emmenés au jardin de Tivoli et il s'était montré aussi jovial et amusant que d'habitude, faisant du charme aux serveuses, provoquant les rires de sa mère et amenant même son père pourtant si austère à évoquer ses années de collège à Jansborg. Quelques semaines plus tard, les nazis étaient arrivés et Hermia avait quitté le pays, dans des conditions qu'elle estimait peu brillantes, à bord d'un train verrouillé transportant une foule de diplomates représentant des pays hostiles à l'Allemagne.

Et la voilà maintenant de retour, en quête d'un redoutable secret qui lui faisait risquer sa vie et celle des autres.

Elle quitta la plage à seize heures trente. Le presbytère était à une quinzaine de kilomètres de l'hôtel, soit à deux heures et demie en marchant d'un bon pas : elle arriverait donc à sept heures. Elle était certaine que tous les invités seraient partis et qu'elle trouverait Harald et ses parents tranquillement assis dans la cuisine.

La plage n'était pas complètement déserte. À plusieurs reprises au cours de sa longue marche, elle croisa des promeneurs. Elle les évita délibérément, en les laissant supposer qu'elle était une vacancière peu sociable. Personne ne la reconnut.

Elle découvrit enfin les contours du petit temple et du presbytère. Elle songeait avec tristesse que cela avait été la maison familiale d'Arne. Personne en vue. En approchant, elle aperçut la tombe toute fraîche dans le petit cimetière.

Le cœur gros, elle passa au milieu des sépultures et s'arrêta devant la tombe de son fiancé. Elle ôta ses lunettes de soleil. Il y avait beaucoup de fleurs, remarqua-t-elle : les gens étaient toujours touchés par la mort d'un jeune homme. Le chagrin s'abattit sur elle et bientôt des sanglots la secouèrent. Les larmes ruisselaient sur son visage. Elle s'agenouilla et prit une poignée de terre, en songeant que son corps gisait là-dessous. J'ai douté de toi, se dit-elle, mais tu étais le plus brave de nous tous.

La tempête enfin se calma et elle put se remettre debout. Elle s'essuya le visage du revers de sa manche. Elle avait encore beaucoup à faire.

En se retournant, elle aperçut la haute silhouette et le crâne dégarni du père d'Arne qui, à quelques mètres de là, l'observait. Il avait dû approcher sans bruit et attendre qu'elle se relève.

— Eh bien, Hermia, dit-il. Dieu vous bénisse.

— Je vous remercie, pasteur.

Elle aurait voulu le serrer dans ses bras, mais ce n'était pas son genre ; elle se contenta de lui serrer la main.

— Vous êtes arrivée trop tard pour l'enterrement.

— Je l'ai fait exprès. Je ne veux pas qu'on me voie.

— Vous feriez mieux d'entrer dans la maison.

Hermia traversa la pelouse derrière lui. Mme Olufsen était dans la cuisine mais, pour une fois, elle n'était pas devant l'évier. Sans doute, se dit Hermia, les voisines avaient-elles débarrassé, après la veillée funèbre, et lavé la vaisselle. Mme Olufsen était assise à la table de cuisine en robe et chapeau noirs. En voyant Hermia, elle éclata en sanglots.

Hermia l'étreignit, mais elle n'était pas tout à fait à ce qu'elle faisait : la personne qu'elle voulait voir n'était pas dans la pièce. Dès qu'il fut convenable de le faire, elle demanda :

— J'espérais voir Harald.

— Il n'est pas ici, dit Mme Olufsen.

Hermia eut l'horrible sentiment que ce long et dangereux voyage allait se révéler inutile.

— Il n'est pas venu à l'enterrement ?

Elle secoua la tête entre deux sanglots.

Maîtrisant autant qu'elle le pouvait son exaspération, Hermia reprit :

— Alors, où est-il ?

— Vous feriez mieux de vous asseoir, dit le pasteur.

Elle se força à la patience. Le pasteur avait l'habitude d'être obéi. Elle n'arriverait à rien en s'opposant à lui.

— Voudriez-vous une tasse de thé ? proposa Mme Olufsen. Naturellement ce n'est pas du vrai.

— Oui, avec plaisir.

— Et un sandwich ? Il y a tellement de restes.

— Non, merci. (Hermia n'avait rien avalé de la journée, mais elle était trop tendue pour manger quoi que ce soit.) Où est Harald ? dit-elle d'un ton impatient.

— Nous ne savons pas, dit le pasteur.

— Comment cela ?

Le pasteur avait l'air honteux, une expression qu'on voyait rarement sur son visage.

— Harald et moi avons eu des mots. Je me suis montré aussi entêté que lui. Depuis, le Seigneur m'a rappelé combien précieux est le temps qu'un homme passe avec ses fils. (Une larme coula sur son visage ridé.) Harald est parti furieux, sans vouloir dire où il allait. Il est revenu cinq jours plus tard, juste pour quelques heures, et nous avons eu une sorte de réconciliation. À cette occasion, il a dit à sa mère qu'il allait s'installer au domicile d'un camarade de classe, mais quand nous avons téléphoné, on a répondu qu'il n'était pas là.

— Pensez-vous qu'il vous en veuille toujours ?

— Non, répondit le pasteur. Enfin, peut-être que oui, mais ce n'est pas pour cela qu'il a disparu.

— Que voulez-vous dire ?

— Mon voisin, Axel Flemming, a un fils dans la police, à Copenhague.

— Je me souviens, dit Hermia. Peter Flemming.

— Il a eu le toupet, intervint Mme Olufsen, de venir à l'enterrement.

Elle avait un ton mordant qui n'était pas dans ses habitudes.

— Peter prétend, reprit le pasteur, qu'Arne espionnait pour les Anglais et que Harald continue son travail.

— Ah.

— Vous ne semblez pas surprise.

— Je ne veux pas vous mentir, dit Hermia. Peter a raison. J'avais demandé à Arne de prendre des photos de la base militaire qui se trouve sur l'île. Harald a la pellicule.

— Comment avez-vous pu ? s'exclama Mme Olufsen. C'est à cause de cela qu'Arne est mort ! Nous avons perdu notre fils et vous avez perdu votre fiancé ! Comment avez-vous pu ?

— Je suis désolée, murmura Hermia.

— Nous sommes en guerre, Lisbeth, déclara le pasteur. Bien des jeunes gens sont morts en se battant contre les nazis. Ce n'est pas la faute de Hermia.

— Il faut que je récupère le film que Harald a en sa possession, expliqua Hermia. Il faut que je le trouve. Vous ne voulez pas m'aider ?

— Je n'ai pas envie de perdre mon autre fils ! fit Mme Olufsen. Je ne pourrai pas le supporter !

— Arne, reprit le pasteur en lui prenant la main, travaillait contre les nazis. Si Hermia et Harald peuvent terminer la tâche qu'il avait entreprise, sa mort aura un sens. Il faut l'aider.

— Je sais, murmura Mme Olufsen en hochant la tête. Je sais. Mais j'ai si peur.

— Où, demanda Hermia, Harald a-t-il dit qu'il allait ?

Ce fut Mme Olufsen qui répondit.

— À Kirstenslot. C'est un château non loin de Copenhague, la demeure de la famille Duchwitz. Leur fils, Josef, est au collège avec Harald.

— Mais on a répondu qu'il n'était pas là ?

Elle acquiesça.

— Il n'est pas loin. J'ai parlé à la sœur jumelle de Josef, Karen. Elle est amoureuse de Harald.

— Comment le sais-tu ? fit le pasteur incrédule.

— Au son de sa voix quand elle a parlé de lui.

— Tu ne m'en as pas soufflé mot.

— Tu aurais déclaré que je ne pouvais absolument pas le deviner.

— Oui, convint le pasteur avec un pâle sourire, c'est vrai.

— Alors, questionna Hermia, vous croyez que Harald est dans les parages de Kirstenslot et que Karen sait où il se trouve ?

— Oui.

— Alors, il va falloir que j'aille là-bas.

Le pasteur tira une montre de son gousset.

— Vous avez manqué le dernier train. Vous feriez mieux de passer la nuit ici. Dès demain matin je vous conduirai au ferry.

— Comment pouvez-vous être si bon ? murmura Hermia dans un souffle. C'est à cause de moi qu'Arne est mort.

— Le Seigneur a donné, le Seigneur a repris, dit le pasteur. Béni soit le nom du Seigneur.

27.

Le Frelon était prêt à voler.

Harald avait monté les câbles rapportés de Vodal et s'était attaqué au pneu crevé : avec le cric de la Rolls-Royce, il avait soulevé l'appareil, dégagé la roue pour l'apporter au garage le plus proche où, moyennant finances, un mécanicien avait effectué la réparation. Harald avait ensuite mis au point une méthode de ravitaillement en vol en faisant passer par un hublot qu'il avait descellé un tuyau allant jusque dans la canalisation de carburant. Pour finir, il avait déplié les ailes et les avait fixées en position de vol grâce aux simples broches d'acier d'origine. L'appareil occupait maintenant toute la largeur de la nef.

Le temps était calme, avec une légère brise et de petits nuages qui dissimuleraient le Frelon à la Luftwaffe. Ils partiraient dans la soirée.

À cette idée, son estomac se serrait. Le simple survol de Vodal à bord d'un Tigre lui avait fait l'effet d'une formidable aventure. Que dire alors d'un vol de plusieurs centaines de miles au-dessus de la mer ?

Ce genre d'appareil était prévu pour longer la côte de façon à planer jusqu'à la terre en cas d'ennui. Pour rallier l'Angleterre, il était possible, en théorie, de suivre les côtes du Danemark, d'Allemagne, de Hollande, de Belgique et de France. Mais Harald et Karen devraient rester à des kilomètres au large, loin des territoires occupés par les Allemands. Aucune erreur ne leur était permise ; ils n'auraient nulle part où aller.

Harald se posait encore des questions quand Karen se faufila par la fenêtre, portant un panier tel le Petit Chaperon rouge. Son cœur se mit à battre de bonheur. Toute la journée, en travaillant sur l'appareil, il avait pensé à la façon dont ils s'étaient embrassés après avoir volé l'essence. Pour évoquer ce souvenir, il ne cessait de se passer le bout des doigts sur les lèvres.

Elle se planta devant le Frelon.

— Fichtre, lâcha-t-elle en guise de commentaire.

— Joli, n'est-ce pas ? fit-il, enchanté de l'avoir impressionnée.

— Mais tu ne vas pas pouvoir le faire passer par la porte comme ça.

— Je sais. Il faudra que je replie les ailes, puis que je les redéplie une fois dehors.

— Alors pourquoi les avoir déjà montées ?

— Pour m'habituer. La seconde fois, j'y arriverai plus rapidement.

— En combien de temps ?

— Je ne sais pas exactement.

— Et les soldats ? S'ils nous voient...

— Ils dormiront.

— Nous sommes prêts, n'est-ce pas, fit-elle d'un ton grave.

— Nous sommes prêts.

— Quand partirons-nous ?

— Ce soir, bien sûr.

— Oh, mon Dieu !

— Plus nous attendons, plus nous risquons d'être découverts, avant même d'avoir décollé.

— Je sais, mais...

— Quoi ?

— Simplement je ne croyais pas que ça viendrait si vite. (Elle prit dans son panier un paquet qu'elle lui tendit d'un air absent.) C'est du rosbif froid.

Tous les soirs elle lui apportait à manger.

— Merci. (Il l'examina attentivement.) Tu as changé d'avis ?

— Non, répondit-elle en secouant la tête avec détermination. Je suis simplement en train de réaliser que ça fait trois ans que je ne me suis pas assise à un poste de pilotage.

Il se dirigea vers l'établi, y prit une petite hache et une pelote de grosse ficelle, et fourra le tout dans le petit coffre sous le tableau de bord.

— C'est pour quoi faire ? demanda Karen.

— Un radeau. En effet, si nous tombons à la mer, l'avion coulera à cause du poids du moteur, mais les ailes, toutes seules, flotteront. Il suffira donc de les détacher du fuselage et de les assembler entre elles pour avoir une embarcation de fortune.

— Dans la mer du Nord ? Nous ne tarderions pas à mourir de froid.

— C'est mieux que de se noyer.

— Si tu le dis, murmura-t-elle en frissonnant.

— Il nous faudrait des biscuits et deux ou trois bouteilles d'eau.

— J'en prendrai dans la cuisine. À propos d'eau... nous serons dans les airs pendant plus de six heures.

— Et alors ?

— Comment faire pipi ?

— En ouvrant la porte et en espérant que tout se passe bien.

— Parle pour toi.

— Désolé, fit-il en souriant.

Elle regarda autour d'elle et ramassa une brassée de vieux journaux.

— Mets ça à l'intérieur.

— Pour quoi faire ?

— Au cas où j'aurais envie de faire pipi.

— Je ne vois pas comment..., remarqua-t-il en fronçant les sourcils.

— Prie le ciel de ne jamais avoir à le découvrir. Avons-nous des cartes ?

— Non, mais en volant vers l'ouest, la première terre que nous apercevrons sera l'Angleterre.

Elle secoua la tête.

— C'est très difficile de se repérer là-haut. Il m'est arrivé de me perdre rien que dans les alentours. Il suffit que le vent nous dévie de notre cap, et nous pourrions nous poser en France par erreur.

— Mon Dieu, je n'y avais pas pensé.

— La seule façon de vérifier notre position, c'est de comparer les reliefs du terrain au-dessous de nous avec une carte. Je dois avoir ça à la maison.

— Très bien.

— Je vais rassembler tout ce qui nous est nécessaire, annonça-t-elle.

Elle disparut une nouvelle fois par la fenêtre en emportant le panier vide.

Harald était trop tendu pour manger ; il se mit à replier les ailes. La manœuvre était conçue pour être rapide, étant entendu que l'heureux propriétaire devait pouvoir l'effectuer chaque soir pour garer l'appareil à côté de la voiture familiale.

Pour éviter que, une fois repliée, l'aile supérieure ne heurte le toit de la cabine, l'intérieur du bord de fuite pivotait sur une charnière pour se relever. Le premier soin de Harald fut donc de débloquer ces parties.

Sur le dessous de chaque aile supérieure était placée une entretoise que Harald détacha et fixa entre les extrémités des ailes supérieures et inférieures pour éviter tout gauchissement. Les ailes étaient maintenues en position de vol par des clavettes coulissantes en forme de L qui s'emboîtaient sur les entretoises. Sur les ailes supérieures, les clavettes étaient bloquées par un étai que Harald venait de retirer, si bien qu'il ne lui restait plus qu'à faire pivoter la clavette de quatre-vingt-dix degrés et de la tirer en avant d'une dizaine de centimètres.

Les clavettes des ailes inférieures étaient maintenues en place par des courroies de cuir. Harald desserra celle de l'aile gauche, puis tourna la clavette et tira.

Libérée, l'aile commença aussitôt à bouger. Harald, furieux, se dit qu'il aurait dû le prévoir : en effet quand l'avion est stationnaire, la queue sur le sol, il est incliné et son nez pointe vers le haut, mais maintenant, sous l'effet de la force de gravité, les deux ailes basculaient en arrière. Il se précipita, terrifié à l'idée qu'elles se plaquent contre le fuselage en créant des dégâts. Il essaya de saisir le bord d'attaque de l'aile inférieure mais elle était trop épaisse. « Merde ! » cria-t-il. Il s'avança, courant derrière l'aile et attrapa les haubans tendus entre les ailes supérieures et inférieures. Il trouva une prise et freina le balancement de l'aile mais le câble lui entailla la peau de la main. Il poussa un cri et machinalement lâcha prise. L'aile se remit à tourner et s'arrêta avec un choc sourd contre le fuselage.

Maudissant sa négligence, Harald alla jusqu'à la queue de l'appareil, s'empara à deux mains du bout de l'aile inférieure et la fit tourner de façon à inspecter les dégâts : aucune trace ni sur les bords de fuite des ailes ni sur le fuselage. Il n'y avait donc à déplorer que son écorchure à la main.

Léchant le sang qui coulait de sa paume, il passa sur le flanc droit. Cette fois, il bloqua l'aile inférieure avec un coffre à thé plein de vieux magazines pour l'empêcher de bouger. Il retira les clavettes puis contourna l'aile, repoussa le coffre et la saisit pour la faire lentement pivoter en position repliée.

Sur ces entrefaites, Karen revint.

— Tu as tout trouvé ? s'inquiéta Harald.

— On ne peut pas partir ce soir, lâcha-t-elle en posant le panier par terre.

— Quoi ? (Il se sentait déçu : il s'était affolé pour rien.) Pourquoi donc ? lança-t-il, furieux.

— Demain, je danse.

— Tu *danses* ? s'exclama-t-il scandalisé. Comment peux-tu faire passer cela avant notre mission ?

— C'est à peine croyable ! Je t'ai expliqué, tu te souviens, que je suis la doublure de la danseuse étoile. Or la moitié de la compagnie est terrassée par des ennuis digestifs. Il y a pourtant deux troupes, mais les deux vedettes sont malades, alors on m'a convoquée. C'est une chance formidable !

— Ça ressemble plutôt à une sacrée malchance !

— Je serai sur la grande scène du Théâtre royal. Et devine ? En présence du roi !

Il se passa les doigts dans les cheveux d'un air absent.

— Ce n'est pas vrai, ce n'est pas toi qui parles ainsi.

— J'ai fait mettre un billet de côté pour toi. Tu n'auras qu'à le prendre au contrôle.

— Je n'irai pas.

— Ne râle pas ! Nous décollerons demain soir, après le spectacle. On ne le redonnera que la semaine prochaine et d'ici là l'une ou l'autre des deux filles que je double sera sûrement rétablie.

— Je me fiche pas mal de ce sacré ballet... Et la guerre ? Heis estime que la RAF prévoit un raid aérien d'une envergure exceptionnelle. Ils ont besoin de nos photos avant cela ! Pense aux vies qui sont en jeu !

Elle soupira et parla avec davantage de douceur.

— Je savais que tu réagirais comme ça et j'ai pensé à renoncer, mais je ne peux vraiment pas. D'ailleurs, en partant demain, nous serons en Angleterre trois jours avant la pleine lune.

— Mais nous courrons un danger terrible ici pendant vingt-quatre heures supplémentaires !

— Réfléchis, tenta-t-elle de le raisonner, personne ne connaît l'existence de cet avion... Pourquoi le découvrirait-on demain précisément ?

— C'est possible.

— Oh, ne sois pas si puéril, tout est *possible.*

— Puéril ? La police me recherche, tu le sais. Je suis un fugitif et je tiens à quitter ce pays le plus tôt possible.

— Tu devrais comprendre ce que signifie pour moi cette représentation, dit-elle, se mettant en colère à son tour.

— Figure-toi que non.

— Écoute, je pourrais mourir dans ce fichu avion.

— Moi aussi.

— Pendant que je me noierai dans la mer du Nord ou que je mourrai de froid sur ton radeau improvisé, j'aimerais pouvoir me dire qu'avant de mourir j'ai réalisé l'ambition de ma vie et que j'ai dansé, de façon magnifique, sur la scène du Théâtre royal danois devant le roi. Tu ne peux pas comprendre ça ?

— Non, je ne peux pas !

— Alors, va te faire voir, s'écria-t-elle en s'esquivant par la fenêtre.

Harald la regarda partir, frappé de stupeur. Il resta une minute entière sans bouger. Puis il regarda ce qu'elle avait apporté : deux bouteilles d'eau minérale, un paquet de biscuits, une torche électrique, une pile de secours et deux ampoules de rechange. Pas de carte, seulement un vieil atlas. Il l'ouvrit. Sur la page de garde, une petite fille avait écrit jadis : « Karen Duchwitz, classe de troisième. »

— Oh, bon Dieu ! s'exclama-t-il.

28.

Debout sur le quai de Morlunde, Peter Flemming surveillait l'arrivée du dernier ferry de la journée en provenance de Sande : il attendait une mystérieuse passagère.

Sans en être vraiment surpris, il avait été déçu que Harald ne se fût pas montré à l'enterrement de son frère. Peter avait soigneusement dévisagé l'assistance, des insulaires pour la plupart que Peter connaissait depuis son enfance. C'étaient les autres qui l'intéressaient. Après le service, en prenant le thé au presbytère, c'est à ceux-là qu'il avait adressé la parole : deux ou trois vieux amis de collège, quelques camarades de l'armée, des amis de Copenhague et le directeur de Jansborg Skole. Il avait pointé les noms sur la liste fournie par le policier du ferry; le seul à ne pas être coché était celui d'Agnes Ricks. Il était retourné demander au policier si elle était repartie pour le continent.

— Pas encore, répondit celui-ci. Je me la rappellerais. Elle a ce qu'il faut là où il faut.

Il eut un grand sourire et porta le creux de ses mains à sa poitrine pour simuler de gros seins.

Renseignement pris à la réception de l'hôtel familial, aucune Agnes Ricks n'avait réservé de chambre. Cela l'intrigua. Qui était-elle et que faisait-elle ? Son instinct lui soufflait qu'elle avait un rapport avec Arne Olufsen. À moins qu'il ne prenne ses désirs pour des réalités, c'était sa seule piste.

Pour ne pas se faire remarquer en rôdant sur le quai de Sande, il retourna sur le continent où il était plus facile de se perdre dans la foule du grand port commercial. Mais rien à propos de Mlle Ricks. Comme le ferry accostait pour la dernière fois avant le lendemain matin, Peter revint à l'hôtel Oesterport d'où il appela Tilde Jespersen chez elle à Copenhague.

— Harald était à l'enterrement ? demanda-t-elle aussitôt.

— Non.

— Zut.

— Rien à tirer des gens du cortège ; la seule piste serait celle d'une certaine Mlle Agnes Ricks. Et de votre côté ?

— J'ai passé la journée au téléphone et appelé tous les commissariats de police du pays. Des vérifications au sujet de chacun des camarades de classe de Harald sont en cours ; je devrais avoir des nouvelles demain.

— Vous avez lâché votre mission, dit-il, changeant brusquement de sujet.

— Qui n'était pas une mission normale, n'est-ce pas ? fit-elle, s'attendant visiblement à cette question.

— Pourquoi donc ?

— Vous m'avez emmenée dans le seul but de coucher avec moi.

Peter serra les dents. Cette relation sexuelle constituait, de sa part, une faute professionnelle ; il était mal placé pour lui faire des remontrances.

— C'est l'excuse que vous invoquez ? lança-t-il d'un ton furieux.

— Ce n'est pas une excuse.

— Vous n'avez pas apprécié ma façon de mener l'interrogatoire des Olufsen. Ça n'est pas une raison pour qu'un officier de police abandonne son travail.

— Je n'ai pas abandonné ma mission. Je ne voulais pas coucher avec un homme capable de se conduire ainsi.

— Je ne faisais que mon devoir !

— Pas vraiment, répondit-elle et, là, son ton changea.

— Que voulez-vous dire ?

— J'aurais compris que vous vous montriez brutal pour obtenir des résultats. Ça, j'aurais pu le respecter. Mais vous avez aimé mettre le pasteur à la torture et harceler sa femme. Cela vous a procuré du plaisir ; vous savouriez leur chagrin. Il m'est tout à fait impossible d'entretenir une relation avec un individu de votre sorte.

Peter raccrocha.

Durant une bonne partie de la nuit, il chercha en vain le sommeil : il pensait à Tilde. Furieux contre elle, il s'imaginait la giflant ; il aurait aimé aller chez elle, la tirer de son lit en chemise de nuit et la punir. Dans son fantasme, elle demandait grâce, mais il ne l'écoutait pas. Sa chemise de nuit se déchirait au cours de la lutte, cela l'excitait et il la prenait de force. Elle poussait des hurlements et se débattait, tandis qu'il la maintenait. Après, les larmes aux yeux, elle implorait son pardon, mais il la quittait sans un mot. Il finit par s'endormir.

Le lendemain matin, il descendit jusqu'au port pour accueillir le premier ferry en provenance de Sande. Plein d'espoir, il regardait le bateau à la coque bardée de plaques de sel approcher du quai. Agnes Ricks était son seul espoir ; si elle se révélait totalement innocente, il ne saurait pas comment poursuivre.

Un petit groupe de passagers s'approchait. Peter avait demandé au policier de lui signaler Mlle Ricks, mais ce ne fut pas la peine. Il remarqua aussitôt, parmi les ouvriers en tenue de travail se rendant à leur poste à la conserverie, une grande femme avec des lunettes de soleil et un foulard noué sur la tête ; il reconnut les cheveux noirs s'échappant du foulard, le grand nez busqué et surtout la démarche – un peu virile – qu'il avait observée deux ans auparavant.

Il s'agissait de Hermia Mount.

Plus mince et plus âgée que la fiancée d'Arne Olufsen qu'on lui avait présentée en 1939, mais c'était bien elle.

— Salope, je te tiens, marmonna-t-il avec une profonde satisfaction.

Pour éviter qu'elle ne le reconnaisse, il chaussa des lunettes à grosse monture et rabattit son chapeau afin de dissimuler ses cheveux roux aisément identifiables. Puis il la suivit jusqu'à la gare où elle prit un billet pour Copenhague.

Après une longue attente, ils embarquèrent sur un vieux train poussif tiré par une locomotive ; il traversait le Danemark d'ouest en est, en s'arrêtant, sans en omettre une seule, dans toutes les petites gares. Peter, trépignant d'impatience, monta dans une voiture de première classe, Hermia dans la suivante, en troisième. Tant qu'ils étaient dans le train, elle ne pouvait pas lui échapper. Que de temps perdu !

On était au milieu de l'après-midi quand le train s'arrêta à Nyborg sur l'île centrale de Fyn. De là, un ferry leur ferait traverser la Grande Ceinture jusqu'à Zealand, la grande île, d'où un autre train les conduirait à Copenhague.

Peter avait entendu parler d'un ambitieux projet visant à remplacer le ferry par un grand pont de vingt kilomètres de long. Les traditionalistes aimaient bien les nombreux bacs qui desservaient les îles danoises, prétextant que leur allure traînante convenait à l'attitude décontractée de leurs compatriotes, mais Peter les aurait volontiers tous envoyés au diable. Il avait beaucoup à faire : il préférait les ponts.

En attendant l'arrivée du bateau, il trouva un téléphone et appela Tilde au Politigaarden.

— Je n'ai pas trouvé Harald, mais j'ai un indice, débita-t-elle, délibérément professionnelle.

— Oui ?

— À deux reprises le mois dernier, il s'est rendu à Kirstenslot, au domicile de la famille Duchwitz.

— Des Juifs ?

— Oui. Le policier local se souvient l'avoir rencontré : Harald circulait sur une motocyclette marchant à la vapeur. Mais il jure que Harald ne s'y trouve pas actuellement.

— Assurez-vous-en quand même. Faites un saut là-bas.

— C'est ce que je comptais faire.

Il aurait voulu revenir sur leur conversation de la veille pour savoir si, vraiment, elle ne comptait plus jamais coucher avec lui... Mais il ne trouva aucun moyen de dévier sur ce sujet, aussi continua-t-il à parler de l'affaire.

— J'ai retrouvé Mlle Ricks. Il s'agit en réalité de Hermia Mount, la fiancée d'Arne Olufsen.

— L'Anglaise ?

— Oui.

— Bonne nouvelle !

— En effet. (Peter était content que Tilde n'ait pas perdu son enthousiasme.) Elle est en route pour Copenhague et je la file.

— Elle ne risque pas de vous reconnaître ?

— Si.

— Il est possible qu'elle cherche à vous semer ; si je prenais le relais à l'arrivée du train ?

— Je préférerais que vous alliez à Kirstenslot.

— L'un n'empêche pas l'autre. Où êtes-vous ?

— À Nyborg.

— À deux heures au moins de Copenhague, donc.

— Plus même. Ce train n'avance pas.

— Je vais à Kirstenslot en voiture, je fouine là-bas une petite heure et je vous retrouve à la gare.

— Parfait, dit-il. Allez-y.

29.

Harald s'était calmé, ayant admis que la décision de Karen de remettre d'une journée leur voyage n'était pas complètement insensée. Il se mit à sa place et imagina qu'on lui proposait de se livrer à une expérience importante avec le physicien Niels Bohr. Pour une occasion pareille, il aurait remis n'importe quelle obligation. Car Bohr et lui étaient capables de changer, à eux deux, la façon dont l'humanité concevait le mécanisme de l'univers. Il n'aimerait pas mourir – si tel devait être son sort – sans savoir comment il aurait réussi cet exploit.

La tension ne le quitta pas de la journée. Il vérifia de fond en comble le Frelon à deux reprises. Il inspecta le tableau de bord et se familiarisa avec les indicateurs afin d'aider Karen. (Il devrait braquer la torche sur les cadrans pour lire les instruments car l'appareil n'était pas conçu pour être utilisé de nuit.) Il s'entraîna à plier et déplier les ailes et améliora son temps. Il expérimenta son système de ravitaillement en plein vol, en versant un peu d'essence par le tuyau qui, de la cabine, menait au réservoir à travers le hublot supprimé. Il observa le temps : beau, avec de petits nuages et une légère brise. En fin d'après-midi, une lune aux trois quarts pleine se leva. Il se changea.

Il était allongé sur le rebord qui lui servait de lit en caressant le chat noir et blanc quand quelqu'un secoua la grande porte de l'église.

Harald se redressa, posa le chat par terre et tendit l'oreille.

— Je vous disais bien que c'était fermé à clé, disait la voix de Per Hansen.

— Raison de plus pour regarder à l'intérieur, répondit une femme.

Harald remarqua avec une vive inquiétude que le ton était autoritaire. Il imagina une femme d'une trentaine d'années, jolie mais sévère, appartenant de toute évidence à la police. C'était peut-être elle qui avait envoyé Hansen chercher Harald au château la veille ; son enquête ne l'ayant pas satisfaite, elle venait elle-même voir de quoi il retournait.

Harald étouffa un juron ; sans doute plus consciencieuse que Hansen, il ne lui faudrait pas longtemps pour trouver le moyen d'entrer dans l'église. Il n'avait aucun endroit où se cacher à part le coffre de la Rolls-Royce que ne manquerait pas d'ouvrir quiconque traquerait Harald avec méthode.

Harald craignait qu'il ne fût déjà trop tard pour sortir par sa fenêtre habituelle – trop près de la grande porte –, aussi s'échappa-t-il par l'un des vitraux du chœur.

Dès qu'il eut sauté, il promena autour de lui un regard prudent. Cette extrémité de l'église n'était qu'en partie dissimulée par les arbres et il aurait fort bien pu être aperçu par un soldat. Il eut de la chance : personne ne se trouvait dans les parages.

Il hésita. Il avait envie de décamper, mais il avait surtout besoin de savoir ce qui allait se passer. Il se plaqua contre le mur de l'église et écouta.

— Madame Jespersen ? En montant sur cette souche, on pourrait passer par la fenêtre, suggérait Hansen.

— C'est évidemment à cela qu'elle sert, répondit sèchement la femme.

Manifestement beaucoup plus futée que Hansen, elle allait tout découvrir.

Puis des chaussures raclèrent le mur, quelqu'un – Hansen – grogna en se glissant par la fenêtre, et il y eut un choc sourd lorsqu'il heurta le sol dallé de l'église. Un bruit plus léger suivit quelques secondes plus tard.

Harald se coula le long de l'église, monta sur la souche et regarda par la fenêtre.

Mme Jespersen, jolie femme d'une trentaine d'années aux rondeurs bien réparties, était vêtue avec une sobre élégance : une jupe et un corsage, des chaussures plates et un béret bleu ciel posé sur des boucles blondes. Comme elle n'était pas en uniforme, Harald en déduisit qu'il s'agissait d'un inspecteur, et que son sac en bandoulière contenait un pistolet.

Essoufflé et congestionné, Hansen paraissait épuisé d'avoir escaladé la fenêtre. Pauvre Hansen, se dit Harald. Pas facile pour lui, policier de village, de suivre une femme inspecteur à l'esprit rapide.

Elle commença par examiner la moto.

— Tiens, voici la motocyclette dont vous m'avez parlé. Je vois le moteur à vapeur. Ingénieux.

— Il a dû l'abandonner ici, dit Hansen sur la défensive.

Quand il avait prétendu que Harald était parti, il ne l'avait pas convaincue.

— Peut-être. (Elle se dirigea vers la voiture.) Très belle.

— Elle appartient au Juif.

Elle passa un doigt sur la courbe d'un garde-boue et regarda la poussière.

— Ça fait un moment qu'elle n'est pas sortie.

— Bien sûr... On a retiré les roues.

Hansen, ravi, crut qu'il l'avait piégée.

— Ça ne veut pas dire grand-chose : des roues, ça se pose rapidement. Mais simuler une couche de poussière est bien plus difficile.

Elle s'avança et ramassa la chemise que Harald venait d'ôter. Il se maudit en silence. Pourquoi ne l'avait-il pas rangée quelque part ? Elle la renifla. Puis le chat arriva d'on ne sait où ; il frotta sa tête contre la jambe de Mme Jespersen.

— Qu'est-ce que tu cherches ? dit-elle au chat en le caressant. Tu parais bien nourri.

On ne peut rien cacher à cette femme, constata Harald avec consternation. Rien ne lui échappe. Elle s'approcha de la corniche où dormait Harald. Elle prit sa couverture soigneusement repliée puis la reposa.

— Quelqu'un vit ici, déclara-t-elle.

— Un vagabond peut-être.

— Ou plutôt ce fils de pute de Harald Olufsen !

Hansen parut choqué.

— Tiens, dit-elle en se tournant vers le Mornet Moth, qu'est-ce que c'est que cela ? (Désespéré, Harald la vit tirer sur la bâche.) Ça m'a tout l'air d'un avion !

C'est la fin, se dit Harald. Tout est fini.

— Je me souviens maintenant, précisa Hansen, Duchwitz possédait un avion. Mais ça fait des années qu'on ne l'a pas vu voler.

— Il n'est pas en mauvais état.

— Il n'a pas d'ailes !

— Elles sont repliées : c'est comme ça qu'on l'a fait passer par la porte. (Elle ouvrit la porte de la cabine. Se penchant à l'intérieur, elle actionna le manche à balai et remarqua que l'empennage bougeait.) Les commandes ont l'air de marcher. (Elle examina la jauge d'essence.) Le réservoir est plein. (Examinant l'intérieur du petit poste de pilotage, elle ajouta :) Et il y a une nourrice de vingt litres derrière le siège, deux bouteilles d'eau dans le coffre avec un paquet de biscuits, plus une hache, une pelote de grosse ficelle, une torche électrique et un atlas – et là-dessus pas un grain de poussière !

Elle sortit la tête et regarda Hansen.

— Harald a l'intention de voler, affirma-t-elle.

— Ça alors ! s'exclama Hansen.

Une folle envie de les tuer tous les deux traversa l'esprit de Harald. Il n'était pas sûr d'être capable de tuer un être humain dans d'autres circonstances, mais il comprit aussitôt que, à mains nues, il n'arriverait pas à maîtriser deux policiers armés et il chassa cette idée.

— Il faut que j'aille à Copenhague, déclara Mme Jespersen d'un ton décidé. L'inspecteur Flemming qui est en charge de cette affaire arrive par le train. Étant donné les nombreux retards qu'on enregistre de nos jours, on peut dire qu'il arrivera, en gros, dans les douze prochaine heures. Nous reviendrons alors et nous arrêterons Harald s'il est ici ; sinon, nous lui tendrons un piège.

— Que voulez-vous que je fasse ?

— Restez ici ; trouvez dans les bois un endroit stratégique d'où vous pourrez observer l'église. Si vous apercevez Harald, ne lui dites rien, contentez-vous d'appeler le Politigaarden.

— Enverrez-vous quelqu'un pour m'aider ?

— Non, pour ne pas effrayer Harald. S'il vous voit, il ne s'affolera pas : vous êtes le sergent de ville local. Mais la présence de deux policiers inconnus pourrait lui donner l'alerte. Je ne veux pas qu'il s'enfuie. Maintenant que nous l'avons repéré, il n'est pas question de le perdre de nouveau. C'est clair ?

— Oui.

— En revanche, s'il tente de faire décoller cet avion, empêchez-le.

— Je l'arrêterai ?

— Abattez-le s'il le faut... Mais au nom du ciel ne le laissez pas décoller.

Son élocution, presque indifférente, parut absolument terrifiante à Harald. Si elle avait adopté un ton théâtral, il n'aurait pas eu si peur. Mais cette femme séduisante évoquait avec calme l'éventualité pour Hansen d'avoir à l'abattre, lui, Harald, si besoin était. Il n'avait pas envisagé que la police puisse tout simplement le tuer et ce fut un choc d'entendre Mme Jespersen en donner l'ordre avec un calme impitoyable.

— Ouvrez cette porte pour m'épargner un exercice inutile. Refermez-la après mon départ pour que Harald ne se doute de rien.

Hansen tourna la clé, ôta la barre et ils sortirent.

Harald sauta à terre et battit en retraite de l'autre côté de l'église. S'éloignant, il se posta derrière un arbre et suivit du regard Mme Jespersen qui regagnait sa voiture, une Buick noire. Elle se regarda dans le rétroviseur extérieur et tapota son béret bleu ciel d'un geste très féminin. Puis elle reprit son style d'inspecteur, donna à Hansen une poignée de main énergique, monta dans sa voiture et s'éloigna à toute allure.

Hansen revint et disparut au regard de Harald, caché par l'église.

Harald réfléchit un moment, adossé à un tronc d'arbre. Karen avait promis de le retrouver à l'église dès son retour, après le ballet. Elle tombera sur la police et aura du mal à donner une explication convaincante de sa présence sur les lieux. Sa culpabilité sera évidente.

Harald devait absolument trouver un moyen de l'intercepter ; le plus simple serait qu'il aille au théâtre. Ainsi il ne la manquerait pas.

Si seulement nous avions décollé la nuit dernière, se dit-il avec colère, nous serions en Angleterre maintenant. Je l'avais pourtant prévenue : elle nous a mis tous les deux en danger ;

malheureusement les événements me donnent raison. Mais c'est idiot et inutile de récriminer : c'est fait et il faut maintenant faire face aux conséquences.

Là-dessus, Hansen déboucha au coin de l'église, aperçut Harald et s'arrêta net.

Tous deux étaient surpris : Harald croyait Hansen dans l'église pour fermer le verrou et Hansen, pour sa part, n'imaginait pas que sa proie était si proche. Paralysés, ils se dévisagèrent un instant.

Puis Hansen amorça un geste vers son pistolet. Harald repensa alors aux paroles de Mme Jespersen : « Abattez-le s'il le faut. » Hansen, simple policier de village, n'avait sans doute jamais connu pareille occasion et était bien capable d'en profiter.

Harald réagit de façon instinctive, animale ; sans plus réfléchir, il fonça comme un boulet de canon sur Hansen au moment où celui-ci s'emparait de son pistolet et le catapulta contre le mur de l'église qu'il heurta avec un bruit sourd. Hansen n'avait pas lâché son arme, il la leva pour la braquer sur Harald. Celui-ci comprit qu'il n'avait qu'une fraction de seconde pour sauver sa vie. Il prit son élan et frappa Hansen à la pointe du menton d'un coup dans lequel il mit toute la force du désespoir. La tête de Hansen partit en arrière et heurta la pierre avec un bruit qui retentit comme un coup de feu. Son regard chavira, ses jambes se dérobèrent sous lui et il s'affala sur le sol.

Harald, terrifié à l'idée de l'avoir tué, s'agenouilla auprès du corps inerte. Dieu soit loué, il respirait. Penser qu'il aurait pu tuer quelqu'un – même ce sale crétin de Hansen – lui faisait horreur.

Le combat n'avait duré que quelques secondes ; il n'avait pas eu de témoin. Harald vérifia que chacun, dans le camp, vaquait à ses occupations sans se préoccuper de ce qui se passait ailleurs.

Il fourra l'arme de Hansen dans sa poche puis souleva le corps inanimé. Le jetant sur son épaule à la manière des pompiers, il contourna l'église jusqu'à la porte principale, encore ouverte. Là non plus, personne ne le vit.

Il posa Hansen sur le sol, referma la porte de l'église et tourna le verrou. Il prit la ficelle dans la cabine du Frelon et ligota les pieds de Hansen ; ensuite il le fit rouler sur le côté et lui attacha les mains derrière le dos. Puis, avec la chemise abandonnée là, il fit un bâillon qu'il enfonça dans la bouche de Hansen pour l'empêcher de crier et ficela solidement sur la nuque.

Pour finir, il porta et poussa Hansen dans le coffre de la Rolls-Royce qu'il referma sur lui.

Il jeta un coup d'œil à sa montre : il avait encore le temps d'aller en ville pour prévenir Karen. Il alluma la chaudière de sa moto. Peut-être le verrait-on sortir de l'église sur son engin, mais l'heure n'était plus à la prudence.

Toutefois, il risquait des ennuis avec l'arme de service qui gonflait sa poche. Ne sachant qu'en faire, il ouvrit la porte droite du Frelon et la posa sur le plancher où personne ne la verrait à moins de monter dans l'appareil et de marcher dessus.

Quand la pression fut suffisante dans le moteur de sa machine, il ouvrit les portes, poussa sa moto dehors, referma la porte à clé de l'intérieur et sortit par la fenêtre. Personne ne le remarqua.

Hormis la nervosité qui l'envahissait chaque fois qu'il croisait un policier, il arriva sans encombre au Théâtre royal. En garant sa moto, le tapis rouge devant l'entrée lui rappela que le roi assistait à cette représentation. Une foule élégante se pressait sur les marches, un verre à la main, en attendant que débute la dernière partie de la soirée où seraient données *Les Sylphides*.

Il se dirigea vers l'entrée des artistes où il se heurta à un sérieux obstacle : un chasseur en uniforme gardait l'entrée.

— J'ai besoin de parler à Karen Duchwitz, annonça Harald.

— Pas question, lui répondit-on. Elle va entrer en scène.

— C'est vraiment important.

— Il va falloir que vous attendiez.

Harald comprit que l'homme serait inébranlable.

— Combien de temps dure le ballet ?

— À peu près une demi-heure, ça dépend de la rapidité d'exécution de l'orchestre.

Harald se souvint alors que Karen avait laissé un billet pour lui au contrôle et il décida d'en profiter.

Il n'avait jamais mis les pieds dans un théâtre et il contempla, émerveillé, la profusion de dorures, les gradins et le velours rouge des fauteuils d'orchestre. On le plaça au quatrième rang, juste derrière deux officiers allemands en uniforme. Le ballet tardait à commencer et Harald s'impatientait : chaque minute qui passait rapprochait Peter Flemming de Copenhague.

Le programme abandonné sur le siège voisin ne mentionnait pas le nom de Karen, mais une feuille volante qui s'en échappa spécifiait que la danseuse étoile, souffrante, serait remplacée par Karen Duchwitz et que l'unique rôle masculin serait également interprété par une doublure, Jans Anders. La troupe, apparemment, était durement touchée par l'affection gastrique dont avait parlé Karen. Embêtant pour une représentation en présence du roi, se dit Harald.

Quelques instants plus tard, M. et Mme Duchwitz s'installaient deux rangs devant lui, ne voulant évidemment pas manquer le grand moment. Harald commença par s'inquiéter à l'idée qu'ils puissent le reconnaître mais, après tout, quelle importance maintenant que la police avait découvert sa cachette ? Plus besoin de garder le secret.

Puis il se souvint avec gêne qu'il portait la veste de sport américaine de M. Duchwitz, laquelle, à en croire l'étiquette du tailleur cousue dans la poche intérieure, ne datait pas d'aujourd'hui ; mais Karen n'avait pas demandé l'autorisation de la prendre. Après tout, au diable ces scrupules ! Harald se trouva stupide : qu'on l'accuse d'avoir volé une veste était vraiment le cadet de ses soucis.

Il tâta le rouleau de pellicule dans sa poche en se demandant si Karen et lui avaient encore la moindre chance de s'enfuir à bord du Frelon. Cela dépendait en grande partie de l'horaire du train de Peter Flemming. S'il arrivait de bonne heure, Flemming et Mme Jespersen seraient de retour à Kirstenslot avant Harald et Karen. Ils pourraient peut-être éviter de se faire prendre, mais déjouer la surveillance de la police et accéder à l'avion ne semblaient pas réalisables. Évidemment, Hansen hors de combat, l'appareil n'était pour l'instant plus gardé, et si le train de Flemming n'arrivait pas dans les premières heures de la matinée, ils avaient encore une chance.

Mme Jespersen ne savait pas que Harald l'avait vue et elle

pensait avoir largement le temps. C'était le seul élément en faveur de Harald.

Mais quand cette foutue représentation va-t-elle commencer ?

Une fois les spectateurs dans la salle, le souverain fit son entrée dans la loge royale, salué par le public qui se leva. C'était la première fois que Harald voyait Christian X, mais il connaissait bien, pour l'avoir vue en photo, l'expression perpétuellement sinistre de la physionomie à la moustache tombante – qui convenait particulièrement bien au monarque d'un pays occupé. Le roi se tenait très droit dans son habit et tête nue, ce qui révélait sa calvitie (les magazines le montraient toujours avec un couvre-chef). Il s'assit, le public en fit autant et les lumières s'éteignirent.

Pas trop tôt, se dit Harald.

Le rideau se leva sur une vingtaine de femmes formant un cercle autour d'un homme seul. Vêtues de blanc, les danseuses gardaient la pose dans une pâle lumière bleutée de clair de lune ; le reste du plateau disparaissait dans l'ombre. Cette ouverture dramatique fascina Harald et lui fit oublier un instant ses soucis.

La musique attaqua un thème lent descendant vers les graves et la troupe s'anima. Le cercle s'élargit, découvrant quatre personnages immobiles à l'arrière-plan, l'homme et trois femmes. L'une d'elles gisait sur le sol, comme endormie. L'orchestre attaqua une valse lente.

Mais où était Karen ? L'éclairage et la tenue – même bustier et même jupon ample – les faisaient toutes se ressembler. Harald ne distinguait pas son amie.

Puis celle qui dormait se releva et il reconnut la chevelure rousse. Karen glissa jusqu'au centre du plateau. Harald, fou d'inquiétude, redoutait un faux pas qui gâcherait son grand jour, mais elle semblait sûre d'elle et maîtrisait parfaitement ses gestes. Elle dansait sur les pointes avec une extrême légèreté. Harald pensa que cela devait être douloureux ; il en grimaça de souffrance. La troupe se mouvait autour d'elle, esquissant des figures variées. Le public, sous le charme, restait silencieux et immobile tandis que le cœur de Harald se gonflait d'orgueil ; il était content qu'elle eût décidé de danser, quelles que fussent les conséquences.

La musique changea de tonalité et ce fut le tour du danseur ; Harald le trouva hésitant et se rappela qu'Anders était lui aussi une doublure. Karen, pourtant, avait dansé avec assurance sans effort visible ; la tension du jeune homme passait dans sa prestation.

Son solo se termina sur le lent motif du début. Il n'y avait pas de trame et Harald comprit que le ballet serait aussi abstrait que la musique. Il jeta un coup d'œil à sa montre : cinq minutes seulement.

La troupe se dispersa pour mieux se rassembler dans des configurations chaque fois différentes, et destinées à mettre en valeur les numéros des solistes. Une musique à trois temps, extrêmement mélodieuse, accompagnait le spectacle. Harald, qui aimait les discordances du jazz, la trouva un peu doucereuse.

La fascination qu'exerçait sur lui le ballet ne parvenait pas, malgré tout, à empêcher ses pensées de revenir sans cesse au Frelon, à Hansen ligoté dans le coffre de la Rolls et à Mme Jespersen. Et si Peter Flemming était monté dans l'unique train du Danemark à être miraculeusement arrivé à l'heure ? Mme Jespersen et lui étaient alors déjà en route pour Kirstenslot... Ils avaient trouvé Hansen et se tenaient à l'affût. Comment Harald s'en apercevrait-il ? En abordant le monastère par les bois pour repérer une éventuelle embuscade ?

Mais Karen attaquait un nouveau solo et l'inquiétude de Harald se concentra sur son amie pourtant détendue et parfaitement maîtresse d'elle-même ; elle tournoyait, faisait des pointes et des arabesques comme au gré de sa fantaisie. Il était stupéfait de la voir exécuter des sauts d'une telle ampleur pour, l'instant d'après, s'immobiliser dans une pause d'une grâce et d'un équilibre parfaits comme si les lois de la pesanteur ne la concernaient pas.

La nervosité de Harald s'accrut encore quand Karen et Jan Anders débutèrent ce que Harald croyait être un pas de deux. Anders soulevait sa partenaire dont le tutu se gonflait, découvrant ses jambes magnifiques. Anders la maintenait ainsi, parfois d'une seule main, et prenait une pose ou évoluait sur la scène. Harald craignait la chute, mais chaque fois elle redescendait avec grâce et sans effort. Il fut néanmoins soulagé de voir le pas de deux se terminer et le corps de ballet reprendre ses enchaînements. Il consulta de nouveau sa montre. Dieu soit loué, on était arrivé au dernier tableau.

Anders exécuta quelques sauts spectaculaires et, sur une musique allant crescendo, répéta les portés avec Karen. Soudain, ce fut la catastrophe.

Anders avait soulevé une nouvelle fois Karen puis, appliquant sa main au creux de ses reins, la maintenait en l'air, parallèlement au sol, jambes allongées, doigts de pieds tendus et bras en arrondi derrière la tête. Ils gardèrent quelques instants la pose, puis Anders glissa.

Son pied gauche se déroba sous lui : il trébucha et s'affala à plat dos, lâchant Karen qui retomba sur son côté droit.

Les spectateurs poussèrent un cri d'horreur et le corps du ballet se précipita. L'orchestre s'interrompit après quelques mesures. Un homme vêtu de noir déboula des coulisses.

Anders se releva : il se tenait le coude et pleurait. Karen essaya sans succès de se relever, le personnage en noir fit alors un geste et le rideau tomba. Un brouhaha s'éleva du public.

Harald s'était dressé sans s'en rendre compte, alors que M. et Mme Duchwitz se levaient et se frayaient un chemin vers les coulisses en s'excusant auprès des gens qu'ils écartaient. Harald leur emboîta le pas, trop lentement à son gré.

— Je viens avec vous, leur déclara-t-il en les rejoignant.

— Qui êtes-vous ? interrogea le père de Karen.

— C'est Harald, l'ami de Josef, répondit sa mère, tu l'as déjà rencontré. Karen a le béguin pour lui, laisse-le venir.

M. Duchwitz marmonna son assentiment. Harald ne savait absolument pas d'où Mme Duchwitz tenait que Karen avait « le béguin » pour lui, mais il était soulagé d'être accepté comme s'il faisait partie de la famille.

Soudain le silence se fit dans la salle ; on avait relevé le rideau sur l'homme en noir seul au milieu de la scène.

— Votre Majesté, mesdames et messieurs, commença-t-il. Par bonheur, le médecin de la troupe assistait ce soir au spectacle. (Bien sûr, se dit Harald, une représentation devant le roi.) Il est en train d'examiner les deux danseurs ; aucun d'eux ne semble gravement atteint.

Quelques applaudissements crépitèrent.

Harald fut soulagé. La vie de Karen n'est pas en danger ; mais cet accident risque de tout compromettre ; en effet Karen sera-t-elle en mesure de piloter le Frelon, à supposer bien sûr qu'on arrive jusqu'à l'avion ?

— Comme mentionné dans le programme, reprit l'homme en noir, les deux rôles principaux, ainsi que quelques autres, étaient tenus ce soir par des doublures. J'espère néanmoins que vous conviendrez avec moi qu'ils ont tous remarquablement bien dansé et ont donné presque jusqu'au bout une représentation superbe. Je vous remercie.

Le rideau retomba puis se releva sur l'ensemble de la troupe – à l'exception de Karen et d'Anders – qui vint saluer les spectateurs sous des applaudissements nourris.

Les Duchwitz et Harald se précipitèrent vers l'entrée des artistes. Une ouvreuse les conduisit jusqu'à la loge de Karen.

Elle était assise et tenait son bras droit en écharpe ; sa beauté, particulièrement mise en valeur par un peignoir blanc crème qui ne cachait ni les épaules ni la naissance des seins, laissa Harald complètement abasourdi, le souffle coupé, incapable de déterminer si son trouble venait de l'angoisse ou du désir.

Agenouillé devant elle, le médecin emprisonnait sa cheville droite dans un bandage.

— Mon pauvre bébé ! s'écria Mme Duchwitz en se précipitant sur Karen.

Elle la prit dans ses bras et la serra contre elle : Harald aurait tant aimé prendre sa place.

— Ça va bien, la rassura Karen, pourtant toute pâle.

— Votre diagnostic, docteur ? demanda M. Duchwitz.

— Elle s'est foulé le poignet et la cheville. Ce sera douloureux quelques jours et il faudra qu'elle fasse attention pendant au moins deux semaines, mais il n'y aura aucune séquelle.

Harald, soulagé par cette réponse, se demanda aussitôt si elle était en état de piloter...

Le docteur fixa le bandage avec une épingle de sûreté et se releva.

— Je vais m'occuper maintenant de Jan Anders, dit-il en tapotant l'épaule – nue – de Karen. Sa chute n'a pas été aussi brutale que la vôtre, pourtant son coude m'inquiète un peu.

— Merci, docteur.

Au vif agacement de Harald, la main s'attardait sur l'épaule de Karen.

— Ne vous inquiétez pas, vous danserez bientôt de nouveau aussi merveilleusement que ce soir.

Il sortit.

— Pauvre Jan, dit Karen, il n'arrête pas de pleurer.

— Mais il t'a laissée tomber, c'était sa faute ! s'indigna Harald qui aurait carrément poussé Anders devant le peloton d'exécution.

— Je sais, c'est justement ça qui le met dans cet état.

M. Duchwitz jeta à Harald un regard irrité.

— Que faites-vous ici ?

Une fois de plus, ce fut sa femme qui répondit.

— Harald s'est installé à Kirstenslot, expliqua-t-elle.

— Maman, fit Karen, stupéfaite, comment le sais-tu ?

— Parce que tu crois que personne n'a remarqué que, chaque soir, les restes disparaissent de la cuisine ? Nous autres mères ne sommes pas stupides, tu sais.

— Mais où dort-il ? s'enquit alors M. Duchwitz.

— Sans doute dans l'église désaffectée, ce qui expliquerait pourquoi Karen voulait qu'on la ferme à clé.

Avec quelle facilité son secret avait été percé ! M. Duchwitz, furieux, paraissait sur le point d'exploser quand le roi entra.

Le silence se fit.

Karen essaya de se mettre debout, mais il l'arrêta.

— Ma chère enfant, je vous en prie, restez où vous êtes. Comment vous sentez-vous ?

— C'est douloureux, Votre Majesté.

— J'en suis sûr. Rien de cassé, j'espère ?

— D'après le docteur, non.

— Vous avez dansé divinement bien. Je tenais à vous le dire.

— Je vous remercie, Sire.

Le roi lança un coup d'œil interrogateur à Harald.

— Bonsoir, jeune homme.

— Je m'appelle Harald Olufsen, Votre Majesté, et je suis un ami de collège du frère de Karen.

— Quel collège ?

— Jansborg Skole.

— Appelle-t-on toujours le proviseur Heis ?

— Oui... Et sa femme Mia.

— Allons, prenez bien soin de Karen. (Il se tourna vers les parents.) Bonjour, Duchwitz, ravi de vous revoir. Votre fille est extrêmement douée.

— Je vous remercie, Majesté. Vous vous souvenez de ma femme, Hanna.

— Bien sûr, fit le roi en lui serrant la main. Je comprends, madame Duchwitz, qu'une mère s'inquiète mais je suis convaincu que Karen va se rétablir rapidement.

— Oui, Votre Majesté. Les jeunes guérissent vite.

— Je pense bien ! Maintenant, allons voir le pauvre diable qui l'a laissée tomber, fit le roi en se dirigeant vers la porte.

Harald remarqua alors le compagnon du roi, un jeune homme qui devait être son aide de camp, ou son garde du corps, ou peut-être les deux.

— Par ici, Sire, dit celui-ci en lui tenant la porte.

Le roi sortit.

— Eh bien ! s'exclama Mme Duchwitz avec des tremblements dans la voix. Il est tout à fait charmant !

— Il ne nous reste plus qu'à ramener Karen à la maison, conclut M. Duchwitz.

Harald se demanda quand il aurait l'occasion de lui parler en tête à tête.

— Maman, il faudrait que tu m'aides à retirer cette tenue.

M. Duchwitz se dirigea vers la porte, suivi par Harald qui ne savait que faire d'autre.

— Avant de me changer, dit Karen, permettez-moi de dire un mot en tête à tête à Harald.

— Bon... Mais faites vite, lança Mme Duchwitz sans se soucier de l'air agacé de son mari.

Ils quittèrent la loge et Mme Duchwitz referma la porte.

— Ça va, c'est vrai ? demanda Harald à Karen.

— Quand tu m'auras embrassée, ça ira tout à fait bien.

Il s'agenouilla auprès de son fauteuil, l'embrassa sur les lèvres et, incapable de résister à la tentation, descendit vers les épaules nues, la gorge, puis il baisa la naissance de ses seins.

— Oh, bonté divine, arrête, c'est trop bon, gémit-elle.

À regret, Harald recula. Il constata que ses joues avaient retrouvé leur couleur et qu'elle était hors d'haleine. Ses baisers pouvaient donc faire tant d'effet, s'étonna-t-il.

— Il faut qu'on parle, réussit-elle à dire.

— Je sais. Es-tu en état de piloter le Frelon ?

— Non.

C'était bien ce qu'il craignait.

— Tu es sûre ?

— Ça me fait trop mal. Je ne peux même pas ouvrir une porte. Et c'est à peine si j'arrive à marcher, alors je ne pourrais certainement pas manœuvrer le palonnier avec mes pieds.

— Alors, déclara Harald en enfouissant son visage dans ses mains, c'est fichu.

— D'après le docteur, ce ne sera douloureux que quelques jours. Nous pourrions partir dès que je me sentirai mieux.

— Seulement, ce que tu ne sais pas encore, c'est que Hansen est revenu fouiner, ce soir.

— Lui ne m'inquiète guère.

— Cette fois il escortait une femme inspecteur, Mme Jespersen, qui est bien plus maligne. J'ai écouté leur conversation. Elle est entrée dans l'église et a tout compris. Elle a deviné que j'étais installé là et que je comptais m'échapper avec l'avion.

— Oh, non ! Qu'est-ce qu'elle a fait ?

— Elle est allée chercher son patron – il se trouve qu'il s'agit de Peter Flemming –, et elle a laissé Hansen de garde en lui disant de m'abattre si j'essayais de décoller.

— De t'*abattre* ? Que vas-tu faire ?

— J'ai mis Hansen KO et je l'ai ligoté, expliqua Harald avec une certaine fierté.

— Oh, mon Dieu ! Où est-il maintenant ?

— Dans le coffre de la voiture de ton père.

— Petit monstre ! s'esclaffa-t-elle, trouvant cela très drôle.

— Il nous restait une chance. Peter a pris le train et arrivera Dieu sait quand. Si nous avions réussi à rallier Kirstenslot ce soir, avant eux, nous aurions pu encore décoller. Mais maintenant...

— C'est encore faisable.

— Comment ?

— Tu n'auras qu'à prendre les commandes.

— Sûrement pas... Je n'ai pris qu'une seule leçon.

— Je t'expliquerai tout au fur et à mesure. Poul te trouvait très doué. Et si nécessaire, je tiendrai le manche de la main gauche.

— Tu parles sérieusement ?

— Mais oui !

— Très bien, déclara Harald en hochant gravement la tête. C'est ce que nous allons faire. Il n'y a plus qu'à prier pour que le train de Peter soit en retard.

30.

Hermia avait repéré Peter Flemming sur le ferry.

Accoudé au bastingage, il regardait la mer et elle s'était rappelé l'homme, moustache rousse et élégant costume de tweed, sur le quai de la gare de Morlunde. Sans doute n'était-elle pas seule à effectuer le trajet de Morlunde à Copenhague, mais ce voyageur-là lui paraissait vaguement familier. Le chapeau et les lunettes lui donnèrent le change un moment, mais ne l'empêchèrent pas d'identifier finalement Peter Flemming.

Arne lui avait présenté, au temps des jours heureux, son ami d'enfance – jusqu'à ce qu'un différend naisse entre leurs familles respectives et les sépare.

Peter est ensuite entré dans la police, se rappela-t-elle. Elle réalisa alors, avec angoisse, que c'était elle qui l'intéressait et qu'il la filait.

Le temps pressait : la lune serait pleine dans trois jours et elle courait toujours après Harald Olufsen ; de plus, à supposer qu'elle récupère le film auprès de lui ce soir, elle n'avait pas la moindre idée de la façon dont elle s'y prendrait pour le faire parvenir en Angleterre à temps. Mais elle ne renoncerait pas pour autant, en mémoire d'Arne, pour Digby et tous les aviateurs risquant leur vie dans leur combat contre les nazis.

Une chose l'inquiétait : pourquoi Peter ne l'avait-il pas déjà arrêtée, elle, l'espionne britannique ? Quel but poursuivait-il ? Serait-il, comme elle, à la recherche de Harald ?

Le ferry accosta et elle monta dans le train pour Copenhague : elle repéra Peter dès le départ, dans un compartiment de première classe.

Les choses tournaient mal : il ne fallait absolument pas qu'elle mène Peter à Harald ; elle devait donc le semer. Le train, accumulant les retards, lui laissa tout le temps nécessaire pour trouver une solution : quand elle arriva à Copenhague – à vingt-deux heures –, elle avait son plan : elle irait dans le jardin de Tivoli et perdrait Peter dans la foule.

En descendant du train, elle jeta un regard derrière elle et vit Peter descendre sur le quai.

Elle se dirigea d'un pas normal vers le contrôle, le franchit et sortit de la gare. Elle se rendit à l'entrée principale de Tivoli – à quelques pas seulement – et acheta un ticket.

— Ça ferme à minuit, lui rappela le préposé.

Arne l'avait emmenée, un soir de fête de l'été 1939, admirer un feu d'artifice ; il y avait cinquante mille spectateurs. L'endroit n'offrait maintenant qu'une triste version de ce qu'il était jadis, comme la photographie en noir et blanc d'une coupe de fruits. Les allées continuaient de serpenter entre les massifs de fleurs, dans un charmant désordre, mais on avait éteint les lampions accrochés aux arbres et l'éclairage n'était plus assuré que par des lampes à faible intensité pour respecter le black-out. L'abri aménagé devant le théâtre de pantomimes ajoutait une touche sinistre ; jusqu'aux orchestres qui semblaient jouer en sourdine. Plus consternant pour Hermia, le faible nombre de visiteurs qui facilitait grandement la filature de Peter.

Elle s'arrêta devant un jongleur ; un rapide coup d'œil derrière elle confirma la présence de Peter qui, non loin de là, achetait une bière. Comment ferait-elle pour le semer ?

Elle se glissa dans la foule agglutinée autour d'une scène en plein air où l'on jouait une opérette. Elle se fraya un chemin jusqu'au premier rang puis ressortit de l'autre côté mais, quand elle reprit sa marche, Peter suivait toujours. Elle ne continuerait plus longtemps sans l'alerter et peut-être déciderait-il alors de couper court et de l'arrêter. La peur la gagnait.

Elle contourna le lac jusqu'à une piste de danse où un grand orchestre proposait à une centaine de couples un fox-trot endiablé sous les yeux de spectateurs encore plus nombreux.

Hermia retrouva là enfin un peu de l'atmosphère du Tivoli d'autrefois. Apercevant un jeune homme seul et à la physionomie plutôt sympathique, elle céda à une soudaine inspiration.

— M'inviteriez-vous à danser ? proposa-t-elle en arborant son plus beau sourire.

— Bien sûr !

Il la prit dans ses bras et ils se perdirent dans la foule. Danseuse médiocre, Hermia se débrouillait bien avec un bon partenaire. Le merveilleux Arne avait du style et conduisait sa cavalière avec maestria. L'inconnu paraissait plein d'assurance et déterminé.

— C'est quoi, votre prénom ? demanda-t-il.

Elle faillit le lui dire puis s'arrêta à la dernière seconde.

— Agnes.

— Moi, c'est Johan.

— Je suis enchantée de faire votre connaissance, Johan ; vous dansez merveilleusement le fox-trot.

Peter, de l'allée, observait les danseurs.

Par malchance, le morceau se termina brutalement. Les danseurs applaudirent l'orchestre et quelques couples quittèrent la piste, vite remplacés par d'autres.

— Encore une danse ? suggéra Hermia.

— Avec le plus grand plaisir.

Elle décida de lui parler franchement.

— Il faut que je vous dise : un horrible type me suit et j'essaie de lui échapper. Voulez-vous nous conduire tout au bout là-bas ?

— Comme c'est excitant ! s'exclama-t-il en examinant les spectateurs de l'autre côté de la piste. Lequel est-ce ? Le gros avec le visage rouge ?

— Non. Celui qui est en costume beige.

— Je le vois. Il n'est pas mal.

L'orchestre attaqua une polka.

— Oh, mon Dieu, murmura Hermia.

La polka, c'est difficile, se dit-elle, mais essayons quand même.

Johan, assez bon danseur pour lui faciliter les choses, était capable aussi de mener en même temps la conversation.

— Ce malotru... Vous le connaissez ou bien c'est un parfait étranger ?

— Je l'ai déjà rencontré. Conduisez-moi tout au bout, près de l'orchestre... Parfait.

— C'est votre petit ami ?

— Pas du tout. Johan, je vais vous quitter dans une minute. S'il se lance à ma poursuite, faites-lui un croche-pied s'il vous plaît ou quelque chose dans ce genre.

— Comme vous voudrez.

— Merci.

— C'est votre mari, à mon avis.

— Absolument pas.

Ils étaient tout près de l'orchestre. Johan la dirigea vers le bord de la piste.

— Ou alors vous êtes une espionne et lui un policier qui espère vous prendre en train de dérober des secrets militaires aux nazis.

— Quelque chose comme ça, lança-t-elle gaiement en lui échappant.

Elle quitta la piste, passa derrière le kiosque à musique et se précipita sous les arbres. Elle traversa en courant la pelouse jusqu'à une autre allée qui la conduisit à une sortie. Elle se retourna : plus de Peter.

Elle quitta le parc et s'engouffra dans la gare des trains de banlieue juste en face de la gare centrale. Elle prit un billet pour Kirstenslot, ravie d'avoir semé Peter.

Personne d'autre sur le quai à l'exception d'une jolie femme coiffée d'un béret bleu ciel.

31.

Harald approcha de l'église avec précaution.

L'averse qui imprégnait le gazon avait cessé. Une légère brise poussait des nuages traversés de temps à autre par une lune aux trois quarts pleine. L'ombre du clocher se dessinait dans le clair de lune puis disparaissait.

Aucune voiture inconnue dans les parages, ce qui ne le rassura guère car, pour tendre une embuscade, les policiers auraient pris soin de dissimuler leurs véhicules.

Les ruines du monastère étaient plongées dans l'obscurité. Il était minuit et les soldats dormaient à l'exception de deux d'entre eux : la sentinelle en faction devant la tente du mess et un infirmier vétérinaire de garde devant l'hôpital des chevaux.

Harald tendit l'oreille : seul un cheval s'ébrouait dans le cloître. Avec des précautions infinies, il monta sur la souche et regarda par-dessus l'appui de la fenêtre.

Il distinguait vaguement les contours de la voiture et de l'avion grâce à la lumière pâle du clair de lune. Peut-être quelqu'un, caché là, l'attendait-il ?

Il entendit un gémissement étouffé et un choc sourd, qui se répétèrent. Hansen essayant se libérer. Harald sauta de joie : Hansen encore ligoté, ça signifiait que Mme Jespersen n'était pas revenue avec Peter, et que Karen et lui avaient encore une chance de décoller avec le Frelon.

Il se coula par la fenêtre et approcha à pas de loup de l'appareil. Il prit la torche électrique dans la cabine et éclaira l'église autour de lui : personne.

Il ouvrit le coffre de la voiture : Hansen y était toujours, ligoté et bâillonné. Harald vérifia les liens qui n'avaient pas bougé. Il referma le coffre.

— Harald ! C'est toi ? chuchota-t-on.

Il braqua le faisceau de la torche sur les fenêtres et aperçut Karen qui regardait.

On l'avait ramenée en ambulance et ses parents avaient fait le trajet avec elle. Avant de se séparer au théâtre, elle lui avait promis qu'elle s'échapperait de la maison pour le rejoindre à l'église dès que la voie serait libre.

Il éteignit la torche et lui ouvrit la grande porte. Elle approcha en boitillant, un manteau de fourrure jeté sur ses épaules et portant une couverture. Faisant attention à son bras droit en écharpe, il la serra doucement contre lui ; la tiédeur de son corps et le parfum de ses cheveux le firent frissonner.

— Comment te sens-tu ? s'inquiéta-t-il, revenant aux questions pratiques.

— Ça me fait un mal de chien, mais je survivrai.

— Tu as froid ? demanda-t-il en désignant son manteau.

— Pas encore, mais à quinze cents mètres au-dessus de la mer du Nord... La couverture est pour toi.

— Es-tu prête à tenter l'aventure ?

— Oui.

— Je t'aime, dit-il en l'embrassant doucement.

— Je t'aime aussi.

— Vraiment ? Tu ne me l'avais jamais dit.

— Je sais, mais je te le dis maintenant au cas où je ne survivrais pas à ce voyage, déclara-t-elle comme si de rien n'était, comme à son habitude. Tu es le garçon le plus remarquable que j'aie jamais rencontré : tu ne te sers pas de ta science pour écraser les gens ; tu es doux et gentil, mais tu as autant de courage à toi tout seul qu'une armée entière. (Elle lui effleura les cheveux.) Et dans ton genre, tu es plutôt joli garçon. Que pourrais-je demander de plus ?

— Les filles apprécient en général les hommes élégants.

— Bien vu, mais nous pourrons arranger cela.

— J'aimerais pouvoir t'expliquer pourquoi je t'aime, mais la police risque d'arriver d'un moment à l'autre.

— Ne t'inquiète pas : je le sais ; c'est parce que je suis formidable.

Harald ouvrit la porte de la cabine et lança la couverture à l'intérieur.

— Tu ferais mieux de monter maintenant, dit-il. Moins nous en aurons à faire une fois dehors et bien en vue, plus grandes seront nos chances de filer.

— D'accord.

Il comprit que, avec une cheville foulée et un bras en écharpe, elle aurait du mal à se glisser dans cette cabine, plus exiguë encore que celle d'une petite voiture. Il allait devoir la porter.

Il la prit dans ses bras, souleva les épaules puis il grimpa sur la caisse et la déposa sur le siège du passager, à droite du poste de pilotage. De cette façon, elle pourrait actionner avec sa main gauche, valide, le manche à balai et Harald, assis auprès d'elle à la place du pilote, utiliserait sa main droite.

— Qu'est-ce qu'il y a sur le plancher ? demanda-t-elle en se penchant.

— Le pistolet de Hansen. Je ne savais pas quoi en faire. (Il referma la porte.) Ça va ?

— Très bien, dit-elle après avoir abaissé la fenêtre. Le meilleur endroit pour décoller est l'allée. Il y a juste assez de vent, mais comme il souffle en direction du château, il faudra foncer jusqu'à la porte puis pivoter pour décoller contre le vent.

— D'accord.

Il ouvrit toutes grandes les portes de l'église juste en face desquelles, par bonheur, on avait eu la bonne idée de garer l'appareil. Empoignant solidement la corde attachée au train d'atterrissage, il commença à remorquer l'avion.

Le Frelon était plus lourd qu'il ne l'aurait cru : outre le moteur, il transportait plus de cent cinquante litres d'essence sans parler de Karen. Ça faisait beaucoup.

Harald, en le balançant sur ses roues, réussit à faire bouger l'appareil. Une fois le mouvement amorcé, cela devint plus facile, mais tirer l'avion hors de l'église et le remorquer jusqu'à l'allée lui demandèrent quand même un effort considérable.

Là-dessus, la lune sortit de derrière un nuage, illuminant le parc presque comme en plein jour. L'avion était exposé à tous les regards : Harald n'avait pas de temps à perdre.

Il retira le cliquet retenant l'aile gauche contre le fuselage et la fit pivoter. Il abaissa ensuite le volet rabattable bloquant l'extrémité de l'aile supérieure, ce qui la maintint en place pendant qu'il la contournait vers l'avant. Il fit alors pivoter la cheville de l'aile inférieure pour l'introduire dans son encoche. Mais elle semblait résister : il s'était déjà heurté à ce problème en répétant la manœuvre. Il agita avec précaution l'aile, ce qui lui permit de faire glisser la cheville dans son logement. Il la bloqua ensuite avec la courroie de cuir. Il répéta la manœuvre avec la cheville de l'aile supérieure en la bloquant avec un étai.

Tout cela lui avait pris trois ou quatre minutes : la sentinelle l'avait vu et s'approchait. Elle se tenait juste derrière lui quand Harald eut répété la même opération avec l'aile droite. C'était ce bon Leo qui l'observait attentivement.

— Qu'est-ce que vous faites ? demanda-t-il, curieux.

Harald avait une histoire toute prête.

— Nous allons prendre une photo. Puisqu'il n'arrive plus à se procurer de l'essence, M. Duchwitz a décidé de vendre l'avion.

— Une photo ? De nuit ?

— Oui une vue au clair de lune, avec le château en arrière-plan.

— Mon capitaine est au courant ?

— Oh, oui, M. Duchwitz lui en a parlé et le capitaine Kleiss a dit que ça ne posait aucun problème.

— Ah, bon, fit Leo avant de se rembrunir. C'est curieux quand même que le capitaine ne m'ait rien dit.

— Il a probablement estimé que c'était sans importance.

Harald se rendit compte que son argument était un peu léger : si les militaires allemands avaient fait preuve d'une telle insouciance, ils n'auraient certainement pas conquis toute l'Europe.

— Une sentinelle, fit Leo en secouant la tête, doit être prévenue de tout événement sortant de l'ordinaire prévu lors de sa garde, récita-t-il comme s'il répétait les phrases d'un manuel.

— Je suis certain que M. Duchwitz ne nous aurait pas demandé de faire cela sans en avoir parlé au capitaine Kleiss, déclara Harald en s'appuyant sur l'empennage et en poussant.

En le voyant déployer tous ces efforts, Leo vint l'aider. À eux deux ils firent décrire à l'arrière un quart de cercle si bien que l'avion se trouva dans l'alignement de l'allée.

— Je ferais mieux d'aller vérifier auprès du capitaine, dit Leo.

— Si vous êtes sûr que cela ne le dérangera pas d'être réveillé.

— Peut-être qu'il ne dort pas encore, bredouilla Leo, manifestement soucieux.

Les chambres des officiers se trouvaient dans le château. Harald imagina de demander un coup de main à Leo, ce qui, du même coup, retarderait l'alerte.

— Eh bien, si vous devez aller jusqu'au château, vous pourriez peut-être m'aider à déplacer ce coucou.

— Bien entendu.

— Je me mets à l'aile gauche et vous à la droite.

Leo passa son fusil en bandoulière et se pencha sur la traverse qui reliait l'aile supérieure et l'aile inférieure. Maintenant qu'ils étaient deux à pousser, le Frelon avançait beaucoup plus facilement.

À la station de Versterport, Hermia prit le dernier train du soir qui la conduisit à Kirstenslot après minuit

Elle ne savait pas exactement ce qu'elle ferait en arrivant au château. Pas question d'attirer l'attention en frappant à la porte ; il lui faudrait donc attendre le matin avant de s'enquérir de Harald et passer la nuit à la belle étoile – ce qui ne la tuerait pas. Mais s'il y avait encore des lumières au château, quelqu'un, un domestique par exemple, pourrait peut-être la renseigner. De toute façon, l'idée de perdre un temps précieux la préoccupait.

Un autre voyageur descendit du train avec elle : la femme au béret bleu ciel.

Hermia connut un moment d'affolement. Avait-elle commis une erreur ? Et si cette femme avait pris le relais de Peter Flemming ? Pour s'en assurer, elle sortit de la gare plongée dans l'obscurité avant de s'arrêter pour ouvrir sa valise, comme si elle cherchait quelque chose. Si la femme la suivait, elle devrait à son tour trouver un prétexte pour s'attarder, mais elle poursuivit son chemin sans hésiter.

Hermia continua à fouiller dans sa valise tout en surveillant la scène du coin de l'œil.

La femme s'avança d'un bon pas jusqu'à une Buick noire garée à proximité. Le chauffeur fumait. Hermia ne distinguait pas son visage, seulement le rougeoiement de la cigarette. La femme monta, la voiture démarra et s'éloigna.

Hermia se sentit soulagée. La femme avait passé la soirée en ville et son mari était venu la chercher à la gare pour la ramener à la maison. Fausse alerte, songea Hermia en se remettant en route...

Harald et Leo poussèrent le Frelon dans l'allée, passant devant le camion-citerne dans lequel Harald avait pompé l'essence, jusqu'à la cour devant le château puis le tournèrent face au vent. Leo se précipita alors à l'intérieur pour réveiller le capitaine Kleiss.

Harald ne disposait que d'une minute ou deux.

Il sortit la torche électrique de sa poche, l'alluma et la prit entre ses dents. Il défit les attaches du côté gauche du nez du fuselage et ouvrit le capot.

— Alimentation ? cria-t-il.

— Alimentation OK, répondit Karen.

Harald actionna la tirette du gicleur et le levier d'une des deux pompes qui alimentaient le carburateur. Il referma ensuite le capot et remit les attaches en place. Retirant la torche qu'il avait dans la bouche, il demanda :

— Gaz réglé et magnétos branchées ?

— Gaz réglé, magnétos branchées.

Il se planta devant l'avion et fit tourner l'hélice. Imitant la manœuvre que Karen avait faite, il répéta l'opération une deuxième fois puis une troisième. Pour finir, il donna une vigoureuse poussée et recula d'un bond.

Rien.

Il poussa un juron. Ah non, il n'allait pas avoir des problèmes maintenant !

Il renouvela la manœuvre. Avant même d'avoir essayé, il savait que cela ne marcherait pas car, lors des tentatives précédentes, quand il tournait l'hélice, il se passait quelque chose qui ne se produisait plus maintenant. Il essaya désespérément de se rappeler ce que c'était.

Une fois de plus, le moteur refusa de démarrer.

La mémoire soudain lui revint et il comprit ce qui manquait : le déclic ! Il n'avait entendu aucun déclic quand il avait fait tourner l'hélice. Karen lui avait dit qu'il était provoqué par le démarreur. Sans cela pas d'étincelle.

Il revint vers la vitre ouverte.

— Je n'entends pas le déclic ! cria-t-il.

— C'est la magnéto qui foire, annonça-t-elle calmement. Ça arrive souvent. Ouvre le capot droit. Tu verras le démarreur entre la magnéto et le moteur. Donne un petit coup dessus avec une pierre ou quelque chose. En général, ça suffit.

Il ouvrit le capot droit et braqua le faisceau de sa torche sur le moteur. Le démarreur était un petit cylindre métallique. Il inspecta le sol : pas de pierre.

— Passe-moi un outil de la trousse, demanda-t-il à Karen.

Elle attrapa la sacoche et en sortit une clé à molette qu'elle lui tendit. Il frappa un petit coup sur la pièce.

— Arrêtez ça tout de suite, intima une voix derrière lui.

Le capitaine Kleiss en pantalon d'uniforme et veste de pyjama s'approchait à grands pas, Leo sur ses talons. Kleiss n'était pas armé, mais Leo avait un fusil.

Harald fourra la clé dans sa poche, referma le capot et s'approcha du nez de l'appareil.

— Éloignez-vous de cet avion, cria Kleiss. C'est un ordre.

Soudain la voix de Karen retentit.

— Plus un pas ou je vous abats.

Elle braquait le pistolet de Hansen droit sur Kleiss qui s'arrêta, imité par Leo.

Harald n'était pas certain que Karen sache tirer – mais Kleiss n'en savait rien lui non plus.

— Posez votre fusil par terre, ordonna Karen à Leo qui obtempéra aussitôt.

Harald tendit la main vers l'hélice et la poussa.

Elle pivota avec un déclic extrêmement satisfaisant.

Peter Flemming arriva au château avant Hermia, Tilde Jespersen assise auprès de lui à la place du passager.

— Garons-nous hors de vue et observons ce qu'elle fera quand elle arrivera.

— D'accord.

— À propos de ce qui s'est passé à Sande...

— Je vous en prie, n'en parlez pas.

— Quoi, fit-il réprimant sa colère, jamais ?

— Jamais.

Il l'aurait volontiers étranglée.

Le faisceau des phares révéla un petit village avec son église et sa taverne, puis à quelques centaines de mètres de la sortie, un majestueux portail.

— Je suis désolée, Peter, dit Tilde. J'ai commis une erreur, mais c'est du passé. Contentons-nous d'être des amis et des collègues.

— Je m'en fous, maugréa-t-il et il s'engagea dans le parc du château.

À droite de l'allée se trouvait un monastère en ruine.

— C'est bizarre, observa Tilde, les portes de l'église sont ouvertes.

Peter espérait qu'un événement se produirait qui lui ferait oublier la façon dont Tilde l'avait repoussé. Il arrêta la Buick et coupa le moteur.

— Allons jeter un coup d'œil, fit-il en prenant une torche électrique dans la boîte à gants.

Ils descendirent de voiture et entrèrent dans l'église. Peter entendit un gémissement étouffé suivi d'un coup sourd : cela semblait provenir d'une Rolls-Royce posée sur des cales au milieu de l'édifice. Il ouvrit le coffre et sa lampe éclaira un policier ligoté et bâillonné.

— Hansen ? s'informa-t-il.

— L'avion n'est plus là ! Il a disparu ! s'écria Tilde.

À ce moment précis, retentit le vrombissement d'un moteur.

Le Frelon démarra dans un rugissement et se pencha en avant comme s'il avait hâte de décoller.

Harald s'approcha rapidement de Kleiss et de Leo, ramassa le fusil et le brandit d'un air menaçant, arborant une assurance qu'il était loin d'éprouver. Reculant à pas lents, il passa devant l'hélice qui tournoyait, gagna la portière gauche et l'ouvrit toute grande avant de jeter le fusil sur l'étagère à bagages derrière les sièges.

Au moment où il grimpait dans l'appareil, un brusque mouvement l'incita à jeter un coup d'œil : le capitaine Kleiss plongeait en avant vers l'avion. Malgré le fracas du moteur il y eut un bang assourdissant : Karen venait de faire feu ; l'encadrement de la vitre l'avait cependant empêchée de viser assez bas et elle manqua le capitaine.

Kleiss roula sous le fuselage, déboucha de l'autre côté et sauta sur l'aile.

Harald essaya de claquer la porte, mais Kleiss la retint ; il empoigna Harald par les revers de sa veste et tenta de l'arracher à son siège. Harald se débattit pour se dégager de la poigne de Kleiss. Karen, qui tenait le pistolet dans sa main gauche, n'arrivait pas à se retourner pour tirer sur le capitaine. Leo, quant à lui, se précipita mais, gêné par la porte et les ailes, ne put s'approcher suffisamment pour participer à la bagarre.

Harald tira la clé à molette de sa poche et frappa de toutes ses forces : il atteignit Kleiss sous l'œil ; celui-ci saigna abondamment, mais tint bon.

Karen passa le bras devant Harald et poussa à fond la manette des gaz. Le rugissement du moteur s'amplifia et l'appareil bondit en avant. Kleiss perdit l'équilibre ; d'un bras il battit l'air mais sans lâcher Harald de l'autre.

Le Frelon accélérait, cahotant sur l'herbe. Harald frappa de nouveau Kleiss qui, cette fois, poussa un cri, lâcha prise et tomba sur le sol.

Harald claqua la porte.

Il tendit le bras vers le manche à balai au milieu du poste de pilotage mais Karen l'interrompit.

— Laisse-le-moi... Je peux le manœuvrer de la main gauche.

L'appareil dévalait l'allée mais, avec la vitesse, vira sur la droite.

— Utilise le palonnier ! cria Karen. Redresse-le !

Harald poussa la pédale gauche pour ramener l'appareil sur l'allée. Comme rien ne se passait, il appuya de toutes ses forces. L'avion pivota alors à fond à gauche, traversa l'allée et plongea dans les hautes herbes de l'autre côté.

— Il y a un décalage, hurla-t-elle. Il faut anticiper tes mouvements.

Il comprit ce qu'elle voulait dire. C'était comme barrer un bateau mais en pire. Il appuya avec son pied droit pour ramener l'appareil puis, dès que le virage s'amorça, il corrigea du pied gauche. Cette fois-ci, il ne tourna pas aussi brusquement. Comme il revenait sur l'allée, il parvint enfin à l'aligner sur celle-ci.

— Garde-le comme ça, cria Karen.

L'avion accéléra.

Tout au bout de l'allée, surgirent les phares d'une voiture.

Peter Flemming enclencha la première et écrasa la pédale d'accélérateur. Juste au moment où Tilde, s'apprêtant à monter, ouvrait la portière côté passager. Tilde lâcha la poignée avec un grand cri et retomba sur le sol. Pourvu qu'elle se soit brisé le cou, pensa Peter.

Il suivit l'allée en laissant battre la portière. Quand le moteur se mit à hurler, il passa en seconde. La Buick accéléra.

Dans le faisceau des phares, il aperçut un petit biplan qui dévalait l'allée et fonça droit sur lui. Harald Olufsen était dans cet avion, il en avait la certitude. Il le stopperait au prix de leur vie à tous deux, s'il le fallait.

Il passa en troisième.

Harald sentit le Frelon pencher tandis que Karen poussait le manche vers l'avant, ce qui releva la queue de l'appareil.

— Tu vois cette voiture ? cria-t-il.

— Oui... Est-ce qu'elle essaye de nous percuter ?

— Oui. (Harald fixait l'allée, concentré dans son effort pour rouler tout droit en actionnant le palonnier.) Est-ce qu'on peut décoller à temps pour passer au-dessus de lui ?

— Je n'en suis pas sûre...

— Décide-toi !

— Sois prêt à virer quand je te le dirai.

— Je suis prêt !

La voiture se rapprochait dangereusement. Impossible de l'éviter.

— Vire ! cria Karen.

Il écrasa la pédale gauche. Ayant acquis de l'élan, l'avion réagit moins mollement et quitta l'allée brusquement – au point que Harald craignit un instant que sa réparation du train d'atterrissage ne supporte pas l'effort. Il s'empressa de corriger sa trajectoire.

Du coin de l'œil, il vit la voiture virer à son tour, cherchant toujours à emboutir le Frelon. Une Buick, constata-t-il, comme celle dans laquelle Peter Flemming est venu à Jansborg Skole.

Mais l'avion disposait d'un gouvernail alors que la voiture n'était guidée que par ses roues ce qui, sur l'herbe humide, faisait une grande différence. Dès l'instant où la Buick toucha la pelouse, elle dérapa. Le clair de lune éclaira un instant le visage du conducteur, qui s'efforçait de reprendre le contrôle de sa machine ; Harald reconnut Peter Flemming.

L'avion vacilla puis se redressa, pour se diriger droit sur le camion-citerne. Harald appuya à fond sur la pédale gauche et le bout de l'aile droite du Frelon effleura le flanc du camion.

Peter Flemming, lui, n'eut pas cette chance. La Buick, qu'il ne maîtrisait plus du tout, dérapa inéluctablement vers le camion-citerne ; elle le heurta de plein fouet. Il y eut le fracas d'une explosion et, une seconde plus tard, une immense flamme jaune illumina le parc tout entier. Harald chercha à voir si la queue du Frelon n'avait pas pris feu, en vain ; il n'avait plus qu'à espérer que tout aille pour le mieux.

La Buick n'était plus qu'une fournaise.

— Regarde où tu vas ! lui cria Karen. Nous allons décoller !

Son regard revint aux commandes : il s'aperçut qu'il fonçait sur la tente du mess. Il appuya sur la pédale droite pour l'éviter.

Une fois sa trajectoire rétablie, l'appareil prit de la vitesse.

Hermia arrivait à Kirstenslot lorsqu'elle entendit le moteur de l'avion ; elle s'était mise à courir ; une voiture sombre, qui ressemblait beaucoup à celle qu'elle avait vue à la gare, s'enfonçait dans l'allée. Hermia la vit ensuite déraper et s'écraser contre un camion garé sur le côté. Il y eut une épouvantable explosion. Voiture et camion finirent dans un brasier.

— Peter ! cria une voix féminine – la femme au béret bleu.

Toutes les pièces du puzzle se mirent soudain en place : la femme l'avait bel et bien suivie et c'était Peter Flemming qui attendait dans la voiture. À la gare, ils n'avaient pas eu besoin de la suivre car ils savaient où elle se rendait ; ils étaient arrivés au château avant elle. Et ensuite ?

Un petit biplan, roulait sur l'herbe, s'apprêtant apparemment à décoller. Elle vit alors la femme au béret bleu s'agenouiller, prendre un pistolet dans le sac qu'elle portait en bandoulière et viser l'appareil.

Que se passe-t-il donc ? Si la femme au béret collabore avec Peter Flemming, c'est que le pilote est du bon côté, déduisit Hermia. C'est peut-être même Harald qui s'échappe avec le rouleau de pellicule dans sa poche.

Conclusion : il lui fallait empêcher la femme d'abattre l'avion.

Les flammes du camion-citerne éclairaient le parc, permettant à Harald de voir Mme Jespersen braquer une arme sur le Frelon.

Il ne pouvait rien faire. Il fonçait droit dans sa direction et, en virant à droite ou à gauche, il ne ferait que lui offrir une cible encore plus facile à toucher. Il serra les dents. Les balles pouvaient tout aussi bien ne causer aucun dégât sérieux ou endommager le moteur ou les commandes, percer le réservoir d'essence, ou encore les tuer, Karen et lui.

Il aperçut alors une seconde femme qui courait sur la pelouse une valise à la main.

— Hermia ! s'écria-t-il, stupéfait, en la reconnaissant.

Avec son bagage elle frappa Mme Jespersen sur la tête jusqu'à ce qu'elle s'écroule et lâche son arme. Hermia la frappa une nouvelle fois puis s'empara de son pistolet.

L'avion passa au-dessus d'elle. Harald réalisa alors qu'ils avaient quitté le sol mais, levant les yeux, comprit en même temps qu'ils allaient s'écraser sur le clocher de l'église.

32.

Karen poussa résolument à gauche le manche à balai, heurtant même le genou de Harald. Le Frelon virait sur l'aile en prenant de l'altitude, mais pas suffisamment pour éviter le clocher, Harald le voyait bien.

— Gouverne gauche ! cria Karen.

Il se rappela soudain que lui aussi manœuvrait. Il appuya à fond son pied gauche sur le palonnier et sentit aussitôt l'avion accentuer son virage. Tellement lentement que Harald n'attendait plus que le choc. L'aile droite va quand même heurter l'édifice, j'en suis sûr. Le bout de l'aile passa à quelques centimètres du clocher.

— Seigneur, murmura-t-il.

Pris dans une rafale de vent, l'avion se cabra comme un mustang. D'une seconde à l'autre ils allaient tomber. Mais Karen continuait à lui faire prendre de l'altitude et Harald serra les dents. L'avion effectua un virage de cent quatre-vingts degrés et, quand enfin il reprit la direction du château, elle redressa la trajectoire. À mesure qu'ils gagnaient de l'altitude, l'avion se stabilisait et Harald se rappela ce que Poul Kirke lui avait dit : les turbulences sont plus nombreuses à proximité du sol.

Il regarda en bas. Des flammes léchaient encore le camion-citerne et, à leur lueur, il apercevait les soldats qui se précipitaient en pyjama hors du monastère. Le capitaine Kleiss agitait les bras en criant des ordres. Mme Jespersen gisait sur le sol, apparemment sonnée, mais aucune trace de Hermia Mount. À la porte du château, quelques domestiques, les yeux levés vers l'avion.

— Garde un œil là-dessus, dit Karen en désignant un cadran sur le tableau de bord. C'est l'indicateur de virage et d'assiette. Utilise le palonnier pour garder l'aiguille bien droite à douze heures.

Un beau clair de lune filtrait par le toit transparent du poste de pilotage, mais ne permettait pas tout à fait de lire les instruments. Harald dut braquer sa torche sur le tableau de bord.

Ils continuaient à prendre de l'altitude et le château, derrière eux, devenait de plus en plus petit. Karen regardait à gauche, à droite, devant, mais il n'y avait pas grand-chose d'autre à voir que la campagne danoise éclairée par la lune.

— Fais comme moi, boucle ta ceinture, recommanda Karen. Ça t'évitera de te cogner la tête contre le plafond si ça secoue un peu.

Harald lui obéit, commençant à croire à leur réussite et à éprouver un sentiment de triomphe.

— J'ai cru ma dernière heure arrivée, reconnut-il.

— Moi aussi... Plusieurs fois.

— Tes parents vont être fous d'inquiétude.

— Je leur ai laissé un mot.

— Moi, non.

Il n'y avait même pas pensé.

— Contentons-nous de nous tirer de là vivants et ça leur suffira.

— Comment te sens-tu ? demanda-t-il en lui caressant la joue.

— Un peu fiévreuse.

— Tu as de la température, bois un peu d'eau.

— Non, merci. Nous avons un vol de six heures devant nous et pas de toilettes. Je n'ai pas envie de faire pipi devant toi sur un journal. Ça pourrait mettre fin à une belle amitié !

— Je fermerai les yeux.

— Piloter les yeux fermés ? N'y pense pas. Ça va aller.

Elle plaisantait, mais il s'inquiétait pour elle. Ce qu'ils venaient de vivre l'avait beaucoup secoué. Alors, elle, avec une cheville foulée et un bras en écharpe ?

— Regarde le compas. Quel est notre cap ?

Il l'avait étudié quand l'avion était dans l'église et il savait le lire.

— Deux cent trente.

— D'après mes calculs, le cap pour l'Angleterre est à deux cent cinquante, fit Karen en virant à droite. Dis-moi quand nous y serons.

Il braqua la torche électrique sur le compas.

— Ça y est, dit-il quand l'aiguille indiqua le bon cap.

— Quelle heure ?

— Minuit quarante.

— Nous devrions tout noter, mais je n'ai pas pris de crayon.

— Je crois que je n'oublierai jamais rien de tout ça.

— Passons au-dessus de ce banc de nuages, déclara-t-elle. Quelle est notre altitude ?

Harald éclaira l'altimètre.

— Quatre mille sept cents pieds.

— Ces nuages sont donc à environ cinq mille pieds.

Quelques instants plus tard, l'appareil plongea dans une sorte de fumée ; ils étaient entrés dans les nuages.

— Continue d'éclairer l'indicateur de vitesse, recommanda Karen. Préviens-moi si notre vitesse change.

— Pourquoi ?

— Quand tu voles à l'aveuglette, c'est difficile de maintenir l'avion à l'altitude correcte. On peut sans s'en rendre compte piquer du nez ou remonter, ce dont nous serons avertis, parce que notre vitesse diminuera ou augmentera.

Cela ne lui plaisait guère de voler ainsi sans rien voir. Il n'en faut pas plus, se dit-il, pour heurter le flanc d'une montagne (il n'y en a heureusement pas au Danemark) ou un autre appareil traversant le même nuage.

Au bout de deux ou trois minutes, il constata que le clair de lune pénétrait suffisamment à l'intérieur du nuage pour qu'il le voie tourbillonner contre les hublots. Puis, à son grand soulagement, ils en émergèrent et il distingua l'ombre du Frelon que projetait la lune sur le nuage en dessous d'eux.

Karen poussa le manche pour reprendre un vol horizontal.

— Tu vois le compte-tours ?

— Deux mille deux cents.

— Tire doucement la manette des gaz jusqu'à ce qu'il tombe à mille neuf cents.

Harald obéit.

— Nous utilisons notre puissance pour changer d'altitude, expliqua-t-elle. Tu pousses, on monte ; tu tires, on descend.

— Comment contrôlons-nous notre vitesse ?

— D'après l'attitude de l'avion. On pique du nez pour aller plus vite, on relève le nez pour ralentir.

— Compris.

— Mais ne relève jamais le nez trop brusquement ou tu caleras. Ça veut dire que tu perds ta portance et que l'avion tombe.

— Qu'est-ce qu'on fait dans ce cas-là ? se renseigna Harald qui trouvait cette idée terrifiante.

— Tu piques du nez et tu augmentes le régime. C'est facile... Sauf qu'instinctivement tu as envie de relever le nez, ce qui aggrave les choses.

— Je m'en souviendrai.

— Prends le manche un moment ; veille à garder le cap et à rester à l'horizontale. Bon, tu as les commandes.

La main de Harald se referma sur le manche.

— Tu es censé dire « J'ai les commandes » afin d'éviter que pilote et copilote croient chacun que l'autre est aux commandes.

— J'ai les commandes, dit-il mais il n'en avait pas l'impression.

Le Frelon menait son existence propre, virant et plongeant au gré des turbulences. Harald faisait appel à toutes ses facultés de concentration pour maintenir les ailes à l'horizontale et le nez dans la même position.

— As-tu l'impression de tirer constamment sur le manche ? demanda Karen.

— Oui.

— C'est parce que nous avons utilisé une partie du carburant, ce qui a déplacé le centre de gravité de l'avion. Vois-tu un levier dans le coin supérieur de ta porte ?

— Oui, fit-il après avoir jeté un bref coup d'œil.

— C'est la commande d'assiette du stabilisateur. Je l'avais

poussée à fond pour le décollage avec le réservoir plein alourdissant l'arrière. Maintenant il faut rétablir l'assiette.

— Comment fait-on ?

— C'est bien simple. Si tu serres un peu moins le manche, tu sens qu'il a tendance à partir en avant.

— En effet.

— Tire sur le correcteur d'assiette pour corriger l'assiette. Maintenant, ce n'est plus nécessaire de constamment tirer.

Elle avait raison.

— Règle le correcteur jusqu'à ce que cela devienne inutile.

Harald ramena peu à peu la commande. Presque aussitôt, le manche appuya sur sa paume.

— C'est trop, dit-il en poussant un peu la commande en avant. Maintenant, ça va.

— Tu régleras le gouvernail de profondeur de la même façon en déplaçant le bouton sur la réglette dentelée en bas du tableau de bord. Quand tous les réglages sont corrects, l'avion vole droit devant lui et à l'horizontale sans qu'on ait à toucher aux commandes.

Pour vérifier, Harald ôta sa main du manche : le Frelon se comportait correctement.

Il reprit le manche.

Le nuage au-dessous d'eux n'était pas homogène, ce qui leur permettait d'apercevoir de temps à autre la terre tout en bas, éclairée par la lune. Ils ne tardèrent pas à laisser l'île de Zealand derrière eux pour survoler la mer.

— Surveille l'altimètre, dit Karen.

Il avait du mal à baisser les yeux vers le tableau de bord car il éprouvait le besoin instinctif de se concentrer sur le pilotage de l'avion. Quand il parvint à détacher son regard de l'extérieur, il constata qu'il volait à sept mille pieds d'altitude.

— Comment ça se fait ? demanda-t-il.

— Tu gardes le nez trop haut. C'est naturel. Inconsciemment, tu as peur de heurter le sol alors tu cherches sans arrêt à monter. Pique du nez.

Il poussa le manche en avant. L'appareil se mit à descendre et Harald aperçut un autre avion avec de grandes croix sur les ailes.

Karen le vit au même instant.

— Bon sang, la Luftwaffe, s'écria-t-elle aussi affolée que Harald.

— Je l'ai vu.

L'avion plus bas sur leur gauche à environ quatre cents mètres montait dans leur direction.

Elle saisit le manche et piqua brutalement vers le sol.

— J'ai les commandes.

— Tu as les commandes.

Harald reconnut l'appareil : c'était un Messerschmitt Bf110, un chasseur de nuit bimoteur avec un stabilisateur à double ailette et au-dessus du cockpit une longue verrière comme une serre. Il se souvint avoir entendu Arne parler de l'armement du Bf110 avec un mélange de peur et d'envie : canons et mitrailleuses dans le nez et mitrailleuses arrière pointant à l'extrémité de la verrière. C'était l'avion qu'on envoyait abattre les bombardiers alliés une fois que la station radar de Sande les avait détectés.

Le Frelon était absolument sans défense.

— Qu'allons-nous faire ? s'inquiéta Harald.

— Retourner dans la couche de nuages avant d'être à portée de tir. Bon sang, je n'aurais pas dû te laisser monter si haut.

Le Frelon plongeait. Harald jeta un coup d'œil à l'indicateur de vitesse : il piquait maintenant à cent trente nœuds – une véritable descente de montagnes russes.

— Ça n'est pas risqué ? demanda-t-il, les mains crispées sur le bord de son siège.

— Moins que d'être abattu.

L'autre appareil approchait très vite, beaucoup plus rapide que le Frelon. Il y eut un éclair et une rafale. Harald avait beau s'attendre à ce que le Messerschmitt ouvre le feu sur eux, il ne put maîtriser un cri de surprise et de terreur.

Karen vira sur la droite, cherchant à faire manquer sa cible au tireur. Le Messerschmitt fonça sous leur petit avion. La mitraillade s'arrêta ; le moteur du Frelon tournait toujours : ils n'avaient pas été touchés.

Harald se rappela Arne expliquant combien un appareil rapide avait du mal à en toucher un lent. C'est cela peut-être qui les avait sauvés.

Comme ils amorçaient un virage, il regarda par le hublot et vit le chasseur s'éloigner.

— Je crois que nous sommes hors de portée.

— Pas pour longtemps, rétorqua Karen.

Elle avait raison : le Messerschmitt revenait. Pendant quelques secondes interminables, le Frelon plongea pour se mettre à l'abri dans le nuage tandis que le chasseur effectuait à toute vitesse un large virage. Harald vit qu'ils volaient maintenant à cent soixante nœuds. Le nuage était tout près – mais pas assez.

Il vit les éclairs et entendit les détonations quand le chasseur ouvrit le feu, de plus près et sous un meilleur angle d'attaque. Horrifié, Harald vit une déchirure s'ouvrir dans le tissu de l'aile gauche inférieure. Karen poussa le manche et le Frelon vira brutalement, les plongeant tout d'un coup dans le nuage.

La mitraillade s'arrêta.

— Dieu soit loué, dit Harald.

Malgré le froid, il transpirait.

Karen tira sur le manche et arrêta le plongeon. Harald braqua sa torche sur l'altimètre et regarda l'aiguille ralentir sa course en sens inverse des aiguilles d'une montre pour s'arrêter juste au-dessus de cinq mille pieds. Le tachéomètre revint peu à peu à sa vitesse normale de croisière de quatre-vingts nœuds.

Elle vira de nouveau, changeant de direction pour éviter que le chasseur ne les rattrape en suivant simplement leur trajectoire précédente.

— Descends à seize cents tours, dit-elle. Nous allons nous poster juste au-dessous de ce nuage.

— Pourquoi ne pas y rester ?

— C'est difficile de voler longtemps dans un nuage. On perd le sens de l'orientation, on ne distingue plus le haut du bas. Les instruments te disent bien ce qui se passe mais on ne les croit pas. C'est la cause de nombreux accidents.

Harald avait trouvé la commande dans le noir et la tira en arrière.

— Je me demande, s'enquit Karen, si la présence de ce chasseur est le simple fait du hasard ou s'ils nous ont repérés grâce à leurs ondes radio.

Fronçant les sourcils, Harald réfléchit, trop content de se concentrer sur un problème afin de chasser de son esprit les dangers qu'ils couraient.

— J'en doute, répondit-il. Le métal fait obstacle aux ondes radio, mais je ne crois pas que ce soit le cas pour le bois ou la toile. Un gros bombardier en aluminium refléterait les ondes sur leurs antennes, mais pour nous, seul notre moteur aurait cet effet et il est probablement trop petit pour apparaître sur leurs détecteurs.

— J'espère que tu as raison, sinon, nous sommes morts, conclut-elle.

Ils émergèrent de sous le nuage. Harald monta à mille neuf cents tours et Karen reprit le manche.

— Continue à surveiller tout autour. Si nous le revoyons, il faudra vite grimper.

Harald suivit ses instructions, mais il n'y avait pas grand-chose à voir. À quinze cents mètres en avant, la lune filtrait par une brèche entre les nuages et Harald distingua la géométrie irrégulière des champs et des bois. La grande île centrale de Fyn probablement, se dit-il. Plus près, une lumière brillante se déplaça bien visible sur les ombres du paysage : un train ou une voiture de police.

Karen vira sur la droite.

— Regarde à ta gauche, dit-elle. (Harald ne pouvait rien voir. Elle vira de l'autre côté et regarda par son hublot.) Il faut surveiller tous les angles, expliqua-t-elle.

Il remarqua que sa voix s'enrouait à force de crier pour dominer le fracas du moteur.

Le Messerschmitt surgit, débouchant du nuage à quatre cents mètres devant eux, vaguement éclairé par le clair de lune qui se reflétait sur le sol, puis s'éloigna.

— Pleins gaz ! cria Karen, mais Harald l'avait déjà fait.

Elle se cramponna au manche pour prendre de l'altitude.

— Peut-être qu'il ne va même pas nous voir, dit Harald, plein d'optimisme, mais ses espoirs se brisèrent aussitôt quand il vit le chasseur amorcer un brusque virage.

Le Frelon mit quelques secondes à réagir aux commandes, puis enfin il commença à monter vers le nuage. Le chasseur décrivit un large cercle et se précipita pour suivre leur ascension. Sitôt qu'il fut à leur niveau, il ouvrit le feu. Mais le Frelon avait plongé dans le nuage, continuant à monter jusqu'à ce que la lueur du clair de lune révèle qu'ils allaient bientôt en sortir.

— Réduis les gaz pour rester à l'intérieur le plus longtemps possible. (L'avion reprit un vol horizontal.) Surveille l'indicateur de vitesse, dit-elle. Veille bien à ne pas monter ni à piquer.

— D'accord, fit-il en contrôlant l'altimètre.

Ils étaient à cinq mille huit cents pieds.

Juste à cet instant, le Messerschmitt apparut à quelques mètres à peine, un peu plus bas sur la droite, près de croiser leur trajectoire. Pendant une fraction de seconde, Harald aperçut le visage terrifié du pilote allemand, la bouche ouverte dans un cri d'horreur. Ils étaient à deux doigts de la mort. L'aile du chasseur passa sous le Frelon, frôlant d'un cheveu le train d'atterrissage.

Harald écrasa le palonnier de gauche et Karen tira à fond sur le manche, mais le chasseur avait déjà disparu.

— Mon Dieu, s'exclama Karen, on l'a échappé belle.

Harald fixait les tourbillons du nuage, s'attendant à voir réapparaître le Messerschmitt.

Une minute passa, puis une autre et Karen dit :

— Je crois qu'il a eu aussi peur que nous.

— Que va-t-il faire selon toi ?

— Voler un moment au-dessus puis au-dessous du nuage en espérant que nous allons en sortir. Avec un peu de chance, nos routes vont diverger et il va nous perdre.

Harald examina le compas.

— Nous allons vers le nord, annonça-t-il.

— Je me suis écartée du cap avec toutes ces manœuvres d'esquive, remarqua-t-elle.

Elle vira sur la gauche et Harald l'aida avec le palonnier. Quand le compas indiqua deux cent cinquante, il dit « assez » et elle garda le cap.

Ils sortirent du nuage et tous deux inspectèrent le ciel dans toutes les directions, mais il n'y avait pas d'autre appareil en vue.

— Je suis crevée, déclara Karen.

— Ça ne m'étonne pas. Laisse-moi prendre les commandes et repose-toi un moment.

Harald se concentra sur son pilotage. Les incessants petits réglages commençaient à devenir instinctifs.

— Garde l'œil sur les cadrans, lui conseilla Karen. Surveille l'indicateur de vitesse, l'altimètre, le compas, la pression d'huile et le niveau d'essence. Quand tu pilotes, tu es censé vérifier tout le temps.

— D'accord.

Il se força à regarder très souvent et il constata, contrairement à ce que lui soufflait son instinct, qu'il pouvait le faire sans que l'avion ne s'écrase aussitôt.

— Nous devons être au-dessus du Jutland maintenant, dit Karen. Je me demande à quel point nous avons dérivé au nord.

— Comment le savoir ?

— Nous volerons bas en abordant la côte, ce qui nous permettra d'identifier des détails du terrain et de repérer notre position sur la carte.

La lune était très bas sur l'horizon. Harald consulta sa montre et constata avec étonnement qu'ils volaient depuis près de deux heures. Cela lui avait paru quelques minutes.

— Jetons un coup d'œil, dit Karen au bout d'un moment. Redescends à quatorze cents tours et pique du nez. (Elle braqua la lumière de la torche sur l'atlas.) Encore plus bas, je ne vois pas assez bien le sol.

Harald amena l'avion à trois mille pieds, puis à deux. On apercevait le sol dans le clair de lune, mais aucun élément particulier, rien que des champs. Tout d'un coup, Karen dit :

— Regarde... Ce n'est pas une ville devant nous ?

Harald écarquilla les yeux. Difficile à dire sans les lumières. (Le couvre-feu avait précisément été imposé pour que les villes ne soient pas visibles.) Le terrain devant eux paraissait cependant nettement différent.

Soudain, de petites lueurs apparurent dans les airs.

— Bon sang, cria Karen, qu'est-ce que c'est ?

Un feu d'artifice ? Depuis l'occupation allemande, c'était interdit.

— Je n'ai jamais vu de balles traceuses, dit Karen, mais...

— Merde, c'est ça ?

Sans attendre les instructions, Harald poussa la manette des gaz à fond pour gagner de l'altitude.

Au même instant, des projecteurs s'allumèrent. Il y eut une détonation et quelque chose explosa tout près.

— Qu'est-ce que c'était ? s'écria Karen.

— Un obus, je crois.

— On nous tire dessus ?

Harald comprit soudain.

— C'est Morlunde ! Nous sommes juste au-dessus des défenses du port !

— À droite !

Il vira sur l'aile.

— Ne monte pas trop brusquement, recommanda-t-elle. Tu vas caler.

Un autre obus éclata au-dessus d'eux. Les faisceaux des projecteurs balayaient les ténèbres tout autour d'eux. Harald avait l'impression de soulever l'avion par la seule force de sa volonté.

Ils effectuèrent un virage à cent quatre-vingts degrés. Harald redressa l'appareil et continua à grimper. Un autre obus explosa, mais derrière eux. Il commença à espérer.

La canonnade s'arrêta. Il effectua un nouveau virage pour reprendre leur cap de départ et continua à prendre de l'altitude.

Une minute plus tard, ils passèrent au-dessus de la côte.

— Nous laissons la terre derrière, annonça-t-il.

N'obtenant aucune réponse, il se retourna et constata que Karen avait les yeux fermés.

Il jeta un coup d'œil à la côte qui disparaissait derrière lui sous le clair de lune. Je me demande, se dit-il, si nous reverrons jamais le Danemark.

33.

La lune s'était couchée mais, les nuages ayant disparu aussi, Harald put voir les étoiles. Et heureusement, car c'était le seul moyen lui permettant de distinguer le haut du bas. Le moteur émettait un vrombissement régulier, rassurant, et l'avion volait à cinq mille pieds, à une vitesse de quatre-vingts nœuds. Il y avait moins de turbulences que lors de son premier vol. Parce qu'il survolait la mer, parce que c'était la nuit, pour les deux raisons conjuguées ? Il ne cessait de vérifier son cap sur le compas, mais il ne savait pas dans quelle mesure le vent avait pu dévier le Frelon de sa route.

Il lâcha le manche pour tâter le visage de Karen : sa joue était brûlante. Il régla l'assiette pour voler droit et tenir le niveau puis prit une bouteille d'eau dans le coffre sous le tableau de bord. Il en versa quelques gouttes dans le creux de sa main et lui tamponna le front pour la rafraîchir. Elle respirait normalement mais elle était fiévreuse.

Quand il reporta son attention sur le monde extérieur, il s'aperçut que le jour pointait. Il était un peu plus de trois heures du matin ; ils devaient être à mi-chemin de l'Angleterre.

Dans la faible lumière qui perçait, il aperçut un nuage droit devant auquel il ne voyait ni base ni sommet et il plongea dedans. Il commença alors à pleuvoir et la pluie restait sur le pare-brise car les Frelon sont dépourvus d'essuie-glace.

Il se souvint des recommandations de Karen à propos de l'orientation, et il résolut de ne faire aucun mouvement brusque. Toutefois, le fait de fixer constamment un néant tourbillonnant exerçait sur lui un pouvoir hypnotique ; il aurait aimé parler à Karen, mais elle avait besoin de dormir après ce qu'elle avait traversé. Il perdit la notion du temps et se mit à voir des formes dans le nuage : une tête de cheval, le capot d'une Lincoln Continental, le visage barbu de Neptune ou, devant lui, à onze heures et quelques mètres plus bas, il aperçut un bateau de pêche avec des hommes sur le pont levant vers lui des regards étonnés.

Reprenant brusquement conscience, il comprit qu'il ne s'agissait pas d'une illusion et que, le brouillard s'étant dissipé, il apercevait un vrai bateau. Les deux aiguilles de l'altimètre pointaient vers le haut : il se trouvait presque au niveau de la mer ; il avait perdu de l'altitude sans s'en rendre compte.

Instinctivement, il tira le manche en arrière pour soulever le nez, en même temps que la voix de Karen lui soufflait : *Ne lève jamais le nez trop brusquement, ou tu risques de caler. Tu perds ta portance et l'avion tombe.* Il comprit son erreur et se rappela comment la corriger, mais aurait-il le temps ? L'avion perdait déjà de l'altitude. Il piqua du nez et poussa le manche en avant. Quand il croisa sa route, il était au même niveau que le bateau de pêche. Il se risqua à relever à peine le nez, s'attendant à ce que les roues touchent la crête des vagues, mais l'avion continua. Il releva encore un peu le nez et jeta un coup d'œil à l'altimètre : il reprenait de l'altitude. Il poussa un long soupir.

— Fais attention, crétin, dit-il tout haut. Ne t'endors pas.

Il continuait à monter. Le nuage se dissipa et il émergea dans la clarté du matin. Un coup d'œil à sa montre : quatre heures. Le soleil allait apparaître. Levant les yeux vers le toit transparent du cockpit, il aperçut l'étoile polaire sur sa droite. Cela signifiait que son compas ne le trompait pas et qu'il volait toujours vers l'ouest.

Effrayé à l'idée d'approcher de trop près la mer, il continua à s'élever pendant une demi-heure. La température baissait et l'air froid s'engouffrait par le hublot qu'il avait fait sauter pour laisser le passage à sa canalisation d'essence improvisée. Il s'enveloppa dans la couverture pour se réchauffer. À dix mille pieds, il allait reprendre un vol horizontal quand le moteur se mit à tousser.

Il ne décela pas tout d'abord l'origine du bruit ; le moteur ronronnait si régulièrement depuis si longtemps qu'il avait fini par ne plus l'entendre.

Puis le toussotement reprit et il comprit : le moteur avait eu un raté.

Son cœur s'arrêta de battre : pas une terre en vue dans un rayon de plus de trois cents kilomètres. Si le moteur lâchait maintenant, ils tomberaient dans la mer.

Le toussotement recommença.

— Karen ! cria-t-il. Réveille-toi !

Elle continuait à dormir. Il lâcha d'une main le manche pour lui secouer l'épaule.

— Karen !

Elle ouvrit les yeux ; elle semblait mieux, plus calme et moins congestionnée, mais l'inquiétude se peignit aussitôt sur son visage quand elle entendit le moteur.

— Qu'est-ce qui se passe ?

— Je ne sais pas.

— Où sommes-nous ?

— À des kilomètres de nulle part.

Les ratés continuèrent.

— Nous allons peut-être devoir nous poser sur l'eau, déclara Karen. Quelle est notre altitude ?

— Dix mille pieds.

— Tu as mis pleins gaz ?

— Oui, je montais.

— C'est ça le problème, remets la manette à mi-course.

Il réduisit les gaz.

— Quand tu mets les gaz à fond, expliqua Karen, le moteur aspire l'air de l'extérieur plutôt que celui de l'intérieur du compartiment moteur : il est donc plus froid et parfois, étant donné l'altitude, de la glace se forme dans le carburateur.

— Qu'est-ce qu'on peut faire ?

— Descendre, dit-elle en prenant le manche et en le poussant vers l'avant. En descendant, la température de l'air s'élèvera et la glace finira par fondre.

— Si ce n'est pas le cas...

— Regarde s'il y a un bateau. Si nous pouvons nous poser à proximité, il pourra venir à notre secours.

Harald scruta la mer d'un horizon à l'autre mais sans apercevoir le moindre navire.

Avec les ratés du moteur, ils avaient moins de poussée et perdaient rapidement de l'altitude. Harald prit la hache dans le coffre, s'apprêtant à mettre à exécution son plan de détacher une aile pour en faire un radeau. Il fourra dans ses poches les bouteilles d'eau. Il ne savait pas s'ils survivraient assez longtemps dans la mer pour mourir de soif.

Il regarda l'altimètre : mille pieds, cinq cents. L'eau semblait noire et glacée. Toujours pas de bateau en vue.

Un calme étrange s'empara de Harald.

— Nous allons mourir, déclara-t-il. Je suis désolé de t'avoir entraînée dans cette histoire.

— Nous ne sommes pas encore fichus, répondit-elle. Tâche de me donner un peu plus de tours pour que l'amerrissage ne soit pas trop brutal.

Harald poussa la manette des gaz en avant. Le vrombissement du moteur s'amplifia. Il y eut un raté, puis il se mit à tousser, repartit et toussa une nouvelle fois.

— Je ne pense pas..., commença Harald.

Là-dessus, le moteur parut reprendre. Le vrombissement repartit pendant quelques secondes et Harald retint son souffle ; puis les ratés recommencèrent. Et enfin il se remit à tourner régulièrement et l'avion à reprendre de l'altitude.

Ils crièrent de joie. Le compte-tours monta à dix-neuf cents sans la moindre défaillance.

— La glace a fondu ! s'écria Karen.

Harald l'embrassa, ce qui n'était pas du tout facile : ils avaient beau être épaule contre épaule et cuisse contre cuisse dans l'exiguïté de la cabine, se tourner dans son siège, ceinture bouclée, relevait de l'exploit. Bien entendu, il y parvint.

— C'était bien, apprécia-t-elle.

— Si nous survivons à cela, je t'embrasserai tous les jours jusqu'à la fin de ma vie, promit-il, tout content.

— Vraiment ? fit-elle. Ça pourrait durer longtemps.

— J'espère bien.

Elle avait l'air ravi. Puis elle revint à des préoccupations plus sérieuses.

— Nous devrions vérifier le niveau d'essence.

Harald se tortilla sur son siège pour regarder la jauge située entre les dossiers. Il avait du mal à lire le cadran à cause des deux jauges, celle à utiliser en plein vol et celle du sol quand l'avion penche vers l'arrière.

De toute façon, les deux approchaient de « Vide ».

— Fichtre, le réservoir est presque à sec, annonça Harald.

— Pas de terre en vue. (Elle regarda sa montre.) Nous volons depuis cinq heures et demie et nous sommes sans doute encore à une demi-heure de la terre.

— Ça ne fait rien, je vais refaire le plein.

Il déboucla sa ceinture et s'agenouilla tant bien que mal sur son siège. La nourrice d'essence était posée sur l'étagère à bagages derrière les sièges. À côté, il y avait un entonnoir et un bout de tuyau d'arrosage. Avant le décollage, Harald avait cassé le hublot et fait passer le tuyau par l'ouverture après avoir attaché l'autre bout à l'entrée du réservoir d'essence sur le côté du fuselage ; mais il l'aperçut qui flottait dans le vent de l'hélice. Il poussa un juron.

— Qu'y a-t-il ? demanda Karen.

— Le tuyau s'est détaché, je ne l'avais pas serré assez fort.

— Qu'allons-nous faire ? Il faut remettre de l'essence !

Harald regarda successivement le bidon d'essence, l'entonnoir, le tuyau et le hublot.

— Il faut que j'introduise le tuyau dans le goulot du réservoir et je ne peux pas le faire de ma place.

— Tu ne peux pas sortir !

— Comment réagira l'avion si j'ouvre la porte ?

— Ça fera l'effet d'un gigantesque aérofrein qui nous ralentira et nous fera virer sur la gauche.

— Peux-tu compenser ça ?

— Je maintiendrai la vitesse en piquant du nez et j'espère réussir à appuyer sur le palonnier droit avec mon pied gauche.

— Essayons.

Karen amorça un léger plongeon puis posa le pied gauche sur le palonnier droit.

— Allons-y.

Harald ouvrit la porte et l'appareil vira brutalement vers la gauche. Karen appuya sur le palonnier droit, sans résultat, manœuvra le manche vers la droite pour corriger la trajectoire, nouvel échec.

— Pas la peine, je n'arrive pas à le retenir ! cria-t-elle.

— Si je casse ces hublots, fit Harald en refermant la porte, ça diminuera la surface de résistance au vent presque de moitié.

Ils étaient en Celluloïd, matériau plus solide que du verre mais pas incassable cependant – il avait fait sauter le hublot arrière deux jours plus tôt. Il tira la clé à molette de sa poche, prit son élan et frappa de toutes ses forces : le Celluloïd vola en éclats.

— On recommence ?

— Une minute... Il nous faut plus de vitesse. (Elle se pencha et ouvrit les gaz, puis poussa un peu en avant la commande d'assiette.) Allons-y !

Harald ouvrit la porte et, une nouvelle fois, l'avion vira sur la gauche, mais moins brutalement, et Karen le corrigea avec le gouvernail.

Agenouillé sur le siège, Harald passa la tête à l'extérieur. Il apercevait le bout de tuyau qui battait autour du panneau du réservoir. Maintenant la porte ouverte avec son épaule droite, il tendit son bras droit pour le saisir et l'introduire dans le réservoir. Il distinguait le panneau d'accès mais pas le goulot. Il poussa l'extrémité du tuyau à peu près au-dessus du panneau, mais à cause des mouvements de l'avion n'arriva pas à l'introduire dans la canalisation. Autant essayer d'enfiler une aiguille au milieu d'un ouragan. Il fit plusieurs tentatives mais, sa main s'engourdissant de plus en plus, l'entreprise devint quasi désespérée.

Karen lui tapa sur l'épaule.

Il ramena sa main dans le poste de pilotage et referma la porte.

— Nous perdons de l'altitude, il faut monter, expliqua-t-elle en tirant sur le manche.

Harald soufflait sur sa main pour la réchauffer.

— Je n'y arriverai pas comme ça, lui dit-il. Impossible d'introduire le tuyau dans la canalisation. Il faut que je puisse tenir l'autre bout.

— Comment ?

— En passant un pied dehors, proposa-t-il après avoir réfléchi une minute.

— Seigneur !

— Préviens-moi quand nous aurons repris assez d'altitude.

Au bout de quelques instants, elle dit :

— Ça va, mais sois prêt à refermer la porte dès que je te taperai sur l'épaule.

À reculons, le genou gauche sur le siège, Harald sortit son pied droit par la porte et le posa sur la partie renforcée de l'aile.

Tenant solidement sa ceinture avec sa main gauche pour plus de sûreté, il se pencha dehors et attrapa le tuyau ; il fit glisser sa main sur toute sa longueur jusqu'au moment où il en serra l'extrémité. Puis il se pencha davantage pour l'enfoncer dans la canalisation.

Mais le Frelon passa dans un trou d'air et se cabra, faisant perdre l'équilibre à Harald qui crut qu'il allait tomber. Pour se redresser, il tira violemment sur sa ceinture et sur le tuyau dont le bout à l'intérieur de la cabine se détacha de la ficelle qui le retenait. Harald le laissa glisser machinalement et le vent de l'hélice l'emporta.

Tremblant de peur, il se glissa à l'intérieur et referma la porte.

— Qu'est-ce qui s'est passé ? demanda-t-elle. Je n'ai pas pu voir !

— J'ai lâché le tuyau, annonça-t-il dès qu'il put parler.

— Oh, non !

Il regarda la jauge.

— On est bientôt à sec.

— Je ne sais vraiment pas que faire !

— Je vais monter sur l'aile pour verser directement l'essence de la nourrice. Il faudra que je la prenne à deux mains car, je ne peux pas tenir un bidon de vingt litres d'une seule main, c'est trop lourd.

— Mais tu n'arriveras pas à garder l'équilibre.

— Il faudra que tu retiennes ma ceinture avec ta main gauche.

Karen était vigoureuse, mais il n'était pas sûr qu'elle puisse le retenir s'il glissait. C'était pourtant la seule alternative.

— Mais alors je ne pourrai pas actionner le manche !

— Espérons que ce ne sera pas nécessaire.

— Très bien, mais prenons un peu d'altitude.

Il regarda alentour : toujours pas de terre en vue.

— Réchauffe-toi les mains d'abord. Passe-les sous mon manteau, suggéra Karen.

Toujours agenouillé sur le siège, il se tourna et posa les mains sur sa taille. Sous le manteau de fourrure, elle portait un léger pull d'été.

— Vas-y, sous mon chandail. Sur ma peau, ça m'est égal.

Il maintint ses mains dans la chaleur de son corps tant qu'ils prirent de l'altitude. Puis le moteur eut des ratés.

— Nous n'avons plus d'essence, annonça Karen.

Le moteur reprit, semblant la démentir, mais Harald savait qu'elle avait raison.

— Allons-y, dit-il.

Elle corrigea l'assiette. Harald dévissa le bouchon de la nourrice et une déplaisante odeur d'essence envahit la minuscule cabine malgré le vent qui s'engouffrait par les hublots brisés.

Le moteur eut de nouveaux ratés et se mit à toussoter.

Harald prit le bidon et Karen serra fort sa ceinture.

— Ne t'inquiète pas, je te tiens bien.

Il ouvrit la porte et posa le pied droit à l'extérieur. Il plaça la nourrice sur le siège puis sortit son pied gauche : il se tenait debout sur l'aile et penché à l'intérieur de la cabine, absolument terrifié.

Il souleva le jerricane et se redressa ; il commit l'erreur de regarder la mer tout en bas. Une nausée lui secoua l'estomac et il faillit lâcher le bidon. Il ferma les yeux, avala sa salive et se maîtrisa.

Il ouvrit les yeux, bien décidé à ignorer ce qui se passait en dessous de lui. Il se pencha vers l'orifice du réservoir. Sa ceinture lui étranglait l'estomac, Karen tenait bon. Il bascula le bidon. Les mouvements incessants de l'avion l'empêchaient de verser verticalement mais, au bout de quelques instants, il parvint à les compenser. Il oscillait d'avant en arrière, comptant sur Karen pour le tenir.

Le moteur continua à crachoter pendant quelques secondes, puis reprit un régime normal.

Il mourait d'envie de réintégrer la cabine, mais cette essence dont il avait besoin pour atteindre la terre coulait aussi lentement que du miel. Une partie s'envolait dans le vent de l'hélice, une partie se répandait sur le panneau d'accès sans parvenir jusqu'au réservoir, mais l'essentiel semblait entrer dans le goulot. Enfin le bidon fut complètement vidé. Il le laissa tomber et sa main gauche empoigna avec reconnaissance l'encadrement de la porte. Il se glissa à l'intérieur du poste de pilotage et referma la porte.

— Regarde, dit Karen en braquant son doigt devant elle.

Au loin, juste à l'horizon, une forme sombre : la terre.

— Alléluia, murmura-t-il.

— Prie le ciel que ce soit l'Angleterre, le modéra Karen. Je ne sais pas si le vent nous a déroutés ni, si c'est le cas, de combien.

Cela leur parut une éternité, mais peu à peu la forme sombre vira au vert et devint un paysage. Puis les détails apparurent : une plage, un bourg avec un port, des champs et une rangée de collines.

— Regardons de plus près, dit Karen.

Ils descendirent jusqu'à deux mille pieds pour inspecter la bourgade.

— Je suis incapable de dire si c'est la France ou l'Angleterre, déclara Harald. Je n'y suis jamais allé.

— Je connais Paris et Londres, mais ni l'un ni l'autre ne ressemblent à ça.

— De toute façon, intervint Harald l'œil sur la jauge d'essence, il va falloir bientôt nous poser.

— Mais pas avant de savoir si nous sommes ou non en territoire ennemi.

Harald leva les yeux vers le toit et aperçut deux avions.

— Nous allons bientôt le découvrir. Regarde.

Deux petits appareils arrivaient rapidement du sud. Harald attendait avec impatience que leurs insignes deviennent distincts. L'un des deux s'approcha davantage, ce qui permit à Harald de reconnaître des Spitfire marqués de la cocarde de la RAF.

— On y est arrivés ! exulta-t-il.

Les deux appareils se rapprochèrent encore jusqu'à encadrer le Frelon. Harald apercevait les pilotes qui les dévisageaient.

— J'espère, dit Karen, qu'ils ne nous prennent pas pour des espions ennemis et qu'ils ne vont pas nous abattre.

C'était une horrible possibilité. Harald chercha désespérément un moyen de faire savoir aux Anglais leurs intentions amicales.

— Un drapeau blanc, dit-il.

Il ôta sa chemise et la poussa par le hublot brisé. Le coton blanc flotta au vent.

Cela parut faire l'affaire. Un des Spitfire passa devant le Frelon et agita les ailes.

— Je crois que ça veut dire « suivez-moi », expliqua Karen. Mais je n'ai pas assez d'essence. (Elle regarda le paysage en bas.) Une brise marine souffle de l'est, à en juger d'après la fumée qui sort de cette ferme. Je vais me poser dans ce champ.

Elle piqua du nez et amorça un virage.

Harald contemplait d'un œil inquiet les Spitfire qui se mirent à tourner en rond en conservant leur altitude – curieux peut-être de voir ce qui allait se passer, ayant décidé qu'un Frelon ne représentait pas une menace bien grave pour l'Empire britannique.

Karen descendit à mille pieds et survola vent arrière le champ qu'elle avait choisi. Pas d'obstacle visible. Elle vira face au vent pour atterrir. Harald manœuvrait le palonnier pour l'aider à maintenir l'avion en ligne droite.

Quand ils furent à six mètres au-dessus de l'herbe, Karen dit :

— Coupe les gaz.

Harald tira la manette. Avec le manche, elle souleva un peu le nez de l'avion. Harald avait l'impression qu'ils touchaient presque le sol mais ils continuèrent à voler sur une cinquantaine de mètres au moins. Puis un petit choc les avertit que les roues avaient pris contact avec la terre.

L'avion ralentit en quelques secondes. Au moment où il s'arrêta, Harald aperçut par le hublot brisé, à quelques mètres seulement, un jeune cycliste qui les observait bouche bée.

— Je me demande où nous sommes, dit Karen.

— Hé, là-bas ! demanda-t-il en anglais. Où est-ce qu'on est ?

Le jeune homme le regarda comme s'il arrivait du fond de l'espace.

— Putain, répondit-il enfin, pas sur un terrain d'aviation en tout cas.

Épilogue

Vingt-quatre heures plus tard, les photographies de la station radar de Sande que Harald avait prises avaient été développées, agrandies et s'étalaient maintenant sur le mur d'une vaste salle d'un imposant immeuble de Westminster. Certaines étaient marquées par des flèches et des notes. Trois hommes en uniforme de la RAF en discutaient à voix basse.

Digby Hoare fit entrer Harald et Karen ; les officiers se retournèrent. L'un d'eux, un homme de haute taille avec une moustache grise, dit :

— Bonjour, Digby.

— Bonjour, Andrew, répondit Digby. Voici le vice-maréchal de l'air, sir Andrew Hogg. Sir Andrew, permettez-moi de vous présenter Mlle Duchwitz et M. Olufsen.

Hogg serra la main gauche de Karen. Une écharpe maintenait encore son bras droit.

— Vous avez fait preuve d'une exceptionnelle bravoure, déclara-t-il. (Il parlait un anglais un peu saccadé comme s'il avait constamment quelque chose dans la bouche. Harald devait faire un effort pour le comprendre.) Un pilote expérimenté hésiterait à franchir la mer du Nord à bord d'un Frelon.

— À vrai dire, répondit-elle, j'ai décollé sans imaginer un seul instant que ce serait à ce point dangereux.

Hogg se tourna alors vers Harald.

— Mon vieil ami Digby m'a remis un rapport détaillé sur votre debriefing et franchement je ne saurais vous faire mesurer l'importance de ces renseignements. Mais je voudrais que vous expliquiez une nouvelle fois comment fonctionnent les trois parties de cet appareil.

Harald se concentra pour se rappeler les termes anglais dont il aurait besoin. Il désigna la vue générale des trois structures.

— La grande antenne pivote en permanence comme pour inspecter régulièrement le ciel, alors que les deux petites s'inclinent de haut en bas et de droite à gauche ; j'ai pensé qu'elles suivaient les avions.

Hogg l'interrompit pour préciser à l'intention des deux autres officiers :

— Ce matin à l'aube, j'ai envoyé un expert radio effectuer un vol de reconnaissance au-dessus de l'île. Il a capté des ondes de deux mètres quatre provenant sans doute de la grande Freya, ainsi que des ondes de cinquante centimètres émises sans doute par les petites machines – des Wurtzburg probablement. (Il se retourna vers Harald.) Continuez, je vous prie.

— À mon avis, la grande antenne prévient à l'avance de l'approche des bombardiers. L'une des petites s'occupe d'un bombardier et l'autre du chasseur envoyé pour l'attaquer. De cette façon, un contrôleur de tir peut guider un chasseur vers sa cible avec une grande précision.

— Je crois qu'il a raison, fit Hogg en se retournant une nouvelle fois vers ses collègues. Qu'en pensez-vous ?

— J'aimerais quand même savoir ce que signifie le terme *Himmelbett* ?

— *Himmelbett ?* répéta Harald. En allemand ce mot désigne un de ces lits...

— Un lit à colonnes en anglais, lui dit Hogg. Nous avons entendu dire que l'équipement radar opère dans un *Himmelbett*, mais nous ne savons pas ce que cela signifie.

— Oh ! fit Harald. Je me demandais comment ils s'organisaient : voilà l'explication !

Le silence se fit dans la salle.

— Vraiment ? s'enquit Hogg.

— Eh bien, si vous étiez chargé de la défense aérienne allemande, logiquement vous diviseriez vos frontières en espaces aériens, disons de dix kilomètres de large sur trente de profondeur, et vous attribueriez un ensemble de trois appareils à chacun de ces blocs... ou *Himmelbett*.

— Il se pourrait bien que vous ayez raison, dit Hogg, songeur. Cela représente une défense pratiquement infranchissable.

— Oui, quand les bombardiers volent côte à côte. Mais si vous positionnez les pilotes de la RAF les uns derrière les autres et si vous les envoyez tous par un seul *Himmelbett*, la Luftwaffe ne repérera qu'un seul bombardier, le premier, laissant aux suivants une bien meilleure chance de passer.

Hogg le fixa longuement. Puis il tourna son regard vers Digby, vers ses deux collègues, avant de revenir à Harald.

— Une sorte de convoi de bombardiers, répéta Harald, pas sûr de s'être fait comprendre.

Le silence se prolongea à tel point que Harald se demanda si quelque chose clochait dans son anglais.

— Voyez-vous ce que je veux dire ?

— Oh, oui, dit enfin Hogg. Je vois exactement ce que vous voulez dire.

Le lendemain matin, Digby emmena Harald et Karen en voiture quelque part au nord-est de Londres. Après trois heures de route, ils arrivèrent dans une maison de campagne réquisitionnée pour loger des officiers de la RAF. On leur attribua à chacun une petite chambre avec un lit de camp, puis Digby les présenta à son frère, Bartlett.

Dans l'après-midi, ils accompagnèrent Bart jusqu'à la base de son escadrille. Digby avait pris ses dispositions pour qu'ils assistent au briefing en expliquant au responsable qu'il s'agissait d'un exercice de renseignement et on ne lui posa aucune question. Ils écoutèrent le commandant décrire la nouvelle formation qu'adopteraient les pilotes pour le raid de cette nuit-là, à savoir le bombardement par vagues, avec pour cible : Hambourg.

La même scène se répéta sur les terrains d'aviation de l'est de l'Angleterre, qui se répartirent d'autres objectifs ; Digby révéla à Harald que plus de six cents bombardiers seraient impliqués la nuit prochaine dans la tentative désespérée de faire revenir du front russe une partie des forces de la Luftwaffe.

La lune se leva quelques minutes après dix-huit heures et, dès vingt heures, commença à se faire entendre le vrombissement des bimoteurs Wellington. Sur le grand tableau noir de la salle des opérations, on marquait l'heure du décollage à côté de la lettre de code désignant chaque appareil : Bart pilotait le bombardier G comme George.

Bientôt la nuit s'installa ; les rapports des opérateurs radio commencèrent à tomber et les petits drapeaux indiquant leur position se multiplièrent sur la grande carte. Digby, grillant cigarette sur cigarette, les regardait se rapprocher de Hambourg.

L'appareil de tête, C comme Charlie, signala qu'il était attaqué par un chasseur avant de cesser d'émettre. A comme Andrew arrivait aux abords de la ville, qui opposait une défense antiaérienne intense, et se mit à lâcher des bombes incendiaires afin d'éclairer la cible pour les bombardiers qui suivaient.

Harald songea alors à ses cousins Goldstein de Hambourg en espérant qu'ils s'en tireraient. L'année précédente au collège, il avait dû lire un roman en anglais ; son choix s'était porté sur *La Guerre dans les airs* de H.G. Wells qui lui avait laissé la vision cauchemardesque d'une ville soumise à un raid aérien. Il avait beau savoir qu'on ne viendrait pas à bout des nazis autrement, il redoutait quand même les risques que courait Monika.

Un officier s'approcha de Digby et l'informa à voix basse qu'ils avaient perdu le contact avec l'avion de Bart.

— Un simple problème de radio, peut-être, avança-t-il.

Puis les bombardiers appelèrent l'un après l'autre pour signaler qu'ils rentraient à leur base. Tous sauf C comme Charlie et G comme George.

Le même officier revint dire :

— Le mitrailleur arrière de F comme Freddie a vu un de nos appareils se faire descendre. Il ne sait pas lequel, mais j'ai bien peur que ce ne soit G comme George.

Digby enfouit son visage dans ses mains.

Les petits drapeaux représentant les appareils retraversaient la carte d'Europe étalée sur la table. Seuls C et G restaient au-dessus de Hambourg.

Digby passa un coup de fil à Londres puis annonça à Harald :

— L'attaque par vagues a marché. On estime que c'est le plus bas niveau de pertes depuis un an.

— J'espère que Bart s'en est tiré, dit Karen.

Au petit jour, les bombardiers commencèrent à atterrir. Digby sortit, Karen et Harald l'accompagnèrent pour regarder les gros appareils se poser sur la piste et débarquer leurs équipages, fatigués mais radieux.

Quand la lune se coucha, ils étaient tous de retour sauf Charlie et George.

Bart Hoare ne rentra jamais.

Harald n'avait pas le moral lorsqu'il se déshabilla pour enfiler le pyjama que lui avait prêté Digby. Il aurait dû exulter après avoir survécu à un vol incroyablement périlleux, transmis aux Anglais des informations cruciales qui avaient permis de sauver la vie de centaines de pilotes. Mais la perte de l'avion de Bart et le chagrin qu'il avait lu sur le visage de Digby firent ressurgir le souvenir d'Arne et de Poul Kirke qui avaient donné leur vie pour cela, ainsi que celui des autres Danois qui avaient été arrêtés et qui seraient sûrement exécutés pour leur contribution à ce triomphe. La tristesse submergeait tout autre sentiment en lui.

Il regarda par la fenêtre : le jour pointait. Il tira les minces rideaux jaunes et se coucha. Il restait allongé là, incapable de trouver le sommeil, accablé par la peine, quand Karen entra, vêtue elle aussi d'un pyjama qu'on lui avait prêté et dont elle avait retroussé les manches et les jambes de pantalon pour les raccourcir. La physionomie grave, sans un mot, elle s'allongea auprès de lui. Il serra dans ses bras son corps tiède. Elle enfouit son visage contre son épaule et se mit à pleurer. Inutile de l'interroger sur ses raisons ; il était certain que des pensées identiques aux siennes l'avaient traversée. Elle finit par s'endormir dans ses bras terrassée par les sanglots.

Puis il sombra lui aussi. Quand il rouvrit les yeux, le soleil brillait haut. Il contempla avec une stupeur émerveillée la fille qu'il serrait contre lui. Il avait souvent rêvé de dormir auprès d'elle mais n'avait jamais prévu que cela se passerait ainsi.

Il sentait ses genoux, une hanche s'enfonçait contre sa cuisse et, contre sa poitrine, quelque chose de doux, un sein peut-être. Il la regarda dormir, dévorant des yeux les lèvres, le menton, les cils roux, les sourcils. Son cœur débordait d'amour.

Elle ouvrit les yeux, posa un regard sur lui en souriant et dit :

— Bonjour, mon chéri.

Elle l'embrassa et, quelques instants après, ils faisaient l'amour.

Trois jours plus tard, Hermia Mount réapparut.

Harald et Karen pénétrèrent dans un pub près du palais de Westminster où ils avaient rendez-vous avec Digby et se retrouvèrent nez à nez avec elle, attablée devant un gin-tonic.

— Mais comment êtes-vous revenue? lui demanda Harald. La dernière fois que nous vous avons vue, vous étiez en train d'assommer l'inspecteur Jespersen avec votre valise.

— La confusion à Kirstenslot était telle que j'ai réussi à filer sans que personne ne me remarque, expliqua Hermia. Je suis rentrée à pied à Copenhague grâce à l'obscurité; je suis arrivée en ville au lever du soleil. Puis je suis repartie comme j'étais venue : de Copenhague à Bornholm par le ferry, de là un bateau de pêche m'a fait traverser jusqu'en Suède et j'ai pris un avion à Stockholm.

— Je suis sûre, dit Karen, que ça n'a pas été aussi facile que vous le prétendez.

— Bah, fit Hermia en haussant les épaules, en tout cas ce n'est rien comparé à votre aventure. Quel voyage!

— Je suis très fier de vous tous, déclara Digby.

De Hermia surtout, se dit Harald, si j'en juge d'après le regard attendri qu'il porte sur elle.

Digby jeta un coup d'œil à sa montre.

— Il est l'heure de notre rendez-vous avec Winston Churchill.

Une alerte avait débuté pendant qu'ils traversaient Whitehall, c'est pourquoi ils rencontrèrent le Premier ministre dans le complexe souterrain que l'on appelait les Bureaux du cabinet de guerre. Churchill, impeccable quoique ayant ôté la veste de son costume sombre à fines rayures blanches, était assis à une petite table dans une pièce minuscule. Au mur derrière lui, une carte d'Europe à grande échelle. Un petit lit couvert d'une couette verte était poussé contre un mur.

— Alors c'est vous qui avez survolé la mer du Nord à bord d'un Tiger Moth? demanda-t-il à Karen en lui serrant la main gauche.

— Un Hornet Moth, rectifia-t-elle. Je crois que nous serions morts de froid dans un Tiger.

Le Tigre n'avait pas de cabine.

— Ah oui, bien sûr. Quant à vous, ajouta-t-il en se tournant vers Harald, vous êtes l'inventeur des vagues de bombardiers.

— C'est le genre d'idées qui peuvent naître au cours d'une discussion, répondit-il un peu gêné.

— Ce n'est pas tout à fait ce que l'on m'a rapporté ; je n'en apprécie que davantage votre modestie. Et vous, madame, vous avez organisé toute l'affaire : vous valez bien deux hommes.

— Je vous remercie, monsieur, répondit Hermia.

Harald devina à son sourire un peu crispé qu'elle ne prenait pas cela pour un grand compliment.

— Grâce à vous, continua le Premier ministre, nous avons contraint Hitler à retirer du front russe des centaines de chasseurs nécessaires à la défense de la mère patrie. Ainsi vous intéressera-t-il peut-être de savoir que je viens de signer un pacte de cobelligérance avec l'Union des républiques socialistes soviétiques. L'Angleterre n'est plus seule ; elle est alliée à l'une des plus grandes puissances mondiales. La Russie courbe peut-être la tête, mais elle est loin d'être battue.

— Mon Dieu, murmura Hermia.

— Ce sera publié dans les journaux de demain, lui souffla Digby.

— Et vous, jeunes gens, que comptez-vous faire ? demanda Churchill.

— J'aimerais m'engager dans la RAF, répondit aussitôt Harald. Apprendre à piloter convenablement, puis aider à libérer mon pays.

Churchill se tourna vers Karen.

— Et vous ?

— Quelque chose du même genre. Je suis persuadée qu'on ne me permettra pas de piloter même si je suis bien meilleure que Harald aux commandes d'un avion. Mais j'aimerais m'engager dans le corps féminin de l'aviation, s'il en existe un.

— Nous avons autre chose à vous proposer, reprit le Premier ministre.

Harald parut surpris.

Churchill fit un signe de tête à Hermia qui annonça :

— Nous voudrions que vous retourniez tous les deux au Danemark. (Voilà une chose à laquelle Harald ne s'attendait pas.) Auparavant, vous suivriez ici un stage d'entraînement assez long – six mois – où vous apprendriez à faire fonctionner une radio, à utiliser les codes, à vous servir d'armes à feu et d'explosifs, etc.

— Dans quel but ? demanda Karen.

— On vous parachuterait au Danemark avec des émetteurs radio, des armes et des faux papiers. Votre mission serait de mettre sur pied un nouveau réseau de résistance pour remplacer les Veilleurs de nuit.

Harald sentit son cœur battre plus vite : c'était un poste extrêmement important.

— Je tenais beaucoup à voler..., commença-t-il.

Mais cette nouvelle perspective était encore plus excitante – même si elle comportait bien des dangers.

Churchill l'interrompit.

— Des milliers de jeunes gens désirent piloter, déclara-t-il d'un ton sans réplique, mais personne pour l'instant n'est capable de faire ce que nous vous demandons à tous les deux. Vous êtes uniques dans votre genre : danois, vous connaissez le pays et en parlez la langue ; vous avez fait preuve d'un courage extraordinaire et vous êtes pleins de ressource. Je vous le dis franchement : si vous ne le faites pas, ça ne se fera pas.

Difficile de résister à la volonté de Churchill, d'autant plus que Harald n'en avait pas vraiment envie. On lui offrait l'occasion de faire ce dont il rêvait et cette perspective l'enthousiasmait.

— Qu'est-ce que tu en penses ? demanda-t-il en regardant Karen.

— Nous serions ensemble, dit-elle comme si cette perspective comptait pour elle plus que tout.

— Alors ? demanda Hermia, vous irez ?

— Oui, dit Harald.

— Oui, dit Karen.

— Bien, déclara le Premier ministre. Alors c'est réglé.

Postface

La Résistance danoise devint ensuite l'un des mouvements clandestins les plus efficaces d'Europe. Il fournit aux Alliés une mine constante de renseignements militaires, accomplit des milliers d'actes de sabotage aux dépens des forces d'occupation et assura des itinéraires qui permirent à presque tous les Juifs du Danemark d'échapper aux nazis.

Remerciements

Comme toujours, j'ai été aidé dans mes recherches par Dan Starer de Research for Writers, de New York (dstarer@researchforwriters.com). C'est lui qui m'a mis en contact avec la plupart des personnes citées ci-dessous.

Mark Miller de la De Havilland Support Ltd a été mon consultant pour ce qui concerne les Frelon ; il m'a expliqué les pannes éventuelles et les moyens d'y remédier. Rachel Lloyd de la Northamptonshire Flying School a fait de son mieux pour m'apprendre à piloter un Tiger Moth. Peter Gould et Walt Kessler m'ont également été d'un grand secours dans ce domaine, tout comme mes amis pilotes Ken Burrows et David Gilmour.

Mon guide pour tout ce qui concerne le Danemark a été Erik Langkjaer. Pour les détails de la vie au Danemark en temps de guerre, je suis également redevable à Claus Jessen, Bent Jorgensen, Kurt Hartogsen, Dorph Petersen et Soren Storgaard.

Pour ce qui touche à la vie dans un collège danois, je tiens à remercier Klaus Eusebius Jakobsen du Helufsholme Skole og Gods, Erik Jorgensen du Birkerod Gymnasium et Helle Thune du Bagsvaerd Kostkole og Gymnasium, qui tous m'ont accueilli dans leurs établissements et qui ont patiemment répondu à mes questions.

J'exprime toute ma gratitude pour les renseignements qu'ils m'ont fournis à Hanne Harboe du jardin de Tivoli ; à Louise Hind du Postmuseum de Stockholm ; à Anita Kempe, Jan Garnert et K.V. Tahvanainen du Telemuseum de Stockholm ; à Hans Schroder de la Flyvevabnets Bibliotek ; à Anders

Lunde de la Dansk Boldspil-Union et à Hentirki Lundbak du Musée de la Résistance danoise de Copenhague.

Jack Cunningham m'a parlé du cinéma de l'Amirauté et Neil Cook, de HOK International, m'en a donné des photographies. Candice DeLong et Mike Condon m'ont donné des informations sur les armes. Josephine Russell m'a raconté ce que c'était que d'être élève ballerine. Titch Allen et Pete Gagan m'ont aidé grâce à leur connaissance des vieilles motocyclettes.

Je suis très reconnaissant à mes éditeurs et à mes agents : Amy Berkower, Leslie Gelman, Phyllis Grann, Neil Nyren, Imogen Tate et Al Zuckerman.

Enfin, je remercie les membres de ma famille qui ont lu le canevas et les diverses versions du roman : Barbara Follett, Emanuele Follett, Marie-Claire Follett, Richard Overy, Kim Turner et Jann Turner.

Cet ouvrage a été composé et imprimé par

FIRMIN DIDOT

GROUPE CPI

Mesnil-sur-l'Estrée

pour le compte des Éditions Robert Laffont
24, avenue Marceau, 75008 Paris
en octobre 2003

Imprimé en France
Dépôt légal : novembre 2003
N° d'édition : 44204/01 – N° d'impression : 65046